Rüdiger Aboreas

Heimat, Liebe, Flucht und Fremde

Rüdiger Aboreas

Heimat, Liebe, Flucht und Fremde

Von Einem, der weglief, die Freiheit zu finden.

Historischer Roman / Neuausgabe

Impressum:

© 2025 Rüdiger Aboreas

Verlag:

BoD · Books on Demand GmbH,

Überseering 33, 22297 Hamburg,

bod@bod.de

Druck:

Libri Plureos GmbH,

Friedensallee 273, 22763 Hamburg

ISBN: 978-3-7583-0792-8

Cover: Rüdiger Aboreas / Thomas Siebert + KI

Inhalt

Der Markt und der Tod

Seit Beginn der Morgendämmerung lag der halbfreie Bauer Tore am Rand des Marktfleckens schlaflos zwischen den Decken seines Lagers und beobachtete eine Meise. Sie hockte im schützenden Geäst auf einem Zweig und besang den heraufziehenden Tag. Die dichten Wolken und die feucht-kühle Luft beeinträchtigten das aufgeplusterte Tier nicht. Für den hübschen Vogel begann mit der einsetzenden Helligkeit der Abgesang auf die Fesseln der Nacht, worauf die Freiheit des Tags folgte.

Oh, die Freiheit. Ein Lebensgefühl, nach dem auch der 17-jährige Tore sich sehnte, mit dem Erreichen des Erwachsenenalters immer drängender – und zwar täglich. Doch nur in der inneren Abgeschiedenheit seiner Träume konnte er hinaustreten in die Selbstbestimmung. Ach, was würde auch er singen wie ein Vogel, gelänge es ihm doch nur, seine Knechtschaft abzuschütteln.

Plötzlich schreckte er zurück vor diesen Wunschträumen. Könnte das fröhliche Federtier nicht gerade jetzt, in der Ablenkung durch den Zauber des Lichtwerdens, von einem tödlichen Greif geschlagen werden? Tores Augen verhärteten sich. Dann wäre es eben Wodans Wille, wandte er trotzig ein. Fest ballte er die Fäuste über seiner Wolldecke. Keine Gefahr dieser Welt könnte das ureigentlichste aller germanischen Ideale in Zweifel ziehen: die Selbstbestimmung. Oh Wodan, unser großartigster aller Götter, fragte er im Stillen, werde ich ewig im Dunkel der sklavischen Knechtschaft leben müssen?

Tores Augen folgten der auffliegenden Meise, die gegen den dämmernden Himmel einem verschwommenen Punkt glich. Dann geschah es: Wie aus seinen Gedanken geformt erschien über den Wäldern ein Raubvogel, herausgeschleudert aus dunstigen Wolken. Kreisend schien er die Meise mit einer unsichtbaren Schnur einzuwickeln. Tore richtete sich auf, dachte unwillkürlich an eine Spinne, die ihr Opfer verschnürt. Wird der Greif den tirilierenden Freund attackieren? Doch der hatte die Gefahr erkannt, suchte sein Heil in der Flucht, hinab ins Geäst des Waldes. Der Raubvogel nahm die Verfolgung auf, setzte zum Sturzflug an. Oh Wodan, flehte Tore, ich weiß, du belohnst die Starken, aber lauschst du nicht auch gern dem Gesang eines kleinen, unschuldigen Vogels? Hat er dich nicht erfreut an den Tagen deiner Selbstgeißelung auf dem einsamen Pfahl im Moor? Da, genau in diesem Moment, verließ eine Schar schwarz glänzender Rabenvögel laut schimpfend die Baumkronen. Sich wie toll gebärdend füllten ihre flatternden Leiber die Luft zwischen dem Greif und der Meise. Irritiert, mit sperrigen Flügeln, bremste der Jäger ab.

Erleichtert öffnete Tore seine Lippen. »Oh Wodan, das unbestechliche Herz eines frommen Chauken liegt dir zu Füßen. Und das Vögelchen wird ein Lied singen, ganz allein für dich: das Lied von der Tapferkeit und der Freiheit der germanischen Stämme.«

Endlich erreichte die Meise den Waldrand. Wenige Augenblicke später ruhte sie auf genau jenem Ast, auf dem sie im ersten Morgengrauen ihr fröhliches Lied gesungen hatte. Und schon legte sie wieder los, laut, aufgeregt, befreit. So aufwühlend konnte nur singen, wer für einen Gott sang. Und er, Tore, durfte Zeuge sein. Er lächelte, dabei einen erhabenen Schauer empfindend.

War diese Beobachtung ein Zeichen? Eine Botschaft? Was hätte sie zu bedeuten? Tore wusste: Wodan, der mächtigste Gott des germanischen Himmels, galt nicht von ungefähr als weise, kämpferisch und gut. Unsichtbar begleitete er die Menschen auf ihren Wegen. Was für ein großes Glück für ihn, Tore, dass er den Gottesfürsten in seinen Empfindungen hatte willkommen heißen dürfen. Nicht zum ersten Mal. So spürte Tore schon seit Langem, dass Wodan bei seinen Untertanen von Zeit zu Zeit anklopfte. Was hatte der heutige Besuch zu bedeuten? Eine Ermunterung? Wofür? Für das Streben nach Freiheit? Oder diente der Besuch einer profanen Kontrolle? Insgeheim fürchtete Tore, dass man sich für alle Ewigkeit einfügen müsste in eine vorbestimmte Rolle im Stammesgefüge. So gesehen wäre jeder Versuch eines Halbfreien, die ganze Freiheit zu erlangen, eine Sünde. Dann wäre es gottgefälliger, sich seinem Schicksal zu ergeben. Doch ein hoffender, stoischer Mensch wie Tore rang selbst dem schwächsten Sonnenstrahl noch etwas Hoffnung ab. Denn Wodan – wer sonst? – war so etwas wie Sonne. Ein Licht, das im

Wandel der Jahreszeiten auch die Natur verwandelte. Warum nicht auch den Status eines frommen Germanen?

Dem jungen Halbfreien Tore fiel es immer schwerer, all die Herabsetzungen seines Standes zu ertragen. Allein der Zwang, den strohblonden Schopf über der aufgerichteten Stirn kurz tragen zu müssen, anstatt als üppige Haartracht, wie es bei den Chauken üblich war, ließ ihn leiden. Ein Ausdruck von Minderwertigkeit. Tief holte er Luft, bis der Brustkorb schier zu platzen schien. Was nutzten die besten Ernten auf den Feldern, die viel bestaunte Gesundheit der von ihm betreuten Ziegen, sein anerkanntes Wissen über die jahreszeitlichen Standorte des Wildes im heimischen Wald, wenn davon in der Hauptsache sein Herr profitierte, dem Tores Familie unterstand? Zugegeben, er, der Halbfreie, war stolz darauf, von den freien Dorfbewohnern aufgesucht zu werden, um zu schauen, was auf dem Hof am Rand des Moors besser lief als bei ihnen selbst. Und nicht erst seit dem Sommer, als man begonnen hatte, den Halbfreien als schlauen Bauern zu betiteln. Eine Auszeichnung, die sich herumgesprochen hatte.

Ja, Tore war wirklich ein schlauer Bauer, wusste er doch bereits in jungen Jahren oftmals mehr als ein gewöhnlicher Bauer. Böse Neider flüsterten, dass er mit dunklen Moorgeistern im Bund stünde. Doch davon war er weit entfernt. Sein Interesse galt zuallererst den Göttern. Stets prüfte er seine Ideen und Gedanken im Gebet zu Wodan oder im Zwiegespräch mit seinen Ahnen an geheimen Orten, wo die Baumseelen mit ihm sprachen und wo die guten, die lichten Erdgeister zu Hause waren. Diesen Rückhalt behielt er freilich für sich. Was ging es die Dörfler an? Wer konnte schon sicher sein, dass man ihm daraus nicht eines Tages einen Strick drehen oder ihn im Moor versenken würde? Überhaupt: Seit seiner Jugend lag er gern im Wald unter Bäumen und Sträuchern und lauschte und beobachtete die Umgebung und dachte nach und träumte. So wie auch jetzt.

Da holte ihn das Knarzen einer schlecht geschmierten Deichsel zurück in den diesigen Tag. Ei, der Marktplatz vor dem kleinen römischen Kastell füllte sich. Nacheinander drängten aus den umliegenden Wäldern Ochsen- und Pferdegespanne hervor. Selbst auf dem gegenüberliegenden Ufer des großen Flusses hatten sich Wagen mit Händlern eingefunden. Sie warteten auf die Fähre, die allerdings erst mit dem Signal der römischen Hörner zur Überfahrt ablegen würde.

Tore stieß seine schlafenden Begleiter an. »Aufstehen! He, es ist Zeit, sonst bleibt uns nur ein Platz am Rand des Marktes.«
Doch die freien Bauern Rutger und Osbert verspürten keine Lust zum Aufstehen.
»Ach, halt doch deine freche Klappe«, schallte es aus müden Kehlen zurück.
Da bemerkte Tore einen leeren Krug im Gras. Die Kerle hatten wohl gestern am großen Feuer zu viel Met getrunken.

Nicht zum ersten Mal durfte der halbfreie Tore die Marktbeschicker seines Dorfs begleiten. So war ihm das Geschäft durchaus bekannt. Sollten die Felle und Seifen zügig und zu guten Konditionen getauscht werden, dann am besten inmitten des Platzes, wo der Trubel am größten war. Manche römischen Händler trauten sich nämlich nicht ins Urwald-Dickicht, nicht einmal zwei Speerwürfe weit hinein. Sie fürchteten, von Dieben, von barbarischen Gewalttätern heimgesucht zu werden. Tore ließ seine Augen kreisen: Es waren heute mehr Händler als sonst unterwegs zum Marktplatz. Da durfte nicht gezögert werden. Aber Rutger und Osbert schliefen viel zu fest. Sollte er selbst, der Unfreie, eigenmächtig?

Eigentlich war es seine Pflicht, zu Tagesbeginn das Pferd zu tränken. Doch das Tor zum Kastell war noch verschlossen. Und die Schiffsanleger in der geräumigen Bucht waren durch kräftige Eichenbalken blockiert. Wer die Barriere missachtete, musste mit spitzen Pfeilen oder mit einem gut gezielten römischen Langspeer rechnen. Denn auf dem äußeren Turm hielten kompromisslose Wachen Ausschau. Also war auf die Schnelle kein Wasser für das Pferd zu bekommen. Es würde zu lange dauern bis an den abgelegenen, unbewachten Strand hinunter und wieder zurück. Andererseits: Wurde Osberts Pferd vernachlässigt, neigte der Bauer zu derben Wutausbrüchen. Und war der Riesenkerl erst einmal in Rage geraten, galt es, auf der Hut zu sein. Tore zögerte, obwohl gehandelt werden müsste, wenn sie den Markt wie geplant schon morgen wieder verlassen wollten. Schließlich folgte er einem Impuls der Vernunft. Ei, das Pferd könnte später auf der Marktfläche saufen;

auch wenn das Hantieren mit Flüssigkeiten inmitten der Handelsstände nicht gern gesehen wurde. Kurz entschlossen trat Tore die Keile unter den Rädern des Wagens weg. Dann griff er ans Geschirr und schlängelte Pferd und Wagen in den Strom der Händler. Er hatte Glück, denn gerade wurde eine neue Reihe formiert, eine willkommene Ablenkung für alle Beteiligten.

Der überwiegende Teil der Marktbesucher bestand aus Chauken wie Tore selbst. Sie kamen aus den Gebieten zwischen Elbe und Weser. Aber auch benachbarte Langobarden mischten sich seit geraumer Zeit unter die Händler. Sie klapperten die Märkte ab, nahmen dafür weite Wege in Kauf. Das lag nicht nur am wachsenden Warenangebot, sondern auch an den sicherer gewordenen Reiserouten. Beides ein Ergebnis der Verträge, die die Römer mit den Chauken wie auch anderen Stämmen nach so vielen Jahren auszehrender Kriege abgeschlossen hatten. Darin war es den Römern gestattet, Stützpunkte und Marktplätze zu errichten, Straßen zu bauen, Wege und Flüsse nach Gutdünken zu befestigen und zu befahren. Allerdings mussten die römischen Soldaten von den germanischen Stämmen mit Getreide und Fleisch versorgt werden. Als Gegenleistung bot Rom Frieden und sicherte die Siedlungsgebiete gegen Überfälle feindlicher, vertraglich ungebundener Stämme, insbesondere von jenseits der Elbe. Um den Germanen zu zeigen, wie Zivilisation funktionierte, boten die Kommandeure der Kastelle regelmäßig Gerichtstage an. Große, wichtige Streitigkeiten, von denen ganze Stämme, Fürsten oder andere Herrscher betroffen waren, wurden vom imperialen Statthalter persönlich verhandelt. Und der hieß seit gar nicht so langer Zeit Publius Quinctilius Varus. Er regierte für gewöhnlich von weit entfernt, aus dem sicheren Hinterland des Rheins heraus. Doch reiste er Jahr für Jahr mit einer unbesiegbaren Armee durchs Land und inspizierte und drohte und forderte und regulierte.

In Sichtweite der Türme des Kastells begannen die Marktleute, ihre Auslagen ins rechte Licht zu rücken. Neugierig schielten sie auf die Nachbartische, verglichen die Angebote, fragten nach den Tausch-Präferenzen der Konkurrenten. Man schmeichelte und fabulierte unter seinesgleichen wie auch gegenüber den römischen Händlern. Doch nebenher wurde hinter vorgehaltener Hand an den imperialen Kaufleuten und Legionären kein gutes Haar gelassen.

Denn deren durchaus nützliche Anwesenheit wurde eben auch als Besatzung empfunden.

Heute geriet der Zorn wieder einmal in gefährliche Fahrwasser. Gerade führten Unvorsichtige Klage über die Abgabenhöhe für die Marktstände, was einen Tauschgewinn nahezu unmöglich machte. Andere verfluchten die Abwesenheit wehrfähiger Germanen, weil eine beträchtliche Anzahl als bezahlte Hilfstruppen in den römischen Legionen Dienst tat. Schlimm, dass den heimischen Gefolgschaften und damit der Quelle germanischer Wehrhaftigkeit auf diese Weise der Nachwuchs verloren ging. Ja, manch stolze Gefolgschaft hatte bis zu 200 Männer für den Dienst der römischen Legionen abgegeben. Ärgerlich auch, dass die in den Legionen kämpfenden Söhne der Bauern von den Bauern selbst versorgt werden mussten.

Tore hatte zu all dem nur wenig zu sagen. Doch die Stimmung im Land registrierte er schon und längst hatte er bemerkt, dass die Stammesbrüder überall gleich empfanden und Gleiches äußerten und sich nicht weniger gleich verhielten. So wie auch die Sippen im heimischen Dorf am Flutensee. War man unter sich, dann ließen die Männer ihrem Zorn über die römischen Besatzer freien Lauf. Waren Fremde zu Besuch oder Würdenträger in der Nähe, dann hielt man sich bedeckt und ballte unter dem Gewand oder hinter dem Rücken die Fäuste.

Kam man jedoch zwischen den Marktständen auf weniger belastete Themen wie etwa die Landwirtschaft oder auf Äcker und Viehweiden zu sprechen, bekamen die eben noch wüsten Gespräche einen gemäßigten Tonfall. Ein Muster, das Tore vertraut war. Hier konnte er mithalten, hatte er für jeden eine gefällige Antwort, was ihn zu einem akzeptierten Gesprächspartner machte. Und niemand kam auf die Idee, er, der unfreie, aber freundliche Bauer sänne jeden Tag darüber nach, wie er dem Schicksal der Halbfreiheit entfliehen könnte.

Dennoch, solange Tore hier am Wagen auf sich allein gestellt war, suchte er den Kontakt zu seinen Marktnachbarn zu vermeiden. Nur wenigen war der junge Mann wirklich bekannt und zu offensichtlich verriet sein Äußeres den Status eines Halbfreien, der eigentlich nur in Begleitung eines freien Mannes auf dem Markt agieren dürfte. Gelegentlich aber zwinkerte der eine oder andere Marktbeschicker wohlwollend mit den Augen. Denn längst hatte sich herumgesprochen, dass Rutger und Osbert am Honigmet-Rausch litten. Tore hoffte, dass seine freien Dorfgenossen rasch fit würden und ihn von seiner Unsicherheit erlösten.

Inzwischen quoll ein Besucherstrom auf den Platz. Und noch immer drängten Gespanne nach. Vereinzelt reichte die Wagenkolonne bis ans Ufer der Elbe heran. Immer häufiger mussten Freunde und Nachbarn eingreifen, im sandigen Uferschlamm feststeckende Räder zu befreien. Da ertönte das Signal eines römischen Cornus. Die gekrümmte Bronzeröhre ließ die Anwesenden verstummen. Zahllose Augenpaare suchten das Tor in der Palisade. Schwerfällig gaben die mächtigen Flügeltüren nach und den Blick frei in das Innere der Anlage: Stein- und Holzgebäude, Ställe, ein großer, sandiger Platz. Die Dächer der wohl wichtigsten Gebäude waren im Gegensatz zur germanischen Reet-Kultur mit Schieferplatten gedeckt. Ein beeindruckender Anblick. Der in einem Brustpanzer, einem blauen Umhang und unter einem Helm mit blau eingefärbten Pferdeborsten steckende Kommandeur des Kastells schritt aus dem Hintergrund heran, verließ seine Residenz in Begleitung einiger mit Speeren und Schilden bewaffneter Wachen. Feierlich betrat er den Marktplatz, was als Markteröffnung galt. In gebührendem Abstand folgten Gruppen von Männern und Frauen. Bekleidet waren die Händler mit klassischen römischen Tuniken. Einige von ihnen hatten ein wärmendes Pallium gegen die Morgenkühle übergeworfen, unter dem nur die Waden über ledernem, fein geschnürtem Schuhwerk hervorschauten.

Die in traditionellen, meist naturfarbenen Hosen und Hemden steckenden Germanen waren gut bis sehr gut von den Römern zu unterscheiden, auch hinsichtlich der Haartracht und Haarfarbe, was hilfreich war für eine rasche Orientierung. Mit der Eröffnung des Marktes verhallten die schrillen Töne der eben noch unzufrieden Palavernden im lauen Wind. Plötzlich herrschten Freundlichkeit, wortreiche Schmeichelei und Respekt, kurz: Man legte einen gesitteten, toleranten Umgang an den Tag.

Auf der ungeschriebenen Einkaufsliste der Männer vom Flutensee standen eiserne Pfeilspitzen fürs Dorf, insbesondere für Tores Herrn: Großbauer Wigmar, Befehlshaber einer schlagkräftigen Gefolgschaft in der Niederelbe-Region. Dazu mindestens 20 Amphoren Wein und zwei Schwerter aus gehärtetem Eisen. Man munkelte, Wigmars Sohn würde heiraten. Eine alte Sitte verlangte, dass er seiner Braut zur Vermählung ein Schwert überreichen müsste. Die zweite Waffe, so hatte Rutger auf der Herfahrt gespottet, würde sich Wigmar wohl an den eigenen Gürtel hängen, um den dicken Eber zu markieren.

Die kostbaren Schwerter hatten bereits gestern Abend außerhalb des Marktes den Besitzer gewechselt. Zu Tores Erstaunen nicht gegen Felle oder Seifen, sondern gegen römische Denare. Diese Beobachtung hatte ihn aufmerksam werden lassen. Denn schon seit geraumer Zeit wurde unter den Bauern gemunkelt, dass die Adligen und Wohlhabenden unter den Chauken von den Römern Belohnungen kassierten. Woher sonst sollte Wigmar die kleinen Metallscheiben mit dem Konterfei des römischen Kaisers haben? In einen Krieg oder auf Beutezug war der Anführer der Gefolgschaft mit seinen Männern schon lange nicht mehr gezogen. Das wusste Tore von seinem Bruder Ludwig, der in Wigmars Truppe das Kämpfen erlernt hatte. Was die Bauern ärgerte, war der Umstand, dass die Römer nie zögerten, wenn es darum ging, Tribut einzutreiben. Immerhin handelte es sich bei den Abgaben um lebenswichtige Güter, die die Bauern gerade in schweren Zeiten fürs eigene Überleben benötigten.

Auf dem Markt spazierten die ersten Interessenten mit wachen, abschätzenden Blicken für die gut verarbeiteten Wolfs-, Bären- und Kleintierfelle heran. Stumm umschlichen sie die Stände; wie Füchse, die Witterung aufnahmen. Da, endlich, mit Erleichterung registrierte Tore, dass Rutgers und Osberts Umrisse vor dem Waldrand erschienen. Nur wenig später inspizierten sie den eigenen, von Tore aufgestellten Wagen, prüften die Vollzähligkeit der aufgehäuften Felle und Seifen. Dabei bewies Osbert seine Unduldsamkeit. Mit einer einzigen heftigen Armbewegung brachte er den Fellstapel ins Rutschen. Und schon verdeckten einige der flauschigen Teile die eben noch offen daliegenden Schwerter, die bereits am Vortag erworben worden waren.

Dazu fauchte er: »Niemand darf von den Waffen wissen. Weißt du eigentlich, wie kostbar so ein Schwert ist? Wir wollen doch nicht, dass Diebe und Kobolde auf die Idee kommen, uns zu berauben.«

Da schritt Rutger ein. Er fasste Osbert am Arm, zog den Aufgebrachten hinter den Wagen.

»Wenn du nicht willst, dass jemand von unseren Schwertern erfährt, dann errege bitte kein Aufsehen.« Rutger stellte sich schützend vor Tore. »Und wage es nicht, den Jungen anzugreifen. Immerhin hat er unseren Wagen gut platziert.«

Weshalb auch immer, vielleicht wegen des lärmenden Streits oder des großen Angebots an erstklassigen Fellen, jedenfalls stand auf einmal eine dichte Traube von potentiellen Kunden vor dem Wagen. Osbert trat auf die Interessenten zu.

»Die besten Felle weit und breit.«

»Was wollt ihr dafür haben?«

»Pfeilspitzen, Speerspitzen, Wein, Tuche von römischer Art.«
Tore glaubte, seinen Ohren nicht zu trauen. Wonach verlangte Osbert? Gewand-Stoffe aus römischer Produktion? Und roten Wein? Wieder mal ein Sonderwunsch des Dorfältesten oder Wigmars? Die Römer verlangten Getreide für ihre fein gewebten Stoffe, die tatsächlich von ansprechender Farbe waren.

Osbert bekundete sein Interesse, gab aber zu bedenken: »Getreide haben wir in der gewünschten Menge nicht vorrätig, wir könnten es auf Verabredung liefern.«
Als Tore das hörte, kräuselte er die Stirn. Nicht nur einmal hatte seine Familie mehr als die festgelegte Menge Getreide bei Wigmar abliefern müssen. Sollten er, Vater, Mutter und Bruder wieder für gewisse Sonderwünsche ihres Herrn schuften? Tore fürchtete um die Saat fürs nächste oder übernächste Jahr. Ein schlechter Sommer und die geernteten Getreidekörner erbrachten nicht einmal die doppelte Menge des eingesetzten Saatguts.

Plötzlich konzentrierte sich alles Feilschen auf die Körbe mit den Seifen. Ein Gemeinschaftsprodukt des Dorfs. Vor allem Heilgart, der verehrten Dorfschönheit, war es zu verdanken, dass die kräftig schäumende, aromatische Seife weit über das Dorf am Flutensee hinaus zur Berühmtheit geworden war. Gemunkelt wurde, dass es die Waschstücke sogar bis nach Rom geschafft hatten in die Waschräume der feinen Frauen in den Palästen.

Tore geriet beim Gedanken an die Tochter des Dorfältesten ins Schwärmen. Heilgart war wahrhaftig von besonderer Schönheit und Anmut. Schon vor vielen Monden waren Heiratswillige aus fremden Sippen und fernen Stämmen vorstellig geworden, um die junge Frau zu gewinnen. Kühe, Schafe und sogar Goldstücke standen angeblich überall im Land zum Tausch bereit. Auch Tore war heimlich in die Schöne und Fleißige verliebt. Vor kurzem hatte sie ihm ein Stück Seife geschenkt, als Dank fürs Bergen eines Kleidungsstücks, das ihr beim Waschen im Flutensee verloren gegangen war. Er seufzte, gekitzelt von einer süßlichen Schwärmerei für die junge Frau. Und er freute sich für sie, als es Osbert gelang, die Vorräte an Seifen mit einem Schlag an den Mann zu bringen: gegen acht Amphoren Wein.

»Beste Qualität«, wie der römische Erwerber mit geschmeidigen Worten lobte.

Tatsächlich gelang es den Männern vom Flutensee, ihre Tauschgeschäfte bis zur Tagesmitte abzuwickeln.

»Fertig, aus, es geht nach Haus«, sagte Rutger.

Tore zog die Plane über den Wagen. Osbert beglückwünschte sich selbst und Rutger. Über Tores Wirken als geschickter und disziplinierter Helfer verlor er dagegen kein Wort. Dennoch wurde er von Tore gemocht, trotz aufbrausendem und verletzendem Verhalten. Osbert besaß nämlich auch ein anderes Gesicht. Er war es gewesen, der ihn als Marktbegleiter vorgeschlagen hatte. Auch hatte er im Dorf über den Halbfreien nie ein abwertendes Wort verloren. Bei einem früheren Marktbesuch war er Tore zu Hilfe geeilt, ihn gegen einen streitsüchtigen, fremden Händler zu verteidigen.

So vorteilhaft es war, inmitten des Marktgeschehens Handel zu treiben, so sehr war die räumliche Enge ein Nachteil. Kein Durchkommen gab es außerhalb der angesetzten Marktzeit für Pferde und Wagen, zu widerspenstig reagierten die Marktbeschicker auf jede Störung.

»Wir müssen mit der Heimfahrt bis zum Abend warten«, stellte Rutger fest und hob ratlos die Schultern.

Da neigte Osbert den Kopf und begann mit einem breiten Grinsen Tore anzustarren. Der wusste um die Bedeutung dieser Geste. Kein Zweifel, er sollte für den Rest des Tages den Wagen bewachen. Wie es aussah, plante der freie Bauer erneut ein Saufgelage.

Doch Rutger hielt dagegen: »Lass mal unseren Tore zufrieden. Der hat gute Arbeit geleistet. Gönnen wir ihm eine Pause.«

16

»Aber anschließend«, reagierte Osbert, »muss er unseren Wagen sichern.«

Rutger schaute zum Himmel auf, dessen Wolken löchrig wurden, und sagte zu Tore: »Stell dir vor, die Sonne wäre ungefähr fünf Handbreit weitergewandert, dann kommst du zurück und übernimmst die Wache. Ist das in Ordnung?«

Tore, der mit dieser Großzügigkeit nicht gerechnet hatte, willigte dankend ein. Er griff nach seinem Verpflegungsbeutel und nahm einen Pfad zur Wasserkante. Da unten an der Elbe, so hoffte er, würde er ein beschauliches Plätzchen finden, das sich mit einen Fladenbrot vertrüge. Dann marschierte er in Sichtweite zum Kastell ans Elbufer,. Nachdem der äußere Turm umrundet war, staunte er über eine unvermutet große Anzahl von Bootsanlegern, auch über die vielen Menschen, die damit beschäftigt waren, Schiffe zu entladen oder zu beladen. Römer standen herum und gaben Anordnungen, die auch von Römern selbst, überwiegend aber von Sklaven mit weißer und dunkler Hautfarbe ausgeführt wurden. Auch kurz geschorene Germanen waren darunter. Allesamt schleppten oder reichten sie weiter, durchquerten das dem Strom zugewandte Tor des Kastells, um neue Waren, immer Neues heranzuschaffen. Fünf breitbäuchige Schiffe schaukelten im Wellengang. Sie maßen in der Länge fünf bis zehn Meter. Buge und Hecks der größeren Fahrzeuge wurden von kunstvoll geschnitzten Köpfen oder anderen Figuren verziert. Römische Schutzgötter?

Plötzlich wurde Tore Zeuge einer grausamen Bestrafung. Ein kräftiger, fein gekleideter Römer hielt eine Peitsche in der Hand. Auf den Brettern des Anlegers kniete ein rothaariger Mann von kräftiger Statur. Klaglos erduldete er eine ganze Kaskade von Schlägen auf seinen Rücken. Ein Sklave, ein Germane oder Kelte, ein Verlorener. Oh, mächtiger Wodan, was hat der Mann verbrochen, dass er …? Da bemerkte Tore einen Ballen Tuche, der hinaus auf die Elbe trieb. Es folgte ein brutaler Stoß des Römers und der Sklave fiel der Länge nach ins schaukelnde Wasser. Mit größerer Entfernung zum Ufer suchte der ins Wasser Gestoßene in die Strömung zu gelangen. Wie es schien, nahm er die Verfolgung des Stoffballens auf, den er durch kräftige Schwimmbewegungen zu erreichen suchte. Entgegen eines Reflexes einzugreifen, den brutalen Sklavenhalter niederzuschlagen, wandte Tore sich ab. Es war die Vernunft, die flüsterte: Eine solche Aktion besitzt nicht die geringste Aussicht auf Erfolg. Zudem war es für einen Halbfreien sowieso am besten, gar nicht aufzufallen. Also schwieg er, verharrte regungslos am Rand der Menschenmenge, die zusammenlief und die gar nicht zimperlich war bei ihrer Parteinahme für den peitschenden römischen Herrenmenschen, der jetzt breitbeinig auf dem Bootssteg stand und sich von einem hingereichten Teller mit Leckereien bediente. Gehässige, spöttische Sprüche tanzten durch die Reihen der Gaffenden. Und eine regelrechte Jagdstimmung entstand, als ein Ruderboot ablegte, um das Eigentum des brutalen Römers: Sklave und Stoffballen, zu bergen.

Die zahlreichen Händler römischer Herkunft, denen Tore bislang auf Marktbesuchen begegnet war, waren gewöhnlich mit herrschaftlichem Habitus aufgetreten. Sie wirkten distanziert, überlegt, gleichzeitig irgendwie wohlgesonnen. Die gerade erlebte Brutalität besaß wohl gerade deshalb etwas Unwirkliches. Zumal sie quasi verdeckt, abseits des Marktes, vollzogen wurde. Da kamen Tore die vielen Geschichten der Alten in den Sinn, die an den abendlichen Feuern im Dorf erzählt wurden. Nichts Gutes war da berichtet worden, viel von enthemmter Brutalität und germanischer Unterwerfung. Trotzdem hörten die Mächtigen und Wortführer der Stämme und Sippen nie auf, die Römer und ihr Imperium gutzuheißen, besonders seit Abschluss der Handels- und Schutzverträge.

Während Tore trotz dieser Gedanken die schneidende Eleganz des auslaufenden Boots bewunderte, spürte er Hunger. Leichtfüßig suchte er Distanz zu den bedrohlichen Palisaden. Während in einer Entfernung von zwei Sperrwürfen der Markt ungebrochen brummte, durchquerte er mit raschen Schritten einen langgezogenen, wie leer gefegten Sandstrand. Bald erreichte er einen ins Wasser ragenden Felsen, hinter dem der Uferstreifen schmaler und der Grund fester wurde. Wie von fleißigen Händen geflochten, so schmückte hier ein Teppich aus Gräsern, Wurzeln und kriechendem Gestrüpp den Uferbereich. Ein schöner, ruhiger Ort. Tore drückte seinen Hintern in eine Mulde aus Stein, der von der aufkommenden Sonne angenehm erwärmt worden war. So schmeckte ein Fladenbrot gleich doppelt gut.

Plötzlich erschienen in der Mitte der Elbe zwei ungewöhnlich lange Einbäume. In den groben, aus einem Stück gehauenen Booten kämpften jeweils 12 rudernde Männer gegen die Strömung. Germanen vom gegenüberliegenden Ufer, vermutete Tore. Ihr Ziel war unschwer zu erraten: Sie wollten die Elbe überqueren. Leicht abgetrieben, etwa fünf Speerwürfe entfernt, würden sie ihr Ziel erreichen. Plötzlich kollidierte ein Einbaum mit einem Gegenstand. Der Stoffballen? Angestrengt suchte Tore die Wasseroberfläche ab. Oder schwamm dort der geprügelte Sklave? Genaues war nicht zu erkennen. Doch Tore wollte die Deckung nicht verlassen. Niemand sollte ihn bemerken, weder Römer noch die Männer in den Einbäumen, die vielleicht Diebe waren, die ihr Glück auf dem Markt versuchen wollten, um später mit guter Beute zu verschwinden.

Plötzlich veränderte sich die Lage. Denn mit einer Geschwindigkeit, die Tore nicht für möglich gehalten hatte, kam ein römisches Boot heran. Die beiden schwerfälligen Germanen-Einbäume versuchten auszuweichen. Tore beobachtete, wie die Insassen ihre Ruder ruhen ließen, um die Römer mit einem Pfeilhagel zu überziehen. Die ließen sich jedoch nicht beeindrucken und wehrten den Angriff mit Schilden ab. Dann rammten die Römer mit ihrem dickbäuchigen Gefährt den ersten der beiden Einbäume. Der schwere Stamm wurde mitsamt den Insassen aus dem Wasser katapultiert. Ein halber, kreisender Überschlag, schon fehlten zwei Männer. Die sich hatten festkrallen können, rangen verzweifelt um die Kontrolle über ihr Gefährt. Mit größter Kraftanstrengung stießen sie die Ruder ins Wasser, um zurück ans heimische Ufer zu fliehen. Währenddessen attackierten die Römer den zweiten Einbaum mit einem Rammstoß, der den vorherigen an Wucht übertraf. Das einfache Gefährt drehte sich vom Obersten aufs Unterste. Schon tauchten in den Wellen Köpfe herausgeschleuderter Männer auf. Im Augenblick dieser Wehrlosigkeit schleuderten die Römer ihre tödlichen Langspeere. Nur vereinzelt gelang es den erschöpften Germanen, hinter der Wandung ihres klobigen Einbaums Schutz zu finden. Einige Überlebende wurden ans diesseitige Ufer getrieben.

Wollte Tore den weiteren Verlauf der Ereignisse verfolgen, blieb ihm nichts anderes übrig, als einen geeigneteren Platz zu finden. Er kroch über den Felsen, bis er diesseits in gerader Linie zum Strand Zeuge wurde, wie zwei unverletzte Germanen von angelandeten Römern in Fesseln gelegt wurden. Schwer Verletzte dagegen bekamen hinterrücks Messer in den Leib gestoßen. Tore schoss der

Schweiß aus den Poren. Schwindel und Übelkeit trübten die Wahrnehmung. Schon wurden die Ermordeten ins Gesträuch geschleift. Ein paar Zweige obendrauf und die Römer schienen zufrieden. Zur Bewachung der beiden unverletzten Gefangenen, die gefesselt im Sand saßen, wurde ein Bewaffneter zurückgelassen.

Über die Elbe hinweg konnte Tore beobachten, wie die Männer in dem ersten Einbaum ihr angestammtes Ufer erreichten. Doch zu Tores Überraschung setzte ihnen das römische Schiff nicht nach, sondern steuerte geradewegs in die Flussmitte. Suchte man dort nach dem Stoffballen? Oder nach dem Sklaven? Tore hielt Ausschau. Wie lange, so überlegte er, könnte der Unglückliche in der Strömung überleben? Plötzlich, ohne auch nur den Versuch gemacht zu haben, der Elbe etwas zu entreißen, drehte das Römer-Schiff ab. Kräftig stießen die Ruderblätter ins Wasser. Der Wind trug ein unverständliches Kommando über den Strom. Und mit einem Mal standen die Ruderstangen aufrecht wie ein Spalier links und rechts der Bootswände. Zwei Männer, von denen einer eine gelbe, halbkreisförmige Offiziersbürste auf seinem Helm trug, beugten sich über die Bordwand. Dann wurde ein menschlicher Körper aus dem Wasser gezogen. Das musste der Sklave sein. Ob er noch lebte? War da nicht ein leichtes Zucken? Schon saß er vornübergebeugt im Boot. Heftig redete der Kommandeur auf das Opfer ein. Faustschläge folgten. Ein Verhör? Während Tore darüber nachsann, welche Strafe den Sklaven erwarten könnte, traktierte der Pferdeborsten-Behelmte den Gefangenen mit den Füßen. Es dauerte, bis er abließ. Dabei wirkten die Ruderer unbeteiligt, sprachen kein Wort. Und wieder trug der Wind ein unverständliches Kommando herüber. Daraufhin griffen zwei Römer dem Regungslosen unter die Achseln, hoben ihn an. Die Männer nickten einander zu. Ein fragender Blick noch an den Kommandeur, dann warfen sie den Sklaven wie einen mit Unrat gefüllten Sack in die Elbe, wo die Strömung mit ihm zu spielen begann.

Die Schiffsbesatzung suchte weiterhin die Wasseroberfläche ab. Doch der Stoffballen blieb verschwunden. Als die Römer aufsahen, bemerkten sie, dass der erste Einbaum mit den fliehenden Ostgermanen das Ufer erreicht hatte. Die Römer handelten auf der Stelle. Geradezu atemberaubend, wie die Mannschaft gegen den Strom Fahrt aufnahm. Jagdfieber, urteilte Tore, der das Geschehen gebannt verfolgte. Was immer die Fliehenden aus dem Gebiet der

Angeln und Warnen auch vorgehabt haben mochten; dass sie den Römern in die Hände fielen, das war nicht das, was Tore sich wünschte. Sein Herz geriet ins Stolpern, als er mitansehen musste, wie das Boot der Römer ungebremst und scheinbar unbemerkt auf die Fliehenden zu sauste. Ruckartig richteten die Römer wieder die Ruderstangen auf, holten plötzlich Speere hervor, die im Bauch des Boots lagerten. Trotz seiner Parteinahme für die Nordostgermanen konnte Tore nicht umhin, die Disziplin der römischen Kämpfer zu bewundern. Geräuschlos erreichten sie im Rücken der Fliehenden das Ufer. Wie eine tödliche Pranke zum Schlag, so holten sie Schwung zum tödlichen Wurf ihrer Speere.

Tore, obwohl diesseits der Elbe und übers Wasser mindestens drei Speerwürfe entfernt und zwischen Felsen verborgen, wagte kaum zu atmen. Da schienen die fliehenden Germanen die Gefahr zu bemerken. Wie auf ein stilles Kommando hin fielen sie in den Sand, irgendwie bemüht, Steine und ausgedehnte knorrige Baumwurzeln als Deckung zu nutzen.

Auf einmal füllte eine Art grauer Nebel die Luft über dem Elbufer. Es dauerte einen Augenblick, bis Tore das Geschehen begriff: ein Pfeilhagel, der in der dichten Vegetation hinter dem Ufer aufstieg. Die Römer hatten den Sinn dieses Geräusches eher erkannt und ihre rechteckigen Schilde hochgerissen. Es gelang ihnen sogar, den Großteil der Pfeile abzuwehren, doch der Tod steckte bereits in den Schädeln von vier Männern. Schon rollte die nächste Angriffswelle auf sie zu: vierzig Pfeile, wie Tore schätzte. Zwar richtete die Attacke unter den Römern keinen weiteren Schaden an, hinderte sie aber daran, ihre verletzten Kameraden zu bergen. Mit vorgehaltenen Schilden suchten sie rückwärts schreitend ihr Boot zu erreichen.

Als der Sandstrand wegen steigenden Wassers an Festigkeit verlor, gelegentlich überspült wurde, fegte erneut ein Pfeilhagel heran. Da gerieten einige Römer in Panik, sprengten die Ordnung, versuchten auf dem kürzesten Weg entlang des Elbufers zu entkommen, wurden aber von einer aufgeschwemmten Sandbank gestoppt. Auf der Stelle zischten wieder Pfeile heran. Dazu löste sich ein vorstürmender Trupp langmähniger Männer aus dem dichten Bewuchs. An den Armen hielten sie Rundschilde. Auf ihren Köpfen trugen sie dicklederne oder metallene, einfach gearbeitete Helme.

Mit infernalischem Gebrüll streckten sie Kurzspeere vor oder hoben Beile zum Schlag.

In Tores Eingeweiden tanzte ein triumphierendes Gefühl, fast so, als wäre er selbst einer der siegreichen Krieger. Eine Empfindung, die den sehnlichen Wunsch transportierte, die römischen Söldner ohne Wenn und Aber niederzumachen. Nicht mehr und nicht weniger sollte ihnen widerfahren als das, was sie den nordostgermanischen Brüdern angetan hatten.

Tores Wunsch sollte in Erfüllung gehen. Zwar versuchten die verbliebenen Römer zu kämpfen, auch bekamen sie Schwerter oder Speere in die Hände, letztendlich aber sanken sie unter dem Ansturm dahin. Kaum war der Kampf beendet, umringten die Siegreichen das römische Schiff und inspizierten es. Jeder umkreiste und prüfte die komplexe hölzerne Konstruktion durch Betasten und Klopfen. Es wurde getanzt und mit erhobenen Fäusten elbaufwärts in Richtung des nicht sichtbaren Kastells gedroht.

»Wodan, Wodan, Thyr, Thyr!«, skandierten sie, dann wurde Thyrs Hammer beschworen: »Mjölnir, Mjölnir!«
Tore war in der Tiefe seiner Seele mit ihnen.

Und so dachte er bei sich: Die sollen mal lieber das Weite suchen. Er wusste: Das Kastell hatte keinen Mangel an römischen Legionären. Hinzu kamen Begleitmannschaften der fremden Händler. Ja, mit geübten Wehrmännern war nicht zu spaßen. Auch war unklar, wie sich die Gefolgschaften der diesseitigen Stämme verhalten würden. Ihre Anführer hatten zu weiten Teilen mit den Römern ihren Frieden gemacht. Dazu gehörten auch Chauken, zu denen Tore zählte. Der, noch jung an Jahren, zuckte bei diesen Gedanken ratlos mit den Schultern.

Auf einmal trug eine Bö Sprachfetzen heran. Tore riss sich weg von den dramatischen Ereignissen auf der gegenüberliegenden Seite der mittlerweile wieder unberührt dahinfließenden Elbe. Er sperrte die Ohren auf. Die verschwommenen Töne entstammten den beiden Gefangenen unter ihm am Elbstrand. Ei, der hier verbliebene Römer wie auch die gefesselten Germanen müssten das Sterben auf dem gegenüberliegenden Ufer beobachtet haben. Vorsichtig schob Tore den Kopf über das kleine Plateau aus brüchigem Gestein. Jetzt bloß keine heftige Bewegung, bloß keinen Steinschlag. Die Bucht lag frei vor seinen Augen.

Der römische Bewacher wirkte fahrig, durchmaß unruhig den Strand. Seine Blickrichtung wechselte pausenlos zwischen den zwei Elbufern, dem gestrandeten Schiff, den toten, elbabwärts treibenden Kameraden und seinen beiden germanischen Gefangenen diesseits des Stroms. Dabei vollführte er eigenartige Drehbewegungen, die seinen Rock fliegen ließen wie die Gewänder der Frauen beim Tanz.

Plötzlich hielt er inne, stemmte die Hände in die Hüften und brüllte den beiden Gefangenen in gebrochener germanischer Sprache ins Gesicht: »Dafür werdet ihr büßen.«
Tore stockte der Atem, als er mit ansah, wie die Gefangenen an zwei Strandbirken festgezurrt wurden, ähnlich den Verbindungen von Balken und Gestängen beim Hausbau. Das tut weh, dachte er mitfühlend.

»Ich komme gleich zurück«, bellte der Bewacher, »euch abzuholen. Aber erst muss ich im Kastell Bescheid geben, damit wir mit der Verfolgung eurer Barbarenhorde beginnen können.« Dann machte er kehrt und verschwand hinter der Bucht.

Blitzschnell riss Tore seinen Kopf zurück. Würde man ihn entdecken, käme es unweigerlich zum Kampf. Hier auf dem wenig tragfähigen Schiefergestein hinter undurchdringlichen Brombeerhecken fühlte er sich aber sicher. Gleichwohl war es ihm unmöglich, auch nur zu erahnen, was außerhalb seines Blickfeldes geschah. Mit größter Konzentration horchte er in den Wind. Allein ein eintöniges Säuseln und das raschelnde Spiel der Böen mit trockenem Blattwerk und zittrigen Gräsern füllte die Luft. Tore wartete eine Weile, dann wagte er es, seinen Kopf über den Rand der Schieferkante zu heben. Von dem Römer war nichts zu sehen, wohl aber von den Gefangenen. Knebel steckten in ihren Mündern. Sie wirkten gequält und rissen hektisch an den Fesseln. Einem quollen die Augen aus den Höhlen. Er litt an Atemnot, stöhnte gurgelnd.

Tore blieb keine Wahl. Er musste eingreifen, die fremden Brüder befreien, bevor der Römer mit Verstärkung zurückkäme. Doch wo war der Bewacher? In der Nähe? Oder war er schon weit genug weg auf dem Weg zum Kastell? Tore zögerte. Er beäugte den kantigen Abhang. Daran würde er spielend hinabsteigen können. Gleichwohl: Es wäre ein riskantes Unterfangen. Zur Elbe hin wäre er so sichtbar wie auf einer Erhebung im Moor. Es half nichts, er würde den Umweg durch die Brombeeren nehmen müssen

Und schon krümmte er seinen Leib wie ein Luchs. Still rief er die Götter an, erbat ihre Gunst. Bis 30 wollte Tore zählen, um Kraft und Mut zu sammeln. Langsam, sehr langsam nur, sagte er die Zahlen auf. Siebzehn, achtzehn, neunzehn ... Er presste die Lippen, griff nach seinem Messer, wobei er hoffte, es ausschließlich zum Durchschneiden der Fesseln gebrauchen zu müssen. Ei, er war doch nur ein Bauer. Die pochende Kehle einer Ziege, eines Schafs, die Leiber kranker Wildtiere waren ihm vertraut. Aber mit dem Töten von Menschen besaß er keine Erfahrung. Oh Wodan, bitte halte den Legionär fern. Tief holte Tore Luft, hielt den Atem an, kroch durchs Gesträuch. Doch da geschah Unerwartetes. Zwei römische Boote, kleiner als das vorhin von den Sklavenjägern gesteuerte Gefährt, näherten sich aus der Ferne. Und noch eines, sogar ein viertes, vollgestopft mit Legionären. Tore staunte. In dieser Formation glichen die Boote einem schwimmenden Kastell. Die vorderen drei nahmen Kurs auf das gegenüberliegende Ufer, wo das verlassene Schiff ihrer getöteten Kameraden im Sand steckte. Das vierte Boot orientierte sich zum diesseitigen Elbufer hin, steuerte direkt auf den Strandabschnitt mit den beiden Gefangenen zu. Fieberhaft erkannte Tore, dass es weitere Zeugen gegeben haben musste. Niemals hätte der Gefangenen-Bewacher es in der kurzen Zeit schaffen können, das Kastell zu alarmieren.

Angesichts der zügig herangleitenden Römer bündelte Tore seine Kräfte. In einem fort schlug und trat er rankende, hängende und sperrige Äste und Pflanzen aus dem Weg. Gleich erreichte er einen kleinen Pfad, der in kurzen Windungen hinunter an den Elbstrand führte. Vorwärts hastete er, bloß jetzt nicht mehr nach rechts oder links schauen. Keinen Muskel spürte er mehr. Keine innere Ermahnung zur Vorsicht bremste ihn aus.

Endlich erreichte Tore den Sandstrand im Rücken der gefesselten Brüder aus dem germanischen Osten. Mit einem Ruck riss er sein Messer aus der Scheide. Zwei Schnitte und die gedrehten Schnüre fielen von den Gefangenen ab. Doch da geschah Schlimmes. Plötzlich lag eine grobe Hand auf seiner Schulter, so gewichtig wie die Last eines ganzen Lebens. Dann spürte er einen Schlag gegen den Kopf. Tore stürzte in den Sand. Ein Messer blitzte auf. Einen winzigen Augenblick nur bekam er den Angreifer zu Gesicht: der römische Bewacher. Hatte er die eintreffenden Schiffe bemerkt und war zurückgeeilt? Tore rollte sich instinktiv zur Seite. Gerade noch rechtzeitig. Ein Speer steckte schwingend vor seinen Füßen im Boden. Er wusste: Der Bewacher verfügte neben dem Speer und dem Messer über ein Schwert. Es gab nur einen Ausweg: ab ins Gesträuch. Schnell!, schallte es durch seinen Kopf. Doch als Tore aufsprang, geriet er ins Stolpern, so dass er der Länge nach auf die Seite fiel, mit den Rippen gegen irgendetwas Hölzernes oder Steinernes. Wie gelähmt von Schmerz und Todesangst schloss er die Augen, erwartete sein Ende. Eine Gewissheit, die ihn merkwürdigerweise entspannen ließ. Was er jedoch erlebte, war kein Aufstieg in eine Zwischenwelt, sondern ein beschwertes, wütendes Keuchen und Brüllen.

Dann: »Steh auf, los, mach schon, nimm dein Messer. Stech zu.«
Tore öffnete die Augen. Einer der eben noch gefesselten Germanen hielt den Legionär von hinten umklammert. Mühsam nur gelang es, den sich windenden und mit den Füßen tretenden Bewacher unter Kontrolle zu halten. Mit einem Satz sprang Tore auf die Beine, mit einer ausholenden Armbewegung rammte er dem römischen Bewacher das Messer gegen die Brust. Doch mehr als die Messerspitze wollte den Panzer nicht durchdringen.

»Du musst auf den Hals zielen!«, forderte der Klammernde.
Tore riss das Messer zurück und stach dem Legionär ins weiche Fleisch unter dem Ohr. Der Getroffene brüllte auf. Schon war die Messerspitze unter der gegenüberliegenden Ohrmuschel zu sehen. Blut floss, erst aus den beiden Wunden am Hals, dann aus dem Mund, der keine artikulierten Laute mehr hervorbrachte. Ein schnappender Atem wie bei einem an Land gezogenen Fisch. Als seine Muskeln erschlafften, schleuderte der eben noch klammernde Ostgermane den Sterbenden zur Seite.

»Du musst fliehen!«, forderte er Tore auf.

In diesem Moment kämpfte das mit Legionären überladene Boot mit dem seichter werdenden Wasser. Teile der Besatzung sprangen fluchend in die an dieser Stelle kniehohe Elbe, um dem Boot Auftrieb zu verschaffen. Tore begriff: Trotz dieses Hindernisses müssten die Römer jeden Augenblick den Strand betreten.

»Wohin wollt ihr?«, fragte Tore den eben noch klammernden Ostgermanen.

»Wir haben unsere Schleichwege«, antwortete der grinsend und begann, seinem elbabwärts laufenden Kameraden zu folgen, hinein in die dort bis ans Wasser reichende Vegetation. Einmal drehte der Befreite sich noch um und rief: »Danke!« Augenblicke später war er verschwunden.

Auch Tore hatte Geschwindigkeit aufgenommen, in die entgegengesetzte Richtung. Er wollte zum Markt, doch war er sich nicht im Klaren über den Verlauf des Wegs. Der Uferbereich, über den er hergefunden hatte, war zu gefährlich. Dort würde es bestimmt von Legionären wimmeln. Während er mit unverminderter Geschwindigkeit durch den Busch hetzte, schaute er an sich hinunter. Das Hemd war beschmutzt, die Hose nicht minder. Winzige Blutspritzer waren zu sehen. Er griff ins Gras, rupfte ein Büschel ab, bespeichelte es und wischte über die Flecke. Mit mäßigem Erfolg. Kurzerhand nahm er Schmutz auf und überschmierte die Blutflecken. Jetzt kam es nur noch darauf an, den Markt unerkannt zu betreten.

Ohne Rast rannte Tore elbaufwärts. Dabei mied er die parallel zum Fluss angelegte Straße. Nur kurz staunte er über den mit flachen Steinen gepflasterten Untergrund, auf dem zwei Gespanne bequem Platz fanden und auch bei widrigem Wetter gut vorankommen konnten. Irgendwie, so schien es ihm bei allen Vorbehalten gegenüber den Besatzern, bewiesen die Römer einen guten Sinn fürs Praktische. Aber, so schränkte er sein Urteil ein, auch fürs Überflüssige. Dabei dachte er an die viele Arbeit, die der Bau einer solchen Straße erforderte. Und woher stammten eigentlich die behauenen Steine? Auf einmal, durchs Gehölz, waren Wagenräder zu hören. Offenbar hatten erste Marktbeschicker die Heimreise angetreten. Tore beschleunigte noch einmal seinen Lauf. Dann, endlich, trug der Wind das geschäftige Brummeln und Murmeln des Marktbetriebs heran. Sich zu orientieren, suchte Tore die höchste Stelle am Rand des Marktplatzes auf. Ein paar Schritte noch, dann stand er in der Nähe einer Gruppe von Händlern, die Bier und Wasser tranken und munter palaverten. Ihr Tonfall verriet zornige Erregung, doch besaß Tore für den Sinn ihrer Worte keine Ohren. Eine Drehung und er wurde inmitten eines Stroms von Menschen auf den Marktplatz gespült. Bald war er nicht mehr als drei Marktgassen von dem Wagen entfernt, an dem Rutger und Osbert auf ihn warteten. Die hielten Ausschau, schienen gelangweilt, wie an ihrer Mimik und ihren Gesten zu erkennen war. Jetzt galt es, die Aufgeregtheit abzulegen, den Atem zu normalisieren, den netten und harmlosen halbfreien Bauern zu mimen, der sich strebsam und solidarisch dem Wohl des Dorfs am Flutensee verpflichtet fühlte.

Doch das war nicht einfach. Mit den letzten Schritten zum Wagen war ihm plötzlich, als liefe er frontal gegen eine Wand. Von einem Atemzug zum nächsten holten ihn die Ereignisse ein. Hatte er tatsächlich einen römischen Legionär erdolcht? Nie hatte er Gewalt gegenüber Menschen ausgeübt. Oh Wodan, steh mir bei, flehte er. Da wurde er von Osbert bemerkt. Der winkte den Halbfreien drastisch heran. Ja, ja, ich komme ja schon, dachte Tore und ärgerte sich insgeheim über die heftige Geste.

Der ruhige Rutger sagte mit einem Zwinkern: »Du bist spät dran. Sag bloß nicht, dass du es gewesen bist, der das Unheil über die Römer gebracht hat.«
Tore errötete, sein Puls begann zu rasen. Jetzt bloß die Ruhe bewahren. Also lachte er, wenn auch gequält. Plötzlich lag Osberts Hand auf seiner Schulter. Finger kniffen und knufften, ließen Tore zusammenzucken. Dann hörte er den Kneifenden prustend vor Lachen sagen, dass Rutger keine Scherze machen solle über ein so heikles Thema.

Osbert fügte hinzu: »Tore als Kämpfer? Nee! Unser Kleiner? Der ist einfach nur ein verdammt guter Bauer, vielleicht sogar der beste.« Anerkennend tätschelte er Tores Wange. »Doch jetzt lass uns das Thema wechseln.«

»Ja, vor allem keine überflüssigen Worte mehr verschwenden«, antwortete Rutger in gespielt gewichtigem Ton, »geben wir dem Kleinen doch ganz einfach die Gelegenheit, unseren Wagen zu beaufsichtigen.« Daraufhin umfasste Rutger seinen Kumpel Osbert, drückte und schob ihn davon.

Tore wollte sich erholen von den Strapazen an der Elbe. Dösend lag er mit ausgestreckten Beinen auf der Ladefläche. Doch immer wieder blieben handelswütige Marktbesucher stehen, überflogen mit den Augen die von der Plane verhüllten Körbe und Amphoren. Irgendwann war Tore die immer gleichen Anfragen nach einer Begutachtung der nicht weiterverkäuflichen Waren leid. Zügig richtete er die hölzernen Streben an den Wagenseiten auf, sodass die Plane aufgezogen werden konnte. Eine gute Idee, denn unter der Plane fühlte er sich besonders vor den Römern geschützt. Die sich darunter stauende Hitze störte ihn ausnahmsweise nicht.

Von nun an verging die Zeit wie von einer Kurbel beschleunigt. Sehr zur Freude des Erschöpften. Vielleicht, so überlegte Tore kühn, war es sogar Wodan selbst, der ihn beschenkte. Niemand sonst als das Oberhaupt der Asen wäre in der Lage, den Flug der leuchtenden Himmelsscheibe zu beschleunigen. Als ein Dankeschön vielleicht für die Tapferkeit bei der Befreiung der beiden Ostgermanen. Für den Messerstich durch den Hals eines römischen Legionärs wäre für Tores Empfinden sogar der Zugang zur untersten Stufe Walhalls denkbar. Ein stolzes Lächeln lag auf seinem Gesicht. Und wieder sah er die Messerspitze, wie sie blinkte, rot überflossen wurde von Blut. Schließlich das Sterben des Legionärs. Was blieb, war die Frage, ob er Rutger und Osbert vertrauen durfte. Wie gern hätte er ihnen zugerufen: Seht her, ich, der halbfreie Bauer, bin nicht einfach nur der liebenswerte Tore, sondern ein Krieger, ein echter Germane.

Als Rutger und Osbert abends am Wagen erschienen, hatte Tore noch immer keine Antwort auf die sich selbst gestellte Frage gefunden. Spontan entschied er, seine Heldentat zu verschweigen. Wer konnte wissen, ob die Ostgermanen zu einem Stamm gehörten, der in der Vergangenheit auch Dörfer der Chauken überfallen hatte? Das Risiko, von den eigenen Stammesbrüdern gescholten oder gar bestraft zu werden, wollte er nicht eingehen.

»Wir reisen morgen bei Sonnenaufgang ab«, bestimmte Rutger und führte Pferd und Wagen eigenhändig an den Waldrand, wo bereits die gestrige Nacht verbracht worden war.

Das Dorf und das Leben

Die Stille der undurchdringlichen Wälder südlich der Elbe, wo die würzige Luft des großen nordischen Meers bei gutem Nordwest zu riechen war, bekam auf der Heimfahrt etwas Bedrückendes. Schweigsam und zusammengesunken lenkten Rutger und Osbert den leichten Einspänner nun schon den ganzen Tag über durchs Unterholz. Von Westen her drängten schmale Wolkenstreifen über die Wipfel des Buchenwaldes, der aufgelockert wurde durch einige Linden, Eichen und Ahorne. Die Sonne stand tief. Ihre warmen Strahlen fanden den Weg nur noch vereinzelt durch das Blätterkleid. Den Gräsern, Moosen und Farnen am Wegesrand schien die aufsteigende Kühle zu behagen. Überhaupt stand alles Grün in aufrechter Frische.

Die Siedlung am Flutensee sollte noch vor Einbruch der Dunkelheit erreicht werden. So lautete das selbst gesteckte Ziel der beiden Männer auf der Kutschbank. Für eine bessere Sicht nach hinten hatten sie die Plane abgezogen. Tore, der auf der Ladefläche des vierrädrigen Wagens saß, hob den Kopf, betrachtete die vom Wind zerzausten Haare seiner Begleiter. Eine wallende, gleichwohl geschnürte Pracht, um die er Rutger und Osbert beneidete. Tore, der Halbfreie, seufzte unmerklich. Dann lauschte er wieder dem gleichmäßigen Holpern der Wagenräder und dem gelegentlichen Schnaufen des Pferdes.

Dass der erfahrene Rutger immer häufiger hinter sich griff, sich seines Kurzspeers zu vergewissern, beunruhigte Tore. Die vielen abenteuerlichen Geschichten der Alten im Dorf belebten seine Gedanken. Da war von gefährlichen Räubern und geheimnisvollen Zwergen die Rede, von gefährlichen Riesen, Zauberern, Dämonen, die nicht nur an und in den Mooren, sondern auch an geheimen Orten des Waldes ihr Unwesen trieben.

Rutger führte das Gespann über eine enge Kurve auf einen für Ortsunkundige kaum erkennbaren Weg. Es rumpelte heftig, als das rechte Hinterrad auf einen Findling prallte. Tore wurde zur Seite geschleudert. Die nur mäßig geglätteten Bretter der Wagenwand raubten ihm für einen Augenblick die Luft. Jetzt müsste gleich ein zweites Krachen folgen. Gebannt wartete er auf die Kollision. Käme sie, dann wüsste er, an welcher Stelle des Waldes er sich befand. Das Dorf wäre dann nicht mehr weit entfernt. Da krachte es abermals. Wie von Geisterhand wurde die linke Wagenhälfte in die Höhe geschleudert.

Endlich, die beiden Männer auf dem Kutschbock lösten sich aus der Schweigsamkeit. Sie lachten, schallend und anhaltend, ja befreit geradezu. Tore fand keine Zeit, die unnötig harte Kollision zu beklagen. Denn schon fiel der Wagen zurück in die Waagerechte. Der Aufschlag ließ eines der Bretter zerbersten, die die 12 Amphoren mit dem kostbaren Wein fixierten. Glücklicherweise waren die tönernen, in Decken gewickelten Gefäße unbeschädigt geblieben. Für die verbleibende Strecke würde er zwei von ihnen allerdings mit den Händen sichern müssen. Eine marternde, Kraft raubende Angelegenheit.

Steif und unbeweglich, die Arme um die beiden Amphoren geschlungen, so saß Tore nun auf der Ladefläche und litt. Hinter sich gut verstaute Behälter, vor sich Körbe, Töpfe, der Sack mit den metallenen Speerspitzen, außerdem die kostbaren Eisenschwerter und zahlreiche Ballen von feinen, gefärbten Stoffen. Alles war irgendwie in rüttelnder Bewegung.

Wie angenehm war da die Hinfahrt gewesen zum Marktplatz am großen Fluss. Bequem hatte Tore gesessen inmitten aufgehäufter Felle. Im Gegensatz zu Rutger und Osbert auf ihrer harten Kutschbank. Es war nicht das erste Mal, dass der halbfreie Tore hatte mitfahren dürfen ins entfernte Hinterland. Eine Reise, zu der das Dorf nur wenige Mal im Jahr rüsten ließ. Tore seufzte, erinnerte sich im Stillen an die entlang der Elbe verstreuten Marktplätze. Gern hätte er selbst mal eine Markttour geleitet. Er spürte ein Kribbeln bei der Vorstellung, eigenständig zu bieten, zu fordern, zu tauschen. Wie schön, wenn die Dorfbewohner ihm danken und ihn bewundern würden. Bewundern? Ja, denn an dieser Variante menschlichen Erfolgs hatte Tore Geschmack gefunden. Das war etwas, was ihm lag. Im Gegensatz zu seinem Bruder, der am liebsten mit dem Speer focht, Mann gegen Mann, auf Leben und Tod, wie die meisten jungen Männer im Dorf.

Tores Arme schmerzten. Zu sehr drückten die Amphoren ins Fleisch, vor allem, wenn Rutger und Osbert den Wagen über unebenen, steinigen Boden lenkten, der die harten Räder springen ließ. Bald kroch der Schmerz hinauf in die Schultern. In immer kürzeren Abständen wechselte Tore die Sitzposition. Hatte er eben noch in Fahrtrichtung geschaut, streifte sein Blick wenig später das aufsteigende Geäst der dicht stehenden Buchen im rückwärtigen Raum. Mit einem Mal durchfuhr ihn ein Schreck. Reflexartig schloss er die Augen. Als er es wagte, sie zu öffnen, erschien die Umgebung so eintönig wie während der bisherigen Fahrt. Tore reckte den Hals, drehte den Kopf bis zur Schmerzgrenze, beobachtete das zurückbleibende Unterholz. Angestrengt suchte er die Baumkronen ab. Verdammt, eben noch hatte sich ein Zwerg mit einem breiten, runden Gesicht gezeigt, schlecht getarnt im grünen Polster der Baumkronen. Da, verdächtig wippten die Äste, die den Weg überragten. Das konnte kein Vogel sein. Und wie aus dem Nichts war es wieder da, das runde Gesicht, wie zwischen die Blätter gezeichnet: zwei wache Augen unter einer breiten Stirn.

Fast wären Tore die Krüge entglitten aus den schwitzenden Händen. Ein Schrei steckte hinter seinen Lippen. Allein die Furcht, von Rutger und Osbert gescholten zu werden, ließ ihn Haltung bewahren. Gleichwohl war die Beobachtung bedrohlich genug für eine Meldung.

»Zwerge? In den Bäumen?«, fragte Osbert über die Schulter hinweg.

»Ja, mit einem runden Gesicht.«

Zu Tores Verwunderung schien der erfahrene Mann keinerlei Zweifel zu haben an der Wahrhaftigkeit der Beobachtung. Im Gegenteil, Osbert wechselte vom Kutschbock auf die Ladefläche und hockte sich an Tores Seite. Von hier aus nahmen sie nun gemeinsam die Umgebung in Augenschein. Nach einer Weile verriet der Erfahrene, dass die Zwerge vor nicht mehr als zehn Tagen einen Jäger angegriffen und eine erlegte Hirschkuh gestohlen hatten. Und dies nicht mehr als eine halbe Tagesreise vom Dorf entfernt. Osbert richtete den Blick auf Tore.

Leise und gesetzt fügte er hinzu: »Rutger hat einen bewaffneten Mann zwischen den Bäumen beobachtet, lange vor dir. Wir wissen, dass Vogelfreie den Wald durchstreifen.« Nachdenklich wog er sei-

nen grobschlächtigen Kopf. »Wir glauben, dass sie mit den Zwergen der Finsternis paktieren.«
Lange blieb Osbert nicht bei Tore auf der Ladefläche. Vor seiner Rückkehr auf den Kutschbock mahnte er zur Wachsamkeit.

Bald wurde der Wald lichter. Immer häufiger lagen von Menschenhand geschlagene Bäume zum Abtransport bereit. An ihrer Stelle sollte Ackerbau betrieben werden. Der Weg wurde breiter, Sand und Steine dominierten jetzt die Wildgräser, die nur noch vereinzelt im Boden Halt fanden. Gleichmäßig folgten die Wagenräder älteren Spuren. Da, endlich sandte der Flutensee einen ersten Schimmer durch die Baumreihen. Sonnenstrahlen tanzten auf bewegtem Wasser. Tore blinzelte zum Himmel hinauf. Nicht mehr lange und die Nacht würde Einzug halten.

Der Flutensee war das Ergebnis einer mächtigen Sturmflut, die die Dorfbewohner einst gezwungen hatte, eine schützende Senke zu verlassen und ihre Häuser auf einen Hügel zu verlegen. Das neu entstandene Gewässer mit einer Ausdehnung von 1000 Baumkronen war für die Siedlung in vielerlei Hinsicht von Vorteil, unverzichtbar sogar wegen seiner verteidigungsstrategischen Bedeutung. Denn der Flutensee bildete eine natürliche Barriere gegen Gefahren von Süden. Am östlichen Ende des aufsteigenden Dorfhügels lag eine veritable Schlucht, deren felsige Formation wie von Riesenhänden aufgetürmt wirkte. Die steile Felswand unbemerkt zu erklimmen schien für Menschen, zumal mit der Last kriegerischer Bewaffnung, nicht denkbar. Nach Westen hin schützte ein Moor vor ungebetenen Gästen. Allein in nördlicher Richtung lag das Dorf auf breiter Fläche offen. Dort schützten die Bewohner den sanften Anstieg durch zwei Verteidigungswälle.

Die Gesichter der heimkehrenden Marktbesucher zeigten entspannte Freude, als das Gespann über den sandigen Weg das Dorf erreichte. Verstreut grüßten die fensterlosen Fronten der Pfostenhäuser die Ankommenden. Die waren nicht unbemerkt geblieben. Von überallher liefen Frauen und Kinder heran. Dazwischen einige Männer. An ihrer Spitze schritt der Dorfälteste. Osbert und Rutger sprangen vom Kutschbock, dehnten ihre steifen Gliedmaßen. Wenige Atemzüge später lagen ihnen ihre Familien in den Armen. Der Dorfälteste begrüßte die Heimkehrer mit kräftigen Schlägen auf die

Schultern. Dabei umlagerte eine immer dichter werdende Traube von Menschen den Wagen, um zu sehen, was die Marktreisenden mitbrachten.

Plötzlich kam wildes Gelächter auf. Es galt Tore. Der saß noch zwischen den Stoffballen, hielt die beiden Weinamphoren umschlungen, weil der Wagen mit einer seichten Neigung zum Stehen gekommen war. Durch die anhaltende Starre seiner Arme hatte er Mühe, die Amphoren loszulassen. Rutger bestieg die Ladefläche und befreite den jungen Mann. Nachdem Tore den Wagen verlassen hatte, wurde er zum Dorfältesten geführt, der abseits mit Osbert sprach. Tore wurde aufgefordert, von dem Zwerg zu berichten, den er vom Wagen aus beobachtet hatte. Dabei erstaunte ihn die Dringlichkeit, obwohl nur ein Halbfreier, Tore selbst, die Beobachtung gemacht hatte. Im Weiteren blieb er auf Distanz, spazierte zurück zum Wagen, wo er sich gegen ein Rad gelehnt ins Gras setzte und auf weitere Anweisungen wartete. Seine Zeit wurde knapp. Denn bis nach Hause auf den kleinen Hof der Eltern hinter dem Moor war es immerhin ein einstündiger Fußmarsch. Nicht lange und Rutger erschien. Er winkte einige herumstehende Männer heran. Tore staunte, als er hörte, dass nicht er, sondern sie selbst den Wagen entladen wollten. Er wurde mit einem Dankesgruß weggeschickt.

Zuvor aber warnte Rutger: »Sei wachsam. Mit dunklen Zwergen ist nicht zu spaßen. Und sag deinem Vater, er soll die Götter anrufen und unbedingt die Zeichen aufstellen, das Böse zu bannen. Es gibt genügend Berichte aus den südlichen Siedlungen, wonach die kleinen, schwarzen Wichte gefährlichen Zauber verbreiten.«

Als Tore im Dauerlauf den See passierte und auf geheimen Dämmen und Pfaden das sumpfige Land im Westen durchquerte, war er angespannt wie der Bezug einer Trommel. Kein Geräusch, keine Bewegung, die seine Sinne nicht vibrieren ließen. Rasch setzte die Dunkelheit ein. Binnen kurzer Zeit war die Landschaft nur noch in schemenhaften Umrissen erkennbar. Tores Wahrnehmung arbeitete jedoch perfekt. Die wechselnde Nachgiebigkeit des Untergrundes, Gerüche, markante Silhouetten in der Umgebung, all das verband sich in der Düsternis zu einem vertrauten Ganzen. Das Moor lag in seiner ganzen Weite offen. Als Tore die Knüppel des Dammes unter den Füßen spürte, fiel alle Anspannung von ihm ab. Ein Gefühl der Sicherheit ließ seinen Atem entspannen. Endlich war er geschützt, auch vor jeder Art von hinterhältigen Zwergen, welchen Orten der Finsternis sie auch immer entstiegen. Er wusste: Kein noch so raffinierter Zauber besaß die Kraft, ihm, Tore, übers Moor zu folgen. Auch dann nicht, wenn der Mond zur Sonne und die Nacht zum Tag würde.

Eine kurze Strecke noch, dann leuchtete voraus ein flackerndes Licht. Tore hielt einen Augenblick inne, atmete kräftig durch. Der leicht stickige, vertraute Geruch verbrennenden Holzes würzte die Luft. Dann betrat er das glitschige Ufer, das mit einem Knüppelteppich befestigt war. Vor ihm lag ein gerodeter Platz zwischen einem Dreieck aus Wald, Weide und Moor. Im Schein eines prasselnden Feuers kam die bescheidene Front seines Elternhauses ins Blickfeld.

Die Mutter bemerkte ihn zuerst. »Tore!«
Neben ihr sprang sein Bruder Ludwig auf, weniger dynamisch der Vater, dem freilich der Vortritt gelassen wurde, den Heimkehrer zu begrüßen.

Wieder war die Mutter zu hören. »Tore! Tore!«
Der trat auf sie zu und erstickte ihre Rufe mit einer anhaltenden Umarmung. Zuletzt trat er vor Ludwig. Tores Körperhaltung bezeugte die Demut des Jüngeren vor dem Älteren. Was nicht schwerfiel, denn Ludwig war um einen halben Kopf größer. Auch sein Schädel war wuchtiger, ähnlich dem des Vaters. Einheitlich leuchtete das Blond der Familie im flackernden Feuer. Allein die Mutter besaß langes, über die Schultern reichendes Haar. Die Männer trugen die schmucklose Kürze der Unfreiheit auf ihren Häuptern.

Endlich war Raum für die Neugier der Mutter: »Wie ist es gewesen auf dem großen Marktplatz?« Sie stellte die Frage mit Stolz in der Stimme. Alle sollten wissen, dass es ihr Sohn war, dem man das Vertrauen für die Reise geschenkt hatte. Da spielte es keine Rolle, dass Vater und Bruder ohnehin eingeweiht waren.

»Warte, Mutter«, beschied Tore, »ich werde gleich berichten. Aber erst muss ich etwas essen.«

»Daran soll es nicht mangeln«, versprach der Vater.

Über die Schultern der Mutter hinweg bemerkte Tore, dass ein Reh erlegt worden war. Das Fell lag auf einem Holzgerüst zum Trocknen. Der Rumpf des Tiers lag ausgeweidet und zerteilt auf einem glühenden Stein inmitten züngelnder Flammen. Auf einem

weiteren Stein am Rand des Feuers wurden Getreidefladen gebacken. Alles war wie für eine Feier hergerichtet. Tore mochte es
nicht, dass heimlich Wild erlegt wurde. Es war den Unfreien verboten. Erst unlängst hatte man am nördlichen Ortsrand einen Unfrei-
en mit einer saftigen Hirschkeule erwischt. Das Urteil: 10 Peit-
schenhiebe. Tore wusste, dass jede Ermahnung an seinem Vater
abprallen würde. Der liebte Wildbret über alles und würde dafür
jedes Risiko eingehen. Um des familiären Friedens willen verzichtete er aufs Aussprechen seiner Bedenken. Stattdessen fragte er,
woher die Familie von seiner Ankunft gewusst habe.

»Ludwig hat euren Einspänner beobachtet, bevor ihr das Dorf erreicht habt.«
Tore suchte mit den Augen seinen älteren Bruder. Der hockte
merkwürdig unbeteiligt am Feuer und wendete die Glut. Man
würde nachher Gelegenheit finden, miteinander zu reden.

Da es bis zum Begrüßungsschmaus noch dauerte, blieb Zeit für
eine Erfrischung. Die Wasserkrüge hinter der Eingangstür waren
gefüllt. Der Vater reichte einen Krug, ließ das klare Nass lockend
über den Rand rinnen. Tore hielt die Hände darunter, genoss den
erfrischenden Rinnsal, trank in gleichmäßigen Zügen. Die Mutter
holte ein zerfranstes, von der Sonne gebleichtes Tuch zum Abtrock-
nen. Dabei loderte die Glut, übermütig tanzten die Funken in der
Dunkelheit, um im Wind zu verglühen. Ludwig legte trockene Äste
und Reisig nach. Der Vater riss und schnitt am Fleisch, verteilte die
Teile. Fettig glänzten die Hände und Gesichter der Familie. Es sollte
ein friedliches, genussvolles Essen werden.

Bald wurde nur noch vereinzelt an Knochen genagt. Zeit für Tore,
von dem großen Markt am großen Fluss zu berichten. Nichts wurde ausgelassen: Landschaften, Dörfer, Aussehen und Bekleidung
der Marktbesucher, ihre Sitten und Gebräuche, die Römer, das Kastell, die getauschten Waren. Zuletzt, in dramatischem Ton, berichtete er von den Ereignissen auf der Elbe, in deren Verlauf er einen
römischen Soldaten getötet hatte. Demonstrativ hielt er dazu sein
Messer in den Feuerschein. Vater, Mutter und Bruder sprangen auf.
Tore, der Sohn und Bruder, der fleißige Bauer ein Kämpfer. Ein
Wunder.

Irgendwann begann Tore zu frieren. Die Mutter reichte ihm eine
grobe, ärmellose Fellweste. Und weiter berichtete er, diesmal von

dem runden Gesicht in den Baumkronen. Da verdüsterte sich die Stimmung. Auch in der Familie hatte man von der Gefahr gehört. Seit Tagen verging kaum eine Zusammenkunft im Dorf, ohne dass vor den Zwergen und ihren Diebes- und Mordtouren gewarnt wurde. Die aufflammende Nervosität erinnerte Tore an Rutgers Ermahnung, die magischen Zeichen aufzustellen.

Tores Hinweis führte dazu, dass die Mutter ins Haus eilte. Doch anstatt mit hölzernen Scheiben, die eingeritzte magische Zeichen aufwiesen, kehrte sie mit schmalen, steinernen Bannfiguren zurück, die sie mit spitzen Fingern in vorgestreckten Händen trug. Die Figuren besaßen angedeutete Gesichter auf unscharfen Formen menschenähnlicher Gestalten.

»Das gemeine Zwergengesicht«, so verriet der Vater, »wird von diesen Figuren gespiegelt und gebannt. So wird dem Bösen das Gesicht geraubt. Gebt genau acht«, forderte er, »sobald Augen, Nase und Mund erscheinen, müssen die Figuren mit einem Ausrufen des Bannfluchs im Moor versenkt werden.« Das Familienoberhaupt triumphierte: »Durch diesen Trick werden die schwarzen Zwerge zu gesichtslosen Wesen und müssen fortan blind umherstreifen, was ihren endgültigen Tod bedeutet.«
Das leuchtete Tore ein.

Wenige Schritte noch, dann standen je zwei kniehohe Figuren an der Wald- und Feldseite des Hauses Wache. Zur aufmerksamen Beobachtung dieser Magie wurde Met gereicht. Die Familie wusste, dass der Genuss des alkoholischen Getränks den Unfreien ohne Anwesenheit eines freien Germanen verboten war. Der Ordnung halber wurde der erste Schluck Wigmar, dem mächtigen Herrn gewidmet. Allein der fromme Tore fürchtete um das Missfallen der Götter, schließlich stammten die menschlichen Regeln von ihnen ab, auch das Met-Verbot für die Unfreien. Still rief Tore Wodan an, bat um Vergebung. Dann aber setzte auch er den Becher für einen kleinen Schluck an die Lippen.

Während die Männer tranken, begann die Mutter, die Reste des gerösteten Rehs abseits des Hauses in einem Erdloch zu vergraben. Oh Wodan, dachte Tore in einem letzten Anflug von Nüchternheit, vergib meiner Familie auch diese Sünde.

Wenig später wurde die Luft von einem elegischen, brummigen Summen erfüllt. Schwermut kam auf, die mit der Anzahl der geleerten Becher anschwoll. Eine rauschhafte Stimmung entstand. Und irgendwann begann der Vater, die Ahnen anzurufen. Die Mutter folgte ihm; ihr lagen vor allem die eigenen, bereits verstorbenen Kinder am Herzen: fünf an der Zahl, die von finsteren Dämonen krank gezaubert worden waren. Ein Name nach dem anderen wurde dem Wind übergeben. Dann begann Ludwig zu singen und mit ihm Tore. Wohlige Empfindungen signalisierten die Ankunft der Ahnen.

Am späteren Abend riss das Heulen eines Wolfsrudels die Familie aus der andächtigen Vereinigung mit den Vorfahren. Der Vater beschloss, eine Wache aufzustellen. Er selbst übernahm den ersten Part. Benommen noch vom Genuss des Honigweins griff er zum Kurzspeer, umkurvte das Haus, drohte ins Dunkel des Waldes. Dann vollzog er die Wachroutine: ausharren im Schatten eines Baums, beobachten, horchen, ablaufen eines für diesen Zweck ausgeklügelten Pfads. Als er schließlich Tore weckte, war der augenblicklich nüchtern und hellwach. Wortlos stieg Tore in die bereitliegende Leinenhose, legte mit größter Sorgfalt den Gürtel um, schlüpfte in ein aus Wolle gewebtes Hemd, das bis an die Knie reichte. Gegen die Nachtkühle schützte ein großes Tuch, das um und über die Schultern gelegt und auf der Brust durch eine hölzerne Fibel zusammengehalten wurde. Abwechselnd hob er die Beine, prüfte die Länge und Weite des Umhangs. Keinesfalls wollte er in seiner Bewegungsfreiheit eingeschränkt werden. Dann übernahm er vom Vater den Kurzspeer, betastete interessiert die aus gehärtetem Holz gefertigte Spitze. Kein Vergleich mit den Metallspitzen, die auf dem Markt gegen Felle eingetauscht worden waren. Als Tore das Haus verließ, fiel sein Blick auf Ludwig. Der galt als guter Kämpfer. Er war zäh und ausdauernd und schon als Kind niemals abgeneigt gewesen zu raufen. Doch nicht nur das: Er scheute auch den Zweikampf nicht gegen erprobte Krieger. Wie oft hatte er dabei aufs Haupt bekommen, bis hin zu einer lebensgefährlichen Verwundung. Tore war davon überzeugt, dass Ludwig so gut wie keine Schmerzen empfand. Nicht nur im Kriegsrausch, nein, zu jeder Zeit.

Am Nachthimmel fand der Mond zwischen den Wolkenfeldern hinreichenden Raum, sein silbriges Licht über die Landschaft zu gießen. Während Tore das Feuer belebte, lauschte er dem Heulen der Wölfe, um ihre Anzahl und Entfernung zu bestimmen. Da, ganz in der Nähe war ein einzelner zu hören. Sein Heulen passte nicht zu den gemeinschaftlichen Gesängen aus Südwest. Ungewöhnlich, dass ein einzelnes Tier den Mond vom Moor aus besang. Kurz darauf raschelte es einen Speerwurf entfernt. Es folgte ein Trampeln, Plätschern, ein sumpfiges Gurgeln. Der Wolf? Nein, viel zu nah für einen Wolf. Ein Wildschwein? Ein Eber? Womöglich ausgesandt von den Ahnen, ihn, Tore, zu beschirmen? Der Gedanke hatte so viel Beruhigendes wie Beunruhigendes.

Tore versuchte, die Geräusche zu ignorieren, warf aber zur Abschreckung Reisig ins Feuer. Mit angestrengten Augen beobachtete er die flachen, gewundenen Ufer des Moors. Auf einmal war eine menschliche Stimme zu hören. Sie kam aus der Richtung, aus der Tore selbst gestern die Lichtung betreten hatte. Die Töne klangen wie aus Not und Verzweiflung gemacht. Tore zögerte. Eine Falle? Sollte er die Familie wecken oder eigenständig handeln? Sein Instinkt signalisierte, dass die Zeit drängte. Den Speer voraus, so rannte er los. Wieder klangen die Hilferufe auf. Dann bemerkte er eine Hand, die aus der wässrigen Mooroberfläche ragte, die sich zuckend und krampfend schloss und öffnete. Mit einem Satz sprang er auf den Knüppeldamm. Noch hatte der Schlick nicht gewonnen. Die zähe, tödliche Schicht lauerte eine Elle tiefer. Dann griff Tore nach der Hand und zog mit aller Kraft. Langsam, ganz langsam öffnete das Moor seinen Schlund. Nur widerwillig gab es sein Opfer frei: einen Menschen. Oder war es ein Zwerg? Jedenfalls gehörte der Versunkene nicht zu den hoch gewachsenen menschlichen Erscheinungen.

Kaum lag der nach Luft Ringende auf dem nassen Damm, nahm Tore dessen Streitaxt und warf sie in die Dunkelheit des Ufers. Die Art der verkrampften Hände verriet, dass in dem kleinen Kerl ein zähes Leben steckte. Tore wusste, was zu tun war. Er drehte den Entkräfteten auf die Seite, dann auf den Bauch. Durch Schläge auf den Rücken spie der Verunglückte dunkle, schmutzige Brühe aus. Nicht lange und der eben noch so gut wie Ertrunkene begann zu röcheln, zaghaft erst, dann lautstark keuchend. Anschließend führte Tore ihn mit gebundenen Händen zum Haus.

Der Lebensretter verzichtete darauf, die Familie zu wecken. Er setzte den Gefangenen mit dem Rücken gegen die Hauswand, musterte ihn eingehend. Triefend nass und stark verschmutzt klebte dessen Kleidung am Körper. Sie bestand aus derben, farblosen Stoffen. Der eben noch Regungslose zitterte. Vor Kälte, erkannte Tore und eilte ins Haus, ihm eines von den eigenen Hemden zu holen. Nicht dass der Gefangene im letzten Moment an Unterkühlung einginge. Denn nur ein Lebender, der Auskünfte geben konnte, würde ihm, Tore, die allerhöchste Anerkennung des gesamten Dorfs einbringen. Vorerst aber wollte er selbst herausfinden, was den kleinen Mann hierher geführt hatte. Andererseits: Tore wusste, dass es nicht gern gesehen wurde, wenn Unfreie eigenständig agierten. Einen Augenblick überlegte er sogar, den Gefangenen zurück ins Moor zu schleifen. Da begann der Gebundene zu zittern und zu klappern. Wieder zögerte Tore, empfand sogar Mitleid. War er, Tore, nicht selbst ein Gedemütigter, eine Art bäuerlicher Gefangener auf Lebenszeit, der jederzeit von seinem Herrn gemaßregelt werden durfte? Andererseits gehörte sein Bruder Ludwig zur Gefolgschaft des Großbauern Wigmar, dem Herrn von Tores Familie. Doch was änderte dies an dem Status der Unfreiheit? Mit einem Mal verspürte Tore so etwas wie konspirative Verbundenheit mit dem Gefangenen, der bei genauerem Hinsehen nicht einmal gefährlich aussah.

Plötzlich kühlte die Luft schlagartig ab. Der gewöhnliche Temperaturabfall in der Morgendämmerung. Tore hob den Kopf. Tatsächlich, von Osten her begann es, hell zu werden. Er musste handeln. Geschickt band er dem bereits an den Händen Gefesselten einen ledernen Riemen um die Fußknöchel. Dann lief er zum Ufer, betrat den Knüppeldamm. Auf dem Moor stach er mit einer hölzernen Stange in den glucksenden Untergrund, Meter für Meter. Undenkbar, dass der kleinwüchsige Eindringling allein unterwegs war. Kaum zu glauben, dass ihm der Verlauf der Knüppeldämme bekannt und sein Abrutschen in den tödlichen Schlick nichts weiter als eine gewöhnliche Panne gewesen war. Doch so ausdauernd Tore auch mit der Suchstange in das Moor stach, eine weitere Person war nicht auffindbar. Eine halbe Stunde später brach er die Bemühungen ab. Nicht mehr lange und es wurde an der Zeit, die Familie zu wecken. Als Tore inmitten der Stube stand und von dem Gefangenen berichtete, dauerte es nur wenige Atemzüge, bis Vater, Mutter und Bruder ihre Lagern verließen und vor das Haus traten.

»Bei Wodan, da hast du einen großartigen Fang gemacht«, lobte Ludwig gönnerhaft. Er trat an den Gefesselten heran und murmelte staunend: »Aha, man könnte ihn für einen Zwerg halten.«
Keines der Familienmitglieder fühlte sich wohl beim Anblick des Gefangenen, dessen Atem ihnen faulig ins Gesicht fuhr. Zwerge waren mit bösen Geistern im Bunde. Daran bestand überhaupt kein Zweifel. Wie sonst hätte es dem Gefangenen gelingen können, das Moor zu überwinden? Aber ganz offensichtlich waren die Ahnen auf der Hut gewesen und hatten den Eindringling zu Fall gebracht. Für diese Erklärung bedurfte es keiner weiteren Verständigung. Allein Tore zögerte, sich der Auffassung der Familie anzuschließen. Eine innere Stimme sagte ihm, dass der Unglückselige etwas zu groß geraten war für einen Zwerg.

Auf dem grob gezimmerten Tisch im einzigen Raum des Hauses dampfte gekochter Getreidebrei in einer Holzschüssel. Dazu gab es eine Handvoll Beeren. Man aß ohne Hast, immer mal wieder durch die Tür hinaus nach dem Gefangenen spähend. Der hatte lange geschwiegen. Doch als die große Holzschüssel auf dem Tisch nachgefüllt wurde, bat er in einer verständlichen Sprache um Essen. Der Vater wies Ludwig an, der Bitte nachzukommen. Doch Tore war schneller. Rasch füllte er eine kleine Holzschüssel mit Getreidebrei, griff nach einem Krug mit Wasser und ging hinaus. Der Vater sah ihm finster, aber schweigend hinterher.

Als Tore zurückkehrte, sprach der Vater in einem festen, gefühllosen Tonfall: »Wenn du den Gefangenen gemeinsam mit deinem Bruder ins Dorf gebracht hast, werden wir miteinander reden müssen.«
Tore senkte den Blick, verharrte in Demut.

Der Nebel verlor an Dichte. Die Sonne erreichte die Wipfel des Waldrandes. Dennoch schwebte ein kühler Dunst über Gräser und Sträucher. Tore wickelte ein Tuch um seinen Hals, hüstelte befreiend, hob die Hand, dem Bruder die Bereitschaft für eine Gefangenenüberführung anzuzeigen. Der zwang den kleinen Mann mit einem groben Ruck auf die Beine.
»Wir müssen wachsam sein«, mahnte Tore, »wir müssen überall mit Komplizen des Gefangenen rechnen.«
»Hach! Keine Bange«, antwortete Ludwig und öffnete seinen Mantel, der einen muskulösen Körper bedeckte.

Unter dem groben Wolltuch war ein ungewöhnlich langes Messer zu sehen, das mit zwei Bändern an Hüfte und Schenkel befestigt war. Tore nickte einverstanden. Er wusste um Ludwigs Unerschrockenheit und um dessen Geschick mit der Waffe. Andererseits: Nur allzu oft hatte er, Tore, erfahren müssen, wie hitzig und unberechenbar der Bruder im Streit werden konnte. Davon zeugten einige Narben aus rauen Kindheitsbalgereien.

Dem vermeintlichen Zwerg wurden die Augen verbunden. Widerstandslos ließ er es geschehen. Noch konnte die Familie davon ausgehen, dass der Eindringling das Moor nur zufällig hatte überwinden können. Würde sich herausstellen, dass ihm die Tücken und Geheimnisse des Verlaufs des Knüppeldammes bekannt waren, wäre sein Tod durch ein rasches Urteil des Dorfältesten und zweier Priester beschlossene Sache. So wie am gestrigen Abend am Feuer blieb Ludwig auf dem Weg über das Moor ungewohnt wortkarg. Demgegenüber wollte Tore ein wenig plaudern, vor allem über dörfliche Begebenheiten. Seine Neugier galt vor allem den jungen Frauen des Dorfs. Wirklich interessiert war er freilich nur an einer, doch wagte er den Namen nicht auszusprechen.

Liebe, Mord und Rache

Bald war das Moor überquert. Vor ihnen lag der Weg, der um den Flutensee herum zum Fuß des Geduldsbergs führte, auf dessen Steigung die ersten Häuser des Dorfs standen. Plötzlich begann Ludwig, den Gefangenen mit Raunzen und Brüllen anzutreiben. Tore, der im Gegensatz zum Bruder eher froh war über die Folgsamkeit des kleinen Mannes, dachte bei sich: Warum ist Ludwig so gewalttätig? Was soll dieser überflüssige Gefühlsausbruch? Irgendetwas stimmt nicht mit ihm. Da waren sie bereits von einigen Dörflern bemerkt worden. Kinder kamen gelaufen, den Gefangenen zu betrachten. Eine Mischung aus Furcht und Neugier hielt die Menschen in der Nähe, zugleich aber auch auf Distanz. Bald erreichten Tore und Ludwig mit ihrem Gefangenen einen rituellen Ort, der von acht Linden überkront wurde. Die wirkten wie eine imposante Kuppelkonstruktion. Eine Örtlichkeit, die Wodan gewidmet war und als Platz der Gerechtigkeit diente. Hier wurden die Brüder und ihr Gefangener von dem alarmierten Dorfältesten erwartet. Dem Anführer standen zwei mit Kurzspeeren bewaffnete Männer zur Seite. Vernarbte Gesichter verrieten erfahrene Kämpfer-Leben.

Ludwigs energischer Schritt geriet aus dem Takt. Prompt stürzte der an einer Fessel geführte Gefangene in den Staub. Eine Szene, die heftige Reaktionen der Dorfbewohner auslöste. Manche brüllten unartikuliert, andere stießen wütende Schimpf-Fontänen aus. Nahezu alle Anwesenden wurden von einem Ruck gepackt, einem kämpferischen Reflex. Böen aus Aggressionen gegen den Gefangenen überzogen den Hügel. Wiborg, der Dorfälteste, hob den Arm. Prompt herrschte Stille. Tore und Ludwig verbeugten sich vor der Respektsperson und erstatteten Bericht über die nächtlichen Ereignisse am Rand des Moors. Währenddessen verzog Wiborg keine Miene, zeigte die Gelassenheit eines selbstbewussten Anführers. Mit seinen 70 Jahre hatte er immerhin ein Alter erreicht, das als Geschenk Wodans galt. Eine Handbewegung genügte und die Bewaffneten befreiten den Gefangenen von den Fesseln. Ein weiteres Handzeichen und der kleine Mann wurde an die zuvorderst stehende Linde gebunden.

Aufmunternd, mit unverhülltem Wohlwollen nickte der Dorfälteste den Brüdern zu. Nachdem Tore seinen Bericht abgeschlossen hatte, sann er darüber nach, was wohl als Nächstes geschähe. Würde ein Priester erscheinen, den Gefangenen zu verhören, zu foltern und ein Urteil empfehlen? Oder würde der Dorfälteste selbst das Verhör führen? Dem Gefangenen freilich schien klar zu sein, was ihn erwartete: nichts Gutes, wie sein Gesichtsausdruck verriet. Denn erstmals glaubte Tore in dessen Mimik so etwas wie Ausweglosigkeit zu entdecken. Alles andere wäre auch verwunderlich, zumal rechts und links des Gefesselten die Baumrinde erkennbare Vernarbungen aufwies. Beschädigungen, die nur durchs Einwirken von Hiebwaffen hatten zustande kommen können.

Vorläufig jedoch geschah nichts und die Dorfbewohner zerstreuten sich, nachdem ihre Neugier einigermaßen gestillt worden war. Auf einmal stand Tore allein im zertretenen Gras am Rand des Hains. Da hörte er seinen Namen. Die dünne Stimme, die um Aufmerksamkeit rang, gehörte zum vermeintlichen Zwerg. Tore erschrak. Niemals würde er mit ihm sprechen dürfen.

Der Hain der Gerechtigkeit bildete den höchsten urbanen Punkt des Siedlungshügels am Flutensee. Von hier führte der von Wagenrädern ins Gestein gemahlene Weg in einem sanften Bogen bergab. Rechter Hand standen Häuser. Plötzlich wurde Tore gegrüßt. Er verlangsamte seinen Schritt. Der ihm freundlich winkte, war Osbert. Kurz nur blieb Tore stehen. Denn rasch wurde ihm bewusst, dass der Marktgefährte viel zu beschäftigt war für einen Plausch. Osbert hantierte an einem ungewöhnlich großen Brett aus abgelagertem Holz. Neben ihm lagen rechteckige Leisten. Was er zusammenbaute, sah nach einem Tisch aus. Dass Osberts Lieblingsbeschäftigung die Holzbearbeitung war, wusste Tore. Damit hatte es der Marktgefährte sogar zu gewissem Ruhm gebracht. Insbesondere durch Schnitzwerke, mit denen er einem mächtigen Chauken-Fürsten ein Gespann verziert hatte.

Bald wurde die Anzahl der Häuser spärlicher. Weideflächen säumten verstärkt den Weg. Milchvieh aller Art belebte die Umgebung. Am westlichen Fuß des Hügels zeigte sich die östliche Spitze des Flutensees. Auf einmal wurde Tore bewusst, dass Ludwig seit geraumer Zeit verschwunden war. Vielleicht war er längst auf dem

Weg zum elterlichen Hof. Da kamen Bauern vorbei. Sie trugen pralle Säcken aus groben Fasern auf dem Rücken. Tore fragte sie nach seinem Bruder.

»Ludwig? Ein guter Krieger«, warf einer der Männer ein. Und: Nein, man sei ihm nicht begegnet.

Tore dankte für die Auskunft. Da bemerkte er am gegenüberliegenden Seeufer zwei Schatten im Dickicht. Einer von ihnen besaß so ungefähr Ludwigs Maße und seine unverkennbare Körperhaltung. Weil Tore diese Richtung ohnehin einschlagen musste, beschloss er, der Sache auf den Grund zu gehen. Nahezu lautlos nahm er Geschwindigkeit auf, umrundete abseits des Wegs in sicherer Deckung den See. Angespannt lauschte er in den Wald hinein. Geräuschlos setzte er seine Schritte. Da durchbrach ein ausgelassenes Kichern die vertraute, vom Wind intonierte Melodie des Waldes. Eine Frauenstimme. Ei, was klang sie fröhlich, so aufschwingend, so frei.

Mit diesen Tönen im Ohr wandte Tore sich ab und nahm den Pfad zum Moor. Dabei durchquerte er Haine, Lichtungen, Sträucher und Farne. Gerade als er einer Biegung folgen wollte, ertönte abermals das unbekannte, aber irgendwie vertraute Kichern. Weich klang es, lockend, herausfordernd, ausgelassen. Tore hob den Kopf, öffnete neugierig seine Sinne. Da erregte ein feinsüßlicher Duft seine Aufmerksamkeit. Ein Lachen erklang. Es gehörte unverkennbar zu Ludwig. Kurz nur überlegte Tore, sich bemerkbar zu machen. Doch etwas in seinem Innersten wehrte ab. Was, in Wodans Namen, gingen ihn die Eskapaden der Dörfler oder seines Bruders an?

Im Dorf lebten nicht wenige Halbfreie und Unfreie mit heiratsfähigen Töchtern. Sollte Ludwig doch vom Fleisch probieren, das die Väter eines Tages für ihn verhandeln würden. Oder lag da etwa ein verbotenes Mädchen im Gras, eine, die längst einem anderen versprochen war? Die Vorstellung kitzelte Tore, befeuerte seine Fantasie. Sollte er nachschauen? Nein, das gehörte sich nicht. Oder doch? Nein, niemals. Mit einem Ruck riss er sich weg. Gleichwohl gab es neben Anstand und Diskretion einen weiteren Grund für seine Vorsicht. Ludwig konnte nämlich verdammt hochfahrend und gewalttätig werden.

So trat Tore den Heimweg an. Inspiriert vom Treiben seines Bruders drückte ihm die eigene Sehnsucht aufs Herz. Die Frau seiner

Träume hieß Heilgart, die jüngste Tochter des Dorfältesten, jene Schönheit, die Gerüchten zufolge längst dem Sohn des Großbauers Wigmar versprochen war, keinem geringeren als Tores Herrn. So litt Tore in manchen nächtlichen Träumen an dem Gerücht einer Verheiratung seiner Angebeteten mit dem freien, reichen Bauernsohn. Schlimm dabei, dass er, Tore, darin den Hochzeitsgästen als Lakai hatte zur Verfügung stehen müssen. Zum Glück dauerten die meisten dieser Albträume nicht lange an. Und Tore hatte eher kurz zu leiden. In anderen Träumen erschien ihm Heilgart in ihrer ganzen Schönheit: mit reiner, schneeweißer Haut und großen blauen Augen. Weit über das Dorf hinaus bekannt war sie jedoch durch ihre kastanienbraunen Haare. Eine absolute Seltenheit hier in der Nähe des großen Meers. Ihr Vater, der Dorfälteste Wiborg, war stolz auf seine Tochter. Und es war wirklich ausgeschlossen, dass ein Halbfreier wie Tore sie würde ehelichen dürfen. Tore gab sich in der Nüchternheit des Tags keinerlei Illusionen hin. So war seine Empfindung für Heilgart mit der Zeit zu einer stillen Schwärmerei geronnen. Er konnte einigermaßen damit leben.

Als er die letzte Weggabelung hinter dem Flutensee erreichte, wollte er im Schatten einer ausladenden Rotbuche ein wenig ausruhen. Kinder kamen gelaufen, spielten am Wasser. Er beobachtete sie teilnahmslos. Doch plötzlich, von einem Atemzug zum nächsten, wurde er hellwach. Denn sie sprachen über den Gefangenen, von einem kleinen Mann, der ein Zwerg sei, besessen von bösen Geistern der Finsternis. Von Priestern war die Rede, von denen der Gefangene noch heute Abend öffentlich verhört werden sollte. Daraufhin beschloss Tore, am Abend zurückzukommen. Jetzt aber drängte seine innere Uhr zum Aufbruch. Die Feldpflege mit dem Vater wartete. Je früher die Arbeit beendet wäre, umso eher könnte er wieder aufbrechen ins Dorf, um an dem Verhör des Gefangenen teilzunehmen. Kurz entschlossen marschierte er los.

Mehr als die Hälfte des Wegs zum Moor war zurückgelegt, als von gar nicht weit her brechendes Unterholz knackte. Ausgeschlossen, dass es Tiere waren; weder Wildschweine, die sehr viel heftiger durchs Gelände brachen, noch Rot- oder Niederwild passten ins Schema. Nein, es waren Geräusche, die von Menschen gemacht wurden. Das Knacken und Rascheln schien auf gerader Linie auf Tore zuzusteuern. Den Geräuschen nach zu urteilen müssten zwei

Personen unterwegs sein. Tore hielt den Atem an. Er wusste: Im Allgemeinen war es nicht von Vorteil, zur falschen Zeit am falschen Ort zu sein. Dies galt insbesondere für Unfreie, so auch für Tore. Was war zu tun? Weglaufen? Mit einem Hechtsprung katapultierte er sich über einen natürlichen Erdwall hinweg in die Unsichtbarkeit. Der halbfreie Bauernsohn hatte nie den Drang gespürt, seinen Zeitgenossen zu nahe zu treten. Eine seiner vom Vater inspirierten Lebensweisheiten lautete: Lieber viel zu weit weg als viel zu nah dran. Mit dieser Regel war er gut durch die Jugend gekommen, sogar bis zum großen Markt am großen Fluss.

Tore blieb nichts anderes übrig, als das unsichtbare Paar zu belauschen, ob er es wollte oder nicht. Atemlos lag er da, ausgestreckt im trockenen Laub, den Kopf leicht angehoben, die Muskeln gespannt. Noch ruhte die Umgebung in unklarer Stille. Da, endlich, ein Schlurfen und Knistern. Tore hatte sich nicht getäuscht, eindeutig war der wechselnde Schritt von zwei Fußpaaren zu hören. Obwohl extrem angespannt, empfand er einen Hauch von Stolz für seine Einschätzung. Schon zeigten die Geräusche an, dass die Personen auf gleicher Höhe spazierten. Da verstärkte der Wind eine weibliche Stimme. Tore stockte der Atem. Eine bekannte Melodie. Jetzt erkannte er an der männlichen Stimme seinen Bruder. Hatte Tore vorhin noch heimwärts gehen wollen, so dominierte jetzt die Neugier. Wer, bei Wodan, mochte die Frau sein?

Da, endlich waren inmitten des Dickichts Worte zu verstehen: » ... und lass es unser Geheimnis bleiben.«
Tore wurde von einem unguten Gefühl beschlichen. Eigentlich müsste er weghören. Doch die einmal entzündete Neugier ließ ihn wie festgeschnürt ausharren.

Vorsichtig hob er den Kopf. Jeden Spalt in der von dornigen Sträuchern beherrschten Vegetation nutzend, suchten seine Augen nach dem Paar. Gleich darauf betrat die weibliche Person das Blickfeld: Heilgart. Tores Herzschlag schien auszusetzen, so schwindelig war ihm von einem Lidschlag zum nächsten. Dann jagte das Blut durch seinen Körper wie ein Sturzbach nach einem Unwetter. Fassungslos beobachtete er, wie Heilgarts hübsches Gesicht sich dem seines Bruders annäherte, wie zwei Nasen miteinander spielten, zwei Lippenpaare sich berührten. Was für eine Sünde. Die kostbarste Blume vom Flutensee und Ludwig, ein halbfreier Bauer. Oh Wodan, was hast du zugelassen? Bevor die Verliebten in verschiedene Richtungen auseinandergingen, küssten sie einander anhaltend und innig. Dabei rieb Ludwig der Sünderin mit der Hand über den Unterleib. Heilgart zitterte.

Es dauerte, bis Tores Gehirn zurückfand zu einigermaßen klarem Denken. Seine geweiteten Augen starrten ins Leere. Heilgart und Ludwig, was für eine gefährliche Mixtur. Früher oder später würde der zum Jähzorn neigende Bruder einen Fehler begehen. Vielleicht würde dem Paar auch ein Dorfbewohner nachsteigen und sie verpetzen. Oder Heilgart selbst verplapperte unerlaubte Gefühle. Möglicherweise in dem naiven Glauben an das Einverständnis ihres einflussreichen Vaters. Tore sprang auf, trat mit ganzer Wucht gegen den erstbesten Baum. Mächtig rüttelte eine ungebetene Besucherin an seinem Nervensystem: die Eifersucht. Warum ausgerechnet Ludwig? Nie hatte Tore auch nur einen Hauch von diesem Verhältnis bemerkt. Sein Herz raste. Ziellos durchstreifte er das Unterholz. Am Flutensees traf er auf Ludwig. Der schlenderte seelenruhig auf das Dorf zu. Wo war Heilgart? Lange suchte Tore die Gegend ab. Doch außer Dorfbewohnerinnen, die mit schweren Körben vom Waschplatz kamen, war niemand zu sehen.

Tore ging zum Ufer des Flutensees, drückte das dichte Schilf beiseite, benetzte Kopf und Nacken mit Wasser. Eine Abkühlung, die guttat. Von Unruhe getrieben, nahm er den Weg hinauf ins Dorf, um dem Bruder zu folgen. Und wieder wälzte die Eifersucht seine Beobachtungen um. Hatte der Bruder sein unfreies Blut mit dem der freien Heilgart vermischt und damit schwere Sünde auf sich geladen? Hatte er es tatsächlich gewagt? Die viel wichtigere Frage lautete aber: Hatte Heilgart es gewagt? Sie hätte mehr als ihr Lebenslicht zu verlieren. Doch schon bald rief Tore sich selbst zur Besinnung. Was immer geschehen sein mochte, Ludwig war sein Bruder. Ihm allein hatte sein Beistand zu gelten. Darüber wachte die Zwischenwelt. Oh, ihr Ahnen, steht uns bei, flehte er im Stillen und wagte es nicht, aufzublicken zum Himmel und den Namen Wodan auch nur zu denken.

Bald erreichte er den Waschplatz in einer flachen, wenig einsehbaren Bucht des Sees, in dem die Frauen gewöhnlich Linnen und Kleidung säuberten. Einige saßen beieinander, schwatzten. Andere hockten zwischen den Felsen am Wasser, rieben verschmutzte Wäsche aneinander. Auf einmal erstarrte Tore. Inmitten der Wäscherinnen kniete Heilgart. Sie tauchte Hemden ins Wasser, rubbelte sie mit einem Seifenstück ab. Andere Frauen beendeten die Arbeit, bewegten sich plaudernd zum Weg, der in das Dorf führte. Tore verlangsamte seinen Schritt, ließ die Wäscherinnen aufschließen. Man grüßte einander. Jetzt wäre die Gelegenheit, einige drängende Fragen loszuwerden. Doch wie sollte er beginnen? Tore fürchtete Gerede. Immerhin betraf sein Interesse eine hochrangige Frau. In immer neuen Variationen formulierte sein Gehirn die bange Frage, die ihn innerlich zu verbrennen schien: Hatte Heilgart öfter mal das Waschen geschwänzt? Und wie hatte sie die Zeit verbracht? Plötzlich wurde er von den Wäscherinnen überholt. Da, ganz offensichtlich, blieb eine der Frauen zurück. Es war Gesine, die unfreie Magd der Familie des Dorfältesten. Sie lächelte. Eine Gleichrangige anzusprechen würde keinen Argwohn hervorrufen. Tore synchronisierte seine Bewegung mit ihrer. Er warf einen Blick in den Korb aus geflochtenen Weiden.

»Sieht sehr nass aus, die Wäsche. Sie muss schwer sein.«

»Ein wenig schon«, antwortete Gesine und errötete.

»Komm, lass mich deinen Korb tragen«, bot er an.

»Gern«, entgegnete die Magd und überließ ihm die Last. So gingen sie einige Schritte gemeinsam des Wegs.

»Komisch«, sagte Tore, »da unten am See hockt noch immer deine junge Herrin. Warum begleitet sie dich nicht nach Hause?«

»Heilgart hat gesagt, ich soll vorausgehen, um Feuer zu machen für das Abendessen.«

»Und Heilgart, warum bleibt sie am See, was hat sie so Wichtiges zu waschen? Oder seid ihr mit Verspätung eingetroffen am Waschplatz?«

Gesine stockte. »Ich nicht, ich bin pünktlich gewesen, aber die junge Herrin ist zur Mittagszeit davongegangen, gab Gesine zögernd zur Antwort, »die Ahnen wissen, wohin.«

»Und«, lockte Tore in innerer Auflösung, »verschwindet sie öfter mal in den Wald – oder so?«

Die Magd verzog irritiert das Gesicht.

»Ja, aber – woher weißt du das?« Sie stutzte. »Ich weiß nicht, warum dich das interessiert.«

»Oh, ich habe sie gesehen, sie hat getanzt, beschwingt wie eine Schamanin im Wind.«

Was für eine Lüge. Tore wusste selbst nicht, welchem Winkel seiner Phantasie diese Inspiration entsprungen war. Er schämte sich, vor den Göttern – und vor Ludwig.

»Ja, sie tanzt gern«, antwortete Gesine und wirkte irgendwie erleichtert. Flüsternd fügte sie hinzu: »Heilgart tanzt meistens zu Hause, wenn sie allein ist.« Die Magd kicherte, neigte den Kopf, sagte schnippisch: »Ich wusste gar nicht, dass du an Tanzen interessiert bist.«

Tore, freudig durchblitzt vom folgenlosen Ausgang seiner Schwindelei, nahm Gesine zum ersten Mal in seinem Leben bewusst als Frau wahr. Zwischen kräftigen Wangenknochen strahlten ihm zwei schmale Augen über einer geschwungenen Nase entgegen. Darunter stand ein für ihr zartes Alter doch recht massiger Leib auf belastbaren Beinen. Sie war attraktiv, durchaus, aber mit Heilgart nicht zu vergleichen.

Es war ausgesprochen worden, was nicht hatte ausgesprochen werden dürfen. Jetzt bestand endgültig kein Zweifel mehr an einer verbotenen Verbindung zwischen Ludwig und der schönen Heilgart. Dumpfe Schläge erschütterten Tores Seele. Kein Wort wollte sich mehr lösen aus seinem Mund, kein Satz sich formen. Jetzt nur nicht die Haltung verlieren. Dabei rang er um eine gleichmäßige Atmung.

»Bist du krank? Ist dir nicht gut?«, fragte Gesine besorgt.

Tore wollte antworten. Er musste antworten.

»Alles ist gut«, brachte er schließlich wie durch einen zähen Nebel heraus.

»Na, dann ...«, sagte Gesine, und: »Mir schmerzt der Rücken, weil der Wasserspiegel des Sees gesunken ist.« Sie fasste sich über dem Po ans Rückgrat. »Das andauernde Bücken tut auch jungen Menschen nicht gut.« Dazu kicherte sie vielsagend.

Die Unbeschwertheit der Magd besaß eine krampflösende Wirkung auf Tore. Schon kehrte er zurück aus seinem seelischen Rückzugsort an die frische Luft des Augenblicks. Der forsche Schritt und die Last der feuchten Wäsche taten ihm gut. Aufmerksam lauschte er Gesines Erzählung über ihre alltäglichen Aufgaben im Haus des Dorfältesten. Dann erreichten sie die ersten Gebäude der Siedlung

Auf einmal bemerkte Tore das Interesse von Bewohnern an der Zweisamkeit der beiden Unfreien. Aufmerksam geworden, näherten sich Dörfler, Frauen zumeist, mit raschen Schritten. Auf ihren Gesichtern stand die Gier nach ein paar schillernden Gerüchten zu lesen. Warum auch nicht, überlegte Tore trotzig. Ein Unfreier und eine Unfreie, das ging doch. Er dachte an die Ratschläge seines Vaters: Lass die Weiber reden, sollen sie plappern, wie ihnen das Maul gewachsen ist. Hauptsache, du als halbfreier Mann verhältst dich korrekt und entgegenkommend. Dann kann man dir gar nichts wollen. Recht hat er, dachte Tore, und empfand eine heimliche Freude an Gesines Seite. Am Ziel angelangt, stellte er den Korb neben der Haustür ab und verabschiedete sich. Sofort ging er davon, wollte keine weitere Aufmerksamkeit. Doch plötzlich stand ihm jemand im Weg: der Dorfälteste Wiborg selbst.

»Nicht so stürmisch, Bauer Tore«, sagte er gut gelaunt und dankte für die Hilfe beim Transport der Wäsche. Er nahm Tore, der nicht wusste, wie ihm geschah, bei den Schultern. »Gut, dass du hier bist, ich habe mit dir zu reden.«

Tore nickte beflissen mit dem Kopf.

Der Dorfälteste fuhr fort: »Wir wollen in 20 Nächten wieder einen Wagen zum großen Markt schicken. Weil sich die Felle im Lagerhaus bis unters Dach stapeln. Da kannst du dir vorstellen, dass die Seifenmacher mit den anfallenden Knochen viel zu tun haben. Was wir für die Felle und Seifen haben wollen, sind Eisennägel für Schilde und anderen eisernen Kram.«

Mit einer Geste des Wohlwollens strich der Dorfälteste dem unfreien Tore über den Kopf und fügte väterlich hinzu: »Bislang habe ich nur Gutes über dich gehört. Ich weiß, dass du ein geschicktes Händchen hast.«

Tore antwortete mit einer Verbeugung. An normalen Tagen hätte ihn ein Lob aus berufenem Mund aus dem Gleichgewicht gebracht. Heute schenkten die anerkennenden Worte immerhin gestärktes Selbstvertrauen.

Um aber dennoch nicht als untätiger Streuner ins Gerede zu kommen, wollte er die Zeit bis zum Beginn des öffentlichen Verhörs eher einsam verbringen. So nahm Tore den Weg hinunter zum Flutensee und hielt Ausschau nach einem passenden Ort zum Verweilen. Zielstrebig steuerte er ein verschwiegenes, von trockenen Gräsern gepolstertes Plätzchen an. Es besaß den Vorteil, dass von hier aus ein Bereich des Waschplatzes einsehbar war. Nicht lange und zwischen der felsigen Begrenzung erschien ein Kopf. Mit ihm geriet eine schlanke Person ins Licht. Weiblich, mit langen, dunklen Haaren: Heilgart – allein. Tore hatte also richtig vermutet; die Schöne wusch noch immer. Bis jetzt. Oder besser: bis gerade eben. Denn über ihren Armen trug sie durchnässte Wäschestücke, mit denen sie die Bucht verließ. Ihre Schritte wirkten bedächtig, müde. Sie schien nachdenklich. Tore unterdrückte eine aufsteigende Gefühlsregung. Wenige Schritte nur vermochten seine Augen, ihr zu folgen, dann war Heilgart außer Sichtweite. Er begann zu dösen, behielt aber die Neigung der Sonne im Auge, um die Tageszeit einschätzen zu können. Auf einmal erschien Ludwig vor ihm auf dem Weg. Nicht weniger als Heilgart machte der Bruder einen nachdenklichen Eindruck. Dazu passte, dass er den Mantel offen trug.

Tore sprang auf: »Ei, Ludwig, warte auf mich!«
Der blieb stehen. Tore schloss zu ihm auf, zügig gingen sie gemeinsam den Geduldsberg hinauf.

Drei lodernde Feuer tauchten den Platz der Gerechtigkeit in ein unruhiges Licht. Der Gefangene wurde von zwei Bewaffneten herangeführt. Seine Hände waren auf dem Rücken gebunden. Tore vermutete, dass der kleine Mann den Tag in einem Verließ hatte verbringen müssen. Der Dorfälteste trat hinzu. In seiner Begleitung schritten zwei Priester, die hölzerne Masken mit unkonturierten Gesichtern trugen. Das gleichmäßige Gemurmel in den Reihen der versammelten Dorfgemeinschaft verstummte. Zwei bewaffnete Wächter nahmen einen Schritt hinter dem Gefangenen Aufstellung. Sie überragten ihn um mehr als zwei Köpfe. Einer der Priester umrundete den Gefangenen, musterte ihn. Dann sah er hinauf ins Geäst der Linden, beschwor die höheren Welten, begleitet vom milden Rauschen des Blattwerks.

»Wie schön«, sprach er, »die Ahnen lieben uns alle«. Er hielt inne. Aufreizend langsam richtete er die starren Sehschlitze seiner Maske gegen den Gefangenen. »Aber dieses Wesen hier«, sagte er, »diese bedrohliche Mischung aus einem Zwerg der Finsternis und einem wahrhaftigen Menschen wird von unseren Vorfahren ganz gewiss nicht geliebt.«
Schon begannen seine Worte an den Gemütern der Dorfbewohner zu rütteln. Erste Beschimpfungen waren zu hören.

Der Dorfälteste trat hervor. »Rede, du Gnom, woher ist dir der Weg durch die Sümpfe bekannt?«

Zur Überraschung der Versammelten antwortete der vermeintliche Zwerg in einem verständlichen germanischen Dialekt. Mit klarem Ton versicherte er, allein vom Zufall geleitet worden zu sein. Er habe sich auf dem Weg nach Norden im Wald verirrt. Anstatt dem gefährlichen Moor auszuweichen, wie es seine Absicht gewesen, sei er leider immer weiter hineingeraten. Irgendwann habe er einen Knüppeldamm unter den Füßen gespürt und sich darauf nur noch tastend vorwärts bewegt. Dennoch wäre sein Tod bereits Vergangenheit, so versicherte er, hätte Tore ihn nicht im letzten Moment herausgezogen aus dem tödlichen Schlick.

Jetzt waren Rufe zu hören, die den Gefangenen der Lüge bezichtigten.

Ob er allein gekommen sei, fragte der Dorfälteste.

»Sicher«, antwortete der Gefangene, »ich bin auf der Flucht gewesen vor Vogelfreien und anderen Dieben. Und dabei habe ich nur nach verendetem Wild gesucht. Womit sonst soll einer wie ich seinen Hunger stillen?«

»Lüge! Dem springenden Wild bist du nachgejagt, um es zu töten. Gib es zu!«

Mit misstrauischem Gesichtsausdruck und klarer Stimme riss der Dorfälteste die Aufmerksamkeit wieder an sich. »Ich glaube dem Zwerg nicht, dass er allein unterwegs gewesen ist.« Drohend hob er den Zeigefinger. »Halte uns bloß nicht für dumm. Wir wissen, dass deine diebischen und mordenden Freunde keine Mondnacht von hier entfernt das Wild aus dem Wald stehlen.«

Der Gefangene antwortete: »Gerade die, die du Diebe schimpfst, sind mir auf den Fersen. Aber keinesfalls als Schattenbrüder. Sie sehen in mir einen Feind, weil ich ihnen abgeraten habe, die Wälder des Nordens heimzusuchen.«

»Ach«, entgegnete der Dorfälteste hämisch, »wenn du die Zwerge gewarnt hast vor uns, warum bist du dann ausgerechnet zu uns gekommen? Rein zufällig vielleicht, um uns Glück und Frieden zu wünschen?«

»Aber, aber ...« Der Gefangene schien einen Ruck zu benötigen, um zurückzufinden in seinen Redefluss: »Die wahrhaftigen Zwerge haben mich vertrieben, haben mich töten wollen. Was blieb mir anderes übrig, als zu fliehen? Oder glaubst du, ich durchstreife aus reinem Vergnügen ein mir unbekanntes tödliches Moor?«

Unruhe breitete sich aus unter den Versammelten des Dorfs. Diese eigenartige Vermischung von Zwerg und Mensch musste ein Dieb und Lügner sein. Schließlich war er kleiner als ein durchschnittlich gewachsener Germane, allerdings auch größer gewachsen als ein Zwerg – oder wie man sich einen Zwerg vorstellte. Der Fremde wurde von den Dörflern schon allein wegen dieser Abweichung von der Norm mindestens als Verbrecher gefürchtet. So etwas konnte niemals im Sinn Wodans sein. Gar keine Frage. Dass der Wicht nicht so einfach zu überführen schien, verwunderte somit niemanden. Man müsse ihn zur Wahrheit zwingen, so lautete die vielköpfige Forderung. Andere verlangten, dass der Delinquent sein Diebesgut herausrücken solle.

»Jawohl«, stimmte die Gemeinschaft zu, »holen wir uns, was unser ist.«

Vereinzelt hieß es sogar: »Lasst uns zu den Waffen greifen, in den Wald ziehen und seine Kumpane töten!«

Da trat einer der Priester mit abwehrend aufgerichteten Händen vor die Dörfler. Seine Augen suchten den Dorfältesten. Der gab durch eine Geste zu verstehen, dass der Gottesmann reden sollte.

»Männer, das Diebesgut ist uns längst bekannt: Felle, kostbare Krüge, metallene Waffen, Gold und Silber. Leider müssen wir annehmen, dass die Beute im Besitz schwarzer Dämonen ist.«
Auf der Stelle schwoll die Unruhe an.

»Dafür soll der Zwerg büßen.«

»Mit dem Leben.«

»Schlagt ihm den Schädel vom Hals.«
Immer heftiger geriet die Dorfgemeinschaft in Rage. Stampfend traten die Männer und Frauen mit den Füßen auf, ungleichmäßig zunächst, doch bald ein harmonisches Miteinander schaffend. Schon wurden Beine und Füße von einem gemeinsamen Rhythmus gesteuert. Die Erde vermochte nicht mehr, das dumpfe, dunkle Geräusch aufzunehmen und zu dämpfen. Mit jedem wuchtigen Tritt stieg die Ekstase. Die Leiber nahmen den Takt auf wie das Schilf am Ufer des Flutensees in den Herbststürmen.

Nicht lange und der Dorfälteste Wiborg trat an die Seite des Priesters. Der erfahrene Mann wirkte ungewohnt fahrig. Gleichwohl behielt er die Kontrolle über sich selbst. Doch genügte diese Selbstkontrolle auch, die Kontrolle über die Dörfler zu behalten?

»Beruhigt euch, ihr tapferen Männer«, rief Wiborg, »der kleine, gefährliche Verbrecher, der weder ein normaler Zwerg noch ein normaler germanischer Krieger ist, wird seine gerechte Strafe erhalten.« Wiborg wiederholte: »Also beruhigt euch!« Jetzt zeigte er auf einen der Priester, bat ihn vorzutreten. »Erkläre uns, Wissender und Vertrauter der Götter, was haben uns die Ahnen zu sagen?«
Von einem Atemzug zum nächsten wurde es still im weiten Halbrund der Dorfgemeinschaft. Der weiche, bemooste Boden unter den Füßen schien sich zu entspannen.

Tore sog die vertrauten Gerüche der Laubbäume ein, die der Wind über die Hügelspitze hob. Nein, so überlegte er, niemals konnte der Gefangene die Wertsachen besitzen, deren Raub ihm zur Last gelegt wurde. Sonst hätte er versuchen müssen, sie zu verstecken, oder ihn, Tore, zu bestechen. Unstrittig war, dass niemand wusste, ob der Gefangene die Wahrheit sagte, aber ebenso wenig konnte mit Gewissheit behauptet werden, dass er ein gemeiner Lügner war.

Im Ergebnis dieser Überlegungen wirkte der Gefangene auf Tore immer weniger zwergenhaft. Mit Unbehagen dachte er an den Marktplatz am großen Fluss. Dort waren gelegentlich echte Zwerge tätig gewesen, als dienstbare Helfer von so manchem römischen Händler. Ganz offensichtlich waren sie nicht dumm, die kleinen, hässlichen Gestalten. Ja, sie waren sogar am Flüstern gewesen mit ihren Gebietern. Ihr Wort schien Gewicht zu besitzen; warum sonst hätten ihre Herren die Ohren gespitzt, um ihnen zuzuhören? Auch dieser kleine Mann auf dem Platz der Gerechtigkeit schien nicht dumm.

Auf einmal verspürte Tore verbotene Sympathie, vermischt mit einer verwegenen Hoffnung, denn: Verfügte der kleine Mann tatsächlich über schwarze Geheimnisse, wie sie den Zwergen zugesprochen wurden, könnte er vielleicht zu einem nützlichen Helfer werden, sogar bei dem Versuch, das Joch der Unfreiheit abzuschütteln. Und hieß es nicht in den überlieferten Geschichten der Ahnen und Urahnen, dass dunkle Zwerge riesige Goldschätze horteten in geheimnisvollen Höhlen in der tiefen Erde. Was könnte für Tores Freiheitsdrang nützlicher sein als Gold oder Silber? Auf welche Weise diese sagenhaften Schätze wohl erworben wurden? Durch ihrer Hände Arbeit? Daran wollte Tore nicht glauben. Noch nie hatte er Zwerge auf einem Acker schuften gesehen. Allerdings auch niemanden, der mit harter Feldarbeit reich geworden wäre. Ei, vielleicht waren die Schätze zusammengeraubt worden. An Zauberei glaubte Tore jedoch weniger. Warum wünschte sich ein Gefangener mit solchen Fähigkeiten dann nicht einfach fort von hier, wo doch auf dem Platz der Gerechtigkeit der Tod wartete.

Plötzlich wurden seine Gedanken von einem scharfen Befehl Wiborgs verflüchtigt. Fackeln loderten auf, in deren Schein der Gefangene von vier Bewaffneten in die Platzmitte geführt wurde.

Der Dorfälteste trat hervor, sagte: »Hiermit verkünde ich, dass der gemeine Zwerg im Anschluss an die dritte Mondnacht vom Rand des großen Richtsteins in die Tiefe gestoßen und anschließend im Moor versenkt wird.«
Heftiger Jubel brach aus. Als würde ein Riese mit einem großen Hammer die Trommel schlagen, so fest begannen die Dorfbewohner wieder mit den Füßen zu stampfen, dumpf und dröhnend, immer schneller und schneller. Schrille Laute mischten sich mit brummigen Demutsbezeugungen an die Götter und Ahnen.

Da, als gehörten sie zur Zeremonie, flatterten vom See her Krähen heran, ein ganzer Schwarm. Großräumig umsegelten sie den Schein des lodernden Feuers. Die Dorfbewohner hoben die Köpfe.
»Wodans Weihe.«
»Seid willkommen, ihr Väter und Mütter.«
Glückliche Augen in ergriffenen Gesichtern begrüßten die Vorfahren. Schilde mit den Insignien der Sippen und Stämme wurden den schwarz Gefiederten entgegengereckt, die ewige Verbundenheit zu bezeugen. Im Schein der Fackeln leuchteten eiserne und bronzene Framen.
»Für die Götter, für unsere Väter, für unsere Frauen und Kinder.«
Immer heftiger in Rage geratend, schallte die Forderung über den Hügel: »Tötet den Zwerg! Tötet den Todbringer jetzt! Auf das Asgard die frohe Kunde erfahren wird.«

Die ausbrechende Wut lockte Frauen und Kinder an. Auch Alte und Kranke kamen gelaufen. Bald stimmten sie ein in ein zischendes Pfeifen, das stetig anschwoll. Es versetzte die Männer in einen Zustand höchster kriegerischer Erregung. Drohend wurden zahllose Speere auf den Gefesselten gerichtet.

Der Dorfälteste war bemüht, die aufgewühlte Versammlung zu beruhigen. »Wartet ab, tapfere Krieger, lasst uns nichts tun, was die Ahnen und Götter erzürnen könnte. Die Regeln und Sitten unserer Großväter und Väter bleiben lebendig in den Worten unserer Priester. Lasst uns handeln, wie es überliefert ist. Nur aus diesem Grund soll der Zwerg nicht heute, sondern erst in drei Tagen sterben, wenn der Mond hell und kreisrund vom Himmel scheinen wird.«

Mit dem letzten Wort wurde der Verurteilte von den Priestern zu Boden gestoßen und unter dem Gebrüll der versammelten Dörfler mit den Füßen malträtiert. Dabei stieß der Unglückliche wiederholt ein unheimliches Rah, Rah aus. Geräusche, die sich anhörten wie aus den Schnäbeln der Rabenvögel, die über den Köpfen der Dorfgemeinschaft kreisten. Es schien, als zögen seine Rufe weitere Vögel an. Von überall her kamen sie geflogen, fanden zusammen zu einer großen, übers Land ziehenden Wolke. Die Luft rauschte vom Flügelschlag der heiligen Tiere, die trotz der fortgeschrittenen Dämmerung keine Mühe hatten, die Orientierung zu behalten. Rah, Rah, so schallte es jetzt aus allen Richtungen über den Geduldsberg. Die Dorfbewohner verstummten. Im Bann des Geschehens staunte Tore über die gefiederten Ströme, die von der Hügelspitze bis hinunter zum Flutensee reichten. Besaß der Gefangene eine geheime Sprache, die es ermöglichte, die Ahnen herauszufordern? Was für ein Frevel. Oder gehörte er tatsächlich zu den schwarzen, dämonischen Zwergen?

Allmählich begannen die Dorfbewohner, die Versammlung unter den Linden aufzulösen. Auch Tore wandte sich ab, wollte mit Ludwig den Heimweg antreten. Doch der stand nicht mehr an seiner Seite. So nutzte er das Durcheinander, nach vorn zu schleichen, um den Gefangenen noch einmal unter die Lupe zu nehmen. Etwas verdeckt von einem Baumstamm blieb er etwa vier Meter entfernt stehen. Da traf ihn der Blick des Unglücklichen. Dessen Lider zuckten nervös. Hatte er Angst? Für Feigheit gab es keine Entschuldigung. Unwillkürlich suchte Tore nach den Priestern. Die hielten sich auf der Lichtung auf und sprachen miteinander. Auch sie schienen nervös. Ihre Blicke wechselten zueinander in hektischer Folge. Eine Verunsicherung wegen des Vogelflugs? Neben den Priestern warteten die Wächter, ausgerüstet mit Schwertern, Kurzspeeren und Schilden.

Als auch Tore den Platz unter den Linden verlassen wollte, fuhr ihn unerwartet die Aufforderung an, den Gefangenen abzuführen. Eine Anordnung des Dorfältesten, der er unbedingt Folge leisten musste. Den vermeintlichen Zwerg an einer kurzen Fessel führend, folgte er den Priestern. Mit den Wächtern als Sicherung verließen sie den Platz der Gerechtigkeit, steuerten den allerwichtigsten Platz des Dorfs an: den Heiligen Hain, eine mächtige Eichengruppe. Durch leichte Knuffe versuchte Tore dem Gefangenen zu vermitteln, dass er anderes im Sinn hatte als die Priester und die freien Stammesbrüder. Der Gefangene schien ihn zu verstehen. Und plötzlich lächelnd er und ließ sich auf den grobsteinigen Boden fallen, so als hätte er einen Stoß bekommen. Dazu brüllte er vor Pein. Torkelnd, benommen kam er wieder auf die Beine. Die Priester und der Dorfälteste beobachteten die Auswirkung dieses, wie sie meinten, von Tore verursachten Stoßes mit Wohlwollen. Nach der Durchquerung des Heiligen Hains stürzte der Gefangene besonders heftig auf den hier ausnahmslos aus felsigem Sandstein bestehenden Untergrund. Mit verschrammten Knien warf der kleine Mann den Kopf zur Seite und rollte mit den Augen, schien auf etwas hinzuweisen. Meinte er den engen Spalt, der hinunter in die Schlucht führte? Dort unten beherrschte der Sonnenfelsen den Grund. Kein unbekannter Ort. So mancher behauptete, dass auf dem dunklen Stein an bestimmten Tagen Dämonen und schwarze Hexen nackt in der Sonne lägen. Leider war es weder Tore noch seinem Bruder oder einem Bekannten jemals gelungen, dieses sündige Treiben zu Gesicht zu bekommen. Auf einmal, gepresst und zischend, hörte er den Gefangenen flüstern: »Sonnenfelsen, Zapfen, Zapfen, Sonnenfelsen, Zapfen.« Schon eilten der Priester und der Dorfälteste herbei. Misstrauisch beäugten sie den zum Tod Verurteilten, der jetzt wieder eisern schwieg.

»Weiter!«, forderte der Priester.

Sechshundert Meter voraus stand eine aus Brettern erbaute Hütte. Eine Kerkerhütte? Sie stand inmitten eines Kreises, einer von jeglichem Geröll geräumten Fläche. Der Bau maß gerade mal fünf Schritte im Durchmesser und wie es schien, war es einem erwachsenen Mann nur schwerlich möglich, darin aufrecht zu stehen. Die Hütte war noch nicht erreicht, als Tore zur Umkehr aufgefordert wurde. Den Ort zu betreten sei ihm nicht gestattet. Er habe seine

Pflicht getan. Immerhin: Die Worte des Dorfältesten schwebten auf einem wohlmeinenden Klang.

Auf dem Rückweg schlenderte Tore wie zufällig an dem Haus vorüber, in dem der Dorfälteste wohnte. Heilgart saß nicht wie sonst an warmen Abenden vor der Tür, um die Kleidung der Familie zu pflegen und auszubessern. Stattdessen hatte sie mit der Mutter und ihren älteren Brüdern und Schwestern an einer festlichen Tafel Platz genommen. Die Zahl der Gäste war ungewöhnlich groß. Tore verzögerte seinen Schritt, spähte angestrengt in die vom Feuer nur mäßig erhellte Düsternis. Vorne saß Heilgarts Mutter, die Frau des Dorfältesten. Rechts neben ihr lud ein unbesetzter Platz zur Teilnahme ein. Vermutlich frei gehalten für den Familienvorstand, der sich wohl noch am Verlies mit den Priestern besprach. Linker Hand saß die wunderschöne Heilgart selbst. Einige Plätze weiter hatten zwei abseits des Dorfs lebende Verwandte Platz genommen. Zu Tores Überraschung saß auch der einflussreiche Wigmar an dem Tisch, der Herr über Tores Familie. Jetzt erkannte Tore andere Mitglieder der Sippe.

Tore, um nicht aufzufallen, setzte seinen Weg zügig fort, als plötzlich der Dorfälteste Wiborg wie aus dem Nichts ins Licht der Fackeln trat. Rasch nahm er zwischen seiner Frau und Heilgart Platz. Die stand auf, reichte ihrem Vater eine Schüssel, ging an einen Nebentisch, wo ein größerer Krug wartete, aus dem sie einen Becher für ihren Vater füllte. Prompt geriet Tore ins Schwärmen: Wie schön Heilgart aussah: eingehüllt in ein kostbares helles Tuch, das am Kragen, an den Ärmeln und unter den Knien rot abgesetzt war. Die silberne Fibel, die den Stoff unterhalb des Halses zusammenhielt, blitzte nur gelegentlich zwischen ihren dunklen, wallenden Haaren auf. An den Hüften wurde das Gewandt in guter Tradition von einem ledernen, aufwendig verzierten Gürtel fixiert. Heilgart glich einer Birkenfee, so einer, wie Tore sie in der Kindheit in seinen Träumen erlebt hatte. Seine Augen bekamen den Glanz verliebter Begierde. Ja, sie saugten geradezu an der anmutigen Erscheinung. Angesichts des ersten Schlucks rätselte Tore im Stillen über die Herkunft des Getränks. Ob es sich dabei um den kostbaren Wein handelte, für den er, Tore, sich auf der Rückfahrt vom großen Markt die Arme verrenkt hatte?

58

Auf einmal überkam ihn das Gefühl, selbst beobachtet zu werden. Da bemerkte er im Schatten des Hauses eine Person. Vielleicht war es ein Wächter. Ohne Umschweife beschleunigte Tore seinen Schritt. Doch die Zusammenkunft der Familien Wiborgs und Wigmars hielt seine Gedanken gefangen. Nicht lange und ihm wurde unwohl. Ging nicht das Gerücht um, Heilgart sollte verheiratet werden? Und war nicht Bandulf im Gespräch? Wigmars Sohn? Prompt wich die Übelkeit einem kreisenden Schwindel. Tore dachte an seinen Bruder, an dessen heimliches Vergnügen mit Heilgart, an die Aussichtslosigkeit einer Verbindung zwischen der eigenen Familie und Wiborgs Sippe. Oh, diese verfluchte Unfreiheit. Tränen schossen in Tores Augen. Er begann zu rennen, als wären finsterste Dämonen hinter ihm her.

Mit rasendem Herzen durcheilte er die Nacht. Nach Hause, nur rasch nach Hause wollte er, in den Schoß der Familie. Als er die weitläufigen Sümpfe betrat, lag eine drückende Stille auf der Landschaft. Ob Insekten, Nager, Fledermäuse, Wasser oder Wind, die Welt um ihn herum schien erstarrt; kein Brummen, Ziepen, Rascheln, kein Plätschern drang an die Ohren. Der Atem schnappte. Wo war die Luft, wo waren die satten Düfte von Wald und Moor? Aufsteigende Angst ließ Tore schwanken. Auf einmal traf ihn eine Eingebung. Eine innere Stimme erklang mit der Aufforderung, den zum Tod verurteilten Gefangenen zu befreien. Eine Vorstellung, die so verwegen daherkam wie nichts sonst, von dem er jemals gehört hatte. Eine wahnsinnige Idee, die umzusetzen nur mit Unterstützung der Götter gelingen könnte. Möglicherweise war die Idee selbst bereits eine Eingebung Wodans. Unzweifelhaft aber hatte der Zwerg etwas anzubieten. Wie sonst wäre seine mehrmals geflüsterte Botschaft während des Abführens zu verstehen?

Auf dem Stroh im Haus der Eltern konnte Tore keinen Schlaf finden. Nicht lange und er verließ sein Nachtlager, legte sich unter freiem Himmel an die Rückwand des Gebäudes zur Ruhe. Er dachte an den Plan zur Befreiung des vermeintlichen Zwergs. Genau genommen machte sie nur Sinn, wenn auch für Tore die Freiheit winkte: nämlich die eines freien Bauern. Wie würde Wodan darüber denken? Tore wusste: Der mächtige Gott liebte Entschlossenheit und Tapferkeit. Unmerklich nickte Tore mit dem Kopf. Nur mit

Entschlossenheit und Tapferkeit könnte ein Plan zur Befreiung des kleinen Mannes gelingen.

Mitten in diese Gedanken hinein waren Schritte zu hören, schlurfend, tastend. Sie gehörten zu Ludwig.

»Tore, bist du noch wach?«, rief er hinter der Hausecke mit unterdrückter Stimme. Von Angesicht zu Angesicht spürte Tore, dass auch Ludwig auf unruhigen Wassern schwamm. Sie sahen einander an, irgendwie ratlos.

Ludwig reagierte zuerst, fragte: »Du schläfst ohne schützendes Feuer im Freien. Das ist wagemutig.«

Tore log: »Ach, wenn schon. Du und die Eltern seid doch in der Nähe. Ich liege hier draußen, um die Sterne zu beobachten.«

»Sterne. Auch das noch.« Ludwig winkte ab. »Nein, da gehe ich lieber ins Haus zum Schlafen.«

Da rief ihm Tore mit unterdrückter Stimme hinterher, dass es Neues gebe im Dorf, zum Beispiel, dass der Gefangene den Göttern geopfert und im Moor versenkt werden solle. Ludwig zuckte nur müde mit den Schultern. Tore ließ nicht locker. Wie nebenher merkte er an: »Und ein Gerücht ist heute wahr geworden. Heilgart wird heiraten, Bandulf, den Sohn unseres Herrn.«

Diese Worte zeigten Wirkung. Ludwig blieb wie angewachsen stehen, wandte sich dem Bruder zu, presste die Lippen aufeinander, seine Augen starrten ins Leere. So ist das also, schoss es dem eifersüchtigen Tore durch den Kopf, Ludwig ist tatsächlich verliebt in Heilgart. Tore heftete seine Augen auf den Fassungslosen. Der schien zu leiden. Das geschieht ihm recht, befand Tore im Stillen.

Derweil rang Ludwig mit sich selbst. »Was sagst du da?«

Tore, bemüht um einen unaufgeregten Tonfall, beschrieb, was er am Abend beobachtet hatte, dass er keine andere Erklärung für die Vorgänge im Haus des Dorfältesten finden könne, als dass Heilgart dem Sohn Wigmars versprochen worden sei.

Ludwigs Hals schwoll an, die Nasenflügel bebten. Mit Erstaunen stellte Tore fest, dass dem Bruder eine irrsinnige Kraft zuwuchs, die ihn aber nicht platzen ließ. Und an seinen Gesichtszügen schien ein wütender Orkan zu zerren. Obendrein begann er, mit dem Oberkörper zu wippen, ähnlich der Gewohnheit eines Kriegers zur Einstimmung auf einen Kampf. Tore befürchtete Schlimmes.

Listig, mit dem Ziel, den aufgewühlten Bruder für seine Pläne zur Befreiung des kleinen Mannes zu gewinnen, sprach er: »Lass uns die blöden Frauen vergessen und mit all unserer Kraft versuchen, die Unfreiheit abzuschütteln. Dann stehen uns die Häuser der Sippen aller Stämme offen.«

Ludwig antwortete grimmig: »Ich bin so frei, wie ich stark bin. Und ich bin sehr stark. Jedenfalls stärker als – Bandulf.«

»Sei kein Narr«, schimpfte Tore, »für einen gerechten Kampf mit einem freien Chauken müsstest du selbst frei sein, ebenso frei wie eben Bandulf. Das bist du aber nicht. Geh zum Flutensee und spiegele dich im Wasser«, forderte er den Bruder auf. Tore holte tief Luft. »Welche Länge hat dein Haar? Sieh, du trägst unser kümmerliches Schicksal mit deinem Schopf spazieren. Du bist ein Halbfreier, nichts weiter als ein Halbfreier.«

Ludwig trat von einem Bein auf das andere, unartikuliert schnaubend und fluchend.

»Also«, fügte Tore hinzu, »wenn du ernsthaft etwas unternehmen willst gegen unser ungerechte Los, dann solltest du dir Gedanken darüber machen, wie wir unser Schicksal in die eigenen Hände nehmen könnten.«

»Ich werde etwas tun, bei Thor«, schwor Ludwig, »ich werde im nächsten Krieg doppelt und dreifach kämpfen. Dann wird unser Stamm mich in den Stand der Freien befördern.«

»Könnte so sein, könnte aber auch nicht so sein«, entgegnete Tore, sich in diesem Moment entscheidend, dem offensichtlich angeschlagenen und zunehmend unberechenbarer werdenden Bruder Zeit zum Nachdenken zu lassen. Er, Tore, wollte derweil den gefangenen Zwergenmann befreien, vielleicht ergäbe sich daraus eine Chance, die auch für Ludwig von Nutzen wäre. Was sollte man sonst tun? Einfach fliehen? Vogelfrei werden? Sich im Wald den schwarzen Zwergen ausliefern?

Tore blieb in dieser Nacht lange wach. Ohne der Familie eine Nachricht zu hinterlassen, suchte er am frühen Morgen den Sonnenfelsen auf, der genau unterhalb jener Gesteinsfalte ruhte, auf die der Gefangene gestern gezeigt hatte. Die Bezeichnung Sonnenfelsen verdankte der glatte Steinkoloss einer natürlichen Schneise durch den Wald. Sie öffnete der Sonne für einen guten Teil des Tags den Weg hinunter auf das dunkle Gestein. Eine Mutprobe für die Kinder des Dorfs, wenn sie an heißen, sonnigen Tagen barfuß den Felsen bestiegen und mit tippelnden Schritten versuchten, einer Verbrennung der Fußsohlen zu trotzen.

So gut wie die Schlucht passierbar war, so wenig war sie von der felsigen Anhöhe des Geduldsbergs nach unten einzusehen. Aus der weiteren Umgebung war auch keine Gefahr zu befürchten, denn die steinige Schlucht lag voll von altem, trockenem Geäst. Unter normalen Umständen verursachte hier jeder Tritt ein Knacken des morschen Holzes. Am Sonnenfelsen spähte Tore hinauf zum Hang. Als er dort oben nichts Besonderes bemerkte, begann er, den mannshohen Stein zu umkreisen.

Was mochte der ominöse Zapfen zu bedeuten haben, von dem der Gefangene gesprochen hatte? Schritt für Schritt, zögernd, den Boden abtastend mit den Augen, so arbeitete Tore sich voran. Zum Hang hin spross nur eine kleine Anzahl verirrter, dürrer Kiefern aus dem unwirtlichen Boden. Eindeutig, der Gefangene hatte von einem Zapfen geflüstert. Er musste die Frucht einer Kiefer gemeint haben. Doch nichts dergleichen war zu entdecken. Wie im Fieber wechselte Tore den Blickwinkel: vor dem Sonnenfelsen, dahinter, von der Seite. Oder betraf der Hinweis des Verurteilten den riesigen Stein selbst. Mit bloßen Händen schob Tore Geröll über den Grund, einem Wiesel gleich mit dem Aushub eines Baus.

Nicht lange und in Tore wuchs die Überzeugung, dass der gesuchte Zapfen in der Steilwand stecken musste. Doch vor dem Aufstieg in die felsige Wand wollte er eine Pause einlegen. Wenig später lag Tore auf dem Rücken, genoss die Wärme der Sonnenstrahlen. Eine Wohltat, die schläfrig machte. Schon gähnte er, genüsslich, wiederholt. Es war der Ruf eines Rabenvogels, der die Müdigkeit vertrieb. Tore begriff, dass er ungeschützt war auf dem zum Himmel hin offenen Felsen. Er schaute sich um. Wieder und wieder überflogen seine Augen das aufstrebende Gestein. Plötzlich blieb sein Blick hängen, verfangen an einem Zapfen. An diesem einen bestimmten Zapfen? Die schuppige Frucht einer Kiefer war augenscheinlich verschmutzt, angefressen, entstammte wohl kaum dem letzten Herbst. Sie steckte zwischen den Kanten eines unscheinbaren, diagonal verlaufenden Risses. Doch wie sollte man dorthin gelangen? Erst beim genaueren Hinsehen waren kleine, in kurzen

Abständen angeordnete Felsvorsprünge zu erkennen, wie geschaffen für den Fuß eines geübten Kletterers.

Mit nicht mehr als drei Sätzen verließ Tore den Sonnenfelsen, hetzte hinüber an den Fuß der Geduldsberg-Wand. Jeden noch so kleinen Felsvorsprung gründlich auf seine Festigkeit prüfend, so kletterte er voran. Endlich, in Augenhöhe klemmte der Tannenzapfen im rissigen Gestein. Als Tore ihn herausziehen wollte, bemerkte er einen mannshohen Hohlraum. Ein Spagat und der Schatten eines schmalen Einstiegs lud zur Begehung ein. Vielleicht könnte man von hier aus durch einen unbekannten Höhlengang hinauf aufs Plateau gelangen. Leider ließ die Enttäuschung nicht lange auf sich warten, denn der Gang wurde nach hinten hin enger und schien unpassierbar. Dennoch ging Tore in die Hocke und suchte nach einem Durchschlupf. Da entdeckte er hinter einer Gesteinskante ein ledernes Säckchen. Was darin zum Vorschein kam, verwirrte seine Sinne. Gelb wie Honig und wie von den Strahlen der Morgensonne durchwirkt, so leuchtete im schummerigen Licht das Geheimnis des zum Tod verurteilten kleinen Mannes: Bernstein.

Tore schüttete den Inhalt des Säckchens auf den felsigen Boden und begann zu zählen. Zehn unterschiedlich große Kostbarkeiten. Auf einmal wurde er von Misstrauen gepackt. Woher mochte der Verurteilte die Steine haben? War er vielleicht doch ein schwarzer Zwerg? Tore dachte an die magischen Rufe der Rabenvögel auf dem Gerichtsplatz. Vorsichtig, sehr vorsichtig nahm er das größte Stück fest in die Hand, betrachtete es aus verschiedenen Perspektiven. Wie wunderschön der Stein doch war. Einen wie diesen, von solcher Größe, hatte er noch nie zu Gesicht bekommen. Die Frau des Dorfältesten besaß einen Bernstein, doch war ihrer um vieles kleiner. Sie trug ihn zu besonderen Anlässen an einer Kette. Größere hatte Tore auch auf den Märkten am großen Fluss nicht bewundern können. Ganze Wagenladungen von Fellen oder Getreide hätte man gegen eine Handvoll von den kleineren Bernsteinen eintauschen können. Tore hielt den großen gegen das durch den Höhleneingang hereinströmende Licht. Schmuckstücke wie diese waren für Götter gemacht, keineswegs für gewöhnliche Bauern oder Handelsleute. Als einzige Ausnahme ließ Tore Könige und Kriegsherren gelten. Nur sie schmückte ein solcher Bernstein wirklich. Dem Pöbel jedoch, träte er damit öffentlich auf, würde er die Haut verbrennen. Oder? Eine Person fiel ihm dann aber doch noch ein, zu der eine solche Kostbarkeit passte: Heilgart, die Königin seiner Sehnsüchte. Als Tore die Höhle verließ, baumelte das Säckchen an seinem Gürtel.

Nicht lange und er erreichte das Moor, jenen Lebensbereich, der ihm vertraut war, in dem er gefahrlos agieren konnte. Aber die Kostbarkeiten an seinem Gürtel sollten heute das Gegenteil bewirken. Die glitschigen Moose, die schaukelnden Balkenstege, die unsichtbaren, weil überwässerten Wegzweigungen verunsicherten ihn sehr. Was geschähe, warnte eine innere Stimme, wenn er das Gleichgewicht verlöre? Tore selbst würde sich retten können, die Bernsteine aber blieben womöglich für immer verloren. Weder die Totenwächter, die Wiedergänger noch finstere Dämonen würden den Schatz herausrücken. So durchquerte Tore entgegen seiner Gewohnheit das Moor nunmehr mit kleinen, zaghaft gesetzten Schritten, allein vertrauend auf die schützende Hand Wodans.

Als er endlich wieder festen Boden unter den Füßen spürte und das familiäre Haus erreichte, war keines der Familienmitglieder anwesend. Vermutlich waren sie bei der Feldarbeit, obwohl der offizielle Aufruf der Priester fehlte. Tore grinste. Vater wusste eben am besten, wann es Zeit war für die Plackerei. Wäre Tore in der Früh zu Hause geblieben, hätte auch er vom Vater die Anweisung erhalten, den Acker aufzusuchen. Ein rascher Blick hinters Haus brachte Gewissheit: Der Ochse müsste zu dieser Zeit vor seinem Stall stehen. Das Arbeitstier fehlte. Vater und Ludwig hatten wohl mit der Feldarbeit begonnen. Aber wo hielt sich die Mutter auf?

Bei Wodan, vielleicht war gerade die Abwesenheit der Familie das Beste, was passieren konnte. So blieb genügend Zeit, die kostbaren Steine zu sichern. Es gab einen Ort, der Tore schon während der Kindheit als Versteck für allerlei Geheimniskram gedient hatte: ein Hohlraum hinter einem stabilen Holzbalken, der die Wände einer Vorratsgrube gegen drückendes Erdreich schützte.

Die getarnte Grube schien Tore sehr geeignet. Sie würde noch bis in den frühen Herbst hinein brachliegen. Eine prüfende Kurzumsicht noch, dann wähnte er sich sicher vor unerwünschter Beobachtung. Er durchmaß das knöchelhohe Gras mit festem Schritt, vollzog dabei jähe Richtungswechsel, die dazu dienten, dem Anlegen verräterischer Trampelpfade vorzubeugen. So tarnte die Familie ihre Erdspeicher seit Generationen, wie überhaupt die Bauern dies taten, da sie stets bemüht waren, lebenswichtige Vorräte vor Plünderern zu schützen. Die Abdeckung bestand aus groben, tragfähigen Hölzern, die von verflochtenen Gerten abgedeckt wurden, auf denen wiederum ausgestochene, aber intakte, miteinander verwachsene Grassoden ruhten. Auf Hügeln angelegt, waren die Vorratsgruben bestens vor Grundwasser geschützt. Durch die landschaftliche Neigung und einigen schräg verlaufenden hölzernen Rinnen blieb das Depot stets trocken und bei hinreichender Durchlüftung frei von Schimmel. Auch Nager, Wildschweine und Vögel besaßen keine Chance.

Tore schnitt mit dem Messer durchs Gras, hob eine der freigelegten Flechtwerke an, die den Zugang bedeckten, zog Bretter und Balken zur Seite. Mit einem Satz sprang er hinunter auf den Grund der kaum mannshohen Grube. Es roch erdig, frisch, durchmischt von dem feinen, leicht süßlichen Duft bescheidener Getreidereste, die gewöhnlich auf einer Holzkonstruktion in offenen, luftdurchlässigen Hanfsäcken lagerten.

Der anvisierte Holzbalken verstrebte den Erdbau an gleicher Stelle wie bereits in frühester Kindheit. Tore lächelte milde, als er bemerkte, dass das Versteck sich nicht mehr auf Höhe seines Bauchnabels, sondern jetzt, da er ausgewachsen war, auf Höhe seines Hinterns befand. Geschickt kratzte er die kleine Höhlung hinter dem Balken mit den Fingern frei. Kurz darauf besaßen die kostbaren Bernsteine ein neues Zuhause.

Als er im Anschluss seines verschwiegenen Tuns den Kopf aus dem Erdloch hob, bemerkte er den Bruder, der, eingehüllt von seinem gebleichten Lieblingsumhang, dem Moor zustrebte. Ludwigs kräftiger, ausholender Tritt ließ auf innere Erregung schließen. Nicht lange und seine Silhouette verschwand im aufsteigenden Dunst über dem glucksenden Schlamm. Er wird wohl einen Auftrag der Eltern zu erledigen haben, überlegte Tore, den es zur Arbeit drängte. Ein Blick nach links zeigte das leere Ochsengatter. Der Vater war also noch auf den Feldern. Bald erkannte Tore frische Spuren des Zugtiers. Seine Hufe hatte sich eingedrückt in die dunkle Erde. Der Ochse musste schwer bepackt gewesen sein. Inzwischen stand die Sonne hoch am Himmel und warf ihre Strahlen zwischen die gut gewachsenen Buchenstämme, die den Wald dominierten. Eine gespenstisch anmutende Atmosphäre, in der Zitronenfalter flatterten.

Als Kind war ihm der Wald unheimlich gewesen. Ein Ort der Kobolde und bösen Geister. Am besten, man blieb stets wachsam. Zuverlässig beschützt würden die Menschen hier allein von ihren Ahnen, hatten die Eltern und Großeltern gesagt. Daraufhin hatte Tore bei seinen Waldexkursionen begonnen, die Vorfahren um ihren Beistand anzurufen, so oft und so laut wie möglich. Einmal war ihm während seiner Anrufe der Ahnen das Heulen eines Wolfs in die Glieder gefahren. Es war ihm vorgekommen, als hätte das Tier antworten wollen. Dieses Erlebnis hatte einen solchen Schrecken hinterlassen, dass Tore für den Rest seiner Kindheit bemüht war, im Wald Ruhe und Frieden zu bewahren.

Als er den Acker erreichte, saßen Vater und Mutter plaudernd am Feldrand im Gras. Zwischen wuchernden Farnen stand der Ochse im Schatten junger Bäume und wartete geduldig neben dem Pflug. Der von allerlei Unkraut übersäte Boden des Ackers war bereits zu einem Viertel aufgerissen und mit gleichmäßigen Furchen versehen. Dicke, umgelegte Erdschollen kündeten von der Kraft des Zugtiers. Mit der Härte von trockenem Boden hatte Tore schon früher Bekanntschaft gemacht. Viel lieber war ihm ein vom Regen aufgeweichter Grund. Er wusste: Es würde all seine Kraft erfordern, den Pflug in der Geraden zu halten. Hilfesuchend blickte er zum Himmel hinauf. Die Schwalben flogen hoch. Es war keine Wetterwende zu erwarten. Dennoch wäre es besser gewesen, die Eltern hätten mit der Feldarbeit gewartet. Immerhin stand die priesterliche Weisung zum Bearbeiten der Äcker noch aus.

Da wurde Tore von seinem Vater bemerkt.

»Gut, dass du hier bist. Du wirst für den Rest des Tags den Pflug führen. Mutter darf zurückkehren zum Haus und die Wäsche waschen.«

Die Worte des Vaters, so freundlich sie auch daherkamen, waren wie ein Gesetz. Verhalten nickte Tore mit dem Kopf.

Plötzlich formten sich die harten Augen des Vaters zu fragenden Schlitzen. »Weißt du, wohin Ludwig gegangen ist?«

Tore horchte auf. Was mochte der Bruder im Schilde führen?

»Der hat eine Einbestellung beim Dorfältesten«, log Tore.

»Ludwig?«

»Warum bist du so überrascht? Hast du nicht selbst oft genug helfen müssen bei einem Hausbau oder irgendwelchen Vorbereitungen von Festlichkeiten oder ähnlichem?«

Während Tore den Vater beobachtete und schloss, dass der die Lüge von der dörflichen Einbestellung Ludwigs wohl geschluckt hatte, bereitete ihm der Bruder Sorge. Ludwig schien sehr betroffen gewesen zu sein, als er von der bevorstehenden Vermählung Heilgarts mit Bandulf gehört hatte. Tore fürchtete, dass er Dummheiten begehen könnte, von der die ganze Familie betroffen wäre. Der Himmel stehe uns bei, flehte er still, möge uns Wodan gewogen sein. Am liebsten wäre Tore auf der Stelle aufgebrochen, dem Bruder zu folgen, ihn vor sich selbst zu schützen. Doch wie hätte er das dem Vater erklären sollen?

Als Tore die Lederriemen prüfte, mit denen der Ochse den Pflug ziehen sollte, fragte er: »Sag, Vater, warum diese Eile auf dem Feld? Vielleicht wäre es doch besser, auf die Anweisung der Priester zu warten.«

Der Vater fasste den Sohn bei den Schultern, blickte ihn milde an: »Die Eingeweihten vergewissern sich an den Sternen. Kommt ihre Weisung, bleibt uns nur wenig Zeit für die Feldarbeit, um eine sichere Ernte auf den Weg zu bringen.« Mit einer nachdenklichen Kopfbewegung zum Himmel fügte er hinzu: »Ich werde dir in einer klaren Nacht zeigen, weshalb ich die Zeit zur Feldbestellung für gekommen halte.«

Verwundert fragte Tore: »Bist du etwa eingeweiht?«

Da lachte der Vater: »Nein, bestimmt nicht, aber ich kenne die Sterne und ich weiß, bei welcher Konstellation die Priester zur Saat aufrufen.«

Tore wandte sich dem Ochsen zu, straffte mit einer Hand den Zügel, in der anderen hielt er eine Weidenrute. Die Luft über dem Acker flirrte, als das Zugtier das Geschirr anspannte. Kein Wunder, dass Tore den betagten Ochsen immer häufiger zum Ausruhen in den Schatten der Baumgrenze führte. Auch sein schlagender Schweif verfügte nicht über die Ausdauer der jungen Jahre, den Scharen lästiger Insekten zu trotzen. So schien es, als wäre das Tier froh, wieder hinaustreten zu dürfen in die gleißende Sonne, die sogar von Mücken und Stechfliegen gemieden wurde. Man müsste einen Brunnen graben, überlegte er, um das Feld vorzubereiten fürs Pflügen, den trockenen, harten Boden ganz einfach einweichen. Auch dem Getreidestand käme eine zusätzliche Bewässerung zugute. Aber wie tief müsste ein Brunnen in die Erde reichen? Das Feld lag hoch im Gelände. Tore dachte an den Markt am großen Fluss, an den steigenden Tauschwert des Getreides in Zeiten der Dürre. Das Dorf würde die besten Waffen, die schönsten Kleider erhandeln können. Dagegen gab es in guten Zeiten nur wenige Pfeilspitzen für eine Wagenladung Gerste.

Zurück auf dem Hof, als der Ochse bereits hinter dem Gatter stand, weilte Tore mit seinen Gedanken bei Ludwig. Der Bruder hielt sich vermutlich direkt am Flutensee auf oder auf dem Geduldsberg. Wie würde der zu Jähzorn Neigende reagieren, wenn er mitansehen müsste, wie Heilgart in Bandulfs Armen lag? Eine Vorstellung, die Tore Angst machte. Um so flehender hoffte er, dass die Leidenschaft des Bruders für Heilgart mehr einer jungmännerhaften Versuchung entsprang. Liebte Ludwig sie aber gegen jede Vernunft wirklich, wäre Bandulfs Leben keine Kastanie wert. Auch wenn der Versprochene der Sohn Wigmars war, der Herr über Tores und Ludwigs Familie und Anführer der Gefolgschaft, in der Ludwig kämpfte.

In Tore köchelte ein Empfindungsgemisch aus Furcht um die Familie, aus Mitleid für den Bruder und aus brennender Eifersucht. Am ehesten vergleichbar mit einem übel riechenden Eintopf, von dem ein wütender Dampf aufstieg, jeden verätzend, der seine Nase darüberhielt. Was sollte Tore tun? Dem Bruder hinterherlaufen? Selbst um Heilgart buhlen? Er seufzte. Warum nur hatte es den Göttern gefallen, ihn, Tore, zu einem Halbfreien zu machen?

Unentschieden saß Tore bei seinen Eltern vor dem Haus und wusste nicht, wohin mit seinem unbestimmten Drang. Dem nachzugeben, beschloss er spontan, die Klippen der Geduldsberg-Steilwand zu bezwingen, zu versuchen, den kleinen Gefangenen aus dem Verlies zu befreien. Kurz nur zögerte der Wagemutige wegen Ludwig, dem aber ohnehin nicht zu helfen war, und wegen des Beutels mit den Bernsteinen, die er eintauschen könnte, vielleicht sogar für seine Freiheit. Ja, eigentlich bräuchte Tore nichts weiter tun, als auf die Hinrichtung des kleinen Mannes zu warten. Doch im Rauschen der Bäume war ein Flüstern zu hören, demzufolge der Schatz mit dem Erringen der Freiheit verknüpft war.

Tore erklärte seinen Eltern, nach seinem Bruder suchen zu wollen. Und schon durchquerte er das Moor. Bald schimmerte der Flutensee zwischen Baumreihen und Gesträuch. Kein Mensch weilte an den Ufern. Weder die Töchter der Dorfbewohner noch unfreie Mägde bevölkerten die Waschplätze. Eine ungewöhnliche Stille. Zum Sonnenfelsen hin hätte er rechts abbiegen müssen, doch drängte es ihn nach links, um den See herum ins Dorf. Und noch immer begegnete er keinem Menschen. Was war hier los? Es dauerte, bis auf halber Höhe des Geduldsbergs menschliche Stimmen erklangen. Dörflern waren auf einer Brachfläche zusammengekommen. Auch hier ein gedämpfter Tonfall. Tore trat hinzu. Dann packte ihn der Schrecken. Wenige Meter voraus, in einer Blutlache, lag ein Mensch. Genauer: ein Toter

Eine dichte Wand aus Männern, Frauen und Kindern versperrte die Sicht auf Details. Tore drängte nach vorn. Dann lag ein Erdolchter vor ihm. Zahlreiche Stichverletzungen zeugten von einem Kampf. Im nächsten Augenblick packte der Schrecken erneut zu. Tores Mundhöhle trocknet blitzartig aus wie ein Strauch im Hochsommer. Nur mühsam gelang es ihm, nicht zu erbrechen. Der zu seinen Füßen lag, war kein geringerer als Heilgarts Bräutigam: Bandulf.
»Ehrenhaft im Kampf den Tod gefunden«, stellte ein Bauer lakonisch fest.
Ein anderer deutete auf eine Lanze, die zerbrochen am Rand der Wiese lag.
»Der Mörder scheint ein verdammt kräftiger Kerl zu sein.«
»Und wie schnell er zugestochen haben muss.«
Darüber bestand kein Zweifel unter den Dörflern, denn niemand hatte etwas bemerkt, kein Kampfgeräusch, keine Beleidigung, kein Triumphieren.

Tore schaute herum. War Ludwig in der Nähe? Gab es Spuren, die auf ihn hinweisen könnten? Dies schien nicht der Fall zu sein. Eine zwiespältige Beruhigung. Da forderte ein hinzutretender Priester die Anwesenden auf, die Familie des Getöteten vorzulassen. Gleich darauf wurde Bandulf von seinen Brüdern und Wigmars Gefolgsleuten davongetragen. Wigmar selbst blieb am Ort des Geschehens und schwor auf ergreifende Weise Rache. Ein eisernes Versprechen vor dem Angesicht des allmächtigen Wodans und des Donnergottes Thor für die Ewigkeit.

Tore hatte genug gesehen und gehört. Er machte sich dünn, verließ unauffällig die Versammlung, auf den ersten Metern geradezu rückwärts laufend. Er wusste, man wird die Unfreien heranziehen zum Errichten des Holzstapels für eine feierliche Verbrennung. Es genügte, wenn er am nächsten Tag Bescheid bekäme. Heute, in den nächsten Stunden, stand anderes bevor.

Während der Wind ein Stimmungsbild aus Verwünschungen und Wehklagen über den Hügel trug, brach Tore in finsterer Entschlossenheit auf, den vermeintlichen Zwerg zu befreien. Das Durcheinander im Dorf, so sein Kalkül, könnte sogar von Nutzen sein. Es wird die Dorfbewohner ablenken. Mit einer Mischung aus Laufen und schnellem Schritt erreichte er schon bald den Fuß des Sonnenfelsens. Im abendlichen Schatten zwischen dem wuchtigen Stein und der aufsteigenden Wand suchte er die Vergewisserung, nicht allein zu sein. So verharrte er eine Weile, lauschte still, aber hellwach den Umgebungsgeräuschen. Ab jetzt bedeutete jede Veränderung dieses Geräuschmusters Gefahr.

Prüfend, jeden Felsvorsprung als Deckung nutzend, setzte er einen Fuß über den anderen in die Unebenheiten der Wand. Er wählte die gestrige Route, die zum Bernstein-Versteck führte. Von dort orientierte er sich nach Osten, weil die Wand dort weniger steil aufragte. Mehrmals musste er den Aufstieg abbrechen und an anderer Stelle neu starten. Die Zeit begann zu drücken. Schon vollendete die Dämmerung den Beginn der Nacht und die Ecken und Kanten, an denen die Finger Halt fanden, verloren an Kontur. Eine Stunde später versperrte ein Felsvorsprung von der Länge eines Arms den Aufstieg. Eine natürliche Barriere, ein Schutz, auf den das Dorf vertraute. Tore war ratlos, denn an einen erneuten Aufstieg an anderer Stelle war heute nicht mehr zu denken.

Da entdeckte er einen unscheinbaren Spalt im kantigen Gestein vor dem Plateau. Geradezu flehend heftete Tore seine Augen auf diese letzte, eher kümmerliche Verheißung. »Wodan hilf«, murmelte er, um sogleich die klare, würzige Abendluft in seine Lunge zu pressen. Allein mit den Fingern zog er sich in die Höhe. Ein verwegener, riskanter Kraftakt. Den Einschnitt im Felsen erreichte der Entschlossene mit hämmerndem Puls. Er rang nach Luft und sondierte selbst die kleinsten Ausbrüche im Gestein. Der Aufstieg könnte gelingen, aber klar war auch, dass er, Tore, für einen Augenblick frei unter dem Vorsprung hängen würde. Blieb zu hoffen, oberhalb des Hanges keinen Wachen zu begegnen. Denen wollte er nicht in die Arme klettern. Sollte er das Risiko eingehen? Wofür eigentlich? Für die Freiheit.

Die Entscheidung war gefallen. »Also los«, zischte es zwischen Tores Lippen. Für eine Zukunft ohne Bevormundung, für ein würdiges Leben. Mit der Bitte um den Beistand der Ahnen suchte er mit den Fingern die Gesteinskante ab. Ganz langsam ertastete er einen Riss. Nach und nach überließ er sein Gewicht den Fingerknöcheln und Muskeln. Schon fehlte den Zehenspitzen der Grund. Mit eiserner Disziplin und mit dem Glück des Wagemutigen bekam er nach wenigen Klimmzügen wieder Halt unter die Füße. Kurz nur ruhte er aus. Und endlich, mit der Beweglichkeit einer Katze schob er seinen Kopf über den Wulst. Was sich den Augen bot, bestand aus Geröll, vereinzelten krüppeligen Bäumchen und dürrem Gesträuch. Von Wachmännern fehlte jede Spur.

Der Nordwest, der während der meisten Zeit des Jahres gemächlich über den Geduldsberg blies, empfing den Tapferen mit einer Willkommensbö. Hohe Wolken dämpften das Licht des Mondes. Tore nahm diese Eindrücke als gutes Zeichen und schickte ein herzliches „Danke" in die imaginäre Richtung Asgards. Kaum auf dem Plateau, huschte er in geduckter Haltung in den Schatten einer kümmerlichen Kiefer. Von hier aus war die nähere Umgebung gut auszuspähen. Südlich stand die Gefangenenhütte im fahlen Mondlicht. Verwunderlich, dass nirgendwo auch nur der Schatten eines Wächters zu erkennen war. Ein friedlicher, belangloser Abend, hätte man meinen können. Doch noch wartete Tore damit, die Hütte aufzusuchen, worin er den kleinen Mann vermutete. Kein Schritt war zu hören, kein Schlurfen, nicht einmal Wortfetzen von Gefangenen oder Wärtern. Einzig ein vom Wind verursachtes Rauschen lag in der Luft. Es entsprang dem Waldstreifen, der das Plateau vom Platz der Gerechtigkeit trennte.

Kurz nur überdachte Tore sein weiteres Vorgehen. Die Hütte stand frei einsehbar in vegetationsloser Umgebung. Er schätzte, dass man die Wachtrupps fürs Plateau vernachlässigte, weil es als aussichtslos galt, die Klippen zu bezwingen. Hinzu kam die Furcht der Bauern vor den Priestern. Diese verfügten über unheimliche Macht, vor allem, wenn es das Leben oder den Tod betraf. Zudem würde niemand das Risiko eingehen, mit einem Todeskandidaten in Verbindung gebracht zu werden.

Als der Mond gerade mal wieder hinter den Wolken verschwand, sprang Tore auf und lief in geduckter Haltung über die steinerne Hochfläche. Das Geröll drückte unfreundliche Grüße in die Fußsohlen. Da brach der Mond zwischen den Wolken hervor. Tore sank in die Waagerechte. Sicher war sicher. Inseln aus Moosen und Flechten erleichterten das Fortkommen auf allen Vieren. Bald ragten hüfthohe, hölzerne Stangen aus dem Boden. Sie bildeten einen Ring um das kleine Gebäude. Eine der fingerdicken Stangen stand zum Greifen nahe. An ihrer Spitze war ein kleines, rechteckiges Holzbrett befestigt. Tore hob den Kopf, nahm es in Augenschein. Eingeritzte Zeichen waren darauf zu sehen: dunkel ins Holz gebrannte Striche, kreuz und quer. Die reinste Magie. Er spürte ein flaues Ziehen in der Magengegend. Jeder wusste, dass solche Zeichen töten konnten. Aber Tore wollte leben. Bloß weg hier, forderte eine innere Stimme.

Genau in diesem Augenblick fuhr ein Blitz über das Plateau hinweg. Es sollte nicht bei einem bleiben. Die Erscheinungen entstammten keinem Gewitter, sondern dem Wiederschein von Fackeln an metallischen Dornen von Schilden. Sie gehörten zu einem Wachtrupp. Auf der Stelle presste Tore Leib und Gliedmaße gegen den Boden. Als er den Kopf leicht anhob, blickte er auf Bewaffnete, die fast vollständig Aufstellung nahmen am Waldrand. Und zwar mit den Rücken zum Plateau. Tore grinste. Wie es schien, leerten sie ihre Blasen. Ein paar Redefetzen noch, dann verließen die Wächter in Reihe und Glied das Plateau. Tore atmete auf und kroch weiter. Da bemerkte er, dass der Untergrund kaum mehr ins Fleisch drückte. Kein Moos mehr unter den Händen, keine Steine; die Umgebung des Häuschens schien gerupft und gefegt. Endlich erreichte er das

vermeintliche Gefangenenhaus. Keine Fackel beleuchtete das unge-
hobelte Holz. Bevor Tore um die Ecke spähte, schwor er beim Leben seiner Mutter den Göttern einen fetten Hasen zu opfern, sofern dieses Abenteuer heil ausginge. In der Hocke legte er neben
der Tür das Ohr an einen Wandschlitz. Kein anderes Geräusch war
zu hören als das dumpfe Pfeifen von Zugluft durch einen Rauch-
fang im Dach der kleinen Hütte, die kein einziges Lebenszeichen
beherbergte. Erfreulich, weil man für jetzt nicht fürchten musste,
aufgespürt zu werden. Tore verharrte, ratlos, nachdenklich. Dann,
als hätte ihn die nächtliche Kühle inspiriert, schlich er mit dem Instinkt eines Naturmenschen auf eine nur wenige Schritte entfernte
Mauer zu. Dahinter kontrastierte dunkel ein Erdloch von ungefähr
einer Speerlänge Durchmesser. Dafür gab es nur eine plausible Erklärung: ein Verließ.

Direkt vor der Öffnung zog Tore es vor, sich wieder flach auf den
Bauch zu legen. Er hielt den Atem an und lauschte. Aus der Tiefe
stieg nichts als dumpfe, feuchte Stille auf. Auch vom Wäldchen her
war nichts zu hören. Allein der Ruf einer Eule klang wiederholt an.
Im Vertrauen auf den Sichtschutz der eher niedrigen Mauer, die
den Bereich der Bodenöffnung umgab, imitierte Tore das Ku-u-uh
eines Kauzes. Für Außenstehende wohl eher gewöhnlich, für einen
eingekerkerten Todeskandidaten in dieser Lautstärke durchaus als
menschengemacht zu vermuten. Der reagierte sofort und ließ aus
der konturlosen Tiefe ein Räuspern hören, gefolgt von rhythmischem Grunzen.
Dann: »Du hast aber lange auf dich warten lassen.«
Die gedämpfte Stimme gehörte unzweideutig dem vermeintlichen Zwerg.
»Kleiner Mann, bist du da unten?«
»Ja, verdammt, wer denn sonst?«

Erst jetzt wurde Tore bewusst, dass er für die Befreiung des Gefangenen ein Seil benötigte. Wie hätte er daran denken sollen, wo er
in dem Glauben gewesen war, das sichtbare Gebäude wäre der
Zwinger?
»Ist was?«, fragte der Gefangene spitz aus der Tiefe des Lochs.
»Nein, nein, was soll schon sein?«, antwortete Tore, dabei fieberhaft über die Beschaffung eines Seils grübelnd.

»Mach dir keine Gedanken«, klang es herauf, »ich habe, wonach du suchst.«

Und schon kam ein Gegenstand in hohem Bogen über die Grubenkante geflogen. Geistesgegenwärtig griff Tore zu und hielt ein hölzernes Trinkgefäß in der Hand, an dessen Henkel ein mehrfach verknoteter Strick befestigt war. Dann hörte er den Gefangenen mit unterdrückter Stimme rufen: »Gut festhalten, ich komme jetzt rauf.«

Und schon war das Seil gespannt. Geistesgegenwärtig stemmte Tore seine Füße gegen eine schmale Felskante. Augenblicke später kletterte der kleine Mann ins Freie.

»Da bin ich.«

»Das sehe ich«, antwortete Tore wirsch, der sich irgendwie überrumpelt fühlte. Wer hatte hier wen befreit? Wo blieb die Dankbarkeit? Er blickte in silbrig-geheimnisvolle Augen, die irgendwie dem Mond ähnelten.

»In welche Richtung müssen wir fliehen?«

Tore, auf dem Boden hockend, zeigte mit der Hand zum Abgrund.

Von dem Suchtrupp war nichts zu sehen. Er war wohl zurückgekehrt ins Dorf oder patrouillierte jenseits des Baumstreifens. Kurz darauf erreichten Tore und der Befreite die felsbrüchige Stelle, über die der Aufstieg zum Plateau gelungen war. Erschwerend, dass in der Dunkelheit die Felskanten überall gleich aussahen. Hinzu kam, dass der Mond hinter einer aufgetürmten, regnerischen Wolkenformation verschwand. Nur jetzt keine Nässe. Tastend suchte Tore auf Knien und Händen nach dem Rand des Felsvorsprungs.

Da machte sich der kleine Mann bemerkbar. »Komm zu mir!« Er zeigte auf das Seil, mit dessen Hilfe er dem Verlies entkommen war. Es hing von einem Ast einer Krüppelkiefer in die Tiefe hinunter. Tore prüfte die Schleifen, dann glitt er wortlos in die Dunkelheit des Steilhangs hinein. Über ihm am Seil hing der kleine Mann. Sie erreichten einen Felsvorsprung. Ein kräftiger Ruck und das Seil folgte mitsamt dem Ast, an dem es befestigt war. Glücklicherweise rissen gerade die Wolken auf, sodass es weniger kompliziert war, über zwei weitere Felsvorsprünge an den Fuß des Steilhangs zu gelangen. Oh, Wodan, oh, Wodan, murmelte Tore und fühlte sich in Übereinstimmung mit dem Oberhaupt der Asen. Die passende

Länge des Seils, der Felsvorsprung, das Aufbrechen der Wolken. Wer wollte da von Zufall reden?

Intensiv spähte Tore ins Rund der Landschaft. Der Sonnenfelsen war nirgendwo auszumachen. Klar, sie waren abgekommen vom Ausgangspunkt der Befreiungsaktion.

Da stieß ihn der Befreite in die Seite, zeigte auf das Seil. »Was machen wir damit?«

»Verstecken«, bestimmte Tore und steckte es in eine Felsspalte. Dann suchte er nach einem buschigen Zweig, um Fußspuren zu verwischen, wobei ihm der kleine Mann zur Hand ging. In jeder Richtung sichernd, so erreichten sie ohne Hast den angrenzenden Wald. Hier ruhten sie aus, schöpften Luft und sammelten neue Kraft. Zum Glück schienen die Wolken einen großen Bogen um den Mond zu machen. Auf dem Weg zum Rand des Moors bedurfte es keiner näheren Verständigung beim Durchdringen selbst unwegsamster Geländeabschnitte. Dabei beobachtete Tore den Kleinen sehr genau. Die hohe Schule germanischer Schleich- und Tarnkunst war ihm ganz gewiss nicht fremd.

Die Sümpfe betraten sie über einen wenig genutzten Seitendamm. Es dauerte eine Weile, bis sie sicher sein konnten, von den Ufern aus nicht beobachtet zu werden. Wenige Minuten noch, dann blieb Tore stehen und tastete mit den Füßen über den unsichtbaren, von schlammigem Wasser überspülten Knüppeldamm.

Seinem Begleiter erklärte er: »Dort, nur einen Schritt weiter, befindet sich eine der vielen Abzweigungen, die ich persönlich angelegt habe und von der kein Mensch etwas weiß.«
Tore führten den Befreiten auf eine kleine verborgene Insel. Der vermeintliche Zwerg schaute sich um. Das kleine Eiland war buschig überwachsen. Kurz darauf standen sie vor einem grob gezimmerten hölzernen Unterstand, worunter vier erwachsene Männer bequem Schutz vor Wind und Nässe finden könnten.

»Hier bist du vorläufig in Sicherheit. Ich werde dich sobald wie möglich besuchen«, versprach Tore, »dann haben wir Gelegenheit, alles Weitere zu besprechen. Jetzt muss ich schnellstens zurück zu meiner Familie. Mal sehen, vielleicht suchen die Suchtrupps den Hof meiner Eltern auf. Auf diese Weise werde ich erfahren, ab wann nach dir geforscht wird. Tore grinste. Keine Bange, allein wir beide wissen von deiner Befreiung.«

Tores Schützling quittierte die Worte mit einem einverstandenen Nicken.

Frierend erreichte Tore endlich das Südost-Ufer des Moors. Auf der Stelle spürte er, dass die familiäre Ordnung gestört war. Und wirklich: Vater und Mutter saßen im Morgengrauen vor dem Haus an einem mickrigen Feuer. Sie sprachen miteinander, gedämpft und emotionslos. Vor der Mutter lag eine graue Matte im Gras. Sie diente als Unterlage, Stäbchen zu werfen: ein Orakel.

Tore trat hinzu. Mit prüfenden Blicken hießen ihn die Eltern willkommen.

Die Stimme des Vaters wirkte fahrig und monoton: »Nein, du hast nichts mit Bandulfs Tod zu tun.«

Die Mutter stellte fest: »Das Orakel ist eindeutig.«
Tore bemerkte, dass es sich bei den Stäbchen um Kaninchenknochen handelte. Sie wurden nur zu ganz besonderen Anlässen verwendet, im Guten wie im Bösen.

Der Gesichtsausdruck des Vaters bekam herbe Züge, als er nachdrücklich hinzufügte: »Nein, niemals! Auch dein Bruder Ludwig hat nichts mit den Ereignissen im Dorf zu tun.« Eine Aussage, die er auf seltsam monotone Weise mehrmals wiederholte.
Die Familie ist also im Bilde über Bandulfs Tod, dachte Tore. Nun denn, Ludwig war Sohn und Bruder dieses Hauses, so schuldig er auch sein mochte, einer Bestrafung würde ihn hier niemand zuführen wollen. Die Familie hielt zusammen. Den Ahnen sei Dank.

Da verließ der Vater die Feuerstelle und verschwand im Haus. Zu Tores Überraschung kehrte er mit Ludwig zurück. Der Bruder trug einen sauberen Umhang; darunter eine graue, fleckige Hose aus minderwertigem Flachs. Der Schein des Feuers zeigte einen aufrecht und selbstbewusst dastehenden jungen Mann mit standesgemäß kurzen Haaren, die im Nacken trotzig zu einem Miniknoten zusammengesteckt waren. Lächerlich, wie Tore befand. Ludwigs Augen und sein stolz gehobenes Kinn taten kund, dass ihm Reue fremd war.

»Ich bin gestern auf dem Feld gewesen und habe gepflügt«, behauptete er ungefragt, genau wissen müssend, dass es Tore war, der am Nachmittag den Ochsen gelenkt hatte.
Tore, um den Bruder nicht unnötig zu reizen, verzichtete auf eine Richtigstellung.

Stattdessen bestätigte er: »Gut, dass ich dich bei der Feldarbeit beobachtet habe.« Nicht verkneifen konnte er sich allerdings die Bemerkung: »Und denk daran, dass du am Südrand des Feldes eine längere Pause eingelegt hast. Die Spuren lügen nicht.«

War es das Klettern in der Felswand, war es die psychische Anstrengung? Tore ging schlafen und wachte erst gegen Mittag auf. Mit dem Erwachen hörte er fremde Stimmen im Dialog mit dem Vater. Alarmiert warf er einen Umhang über, befestigte ihn mit seiner selbst geschnitzten Fibel und trat vors Haus. Dort saß Wigmar, der Vater des Getöteten und Herr über Tores Familie, auf einem Pferd. In seiner Begleitung: drei mit Kurzspeeren bewaffnete Männer. Sie winkten Tore heran. Während der Vater zurücktrat, fragten die Besucher, ob Tore am gestrigen Tag im Dorf etwas Wissenswertes beobachtet habe. Er verneinte.

»Und hier? Hat sich vielleicht rund um das Moor etwas getan?« Nein, versicherte Tore, er habe niemanden bemerkt.
Daraufhin dirigierte Wigmar sein Pferd ganz nah an Tore heran.

»Du weißt«, begann er, »dass du nicht nur mir, deinem Herrn, zur Treue verpflichtet bist, sondern in der Schuld des ganzen Dorfs stehst, ja des ganzen Stammes sogar. Wenn du etwas weißt, dann sag es besser jetzt, auch wenn es nur eine Kleinigkeit ist.«
Tore senkte instinktiv den Kopf. »Sobald mir etwas auffällt, werde ich mich melden«, versprach er mit demütiger Stimme.
Wigmar ließ seine Augen, die einen durchaus wohlwollenden Eindruck machten, eine Weile auf Tore ruhen. Dann, mit einer Kopfbewegung, gab er seinen Gefolgsleuten zu verstehen, den Besuch abzubrechen.

Erst jetzt bemerkte Tore den Bruder, der gelangweilt zum Knüppeldamm schlenderte. Da fragte Tore, wohin Ludwig wolle. Der Vater antwortete, dass er ins Dorf befohlen sei, um bei der Vorbereitung für Bandulfs Aufstieg in die Zwischenwelten zu helfen. Tore erschrak. Niemals würde es dem zum Aufbrausen neigenden Ludwig gelingen, die Kontrolle über sich zu behalten. Da fragte Tore, ob er an Ludwigs Stelle bei der Errichtung des Scheiterhaufens helfen dürfe. Der Vater schien die Intention seines jüngeren Sohnes zu verstehen und nickte ihm zu. Tore lief seinem Bruder auf schnellen Beinen hinterher. Noch vor Erreichen der Moorkante verwickelte er Ludwig in ein Gespräch. Den hochgradig gestressten Bruder erst einmal abzulenken und einen Augenblick hinzuhalten, war seine Absicht. Mit einem Gespräch über das Tragen und die Veredelung von Speerspitzen. Und tatsächlich: Der Krieger in Ludwig nahm das Angebot an. So blieb hinreichende Zeit für den Vater, heranzutreten. Ein Machtwort und Ludwig überließ Tore den Zugang zum Knüppeldamm.

»Bis später«, rief der noch und steuerte geradewegs aufs Moor hinaus.

Nicht mehr als ein vom Wind zerzaustes »Danke« des Vaters sollte Tore noch erreichen.

Je näher er dem Dorf kam, umso mehr gerieten seine Nerven unter Spannung. Nicht wegen der Mordsache mit der schrecklichen Zeit, die Wigmars Familie gerade durchmachte, sondern wegen des befreiten Gefangenen. Wie würde das Dorf reagieren? Am Ufer des Sees begegnete ihm Wigmar mit seinem Gefolge. Bei den Göttern, staunte Tore, die Reiter müssen ihre Pferde mächtig gequält haben. So rasch hatte er sie am Dorf nicht erwartet. Wigmar nahm keine Notiz von Tore, der zur Seite trat, den Reitern Platz zu machen. Dabei erfuhr Tore, dass sein Herr den nördlichsten Rand der Siedlung aufsuchen wollte. Tore wusste, dass einen halben Tagesmarsch entfernt ein Bauer zu Hause war, dessen Familie so halbfrei war wie die eigene. Neben dem Landbau bestand dessen Aufgabe darin, nach Fremden und Feinden, nach Bedrohungen eben, Ausschau zu halten.

Wigmar wies einen seiner Begleiter an, ins Dorf zu reiten, dem Dorfältesten Bericht zu erstatten. Tore folgte zu Fuß. Bald war er allein auf der Flur. Auch die Waschplätze waren verwaist. Angestrengt horchte er in den Wind. Warum schwiegen die Hörner? Längst müssten die Priester die Flucht aus dem Verlies bemerkt haben. Doch bereits einen Speerwurf weiter änderte sich die Lage. Die ersten Dörfler erschienen auf der Bildfläche. Bald glich der Geduldsberg einem Ameisenhaufen. Nie zuvor hatte Tore so viele Menschen das Gelände durchstreifen sehen. Auf halber Höhe, abseits des Flutensees, lag ein Gräberfeld. Schon von Weitem waren zahlreiche Unfreie zu sehen, die bereits begonnen hatten mit den Vorbereitungen für Bandulfs Abreise ins Totenreich. Ein Priester trat heran, er grüßte die Helfer. Unverkennbar das gebleichte Gewand, das an seinem massigen Leib im Wind flatterte. Je näher der

Gottesmann kam, um so markanter wurde sein düsteres, zorniges Gesicht. Er trat vor die Halbfreien und gänzlich Unfreien, teilte ihnen in knappen Sätzen mit, dass der eingekerkerte Zwerg geflohen sei. Damit bekam Bandulfs Mörder einen Namen. Wer anderes als ein Zwerg mit schwarzen Zauberkräften hätte einen großartigen Zweikämpfer wie Bandulf bezwingen können? Womöglich habe der Sohn Wigmars sterben müssen, weil er die Flucht des Zwergs habe verhindern wollen. Unklarheit herrsche allerdings noch über die Art und Weise der Flucht, berichtete der Priester.

Schließlich forderte er zu strengster Wachsamkeit auf und warnte: »Der Geflohene steht mit bösen Geistern und Wiedergängern im Bund, wenn er nicht sogar selbst ein Dämon ist.«
Den Worten des Priesters folgte ein Schweigen, das mit einem Stillstand der Elemente verglichen werden konnte. Niemand wagte zu atmen. Ungeheuer, was der Priester berichtete. Ein Wiedergänger war einer, der sogar von den eigenen Ahnen verstoßen worden war, ein Unglück bringender Rückkehrer aus der Zwischenwelt. Womöglich hatten nicht einmal die Götter den Verdorbenen in seine Schranken weisen können. Gab es Fürchterlicheres? Gemurmel kam auf. Dann, plötzlich, waren Verwünschungen herauszuhören, die dem Zwerg galten. Dazwischen: Anrufe der Ahnen, flehendes Bitten um Beistand bei der Suche nach dem verdammten Mörder. Allein Tore empfand keine Furcht, wusste er doch, dass von dem kleinen Mann ganz und gar keine Gefahr ausging. Denn längst hätte der die Möglichkeit gehabt, seine angeblichen bösen Kräfte zu demonstrieren. Tores Unversehrtheit war der beste Beweis für die Harmlosigkeit des vermeintlichen Zwergs. Stattdessen saß der auf einer Insel im Moor fest, einsam und wohl auch hungrig. Gleichwohl: All diesen klugen Folgerungen zum Trotz wurde Tore mitgerissen von den düsteren Empfindungen der Dorfbewohner. Und so flehte er im Gleichklang mit ihnen die Götter und die Ahnen an, dass sie die Sippen beschützen mögen. Und er weinte dazu nicht minder heftig wie die freien oder unfreien und die frommen Stammesbrüder.

Mit den detaillierten Anweisungen für die Vorbereitung der Aufstiegszeremonie kehrte die Klarheit zurück in die Köpfe der Männer. Tore wurde zum Holzsammeln eingeteilt. Während der Suche nach brauchbarem Baumbruch in Begleitung von Standesgefährten wurde über Bandulfs Leben in der Zwischenwelt gerätselt: Ob man den Ermordeten dort als Verlierer oder eher als tragischen Sieger sähe? Schließlich einigte man sich darauf, dass die Ahnen nach Familien geordnet seien und dass sie alles dransetzten, den Mörder ihres Enkels auch von dort aus aufzuspüren.

»Ich möchte nicht in der Haut des Zwergs stecken«, sagte einer der Holzsammler. Andere pflichteten ihm bei. Eine Ansicht, der sogar Tore zustimmte. Auf einmal wurde ihm bewusst, in welch riesiger Gefahr sein Bruder Ludwig schwebte. Denn die Ahnen würden über kurz oder lang über Bandulfs Mörder im Bilde sein. Würden die Altvorderen aus der Zwischenwelt ins diesseitige Leben eingreifen? Die Vorstellung, von einem Toten aus dem Nichts heraus berührt zu werden, gruselte Tore sehr.

Am frühen Abend war die Arbeit getan. In sicherem Abstand zu einer Ansammlung stolzer Buchen ragte ein kunstvoll errichteter Haufen aus Waldbruch und passend geschlagenem Holz zwei Meter in die Höhe. Der Tote, in Kampfmontur, wurde von Sippenmitgliedern an Armen und Beinen herangetragen. Inzwischen hatten drei dunkel gekleidete Frauen eine Decke über den Scheiterhaufen geworfen. Mit Hilfe eines hölzernen Tritts hievten die Männer den Toten hinauf. Der lag nicht flach, nein, er guckte in Schräglage mit weit geöffneten Augen unter den dahinziehenden Wolken über die Landschaft. Eine letzte Ausschau auf die diesseitige Welt, in der er zu Hause gewesen.

Schon beim Aufschichten hatte Tore über die Größe des Scheiterhaufens gestaunt. Sie galt nicht zuletzt dem Stand, dem Rang und dem Ansehen der Sippe, zu der Bandulf gehörte. Somit hatten die Priester diesem übermannshohen Holzstapel zugestimmt. Allerdings wurde ausschließlich Buchenholz verwendet. Eichenholz war den Adligen und Priestern, hohen Kriegsherren, bisweilen einem Dorfältesten vorbehalten. Vorsichtig, auf gebührenden Abstand bedacht, spähte Tore nach der wollenen Decke. Die breiten, aufgestickten roten Linien deuteten die Anwartschaft auf den Rang eines Befehlshabers in der Gefolgschaft seines Vaters an. Ein Rang, den zu vergeben der Dorfversammlung oblag. Tore war keine wahrhaftig kriegerische Leistung des zur Einäscherung bereit Liegenden bekannt. Seit den Verträgen mit den Römern hatte es keinen Krieg mehr gegeben, auch nicht gegen Nachbarstämme, in denen sich Bandulf hätte hervortun können. Immerhin: Wäre nicht er, sondern dessen Vater Wigmar gestorben, wäre die Führung der Gefolgschaft auf den Sohn übergegangen. Plötzlich empfand Tore Genugtuung, eine klammheimliche Freude über das Unglück der Familie seines Herrn.

Über Wigmar mochte Tore schon seit Langem nichts Gutes sagen. Zu sehr drückten die Abgaben, die die Familie jährlich abliefern musste. Er dachte an Wigmars Besitz, an die große Anzahl von Wiesen und Weiden, auf denen Vieh stand. Seine Sippe war zahlreich an Köpfen; man pflegte einen demonstrativen Zusammenhalt. Darunter gab es Jäger, aber auch geschickte und anerkannte Handwerker. Nicht selten kamen Dörfler, um für den Bau ihres neuen Hauses um Rat und Hilfe zu bitten. Vielleicht um das Dach neu decken zu lassen. Dabei schwärmten sie von Schilfrohr aus Gewässern, über die Wigmar zu bestimmen hatte. Als wenn man darunter besser saß als unter anderen Dächern. Als Gegenleistung waren manche Bauern sogar bereit, Wigmars Felder zu bestellen, auch wenn die eigenen darunter zu leiden hatten. Hinter vorgehaltener Hand aber wurde gejammert und gezetert über kümmerliche Ernten. Unfassbar. Da war es doch nur gerecht, dass Wigmars Sohn einen frühen Tod gefunden hatte. Auf einmal erschrak Tore über seine gehässigen, vor Neid und Schadenfreude strotzenden Empfindungen. Oh, mein Wodan, brummte er mit zittriger Zunge und versprach, dem großartigen Gott ein Opfer zu bringen wegen der eigenen Bosheit. Vielleicht einen Biber. Noch einmal musterte Tore die kostbare Decke, auf der Bandulf im Rauch aufsteigen sollte. Wie viele eiserne Speerspitzen man dafür wohl eintauschen könnte auf den Märkten? Bestimmt ein Säckchen voll. Er stellte sich vor, selbst auf dieser Wolldecke zu liegen, aber nicht tot, sondern lebendig. Und schon nicht allein – sondern mit Heilgart.

Da, wie aus dem Nichts, mit geflochtenem Haar und einem Reif aus Metall am Hals, erschien die Angebetete. Ihr weites, dunkles Kleid tanzte unterhalb des Busens im Wind. Begleitet von zwei Familienangehörigen schritt Heilgart stolz und erhaben heran. Einer ihrer Begleiter trug einen Krug in den Armen. Ein anderer schleppte ein schweres Weingefäß, dessen Transport bei der Rückkehr vom großen Markt Tores ganze Kraft gefordert hatte. Kurz darauf wurde die Amphore geöffnet und der Krug gefüllt. Das kostbare Getränk fand an Bandulfs Seite auf dem Scheiterhaufen seinen Platz. Der verpasste Hochzeitstrunk, schoss es Tore durch den Kopf. Bei allem Respekt für die Ahnen, dieses Opfer hätte man nicht erbringen dürfen. Unvorstellbar, dass im germanischen Totenreich römischer Wein kredenzt würde.

Als der Himmel zuzog und die Dämmerung früher übers Land geschlichen kam als erwartet, strömten die Dörfler zur Verbrennungsstätte. Der Priester hatte Position bezogen, umgeben von irdischen Botschafterinnen der Zwischenwelt: drei alte Frauen in rotweiß gehaltenen Gewändern. Ihre Gesichter hielten sie verborgen hinter Tüchern, die von schmalen Lederneren gehalten wurden. An ihnen wiederum baumelten Knochensplitter an ziselierten Kettchen. Gerüchte wechselten seit jeher die Münder, wonach die Knöchelchen verstorbenen Säuglingen entstammten. Andere behaupteten, sie wären Opfertieren entnommen. Bewiesen war freilich nichts von all dem. Die drei Frauen wohnten außerhalb des Dorfs, wo sie den größten und wichtigsten Heiligen Hain der hier ansässigen Sippen pflegten und bewachten. Eine ihrer wichtigsten Eigenschaften: Schweigsamkeit. Überhaupt hielten sie sich als Medium zur Zwischenwelt gegenüber den gemeinen Bauern bedeckt. Tore vermutete, dass sie das Rätsel, woher die Knöchelchen stammten, selbst nicht lösen konnten. Gehörte ihre Kleidung und Ausrüstung doch zu einer Magie, deren Herkunft weit in die Zeit der Vorväter zurückreichte.

Atemlose Stille herrschte, als der Priester einen Schritt vom Scheiterhaufen entfernt ein kleines Feuer entfachte. Nachdem er beiseite getreten war, kamen die drei weiblichen Medien hinzu und beschworen die Flammen mit geheimnisvollen Gesten und unverständlichen Worten. Eine gespenstische Zeremonie. Beschwörungen, die ganz allmählich in ein anhaltendes melodisches Summen übergingen. Ihre Bewegungen ähnelten wogenden Gerten.

Die Dorfbewohner, die inzwischen fast vollzählig auf dem Platz versammelt waren, folgten in stiller Ergriffenheit dem ewigen Brauch. In der hintersten Reihe stand Tore. Schwer drückte ein Schauder auf sein Befinden, gepaart mit einem quälenden Druck, der seine Ursache in der Furcht vor dem Tod hatte. Etwas, was einem Germanen verboten war. Ja, was wurde mehr gefordert von den Göttern als Furchtlosigkeit? Ein Widerspruch, von dem Tore glaubte, dass er auch von den Gesichtern anderer Gäste der Zeremonie abzulesen war, sogar bei jenen, die im Dorf für ihren Wagemut bekannt und gefürchtet waren.

Nicht mehr lange und die Botschafterinnen der Zwischenwelten hielten dünne Holzscheite in die Höhe. Ein unverständliches Murmeln noch, dann schoben sie die bläuliche Glut in den Scheiterhaufen. Mit den kletternden Flammen riefen sie die Namen der Ahnen des Verstorbenen auf, sie mögen gemeinsam mit den Göttern den Geist des Toten empfangen. Im Schein des inzwischen heftig prasselnden Feuers trat der Priester vor die Dorfbewohner, richtete seine Arme gegen das Firmament, gab den Flammen so etwas wie eine heilige Anweisung. Ihre Aufgabe: Bandulf hinaufzutragen zu seinen Ahnen. Schon trieb eine Bö den Geruch von verbranntem Fleisch über den Platz. Unwillkürlich drehte manch Dorfbewohner das Gesicht weg, hielt den Atem an.

Als die Flammen die größte Ausbreitung erreichten, schien der Rauch den Himmel wie eine Säule zu stützen. Die Lippen der Versammelten standen offen und überzogen das Land mit einem schwellenden Summen, tief, anhaltend, hypnotisch geradezu. Eine Melodie, die niemand erlernt hatte, die aber jedem wie durch Zauberkraft von Kindheit an so geläufig war wie der Rhythmus des Atmens. Dazu traten die Dorfbewohner mit den Füßen auf, nicht stampfend wie im Zorn, sondern sanft, aber hörbar, der Erde ein dumpfes Murmeln abringend. Diese Zeremonie dauerte bis zum Verlöschen des Feuers. Ein Erlebnis, von dem auch Tore durchwärmt wurde.

Die Nacht war weit fortgeschritten, als der Scheiterhaufen verglühte. Hölzerne Trinkgefäße wurden mit Met oder Wein gefüllt. Die Unfreien und Halbfreien warteten, bis auch sie für würdig befunden wurden, Bandulf die Referenz zu erweisen. Tore drängte sich nicht nach einem Becher. Er wusste um die verheerende Wirkung der Götterdrogen auf das Gemüt. Nicht wenige Zungen hatten im Rausch Verhängnisvolles verplaudert und so den eigenen Tod oder anhaltende böse Fehden innerhalb und außerhalb der Sippen provoziert. Gerade in der heutigen Nacht, so meinte Tore, musste gerade er seine Gedanken gut sortieren und verbergen. Schon allein seines Bruders und des vermeintlichen Zwergs wegen.

In der Morgendämmerung begannen die Angehörigen mit dem Einsammeln von Asche und Knochenresten. Mit Erstaunen beobachtete Tore, dass kräftige Männer abseits der Verbrennungszeremonie Steine aufschichteten. Ein Wall entstand, der mit Sand und Erde überschüttet wurde. Ein Grabmal sollte entstehen. Welche Macht besaß Wigmars Familie, dass sie es wagen durfte, das Vorrecht von Stammesführern zu beanspruchen? Bislang hatten hier am Geduldsberg nur zwei dörfliche Würdenträger aufgeschüttete Gräber erhalten. Worüber im Übrigen nächtelang palavert worden war. Anders seien die zahlreichen Schilde, Hieb- und Stichwaffen des Verstorbenen nicht zu verstauen, hatten die Befürworter behauptet. Ganz zu schweigen von den Alltagsutensilien, auf die der Tote im Zwischenreich nicht hatte verzichten sollen.

Am Ende der Zeremonie trat der Priester vor die andächtige Dorfgemeinschaft. Mit eindringlichen Armbewegungen lenkte er die Augen der Männer und Frauen hinauf zum wolkenlosen Nachthimmel, der im Osten bereits von der Dämmerung berührt wurde. Das Klagen und Murmeln der Trauergesellschaft endete abrupt. Ein kurzes Räuspern, dann wechselte der Priester das Thema und verkündete knapp und unverklärt, dass die jährliche Aussaat bevorstehe. Mit der Ermahnung, keine Zeit zu vergeuden, sprach er die traditionelle Formel: »Seht hin, das Sternenfeld ist bestellt.« Dann: »Folgt dem Beispiel der Götter.«
Dutzende Bauern suchten mit müden Augen das in der Dämmerung gerade noch zu erkennende Universum ab, genauer: Sie suchten nach einem ganz bestimmten Lichtmuster, welches jedoch in dieser Stunde bestenfalls als verwaschener Nebel den Sternenhimmel schmückte. Manche der Anwesenden schienen die Ansammlung der kleinen, wie zu Gartenbeeten geordneten Sterne dennoch zu erkennen. Andere brummten so etwas wie: »Habe ich schon gestern bemerkt.« Oder sie vertrösteten einander auf eine bessere Sicht in einer der folgenden Nächte.

Wie die gesamte Dorfgemeinschaft machte sich auch Tore auf den Heimweg. Als er den Zugang zum Knüppeldamm erreichte, sog die Sonne bereits am Frühtau. Bald erreichte er die erste im Schlamm verborgene Gabelung. Er zögerte. Sollte er den kleinen Mann aufsuchen, ihm berichten von den Ereignissen des gestrigen Tags und der Nacht? Doch er verwarf den Gedanken. Ein Besuch wäre jetzt wenig zweckmäßig, denn er, Tore, hatte nichts mitzubringen, vor allem kein Essen oder auch nur sauberes Wasser. Der Befreite, der eigentlich jetzt Tores Gefangener war, müsste einen Bärenhunger haben. Dennoch winkte Tore ab. Was sollten die überflüssigen Sorgen um dessen Wohlergehen? Wäre der kleine Mann wirklich ein gemeiner Zwerg, stünde er mit anderen Zwergen, mit Kobolden und dunklen Erdgeistern im Bunde. Was bedeutete Hunger für so einen? Ganz sicher fände er jederzeit, auch bei kompliziertem Wetter Nahrung. Außerdem: Was gingen dem kleinen Kerl eigentlich die dörflichen Feierlichkeiten an? So marschierte Tore geradewegs nach Hause, um erst einmal auszuschlafen.

Die Sonne stand bereits ziemlich hoch am Himmel, als die weiche Stimme des Vaters den Raum füllte. Tore legte das von Schweiß durchnässte Hemd ab, trat hinaus. Doch die Worte des Vaters galten der Mutter. Die Eltern standen am Zaun der Ochsenweide und waren in einem Gespräch vertieft. Für Tore war es an der Zeit, den kleinen Mann auf der Moorinsel zu besuchen. Zwei Hände voll Mais, einige gestern übriggebliebene Fladenbrot-Streifen vom Stein gekratzt, sogar Knochen mit Fleichresten lagen verstreut am verloschenen Feuer, dazu zwei Rüben. Alles hinein in einen Sack aus grobem Flachs. Ein kleiner Krug mit Wasser unter den Arm geklemmt, sogleich gluckste das Moor unter den Füßen.

Der vermeintliche Zwerg erwies sich tatsächlich als sehr hungrig. Kaum hatte er Tore erspäht, brachen die Dämme der Selbstbeherrschung. Aufgereizt brüllte er übers Moor, schlug mit geradezu überirdischen Kräften mit der flachen Hand auf den dünnen Wasserspiegel am Ufer. Zwischendurch sprang er auf, tanzte wie ein von bösen Geistern Besessener von einem Bein auf das andere. Tore beschleunigte seinen Schritt. Die armdicken Knüppel unter den Füßen tanzten auf dem Moor, gerieten in wellige, gegenläufige Bewegungen, ließen ihn stolpern. Halb springend, halb stürzend erreichte er die Insel im Moor.

Der gepeinigte Gefangene verweigerte die Begrüßung. Schimpfend riss er den Sack von Tores Schulter, sodass die Lebensmittel über die Wiese kullerten. Wahllos griff er zu, stopfte die spärliche Kost mit beiden Händen in den Mund. Ein Gebaren, das Tore an Ziegen erinnerte, die gefährlich bockig werden konnten ohne hinreichende Versorgung. Erst nach der zweiten Rübe, die von dem vermeintlichen Zwerg eher zerspant denn zerkaut worden war, hob er den Kopf und fragte zerknirscht, wie lange er noch aushalten müsse in diesem Versteck, das eigentlich ein Gefängnis sei. Schließlich gebe es Wichtigeres zu tun, als den Lauf der Gestirne zu beobachten.

»Woran denkst du bei dem, was dir wichtig ist?«, fragte Tore.

»An etwas Handlicheres als die Sterne, an etwas ebenso Leuchtendes, wie du es in der Felsenhöhle vorgefunden hast. – Hast du doch, oder?«

Tore nickte bejahend. Daraufhin zeigte das eben noch gepeinigte Gesicht des kleinen Mannes ein vieldeutiges Grinsen.

Dann lockte er: »Ich könnte eine noch viel größere Menge Bernstein beschaffen.«

Misstrauisch überlegte Tore, was mit einer großen Menge gemeint sein könnte.

»Vorausgesetzt«, so fuhr der Fremde fort, »du bist bereit, mir zu helfen.« Nach einer kurzen Pause, die der Besinnung diente, fügte er hinzu: »Wenn du Interesse haben solltest, ist Eile geboten. Mehr als eine Tagesreise von hier ist nordwestlich ein Schiff gestrandet. Ebbe und Flut sind dabei, seine Überreste zu verschlingen. Es hat eine große Menge Bernstein geladen. Der Schatz droht unwiederbringlich im Schlick zu versinken.«

Bernstein. Mehrmals ließ Tore dieses magische Wort, das nach Macht und Schönheit klang, in seinem Kopf kreisen. Da lockte ein Reichtum, der jedem Menschen den Atem raubte, Begierden weckte, Nerven kitzelte. Schließlich gab Tore sich einen Ruck.

»Worauf warten wir?«

Der kleine, gestern noch todgeweihte Mann kniff die Augen zusammen, als er antwortete: »Genau genommen benötigen wir etwa zwei Nächte und zwei Tage Wegstrecke zu Fuß, da können wir nicht einfach so aufbrechen. Wir brauchen Essen und Trinken. Deine Familie oder die Leute im Dorf werden nach dir fragen. Wer soll ihnen antworten? Denke nach, notwendig ist ein plausibler Grund für deine Abwesenheit. Vielleicht«, so schlug er vor, »wäre es von Vorteil, wenn ich vorauseilen würde. Ich bräuchte nichts weiter als Getreide gegen den Hunger, einen Kurzspeer, eine scharfe Axt und warme Kleidung gegen den kühlen Nordwest.«

Tore wurde misstrauisch. Durfte man auf einen Handel mit einer unbekannten, eher zwielichtigen Gestalt eingehen? Nicht einmal der Name des kleinen Mannes war bekannt. Andererseits sprachen die in der Höhle aufgefundenen Bernsteine eine klare Sprache.

Tore ließ ein Räuspern folgen. »Sag mal, wie heißt du eigentlich? Und außerdem ...« Tore zögerte, doch dann platzte es aus ihm heraus: »Bist du ein Zwerg?«

Der vermeintliche Zwerg wirkte wenig überrascht. »Ich? Ein Zwerg?« Er blickte an sich hinunter. Das könnte man meinen, wenn man böse Gedanken liebt.« Er hob den Arm. »Eibert, mein Name lautet Eibert.« Dann fragte er: »Klingt so der Name eines Zwergs?« Schließlich, mit abwiegelndem Gestus, beschied er: »Mehr tut nichts zur Sache.«
Tore trat einen Schritt zurück.

»Es wird dauern«, antwortete er zögernd, »bis ich besitze, wonach du verlangst.«

»Du misstraust mir?«

»Ja.«

Daraufhin geriet Eibert ins Grübeln. Schließlich sagte er: »Wie viel Schlaf benötigst du?«

Tore horchte auf. Was für eine blöde Frage. »Die Männer in unseren Wäldern schlafen, wann es ihnen beliebt, und sie wachen, wann es ihnen beliebt.«

Eibert grinste wissend. »In der Tat, unsere Brüder sind faul, zäh, aber ausdauernd und leidensfähig.« Plötzlich, mit einem Blitzen in den Augen, zeigte er mit dem Zeigefinger auf seine Brust. »Das alles steckt hier drin, immerhin bin ich selbst ein Germane.«
Diese letzten Worte trafen Tore mit der Wucht einer vom Himmel fallenden Eiche. Wie konnte ein solcher Kleinling sich Germane schimpfen? Ein einziger Hieb würde genügen, ihn ins Reich der Ahnen zu befördern. Selbst von der Hand eines im Kampf ungeübten Bauern. Doch Tore hielt seine Empfindungen im Zaum, schüttelte den Zorn ab wie ein Wildschwein die Nässe nach einer feuchten Suhle. Ei, der Zwerg besaß den Schlüssel zur Freiheit. Und der hieß Reichtum. Es war zwar ungewiss, wie praktisch man die Bernsteine würde nutzen können, aber dass Reichtum mehr als nur eine kleine Behilflichkeit war, darüber bestand für Tore nach seinen Besuchen auf den großen Märkten nicht der geringste Zweifel. Denn dort, überhaupt bei den Römern, so glaubte er begriffen zu haben, konnte man für Denare und Gold oder Silber alles bekommen, auch die Freiheit.

Eibert, der die Mimik und Gestik seines Helfers sehr genau beobachtete, war auf Distanz bedacht. Gleichwohl schien er genau zu wissen, was er wollte. Herausfordernd hob er den Kopf.

Mit listigem, auf Entspannung zielendem Gestus schlug er vor: »Wenn du das, was wir für den Marsch zur Küste benötigen, in wenigen Stunden zusammenhättest, könnten wir noch heute Nachmittag aufbrechen und wären vielleicht schon übermorgen zurück.«

Ein guter Vorschlag. Tore war einverstanden. »Meine Eltern werden keine Fragen stellen«, sagte er wie zu sich selbst. Dann: »Sie werden denken, ich treibe mich im Wald umher. Unsere Äcker sind bereits gepflügt. Und um die Aussaat können sich meine Eltern kümmern. Vater weiß ohnehin immer alles besser. Obwohl ich ja eigentlich ein schlauer Bauer bin.« Tore lachte. »Mein Vater wird nicht klagen. Vorausgesetzt, ich bringe mindestens einen Hasen mit nach Hause.«

Und tatsächlich: Bis zur Tagesmitte hatte Tore alles vorbereitet. Auf die Mitnahme von mehr als einer Wasserblase wollte er verzichten, denn ihm war durchaus geläufig, wo in Richtung Nordwest genießbares Wasser floss oder sprudelte. Chaukische Inspektionen oder gar Patrouillen waren nicht zu befürchten. Denn der Ruf der Priester zum Ackerbau wurde allerorten befolgt. Fleißige Bauern ächzten hinter ihren Pflügen. Betriebsame Unruhe lag über dem Land.

Tore hatte sich für einen geheimen Kriegspfad entschieden. Verborgen im Dickicht und von magischen Zeichen gesäumt, führte er auf Tuchfühlung zur Elbe bis in die Nähe des großen nordischen Meers. Dass er damit ein streng gehütetes, für den Stamm lebenswichtiges Wissen preisgab, noch dazu gegenüber einem Unbekannten, störte ihn nicht, denn eigentlich durfte er als Halbfreier keine Kenntnis von diesem Pfad besitzen. Sein profundes Wissen lag an seinen guten Ohren – seiner gesunden Neugierde allemal. Ganze Jahreszeiten über hatte der damals Acht- bis Zehnjährige die täglich davonziehenden und zu-rückkehrenden Bauern mit ihren Schaufeln, Hacken und Beilen be-obachtet und belauscht.

Mit Messern am Gürtel und Lebensmitteln in stabilen Leinensäcken über den Schultern brachen Tore und Eibert auf. Erst am

Abend verließen sie den geheimen Pfad und bewegten sich entlang eines Bachs in Richtung des großen Flusses, der dem Nordmeer zuströmte. Für eine kurze Pause in den Abendstunden fanden sie einen geeigneten Rastplatz zwischen dem Durcheinander umgestürzter und zum Teil verkohlter Buchen und Eichen. Das Ergebnis eines mächtigen Blitzes. Tore dachte: Ein Plätzchen wie von einem Feuergott bereitet. Er nahm es als gutes Zeichen. Hier gab es hinreichenden Platz, sich zu rekeln, auszustrecken und Luft zu schöpfen. Gleichzeitig schützte das verkohlte Durcheinander von aufragenden, verkeilten Stämmen, Ästen und Zweigen vor unerwünschten Augen.

Während Eibert, sichtlich erschöpft vom langen Marsch, Getreidefladen aß, beobachtete Tore aufmerksam die Umgebung. Von fern war das auf- und abschwellende Rah, Rah einer Krähenschar zu hören. Eigenartig bei dieser Hitze, die alle lebensspendende Feuchtigkeit aus der Landschaft saugte. Würzige, vertraute Düfte von Kräutern und Fäulnis füllten den Atem. Vielleicht galt die Aufregung der Krähen allein diesem Ort, auf den die Götter ganz offensichtlich zornig gewesen waren. Tore beschloss, seine Wachsamkeit auf die Baumwipfel auszudehnen. Vielleicht wollten die Rabenvögel vor etwas Übersehenem warnen?

Weit entfernt von solchen Überlegungen stellte Eibert fest: »Die Sonne steht noch nicht sehr tief. Wir haben durch unser enormes Tempo Zeit gewonnen.«

Tore stand auf, schlich an den Rand eines Findlings, der von dornigen Pflanzen überwuchert wurde. Der bescheidene Felsen gehörte zum Ufer eines schmalen, bislang im Dickicht verborgenen Gewässers. Tore winkte Eibert heran. Der aber wollte so rasch wie möglich weiterziehen nach Norden. Er folgte der Aufforderung nur widerwillig. Zwei Speerwürfe entfernt schwamm ein mit 5 Männern besetzter Einbaum. Vier der Insassen knieten in dem groben Bootsleib und stachen Ruder ins Wasser, trieben das träge Gefährt voran. Still und nachdenklich beobachteten Tore und Eibert die Szenerie.

»Sind das Männer aus der Nachbarschaft?«, fragte Eibert.

»Keine Ahnung.«

In Eiberts Stimme klang Erleichterung mit, als er feststellte: »Das Boot liegt flach im Wasser. Was immer die Fremden mit sich führen, schwer kann es nicht sein.«

»Vielleicht haben sie einen Bernstein an Bord«, witzelte Tore.«

Eibert schien die Bemerkung zu überhören und sagte: »Bis zum Nordmeer ist es nicht mehr weit. Und vielleicht ist dieser See in Wirklichkeit die Ausbuchtung eines Flusses. Wie dem auch sei, ein primitiver Einbaum ist jedenfalls nicht geschaffen für das Meer.« Dann aber reagierte er auf Tores Frotzelei: »Wir dürfen annehmen, dass kein Bernstein im Boot ist.«

Kurz darauf begann Eibert, sein Bündel zu packen. Tore verstand die Geste. Er stopfte noch rasch ein paar Bissen in den Mund und marschierte voran. Wieder lief, schlich, kroch und zwängte sich das ungleiche Paar durchs Unterholz, recht bald schon bis an die Grenze körperlicher Erschöpfung. Die Nacht verbrachten sie auf einer Anhöhe, die eine gute Sicht in die Umgebung bot. Erloschene Feuerstellen dokumentierten, dass sie nicht die ersten waren, die den Platz für eine Rast nutzten.

Anderntags verfolgten sie ihr Ziel mit unveränderter Anstrengung. »Voran, voran!«, deklamierte Eibert, dem mit der Nähe zu seinem Schatz offenbar neue, unvermutete Kräfte zuwuchsen. Irgendwann am späten Vormittag durchmischte ein fremdes Geräusch das feine, monotone Rauschen der schier endlosen Wälder. Stoßweise schwebte ein salziger Hauch in der Luft. Eibert kletterte ins Geäst einer Buche, die Umgebung zu erkunden. Zurück auf dem Boden wies er nach Westen.

»Die Bucht mit dem verunglückten Schiff ist nicht mehr als 30 Sperrwürfe entfernt. Wir sollten vorsichtig sein. Wer weiß, wer außer mir das Schiffsunglück entdeckt hat.«

Tore staunte über die Dynamik und das Geschick des kleinen, aus der Distanz eher unscheinbar wirkenden Mannes. Dessen Füße flogen geradezu über die irdenen Gründe, ob felsig oder steinig, matschig oder vertrocknet, begrünt oder sandig; dabei blieb er geräuschlos wie ein Luchs. Tore folgte und sicherte nach hinten. Bald war bewegtes Wasser zu hören. Dann: Zwischen einer Ansammlung von Strandkiefern hindurch zeigten schäumende Wellenkämme ihre Kraft. Tore erkannte Wrackteile, die im Schlick einer Bucht steckten. Mit aufkeimendem Misstrauen wurde ihm deutlich, dass Eibert über die genauen Umstände des Fundorts bislang geschwiegen hatte.

Kurz darauf bekamen die Wrackteile Konturen: Reste eines hölzernen Aufbaus, Rumpfteile, Bohlen, Ruder mit Riemen. Alles schaukelte und tanzte im kniehohen Wasser zwischen Findlingen, die von Moos und Muscheln überwachsen waren. Ein moderiger, süßlich-salziger Geruch lag über der Bucht. Möwen nutzten den Aufwind. Am Ufer beobachteten vereinzelte Krähen die menschlichen Eindringlinge. Da bemerkte Tore verwesende Leichen, die mit aufgeplatzten Leibern im seichten Wasser dümpelten. Zwei von ihnen waren angefressen worden, von Landtieren. Bei genauerem Hinsehen war zu erkennen, dass hier und da Arme oder Beine fehlten. Offensichtlich Sklaven, denn die noch vorhandenen Gliedmaßen steckten in Ketten. Tore erschrak. Einigen war der Schädel eingeschlagen worden. Insgesamt schien das Wrack ein eher klobiger Transporter gewesen zu sein. Es besaß weder einen germanischen noch nordischen Schiffsrumpf. Vermutlich ein römischer. Ja, die Herrenmenschen befuhren sämtliche Meere. Tore dachte an die Verträge vieler Fürsten mit dem Imperium. Demnach verstieß die Plünderung eines gestrandeten Schiffes neuerdings gegen Stammesregeln.

Eibert kam heran, drängte Tore ins Wasser, zum Rumpf des gestrandeten Boots. Jetzt, aus dieser Perspektive, bemerkte Tore zerlöcherte, noch angekettete Sklaven, dazu römische Soldaten in typischen Legionsuniformen, von denen zuweilen nur mehr die Torsi auf den zersplitterten Planken im Wind schaukelten.

»Lass die Toten einfach nur tot sein«, sagte Eibert, »sie nützen uns nichts.«

Angesichts der Umstände ahnte Tore, dass manch Unglücklicher wohl im Nachhinein getötet worden war, schwer verletzt, vielleicht bewusstlos oder zu schwach zur Gegenwehr. Derweil grub Eibert mit bloßen Händen im überspülten Schlick des abziehenden Wassers und beförderte einen Korb ans Licht, aus dem schlammiges Wasser floss.

Der Eifrige zeigte unter den Rumpf. »Da drunter warten viele kostbare Steine.« Seine Augen leuchteten wie die eines Kindes, das an einem Honigtopf schleckte. Dann stellte er fest: »Wie es scheint, hat das Schiff auch Silber transportiert.« Den Knochen- oder Lindenholz-Stäbchen einer Wahrsagerin gleichend, rollten ungeschliffene silbrige Nadeln kreuz und quer über Eiberts Handflächen.

Nun begann auch Tore mit bloßen Händen im Schlick zu wühlen, den Blick immer wieder verschämt auf die grausam verstümmelten

Leichen gerichtet. Da schoss es glühend heiß in seine Nervenbahnen: War es Eibert, der die gestrandeten Seeleute getötet hatte? Wer sonst? Wie es aussah, war bislang er allein an diesem Ort gewesen. Tore beschloss, wachsam zu bleiben. Sein Misstrauen gegenüber Eibert schwoll an wie die Bäuche der toten Römer und Sklaven im Wasser. Was nützte ihm die beste Freiheit, wenn er eines Tags im Reich der Ahnen wegen der Seeleute zur Rechenschaft gezogen würde. Nein, Tore wollte überall frei sein, hier, jetzt und in der Zukunft, frei auch für Heilgart, die er trotz ihres unerlaubten Verhältnisses mit Ludwig noch immer begehrte. Eine Empfindung, die mit jedem größeren Bernstein in seinen Händen anwuchs. Wie wunderschön die Angebetete doch aussehen müsste mit einem dieser Schmuckstücke vor den Brüsten oder auf der Stirn.

Gegen Abend ebbte der Wind ab. Der spärliche Gesang der Waldvögel fand den Weg in die Bucht. Eine Erbauung für die Seele. Zugleich geriet das Wasser wieder in Bewegung. Seicht umspülte die einsetzende Flut die im Schlamm wühlenden Männer. Eibert hatte hölzerne Kästen gefunden, die er befüllte und mit großem Kraftaufwand ans Ufer brachte, wo er kurzweilig verschwand. Endlich, die gestiegene Wasserhöhe hielt die Kästen hoch und erlaubte es, sie mit Hilfe eines Seils über die Wellenkämme zu ziehen. Tore, der seine Funde noch im Wasser bei Eibert ablieferte, wurde allmählich neugierig. Irgendwo da hinten im Wald musste der Kleinling ein Versteck angelegt haben. Klar, dass das Verlangen wuchs, den geheimen Ort kennenzulernen.

Eine Weile noch, dann folgte er dem Komplizen ungefragt zum Ufer. Auch half er, die Kiste durchs flache Uferwasser auf den Strand zu schleifen.

Dort wies Eibert auf eine markante Baumgruppe hin. Wieder nahm Tore das Seil auf.

Doch Eibert schüttelte den Kopf. Er zeigte auf einen bereitliegenden Haufen armdicker Äste und forderte barsch: »Los, du musst sie quer in eine Reihe legen. Na, mach schon!«

Die herrische Art missfiel Tore. Gleichwohl tat er, wie ihm geheißen. Und schon rollte die Kiste auf den Ästen einige Meter in Richtung des Waldrandes, von dort auf erneut verlegten Ästen zu einem Tümpel. Tore suchte aus den Augenwinkeln nach Eiberts Versteck für die bereits geborgenen Bernsteine. Doch konnte er keine

Erhebung oder Vertiefung, keine aufgeschichteten Steine oder Hölzer in der Landschaft entdecken. Die Umgebung machte einen unberührten Eindruck: Buchenansammlungen, garniert mit kleinen Birkengruppen. Auf der gegenüberliegenden Seite des Tümpels wucherte dornenreiches Gestrüpp und mannshoher Farn. Und dahinter das undurchdringliche Dickicht der Wildnis. Nirgendwo ein Hinweis auf menschliches Einwirken. Wenige Schritte weiter wurde ein stehendes Gewässer erreicht. Ohne Matsch, kein unterspültes Ufer, sondern sandiger Kies, durchwachsen von knöchelhohem Grass. Eine Handbreit vom Ufer entfernt ließ Eibert die Kiste ruhen.

»Wir sind angekommen.«

Tore kräuselte die Stirn. Unruhig beäugte er den Ort.

Eibert grinste: »Gib zu, du begreifst nichts."

Tore zuckte ratlos mit den Schultern, fragte gereizt: »Wo ist der Bernstein, für den ich mich abgerackert habe?«

Eibert trat zwei Schritte zurück.

»Wir sind am Ziel«, versicherte er, und: »Es soll auch dein Ziel sein. Der Schatz ruht direkt vor deinen Füßen.« Worte, die in einem wohlmeinenden Ton daherkamen.

Eibert begann die Äste, auf denen die Kiste gerollt worden war, einzusammeln. Tore folgte dem Beispiel. Dabei gerieten sie unabsichtlich und ohne Hast auf eine schmale, spärlich bewachsene Düne, die der Ausdehnung des Urwaldes Grenzen setzte. Dahinter lag ein bislang unbeachteter Strand, der eine weite Sicht auf die Mündung der Elbe gestattete. Da bemerkte Tore in der Mündung die Silhouette eines Schiffs. Ein abtreibendes Überbleibsel des Wracks? Keineswegs. Auf der Stelle riss er Eibert zu Boden, Deckung suchend in der erstbesten Sandmulde. Eibert fühlte sich angegriffen und wehrte Tore mit einem Faustschlag ab. Bevor er einen zweiten Hieb setzen konnte, presste Tore heraus, dass ein unbekanntes Schiff die Bucht ansteuere. Auf der Stelle ließ Eibert ab von Tore. Einträchtig verharrten sie in regungsloser Stille.

Kurz darauf flüsterte Eibert: »Die Römer, sie suchen ihr Schiff.«

»Und wie es aussieht«, antwortete Tore, »haben sie es aufgespürt.«

»Ja!«, bestätigte Eibert. Dann: »Allerdings glaube ich nicht, dass sie uns bemerkt haben. Dafür ist es bereits zu düster und sind wir hinter der Dünung viel zu gut geschützt.«

Tore staunte über Eiberts unaufgeregte Scharfsicht und fragte still, wovor man mehr Furcht haben müsste, vor den römischen Feinden oder vor dem kleinen Mann.

»Was machen wir jetzt?«

»Wir müssen fort«, antwortete Eibert.

Tore wandte ein: »Erst müssen wir unsere Spuren verwischen.«

Eibert antwortete: »Solange das Schiff in Sichtweite ist, haben wir keine andere Wahl, als uns zu verbergen. Die Seemänner würden uns foltern und töten.« Er begann zu robben, vorsichtig, langsam, gleichmäßig, bemüht, keine Spuren zu hinterlassen.

Bald erreichten sie den Tümpel. Eibert öffnete die am Teichufer ruhende Kiste, breitete ein Tuch aus, warf ausgesuchten Bernstein und Silbernadeln darauf, wickelte alles zusammen, verstaute die Auswahl an einem Ledergurt unter seiner Jacke. Da rutschten einige Kostbarkeiten durchs geknotete Tuch und plumpsten zu Boden. Tore nahm sie an sich. Er überlegte: Hat Eibert die Absicht, den prallen Beutel zu teilen? Wer bestimmt das eigentlich? Da regte sich in Tore der Trotz. Und schon griff er mit spitzen Fingern in die Bernsteinkiste. Nun besaß er zwar einige Steine, wusste aber nicht, wohin damit. Eibert schmunzelte, zog ein weiteres Tuch unter seinem Hemd hervor. Tore nahm es an sich und füllte es auf die gleiche Weise, wie es zuvor Eibert getan hatte. Kurz darauf rutschte die verbliebene Truhe über die Uferböschung in den Tümpel. Jetzt galt es, die unmittelbare Umgebung von Fuß- und Schleifspuren zu reinigen. Rasch noch den Teich und seine Zuwege einprägen, dann marschierten Tore und Eibert landeinwärts davon. Wenige Speerwürfe weiter, abseits des Wegs, bat Eibert zu einem Gespräch. Ohne Umschweife verlangte er von Tore einen feierlichen Schwur. Wodan, ja die Asen insgesamt und die Ahnen sollten ihn bezeugen. Darin wurde absolute Verschwiegenheit über den Schatz verlangt. Weder Tore noch Eibert sollte es jemals erlaubt sein, die wertvollen Kisten in Abwesenheit des anderen zu heben oder den Tümpel auch nur aufzusuchen.

Einen halben Tagesmarsch vor Erreichen des Geduldsbergs erklärte Eibert, Tore verlassen zu wollen. Er müsse weiter nach Süden, aber nicht durchs Land der Langobarden, wo man nach ihm suche. Lieber nehme er einen Umweg in Kauf und mache einen Abstecher zu den Friesen, um von dort aus entlang der Ems den

Brukterern einen Besuch abzustatten. Mehr verriet Eibert nicht. Tore wollte ihm noch einen Tipp geben, wo er am besten die Elbe überqueren könnte, doch da war Eibert auch schon verschwunden.

Der Zurückgebliebene zuckte die Schultern und dachte: Reisende soll man reisen lassen. Er war müde und wollte jetzt nur noch eines: zum elterlichen Hof. Je näher er dem Geduldsberg kam, desto mehr wuchs seine Neugier über den Ausgang des Verbrechens an Bandulf und die Rolle, die sein Bruder dabei gespielt haben könnte. Im schlimmsten Fall wäre die gesamte Familie betroffen. Trocken und scharfsinnig wägte Tore die Folgen ab. Immerhin verfügte er heute über bessere Optionen als bislang. Dabei tastete er nach dem verknoteten Tuch an seinem Gürtel. Kein schlechtes Gefühl.

Zu Hause trafen ihn vorwurfsvolle Blicke seiner Mutter.

Der Vater fragte, was wohl jeder Vater in einer solchen Situation fragte: »Wo bist du gewesen?«

»Im Wald«, antwortete Tore zweisilbig und hoffte, von Nachfragen verschont zu bleiben. Denn: Was gab es Schlimmeres, als den eigenen Vater zu belügen?

»Du bist zwei Nächte fortgeblieben«, schimpfte die Mutter, »wir haben um dein Leben gebangt.«

Da räusperte sich der Vater. »Auch dein Bruder ist verschwunden. Vielleicht kannst du uns erklären, wo er abgeblieben ist.«
Ach, so ist das, dachte Tore nicht ohne Eifersucht, der Vater macht sich mal wieder hauptsächlich um den starken Ludwig Sorgen.

Tore antwortete daraufhin gespielt gleichmütig: »Ist jemand aus dem Dorf erschienen, um nach Ludwig zu fragen?«

Die Mutter hob den Kopf. »Wer sollte nach ihm fragen?«

»Ich, ich weiß nicht«, wich Tore aus. Dann fügte er wahrheitsgemäß hinzu: »Ich habe Ludwig an keinem der letzten Tage gesehen.«
Tore spürte die Sorgen des Vaters bis ins Herz hinein. Vielleicht, weil es die eigenen Sorgen waren. Tore überlegte: Hatte Ludwig wegen des Mordes an Bandulf das Weite gesucht?

Da hörte er den Vater sagen: »Wir haben eigentlich keine Zeit, uns zu sorgen. Viel wichtiger ist die Hofarbeit.«
Irgendwie erleichtert bot Tore dem Vater an, nach dem Ochsen und den Ziegen zu schauen, sie zu füttern. Doch der Vater winkte ab. »Ich habe gestern hinter der Waldzunge einen neuen Acker angelegt. Dorthin wirst du den Ochsen führen.«

Als Tore zögerte, wurde er vom Vater angewiesen, schon einmal vorauszugehen. Er wolle bald folgen.

Ohne ein weiteres Wort öffnete Tore das Gatter, holte den Ochsen heraus, führte ihn davon. Das störrische Vieh schien unzufrieden, jedenfalls war es bemüht, durch stetiges Wiegen seines breiten Schädels ein zügiges Vorankommen zu sabotieren. Tore, in Gedanken an Ludwig, fehlte heute die Muße, den widerspenstigen Ochsen mit Worten zu überzeugen. Zwei einfache Schläge mit einer Gerte brachten das Tier in die Spur. Bald war der Hügelkamm erreicht, von wo Tore zurückschaute. Der Vater stand vor dem Haus, in ungewohnt gebeugter Haltung. Nicht weit entfernt hielt die Mutter ihr Gesicht gegen das Moor gerichtet. Tore ahnte: Sie hoffte, dass ihr Ältester gelaufen kommt. Tore vermutete: Wäre Ludwig zum Mörder geworden, würde er niemals zurückkehren ins Land seiner Vorfahren. Der Bruder war ein ausgezeichneter Kämpfer, ausdauernd und sehr geschickt im Umgang mit Waffen. Ein hastiges Lächeln huschte über Tores Gesicht. So einer wie der ließe sich ganz gewiss nicht einfach einfangen.

Auf dem neuen Acker sollte Gerste angebaut werden. Tore drückte den Pflug mit ganzer Kraft in die Bodenkrume, sie aufzureißen, was auch für den Ochsen kein Vergnügen war. In der Monotonie der schweren Arbeit verlor sich alsbald die Besorgnis um die Familie. Allein die Frage, wie dieser Hügel auch bei anhaltend trockenem Wetter hinreichend mit Wasser versorgt werden könnte, beschäftigte ihn. Ein Brunnen kam nicht in Betracht. Zu tief müsste man graben. Klar, dass sich auch vom Moor her keine Lösung anbot. Tores Gedanken wanderten im Kreis, ungestört vom Vater, der inzwischen eingetroffen war und mit einer Hacke die Ackerränder bearbeitete.

Auf dem Rückweg zum Hof blieb der Ochse folgsam, aber müde an Tores Seite. Kaum mehr schaffte er es, das Gleichgewicht zu halten. Tore empfand Mitleid mit dem gealterten Tier. Es war heute wirklich Schwerstarbeit vor dem Pflug. Als er den Vater beobachtete, entstanden düstere Gedanken. Tore wusste von den Schmerzen, die der Vater bei anstrengenden Bewegungen erleiden musste. Als sie am Abend das Haus erreichten, stand die Mutter wieder am Moorrand und hielt Ausschau. Da spürte Tore schwere Hände auf den Schultern.

Mehr flehend als fordernd sprach das Familienoberhaupt: »Wenn du irgendetwas weißt über Ludwig, sag es mir bitte.«

Tore horchte auf. Nie zuvor hatte er in der Stimme des Vaters eine solche Hilflosigkeit bemerkt. Und erstmals in seinem Leben empfand er ihn nicht als übermächtiges Wesen, sondern als Freund, der in der Klemme steckte.

»Ich weiß nichts Genaues über Ludwig«, antwortete er. Eine Antwort, die dem Vater ganz offensichtlich missfiel. Er verzog das Gesicht auf gefährliche Weise. Doch Tore, der dessen Wutausbrüche stets gefürchtet hatte, wich erstmals in seinem Leben nicht zurück.

»Du musst mich ausreden lassen«, tadelte er, um dann eiskalt fortzufahren, »ich könnte mir vorstellen, dass Ludwig es war, der Bandulf erstochen hat.«

Der Vater erstarrte. »Das habe ich befürchtet. Aber warum sollte Ludwig zu einem Mörder geworden sein? Er ist mit Bandulf in Wigmars Gefolgschaft geritten. Meines Wissens sind sie wie Freunde miteinander umgegangen.«

Da wandte Tore ein. »Bandulf hat das Wort geführt und Befehle erteilt. Mit dem Segen seines Vaters Wigmar.«

Tores Vater presste die Lippen aufeinander. »Nun gut, wie auch immer. Was weißt du noch?«

Tore wiederholte die Antwort von vorhin: »Genaues weiß ich nicht. Aber«, setzte er nach einer kurzen Pause hinzu, »ich habe Ludwig mit Heilgart im Wald gesehen – und auch ihr gemeinsames Herauskommen.«

»Heilgart, die Tochter des Dorfältesten?«

»Ja.«

Der Vater riss die Augen auf. »Ist die nicht versprochen worden, gerade erst?«

»Wie recht du hast«, klärte Tore den Vater auf, »sie ist Bandulf versprochen worden.«

Für einige Atemzüge herrschte Schweigen. »Das darf nicht wahr sein«, polterte es aus dem Mund des Vaters heraus. Tief holte er Luft. »Und was ist mit Heilgart? Was weißt du von ihr?«

Tore antwortete gereizt: »Woher soll ich über all dies Bescheid wissen? Wir sind doch die allerletzten, die informiert werden. Hast du vergessen, von welchem Stand wir sind?« Unüberhörbar klang der Ton eines Vorwurfs mit.

Und wieder zeigte der Vater unbekannte Emotionen. Scham trübte seine Augen. Der Stoß in die Knechtschaft war ein Thema, das seit Jahr und Tag im Dunkeln schmorte. Doch Tore war längst informiert, durch Dörfler, unter der Hand, durchsetzt von Spott und Hohn. Danach war es der Vater selbst gewesen, der die Familie in Unfreiheit gestürzt hatte. Beim Spiel mit Würfeln aus Ziegenknochen, dazu die Stäbchenprobe. Haus und Hof hatte er verloren – an Wigmar, dem heutigen Quasi-Besitzer der Familie. Tore beließ es dabei. Der Vater tat ihm gerade heute ganz einfach nur leid.

Anderntags heiterte die bedrückte Stimmung auf. Die Nacht schien allen gut getan zu haben. Und so mundete das Morgenmahl durchaus. Es bestand aus den Resten des Abendessens und wurde mit den Fingern eingenommen.

Als die Mutter nachreichte, sagte sie: »Tore, ich möchte, dass du ins Dorf gehst, um nach Ludwig zu fragen. Vielleicht erfährst du etwas, wovon wir noch nichts wissen.«

Bevor Tore antworten konnte, reagierte der Vater: »Ja, wir sollten nach Ludwig fragen, ihn ganz offiziell als vermisst melden. So wird es von der Dorfgemeinschaft erwartet und so verlangen es die Götter und unsere Ahnen.«

Mit flauem Magen folgte Tore dem Wunsch. Es war nicht im Mindesten voraussehbar, was ihn im Dorf erwartete. Vielleicht gab es Zeugen, die den Hergang des Mordes an Bandulf beobachtet hatten. Vielleicht saß Ludwig längst in dem unterirdischen Kerker, aus dem Eibert von Tore befreit worden war. Vielleicht, vielleicht. Mit einer Handbewegung wischte er all diese Phantasien weg. Bereits hinter dem Moor, auf dem schmalen Pfad zum Flutensee, wurde Tore von menschlichen Lauten überrascht, die durch verwachsenes Buschwerk drangen. Neugierig schlich er abseits des Wegs an die für ihn noch Unsichtbaren heran. Es waren Dörfler, die unentwegt quadratische Netze durchs Wasser des Flutensees zogen. Fischfang? Nein. Tore erschrak. Galt die Suche einer Leiche? Ludwig? Dann wäre der Bruder kein Mörder, sondern ein Opfer.

Bleib locker, nahm Tore sich in die Pflicht.

»He, was ist los?«

»Ach, der Tore«, wurde er begrüßt. Und: »Wir suchen nach Heilgart. Sie ist seit gestern spurlos verschwunden.«

Tore wurde schwindelig. Alles um ihn herum geriet in Bewegung.

»Heilgart! Hier im See?«

Die Männer zuckten mit den Achseln.

Einer trat hervor. »Vielleicht hat sie den Tod gesucht.«

»Ja«, warf ein anderer ein, »vielleicht hat sie den Verlust ihres zukünftigen Mannes nicht verkraften können.«

»Vielleicht ist sie von einem Dämon ins Wasser gelockt worden.«

»Vielleicht steckt aber auch der verfluchte Zwerg dahinter. Es heißt, er soll mit Hilfe eines Zaubers dem Verließ entkommen sein.« Die Männer strotzten nur so vor gruseligen Befürchtungen.

Kräftig biss Tore die Zähne aufeinander. Jetzt bloß kein falsches Wort sagen, keinen falschen Ton anschlagen. Mit steifer Miene verließ er die Bauern, nicht ohne ein gutes Gelingen bei der Suche nach Heilgart zu wünschen. Auf dem Weg ins Dorf blieb er am Waschplatz stehen, kramte in seinen Erinnerungen. Hier war er Heilgart zum letzten Mal begegnet. Auf einmal drang das Holpern eines Wagens heran. Ein Zweispänner.

»Hoo! Brrrr!«, hörte er eine vertraute Stimme: Osbert, sein Marktherr. »Sieh an, der junge Tore. Nichts zu tun, mein Freund?« Wenn Osbert ihn zum Freund ernannte, dann wollte er etwas. Könnte eine willkommene Abwechslung sein, überlegte Tore, aber er musste ins Dorf, genauer: zum Dorfältesten, um Ludwigs Verschwinden anzuzeigen und nebenher Gewissheit zu erlangen über den Stand der Ermittlungen zu Bandulfs Tod.

»Wie sieht 's aus«, hörte er Osbert in einem aufmunternden Tonfall sagen, »ich könnte einen Helfer brauchen für den Transport von zwei Schweinen, die heute Abend für Heilgart geopfert werden sollen.« Tore prüfte den Stand der Sonne. Es war noch früh, also könnte er Osbert ein bisschen behilflich sein. Überhaupt: Vielleicht wusste er Neues zu berichten. Ein entschlossener Sprung und schon saß er auf dem Kutschbock.

Der freie Bauer plauderte munter drauflos: Danach seien die Dörfler gerade von unten bis oben dabei, über das Verschwinden der schönen Dorfältesten-Tochter zu palavern. Sie habe ihr Leben geopfert, heiße es zumeist, um Bandulf in die Zwischenwelten zu folgen, ihn zu trösten, ihm eine gute Frau zu sein.

»Vielleicht«, so hoffte Osbert, »erfahren wir heute Abend mehr, spätestens aber im Laufe des morgigen Tags.«

»Wie meinst du das?«, frage Tore in einem arglosen Tonfall.

»Heilgart ist gestern früh auf der Moorseite des Flutensees beobachtet worden. Wir warten auf einen Reiter, der zu dieser Zeit unterwegs gewesen ist. Vielleicht hat er Heilgart beobachtet und kann uns Genaueres berichten.«

Tore wusste: Über die Gegend, die Osbert beschrieben hatte, führte die kürzeste Route nach Süden. Die logische Folgerung jagte Tore einen gewaltigen Schrecken ein. Denn auch Ludwig würde, hätte er das Siedlungsgebiet der Chauken verlassen wollen, nach Süden flüchten müssen. Sollten beide, Heilgart und Ludwig, etwa gemeinsam ...? Bei den Göttern, verwickelter hätten die Ereignisse kaum sein können.

Bald erreichte Osberts Zweispänner den Hof. Die Viecher standen bereit. Zu dritt schoben, stemmten und hoben sie die borstigen Tiere an Ohren und Beinen auf die Ladefläche, wo sie mit Seilen fixiert wurden. Mit angsterfülltem Quieken und Grunzen im Rücken peitschte Osbert die Pferde zum Geduldsberg, hinauf zum Opferwäldchen. Während der Fahrt wurde Osbert vertraulich. Er schwärmte von Heilgarts Anmut, die nach seiner Ansicht ein Geschenk der Götter sei. Dann, mit einem zögernden Hüsteln, machte er klar, dass er persönlich die Römer hinter dem Verschwinden der Schönen vermute. Nichts dürfe man ausschließen, presste er düster hervor, die römischen Invasoren seien längst zu einer Landplage geworden. Überall Händler, Märkte, Bewaffnete. Die machten bei vielen germanischen Stämmen, was sie wollten. Sie bestächen deren Anführer, ja selbst einflussreiche Bauern. Und keiner wage es einzuschreiten. Man müsse sich nur vorstellen, wie viele Denare römische Sklavenjäger für eine so attraktive Frau wie Heilgart erzielen könnten. Gänzlich in Rage geredet, verriet er seinen geheimsten Wunsch: einen großen Krieg.

Bald wurden die Schweine unter den neugierigen Blicken von Frauen, Alten und Kindern wie Getreidesäcke von der Ladefläche gestoßen. Für Tore ein Unding, immer schon war ihm der brutale Umgang mit Tieren ein Gräuel. Er liebte sie wie die Menschen als Schöpfung der Götter Wodan, Vili und Veh. Schon immer hatte er darüber gerätselt, warum die Priester nur von der Erschaffung der Menschen, Erde und Wälder sprachen. Auch die Tiere konnten erst entstanden sein nach der Vertreibung des Nichts. Die Viecher taten ihm leid. So behandelte man keine Wesen, an denen die Götter Gefallen fanden. Als die Opfertiere in einem Gatter standen, dankte Osbert für die Hilfe und ging seines Wegs. Tore stand plötzlich allein zwischen Kindern und palavernden Weibern. Selbstverständlich umkreisten die Gespräche das Verschwinden Heilgarts. Seltsamerweise waren die Frauen uneiniger als die Männer, was eine mögliche Selbsttötung betraf. Es wurde sogar von einer verbotenen Liebschaft getuschelt. Doch Genaues wusste niemand oder wollte niemand wissen. Das schnatterhafte Gerede erstarb, als ein Junge von vielleicht zehn Jahren hinzutrat und kundtat, dass er die vermisste Heilgart gestern gesehen habe, drüben auf der anderen Seite des Flutensees. Aber, versicherte er, sie sei nicht allein gewesen, sondern in Begleitung eines Mannes. Die Frauen schauten einander an, hefteten ihre forschenden, seifigen Augen auf den Jungen. Doch bevor der seine Beobachtungen präzisieren konnte, wurde er von seiner Mutter weggezerrt.

»Eine Frechheit!«

»Habe ich doch gesagt.«

»Der Junge hat früher auch schon gelogen.«

»Das glaube ich nicht.«

»Und wenn schon, bewiesen ist nichts.«

»Auf jeden Fall sollte der Dorfälteste davon wissen.«

Da wurde Tore von den Frauen bemerkt.

»Was macht denn der Unfreie hier?«

»Hat der nichts zu tun?«

»Ich glaube, die Götter haben ihm zu große Ohren geschenkt.« Tore begriff, dass er unerwünscht war. Doch wohin sollte er sich wenden? Nach Hause? Da würden seine Eltern erfahren wollen, in welcher Weise der Dorfälteste auf die Nachricht von Ludwigs Verschwinden reagiert hatte. Doch die Lage war inzwischen eine andere. Denn früher oder später würde man Ludwigs und Heilgarts gleichzeitiges Verschwinden in Verbindung bringen. Sogar früher als erwartet, sofern die Worte des Jungen bestätigt werden sollten. In diesem Moment, im Dunkel der Verzweiflung, gebar Tore eine Idee: Man müsste an ein Kleidungsstück Heilgarts gelangen und es in den Flutensee werfen, wo es als Beweis für ihren Freitod gelten könnte. Tore schielte zum Haus des Dorfältesten. Nicht weit entfernt vom Eingang standen dessen persönliche Wachen im Schatten eines Vorbaus. Somit müsste Wiborg zu Hause sein. Plötzlich bemerkte er die Mutter des lebhaften Jungen, der Heilgart in Begleitung eines Mannes beobachtet haben wollte. Energisch führte sie ihren Filius auf geradem Weg zum Haus des Dorfältesten. Da drängte es Tore, der Aussage des Jungen zuvorzukommen. Vielleicht ließe sich der Verdacht einer Komplizenschaft zwischen Heilgart und Ludwig von vornherein ausschließen. Energisch überholte er die Mutter, öffnete die Tür.

Gereizt fuhr der Dorfälteste auf. »Was gibt es Wichtiges, dass du es wagst, mich zu stören? Ich hoffe, es handelt sich um Heilgart.«

Wenn du wüsstest, dachte Tore und antwortete wahrheitsgemäß: »Ich bin hier, um den Verlust meines Bruders Ludwig anzuzeigen.«

Wiborg hob den Kopf, reckte das Kinn, um dann herauszuplatzen: »Verflucht, verschwindet denn in diesen Tagen alles und jeder? Erst der Zwerg, dann Heilgart, jetzt Ludwig.« Er rieb sich übers Kinn. »Was hat das zu bedeuten? Sollte vielleicht der Zwerg …? Ach, nein«, korrigierte er die eigenen Worte, »der Zwerg wäre einem Chauken wie Ludwig bei Weitem unterlegen. Denn dein Bruder ist ein guter Kämpfer.«

Tore wagte es nicht, sich zu rühren. In seinem Kopf hämmerte es: Ein Zwerg wäre die beste Wahl für einen Schuldigen. Das würde passen.

»Und wenn die missratene Gestalt mit geheimen, dunklen Mächten im Bunde stünde?«, wagte Tore eine Einschätzung.

»Richtig, genau deswegen haben wir dieses verschlagene und verruchte Wesen hinrichten wollen.«

Vielleicht ein wenig zu voreilig, dachte Tore. Da klopfte es an der Tür.

Die Augen eines Wächters schauten herein. »Da ist eine Frau, die dich sprechen will.«

»Was will sie?«, knurrte Wiborg.

»Eine wichtige Aussage machen zum Verschwinden Heilgarts.«

»Dann lass sie herein.« Der Dorfälteste wandte sich wieder Tore zu: »Du kannst gehen!« Dabei nahm er ihn prüfend in Augenschein. Bemüht freundschaftlich fügte er hinzu: »Sei mir nicht böse, wenn ich jetzt, da es um meine eigene Tochter geht, nicht die Aufmerksamkeit aufbringen kann für Ludwig. Im Übrigen glaube ich, dass er irgendwo den Wald durchstreift und irgendetwas treibt, von dem wir nichts wissen sollen.« Wiborg rang sich ein Lächeln ab. »Junge Männer, noch dazu so kerngesunde chaukische Krieger wie Ludwig, sind unverwüstlich.« Dann schickte er Tore zur Tür hinaus, durch die das Kind an der Hand seiner Mutter eintrat.

Oh Wodan, flehte Tore vor der Tür still zum Himmel hinauf, lass mich erfahren, was genau das Kind zu erzählen hat. Oh, großartiger Wodan, öffne die Mauern nur einen klitzekleinen Spalt. Auf einmal drang tatsächlich eine Stimme an Tores Ohr. Doch entstammte sie weder Wodan noch dem Kind hinter der Hauswand, sondern einer Wache.

»Mach, dass du fortkommst!«, forderte sie Tore auf.

Von nun an, so schien es, besaß das Unglück ein weit geöffnetes Tor ins Leben auf dem heimischen Hof hinter dem Moor. Oh Wodan, steh uns bei, lautete die Formel, mit der Tore den Heimweg antrat. Und beinahe hätte er den wichtigsten Gott der Asen sogar darum gebeten, den vermuteten Selbstmord Heilgarts Wirklichkeit werden zu lassen und dass man sie auffände, angeschwemmt im Ufergestrüpp. Doch wagte Tore es nicht, um den Tod eines friedfertigen Menschen zu bitten. Ei, über Leben und Tod zu entscheiden, war ganz allein Sache der Götter.

Kaum war Tore zurückgekehrt zum heimischen Hof, eilte er grußlos an der Mutter vorbei, die im Gemüsegarten arbeitete. Der Vater stand auf halber Höhe des Hügels und reparierte die löchrig gewordene Abdeckung eines Erdspeichers. Als er Tore bemerkte, murmelte er, dass man sich besser gegen Diebe als gegen Nässe und Schimmel schützen könne. Dann legte er Hammer und Säge beiseite und eilte zum Haus. Was ihn bewegte, waren Informationen über die Reaktion des Dorfvorstehers zum Verschwinden Ludwigs. Die erhoffte er von Tore. Der berichtete detailliert über das, was geschehen war: auch dass die Bauern ausschwärmten, dass sie nach Heilgart suchten und dass sie eine Selbsttötung vermuteten. Was mit Ludwig sei, drängte der Vater erregt. Tore verwarf jede Illusion. Schonungslos erläuterte er seine Vermutung, dass Ludwig der Mörder von Bandulf sei und dass man wohl davon ausgehen müsse, dass er und Heilgart gemeinsam auf und davon seien. Diese Annahme unterstrich Tore mit der Beobachtung des Jungen, der von seiner Mutter zu Wiborg geführt worden war. Dennoch, so Tore, gebe es Hoffnung, weil der Dorfälteste für all das Unglück den Zwerg vermute. Und endlich huschte ein Lichtstrahl über das Gesicht des Vaters.

»Das ist es«, rief er aus, »der fremde, gottlose Wicht steckt hinter der ganzen Unglückslawine.« Der Vater richtete seine gebeugte Gestalt auf: »Niemand anders als wir haben den gemeinen Zwerg gefangen genommen und ihn den Priestern übergeben, ein Urteil zu sprechen. Das heißt: Wir sind unschuldig.«

»Und Ludwig?«

»Ha, der könnte im Moor versunken sein, vielleicht verschleppt von Dämonen der Finsternis, die mit dem entflohenen Zwerg paktieren.«

Sehr schlau, dachte Tore. Aber er wagte es nicht, diese Fantasien zu kommentieren.

Schon entspannter sagte das Familienoberhaupt: »Dann lass uns doch einfach unsere Arbeit machen, wie wir es gewohnt sind.«

Tore überließ es dem Vater, die Mutter über den Stand der Ereignisse aufzuklären. Nicht viel später ging jeder seinen Aufgaben nach.

Tore kümmerte sich um die Pflege und Instandhaltung der Werkzeuge. Ob Hacke, Schaufel oder Egge, er sichtete, richtete, feilte, polierte die spärlich vorhandenen Arbeitsgeräte. Wer die Familie zu dieser Tageszeit beobachtete, der mochte den Eindruck von Frieden und Normalität gewinnen. Tores Vater stand wieder auf dem Hügel, beendete die Reparatur des Erdspeichers. Die Mutter bearbeitete mit einer Harke den Gemüsegarten. Dass sie weinte, war von Weitem nicht zu sehen. So verging die Zeit bis zum Abend. Das dumpfe Schmirgeln und Klopfen eines hölzernen Stößers tönte durchs Haus. Ein Geräusch, das auf leckeres Fladenbrot hoffen ließ, anstatt des sonst üblichen Getreidebreis.

Anschließend fiel es Tore schwer, in den Schlaf zu finden. Gelegentlichem Einschlummern folgten Wachphasen, in denen er den verhängnisvollen Tag verfluchte, an dem der Vater einst Haus, Hof und die Freiheit der Familie verspielt hatte. Hier, so brodelten seine Gedanken, lag die eigentliche Ursache für all die Probleme. Eine Erkenntnis, die leider keinen Nutzen besaß. Viel zu lange war es her. Und es bestand für die Familie kein Anspruch auf eine Rückkehr zum Status freier Bauern. Zwischendurch durchpflügten seine Gedanken unentwegt die Ereignisse des Tags. Ei, wie sehr wünschte er, dass dem Zwerg die Schuld an Bandulfs Tod offiziell angedichtet würde. Wenn da nur nicht die Beobachtung des Jungen wäre. Doch bot sich eine zweite Lösung an: Hatte nicht der ehrbare

Osbert vermutet, dass die Römer Heilgart verschleppt haben. Ei, und warum sollte das Imperium nicht auch die Ursache für Ludwigs Verschwinden sein? Ludwig war kräftig gebaut und besaß alle Voraussetzungen für einen guten Krieger. Solche Männer waren begehrt auf dem Sklavenmarkt. Am liebsten wäre Tore aufgesprungen und hätte den Vater geweckt, ihm von der Idee zu berichten. Ja, eine ins römische Reich führende Erklärung wäre eine allseits zufriedenstellende Lösung des Problems. In der verbleibenden Zeit bis zum Morgengrauen grübelte Tore über die Worte, die er etwaigen Anklägern entgegenschleudern wollte: Wo denn ihre Ehre geblieben wäre; wie man ausgerechnet die wirklichen Verbrecher, nämlich die Römer und ihre Gier nach Fellen, Getreide, Eisen und Menschen, ausklammern könnte von einem Verdacht?

Die am Vorabend übrig gebliebenen Getreidefladen klebten noch am warmen Backstein für das Frühstück, als hinter dem Wald Scharen von Vögeln aufflogen. Wie aus dem Nichts drang das Geräusch galoppierender Pferde heran, gedämpft von der Erde und ihrem Bewuchs. Jeder auf dem Hof ahnte, wer hinter dem Hügel nahte: Wigmar. Wie es schien, hatte er seine Gefolgschaft zusammengerufen. Tore zog instinktiv den Kopf ein, als die ersten Reiter die Waldspitze erreichten. Als wären sie von bösen Geistern getrieben, so preschten die mit Kurzspeeren Bewaffneten in einer schier endlos scheinenden Reihe hinter den Bäumen hervor.

Nicht lange und die Reiter, von denen Tore viele bekannt waren, brachten ihre Pferde zum Stehen. Ihr Anführer Wigmar löste sich aus der Front. An seiner Seite: Wiborg, der Dorfälteste. Flankiert von zwei jungen Kämpfern ritten sie heran. Tore befürchtete das Schlimmste. Eine unwirklich scheinende, bedrückende Szenerie: vier hoch aufsitzende, sich eher gemächlich nähernde Reiter vor einer breiten Wand aus Gefolgschaftern. Die Pferde schnaubten. Am unteren Rand des seichten Hügels warteten Mutter und Vater; nicht weit ab Tore. Als die vier Reiter heran waren, glitt Wigmars Blick über die kleine Bauernfamilie hinweg, er musterte Haus und Gelände. Schließlich senkte er den Kopf und nahm Tores Vater in Augenschein.

Mit schneidendem Ton fragte der Gefolgschaftsanführer und Herr über Tores Familie: »Wo ist Ludwig?«

»Ich habe meinen Sohn seit Tagen nicht gesehen«, antwortete der Vater bemüht sachlich.

Nach kurzem, abschätzendem Schweigen sagte Wigmar höhnisch: »Aber mehrere Augen haben Ludwig in der Nähe des Flutensees beobachtet, und zwar in Begleitung Heilgarts. Seitdem vermisst unser Dorfältester Wiborg seine Tochter. Ich habe Grund zu der Annahme, dass Heilgart von Ludwig entführt worden ist. Es wäre somit nicht ausgeschlossen, dass er meinen Sohn Bandulf, Heilgarts rechtmäßigen Bräutigam, getötet hat.«

»Ich habe keine Ahnung von dem, was im Dorf passiert. Ich bin hier auf dem Hof meiner Pflicht nachgegangen«, beteuerte Tores Vater. Gleichwohl wagte er es nicht, Ludwig in Schutz zu nehmen oder gar für seine Unschuld zu bürgen. Zu offenbar schwebte dessen Schuld in der Luft.

Wigmar verzog sein Gesicht zu einer drohenden Fratze. »Ich kann nicht glauben, dass du ahnungslos bist. Ludwig hat mir vor gar nicht so langer Zeit erzählt, dass in deiner Familie ein vertraulicher Umgang gepflegt wird.«

Da ergriff Dorfvorsteher Wiborg das Wort. Drohend zeigte er die Faust. »Wenn ihr mir jetzt nicht verratet, wo meine Tochter ist, und wenn ihr Ludwig weiterhin beschützt, werde ich das Haus, den Garten, einfach alles hier niederreißen lassen.«

Und Wigmar ergänzte: »Also los, sagt die Wahrheit. Regt euch endlich, wir finden den Gottlosen sowieso. Ja, selbst wenn wir das Moor mit all seinen finsteren Bewohnern ausheben müssten. Wir finden den Mörder.«
Tore wagte vor Anspannung kaum zu atmen. Gleichwohl wich seine Angst der Neugier auf die dämonischen Moorbewohner. Wie würden die bösen Geister reagieren, wenn man begönne, ihren Lebensraum zu zerstören?

Da hörte er den Vater sagen: »Ehrbarer Dorfältester, verehrter Wigmar, ich schwöre bei den Göttern in Asgard, dass meine Frau und ich sehr traurig sind über Ludwigs und Heilgarts Verschwinden. Vor allem über Bandulfs furchtbaren Tod. Wenn mein Sohn Ludwig gegen die heiligen Sitten unseres Stammes verstoßen haben sollte, dann soll ihn die gerechte Strafe treffen. Bei Wodan.«

Daraufhin ergriff wieder der Dorfälteste das Wort: »Es mag ja sein, dass ihr nicht eingeweiht seid in die Verbrechen eures Sohnes. Aber ich erwarte Kooperation.« Er zeigte auf Tore. »Ich weiß, dass du ein fleißiger und schlauer Bauer bist und auch sonst sehr gewissenhaft und unserem Stamm treu ergeben. Trotzdem könnte ich mir vorstellen, dass du mehr weißt, als es den Anschein hat. Eben weil du schlau und treu ergeben bist. Das gilt ganz besonders gegenüber deiner Familie.«

Der Vater, mit gesenktem Haupt, trat vor seinen Sohn: »Bei den Göttern im heiligen Asgard, bitte erinnert euch, dass es Tore gewesen ist, der den Zwerg aufgegriffen und ins Dorf gezwungen hat. Später hat er dem Urteilsspruch der Priester unter den heiligen Bäumen der Gerechtigkeit beigewohnt. Während dieser Zeit hat er im Dorf Neuigkeiten erfahren, wie sie jeder andere Dorfbewohner auch erfährt. Selbstverständlich hat mir Tore von diesen Neuigkeiten berichtet. Das bedeutet: Wir wissen nicht mehr als die Dorfbewohner.« Flehend hob der Vater die Arme. »Meine Familie ist unschuldig. Doch wenn mein eigener Tod der Ehre und Gerechtigkeit und dem Frieden meiner Frau und meines Sohnes Tore dienen sollte, dann würde ich nicht um mein Leben flehen.«
Wigmar hatte das Angebot des Vaters, für die Sünden seiner Familie zu büßen, mit einem verkniffenen Gesichtsausdruck aufgenommen. Von Wut erfüllt hob er seinen Kurzspeer. Da lenkte der Dorfälteste Wiborg sein Pferd mit einem kräftigen Stoß gegen Wigmars Pferd, sodass es strauchelte und seinen überraschten Reiter durchschüttelte. Durch den Stoß fiel Wigmars Frame zu Boden. Eine Schmach vor den Augen seiner Gefolgschaft. Man konnte ihm ansehen, dass er nur mit allergrößter Selbstbeherrschung die Ruhe bewahrte. Allerdings waren durch diese Ruppigkeit die dörflichen Herrschaftsverhältnisse wie nebenher demonstriert worden. Eine aggressive Antwort Wigmars an den Dorfältesten hätte unweigerlich die Stammesfürsten auf den Plan gerufen. Mächtige Gegner, mit denen Wigmars Gefolgschaft nicht konkurrieren konnte.

Zum wiederholten Mal musterte der Dorfälteste Tores Vater, wortlos, eindringlich, wägend.

Dann stieg er vom Pferd und winkte Tore heran. »Komm, lass uns ins Haus gehen, da werden wir ungestört miteinander reden können.«
Was besaß Tore für eine Wahl? Er nickte und ging voraus. Sie sprachen im Stehen.

»Jetzt berichte mir mal die ganze Geschichte«, forderte Wiborg in einem vertraulich-freundschaftlichen Tonfall.
Tore, der eben noch auf wackeligen Knien gestanden hatte, spürte angesichts der wohlmeinenden Ansprache etwas Halt. Er nahm

sich vor, nur Belangloses zu verplaudern. Um jedwedem Verheddern vorzubeugen, knüpfte er an die Worte seines Vaters an: Ja, er, Tore, habe im Dorf erfahren, dass Wigmars Sohn ermordet worden sei. Heilgarts Verschwinden aber sei ihm am Flutensee zu Ohren gekommen, wo einige Bauern nach ihr gesucht hätten. Mithin fordere er ebenso wie sein Vater eine Bestrafung, falls Ludwig Schuld auf sich geladen habe.

Nicht lange und der Dorfälteste überraschte mit Gesprächspausen zwischen Worten, Fragen und Antworten. Die wollte Tore nutzen, um die Aufmerksamkeit auf die Römer zu lenken, die zweifellos auch infrage kamen als Verursacher von Bandulfs Tod und dem Verschwinden von Heilgart und Ludwig. Wiborg setzte dagegen, dass die Zeugen eindeutig Ludwig an der Seite Heilgarts beobachtet hätten, und zwar ohne Römer. Auch seien Ludwig und Heilgart von Reisenden beobachtet worden auf dem Weg, der ins Langobardenland führe. Schließlich fragte der Dorfälteste nach allerlei Belanglosem. Tore vermutete darin eine Falle. Vielleicht hoffte der Dorfälteste auf Versprecher. Irgendwann hatte Wiborg genug von der Befragung und beorderte Tore wieder hinaus ans Tageslicht. Wortlos, unter Wigmars scharfen Augen bestieg der Dorfälteste sein Pferd. Aufgesessen kam es mit Wigmar zu einem unverständlichen, zischelnden Disput.

Der Dorfälteste verließ den Hof mit zwei bewaffneten Reitern. Man konnte ihm seine Unzufriedenheit ansehen. Tore verfolgte den Abzug mit gemischten Gefühlen. Er drehte sich um. Und sah geradewegs Wigmar in die Augen. Der besaß jetzt freie Bahn. Prompt forderte der Gefolgschaftsführer seine Kämpfer auf, den Bauernhof nach Ludwig und Heilgart abzusuchen.

»Ein Eisenschwert«, so feuerte er seine Männer an, »als Belohnung für den, der mir Ludwig heranschafft. In welchem Zustand, das ist eurem Geschick überlassen.« Wigmar selbst trat auf Tores Vater zu, stieß ihn in den Schmutz und brüllte: »Los, du Versager, steh auf und hilf meinen Männern bei der Suche nach deiner gottlosen Brut.« Tore, den diese Häufung von Herabsetzungen seines Vaters ins Herz schnitt, ballte im Geheimen die Fäuste. Gleichwohl hoffte er, dass der Gedemütigte die Nerven behielt.

Tore wusste, dass sein Vater Waffen versteckt hielt: Einen Speer, eine Axt, Dolche, die im Kampf zu nutzen einem Halbfreien nur ausnahmsweise gestattet war, etwa bei der Abwehr einer feindlichen Attacke auf das Dorf. Genüsslich malte Tore sich aus, wie Wigmar quieken würde, stieße sein Vater ihm einen Speer in den Bauch. Er dachte an Ludwig. Gegen welches Körperteil würde der Bruder zielen? Noch während Tore seiner Fantasie nachhing, wurde er von vier vorgehaltenen Framen quasi eingezäunt. Mehrere Männer der Gefolgschaft verlangten, er solle sie zu den Erdlagern führen. Tore willigte ein, dabei fieberhaft sondierend, welche der getarnten Vorratskammern er öffnen und damit kenntlich machen sollte. Klar, dass er die Grube mit dem Bernsteinbeutel, der inzwischen auch die von ihm persönlich an der Nordsee eingesammelten Steine enthielt, vorenthalten wollte. Doch plötzlich gerieten einige Gefolgschafter in Bewegung. Hektik brach aus, Speere wurden gesenkt, weil Tores Vater plötzlich eine Frame in den Händen hielt. Der Kurzspeer zielte genau auf Wigmar. Der riss mit wutverzerrtem Gesicht sein Pferd zur Seite, es als Schutzschild zu nutzen. Tores Vater wich aus, wollte um das Pferd herumlaufen. Doch Wigmar lenkte es direkt gegen den Angreifer. Schon warf ein Gefolgschaften seinen Speer. Da befahl Wigmar seinen Männern, Abstand zu halten. Tores Vater gehöre allein ihm. Ein Schwerthieb gegen den Hals war es, der den halbfreien Bauern niederstreckte.

Tore war vor Entsetzten erstarrt. Er wusste, dass es für ihn unmöglich war, den Vater zu retten. Auf einmal bekam er Kontakt zu den Ahnen und vernahm eine heilige Melodie. Sie klärte seine Gedanken, glättete die Nerven. Der Vater war im Kampf gestorben, als Opfer für das Überleben der Familie. Das gehörte zu dem, was einen ehrbaren Germanen ausmachte. Eine gespenstische Szene, die noch verstärkt wurde durch eine bedrückende Stille. Keine Tierlaute hoben an, kein Rauschen der Baumkronen, kein Luftzug kühlte die Gemüter. Selbst das ewige Glucksen des Moors schien ein Ende gefunden zu haben. Allein das Schluchzen der Mutter füllte den Ort des Geschehens.

Es war Wigmar, der zuerst die Stimme hob.

Sich aufplusternd rief er: »Ein aufsässiger, für unsere Stämme und Sippen gefährlicher Halbfreier ist tot.« Und: »Großer Thor, Begleiter der Starken und Mutigen, Herrscher über den Donner, weise uns den Weg zu einer gerechten Rache am Tod meines Sohnes. Und führe Heilgart wohlbehalten zurück in die Heimat.«

Anschließend gingen die Männer der Gefolgschaft zur Sache, sodass kein Winkel von Haus, Hof und Land unangetastet blieb. Zurück ließen die Suchenden einen zerstörten Ziegenstall, einen demolierter Unterstand, ein Haus mit durchstoßenen oder eingerissenen Wänden und Dachteilen. Schließlich wurde Tore doch noch gezwungen, Vorratsgruben zu öffnen. Zum Glück blieben die Saatlager erhalten. Auch wenn eine Stütze zerbrach, als die Männer wie im Rausch die nackte Erde durchwühlten.

Manch einer der Gefolgschafter wurde von aufbrausender Enttäuschung gepackt. Kein Ludwig, keine Belohnung – da war es nicht verwunderlich, dass der Ruf aufkam, zur Strafe auch Tore und seine Mutter zu töten. Schon wurden wieder Speere gezückt.
Doch Wigmar gebot einem Meucheln lautstarken Einhalt. »Wer soll uns ernähren, wenn wir die Bauern töten?«
Dann dirigierte er seine Männer zum Hügel hinauf, wo er offenbar eine Ansprache halten wollte. Als die Gefolgschaft sich sammelte, rutschte eines der Pferde in eine geöffnete Vorratsgrube. Der Reiter, ein naher Verwandter Wigmars, trug eine schwere Verletzung davon. Während Tore dessen Bergung beobachtete, dankte er Wodan für die Gunst, am Leben geblieben zu sein. Gleiches galt für seine Mutter.

Am nächsten Tag überbrachten zwei Boten die Nachricht, die dem Vater eine Einäscherung und damit eine Verabschiedung aus dem irdischen Leben verwehrte. Der Widerstand gegen seinen Herrn wurde auf diese Weise deutlich sanktioniert. Wegen seiner Tapferkeit im Kampf sollte ihm aber ein Versenken im Moor erspart bleiben. Im Beisein der Boten, die zugleich als Zeugen dienten, bestattete Tore den Leichnam in einem abgelegenen Abschnitt des Waldes. Allerdings beschlossen er und seine Mutter noch am selben Tag, den Vater entgegen des Urteils heimlich zu verbrennen. Denn nur so könnte er auffahren in die Zwischenwelten, wo ihn die Ahnen erwarteten. Noch in dieser Nacht errichtete Tore ein bescheidenes Holzgerüst aus Reisig und trockenem Bruchholz. Es dauerte nicht lange, dann war die Leiche des Vaters ausgegraben. Tore streute das helle Pulver des Zunderpilzes ins Reisig. Kurz darauf züngelten erste Flammen, schwächlich zunächst, doch rasch von frischen Winden angefacht. Nicht lange und das prasselnde Feuer ließ das Holz knistern und ächzen. Wie in einer einzigen Bewegung

sanken Tore und seine Mutter auf die Knie und begannen überlie-
ferte Melodien zu summen. Tore kämpfte mit den Tränen. Erst als
Rabenvögel im Schein des Feuers erschienen, gewann er den
Kampf gegen das Weibische in sich.

»Sie sind da, unsere Ahnen«, flüsterte er, »sie holen den Vater. Er
wird nicht leiden müssen zwischen den Welten.« Jetzt waren es
Freudentränen, die seine Augen im Schein des Feuers glitzern ließen.

Warten. Bangen. Hoffen

Tore wusste: Das Einzige, worauf er für sein weiteres Leben bauen konnte, waren sein guter Ruf bei den Dörflern und die Anerkennung seiner bäuerlichen Leistungen. Wigmar, der weitgehende Herr der Familie, würde Mutter und Sohn beobachten, ob sie mit dem Hof die gleichen Ernteerträge erzielten wie noch zu Lebzeiten mit dem Vater. Würde Tore liefern, wären er und seine Mutter sicher. Andererseits müsste mit Schikanen gerechnet werden. Ließe sich kein schwerwiegendes Vergehen finden, ergäbe sich gewiss ein Vorwand, ihn mitsamt seiner Mutter vom Hof zu jagen

So stand Tore von früh bis spät auf den Feldern, pflügte, hackte und säte. Und im Schein des Mondes reparierte er das Haus und den Ziegenstall. Im Bewusstsein, getragen zu werden vom Wohlwollen Wodans, geriet ihm nahezu jeder Handschlag. Nach vielen Nächten und Tagen war das Dringendste geschafft. Zum Dank opferte er auf einer der geheimen Moorinseln einen Hasen, dessen Fleisch er sich gleichwohl mit der Mutter schmecken ließ. Tags darauf erreichte der Mond seinen höchsten Stand. Nur in solchen Nächten durften Gerste, Urkorn oder Roggen aufs Feld gebracht werden. An Arbeit mangelte es nicht.

Als das Tagewerk weniger wurde und die Zeit sich immer mal wieder für eine Pause öffnete, sammelte Tore Kräfte und damit Energie für ein Wiederaufleben seiner Freiheitsträume. Die Sehnsuchtsfantasien nach einem Leben als freier Bauer ließen den Kummer über den Verlust des Vaters und des Bruders verblassen. Allein die immer wieder aufbrechenden Klagen der Mutter belasteten ihn sehr. Gleichwohl stand er unerschütterlich an ihrer Seite, war sie doch seine Mutter, die zu lieben ihm ein Seelenanliegen war. Außerdem: Ohne seine Mutter würden ihm nichts als die Ziegen und der Ochse bleiben. Denn die Dörfler hielten sich weitgehend fern. Nicht einmal Jäger oder Reisende kamen durch den Wald oder übers Moor. Wigmar mied den Hof. Ihn interessierten zuallererst die Ernten, für deren Abtransport bei Bedarf Einspänner bereitstanden.

Über die Zeit gedieh das Getreide, es streichelte die Waden, dann die Knie. Die Wiesen standen in schönster Blüte, die Ziegen setzten inmitten saftiger Gräser gesunde Rundungen an. In dieser Harmonie kehrten verlorene Gefühle zurück: die Sehnsucht nach einer schönen, bäuerlichen Frau, die Hitze aufwallender Männlichkeit ohnehin. Doch noch begehrte Tore aus der Tiefe seines Herzens heraus allein Heilgart. Leider war sie mit seinem Bruder Ludwig verschollen. Womöglich lebten beide irgendwo im endlosen Wald, vielleicht am Ende der Welt. Aber sie lebten, das hatten die Baumgeister verraten und die mussten es wissen. Manchmal, wenn die Mutter abwesend war, beschimpfte Tore sein eigenes Spiegelbild. Denn kein anständiger Mann durfte die Frau seines Bruders begehren. Andererseits: War sie überhaupt Ludwigs Frau? Schließlich entstammte das Paar ungleichen Ständen, was eindeutig als unakzeptabel galt. Wie sollte das auf Dauer gut gehen? Für sich schöpfte Tore Mut durch seinen persönlichen Bernstein-Schatz, mit dessen Hilfe er irgendwann die Freiheit zu erringen hoffte.

In dieser Zeit durchstreifte er regelmäßig weite Gebiete rund um den Hof. Es gehörte zu seinen dörflichen Pflichten, Ausschau zu halten nach Fremden und Feindlichem, nach Wilderern und undurchsichtigen Gauklern und Betrügern. Dabei lief er bisweilen tief in den Wald hinein. Dort suchte er das Gespräch mit Baumgeistern. Irgendwann saß er auf einer vertrauten Lichtung und lauschte den Geschichten, die vom Wind gesammelt wurden. Auf einmal wurde das sanfte Rauschen und Wispern von fremden Geräuschen zerrissen. Ein Gewitter? Vogelfreie? Wilde Tiere? Dunkle Zwerge? Nach einer Weile des Lauschens und der Suche nach Vergleichbarem in der Erinnerung bekamen die Klänge eine unbekannte Tonart. Unwillkürlich hechtete Tore ins Gesträuch. Was gleich darauf durch den Busch zu hören war, waren menschliche Stimmen in unverständlicher Sprache. Aber eingebettet in eine durchaus bekannte Melodie. Wie auf den Märkten am großen Fluss. Plötzlich drangen Schmerzensschreie durchs Unterholz. Dazu das unverwechselbare Knirschen rollender Wagenräder auf steiniger Wegstrecke. Aus einem vermuteten Fuhrwerk wurden rasch drei. Pferde schnaubten, Menschen lärmten, dazwischen das Knallen von Peitschen.

Tore vermutete, dass römische Händler durchs Land zogen. Geradezu atemlos kroch, sprang, schlich er durch das Gelände, jede Mulde, jedes Gestrüpp als Deckung nutzend; umso sorgfältiger, je näher er den Geräuschen kam. Nicht weit von hier führte ein Weg nach Südwesten. Reisende hatten schon vor vielen Monden berichtet, dass die Römer weiter südlich dazu übergingen, Abschnitte von Wegstrecken mit behauenen Steinen zu unterlegen, so breit, dass zwei Gespanne nebeneinander bequem Platz fanden. Sie ließen ihre Legionen darauf marschieren, vor allem aber Waren transportieren. Waren die Römer bereits bis hierher vorgedrungen beim Bau einer Straße?

So richtig verstand Tore die Römer nicht. Wozu der Aufwand? Hatten die Dörfler vom Geduldsberg ihre Felle, Seifen und ihr Getreide bislang nicht problemlos zu den Märkten transportieren können, ohne Steinstraße? Er dachte an die heimlichen Vorwürfe so mancher Dörfler: Erst roden die Römer unseren Wald, dann bekämpfen sie unsere Sitten, zu guter Letzt erobern sie die Seelen unserer Kinder. Bei dem Gedanken an die Seelen schauderte Tore. Was für eine grauenhafte Versündigung an Wodan, an Freya und an all den anderen Göttern in Asgard. Und immer, so lautete die Warnung, kämen die Römer als angebliche Freunde, als Helfer, ja als Beschützer und Bewahrer des freien Germaniens. Andere Dorfbewohner beschuldigten hinter vorgehaltener Hand die eigenen Fürsten, von den Römern bestochen worden zu sein. Diese Stammesführer seien die einzigen und wirklichen Gewinner der Verträge mit dem römischen Statthalter Varus. Und es waren nicht nur einzelne Bauern, die kritisch dachten.

Zwei Speerwürfe weiter verlief eine Straße nach Süden. Plötzlich näherten sich erneut unverständliche Stimmen: Dazu hastige Schritte, Rufe, Befehle, als wäre man auf der Jagd. Dann ein Hecheln, brechende Zweige in trockenem Gehölz. Die Eindrücke ließen nur eine Deutung zu: Flucht und Verfolgung. Tore tauchte weg zwischen jungen, grünen Buchentrieben. Nicht ein einziges Mal wagte er aufzuschauen. Allein mit dem Gehör verfolgte er die vermeintliche Jagd, die der Geräuschkulisse zufolge eher einer Treibjagd glich. Der Ablauf vollzog sich in einem halbkreisförmigen Bogen. Oh Wodan, hilf mir, mach mich unsichtbar. Plötzlich fuhr ein Windstoß von oben zwischen die Baumreihen, überzog Tores Nacken mit einem kühlen Hauch. »Erbarmen!«, entfuhr es da seinen Lippen, die vom Pressen und dem Anhalten des Atems blau angelaufen waren.

Er hob den Kopf. Vor ihm, nicht mehr als eine Baumlänge entfernt, zerfetzten hektische Schritte und fuchtelnde Armbewegungen eine Wand aus verwachsenen Beerensträuchern. Eine Frau – auf der Flucht. Hinter ihr Jäger, die in römischen Uniformen steckten. Schon waren die Verfolger nahe dran. Noch steckten ihre Schwerter in den Scheiden, doch die Langspeere hielten sie mit hochgereckten Armen bereit zum Wurf. Plötzlich blieb die Frau stehen. Auf dem Kopf trug sie kurz Haare, ihre Kleidung hing zerrissen herunter. Da erkannte Tore die Flüchtende. Er erbleichte. Es war Gesine, die unfreie Magd im Dienst des Dorfältesten, jene Gesine, der er vor gar nicht so langer Zeit den Wäschekorb ins Dorf getragen hatte, den Geduldsberg hinauf. Die einzige Frau neben Heilgart, die, wenn auch nur für wenige Stunden, Eindruck hinterlassen hatte in seinen Empfindungen. Er liebte sie nicht, aber er mochte sie. Ei, wie könnte er ihr helfen? In der Nähe gab es keine aufragenden Ufer oder Höhlen, worin man sich verstecken könnte, auch wusste er von keinen landschaftlichen Verwerfungen. Da bemerkte er einen Dolch in ihren Händen. Sie wirkte erschöpft, atmete schwer. Suchte sie den Freitod? Hilf, Wodan, steh ihr bei. Indes streckte sie ihr Messer den Verfolgern entgegen. Eine Geste der Verzweiflung, der etwas Rührendes anhaftete. Es war der Augenblick, in dem die Menschenjagd ein jähes Ende fand. Ein kurzer Schrei, schrill, weiblich, dann ein dumpfer Schlag auf den Waldboden. Ein Speer steckte in ihrem Rücken. Gesine rührte sich nicht. Tore senkte den Kopf. Er wollte unsichtbar bleiben, am liebsten flach wie ein Plattfisch.

Was war geschehen? Warum musste Gesine so weit entfernt vom Dorf vor römischen Legionären fliehen? Fragen über Fragen fluteten Tores Gehirn. Er beantwortete die Fragen nicht, horchte stattdessen instinktiv in die Umgebung. Stille. Dann ein Rascheln im Laub, Schritte, ganz nah – hautnah.

Schon hieß es in einem zerhackten, schwer verständlichen germanischen Dialekt: »Aufstehen!«

Tore spürte eine Speerspitze auf seinem Rücken und folgte der Aufforderung. Vor und hinter ihm standen Legionäre. Sie trugen keinen Panzer. Über der rötlichen, mit Hilfe eines strammen Gürtels gebändigten Tunika thronte ein Kopf mit einem flachen, schmucklosen Helm. Die zahlreich erlittenen Risswunden an den Knien und zwischen den Riemen der Sandalen verhießen nichts Gutes. Die

Männer mussten wegen der blutenden Verletzungen eine gehörige
Wut haben. Erst jetzt bemerkte Tore, dass es sich um Germanen
handelte. Gekaufte; dem Aussehen nach könnten es Chauken sein.
Eine abgrundtiefe Verachtung stieg in Thore auf. Er dachte an die
zornigen Klagen der Bauern im Dorf. Die Römer schienen inzwischen wirklich nach der Macht in ganz Germanien zu greifen. Und
die Stammesbrüder halfen ihnen bei der eigenen Unterwerfung
nach Kräften.

Weitere Soldaten kamen hinzu. Dann, artikuliert und schneidend,
erklang die unverständliche römische Sprache. Ein durch seinen
Brustpanzer wie gepolstert wirkender Mann trat aus einer Gruppe
von Legionären hervor. Auf dem Kopf trug er eine beeindruckende
Bürste, so wie sie die römischen Kommandanten in dem Kastell am
großen Fluss trugen. Der Mann war von kleinem Wuchs. Irgendwie
erfreute es Tore, nicht zu ihm auf, sondern auf ihn hinabzusehen.
Schließlich wurden ihm die Hände gebunden, dann wurde er abge-
führt. Derweil machten sich zwei Römer an Gesines Leiche zu
schaffen.

Kurz darauf war zu erkennen, dass die Ansammlung von Legionären keinesfalls dem Straßenbau diente. Nicht weit entfernt standen siebzehn aneinander gekettete Männer und Frauen. Obwohl sie
allesamt geschorene Haare trugen, waren sie unschwer als Germanen zu erkennen. Ihnen wurde Tore hinzugefügt. Der gesamte Zug
schien auf irgendetwas zu warten. Unruhe entstand unter den Gefangenen, als die Menschenjäger zurückkehrten aus dem Wald. Einer von ihnen hielt Gesines Kopf in den Händen, ließ ihn an ihren
blonden Haaren baumeln. Ein Anblick, der bei Tore Übelkeit und
Schwindel hervorrief. Bewaffnete, die seinen Taumel beobachteten,
amüsierten sich darüber lautstark. Sogar einige der Gefangenen
fielen ein in hämisches Gelächter. Der Kommandant lachte nicht. Er
zeigte ein angespanntes, grüblerisches Gesicht und schien nachzudenken. Plötzlich kam Bewegung in seine Mimik. Dann trat er an
Tore heran, betrachtete ihn. Schließlich winkte er einem Legionär,
sprach ihn an.
Der wandte sich an Tore, übersetzte: »Wer bist du?«
»Tore vom Flutensee.«
»Geduldsberg?«
»Ja, ich wohne auf dem Hof hinter den Sümpfen.«

»Du hast kurze Haare.«

»Ich bin halbfrei.«

Da schoss ein Blitzen in die steife Mimik des Mannes mit der gelben Bürste auf dem Helm.

Wieder tauschte er einige Worte mit dem Übersetzer.

Der sagte: »Der Kommandant glaubt, dass du mit unserer entflohenen Sklavin unter einer Decke steckst, wie deine heimliche Anwesenheit am Ort ihres Fluchtversuchs beweist. Er wertet dein Verhalten als versuchten Angriff und betrachtet dich als Gefangenen.«

Tore erschrak. »Bin ich jetzt ein römischer Sklave?«

Der Legionär nickte mitleidig mit dem Kopf.

Auf der Stelle wurden Tore Fußketten angelegt, die es gerade erlaubten, die Beine zu spreizen. Kaum war er eingereiht in den Zug der Unglücklichen, erklang der Befehl zum Aufbruch. Reiter und Fußvolk folgten dem Weg nach Süden.

Den Gefangenen war es verboten, miteinander zu reden. Begünstigt durch das Weghören und Wegsehen einzelner Wächter mit germanischem Hintergrund gelang es hin und wieder dennoch, sich auszutauschen. So erfuhr Tore, dass unter den Gefangenen Verbrecher waren, von denen einige bereits viele Mondzyklen in den Kerkern der römischen Kastelle verbracht hatten. Ab und an wurden sie an bestimmten Orten eingesammelt und weggeschafft.

Da entdeckte Tore vier Frauen unter den Gefangenen. »Was haben die verbrochen?«

»Nichts, es sind unfreie Mägde, sie sind von den Römern gekauft oder geraubt worden und werden auf den Sklavenmärkten jenseits des Rheins mit gutem Gewinn weiterverkauft.«

Tore begriff, dass genau dieses Schicksal auch auf ihn wartete. Kalte Schauer durchkrochen seine Nervenbahnen. Schweiß ließ seine Stirn glänzen. Demnach war alles wahr, was die Bauern daheim und die Händler auf den Märkten erzählten.

Der Gefangenentransport kam gut voran. Noch passierte er ein Gebiet, das Tore so vertraut war wie die Muster der Felle seiner Ziegen. Bald würde der Gefangenentransport die letzten Ausläufer seiner bekannten Welt erreichen. Wenn es ihm doch nur gelänge, noch rasch in dieser Gegend zu entkommen und einen kleinen Vorsprung zu erlangen, dann könnte eine Flucht gelingen. Da, ein zu großer Schritt und die Fußfesseln ließen ihn fast stürzen. Ernüchtert folgte er dem Takt seiner Mitgefangenen. Gesine kam ihm in den Sinn, ihr Fluchtversuch. Was war mit ihren Fußfesseln gewesen? Ei, Tore hatte keine Beeinträchtigung an ihren Beinen bemerkt. Heimlich fragte er einen Mitgefangenen. Warum habe die Magd keine Fußfesseln getragen?

Der Leidensgenosse antwortete: »Sie hat beim Kommandeur auf dem Pferd gesessen.«
Die Männer ringsherum kicherten, tuschelten.

Tore verstand nichts. »Dann ist sie gar keine Sklavin gewesen?«

»Doch, schon, aber wenn ein Kommandeur seinen Riemen poliert haben will ...«
Auf der Stelle wurde aus dem Kichern ein offenes Johlen.

Ein Wächter wurde aufmerksam: »Was ist da hinten los?«
»Nichts!«
Eine schmale, für den Wächter aber unverdauliche Antwort. Mit ausgestrecktem Arm wies er auf denjenigen, der geantwortet hatte, und brüllte einen Befehl. Daraufhin knallte eine Peitsche.

Als die Abteilung zurückgefunden hatte zur vertrauten Gleichförmigkeit, zischelte der Bestrafte: »Das werdet ihr mir büßen. Verdammtes Römerpack!«

Die sich in der Nähe angesprochen fühlenden Wachen entgegneten spöttisch: »Oh ja, demnächst in der Arena! Viel Vergnügen.«
Hämisch lachten die Sklaventreiber auf.

Noch war das Gebiet für eine Flucht geeignet. Tore testete seine Ketten. Doch mit der Last an den Beinen wäre jeder Versuch zum Scheitern verurteilt. Es sei denn, die Götter lenkten die Wärter ab. Oh Wodan, lass mich nicht allein, flehte Tore zum Himmel. Und tatsächlich, nur wenige Atemzüge später kam Wind auf. Der gleichmäßige Flug der Wolken geriet in turbulente Bewegung, formte unheimliche Himmelsgebilde, die einem fortwährenden Zwang zur Veränderung unterworfen waren. Es begann zu regnen. Sprühende Wassertröpfchen minderten die Sicht. Schon stoppte der Kommandeur sein Pferd, dirigierte den Zug in den Schutz hochgewachsener Baumreihen. Tore heftete seine Augen auf die borkigen Stämme. Das Moos an der Rinde verriet die Himmelsrichtung.

Allmählich wurde der Regen heftiger. Dazu blitzte und donnerte es, als wollte der germanische Donnergott aller Welt zeigen, über welche Kräfte er verfügte.

»Danke, danke«, stammelte Tore zum Himmel hinauf.

Ein Mitgefangener, der ihn belauschte, fragte: »Wem dankst du? Wofür?«

Der Lauscher wurde laut: »He, Kameraden, der Neue dankt seinem Gott für dieses verfluchte Wetter. Der Bursche führt wohl etwas im Schilde.« Lauter und lauter wurden die Worte des Denunzianten, so dass die Aufmerksamkeit der Wächter geweckt wurde. Tore wusste nicht, wie ihm geschah. War er gerade verpetzt worden? Wollte sich der Mitgefangene bei den Römern einschmeicheln? So etwas hatte er von einem germanischen Bruder und Leidensgefährten nicht erwartet.

»Was geht hier vor?«, hörte er die Stimme eines Bewachers.

»Der da«, antwortete der Lautstarke, wobei er auf Tore zeigte, »freut sich über den Zorn des Himmels. Ja, er hat sogar Wodan für das Mistwetter gedankt.«

Der angesprochene Wächter zuckte beim Namen Wodan zusammen. Dann hob er unwillkürlich den Kopf, woraufhin ein Blitz sein Gesicht erhellte. Das auftreffende Licht spiegelte das blanke Entsetzen. Gestikulierend rang er nach Worten.

Da fragte die Stimme eines anderen Wächters. »Ist irgendetwas nicht in Ordnung?«

»Doch, doch«, stammelte der Erschrockene, »falscher Alarm, das regele ich schon.«

Diese eher auf Ausgleich bedachte Reaktion ließ den Anschwärzer auffahren. »Halt! Halt! Ihr wollt doch wohl nicht einen Beschwörer der fürchterlichen Himmelsblitze und des bedrohlichen Donners ungeschoren lassen.«

Der bereits abdrehende Wächter kehrte um. »Wie habe ich das zu verstehen?«

Wieder zeigte der Denunziant auf Tore, den er ganz offensichtlich nicht mochte, und sprach geheimnisvoll: »Ich rate zu größter Vorsicht. Der Mann lästert die Götter. Es würde mich nicht wundern, wenn er eine dämonische Magie beherrscht.«

Da wich der Wärter zurück, suchte Distanz.

Plötzlich, wie getrieben von dem Sturm, kamen Reiter angeprescht. Kein Zweifel, ihr Ziel galt dem Sklaventransport. Es mochten um die zwanzig Männer sein. Schon glaubte Tore, dass ein Kampf bevorstand, doch wurden keine Waffen gezückt. Enttäuscht wandte er sich wieder der Fluchtidee zu. Welches Waldstück bot die beste Deckung, auf welchen Pfaden ließe sich das Dickicht zügig durchqueren?

Da bemerkte Tore, wie aus dem Hintergrund Gesines Haupt herangeschafft wurde, um es den eingetroffenen Reitern zu überreichen. Ihr Anführer nahm den Schädel an sich, drehte ihn an den Haaren vor seinen Augen, musterte die Gesichtszüge, ohne dabei die eigene Mimik zu verziehen. Diese demonstrative Teilnahmslosigkeit schien den Kommandeur des Gefangenentransports zu ärgern, jedenfalls verzog er das Gesicht. Ein Disput brach aus. Weil ein Dolmetscher eingeschaltet wurde, konnte Tore dem Gesprächsverlauf einigermaßen folgen. Sie stritten über eine Rückerstattung von Denaren, die der Römer für die widerspenstige Frau bezahlt hatte. Allerdings sei er bereit, auf die Augustus-Münze zu verzichten, wenn er als Ausgleich für die Sklavin fünf Hirschfelle bekäme. Als der Anführer der eingetroffenen Reiter absaß, um mit dem behelmten Römer auf Augenhöhe zu sprechen, fuhr Tore der Schreck in die Glieder. Im Licht der aufbrechenden Wolkendecke erkannte er Wigmar, seinen Herrn.

Augenblicklich durchschaute Tore die Zusammenhänge. Wigmar hatte Gesine verkauft. Doch ein solcher Verkauf war unzulässig, weil sie zum Haushalt Wiborgs, dem Dorfvorsteher, gehörte. Tore schwor bei Wodan, dieses böse Treiben ans Licht zu zerren. Doch erst einmal hoffte er für sich selbst auf Wigmars Hilfe. Um auf sich aufmerksam zu machen, ruderte er mit den Armen, sprang auf der Stelle, so hoch es die Fußfesseln zuließen. Doch nur der Denunziant reagierte.

»Seht hin, finstere Mächte sind in den Neuen gefahren«, brüllte er. Worte, die ins Leere führten, denn die Wächter schienen ihn selbst auf dem Kieker zu haben. Einer kam heran, verpasste ihm mit der Lanze einen Schlag auf die Rippen. Der Übelwollende stöhnte auf. Derweil fürchtete Tore, dass sein Schicksal endgültig besiegelt werden könnte. Man würde ihn zum Kämpfer ausbilden, ihn in die Todesarenen des Imperiums schicken. Nervös wie ein ausweglos umzingeltes Tier begann er, wie wild mit den Armen zu fuchteln, dabei die Umstände und die Umgebung nach einer Fluchtgelegenheit absuchend. Plötzlich, mit dem letzten krachenden Donner, sprangen die Wolken auseinander. Anlass genug für Wigmar, den

Kopf aufzurichten. Endlich streifte sein Blick die Gefangenen. Er stutzte. Zögernd bat er um die Erlaubnis, die Gefesselten inspizieren zu dürfen. Der römische Kommandeur hoffte wohl auf ein gutes Geschäft und gab den Weg durch die Gefangenengruppe frei. Wigmar steuerte geradewegs auf die Angeketteten zu. Die flehten um Hilfe. Nicht aber Tore, der erstarrte, verzog keine Miene, als Wigmar vor ihm zum Stehen kam.

»Woher kommt dieser junge Mann?«

»Den haben wir festsetzen müssen, er hat der flüchtenden Sklavin Hilfestellung geben wollen.«

Wigmar trat auf ihn zu.

Als Tore antworten wollte, fuhr ihm der römische Kommandeur ins Wort: »Sein Verbrechen ist unbestreitbar. Er hat gegen die Interessen Roms gehandelt. Darum werde ich keinen Denar für den Sklaven bezahlen, sondern ihn ganz einfach mitnehmen.«

Wigmar entgegnete: »Niemand darf für einen unserer Bauern etwas verlangen.«

»Na, dann sind wir uns ja einig.«

»Nichts sind wir«, erboste sich Wigmar jetzt demonstrativ und stellte klar: »Der Mann ist ein Halbfreier und damit unverkäuflich.« Ei, dachte Tore, bei Gesine hatten offensichtlich noch ganz andere Regeln gegolten.

Wigmar fuhr fort: »Ich benötige den jungen Mann für meine Landwirtschaft.«

»Ach so«, sagte der römische Kommandeur nicht ohne Spott in der Stimme, »ein Unverkäuflicher ... Na, so etwas.« Dann fügte er zusammen: »Ein unverkäuflicher Halbfreier. Ich sage dir etwas: Wer nicht frei ist, der ist eindeutig unfrei, also ein Sklave. Und der Helfershelfer einer Entlaufenen ist ein Verbrecher, der sich gegen Rom und unseren heiligen Kaiser Augustus auflehnt.«

Wigmar fiel es offenbar schwer, die Ruhe zu bewahren, als er seinen Anspruch keuchend erneuerte: »Der Mann gehört mir.«

»Also doch ein Sklave«, höhnte der römische Kommandeur, »sonst dürftest du ihn nicht dein Eigentum nennen.«

Tore behielt während dieser Auseinandersetzung die Reihen der bewaffneten Männer im Auge. Wigmars Gefolgschaft bestand ausschließlich aus Germanen. Einige Halbfreie waren darunter, doch konnte man von ihnen keine Hilfe erwarten. Auch die Söldner des römischen Kommandeurs bestanden zum weit größeren Teil aus Germanen. Würden die im Zweifelsfall mit der Gefolgschaft gemeinsame Sache machen? Tore verneinte sich die Frage. Der Dienst bei den Römern sicherte ihren Unterhalt. Also ruhte die ganze Hoffnung auf dem Verhalten und Geschick des Mörders seines Vaters. Hilfreich an dieser verzwickten Konstellation war der Umstand, dass er, Tore, offenbar dringend benötigt wurde für Wigmars wirtschaftliche Planungen, weil der Bauernhof sonst brachläge.

Auf einmal bekam die Auseinandersetzung eine Dimension, wie sie Tore bislang nur auf großen Märkten erlebt hatte.

Der römische Kommandant änderte ruckartig seine Meinung: »Na gut, wenn du darauf bestehst, sollst du den jungen Mann bekommen, aber«, forderte er, »du lieferst mir dafür acht statt fünf Hirschfelle.«

Wigmar, der von dieser Wendung nicht überrascht schien, antwortete nach kurzem Zögern: »Sieben.«

»Dein letztes Wort?«

Wigmar nickte gewichtig und grinste verschlagen. »Ja.«

Da grinste auch der römische Kommandeur. »Gut, dann soll es genau so sein.« Daraufhin gab er die Anweisung, Tore von der Fußkette zu erlösen.

Als der Wächter mit dem Schlüssel vor Tore kniete, wurde er von einem anderen Gefangenen wie zufällig mit dem Fuß malträtiert. Der Wachmann reagierte mit der Gelassenheit eines Ochsens nach einem Mückenstich. Behäbig hob er die Hand und fuhr mit dem Lösen der Fußfessel fort. Im Anschluss aber sollte aus dem vermeintlichen Ochsen ein brutaler Herrenmensch werden. Mit einem einzigen wuchtigen Faustschlag zertrümmerte er dem Störer das Nasenbein. Blut floss in Strömen. Bei genauerem Hinsehen entpuppte sich der Verletzte als der vorhin auffällig gewordene Denunziant. Tore wurde zu einem Gefolgschafter aufs Pferd befohlen. An einem Waldstück, von dem aus der Hof fußläufig erreichbar war, wurde er abgesetzt.

Vom Pferd herab rief Wigmar ihm noch zu: »Halte dich in Zukunft fern von Legionären. Du hast ja gerade erlebt, was sie uns antun, wenn wir nicht wachsam sind.« Drohend hob er den Zeigefinger. »Und die Hirschfelle, die ich dem Römer für deine Freilassung schulde, wirst du beschaffen. Damit das klar ist.«

Mit einem vielstimmigen »Ho, Ho« setzte die Gefolgschaft ihre kleinen, wendigen Pferde wieder in Bewegung. Tore folgte den Davonreitenden mit den Augen, zuletzt mit den Ohren. Erst als der Geräuschpegel abgeklungen war, bog er auf einen Pfad durch vertrautes Gelände ein. Unwillkürliche Dankbarkeitsempfindungen für Wigmar wegen der Rettung aus der römischen Gewalt verdarben ihm die Freude über seine Befreiung. Hatte Wigmar nicht eine unschuldige Frau an römische Sklavenhändler verkauft? Tore war gewarnt.

Nicht lange und er bog in den Wald ein. Es folgte ein Marsch durchs Unterholz, der an jener Stelle vorbeiführte, an der Gesine von ihren Verfolgern getötet worden war. Eine Weile harrte er aus. War er allein? Dann begann er, Gesines kopflosen Torso in feuchtes Gesträuch zu zerren, wo er mit bloßen Händen eine längliche Grube aushob, um der Magd wenigstens eine einfache Bestattung zukommen zu lassen. Dass sie von Wölfen oder Bären gefressen würde, hatte sie nicht verdient. Oh, Wodan, oh, ihr Ahnen in der Zwischenwelt, nehmt die Gepeinigte auf in eure Mitte. Tore ballte die Fäuste. Er wagte es nicht auszusprechen, was ihn fortwährend beschäftigte: der geheime Wunsch, dass auch Wigmar bald aufsteigen möge ins Reich der Ahnen. Und wieder köchelte eine oft gestellte Frage in seinem Gehirn, nämlich: Behalten die Toten in der Zwischenwelt ihren gesellschaftlichen Status aus dem irdischen Leben? Müssen Sklaven und Unfreie oder andere Unterdrückte über den Tod hinaus die Herabsetzungen der Unfreiheit durchleiden? Und endlich: Bilden die Zwischenwelten insgesamt ein Abbild des Lebens hier auf Erden?

Tatsächlich folgte Tore von nun an konsequent Wigmars Anordnung, fremden Menschen auszuweichen. Auch wurde er mit der Zeit wortkarg. Allein mit seiner Mutter sprach er über mehr als die jahreszeitlich wiederkehrende Arbeit auf dem Hof. Nie suchte er in diesem Sommer das Dorf hinter dem Flutensee auf. Nur selten verirrte sich ein Fremder, der zumeist von Süden kam. Die wenigen Dörfler, die vorbeischauten, gaben an, in freundlicher Absicht zu kommen, weil sie neugierig waren oder sich Sorgen machten über Tore und seine Mutter wegen des Ausbleibens eines Lebenszeichens. Doch auch ihnen gegenüber hielt Tore den Mund verschlossen. Waren die Besucher aus freien Stücken unterwegs? Oder waren sie geschickt worden, ihn auszuspionieren? Ein falsches Wort könnte schon das letzte sein.

Der nächste Frühherbst kam, ein Großteil der Ernte war eingeholt, die Erdspeicher gut gefüllt. Seit mindestens fünf Nächten wartete Tore auf Wigmars Gespanne, sie mit der Pflichtabgabe zu beladen. Da, endlich, erschien sein Herr. Doch fuhren keine Wagen vor, sondern die versammelten Kämpfer seiner Gefolgschaft ritten heran. Tores Beflissenheit wechselte zu misstrauischer Neugierde. Er bedeutete der Mutter, im Haus zu bleiben. Die Gefolgschaft erwartete er nicht vor der Tür, wie sein Vater es gehalten hatte, sondern er schritt den heranreitenden Männern entgegen. Ihre Gesichter verrieten ein finsteres Anliegen.

Tore, um einen unaufgeregten Ton bemüht, sagte zu Wigmar: »Du kommst ohne Wagen.«

»Ich komme nicht, um etwas abzuholen, sondern, um dir etwas zu bringen.«

Tore formte seine Augen zu fragenden Schlitzen. Da bemerkte er im Schein der Sonne einen kugeligen Gegenstand in Wigmars Händen, der sogleich in einem hohen Bogen vor seine Füße geworfen wurde. Mit starrem Blick musterte Tore das gruselige Ding. Die Luft stand still. Allein der graue Dunst des Moors berührte seine Sinne, als ihn zwei schaurig geöffnete Augen anstarrten. Mittellanges, blondes, blutverschmiertes Haar drapierte den entleibten, sich in fortgeschrittener Verwesung befindlichen Schädel.

»Erkennst du diese Nase?«, fragte Wigmar in scharfem Ton.

Tore war irritiert. Wigmar ging ganz offensichtlich von der Annahme aus, dass der stinkende Kopf zu Ludwig gehörte. Doch für Tore bestand trotz des desolaten Zustandes der Trophäe kein Zweifel an der unbekannten Herkunft des Schädels. Denn Ludwig trug hinter dem linken Ohr eine Narbe, die ihm einst beim Spiel zugefügt worden war. Der zu seinen Füßen liegende Kopf besaß dieses Zeichen nicht. Im Übrigen waren die Ohren das Einzige, was eindeutig erkennbar war. Wie sollte Tore reagieren? Der Herr verhielt sich abwartend. Also senkte Tore den Kopf und schwieg beflissen, nicht zuletzt der schwer bewaffneten Gefolgschaft wegen. So verharrte er und so verharrte Wigmar, einander belauernd, vielleicht auch in der Erwartung einer gewalttätigen Reaktion. Tore formte bewusst eine gequälte Mimik, um anzuzeigen, dass ihm der Tod des Bruders naheging. Den Part einer auflodernden Emotion sollte freilich die Mutter des vermeintlichen Sohnes übernehmen. Wie von einer Leidenden zu erwarten, kam sie herangeschossen, warf ihren schmächtigen Leib über den im Gras liegenden Kopf, schluchzte herzzerreißend, klagte, rief die Götter an. Ein Gebaren, das Wigmar mit einem zufriedenen Lächeln quittierte. Schon setzte er seiner Genugtuung noch eins drauf. Die alte Bäuerin solle gefälligst aufhören, einen feigen Mörder zu bejammern, schimpfte er und befahl seiner Gefolgschaft, ihm den Schädel zu reichen. Und prompt wurde der Kopf an diesem Morgen zum zweiten Mal durch die Luft geschleudert. Das Moor begrüßte seinen neuen Bewohner mit einem nassen Klatschen. Schließlich blieben blubbernd aufsteigende Blasen. Wigmar schien zu bemerken, dass seine Männer nicht unberührt blieben von diesem Vorgang, der sonst nur in Anwesenheit eines Priesters vollzogen wurde.

»Der Mörder hat seine gerechte Strafe erhalten«, stellte er mit harter Stimme fest. Bevor er der Gefolgschaft den Befehl zum Aufbruch gab, rief er Tore noch zu: »Wir kommen morgen mit dem Wagen. Ich erwarte, dass das Getreide für den Abtransport bereitliegt.« Ohne eine Antwort abzuwarten, riss er brutal den Kopf seines Pferdes herum, so dass es verschreckt wieherte. Nun jagte Wigmar an der Spitze seiner Männer im Galopp davon.

Tore griff nach den Händen seiner Mutter und versicherte ihr, dass der im Moor versenkte Kopf nicht zu Ludwig gehörte. Die Schluchzende benötigte eine Weile, es wenigstens zur Hälfte zu glauben. Zu mächtig und seiner Sache zu gewiss war Wigmar aufgetreten. Als beide an der Tür noch einmal kehrtmachten, sahen sie, wie der fremde Kopf mit einem Gurgeln und Schmatzen zurückkehrte an die Oberfläche, auf dem wässrigen Schlamm verharrte, dann endgültig in die ewige Finsternis abtauchte.

Die leeren Säcke fürs Füllen mit Getreide ruhten aufgestapelt hinter dem Haus. Der Lagerplatz war durch einige Ulmen-Bretter gegen Regen geschützt. Das Getreide selbst lag in den Erdspeichern. Es noch heute herauszuholen, schuf ein großes Problem: Platzmangel. Wo sollten die vollen Säcke abgestellt werden? Tore beobachtete den fleckigen Himmel, versuchte, den Wind zu riechen und zu schmecken. Würde das Wetter bis morgen früh trocken bleiben? Kurz entschlossen erklärte er seiner Mutter, dass in der folgenden

Nacht vor dem Haus geschlafen werden müsse. Sie solle rechtzeitig für Stroh und Decken sorgen.

Bis in die Morgendämmerung hinein schaufelte, zurrte, schleppte und stellte Tore den von Wigmar geforderten Anteil zusammen. Am Ende passte keine Maus mehr zwischen Säcke, Wände und Möbel im Inneren des bescheidenen Hauses. Und wirklich: Gerade war alles verstaut, schon begann es zu regnen. Die Sonne hatte nicht mehr als ein Viertel seiner täglichen Wegstecke zurückgelegt, da erschien vor der Waldspitze Wigmars größtes Gespann, begleitet von einigen Männern.

Wigmar übernahm die Spitze, ritt bis vor den Eingang und sagte: »Ich hoffe, dass mein Getreide trocken ist. Sollte es feucht oder nass sein, dann wirst du nicht nur meinen Zorn zu spüren bekommen, sondern auch den von Freyr.«
Tore blieb gelassen. Dass der fordernde Herr ohne vorhergehende Begrüßung eine Drohung ausstieß, hatte er nicht anders erwartet. Dass Wigmar aber ausgerechnet Freyr, den Gott der Vieh- und Feldwirtschaft, für sich reklamierte, empfand der fromme Bauer als lästerliche Dreistigkeit, worüber der wahrhaftige Freyr kaum erfreut sein dürfte.

Plötzlich wirkte Wigmar irritiert. »Wo ist denn eigentlich das Getreide?« Er schaute umher. »Wo sind die Säcke? Ich sehe keine.«
Da schlich ein schmales Grinsen über Tores Gesicht.

»Was erlaubst du dir, du frecher Kerl?« Wigmar hob drohend eine Peitsche.

»Sieh her«, forderte Tore den Aufbrausenden auf.
Wigmar saß ab. Tore riss die Tür zum Haus auf.

»Ah, so ist das. Also – sehr gut«, reagierte Wigmar überrascht. »Man nennt dich wohl zurecht schlauer Bauer.« Er hob die Arme, ließ wohlwollende Gesten folgen. Tore verbarg seinen Triumph, trat zur Seite, um das Haus zugänglich zu machen. Die Arbeitsmänner zögerten nicht und begannen, die Säcke herauszutragen. Wigmar drängte zur Eile. Dabei mied er jede Nähe zu Tore.

»Ich brauche dich noch«, zischte er im Vorbeigehen, »sonst hätte ich dir schon längst die Kehle durchgeschnitten.«

Die Farben der Baumkronen dunkelten ein, gesättigt von der Lebenswucht des anhaltenden Sommers. Es wurde Zeit, sich für den Winter zu rüsten: Haus, Ställe, Gärten, Weiden und Felder, überall war zu tun. Tore verrichtete alles Erforderliche mit größter Sorgfalt. Denn nicht wenige Winter der vergangenen Jahre waren hart gewesen. Dauerfrost mit zugefrorenen Bächen und Seen hatte Menschen, Tieren und Pflanzen mächtig zugesetzt, sogar das Moor war für kurze Zeit als eisige Fläche begehbar geworden. Eine Gefahr für das Gemeinwesen, denn die Vorwarnzeit für Feindseligkeiten war in solchen Wetterkonstellationen dahin. Für die vorgelagerten Höfe galt die Verpflichtung, über geheime Pfade und Dämme ins Dorf zu rennen und Alarm zu schlagen. Bei Dauervereisung sahen die dörflichen Regeln ganz besondere Maßnahmen vor. Dazu gehörten durchgehende Nachtwachen, unter denen Ludwig und Tore in manchem Winter schon als Kinder zu leiden gehabt hatten. Wie sollte eine solche Aufgabe allein von einem jungen Mann und einer kränklichen Mutter bewältigt werden?

Und tatsächlich, der Winter wurde eisig und überfuhr das Land mit selten erlebten Schneestürmen, die zu starken Verwehungen führten. Ohne Schlitten ging kaum noch etwas. Die eisigen Massen ließen Tore auf durchgehende Nachtwachen verzichten. Wer konnte schon meterhohe Schneewehen überwinden? Die zwei mit Distanz zueinander leuchtenden Feuer dienten eher der Täuschung verirrter Reisender und sollten ausgehungerte Wölfe auf Distanz halten. Tores Hauptsorge galt dem Saatgut, dessen Abdeckung er frühmorgens und spätabends inspizierte.

Inzwischen mochte die Mutter 50 Jahre alt geworden sein, aber ihre Gebrechen glichen denen einer 60-Jährigen: starke, selten nachlassende Schmerzen in den Schultern, eine nicht heilen wollende Wunde am rechten Fuß. Oft litt sie Höllenqualen. Und es gab keine Hoffnung auf Besserung, dafür war die Aufrechterhaltung des Hofbetriebs einfach zu anstrengend und zeitraubend. Obwohl sie es vermied zu klagen, vernahm Tore bisweilen ihr heimliches Weinen. Und so wagte er es nicht mehr, sie auch nur für einen halben Tag allein zu lassen. Erlitte sie einen Schwächeanfall, wer könnte ihr helfen? Sie zu behüten gebot allein schon die Familienehre, gleichwohl auch seine Frömmigkeit, die in den heiligen Stammesregeln verwurzelt war. Denn die Menschen lebten nach den Vorbildern der Götter im himmlischen Asgard.

Vier Jahreszyklen gingen dahin. Wieder kam die Zeit der Ernte, dann der Winter, darauf die Schneeschmelze. Und mit ihr die ersten

Stunden frühlingshafter Wärme. Wie schön, morgens vor das Haus zu treten und das Gesicht in die Sonnenstrahlen zu halten.

»Mutter, komm heraus, es ist so wundschön hier«, rief Tore durch die Tür hinein. Doch aus dem Haus kam keine Antwort. »Muutter!«, wiederholte er. Dabei blieb er draußen stehen, zu sehr fürchtete er, die Sonne könnte von ihm abrücken. Dann bleib doch drin, dachte er beleidigt. Doch die Mutter ist nun einmal die Mutter und mit der meinte man es gut. Und in der Vergangenheit war es vorgekommen, dass sie vor Schmerzen nicht hatte aufstehen können. So wurde Tore von einem schlechtes Gewissen ins Haus getrieben. »Mutter!« Er trat vor ihr Schlaflager. »Mutter, soll ich dir auf die Beine helfen?« Ihr kranker Fuß machte einen schlechten Eindruck in letzter Zeit. Auch schien er aufgequollen, besaß eine bläuliche Färbung und verströmte einen kränklichen Geruch. Tore beugte sich über sie, wollte sie anstoßen. He, Mutter, wollte er rufen, he, meine liebe Mutter. Einen Gruß wollte er ihr bringen von einem wunderschönen Tag. Da bemerkte er ihre Augen. Starr und stumpf schienen sie die Dachbalken anzustarren, genauer: den Rauchabzug.

Da lief eine Träne über seine Wange. Eine Gefühlsregung, die einem Germanen erlaubt war, wenn es um die Mutter ging, die eben jede Emotion wert war. Während er neben ihrem Bett Platz nahm, sich auf einen Tag der Totenwache einstellte, geriet seine Trauer in einen Strudel aus Hoffnung und Aufbruch. Kein Wigmar, kein Donnergrollen oder Blitz könnte ihn jetzt, da er ganz allein war in dieser Welt, mehr aufhalten, den Hof seiner Väter zu verlassen. Denn hier regierte die Knechtschaft, hier wartete ein früher, brutaler Tod. Für den Augenblick war unklar, wie Wigmar reagieren würde, erführe er vom Tod der Mutter. Traute er Tore zu, den Hof allein zu bewirtschaften? Oder würde der Herr versuchen, den Halbfreien zu beseitigen?

Hoffnung und Ängste bedrängten einander. Doch vorerst stand die Frage im Raum: Wo sollte die Mutter bestattet werden? Hier draußen, abseits des Dorfs, gab es für ehrbare Menschen das Recht auf einen Friedensacker. Doch nirgendwo bestand eine Anweisung für die Beschaffenheit des Totenfeldes. Klar war nur eines: Verstorbene sollten möglichst rasch der Erde übergeben werden, am besten eingeäschert, als Garantie für eine Auffahrt in die Zwischenwelt. Tore entschied, die Mutter an der Seite ihres Mannes zu bestatten.

Noch am selben Tag bereitete der Trauernde die Einäscherung vor, gezwungenermaßen ohne Priester. Er selbst wollte Wodan anrufen, immerhin den Herrn aller Priester. Als das Feuer endlich loderte, bat er den wichtigsten aller Götter um seinen Segen, denn seine Mutter sei frei von jedweder Schuld. Er summte die bekannten Melodien, so wie er sie erlernt hatte. Einsam zelebrierte der Sohn die Verabschiedung und empfand ein Gefühl von Freiheit dabei. Als Tore den Brunnen aufsuchte, um zu trinken, stieß er auf sein Spiegelbild mit dem diskriminierenden Kurzhaar über der Stirn. Grimmig ballte er die Faust.

Flucht aus der Heimat

Zwei Nächte waren vergangen seit der Bestattung. Noch erschwerten Tauwetter und aufgeweichte Wege den Kontakt mit der Außenwelt. Tore nutzte die Einsamkeit, die elterliche Begräbnisstätte zu tarnen. Seine Trauergefühle hielten freilich nicht lange an, dafür sorgte bald einsetzender Dauerregen, der die letzten eisigen Reste des Winters wegschwemmte, den Hügel in einen springenden Bach verwandelte. Der Vater hatte für solche Fälle gelehrt, einen schrägen, abwärts führenden Wall aus Steinen und Brettern anzulegen, der die Wassermassen zuerst an den Vorratsgruben, dann am Haus vorbei in Richtung Moor lenkte. Tagelang dauerte der Kampf mit der Naturgewalt, weil der Wall immer wieder nachgab. Als endlich die Sonne durchbrach, spürte Tore sie nicht. Er schlief in seinem Bett fest wie ein Bär im Winterschlaf. Erst am späten Nachmittag sollte der Erschöpfte die Augen aufschlagen.

Das erste, was Tore wahrnahm, war die Abwesenheit des prasselnden Regens. Eine gesegnete, hoffnungsfrohe Stille erfüllte die Luft. Es duftete nach feuchtem Gras, nach Moor, nach Wald und Flur. Da lockerte das Wiehern eines Pferdes diese Eindrücke auf. Wigmar? Tore war alarmiert. Hatte der Mörder seines Vaters vom Tod der Mutter erfahren? Auf dem schmalen Hofweg waren dünne Schatten von Pferdebeinen zu sehen. Der Anzahl nach ein einzelnes Tier. Tore atmete auf. Niemals käme Wigmar allein hierher geritten. Rasch kehrte Tore zurück ins Haus, griff nach einer Frame. Mit der Spitze des Kurzspeers voraus ging er in Position, einen unerwünschten Eindringling abzuwehren. Als niemand erschien, spähte er um die Hausecke. Dahinter stand ein herrenloses Pferd. Kurz entschlossen fasste er unter die Reitdecke. Der Pferderücken war feucht und mollig warm. Tore trat zurück an die Hauswand. Nervös suchte er die Umgebung ab. Plötzlich erklang ein melodisches Pfeifen. Eine Melodie, die Tore bekannt war. Ei, so hatte zuletzt Eibert gepfiffen. War der vermeintlichen Zwerg zurückgekehrt? Oh Wodan, welch ein Segen, sandte Tore seine Dankbarkeit nach Asgart. Dass der Bernstein-Komplize ausgerechnet heute auftauchte,

130

acht Nächte nach dem Tod der Mutter, verstand Tore als gutes Omen. Eibert war genau der Mensch, der ihm helfen könnte. Da bemerkte er im Hintergrund eine Gestalt. Geblendet von der Sonne kniff Tore die Augen zusammen. War es tatsächlich Eibert? Die Körpergröße passte, die Art zu gehen auch. Auf einmal hob die Person den Arm, lachte. Das Lachen, die Geste. Ja, vor ihm stand Eibert. Der eigentümliche Mensch war zurückgekehrt. Oh Wodan, hab Dank. Die beiden Männer tauschten zwar keine Umarmungen aus, machten aber auch keinen Hehl aus ihrer Freude über die Begegnung. Eibert wollte sich setzen.

Tore hielt ihn davon ab. »Das Pferd. Es muss weg.« Er zeigte auf ein unscheinbares Waldstück. »Am besten dort hinein, darin befindet sich eine kleine Lichtung, die so dicht umrankt ist, dass nicht einmal Geräusche herausdringen.«

»Du meinst doch wohl nicht die Insel im Moor, auf der du mich damals gefangen gehalten hast wie ein Tier?« Eibert grinste finster. Da lachten beide fröhlich auf. Nicht lange und das Pferd war unsichtbar geworden hinter wilden Brombeeren und immergrünen Gewächsen.

Im Haus äußerte Tore Bedenken wegen Eiberts offenem Auftreten. »Wenn dich jemand als den zum Tod Verurteilten erkennt?«

Eibert wiegte abschätzend den Kopf. »Das halte ich für unwahrscheinlich.« Er stand auf, drehte sich wie ein stolzer Hahn vor seinen Hennen. »Sieh mich an, ich bin römisch gekleidet. Ich reise als Handelsmann im Dienst einer Legion, die gar nicht so weit entfernt von hier lagert.«

Seine Mischung aus Dreistigkeit und Unbekümmertheit ließ Tore alle Bedenken vergessen. Immerhin war der kleine Mann unbeschadet durchs Land gereist. Der wusste, was er wollte und wie er es anzustellen hatte. Das imponierte den jungen, unfreien Bauern, der jetzt vorschlug, das Nordmeer aufzusuchen, um nach dem Bernstein-Schatz zu schauen.

»Aus diesem Grund bin ich hier. Und wegen noch einigem mehr.«

Tore nickte erfreut. »Eine Frage noch: Die von dir erwähnte römische Legion, gibt es die wirklich?«

Eibert reagierte mit einem amüsierten Lächeln.

Also gibt es sie nicht, schloss Tore irgendwie erleichtert. Als Eibert nach Nahrung verlangte, verspürte auch Tore Hunger.

Er ließ ein Räuspern folgen. »Wir haben kein Fleisch.«

»Was«, reagierte Eibert, »kein Wild? Nicht einmal gedörrten Biber?«

»Nichts. Nicht einmal eine Ratte. Aber mit Dinkel und Gerste könnte ich dich vollstopfen.«

»Ach«, antwortete Eibert, »was ist mit deinen Ziegen?«

Tore zögerte. »Ihr Fleisch gehört Wigmar.«

»Ah ja, dem Mörder deines Vaters, dem Zerstörer deiner Familie.« Tore war verwundert. Woher wusste Eibert von den Ereignissen?

»Du weißt …?«

Eibert nickte mit dem Kopf, zeigte erstmals seit dem Wiedersehen eine ernste Miene.

»Reisende haben mir davon berichtet.«

Reisende, dachte Tore, kaum zu glauben, dass man Ereignisse auf einem kleinen Hof am Rand eines Moors für so wichtig hält, sie weiterzuerzählen.

Auf einmal geriet Eibert in Bewegung. Schon hielt er ein Messer in der Hand. Fragend blickte er Tore an. Der wusste, ein Nein würde der Kamerad kaum gelten lassen. Kurz darauf war ein meckerndes, aufgeregtes Klagen aus dem Verschlag hinter dem Haus zu hören. Dann, schlagartig, kehrte die Stille der Abgeschiedenheit des Hofs zurück. Da wusste Tore, dass eine Ziege tot war. Rasch legte er abgelagertes Holz ins Feuer.

Auf dem Weg zum Nordmeer kamen beide mit Hilfe von Eiberts Pferd viel zügiger voran als vor ein paar Jahren. Die Bucht erreichten sie schon am folgenden Tag. Von dem gestrandeten Schiff war nichts mehr zu sehen. Zeit und Gezeiten hatten ganze Arbeit geleistet und den malerischen Ort von dem Schiffswrack befreit. Der landeinwärts gelegene Teich, in dem die Kisten mit dem Bernstein und dem Silber versteckt waren, hatte sich in einen schlammigen Tümpel verwandelt. Ein Trampelpfad deutete auf die Nähe von Menschen hin und mahnte zur Vorsicht. Sorgfältig umwickelte Eibert die Hufe des Braunen mit Tüchern. Das Pferd wurde im Verborgenen an einen Baum gebunden. Dann erkundeten Tore und Eibert die Gegend nach Anzeichen einer Besiedlung, nach Gebäuden und Rodungen. So folgten sie dem Lauf eines Baches, der parallel zur Elbe dem Nordmeer zuströmte. Sie entdeckten zwei Boote, die versteckt in einer Erdmulde lagerten.

»Die haben schon lange kein Wasser mehr unterm Kiel gehabt«, vermutete Eibert und prüfte den Himmel. »Es wird bald regnen. Wo immer die Fischer zu Hause sind, sie werden heute nicht mehr hinausfahren.« Dann: »Wenn wir unsere Schatzkisten bergen wollen, sollten wir sofort damit beginnen und möglichst rasch wieder verschwinden.«

Während Tore die Umgebung beobachtete, sezierte Eibert den Erdboden, folgte den Linien farbiger Schattierungen, suchte nach bestimmten Bäumen und dem kleinen Erdwall, den sie vor Jahren hatten übersteigen müssen. Endlich glaubte Eibert, den gesuchten Uferabschnitt des Teichs gefunden zu haben. Er spitzte mit dem Messer einen Buchenast an und begann, im Boden zu stochern.

Als er feststellte, dass der Lehm steinhart war, rief er Tore zu Hilfe: »Komm, nimm ein spitzes Stück Holz oder dein Messer und hilf mir, sonst wird das nichts mit dem Reichtum.«

Gemeinsam gingen sie zügig an die Arbeit. Sie ritzten und stocherten im Lehm, bis die Werkzeuge auf etwas Festes stießen: die erste Kiste. Mit Händen und Messern wurden auch die verbleibenden von Erde und Lehm befreit. Keine zwei Stunden später steckten die nunmehr geleerten Truhen wieder im Grund. Spuren wurden verwischt und das Pferd gewöhnte sich an das Gewicht von drei Säcken mit Bernstein und Silber, das über seinem Rücken hing.

Vor dem Aufbruch sagte Eibert, dass es an der Zeit sei, über die Zukunft nachzudenken. Worte, die Tore beunruhigten. Für ihn bedeutete das Wort Aufbruch so viel wie Flucht, an deren Ende die lange ersehnte Freiheit wartete. Tief atmete er durch, dann verriet er seine Vorstellung von einem Aufbruch. Genau darauf schien Eibert gewartet zu haben. Wortlos schloss er den Unfreien in die Arme. Dann, noch in der Nacht, kehrten sie dem Nordmeer den Rücken. Bald brach der Tag an. In der Mittagszeit verlangte Eibert nach einer Pause. Um im Vollbesitz seiner Kräfte zu bleiben, bestand er auf mindestens zwei Stunden Schlaf. Den Bauernhof erreichten sie um die Mittagszeit des folgenden Tags. Schon von Weitem war das hungrige Meckern der Ziegen zu hören. Tore warf Futter über den Zaun. Was war mit dem Ochsen? Der lag sichtlich entspannt im Gras und malte mit den Zähnen.
Anhaltend betrachtete Tore die Ziegen. »Ich frage mich, ob die Viecher ohne mich außerhalb des Stalles überleben können.«

Eibert winkte ab. »Was für sinnlose Sorgen. Heute Nachmittag wirst du bereits unterwegs nach Süden sein. Komm, lass die Ziegen frei laufen. Die werden sich schon zu helfen wissen.« Plötzlich stutzte Eibert. »Halt!«, rief er, »nicht alle dürfen überleben.«
Tore horchte auf.

Eibert fuhr fort: »Ein Tier werden wir mitnehmen – zerlegt, als Proviant.«

Tore protestierte: »Das Pferd! Wird es das zusätzliche Gewicht tragen können? Immerhin lasten bereits drei Säcke auf seinem Rücken.«

Eibert hob die Schultern und antwortete: »Der Braune wird es müssen und er wird es können, soweit wir zu Fuß sind oder nur einer von uns aufsitzt.«

»Aber wie sollen wir es schaffen, schnell genug und unbeobachtet wegzukommen aus dieser Gegend?«

»Keine Sorge, das wird schon werden. Ludwig und seine Braut haben es ohne Pferd geschafft.«

Auf der Stelle wurde Tore hellwach. »Woher weißt du von der Flucht meines Bruders? Und was weißt du von Heilgart?«

Eibert winkte ab. »Ich weiß so mancherlei. Aber davon werde ich dir später erzählen.«
Wie bereits vor der Abreise ans nordische Meer schlachtete Eibert eine Ziege, ließ sie ausbluten, zerlegte ihre besten Teile in handliche Stücke, stopfte sie in einen Leinensack. Tore öffnete die Gatter, sodass den verbliebenen Ziegen und dem Ochsen die Wiesen und Felder des Hofs offen standen. Hunger sollten die Vierbeiner nicht erleiden.

Für den Weg nach Süden hatte Eibert sich in römischer Weise, wie er betonte, fein gemacht. Dennoch trug er über der blauen, faltenreichen Toga ein helles Fell, das nach grober germanischer Sitte gefertigt war. Über die kniehohen Sandalen hatte er Fellstreifen gegen Kälte und Nässe gewickelt. Tore grinste, Eiberts Erscheinung ließ ihn an ein zu groß geratenes Eichhörnchen denken. Wenn er wenigstens wie ein Bär aussähe, den man fürchten müsste. Tore selbst trug ein naturfarbenes Gewand, über das ein langer, aus Fellstücken gefertigter Mantel hing. Die Hosenbeine steckten in gewickeltem und vernähtem Leder, das die Füße zierte. So richtig vermochte das Schuhwerk nicht gegen Nässe zu schützen, aber gegen Kälte.

Bei aller Verschiedenheit bildeten die Männer ein Ganzes. Eibert, der situierte Händler, Tore, sein Diener. So reisten sie die Nacht hindurch, schlugen erst im Morgengrauen abseits der bekannten Routen ein Quartier auf. Am Nachmittag mieden sie die offene Straße. Das Hin und Her der Reisenden auf den Handelswegen behielten sie vom sicheren Buschwerk aus im Blick. Bislang gab es keine Anzeichen für eine Suche nach dem flüchtigen Bauern. Vermutlich war Tores Abwesenheit noch gar nicht bemerkt worden.

Gegen Mittag wurde die Vegetation dichter. Bald war abseits des Wegs kein Durchkommen mehr möglich. Alternativlos schob Eibert die Säcke zusammen, forderte Tore auf, ebenfalls aufs Pferd zu steigen. Dann bog er auf den Weg ein. Nach einer Weile bekam Tore Mitleid mit dem Reittier, denn er spürte dessen Müdigkeit. Eine Wasserstelle, ja, die würde dem Pferd jetzt guttun. Am späten Nachmittag kamen ihnen zwei mit Planen bezogene Zweispänner entgegen. Auf den Kutschbänken saßen je zwei Personen von bäuerlichem Aussehen. Der erste Wagen fuhr zügig und grußlos vorbei. Wie auf einer Flucht, schoss es Tore durch den Kopf. Und schon preschte der zweite Wagen heran und vorbei.

Mit einem unguten Gefühl ritten Tore und Eibert in den Abend hinein. Als das Geräusch von fließendem Wasser ihre Ohren berührte, ließ Eibert den Braunen anhalten. Endlich, dachte Tore erleichtert und freute sich mit dem durstigen Pferd. Nicht lange und sie saßen am Ufer eines schmalen Bachs. Unwillkürlich suchte Tore nach Anzeichen von wilden Tieren wie Bären, Wölfen oder Keilern. Jedes Knacken, Scharren, Knurren oder Pfeifen, was immer der Wind herantrug, war für einen Naturburschen von Belang. Doch mit dem Verrinnen der Zeit und der Friedfertigkeit der Nacht legte sich die Aufmerksamkeit. Bald horchte Tore dem lebensverliebten Flüstern der Bäume. Auf einmal zerriss diese empfundene Harmonie. Entsetzen, Verzweiflung, auch so etwas wie Mitleid durchrauschte die Luft. Empfindungen, die von menschlichen Gefühlen kaum zu unterscheiden waren. Tore wusste: Es waren die Baumgeister, die hier litten. An den Menschen? Die Zweispänner vom Abend kamen ihm in den Sinn, ihre fluchtartige Vorbeifahrt. Gab es da einen Zusammenhang? Auf einmal fuhr der Nachtwind böig in die Baumkronen, ließ das Holz knarzen und rauschen. Tore verstand die Warnung.

In dieser Minute erreichte der Mond jenen Himmelspunkt über dem Wald, für den ein Wachwechsel vereinbart war.

Müde sank Tore ins Gras. »Sei aufmerksam«, mahnte er Eibert, »ich bin von Baumgeistern gewarnt worden.«

»Du sprichst in Rätseln.«

Tore fuhr fort: »Etwas Furchtbares muss geschehen sein. Irgendwo voraus, vielleicht betrifft es ein Dorf. Genaues war nicht herauszuhören. Wir haben aber allen Grund, wachsam zu sein.«

»Nun gut«, antwortete Eibert, »was schlägst du vor?«

»Weil wir nicht wissen, was uns erwartet, sollten wir uns bei Tagesanbruch tiefer in den Wald zurückziehen.«

»Sei es, wie es ist«, brummte Eibert und wandte sich der vom Mond erhellten Straße zu.

Als Tore erwachte, sondierte er schlaftrunken die Umgebung. Wie in den Wald montiert, so standen Lichtstreifen zwischen den Bäumen. Ihr Einfallswinkel gab Aufschluss über die Tageszeit. Früh war es nicht mehr, aber noch früh genug für einen erfolgreichen Start in den Tag. Tore sah nach Eibert. Der war nicht anwesend. Bei den Göttern. Der Bernstein-Schatz. Das Pferd. Tore lief ein paar Schritte. Dann fiel ihm ein Stein vom Herzen. Der Braune stand am Bach und soff. Das Gewicht des kostbaren Bernsteins und der feinen Silberstangen zog die Leinensäcke straff nach unten.

Der Hunger drückte wie eine Folter gegen Leib und Seele, doch wagte Tore es nicht, vom Getreide zu essen. Geduldig wartete er auf Eibert, von dem er jetzt, da Pferd und Schatz wohlbehalten waren, eine gute Erklärung für die Abwesenheit erhoffte. Und siehe da, die Lichtsäulen im Wald wurden zusehends steiler, als der Fluchtgefährte endlich erschien. Schon von Weitem bemerkte Tore dessen gepresste Lippen. Da bedurfte es keiner Fantasie, zu erahnen, dass die Warnung der Baumgeister real geworden war.

»Deine Prophezeiung ist korrekt«, berichtete Eibert, »Richtung Süden wimmelt es nur so von Zwei- und Vierspännern. Und auf allen sitzen oder liegen verwundete Bauern und Frauen. Weniger schwer verletzte Männer wanken und hinken zwischen oder hinter den Wagen. Ich glaube, die wollen allesamt nur noch eines: ihr Leben retten. Wenn ich das Gespräch von zwei Wagenlenkern richtig belauscht habe, steuert ein Teil der Geschundenen eine heilige Stätte an, die von Priesterinnen betreut wird. Die Bauern haben die

Hoffnung, von ihnen versorgt zu werden. Mögen die Ahnen und Götter mit ihnen sein.«

Nach kurzem Hin und Her entschieden sie, die Reise trotz allem auf der Straße fortzusetzen. Schon als sie die staubige Trasse erreichten, gerieten sie in einen Pulk von Fliehenden. Die waren verwundert über die gegenläufige Richtung der beiden Männer, die gemeinsam auf einem Pferd ritten.

Misstrauisch stoppten mehrere Bauern und fragten: »Seid ihr Römer?« Ihre Aufmerksamkeit galt dabei Eiberts römisch anmutender Kleidung.

»Nichts da. Keine Römer«, bekamen sie zur Antwort in fließendem Germanisch.

»Dann verratet uns, wohin ihr wollt. Habt ihr keine Kenntnis vom Überfall der Kohorten auf unsere Dörfer?«
Tore und Eibert schwiegen instinktiv, benommen von der Gewissheit, dass ein falscher Ton ihren Tod bedeuten könnte. Sprich etwas, drängte eine innere Stimme. Doch was sollte er sagen?

»Diese verdammten Römer-Bestien!«, löste sich endlich ein entlastender Stoß aus Eiberts Mund.

»Glaubt ihr, es mit den Kohorten aufnehmen zu können?«, fragte einer der Bauern, »denn genau in die Arme dieser Mörder führt der Weg, den ihr einschlagt.« Gewogener jetzt, aber immer noch einer Drohung gleich, fügte er hinzu: »Verdammt, entweder macht ihr gemeinsame Sache mit den Besatzern oder ihr sucht den Tod.«

Plötzlich ertönte im Rücken der Bauern eine Stimme. Sie gehörte zu einem kräftigen Mann, von dessen Haupt lockiges, rotes Haar in langen Strähnen über die Schultern fiel. An seinem Wagen waren germanische Schilde befestigt. Auf seiner Stirn klaffte eine Wunde. Der Ärmel seines linken Arms hing zerfetzt von der Schulter herab. Dennoch sprach er beeindruckend kraftvoll, wie man es von einem Schwerverwundeten nicht erwarten würde.

»He da, schlagt den Verrätern den Kopf ab.«
Die Bauern schauten einander unschlüssig an. Da hob Eibert den Arm, machte sich vor dem rothaarigen Wagenlenker gerade.

»Wir sind auf Bitten der Priesterinnen unterwegs«, log er, »unsere römischen Feinde auszukundschaften.«
Der Rothaarige musterte Eibert gründlich, lenkte seinen Blick auf Tore, dann ungewöhnlich lange auf das Pferd. Tore wurde mulmig

zumute. Auf einmal begann Eibert, bislang verborgene Schauspielkünste zu zelebrieren.

Mit herausforderndem Gestus sagte er: »Wage es nicht, nach den Anführern unserer Stämme zu fragen, die auf die Erfüllung unserer Mission warten. Dass wir unser Leben aufs Spiel setzen, sollte Grund genug sein, uns Glauben zu schenken. Oder würden zwei Männer von euch einer ganzen römischen Kohorte entgegentreten? Wir sind heute unterwegs« – Eibert zeigte mit einem Ausdruck der Entschlossenheit zum Himmel hinauf –, »weil wir den Segen der Götter besitzen.«

Die Männer auf der Straße schwiegen beeindruckt. Ihre Münder standen offen.

Und mitten in diese Stille hinein fuhr Tores Ausruf: »Für das Land unserer Väter, für unsere ehrwürdigen Stämme!«

Das Gesicht des rothaarigen Kutschers zuckte nervös.

Dann stieß er aus: »Lasst sie gehen. Hinter uns wüten die Römer. Was immer diese beiden Männer dort wollen, sie werden bekommen, wonach sie suchen: den Tod oder die verfluchte Erkenntnis, dass das Imperium mit uns freien Bauern nach Belieben umspringt. Eine Schande ist das für uns und unsere Ahnen, aber auch für Wodan, überhaupt für die Asen und Wanen, für …«

Plötzlich erstarb seine Stimme. Fürchtete er, Unbesonnenes auszusprechen? Der Treck aus Gedemütigten und Geschlagenen nahm wieder Fahrt auf.

»Eine Schande ist das«, presste Eibert hervor, »wirklich eine Schande.«

Dann bestiegen die Freunde ihren Braunen. Und schon ritten sie weiter, an immer neuen Gruppen von torkelnden, hinkenden, gedemütigten Männern vorbei, die im Schatten der stolzen Baumreihen wirkten wie Kulissen aus einer fremden Welt.

Nicht lange und erneut kam eine größere Gruppe von erschöpft Wirkenden heran, mit langen, zerzausten Haaren, ohne Schilde, ohne Speere, ohne Ehre. Eher wie geschlagene Hunde mit eingezogenen Schwänzen und blutigen Löchern im Fell.

Eibert flüsterte: »Die gehören bestimmt zu einer Gefolgschaft, die Widerstand geleistet hat.« Er zählte dreizehn Männer. Eibert murmelte: »Sie werden sich eines Tages rächen wollen für ihre getöteten Kameraden.«

Tore glaubte, einen verschwommenen Wohlsinn in Eiberts Tonfall zu entdecken. Durfte man Freude empfinden angesichts besiegter Brüder?

»Was ist mit den Frauen und Kindern?«, fragte er. Und: »Sie scheinen wie vom Erdboden verschluckt zu sein. Getötet von den Römern?«

Eibert ächzte höhnisch, als würde er Tore wegen einer dummen Frage auslachen wollen. »Keine Bange, die Frauen werden ihre Männer nach guter Sitte in den Kampf gedrängt haben.« Er kratzte über seine Wange. »Leider werden die meisten von ihnen als Sklavinnen in Rom landen oder bei den Legionären bleiben.«

»Und die Kinder?«

»Man wird sie irgendwann mit großer Geste zurückschicken. Einige wenige jedoch, die Widerspenstigen, erwartet ein schlimmes Los in den Kupfer- und Eisenminen.«

Da fühlte Tore ein schmerzendes Pochen in der Brust und eine ohnmächtige Wut. Schon als Junge hatte er mit beißendem Grusel den Erzählungen an den Feuern der heiligen Feste gelauscht. Von fürchterlichen Schicksalen war die Rede gewesen, von grausamen Mordtaten. Gräuel, die gerade heute zu seinem Leben gehörten. Unwillkürlich spannte Tore die Muskeln. Unbändiger Hass auf die Römer ließ ihn schwindelig werden. Bekäme er in diesem Augenblick einen Legionär vors Messer, er würde ihm den Hals durchstechen, so wie einst am Ufer der Elbe.

Bald führte der Weg einen Hügel hinauf, der vorwiegend bewachsen war von Buchen und Eichen. Schnurstracks geradeaus führte der Weg durchs Gehölz, als folgte er einem Dehnungsriss in der aufsteigenden Landschaft. Es war ruhig geworden, kein Bauer kam ihnen mehr entgegen. Der gleichmäßige Tritt des Pferdes ließ Tore in allerlei Träumen versinken. Aufgerüttelt wurde er, als der Braune in einen zügigen Trab wechselte.

»Was ist los?«

»Rechts von uns«, erklärte Eibert, der das Pferd antrieb, »durchstreift eine größere Gruppe von Menschen den Wald.«

»Legionäre?«

»Nein, keine Römer, es sind Germanen, die sich verbergen. Geduckt wie schleichendes Wild durchstreifen sie das Unterholz.«

»Sind sie bewaffnet?«

»Keine Ahnung.« Leicht empört setzte Eibert hinzu: »Schließlich
muss ich auf unser Pferd achten und auf die Wegstrecke.«
Tore bekam Gewissensbisse. Wäre es nicht seine Aufgabe, auch die
nähere Umgebung im Auge zu behalten?

»Vielleicht«, so sagte er, »verstecken sich die Leute vor den Römern.«

»Das klingt plausibel«, antwortete Eibert, »ich vermute aber, dass
sie auf der Flucht sind. Allerdings bei guter Gesundheit.« Sein Ton
büßte jede Spur von Anteilnahme ein, wurde kälter, anklagend.
»Wenn mich nicht alles täuscht, haben wir es mit Feiglingen zu tun,
die ihre Frauen und Kinder im Stich gelassen haben.«

»Du meinst, dass es Kämpfer sind, die vor den römischen Kohorten davonlaufen?«, fragte Tore ungläubig.

»Ja. Und genau darin besteht die Gefahr für uns. Denn das feige
Gesindel wird fürchten, von uns erkannt zu werden. Deswegen
müssen wir dieses Leute«, so knurrte Eibert, »jetzt mehr fürchten
als die Römer.«

Sie ritten eine Weile, dann schlug Tore mit seiner einfachen Logik
vor: »Lassen wir die fliehenden Feiglinge doch einfach hinter uns.«
Hellwach wie er jetzt war, durchsuchten seine Augen jede Lücke in
der Vegetation. Seiner bereits in Kindestagen eingeschliffenen
Wachsamkeit in den Wäldern entging nichts. Nicht lange und die
Umgebung schien wieder frei von Menschen. Allein aufgeschreckte
Kriechtiere, Eichhörnchen und Vögel zeugten von großer Leben-
digkeit in dem verwachsenen und verwobenen Geflecht aus Bäumen und Sträuchern. Dann wechselte die laubreiche Vegetation zu
Nadelgewächsen. Jedenfalls im Bereich des Gesichtsfeldes. Die Intensität der ätherischen Düfte, die den Kiefern und Fichten ent-
strömten, würzte die Atmung, was den Appetit anzuregen schien.
Prompt verlangte Tore nach einer Pause.

Doch auf einmal war es mit der Lust aufs Essen vorbei. Die Niederungen zeigten schlimmste Verwüstungen. Eibert lenkte den
Braunen an den Wegesrand. Weiter vorn, wo der Hügel bereits
wieder an Höhe verlor, lud eine Waldbucht zum Verweilen. Bei genauerem Hinsehen war zu erkennen, dass hier vor nicht langer Zeit
Bäume gefällt worden waren. Während das Pferd nach Gräsern
suchte, spähten die Männer über das Land. Genau genommen
konnten sie drei Dörfer ausmachen, in denen Brände schwelten, die

ihren Höhepunkt wohl zur Tagesmitte gehabt haben mochten. Tore zählte insgesamt zwölf Brandherde: Häuser, Scheunen, Hütten. Und wohin er die Augen auch lenkte: überall die Spuren von verwüsteten Weide-Befestigungen. Gleichwohl war Vieh nirgends zu sichten. Sollte es den Dorfbewohnern nicht gelungen sein, Rinder, Ziegen, Pferde und Schafe zu verstecken, hätten die Legionen reiche Beute gemacht.

Tore stieß Eibert in die Seite. »Wo sind die römischen Kohorten?« Eibert zuckte mit den Achseln. »Keine Ahnung. Aber wir müssen auf der Hut sein. Ein unsichtbarer Feind ist der gefährlichste Feind.«

»Ich denke, die ziehen sich in ihre Ausgangspositionen zurück«, vermutete Tore.

»Das ist anzunehmen«, stimmte Eibert ein, »doch wie sicher darf man sein? Ich weiß, dass sie zur reinen Aufklärung nicht mehr als ein Contubernium von 10-20 Kämpfern zurücklassen. Gleichzeitig könnte die Kohorte einen Überfall starten, der zur Strafaktion erklärt wird.«

Tore staunte über Eiberts Wissen. Er selbst hatte nie eine Kohorte oder gar Legion im Einsatz erlebt.

Auf einmal hob Eibert den Kopf, zeigte mit der Hand nach Südosten. »Schau mal, dahinten. Siehst du das Blitzen im Sonnenlicht?« Tores Augen gingen auf die Suche. Ähnliche Effekte kannte er vom Moor, wenn dessen Oberfläche die Sonne spiegelte.

Tore reagierte: »Vielleicht ein Widerschein von polierten Schwertklingen.« Er hob die Schultern, um sie sogleich ratlos fallen zu lassen. »Die Mordbrenner sind eine halbe Tagesreise entfernt. Ich finde es übrigens gut, sie so weit entfernt zu wissen. Ansonsten höre ich nichts, sehe ich nichts und rieche ich nichts.«

Eibert antwortete: »Die Soldaten scheinen zu rasten.«

»Vielleicht wollen sie über einen Fluss setzen«, sagte Tore. Und: »Was immer sie dort tun. Wir sollten ihre Abwesenheit nutzen und uns einen gesunden Bissen gönnen.«

Ohne die weite Ebene aus den Augen zu lassen, antwortete Eibert: »Nun gut, aber wir dürfen kein Feuer machen.«

Tore protestierte: »Wir haben nur noch Getreide, kein Fleisch, keine Fladen. Du weißt doch so gut wie ich, dass das Korn in rohem Zustand kaum genießbar ist.« Geradezu flehend bat er um ein wenig Glut zum Kochen.«

Doch Eibert blieb hart: Keine verräterischen Signale, also auch kein offenes Feuer.

Eibert aß nichts. Ihn interessierte allein die Kohorte. Unentwegt spähte und grübelte er, bestieg einen kahlen Baum, der eine gute Aussicht versprach. Es knackte, als er einen Fuß auf den untersten Ast setzte. Sein Kopf schwebte zwei Körperlängen über dem Boden. Augenblicke später teilte er mit: »Ich sehe sie ganz deutlich. Oh verdammt! Die Römer sind mit mindestens zwei Kohorten unterwegs. Sie schaufeln einen Graben und setzen Pfähle für Palisaden.«

»Was hat das zu bedeuten?«, fragte Tore, der darüber grübelte, wie viele Legionäre zu einer Kohorte gehörten.

»Den Göttern sei Dank«, schnitt ihm da Eiberts Stimme die Gedanken ab, »so wie es aussieht, ist es nichts weiter als Lagerroutine.«

Tore besaß nicht die geringste Vorstellung von einer Lagerroutine. Doch verzichtete er darauf, Eibert zu fragen. Er wollte jetzt essen, nichts weiter. Also griff er nach dem Beutel mit dem Getreide, nahm eine Handvoll heraus und stopfte sie in den Mund.

Während er demonstrativ knirschend schmatzte, sagte Eibert: »Morgen werden wir sehen, was die Römer vorhaben. Wenn sie ihr Lager abbauen, werden wir keine Zeit verlieren und uns in ihrem Windschatten auf den Weg machen. Worauf wir allerdings achten müssen, ist ein hinreichender Abstand, um ihrer Nachhut und ihren Kundschaftern zu entgehen. Eigentlich«, so fuhr er grinsend fort, »haben wir Glück im Unglück. Denn in der Nachbarschaft von kampferprobten Legionären werden wir vor Wigmars Gefolgschaft in Sicherheit sein.«

Überlegungen, die Tore durchaus nachvollziehen konnte. Dennoch empfand er ein Unwohlsein bei der Vorstellung, die Römer als Quasi-Schutzschild zu nutzen. Denn in Wirklichkeit waren sie Feinde. Da wollte er ihnen nicht auch noch dankbar sein müssen. Genau dies teilte er Eibert mit.

Doch der grinste und sprach: »Die Römer sind weitaus mehr als nur unsere Feinde, sie sind unsere Todfeinde.« Und: »Für unsere Stämme kommt es darauf an, den richtigen Zeitpunkt zu finden, um sie vernichtend zu schlagen.« Heute und hier, ergänzte er, habe kein germanischer Stamm auch nur die Spur einer Chance im

Kampf gegen die römischen Bestien. Er hob den Zeigefinger, als er in einem für ihn seltenen Gefühlsausbruch fortfuhr: »Alles ist in Bewegung, alles ist auf dem Weg, der Tag wird kommen, an dem wir Varus und seinen Legionen den Garaus machen.«
Worte, die bei Tore zu einem Gemütsschauer führten.

Zwei Speerwürfe weiter errichteten Tore und Eibert selbst ein Lager. Ein Platz, den Tore ausgesucht hatte. Hier bot die Landschaft nicht nur gute Deckung, sondern auch eine perfekte Sicht auf die Ebene. Eibert wollte die erste Wache übernehmen. Tore verzichtete auf das Angebot, sich zur Ruhe zu legen, und suchte nach einem Pfad, der zwischen verästelten Nadelgewächsen in den Wald führte. Und schon war er geräuschlos in der Dämmerung verschwunden. Seine Absicht: mit Baumgeistern reden. Nicht weit und er fand einen Ort, der eine vertrauliche Atmosphäre versprach. Leider waren die stolzen Nadelhölzer der direkten Umgebung nicht sehr gesprächig oder gaben widersprechende Botschaften zum Besten. Daraufhin schenkte Tore seine Aufmerksamkeit den hier spärlich vorhandenen Laubbäumen. Der Duft von Waldmeister verriet die Nähe von Rotbuchen. Tore wusste: Die schwätzeln gern, nicht viel anders als Weiber am Waschplatz. Deswegen hatte er irgendwann in seinem Leben damit begonnen, Rotbuchen wie Weiber zu behandeln, rücksichtsvoll, fürsorglich, aber eben auch fordernd, ganz wie ein Patriarch.

Die Geister bemerkten ihn rasch und ließen ein melodisches, im Wind schwingendes Willkommen erklingen. Tore suchte nach einem geeigneten Baumstamm zum Anlehnen. Bald saß er bequem, mit erhobenem Kopf und geschlossenen Augen. Er begrüßte die Baumgeister, wünschte ihnen die Gunst der Götter und viel Kraft gegen die Dämonen der Finsternis. Ihr feiner Singsang formte die ersten ihrer Namen wie „Ehrlicher Bruder", „Tapfere Lichtgestalt" oder „Flinker Häher". Gewöhnlich war es Tore nicht möglich, die Geistwesen präzise zu lokalisieren. Die Stimme der „Fruchtbaren Flügelfrau" jedoch war ausgeprägt und durchaus dominant in der Nachbarschaft. Tore begriff, dass sie zu dem Baum gehörte, an dem er lehnte. Die Gespräche handelten zunächst von den Baumgeistern selbst, von ihrem Aussehen, vom Wetter, von ihren Empfindungen. Und sie schienen geradezu verzückt von ihrem Gesprächspartner, dem sie Frieden und Gesundheit wünschten. Tore nannte seinen

Namen, erzählte von seinen Erlebnissen und begann, die Bäume zu befragen. Augenblicklich hob ein böiger Wind an. Ein Hauchen wie es Tore im Kreis von Baumgeistern vertraut war. Bald fragte er nach den Römern, was über deren Gewalt gegen die Bauern bekannt war. Bereits Sekunden später wurde er von Bildern umflutet, die einzuordnen und zu bewerten dauerte. Eines freilich war rasch deutlich: Die geschlagenen Bauern unter den schützenden Planen der Wagen hatten die Wahrheit gesprochen. Ihr Vergehen: Sie hatten den Tribut an die Römer verweigert, der schlechten Ernte wegen. Plötzlich zeigten sich Bilder einer riesigen Flutwelle. Eine Wasserkatastrophe, vielleicht der Bruch eines Dammes. Tore wusste, bei einem solchen Naturereignis würde das Getreide auf den Feldern verfaulen. Wie hätte man da Tribut erwirtschaften sollen?

Verstört öffnete er seine Arme. »Oh Wodan, wo bist du gewesen?«, fragte er in die Düsternis des Waldes hinein.

Plötzlich und unerwartet bekam er aus dem Dunkel eine irdene Antwort: »Du hast ja keine Ahnung, zu was die römischen Legionen alles imstande sind.« Es war Eibert, der ihn belauscht hatte und der fortfuhr: »Unter normalen Kriegsbedingungen metzeln Legionäre nieder, was ihnen im Weg steht. Das überlebt kaum einer. Auch jagen und töten sie Fliehende.

Tore schüttelte sich. »Du kannst mich vielleicht erschrecken ...«
Eibert kniff das rechte Auge zusammen, wodurch er im faden Licht unwirklich und gruselig wirkte.

»Wenn du jemals auf ein Schlachtfeld geraten solltest«, sprach er mit geradezu eiserner Stimme, »das die Römer als Sieger verlassen haben, dann wirst du die ganze Vielfalt des Tötens kennenlernen: Geköpfte, Durchbohrte, Zerhackte überall. Und an den Rändern des Leichenfeldes wirst du gekreuzte Holzlatten finden, worauf die Anführer ihrer Feinde gebunden und genagelt worden sind. Glücklich darf sich schätzen, der in die Sklaverei gerät.«
Die im Dialog mit den Baumgeistern entstandenen Bilder versiegten. Der Wind geriet in Auflösung. Dann ruhte der Wald.

»Und wie sieht ein Schlachtfeld aus, wenn demgegenüber unsere Brüder gesiegt haben?«, fragte Tore ehrlich interessiert.

»Dann«, so antwortete Eibert, »dann sieht es wahrscheinlich nicht viel anders aus.« Er trat auf Tore zu und fragte neugierig: »Was haben dir die Baumgeister verraten?«

»Sie haben unsere Beobachtungen und Annahmen bestätigt.«

»Wusste ich es doch«, brummte Eibert und verschwand wortlos in der Dunkelheit. Tore folgte ihm.

Im Morgengrauen füllten beunruhigende Tierlaute die Luft. Alarmiert schlug Tore die Augen auf. Eine Rotte Wildschweine riss in einer Entfernung von 40 Schritten den Waldboden auf. Frischlinge waren nicht darunter. Eine beruhigende Feststellung. So würde man von aggressiven Säuen verschont bleiben. Tore griff nach einem mittelgroßen Ast. So wie er es beim Vater zum Schutz der Felder gelernt hatte, begann er mit größter Wucht gegen die umliegenden Bäume zu schlagen, dazu so laut zu schreien, dass selbst große Bären das Weite gesucht hätten. Die Rotte reagierte wie erwartet und verschwand aufgeschreckt grunzend ins Unterholz.

Eibert fuhr entsetzt auf und schimpfte: »Hast du den Verstand verloren, einen solchen Lärm zu veranstalten?« Und: »Willst du das gesamte Imperium auf uns aufmerksam machen?« Plötzlich, mit einem Ruck, hob er den Arm, bedeutete Tore, sich still zu verhalten. Angestrengt lauschte er in den Wald hinein und hinunter in die Niederungen. Von irgendwoher waren Huftiere zu hören: Pferde. Eiberts Stimme klang besorgt: »Wenn die Reiter zur römischen Nachhut oder zu ihren Aufklärern gehören, dann bleibt uns nichts anderes übrig, als den Wildschweinen möglichst tief in den Wald zu folgen.« Missbilligend schüttelte er den Kopf und brummte: »Was ist nur in dich gefahren? Die Römer werden fürchten, in einen Hinterhalt zu geraten. Der Gefahr werden sie zuvorkommen wollen. Gewöhnlich schicken sie Reiter und zwar in großer Überzahl.«

Tore empfand ehrliche Reue. »Ich habe doch nur verhindern wollen, dass uns die Wildschweine als Frühstück betrachten. Die Viecher sind geradewegs auf uns zu gekommen.« Trotzig ergänzte er: »Meine Art, sie zu vertreiben, ist sehr effektiv.«
Eibert wischte den Einwand mit einer Handbewegung beiseite.

»Du besitzt einen Speer«, sagte er, »da wäre es doch sinnvoller gewesen, wenn du einen jungen Eber erlegt hättest. Jetzt müssen wir die Getreidekörner kauen.«
Empört antwortete Tore, dass das Erlegen eines wilden Ebers eine Sünde sei. »Nur die Götter erwählen die Menschen, die über Tod und Leben einer Rotte bestimmen dürfen. Dazu gehören die Priester und die Anführer der Stämme. Ich nicht.«
Eibert rieb nachdenklich an seiner Wange.

»Ich schlage vor«, hub er schließlich an, »dass du in den Wald
gehst, die Baumgeister wegen der Reiter zu befragen, die sich gerade von Süden nähern.«
Tore, erleichtert über den sachlichen Ton, hatte durchaus bemerkt,
dass der Fluchtgefährte ohne den bei ihm oft anklingenden Spott
von Baumgeistern gesprochen hatte.

Er reagierte: »Ich kann nicht versprechen, dass mir die Geister am
frühen Morgen zuhören. Normalerweise singen sie zur Begrüßung
der Sonne fröhliche Lieder. Außerdem«, bedauerte Tore, »braucht
es Zeit zusammenzufassen, was der Wind heranträgt.«

Eibert widersprach: »Bedenke, dass wir nicht inmitten des Waldes
lagern, sondern an der Grenze zur Ebene, wo der Wind ungehin-
dert und schneller wehen kann. Außerdem hat man auf einer Berg-
kuppe einen klaren Blick, das gilt auch für Baumgeister.«
Tore, der genervt durchatmete, zog es vor, einer Vertiefung des Dia-
logs auszuweichen. Bei aller Klugheit und allem Witz, ohne eine
gebührende Demut bestand keine Aussicht auf eine Kontaktauf-
nahme.

Mit einer zur Ebene hin ausgerichteten Aufmerksamkeit begann
Eibert, sich umzukleiden. Ruck, zuck steckte er in einem römischen
Paladium von grüner Farbe, leuchtender noch als eine Toga. Wort-
los nahm er ein Messer in die Hand, beschnitt das kostbarste eines
freien Germanen: das Haar. Tore wich zurück. War das wirklich
Eibert? Die Erinnerung an dessen Ankunft am Flutensee meldete
sich. Auch zu der Zeit hatte Eibert die Stirnhaare nach römischer
Sitte eher kurz getragen. Tore schüttelte verständnislos mit dem
Kopf. Wie konnte man nur …?
Eibert grinste. »Ab sofort bin ich wieder ein ganzer Römer.«

»Das bist du auch gestern gewesen.«

»Ja, aber gestern mit einem Diener an meiner Seite, heute mit einem Sklaven.«

Tore erstarrte: »Glaube nicht, dass ich mich versklaven lasse …«

Da verblasste Eiberts Grinsen. »Pass auf, junger Freund, falls du
es noch nicht bemerkt haben solltest, wir befinden uns auf der
Flucht durch die Gebiete fremder Stämme, von Norden nach Süden. Und unsere germanischen Brüder machen kurzen Prozess mit
einem entlaufenen Halbfreien oder Unfreien.« Eibert trat an Tore
heran. »Durch deine törichte, lautstarke Vertreibung der Wild-

schweine, wodurch du wahrscheinlich eine Nachhut auf uns aufmerksam gemacht hast, stehen wir vor einer doppelten Bedrohung, einerseits durch Wigmar und seine Gefolgschaft, andererseits durch eine römische Legion. Da ziehe ich es vor, mich mit dem Stärkeren zu arrangieren. Und das sind nun einmal die Römer. Deshalb bin ich ab sofort nicht nur ein Kaufmann aus dem fernen Südland, sondern ich verhalte mich auch wie ein solcher, der manchmal mit Sklaven unterwegs ist. Mir liegt nämlich daran, dass die Römer gar nicht erst misstrauisch werden.« Wieder grinste Eibert, triumphierend jetzt. »Auf diese Weise wäre es uns vielleicht sogar möglich, im einvernehmlichen Schutz des römischen Militärs zu reisen.«

Tore wirkte im Schwall dieser Worte wie ein torkelnder Kämpfer. Gleichwohl sträubte sich alles in ihm gegen den Austausch seiner Identität. Niemals mehr, so hatte er geschworen, wollte er ein Unfreier sein. Misstrauisch überlegte er: Wer garantiert, dass aus einem vorgetäuschten Sklaven kein wirklicher Sklave wird? Eibert schien Tores Empfindungen zu spüren und umarmte ihn. Doch der stieß ihn zurück. Sprachlos, denn wie aus der Ferne war das Flüstern des gesunden Menschenverstandes zu hören, wonach Eiberts Argumente kaum von der Hand zu weisen waren. Ein Ausweg musste her, ein alternativer Plan, eine Idee, die geeignet wäre, ihn, Tore, einen germanischen Knecht bleiben zu lassen.

In diesem Moment stürmte aus einer Entfernung von ungefähr 50 Speerlängen eine Gruppe Reiter heran. Kommandorufe durchsetzten die dumpf aufschlagende Hufe. Eibert lief zum Waldrand, wo er auf eine bessere Sicht hoffte. Nicht lange und er hatte genug beobachtet. Geduckt kehrte er zum Lagerplatz zurück, griff nach seinem und Tores germanischen Kurzspeer, sprang ins Gesträuch, die Waffen zu verstecken. Zurück auf der Lichtung, lief er zum Pferd, wickelte ein Gladio aus einem Tuch. Dann, mit dem römischen Kurzschwert in der Hand, ging er in Position.

»Du bleibst einfach stehen«, wies er Tore an, »und sprichst kein Wort.« Ein Augenzwinkern und er fügte hinzu: »Meine römische Ehre zwingt mich zum Kampf, auch wenn er aussichtslos wäre – oder gar nicht erst zustande käme.« Dann trat er den heranstürmenden Reitern entgegen. Schon wurden Köpfe sichtbar. Rasch wurde klar, dass es keine Römer, sondern blonde, langhaarige Hünen waren, gekleidet in den Farben der römischen Kavallerie.

»Auxiliartruppen«, presste Eibert hervor.

Und schon drängten berittene Kämpfer in der Größenordnung einer Turmae auf die Lichtung. Ihr römischer Kommandeur trug im Gegensatz zu seinen etwa 30 Kämpfern einen Umhang über den Schultern und auf dem Kopf einen Helm. Allesamt führten sie ovale Schilde mit, die unterhalb der linken Pferdehals-Seite befestigt waren. Der Behelmte hob nach römischer Sitte die Hand zum Gruß.

»Heil Kaiser Augustus!«

Eibert hob ebenfalls die Hand, wiederholte die Begrüßung. Da lächelte der Kommandeur und begann, das kleine Lager mit größter Sorgfalt zu mustern. Intensiv streifte seine Aufmerksamkeit über die verstreuten Utensilien, dann über Tore und das Pferd.

Es dauerte eine Weile, bis er in römischer Sprache fragte: »Wer seid ihr und woher kommt ihr?«

Eibert antwortete in fließendem Römisch. Plötzlich klarte die Miene des Auxiliar-Kommandanten auf. Ein Wink und zwei Reiter sprangen von den Pferden und begannen, das Lager und die Umgebung zu inspizieren. Zeitgleich beobachtete Tore aus den Augenwinkeln, wie Eibert und der Kommandeur Zeichen austauschten, woraufhin sie gemeinsam im Gesträuch des Waldrandes verschwanden. Doch nur kurz, denn schon spazierten sie gut gelaunt und munter palavernd zurück ins Licht der Morgensonne.

Da bemerkte Tore mit Erschrecken, wie zwei Reiter das Pferd mit den Schatzsäcken ansteuerten. Seine Muskeln spannten sich. Niemals wäre er bereit, auf den Bernstein und das Silber zu verzichten. Plötzlich spürte er Eibert an seiner Seite. Väterlich legte der einen Arm über die Schultern des Fluchtgefährten. Tore wusste nicht, was er von dieser, wie er empfand, unpassenden Geste halten sollte. Dann wurde er Zeuge, dass die Reiter von einem Augenblick zum nächsten ihre Schnüffelei stoppten und geradewegs zurückkehrten zu ihren Pferden. Eibert hob den Arm, der abdrehenden Schwadron zum Gruß.

»Na, mein bester Freund«, hörte Tore den Gefährten in einem Tonfall der Erleichterung sagen, »jetzt dürfte unserer Reise zum Rhein nichts mehr im Weg stehen.« Dabei grinste Eibert übers ganze Gesicht. »Wir haben neue Freunde und gehören jetzt zu ihnen«, verriet er und zeigte auf die im aufgewirbelten Staub Verschwindenden. Dann: »Na ja, jedenfalls wird man uns akzeptieren.«

Für Tore gab es Erklärungsbedarf: »Gibt es noch mehr von diesen Reitern? Wie werden sie bezeichnet? Auxiliartruppen? Ich habe nur Germanen gesehen in römischen Kleidern auf germanischen Pferden.«

Eibert lächelte wissend: »Auxiliartruppen bestehen aus Nichtrömern. Bei der Reiterei sind es vorwiegend Germanen. Genau genommen bilden um die 35 Reiter eine Turmae. Sie gehören zu einer Kohorte, die einer Legion zugeordnet ist. Und die steht am Rhein unter dem Kommando von Varus, dem römischen Statthalter. Sie sichert im südlichen Raum zwischen Weser und Elbe die Interessen Roms und seiner Verbündeten. Bis dahin werden wir dieser Nachhut folgen. Die Kommandeure sind informiert und würden uns im Fall einer Bedrohung jederzeit zu Hilfe eilen.«

Dass die Flucht von nun an, wenn auch nur für eine begrenzte Zeit, ausgerechnet von Germanen in römischen Diensten gesichert werden sollte, verstörte Tore. Er fragte sich, auf welche Weise es Eibert, diesem gerissenen Wechselbalg der Kulturen, gelungen sein könnte, das Vertrauen des Reiterkommandeurs zu erlangen. Dabei streiften seine Augen die Bernsteinsäcke, die an den Flanken des Pferdes baumelten. Dann schaute er auf Eiberts Gürtel. Plötzlich überkam ihn ein schlimmer Verdacht.

»Sag mal«, begann Tore, »was ist eigentlich mit dem Beutelchen an deinem Gürtel geschehen?«

Tore wusste, dass Eibert darin Bernstein verwahrte. Weniger wertvolle Stücke, die als Zahlungsmittel gedacht waren. Der Beutel war zwar noch vorhanden, doch hing er nicht, sondern schien gewichtslos an Eiberts Rock zu kleben. Der schaute gar nicht erst hin.

Mit der Wachsamkeit des schlechten Gewissens wollte er einem Vorwurf zuvorkommen. »Das musst du verstehen, mein Freund. Wäre es mir nicht gelungen, den Kommandanten zu bestechen, hätte der Soldat, der unser Pferd inspizieren wollte, unseren Schatz entdeckt. Dann, und darauf kannst du getrost dein Leben verwetten, wären wir nicht so billig davongekommen. Im wahrscheinlichsten Fall hätte man uns getötet und wäre mit all unseren kostbaren Steinen abgehauen. Und unser Reichtum wäre noch heute aufgeteilt worden unter den Männern der Reiterei oder er wäre Bestandteil der Legionskasse geworden.«

Da platzte es aus Tore heraus: »Eine Hälfte des Bernsteins und Silbers gehört mir. Mir allein! Ich muss darauf bestehen, weil mein zukünftiges Leben davon abhängt. Wenn einer über meinen Teil des Schatzes zu befinden hat, dann ich. Und vielleicht noch meine Familie, also mein Bruder Ludwig. Ich aber bin nicht gefragt worden. Und wenn ich gefragt worden wäre, hätte ich niemals meine Einwilligung gegeben, einen Teil des Schatzes wegzuschenken.« Weiter empörte sich Tore: »Also erwarte ich, dass du den Preis für den Schutz durch die Kohorte mit deinem Anteil trägst.«

Eibert schüttelte den Kopf und erwiderte unaufgeregt: »Warte mal ab, was mit unserem Schatz noch alles geschehen wird. Heute hat er uns das Leben gerettet und den Weg zum Rhein geebnet. Nur so ist es überhaupt möglich, alle drei Säcke an seinen Bestimmungsort zu befördern. Vergiss das bitte nie.« Versöhnlich fügte er hinzu: »Lass uns einander die Hand reichen und nie mehr darüber sprechen.«

Tore zögerte, fragte: »Sind es deine Steine, die du dem Reiterkommandeur zugesteckt hast?«

»Es sind unsere Steine«, entgegnete Eibert mit Entschiedenheit in der Stimme. Dann: »Komm, was sollen wir uns streiten.«

»Deine oder meine Steine?«, beharrte Tore.

»Unsere Steine«, blieb auch Eibert hart wie Eschenholz. Bevor Tore seinen Trotz unumkehrbar aufbauen konnte, fügte Eibert rasch hinzu: »Beim nächsten Mal …»

»Was? Du planst ein nächstes Mal?«, empörte sich Tore, »ich behaupte, es wird kein nächstes Mal geben. Den kostbaren Bernstein und das feine Silber verschenken? Niemals. Ich schlage vor, beim nächsten Konflikt mit dem Imperium davonzulaufen. Ganz so wie es in einem Kampf in Unterzahl Sinn macht.«

Eibert überlegte nur kurz. Tief atmete er ein.

»Gut, mein Junge«, erwiderte er, »wenn du in den Wald flüchtest, kann ich dir versprechen, dass du von allen Seiten niedergemacht wirst. Denn Germanen sind ganz gewiss nicht weniger interessiert an Kostbarkeiten als römische Legionäre. Wer auf der Flucht ist wie wir, der ist vogelfrei, der benötigt gute Freunde, mindestens aber eine Mischung aus Frechheit, Mut und Gewitztheit. Und manchmal auch Bernstein oder Silber. Das sollte einem ehemaligen Marktreisenden eigentlich verständlich sein.«

Es war Tores Glaube an eine überirdische Gerechtigkeit, der ihn beruhigte. Schon als kleiner Junge, als ihm der halbsklavische Rang seiner Familie bewusst geworden war, hatte er Trost gefunden in einem für ihn unfehlbaren Gerechtigkeitssinn. Tapferkeit, Heimattreue, Redlichkeit, Frömmigkeit, danach wollte er streben, dafür wollte er aber auch belohnt werden. Am besten mit der Freiheit.

Gefährliches Land

Nicht lange und die Reiseutensilien waren verstaut. Ein Sprung und Eibert saß auf dem Braunen, Tore sogleich hinter ihm. Das Pferd wirkte erholt, was Tore freute. Gleichwohl beunruhigte ihn die Aussicht, dass das Reittier am Abend zwangsläufig wieder mit den Kräften am Ende sein würde. Wie viele Tage könnte ein Pferd diese Strapaze aushalten?

Sie hatten die Ebene zur Hälfte durchquert, als Eibert unvermittelt in Tores Gedankenwelt einbrach.

»Wir sollten das Pferd entlasten und ein zweites anschaffen. Im Schutz der Kohorte müsste dies möglich sein. Genau genommen bin ich jetzt ein römischer Händler. Es erzeugt Misstrauen, wenn ein erfolgreicher Herr mit seinem Sklaven auf demselben Pferd reitet.«

Tore antwortete darauf nicht. Für Eibert wohl ein Ausdruck der Zustimmung, so dass er nicht nachbohrte. Doch dann bohrte Tore: »Wessen Bernstein willst du für den Kauf des Pferdes verwenden?«

Eibert antwortete: »Wenn ich das Pferd nach Erreichen unseres Ziels in Besitz nehmen darf, dann bezahle ich es selbstverständlich von meinem Anteil. Andernfalls zahlen wir zu gleichen Teilen. Oder wenn du ein bleibendes Interesse an dem Pferd hast, dann zahlst selbstverständlich du.«

»Bei Wodan, so soll es sein«, willigte Tore überrumpelt ein.

Und weiter ging die Reise auf einem sandig-kiesigen Weg durch ein Dorf. Drei Häuser, zählte Tore, waren bis auf eine rechteckig angeordnete Begrenzung aus hüfthoch geschichteten und von Feuern geschwärzten Feldsteinen niedergebrannt worden. Schwarze, verkohlte, nach Ruß stinkende Holzbalken lagen auf Wiesen und Feldern. Vereinzelt stieg Rauch auf. Gleichwohl waren die meisten Gebäude des Dorfs vom Terror verschont geblieben. Dennoch zeigte sich kein Mensch, weder zwischen den Ruinen noch an den intakten Gebäuden. Tore dachte an geheime Sammelpunkte im Wald und in den Sümpfen, wo die Bauern daheim am Flutensee sich selbst und ihr Vieh versteckten, wenn Gefahr drohte. Interessiert fragte Tore nach dem Saatgut.

Eibert lachte sarkastisch. »Rom wird doch nicht so dumm sein und die Arbeit der Bauern komplett zerstören. Unter deren Händen wächst der Tribut von morgen heran. Die Legionen benötigen für ihre Krieger reichhaltiges Essen. Wie sollen sie sonst kämpfen und siegen?«

Tore fragte nach: »Werden wir jemals mit den Römern einen dauerhaften Frieden bekommen?«

Eibert winkte ab. »Spar dir die Wunschträume. Wer Augen hat und bis drei zählen kann, weiß genau, dass es diesseits des Rheins zwischen Rom und Germanien niemals ein friedvolles Zusammenleben geben wird.« Seine Augen wurden zu schmalen Schlitzen. Dann fügte er hinzu: »Das Imperium darf niemals die vollständige Macht über unsere Stämme erlangen.«

Irgendwann standen sie wieder einmal vor einer Weggabelung. Welche Richtung sollten sie einschlagen? Tore entschied sich für rechts. Da gab Eibert zu verstehen, den Mund zu halten. Mit geneigtem Kopf lauschte er in den Wind. Was blieb Tore anderes übrig, als ebenfalls die Ohren zu spitzen?
Sein Gehör war treffsicher: »Da vorn, rechts der Biegung, bei den Birken und Haseln fließt Wasser.«
Eibert fragte nicht nach, lenkte das Pferd in die von Tore vorgegebene Richtung.
»Eigenartig«, stellte der fest, »hier scheinen lange keine Weidetiere gewesen zu sein. Obwohl doch Wiesen und Wasser reichlich vorhanden sind.«

Schon war vom Grund her eine Kühle zu spüren, voraus das Murmeln von Wasser zu hören. Mit dem Schwert schlug Eibert eine Bresche durch struppiges Grün. Auf einmal verstand Tore, warum hier keine Tiere grasten. Der Fluss hatte sich in den Boden gegraben und ein langgezogener Böschungssturz verunmöglichte den Zugang zum Wasser. Warum nur hatte man keinen neuen Pfad, keine neue Tränke angelegt? Offenbar verfügten die Viehhalter anderswo über hinreichende Weideflächen mit Wasser.

Tore und Eibert standen an einem felsigen Ufer, unter dem der Fluss kleine, instabile, schlammige Inseln aufschwemmte. Da entdeckten sie flussabwärts das Skelett eines Rindes im Schlick. Tore vermutete, dass das Tier abgerutscht war und nicht mehr zurückgefunden hat ans Ufer. Nach dem Zustand der Knochen zu urteilen, musste der Tod vor Monden eingetreten sein. Angesichts dieser Bilder empfand er ein ungutes Gefühl. Und prompt zuckte er zusammen, als Eibert seine Schulter berührte.

»Was ist los mit dir, warum so schreckhaft?«

»Ich …« Tore mochte seine Empfindungen nicht preisgeben. »Ich habe gerade überlegt, Wasser zu holen für unser erschöpftes Pferd«, log er.

»Komm schon«, drängte Eibert, »der Braune kann warten. Zuerst müssen wir unseren Durst stillen.«

Ein wenig klettern, zwei Sprünge, schon erreichten sie begehbaren Kies, tranken gierig mit den Händen.

Einen Steinwurf flussabwärts, wo das Skelett im Schlamm steckte, trieben Trübstoffe im glucksenden Wasser. Schlammig drang es durch eine Verengung des Flussbettes, dessen Ränder von dichtem Schilf bewachsen waren. Neugierig, mit gebotenem Respekt vor Überraschungen setzten Tore und Eibert ihre Füße voreinander, suchten nach einer Uferstelle, an die der Braune gefahrlos zum Trinken geführt werden könnte. Mit einem Mal füllte ein unnatürliches Surren die Luft. Eibert warf sich ins mannshohe Röhricht. Dabei brachte er Tore zu Fall. Gerade noch rechtzeitig, denn nur Sekunden später überquerten zwei Speere ihre Köpfe, landeten im Flussbett. Einer steckte wie zur Mahnung wippend im Schlamm.

Tore hob den Kopf, suchte die Angreifer. Da fuhr der nächste Schreck in seine Glieder. Gerade mal drei Körperlängen entfernt lag der verwesende Umriss eines Menschen im Schilf. Vom Aussehen her ein Fremder, bei genauerem Hinsehen ein Legionär, teilweise verdeckt noch von einem roten Schild, hinter dem er wohl in der letzten Minute seines Lebens Schutz gesucht hatte. Da wies Eibert auf eine andere Stelle im Schilfrohr. In Ufernähe dümpelten zwei weitere arg zugerichtete Leichen im seichten Wasser, allein an Ort und Stelle gehalten von schmalen, spitzen Gesteinsbrocken. Die Farben ihrer Schilde leuchteten matt. Flüsternd schlug Eibert vor, sie zu nutzen. Denn jeder Versuch, sich aufzurichten, könnte unweigerlich zu neuen lebensbedrohlichen Attacken führen.

Tore kroch durchs flache Wasser, bemüht, keine sichtbaren Veränderungen des Strömungsverlaufs zu verursachen. Eibert folgte ihm weniger geschickt, aber erfolgreich. Einige Minuten später hockten sie unsichtbar im Schilf. Wie in einem sumpfigen Becken wurden sie sanft von gestautem Wasser umspült, ganz wie daheim am Flutensee nach starkem Regen.

Tore flüsterte: »Vielleicht sind die Römer von denselben Leuten getötet worden, die auch uns attackieren.«

Eibert antwortete: »Da könntest du recht haben. Ich sehe drei verwesende Legionäre. Wir müssen davon ausgehen, dass die Angreifer noch über mindestens einen Langspeer verfügen.«

Tore sagte nachdenklich: »Wenn das Römer sind, dann müssen die Angreifer Germanen sein. Vielleicht sollten wir uns einfach zu erkennen geben.«

»Oh nein!«, protestierte Eibert. Er zeigte auf seinen Haarschopf und seine Kleidung: »Sieht so ein Germane aus?«

Tore schüttelte den Kopf. »Du siehst zwar aus wie ein Römer, ganz sicher aber nicht wie ein Legionär, da könnte man es doch auf einen Versuch ankommen lassen.«

Eibert quittierte Tores Vorschlag mit höhnischer Stimme: »Damit der einzige Speer, den die Angreifer noch besitzen, auf mich geschleudert wird ... Und du wärst schön raus aus der Gefahr.« Verständnislos fuhr er fort: »Ach Tore, dein hoffnungsfrohes Wesen passt nicht so richtig zu unserer Lage. Leider müssen wir davon ausgehen, dass die Angreifer fürchten, wir könnten sie an Römer verraten.«

»Und was ist mit mir?«

Eibert hob den Kopf. »Genau betrachtet bist du ein waschechter Chauke, aber auch du besitzt keinen Haarschopf wie freie Germanen. Ich meine: Mit deinem wachsenden Kurzhaar siehst du aus wie ein Vogelfreier.« Eibert musterte den Freund. »Eigentlich sollte dir klar sein, dass du diesseits des Rheins niemals als freier Bauer gelten wirst. Unsere freien Brüder würden dir Fesseln anlegen und dich für eine schmale Belohnung zurückbringen zu deinem Herrn und Besitzer. Und niemand weinte dir auch nur eine Träne nach. So sind sie nun einmal, unsere Brüder.«

Plötzlich trug wechselnder Wind Stimmen heran. Die Speerwerfer auf der Suche nach ihren Speeren? Es waren Germanen, denn kein Römer würde freiwillig die Sprache der Barbaren sprechen. Oder handelte es sich um Auxiliarkräfte? Je näher sie kamen, umso lauter die Töne. Tore und Eibert drückten ihre Leiber tiefer ins Röhricht.

Da wurde Tore von einem Wadenkrampf zur Seite gerissen. Ein Rascheln und unnatürliche Bewegungen des Schilfs waren die Folge. Eibert zog den Leidenden an sich, versuchte, ihn zu stabilisieren. Vergeblich. Einige Atemzüge später flog der dritte Speer heran, eine Handbreit entfernt an Tores Kopf vorbei.

Gleichzeitig tönten die Stimmen der Angreifer klar und verständlich über das Gelände.

»Ich glaube, dass wir die Römer erwischt haben.«

»Ja, die sind tot.«

»Ganz sicher darf man nie sein.«

Tore und Eibert hielten die Luft an. Wie sollte man den Angreifern klar machen, das sie, Tore und Eibert, keine Römer waren? Fieberhaft suchten sie nach einem Ausweg. Würden die Speerwerfer in den Fluss steigen, die kostbaren Langspeere zu bergen? Tore dachte an seinen Vater, der einmal gesagt hatte, dass die Stammesbrüder nur ungern ins Wasser steigen. Und tatsächlich: Palavernd, über die Römer schimpfend, so marschierten sie davon.

Tore hatte es auf einmal eilig. Er fürchtete um den Schatz, der in den Säcken über dem Rücken des Braunen hing. Wer konnte sicher sein, dass nicht auch diesseits des Flusses Widerständler im Gelände patrouillierten? Vorsichtig, mit wachen Sinnen suchte er nach einer Position, die weder als Sitzen noch als Liegen bezeichnet werden konnte. Prüfend spürte er in seine Glieder hinein. So sehr er sie auch streckte und dehnte, Schmerz begleitete jede seiner Bewegungen. Bei allem spürte er die unangenehme Nässe in den Kleidern.

Als die Dämmerung aufzog, saßen Tore und Eibert wieder auf ihrem Pferd, ritten flussaufwärts auf der Suche nach einer Furt. Die Sonne überließ einem ungewöhnlich hellen Mond den Himmel, sodass man gut vorankam. Bald wurde der Fluss breiter und flacher, kleine Schnellen ließen das eher harmlos dahinfließende Gewässer schäumen.

Eibert lachte. »Sandbänke und ein paar Felsen, davon lassen wir uns nicht bange machen.« Geradewegs lenkte er den Braunen ins fließende Wasser.

Tores Augen tasteten den Boden auf seine Beschaffenheit ab. Gleichzeitig spähte er nach Umrissen und Schatten von Menschen.

Waren die Speerwerfer vom Nachmittag wirklich abgeschüttelt worden?

Das Wasser plätscherte nun nicht mehr, sondern lispelte einschläfernd dahin. Ein paar Grillen ziepten. In der Ferne rief ein Kauz seinen immer gleichen Ruf. Nager raschelten an den Ufern. Der Fluss maß hier in der Breite etwa fünf Pferdelängen. Die Durchquerung fühlte sich jedoch an wie die Entfernung von 20 Pferdelängen.

Eibert drehte den Kopf und sagte: »Ich habe gehofft, diese Nacht in einer Herberge zu verbringen, sozusagen unter dem Schutz der eisernen Gladien unserer römischen Freunde.« Er lachte gequält. »Zudem würde ich gerne einen Becher Met trinken.«
Tore zuckte mit den Schultern. Im gewöhnlichen Leben war einem Halbfreien das Trinken von Honigwein nur eingeschränkt erlaubt. Selbstverständlich hatte er auch schon Met probiert, zu Hause, angestiftet vom Vater, der höchst persönlich in der Abgeschiedenheit der Sümpfe leckeren Honig vergoren hatte. Gleichwohl war Tore die bisweilen zu beobachtende Gier nach einem Met-Rausch stets fremd geblieben. Im Gegenteil: Er empfand ihn bis heute als Einschränkung seines Verstandes. Gegen eine Übernachtung in einer Herberge hatte er allerdings nichts einzuwenden. Eine neue Erfahrung, von der er sauberes, frisches Wasser ohne Sandkörner und schmutzige Flocken erhoffte. Und wie gern äße er endlich mal wieder einen leckeren sämigen Getreidebrei, vielleicht mit der hingehauchten Süße von Rüben.

Eibert suchte am Stand der Sterne und des Mondes nach Orientierung.

Dann deutete er mit dem Kopf auf eine endlose, nicht gerade einladende Waldfront. »Wenn mich nicht alles täuscht, liegt in dieser Richtung eine Herberge.«

»Lass uns keine Zeit verlieren«, ging Tore auf den Hinweis ein. Inzwischen wünschte er sich nicht viel mehr als ein paar Stunden erholsamen Schlaf.
Für den Rest des Abends waren Tore und Eibert mit dem Glück der Tüchtigen gesegnet. Die dunkle Waldfront erwies sich als schmaler Streifen. Dahinter wartete eine Landschaft aus jungen Birken, kniehohen Gräsern und bemoosten Felsen. Weidetiere waren nicht auszumachen, obwohl doch Ziegen und Schafe hier durchaus zurechtkommen müssten. Nicht lange und Eibert glaubte, die Abwesenheit

von Vieh erklären zu können. Er stoppte den Braunen, inspizierte die Umgebung. Was er entdeckte, war eindeutig: Tierskelette. Getrocknetes Blut überzog die gelblich-braunen Moose und Flechten mit Tupfern, die im blassen Mondlicht aussahen wie schwarze Blüten. Im Umkreis eines Speerwurfs waren die Reste eines hastig errichteten und vermutlich ebenso hastig verlassenen Lagers zu erkennen: Gräben, ein bescheidener, nach Norden ausgerichteter Wall. Dahinter: verkohlte Holz- und Knochenreste.

»Die Römer müssen einen gewaltigen Hunger gehabt haben«, stellte Tore fest. Und: »Die fressen die Tiere von den Weiden weg.«

Eibert zuckte mit den Achseln. »Ja, weil sie selbst Raubtiere sind. Und was übrig bleibt und noch lebt, wird jenseits der Elbe verkauft. Als Extra-Sold für die Kohorten- und Legionsführer. Ein Elend für unsere Brüder.«

»Wäre es möglich«, fragte Tore, »die Tiere zurückzukaufen?«

»Hach, lachhaft«, reagierte Eibert aufbrausend. »Von welchem Geld sollen die Viecher bezahlt werden?« Er geriet ins Grübeln. »Eigentlich«, so fuhr er fort, »ist es den Tribut-Eintreibern verboten, den Bauern einen so derben Schaden zuzufügen. Die Römer wissen sehr genau, dass auch ihre eigene Versorgung von den Höfen unserer Bauern abhängt.«

»Und warum beschwert sich keiner? Gibt es keine Things, auf denen die Bauern diese Verbrechen anklagen könnten?«
Da lachte Eibert schallend auf, verzog angewidert das Gesicht. »Rom ist nicht Germanien. Ihre Herrscher teilen keinen Rat mit dem einfachen Volk. Das Recht ist im Besitz der Mächtigen, egal, von welchem Standpunkt man es betrachtet. Sicher, Roms Statthalter Publius Quinctilius Varus lässt Gerichtstage ansetzen. Aber sie gelten für angesehene oder ranghohe Mitglieder der Gesellschaft. Varus' Urteile sind letztendlich die Urteile von Einflussreichen und Begüterten, zu denen er selbst gehört. Nur selten bekommt ein unbedeutender Mann gegen einen Mächtigen sein Recht – ein Nichtrömer gegen einen Römer äußerst selten.«

Aufmerksam hatte Tore zugehört. »Wie können kluge Menschen nur so dumm sein und das Volk verprellen?« Und: »Wie gut, dass unsere Bauern es besser haben.«

»Meinst du wirklich«, antwortete Eibert belustigt, »dass auf einem germanischen Thing ein einzelner Bauer Recht bekäme gegen einen Fürsten?«

158

»Aber selbstverständlich«, eiferte Tore, »wenn ein Bauer recht hat und Wodan mit ihm ist, werden ihm andere Fürsten beistehen.«

»Fürsten. Also doch Fürsten gegen Fürsten …«

Tore verstand den Einwand nicht. »Aber dafür haben die Götter sie doch zu Fürsten gemacht.«

»Lassen wir das«, beendete Eibert das Gespräch, »wir werden irgendwann auch noch Zeit finden, über Recht und Unrecht zu sprechen – und über Freiheit und Unfreiheit.«

Irgendwann wechselte die Bodenbeschaffenheit. Links und rechts des Wegs standen jetzt geordnete Reihen aus Feldsteinen. Ein Merkmal, das die Nähe von Menschen ankündete. Tatsächlich schwebten bald die ersten Geruchsspuren von Geröstetem im Wind: Fleisch, Fett, Brot.

»Die Herberge ist ganz nahe,« stieß Tore aus.

»Nein, es sind die Feuer der römischen Schwadron.«

Als sie endlich die Herberge erreichten, stellte Eibert mit Blick auf die Rauchgebilde fest, dass die Wachfeuer nicht weiter als 30 Speerwürfe entfernt loderten.

»Wir müssen damit rechnen, dass römische Offiziere in der Herberge übernachten und uns beobachten«, warnte er und forderte Tore auf, seine Worte mit Bedacht zu wählen.

Als sie einen weiten Platz erreichten, der von einander ähnelnden Gebäuden begrenzt war, mahnte Eibert erneut: »Nicht vergessen, du bist mein Sklave und ich ein römischer Kaufmann. Du folgst meinen Befehlen und hältst demütig Abstand zu mir. Aber immer bereit, deinen Herrn gegen jede Bedrohung zu verteidigen.«

Tore schaute sich um. Alles schien friedlich. Ein Nachtwächter war zu erkennen. Gelangweilt lehnte er an einer der Außenmauern des Hauptgebäudes. Griffbereit an der Wand: ein typischer Rundschild cheruskischer Herkunft, daneben ein Kurzspeer. An einem Gürtel, der eine dunkle Hose auf Höhe der Taille fixierte, hing ein Langschwert. Sein längliches Hemd trug er lässig geöffnet, vielleicht als Botschaft, dass er trotz der Bewaffnung keinerlei Aggression hegte. Einige Legionäre hatten zwischen zwei Ställen ein Lager gefunden. Nach vorne und hinten schützten sie sich durch vereinzelte Palisaden. Zu sehen war freilich nur ein einzelner Legionär. Sein im Mondlicht schimmernder Helm verriet, von wo aus er wachsam in die Runde spähte.

Eibert ließ den Braunen geradewegs auf den Platz traben. Von diesem Augenblick an standen er und Tore im Fokus der Wache.

Eibert flüsterte: »Wir werden zuerst den Legionär aufsuchen und begrüßen, erst dann die zum Haus gehörende Nachtwache. So gebietet es das Kräfteverhältnis, das uns sehr gelegen kommt.«
Tore nickte einverstanden. Die Begrüßungsprozedur wurde rasch vollzogen. Was Eibert mit dem eher uninteressierten Legionär auf Römisch besprach, konnte Tore nicht verstehen. Mit dem germanischen Gegenstück in der Entfernung eines Speerwurfs wurde in einem heimischen Dialekt gesprochen: Belanglosigkeiten zunächst, dann Angelegenheiten, die das Quartier betrafen. Währenddessen bewunderte Tore die langen, kunstvoll geflochtenen und frisierten Haare des Wächters. Ei, solche Haartrachten hatten ihm bereits auf den fernen Märkten imponiert. Dann wurden er und Eibert über den weitläufigen Platz zu einer unscheinbaren Hütte geleitet. Auf dem ersten Blick sah sie aus wie ein zu groß geratener Holzklotz mit Tür. Tore vermisste die typischen Eckpfosten. Erst aus der Nähe erkannte er, dass die tragenden Pfeiler geschickt von Holz verdeckt war. Eine durchaus sinnvolle Bauweise, vermochte sie doch so manch schlimmes Wetter abzuhalten. Im einzigen Raum des Gebäudes lag nichts weiter als ein Stapel praller Jutesäcke auf dem Boden, die, wie Tore mutmaßte, mit gesäubertem Stroh gefüllt waren. Jedenfalls kratzte ihr Duft in Nase und Hals. Als er und Eibert das Pferd von den mitgeführten Lasten befreiten, wurde zuerst der Schatz ins Haus getragen.

Als die Tür endlich von innen verriegelt war, zogen sie die Jutesäcke auseinander, um zwei Liegeplätze zu formen. Schon wenige Atemzüge später ließ Eiberts Schnarchen die Luft erzittern. Tore dagegen verweigerte der Müdigkeit den raschen Zugriff auf seine Seele. Endlos kreiste ein Rad aus Bildern in seinem Kopf: die Ankunft in der Herberge, die Begegnung mit der Auxiliar-Reiterei, die fliehenden Bauern, der Besuch bei den Baumgeistern und mehr. Das letzte, woran er während der Augenblicke vor dem Einschlafen dachte, war das Vertrauen, das Eibert sowohl dem Herbergswächter wie auch der römischen Wache entgegengebracht hatte. Irgendwie unheimlich, wie austariert er agierte.

Als Tore nach einem langen, erholsamen Schlaf die Augen aufschlug, war es düster im Raum. Allein durch feine Spalten im Holz und eine Rauchöffnung im Dach drang Licht herein. Die Luft war stickig und aufgeheizt von der Sonne, die das kleine Gebäude unter ihre besondere Obhut genommen zu haben schien. Tore wollte nach Eibert schauen. Schlief der noch? Doch dessen Lager war leer. Von nirgendwoher waren menschliche Laute zu hören.

Da machte es mit einem Mal pling in Tores Bewusstsein. Er wusste nicht, woher dieses Pling kam, es füllte einfach seinen Kopf und verursachte ein verdammt beschissenes Gefühl. Bernstein, so schoss es plingend durch seine innere Wahrnehmung. Wo war das Gepäck abgelegt worden? Vor allem: Wo waren die Bernstein-Säcke? Hastig schob Tore einen Verpflegungsbeutel beiseite. Die Reichtümer befanden sich nicht in dieser Hütte. Tore ballte die Fäuste. Oh Wodan, wenn du mich verstehst, dann lass Thor seinen Hammer auf Eiberts Kopf krachen. Der Verzweifelnde griff zu seinem Messer. Damit hatte er schon einmal getötet, am Rand des Marktes, nahe des Kastells an der Elbe. Er schlüpfte in seine Hose, warf das Hemd über und stürmte zur Tür hinaus. Der enorme Schwung, die blendende Sonne, eine übersehene Stufe, schon taumelte er und schlug der Länge nach hin.

Wieder auf den Beinen lag der Herbergsplatz vor seinen Augen. Der wurde fast ausschließlich von Männern bevölkert. Man sprach miteinander, hielt Pferde an Zügeln oder auch nicht. Es wurde an Gemüse oder Fladenbrot geknabbert, man trank Wasser oder andere Flüssigkeiten aus Beuteln oder Bechern. So wurde der Anschein erweckt, als wartete man auf irgendetwas. Alles in Tore drängte darauf, sich unter die Männer zu mischen, nach Eibert und seinem Verbleib zu forschen. Dann, gerade noch rechtzeitig, zündete sein Verstand. Wer konnte wissen, was das für Männer waren? Wer wollte einen Dieb von einem Knecht unterscheiden? Vielleicht steckten sie alle unter einer Decke.

Tore suchte nach der Gebäudeecke, hinter der gestern Abend die Legionäre gelagert hatten. Sie waren fort. Sollte Eibert mit ihnen ...? Immer neue Fragen wechselten im Durcheinander von Wut und Enttäuschung. Plötzlich machte es wieder pling. Der Braune, bei Wodan, das Pferd. Im Laufschritt durchquerte der Suchende das Gelände, forschte nach einer Weide, einem Stall, nach den typischen Querstangen, woran Pferde angebunden wurden. Tatsächlich stand er plötzlich am Rand einer Weidefläche. Doch zu den grasenden Tieren gehörte der Braune nicht. Der blieb verschwunden. Oh Wodan, hilf! Da kam ihm der germanische Wächter in den Sinn. Ihn zu suchen, lief Tore zurück auf den großen Platz. Und prompt stolperte er ein zweites Mal an diesem Morgen, schlug mit dem Kopf auf einen Stein, blieb benommen liegen.

Da drangen Stimmen an sein Ohr: »Was ist mit dem Kerl?«

Andere Tonlagen mischten sich ein: »Wer ist das?«

»Der Sklave des römischen Händlers.«

Tore schlug die Augen auf. Ein schneidender Schmerz am Kopf riss ihn aus der Ohnmacht. Um ihn herum stand ein Kreis von Männern. Sie sprachen miteinander, übereinander, über ihn, Tore. Und war da nicht gerade von einem römischen Händler gesprochen worden, dessen Sklave verunglückt war? Tore bemerkte eine Hand. Sollte ihm aufgeholfen werden? Dann fürchtete er Schlimmes.

»Ob der Sklave seinem Herrn entlaufen ist?«

»Eine gute Frage.«

»Ist schon seltsam, dass er hier einfach herumliegt.«

»Man sollte ihn einsperren.«

All diese Leute, die Tore vom Erdboden aus zu Gesicht bekamen, waren dem Aussehen nach Germanen. Was sie unterschied, war ihre Haartracht, somit entstammten sie verschiedenen Stämmen. Und allesamt waren sie gemein mit einem römischen Kaufmann, für den Eibert sich ausgab. In Tores Brust schwoll Verachtung. Ein Impuls drängte zum Aufstehen, die Bagage zur Rede zu stellen. Doch angesichts ihrer Überzahl und Feindseligkeit wäre jeder Kampf schon im Ansatz verloren, wie Tore messerscharf erkannte. Also beschloss er, zu täuschen und zu fliehen. Still begann er zu zählen: eins, zwei … Bei drei wollte er aufspringen, die Männer mit Sand bewerfen, die Ellenbogen ausfahren und davonlaufen, zwischen den Gebäuden hindurch, wo gestern die Römer gelagert hatten, dann geradeaus durchs Gelände, dem Wald entgegen, wo ihnen ein Waldkundiger endgültig entkommen könnte. Sicher, nicht wenige Germanen waren Waldmenschen, aber er, Tore, war eben nicht einfach nur ein Waldmensch, sondern obendrein ein Moormensch, einer, der auch die Äcker und Weiden kannte, der mit Naturgeistern im Bunde war. Schon spannte er seine Muskeln.

»Jetzt!«

Doch mit dem nächsten Wimpernschlag wurde die Sachlage eine grundlegend andere. Schwer lastete ein wie aus dem Nichts gesetzter Fuß auf seinem Brustkorb. Mit aufgerissenen, fragenden Augen erkannte er den Besitzer des Fußes: Eibert.

Sekunden später stand Tore aufrecht, unwillkürlich nach einem Anzeichen der vermissten Bernsteinsäcke suchend. Doch Eibert trug nichts mit sich, nur feinste römische Kleidung auf der Haut.

Er wies auf Tore und sprach scharftönig die Umstehenden an: »Das ist mein Sklave. Er hat auf mich warten sollen, während ich einem geschäftlichen Anliegen gefolgt bin.«

»Hört an, hört an«, antwortete ein hinzutretender Römer in schlechtem Germanisch, »darf man wissen, um was für eine geschäftliche Verhandlung es sich dabei gehandelt hat?«

Eibert machte den Rücken gerade und sich größer, wippte von der Ferse bis zu den Fußspitzen: »Das fehlte noch, dass ich meine Geschäftsgeheimnisse verrate. Damit andere an meine Stelle treten, um in Rom einen Palast zu bauen.«

Da grinsten und lachten die eben noch feindseligen Leute. Handelsleute, eben darum.

Gelächter klang noch nach, als der Betreiber der Herberge hinzutrat. Er wollte sich Eiberts Sklaven ausleihen, eine Stalltür zu reparieren. Eibert schenkte ihm ein wohlwollendes Kopfnicken. Tore trat aus der Ansammlung von Händlern heraus. Wenige Schritte hinter dem Herbergsbesitzer führte der Weg durch eine umbaute Gasse, über einen hofartigen Platz und endete vor einer Stallung. Hier bekam Tore einen überraschenden, aber freundschaftlichen Stoß in die Seite.

»Gut gemacht«, wurde er gelobt.

Eine irritierende Geste. Was meinte der Mann mit „gut gemacht?" Noch war keine Tür repariert. Tore schaute genauer hin. Auf dem ersten Blick war keine Beschädigung zu erkennen. Wusste der Herbergsvater um die Schummelei mit dem Sklavenstatus? Tore bekam keine Gelegenheit, der Frage nachzugehen. Er wurde zu einem demolierten Gebäudetor dirigiert, aus dem heraus es nach Ziegen roch. Offenbar hatte ein kräftiger Bock – vielleicht in der Brunst? – verrückt gespielt und war mit den Hörnern gegen die Tür gestürmt. Zwei zerbrochene Längsbretter waren das Ergebnis. Sie sollten ausgetauscht werden. Nun denn, mit einem solchen Problem konnte Tore etwas anfangen. Da bemerkte er auch schon die Ersatzbretter neben dem rechten Eckpfosten des einfachen Gebäudes. Und Eisennägel. Was für ein Luxus.

Während der Herbergseigner die beschädigten Bretter von den Querbalken löste, griff Tore zu einem Hammer, der ebenfalls aus Eisen gefertigt war. Er überlegte, wie viel Getreide, Flachs oder Felle ein solches Werkzeug kostete. Zu seiner Verwunderung war sein Mitwirken bei der Reparaturarbeit auf Handreichungen beschränkt. Tore nutzte die Gelegenheit, dem Herbergsmann auf die Finger zu schauen, um etwas zu lernen. Die Reparatur war gerade fertig, da erschien Eibert.

»Ich will meinen Lieblingssklaven abholen«, sagte er schon von Weitem schmunzelnd.

»Lieblingssklave?«, fragte der Herbergseigner grinsend. Und: »Bist du mit mehreren Sklaven unterwegs?«

»Nein, keinesfalls«, antwortete Eibert gut gelaunt.

Dann wandte er sich an Tore: »Bring unsere Sachen zum östlichen Stall. Da wartet der Braune.«

Ungeübt in der Rolle eines Sklaven antwortete Tore gestelzt: »Jawohl, mein Herr.« Dann, schon etwas mutiger, fügte er hinzu: »Hast du nicht gestern davon gesprochen, ein zweites Pferd oder einen Maulesel beschaffen zu wollen?«

Eibert wirkte überrascht und antwortete: »Wir benötigen kein zusätzliches Reittier. Ich habe beschlossen, mich mit einem römischen Handelsmann zusammenzutun. Wir werden gemeinsam reisen. Und du wirst auf der Kutschbank sitzen.«

Der Herbergsvater lächelte wohlwollend. »Das Herr-und-Sklave-Spiel solltet ihr üben.« Dann machte er kehrt, verschwand in Richtung des Hauptgebäudes.

Tore und Eibert schauten ihm schweigend hinterher.

Bis Tore spitz und herausfordernd fragte: »Noch einmal, wo sind unsere Bernsteinsäcke versteckt?«

»Ah, der Sklave hat nichts anderes zu tun, als nach dem Schatz zu verlangen.«

»Ja«, antwortete Tore, »oder glaubst du, ich würde auf den Grundstock meines freiheitlichen Lebens verzichten?«

Eibert antwortete: »Der Bernstein ist in Sicherheit. Keine Sorge, er wird schon nicht verlorengehen.«

Da wurde Tore ungehalten. »Was denkst du dir eigentlich dabei, unser gemeinsames Vermögen vor mir zu verstecken?«

Eibert ließ ein Räuspern vernehmen. »Was hätte ich tun sollen? Als du fest geschlafen hast, ist mir klar geworden, dass unser Quartier nicht sicher genug ist.«

»Weil ich geschlafen habe?«, fuhr Tore empört auf. »Was meinst du wohl, was du gemacht hast? Geschnarcht hast du wie ein Bär. Und falls du es nicht wissen solltest, ich schlafe im Wald wie ein wildes Tier. Mir entgeht nichts, ob bei Tag oder Nacht; selbst wenn es für Außenstehende so aussieht, als läge ich im tiefsten Schlummer. Um diese Fähigkeit hat mich sogar mein Vater beneidet.«

Tore überlegte kurz und fügte hinzu: »Ich will dir trotzdem vertrauen. Aber vorher will ich wissen, wer du eigentlich bist. Ich kenne dich nicht wirklich. Und vor allem: Wo ist unser Schatz?«

Im nächsten Augenblick regierte die Schweigsamkeit. Dann antwortete Eibert gereizt: »Ich sag es noch einmal. Vertrau mir einfach. Gelegenheiten, dich auszuschalten, hat es auf unserer Reise genug gegeben. Habe ich davon Gebrauch gemacht?«

Das hatte Eibert nicht, wie auch Tore wusste, der sich plötzlich jung und unerfahren fühlte. Vielleicht …

»Nun denn«, sagte Eibert, »was immer auf unserer Reise geschehen wird, was immer ich sagen und tun werde, alles hat einen Sinn, ganz so wie es einen Sinn ergibt, dich zu deinem Bruder zu bringen.« Eibert wiederholte: »Vertraue mir einfach. Du wirst noch früh genug erfahren, was uns mehr als der Schatz verbindet. Versprochen. Bei Wodan.«

Tore begriff, dass er heute und wohl auch morgen oder übermorgen nichts Tiefgreifendes von Eibert erführe. Er war enttäuscht. Immerhin hatte er vor Jahren dessen Leben gerettet. Damals, als der kleine Mann in die Gefangenschaft der Dorfgemeinschaft geraten war. Ein leichtes Seufzen löste sich aus Tores Hals. Hier, fernab der alten Heimat nahe der Elbe, blieb ihm tatsächlich nichts anderes übrig, als dem Gefährten zu vertrauen.

»Ich gehe unser Pferd holen«, hörte er da aus Eiberts Mund. Tore selbst wollte die Zeit nutzen, die persönlichen Habseligkeiten für die Reise einzusammeln. Beladen wie ein Maulesel steuerte er den großen Platz an, wo er den Fluchtgefährten erwarten wollte. Doch der schien es nicht eilig zu haben. Stattdessen zog ein untersetzter Mann, der in der Nähe eines Zweispänners stand, seine Aufmerksamkeit auf sich. Er winkte Tore heran. Der überquerte ohne Argwohn den Platz. Der Unbekannte trat ihm mit abschätzenden Blicken entgegen. Da leuchtete auf seinem ovalen Gesicht ein verschlagenes Lächeln. Es verunsicherte Tore, der dennoch weiterging. Schon bekam er Sicht auf die Ladung des Zweispänners: Felle von Bären, Mardern, Luchsen und Wölfen. Da schlug ihn der Aufbau des Wagens in den Bann: durch und durch germanisch. Tore stoppte seinen Schritt. Eibert hatte einen römischen Handelsmann erwähnt. Dieser hier glich einem Römer nicht im Mindesten.

»Komm her, hier bist du willkommen«, lockte der muskulöse Händler, der dabei den Kutschbock bestieg. Die Sprache: urtümlich germanisch.

Er habe etwas vergessen, wich Tore zögernd aus und wollte davoneilen. Auf einmal bestiegen zwei eben noch hinter dem Wagen verborgene Männer die Ladefläche. Der Kutscher trieb die Pferde an. Holpernd beschrieb er einen Bogen, dessen Verlauf eindeutig auf Tore gerichtet war.

Und inmitten der Fahrgeräusche war eine schneidende Stimme zu vernehmen: »Tore vom Flutensee, wir sind gekommen, dich deinem rechtmäßigem Herrn zu überstellen.«
Tore begriff schnell. Ruckartig ließ er das Gepäck fallen und schlug einen Haken. Mit fünf, sechs Schritten erreichte er den Rückraum des Wagens. Der Zweispänner müsste eine Gegenkurve fahren, um wieder in seine Nähe zu gelangen. Zeit genug, durch das weit geöffnete Tor des Herbergsgeländes zu fliehen. Doch dazu sollte es nicht kommen. Plötzlich drang von außen das Getrappel zahlloser Hufe heran. Rufe und Befehle flogen über das Gelände. Noch konnte Tore nicht erkennen, wer da hoffentlich zu Hilfe eilte. Aber sie käme gerade recht. Sekunden nur und ein Schwarm von orange gekleideten Reitern erschien zwischen ihm und dem Wagen. Sie sammelten sich. »Hoh«, hallte es über den Platz. Doch der Fellhändler ließ nicht ab von seinem Ziel, genau genommen seiner Beute: Tore. Da hoben die Reiter ihre Speere. Jetzt erst stoppte der germanische Menschenjäger Pferde und Wagen. Dann, mit bösen, panischen Blicken raste er durchs Tor hinaus davon.

Der Kommandeur der zwölf Reiter war derselbe, dem Tore und Eibert gestern auf der Anhöhe begegnet waren.

Er strahlte, als er sagte, »ich kenne dich.« Und: »Ich habe angenommen, dass Räuber am Werk gewesen sind.« Dabei nickte er wie zur Bestätigung der eigenen Worte. »Ein Raub, genau vor unserer Nase. So etwas dulden wir überhaupt nicht.« Er lachte, zeigte sich bei bester Laune.

»Sag mal, Sklave, was bist du eigentlich?«, fragte der Kommandeur, »bist du ein besonders geschickter Beschützer deines Herrn oder ein Gelehrter?« Er musterte Tore, sagte herablassend: »So kampferprobt oder schlau siehst du gar nicht aus, dass man annehmen könnte, du wärst ein Lösegeld wert.«

Tore bewahrte Geistesgegenwart. »Es wird eine Verwechslung gewesen sein. Ich bin Sirkos, ein Leibsklave. Ja, wir sind uns bereits gestern begegnet.« Tore fühlte Schweiß im Nacken. Bei den Göttern, er hatte keine Ahnung, mit welchem Namen Eibert sich vorgestellt hatte bei der Begegnung auf der Lichtung am Rand zur Ebene. Oh Wodan, flehte er still nach Walhall, bitte, lass den Kommandeur jetzt nicht nach Eiberts Namen fragen.

Es sollte geschehen wie von Tore erfleht. Die befürchtete Frage nach dem Namen seines Herrn schien zwischen den Ereignissen verloren zu gehen. Denn plötzlich kam von der gegenüberliegenden Seite des Platzes ein anderer Zweispänner gefahren. Auf dem Bock saßen Eibert und ein hochgewachsener Mann mittleren Alters. Der trug die Haare kurz und über den Schultern einen Schal. Was auf Tore komisch wirkte, war für römische Verhältnisse ein Zeichen von Rang, Würde und Wohlstand. Auch trug er ein Schwert am Gürtel, so störend oder unbequem es auf der Bank auch sein mochte.

Der Unbekannte stand zu voller Größe auf, nannte seinen Namen: »Manius, römischer Händler.«
Der Kommandeur nickte farblos.

Dann nahm er Eibert ins Visier. »Wir haben soeben deinen Sklaven gerettet.«

»Ich verstehe. Und«, fragte er zurück, »habt ihr das diebische Gesindel gefasst?«

Der Kommandeur stutzte. »Wir sind Aufklärer der zweiten Kohorte der zweiten Legion, die dem Stadthalter Varus untersteht.«
Wechselweise ließ er seinen strengen Blick über Eibert und den römischen Händler Manius gleiten. Dann fuhr er fort: »Wir sind angewiesen, die Kohorte in angemessener Entfernung abzusichern.« Er zeigte auf den Weg, der durch die Wildnis nach Norden führte. »Um die Räuber zu verfolgen, hätten wir unsere Route verlassen müssen.«

»Oh«, wandte da der hochgewachsene Händler Manius ein, »richtig so, ohne Disziplin geht die Ordnung verloren. Es ist nämlich die Ordnung, die Rom stark macht.«

Der Hinweis schien dem Kommandeur zu gefallen. »Wir beschützen und sichern innerhalb einer bestimmten Distanz. Wie gesagt: Genau deswegen sind wir den Räubern nicht gefolgt.«

Manius, der römische Händler, fragte nach: »Welche Richtung nimmt deine Kohorte? Bis wohin auf dem Weg zum Rhein können wir auf euren Schutz hoffen?«

Der Offizier antwortete betont sachlich: »Die zweite Kohorte ist angewiesen, in einem Kastell Quartier zu beziehen. Das befindet sich eine Tagesreise entfernt. Dort sollen wir auf Varus warten. Der Stadthalter wird auf seiner jährlichen Reise durch Germanien Marktplätze besuchen und zu Gericht sitzen.«

In diesem Moment traten aus dem Hintergrund zwei Männer hinzu. Sie waren bis an die Zähne bewaffnet. Die Legionäre auf den Pferden strafften die Zügel. Speere ruhten drohend in erhobenen Händen. »Halt!«, rief da der römische Händler, »das sind meine Leibwächter, ehemalige Sklaven.«

»Na dann«, reagierte der Kommandeur erleichtert und hob die rechte Hand, woraufhin seine Soldaten die Speere senkten.

Nicht lange und die kleine Reisegemeinschaft aus Tore, Eibert, und dem Händler Manius mit seinen zwei Schutzkräften machte sich in Sichtweite zur römischen Aufklärung auf den Weg. Manius saß allein auf der Kutschbank und zügelte die vorgespannten Pferde. War es ursprünglich vorgesehen, dass Tore auf der Kutschbank Platz nähme, saß er jetzt auf einem Pferd, das eigentlich als Reserve am Ende des Wagens mitgeführt werden sollte. Eibert ritt auf dem Braunen an Tores Seite. Er ließ sich noch einmal detailgenau über die Menschenjäger auf dem Gelände der Raststätte informieren. Auch teilte Tore mit, dass er gegenüber dem römischen Kommandeur den Namen Sirkos angegeben habe.

Eibert überlegte kurz. »Der Name gefällt mir gut.«

Tore blinzelte zum Wagen des Händlers, der einige Pferdelängen vorausfuhr, und fragte: »Ist es wahr, dass Manius seine Schutzleute aus der Sklaverei entlassen hat? Wie geht so etwas?«

Eibert antwortete: »Das ist im römischen Imperium durchaus normal. Wer seinem Herrn das Leben gerettet hat, wer ihm durch besondere Dienste nützlich gewesen ist, der kann die Freiheit zurückerlangen. Das kommt übrigens öfter vor, als von vielen geglaubt wird.«

Tore war sprachlos. Auch bei seinem Stamm, den Chauken, bestand die Möglichkeit, Unfreie in die Freiheit zu entlassen. Aber dies geschah wahrlich selten. Selbst Ludwig, seinem Bruder, war die Freiheit verwehrt worden, obwohl er seinem Herrn das Leben gerettet und als Kämpfer großes Ansehen genossen hatte. Die Großzügigkeit der Römer imponierte Tore. Wissbegierig begann er nachzufragen, auch nach der grundsätzlichen Haltung zur Sklaverei.

Eibert erläuterte: »Soweit ich weiß, sind reiche Römer sehr hoch angesehen, wenn sie Sklaven in die Freiheit entlassen. Sie nennen es Wohltat, ein gutes Werk. Und nicht selten werden Sklaven, sobald sie in Freiheit sind, zu noch besseren Gehilfen ihrer einstigen Sklavenhalter.« Mit einer Kopfbewegung wies er auf den Wagen. »So wie es wahrscheinlich auch die persönlichen Wachen des römischen Händlers Manius sind.«

Tore musterte einen der Kämpfer.

Eibert fügte hinzu: »Im römischen Imperium gibt es feste Regeln. Man nennt sie Gesetze. Sie werden in Rom ersonnen. Danach steht einem Freigelassenen erst nach einem feststehenden Zeitraum der Bewährung das römische Bürgerrecht zu.«

Tore fragte weiter: »Wie verhält es sich mit dem Glücksspiel, dem Würfeln zum Beispiel? Dürfen die Römer ihren Besitz riskieren, ein Gottesurteil herausfordern wie in Germanien?« Er eiferte: »Du weißt, dass die Freiheit meiner Familie niemals hätte verlorengehen können ohne den verderblichen Spieleinsatz meines Vaters.«

Eibert überlegte kurz, bevor er antwortete: »Auch ein Römer kann im römischen Reich sein Haus oder seinen Hof beim Würfeln verlieren, niemals aber seine Freiheit.«

Tore schüttelte ungläubig den Kopf. »Die Römer leben in einer sehr merkwürdigen Gesellschaft.«

»Da hast du recht«, antwortete Eibert, »irgendwie sind sie untereinander gleichberechtigt, aber gleichzeitig ganz offen ungleich. Es gibt Reiche, Arme, Mächtige. Ja, manchmal ist ein armer, aber freier Römer sogar schlechter dran als ein Sklave. Denn der Sklave wird schon allein wegen eines drohenden Wertverlustes von seinem Herrn ernährt und gepflegt. Nicht so der Arme, der muss sehen, wie er zurechtkommt.«

Störungsfrei kam die Reisegruppe voran. Die Pferde wurden geschont, man ließ sie allenfalls traben. Sogar vom dürftigen Gras am Wegesrand durften die Tiere hin und wieder fressen. Bald öffnete eine der in dieser Gegend seltenen Schneisen den Wald. Während Tore und Eibert die Lichtung zu einer Pause nutzen wollten, drängte Händler Manius auf eine rasche Weiterfahrt. Auf keinen Fall wollte er riskieren, den Kontakt zu der römischen Reiterei zu verlieren. Er sei erfahren genug, begründete er sein Drängen, die turbulenten Ereignisse vor der Herberge ernst zu nehmen. Solche Halunken schreckten vor nichts zurück, schon gar nicht vor reisenden Händlern. Tore wischte den lästigen Staub aus dem Gesicht. Wenn es sich bei den Menschenfängern an der Herberge um gewöhnliche Räuber gehandelt hätte, würde er dem Händler zustimmen. Für Tore aber bestand kein Zweifel über die Herkunft und die Absicht des vermeintlichen Fellhändlers mit seinem Zweispänner. Erwiesenermaßen hatte er Tores Namen gerufen.

»Was meinst du«, fragte er Eibert, »werden uns die Menschenjäger verfolgen?«

»Ich hoffe, nicht, denn mit Wigmars Gefolgschaft wären sie der römischen Reiterei nahezu ebenbürtig.«

Tore antwortete: »Sie werden so rasch nicht wiederkommen. Die römischen Reiter haben ihnen gewiss einen mächtigen Schrecken eingejagt.«

»Ach Tore, du musst noch viel lernen. Am Ende verkaufen sie deinen Arsch für eine Augustus-Münze. Aber mach dir nichts daraus.« Eibert lachte verschmitzt. »Die meisten unserer Brüder regen sich und wehren sich und schimpfen auf die Besatzer oder verbünden sich mit ihnen, haben aber nicht die geringste Ahnung davon, wie nah der Tag der Rache ist.«

Tore verstand mal wieder gar nichts. Klang irgendwie wirr, was der Freund von sich gab. Und vor allem: Was hatte das mit Wigmar und den Häschern zu tun?

»Du sprichst in Rätseln«, sagte er und versetzte sein Pferd in einen gemäßigten Galopp, sich abzusetzen von Eibert, der ihm mal wieder unheimlich vorkam.

Doch Eibert war nicht abzuschütteln. Er holte Tore ein.

»Pass mal auf, mein Freund«, begann er, »ich weiß nicht, ob du bemerkt hast, dass die germanischen Aufklärer, also unsere Brüder in römischen Diensten, nicht im Mindesten bereit gewesen sind, den Kopfgeldjäger zu verfolgen. Sie haben Hemmungen. Sie fühlen ganz deutlich Thors Hammer über sich schweben. Sie bleiben trotz ihrer fremden Uniformen Germanen, deren Göttern sie nicht entkommen können. Auxiliarkräfte setzen römische Interessen gegen ihre natürlichen Stammesbrüder nur dann wirklich durch, wenn sie für ihr eigenes und das Leben ihrer Familien keine andere Wahl haben.« Eiberts Stimme hatte an Fahrt zugelegt. Er machte ein ernstes Gesicht, zeigte auf Manius. »Deshalb wäre es übrigens nicht das erste Mal, dass ein römischer Händler, der im Schutz von Auxialtruppen reist, einfach so verschwindet.«

Tore war irritiert.

Jetzt spinnt Eibert aber ganz und gar, dachte er und antwortete: »Du hast mich gelehrt, dass Rom korrupt ist. Und ich habe dich so verstanden, dass auch die römischen Legionäre korrupt sind. Da sollte es uns doch lieber sein, von Angehörigen der germanischen Stämme begleitet zu werden, auch wenn sie in einer römischen Kutte reiten.«

»Ha, ha«, reagierte Eibert und lächelte sarkastisch, »glaubst du etwa, dass unsere Brüder weniger korrupt sind als die Römer? Hast du vergessen, dass ich Bernstein habe ausspucken müssen für den Auxiliar-Geleitschutz? Ganz die Ebenbilder unserer Stammesfürsten: Für ein paar Amphoren Wein, für wohlfeile Waffen und eine bequeme Herrschaftsgarantie verraten sie ihre Väter und Großväter.« Eibert ballte die Faust. »Doch dem gerechten Urteil Wodans werden auch die Fürsten nicht entgehen.« Eiberts Augen wirkten kühl wie Eis, als er hinzufügte: »Ihre Gottlosigkeit wird den Verrätern Germaniens zum Verhängnis werden. Und die Römer werden unter den wütenden Schlägen Wodans niedersinken und um Vergebung betteln.« Emphatisch jetzt, geradezu entrückt, setzte er nach: »Zum Glück gibt es noch fürstliches Blut, das nicht vom Lebensstil der römischen Bestien in eine Kloake verwandelt worden ist. Auf diese Anführer können wir bauen, vor allem auf …«
Eiberts Stimme brach ab, so als hätte er einen Stoß bekommen. Tief atmete er durch, schüttelte sich, suchte zurückzufinden zu jener Selbstbeherrschung, die ihn normalerweise ausmachte. Tore schaute mit großen Augen auf und spürte ein feines, süßes Schaudern. Welchen geheimen Namen hatte Eibert aussprechen wollen? Wovor war er zurückgeschreckt? Welche geheimen Mächte wirkten im Hintergrund?

»Wer«, drängte Tore, »sag, wer ist es, der uns führen soll?«

Eibert, völlig ungerührt jetzt, wich wieder einmal aus: »Das wirst du noch früh genug erfahren.«

Tores Gedanken wurden jetzt von Nachdenklichkeit bestimmt, seine Empfindungen von Zwiespalt. Der kühle, trockene Eibert war also gar nicht so kühl und trocken, wenn es das Land der gemeinsamen Väter betraf. Außer Frage, dass der Fluchtgefährte kein einfach Fluchthelfer war. Eibert war irgendetwas mehr. Aber was nur? Oh Wodan. Eine unklare Ahnung ließ Tore beschliessen, bei dem gemeinsamen Gott nicht mehr einfach nur um Gnade für sich selbst zu bitten, sondern auch um eine schützende Hand über Eibert.

Plötzlich, aus dem Hintergrund kommend, preschten zwei Reiter vorbei. Sie steckten in orangener Kleidung und vermittelten so etwas wie Dringlichkeit. Kein Zweifel, sie gehörten zu den römischen Aufklärern. Ihr Anblick, gestern noch eine Art Sicherheitsgarantie, versetzte Tore in Unruhe. Was hatten sie Wichtiges zu berichten? Da fuhr Tore der Schreck in die Glieder. Waren die Männer Wigmar begegnet? Schon standen sie in militärischer Manier vor ihrem Kommandeur, erstatteten Bericht. Zu verstehen war leider nicht mehr als ein heftiger, unartikulierter Redeschwall.

Eibert kam heran und sagte zu Tore: »Ich bin im Bilde. Möglicherweise müssen wir wieder Bernstein opfern.«

Kurz darauf bestieg der römische Kommandeur sein Pferd und winkte Eibert zu sich heran.

Was blieb Tore anderes übrig, als darauf zu hoffen, dass die Ankunft der beiden Aufklärer nichts weiter als ein ganz normaler militärische Ablauf war? Still beobachtete er Eibert und den Kommandeur, die einander hoch zu Ross gegenüberstanden. Einige freundliche Gesten, dann dunkelten die Gesichtszüge ein. Rasch begann Tore zu mutmaßen, dass der Grund für die Aufregung tatsächlich etwas mit ihm zu tun hatte. Denn nicht nur einmal blinzelten die Gesprächspartner zu ihm herüber. Tore wurde mulmig zumute. Und instinktiv sondierte er die Gegebenheiten für eine Flucht. Am besten scharf am Wegesrand entlang, dann durch jugendlichen Ahorn hindurch in die Wildnis.

Auf einmal entstand zwischen den Akteuren eine kurze Gesprächspause. Ein verhuschtes Lächeln wehte über die eben noch ernsten Gesichter. Man schien ein Übereinkommen getroffen zu haben. Einige Atemzüge später ritten sie in den Wald, der sie kurz darauf wieder ausspuckte. Zurückgekehrt wirkten beide auf ihre Art sehr zufrieden. Während Eibert sich nach hinten orientierte, ritt der Kommandeur in scharfer Gangart nach vorn an die Spitze seiner Schwadron. Sein Helm glänzte in der Sonne. Ein Glanz, der auf unklare Weise mit den Silberstangen harmonierte, um die Tore in seinem Innersten fürchtete.

Eibert berichtete, dass die Aufklärer tatsächlich Kontakt zu Wigmar bekommen hatten. Wie aus dem Nichts sei der mit seiner Gefolgschaft erschienen und hätte sie problemlos überwältigen können. Stattdessen habe er nach Tore vom Flutensee gefragt und für eine Auslieferung des Halbsklaven eine hohe Belohnung in Aussicht gestellt.

Tores Gesicht wurde bleich. »Und? Was sagt der Kommandeur?«

Der, so berichtete Eibert, habe erklärt, dass Roms Aufgabe nicht darin bestehe, entlaufene Sklaven zu beschützen. Aber in Anbetracht der unklaren Lage und weil Eibert ein wohlhabender römischer Kaufmann sei, finde er es gerecht, von Tores Beschützern das Doppelte von dem zu verlangen, was Wigmar angeboten habe.

Eibert stöhnte gequält. »Ich habe dem Lumpen von Kommandeur wieder Bernstein gegeben.« Und: »Leider müssen wir damit rechnen, Begierden geweckt zu haben. Man wird mich für märchenhaft reich halten.« Eibert wog fragend den Kopf. »Uns bleibt keine andere Wahl, als unseren Schatz zu verstecken, am besten in einer Höhle, in einem See oder im Wald.«

In Tore regte sich Widerstand. Doch die Sachlage war weder zwei- noch dreideutig, sondern klar und eindeutig.

Nicht lange und der Händler Manius bat Eibert zu sich auf die Kutschbank. Er hatte den Kommandeur der Schwadron und Eibert genau beobachtete. Auch ihr kurzzeitiges Verschwinden im Wald war ihm nicht verborgen geblieben. Da hatte es auch für ihn keiner Anstrengung bedurft, zu verstehen, was zwischen den Männern vorgegangen war. Der hochgewachsene römische Händler druckste, umschlich die Frage nach dem Warum wie ein hungriger Kater sein Herrchen. Irgendwann wurde Manius deutlicher und vermutete lautstark, dass Bestechungsgeld geflossen sei. Doch Eibert hielt sich bedeckt. Alles, was seinen vermeintlichen Sklaven Tore betraf, sollte unbedingt unter der Decke bleiben. Denn der weit gereiste römische Händler war ganz gewiss kein Freund entlaufener Sklaven, auch wenn sie in Germanien Unfreie oder Halbfreie hießen. Eibert wiegelte ab und bestätigte nur das, was nicht zu leugnen war. Nach einiger Zeit gelang es ihm, das Thema zu wechseln und er startete eine Gegenfrage: Wo befinden sich eigentlich die Personenschützer? Die Antwort: Einer wache nach hinten, der andere sei vorausgeschickt worden zum Kastell, die baldige Ankunft der Auxiliar-Reiterei anzukündigen.

»Diese Information«, so der Kaufmann, »werde ich auch unserem römischen Kommandanten zukommen lassen, sobald mein Bote einen sicheren Vorsprung besitzt.« Manius grinste verschmitzt. »So kann ich sicher sein, das Kastell unversehrt zu erreichen. Andernfalls müssten die Römer die Frage beantworten, warum sie ohne mich eintreffen.

»Du bist aber misstrauisch«, entgegnete Eibert.

Daraufhin sagte Manius: »Männer wie ich, die viel herumgekommen sind, haben einen sehr klaren Blick für menschliches Verhalten. Im Ergebnis behaupte ich, dass die langhaarigen und stinkenden Anführer der wilden Germanen am gefährlichsten sind. Denn sie hassen uns Römer, auch wenn sie unseren Wein saufen und mit Hilfe unserer eisernen Speerspitzen ihre Untertanen in Schach halten. Aber das kann nicht lange gutgehen. Deshalb müssten wir Römer viel mehr Truppen vor Ort haben.« Der Händler geriet in Rage. »Man mag gar nicht glauben, wie oft ich in den verschiedenen Kastellen vorstellig geworden bin. Sogar mit unserem Legaten Varus habe ich beim Essen gesprochen. Doch der hat immer nur etwas von ‚Geduld‘ gefaselt. In Wirklichkeit aber benötigen die Wilden einen mächtigen Wumms auf den Helm. Heute, morgen und übermorgen.« Wie von den eigenen Worten mitgerissen, sprang Manius plötzlich auf. »Das ist genau das, was ich Varus habe begreiflich machen wollen. Ruhe ist hier in Germanien doch erst eingetreten, als der römische Feldherr Germanikus die Dörfer der Wilden verwüstet und ihre Anführer getötet oder ihre Kinder nach Rom verschleppt hat. Inzwischen aber ist in diesen Wäldern eine neue Generation von Krieger herangewachsen, wie in einer Brutstätte für Wildschweine. Und die hassen uns, wie ihre Väter uns Römer gehasst haben. Ich sage es schon lange: Uns fehlt ein neuer Feldzug, um die Germanen auf ein verträgliches Maß zu reduzieren.«

»Sehr interessant«, antwortete Eibert, »deiner Meinung zufolge müsste also nach jedem 15. Winter gegen jede neu entstandene germanische Generation ein Vernichtungsfeldzug geführt werden.«

»Jawohl!«, eiferte Manius und schloss: »Wir müssen endlich wieder realistisch denken und handeln.«

Tore hatte das Gespräch vom Rücken des Pferdes aus belauscht. Ihm war speiübel. Was bildete sich der große, dünne, römische Händler ein, die Germanen so herablassend als Barbaren zu bezeichnen, als dumm und kriegslüstern? Jeder, der auch nur ein bisschen Grips im Kopf besaß, wusste um die großartigen Leistungen der Stämme im Ackerbau und in der Kunst des Hausbaus. Mit ätzendem Grimm sann er auf Rache: Wir werden die römischen Besatzer zu ihren Göttern schicken. Eines Tages. Ohne Frage.

Nicht lange und Tore bemerkte, wie an der Spitze des Zugs das Zeichen zum Anhalten gegeben wurde.

»Endlich dürfen die Pferde ausruhen«, brummte Tore.

Der Kommandeur kam angeritten, um seine Schutzbefohlenen über die Rast in Kenntnis zu setzen.

»Wir werden morgen Mittag das Kastell erreichen«, erklärte er. Und: »Die Pferde sind müde, wir auch. Außerdem knurren unsere Mägen, deshalb habe ich beschlossen, ein Lager zu errichten.«

»Was, so früh am Tag?«, protestierte Manius, »nicht weit von hier existiert eine passable Raststätte. Bis dahin sollten wir es schaffen können.«

Der Kommandeur blieb unbeirrt. »Wer die Raststätte aufsuchen will, der soll es tun, aber ohne meinen Schutz.«

Tore wusste nicht, was er von dieser Rast halten sollte. Immerhin: Die Örtlichkeit war eine gute Wahl. Keine hundert Schritte entfernt schickte ein Bach ein Murmeln durch den Wald. Andererseits wollte Tore so viel Raum wie nur irgend möglich zwischen sich und den Flutensee bringen.

Eibert sagte: »Der Kommandeur wird nicht mehr abrücken von seinem Plan, hier zu rasten; da bin ich mir sicher. Dennoch sind wir an seiner Seite besser aufgehoben als anderswo.«

Da fragte Tore: »Wie wäre es, wenn wir vorgäben, die Herberge aufsuchen zu wollen, in Wirklichkeit aber fliehen würden durch den Wald?«

Eibert grinste. »Wie es scheint, entwickelst du dich zu einem Taktiker. Deine Idee ist nicht schlecht. Doch das Land vor uns ist ziemlich übersichtlich und sehr stark besiedelt. Wir würden Spuren hinterlassen, mindestens in den Gedächtnissen der hier ansässigen Bauern. Und käme eine Gefolgschaft, die nach uns sucht, würden wir von ihnen verpetzt werden, nicht zuletzt, weil ich mit den Augen unserer germanischen Bauern wie ein Römer aussehe.« Als Tore verunsichert schwieg, ergänzte Eibert: »Ich denke, du hast inzwischen verstanden, wie hasserfüllt gerade die Bauern den Römern gegenübertreten. Es fehlt nicht mehr als ein wenig Zunder, um die Kastelle und Marktplätze in Flammen aufgehen zu lassen.«

Als Tore, Eibert, Manius und sein verbliebener Personenschützer zur Schwadron aufschlossen, inspizierte der Kommandeur gerade den Bau des Lagers.

Als der den römischen Händler bemerkte, stutzte er: »Nanu, wo hast du deinen zweiten Sicherheitsmann gelassen?«

Manius triumphierte, richtete sich zu voller Größe auf. »Den habe ich vorausgeschickt zum Kastell, dem Befehlshaber mitzuteilen, dass ich in der Obhut dieser großartigen Reiterei reise.« Dabei zeigte er auf die grabenden, Holz schlagenden Männer. Von einem Atemzug zum nächsten saß der römische Kommandeur stocksteif auf dem Pferderücken. In seinem Kopf schien eine Unwucht zu kreisen, jedenfalls, wenn man der Bewegung seiner Pupillen folgte. Er rang nach Worten.

Endlich wollte ihm eine Entgegnung gelingen: »Haben wir darüber nicht unlängst gesprochen?«

»Ich kann mich nicht erinnern«, antwortete der Händler und lächelte sanft-spöttisch.

»Wenn ich gewusst hätte, dass du einen Reiter vorausschickst, hätte ich eine dringende Botschaft für das Kastell gehabt.«
Als Manius noch immer lächelte, ja sein Gesicht von einem breiten Grinsen dominiert wurde, verlor der Kommandeur die Fassung.

»So etwas könnte man auch Sabotage nennen«, brüllte er, und: »Wenn ich wollte, dürfte ich dich dafür in Ketten legen lassen.« Gestikulierend riss er die Arme in die Höhe. »Mensch, uns sitzt eine nordische Gefolgschaft im Nacken und du denkst nur an dich.«

Der Kommandeur winkte den noch verbliebenen Leibwächter von Manius heran. »Du unterstehst ab sofort meinem Kommando, nicht dass dein selbstsüchtiger Herr dich auch noch wegschickt. Wir müssen jederzeit mit einem Angriff der Gefolgschaft rechnen.« Daraufhin platzierte der Händler Manius seinen Wagen der Länge nach vor einen entwurzelten Baum und errichtete auf diese Weise eine eigene Barrikade. Zu den arbeitenden und wachenden Männern der Aufklärung hielt er Distanz.

Auch Eibert blieb der Schwadron fern. Mehr noch: Plötzlich dirigiert er den Braunen wie zufällig ins Gesträuch. Allein bemerkt von Tore. Als Eibert nicht sogleich zurückkehrte, folgte Tore dem Fluchtgefährten. Das Gelände erwies sich als leicht abschüssig und zunehmend matschig. Untersetzte Silberbirken mahnten in sumpfigen Senken zur Vorsicht. Da erschien ein länglicher Umriss im Dickicht: der Braune. Mit der Schnauze nach mageren Gräsern zwischen Laub stöbernd, stand Eiberts Pferd angebunden auf moderndem Grund. Tore bemerkte sofort, dass die Säcke mit dem Bernstein und den Silberstangen fehlten. Rasch band er das von ihm gerittene Pferd von Manius ebenfalls an den Baum und suchte nach Fußspuren. Vergeblich. Ganz in der Nähe glubschte ein Gewässer. Bald plätscherte es, brauste, so als stürzte es in einen Abgrund. Tore lenkte seine Schritte dem erwarteten Wasserfall entgegen. Schon stand er zwei Meter vom Ufer entfernt und gewahrte Eibert, der in einem kleinen, kaum mehr tauglichen Boot saß und ganz offensichtlich vom gegenüberliegenden Ufer herübergerudert kam. Er zeigte sich von Tores Anwesenheit nicht überrascht.

»Bist du sicher, dass dir niemand gefolgt ist?«, fragte er.

»Ganz sicher«, antwortete Tore.

»Dann haben wir alles richtig gemacht«, stellte der Fluchtgefährte fest und wollte die Böschung hinauf in Richtung der Pferde gehen.

»Halt, nichts da!«, wandte Tore ein und versperrte Eibert den Weg. »Erst verrätst du mir, wo du unseren Schatz versteckt hältst.« Er blinzelte. »Wer soll ihn finden, wenn du verunglückst?«
Eibert wich zurück.

Dann sagte er zerknirrscht: »Da hast du recht.« Er nahm Tore an die Hand, führte ihn ans Wasser und zeigte über den Fluss auf eine felsige Wand. Und: »Oberhalb der Rückseite des Felsens habe ich eine Öffnung entdeckt. Darin liegen unsere Säcke mit dem Bernstein und dem Silber.« Dann versicherte er, schon einmal hier gewesen zu sein und dass dieser Ort von zwei Seiten gut erreicht

werden könne. Im Übrigen« – er zwinkerte – »sind wegführende Wege so gut wie zurückführende Wege. Du verstehst?«
Tore verstand.

»Am komfortabelsten«, so verriet Eibert, »erreicht man das Versteck, wenn man sich von Norden nähert. Und jetzt Obacht!« Er hob den Zeigefinger. »In diesen Fluss stürzt hinter der nächsten Biegung ein anderer Fluss. Besser kann man einen Platz nicht in Erinnerung behalten. Aber Vorsicht: Flussabwärts liegt ein heiliger Ort, an dem Things abgehalten und Opferungen durchgeführt werden.«

Als Tore und Eibert zurückkehrten zum Rastplatz, wurde bereits nach ihnen gesucht.

»Ich habe befürchtet, ihr wäret davongelaufen«, sagte Manius. Eibert grinste. »Warum hätten wir das tun sollen?« Er trat näher an den Händler heran. »Ich habe deine Vorsichtsmaßnahme, einen Mann vorauszuschicken, durchaus verstanden. Man will ja nicht spurlos verschwinden. Schon gar nicht gegen seinen Willen. Das gilt ebenso für mich. Jetzt, da das Kastell mit Hilfe deines Boten über uns informiert ist, fühle auch ich mich sicherer. Danke.«

Manius verzog neugierig das Gesicht. »Und? Was hat euch in den Wald geführt? Habt ihr nach möglichen Fluchtwegen gesucht?«

»Ja, auch das«, versicherte Eibert, »aber in erster Linie haben wir die Pferde getränkt.«

»Großartig«, reagiert Manius und fragte: »Würde dein Sklave das auch mit meinen Zugpferden tun?« Er zeigte nach vorn auf seinen Sicherheitsmann, der beim Aufbau des Lagers für die Schwadron half. »Der hat leider keine Zeit für seine Pflichten.«
Der Abend verging ruhig. Angehörige der Auxiliarkräfte hatten Wildtiere erlegt und auf einem Bauernhof Getreide erhandelt. Der Kommandeur lud Manius und Eibert zum Essen. Aber nur Manius nahm das Angebot an.

»Ich hoffe«, sagte Eibert zu Tore, »dass die Auxial-Kundschafter da draußen keinen geheimen Handel mit Wigmar machen.«

»Du meinst, sie könnten uns gegen Denare oder Gold verraten?«

»Für ein bisschen Silber oder gute Waffen jederzeit. Für sich selbst oder für den Sklavenmarkt.«

Der Händler Manius schien ein Problem mit dem Wasserlassen zu haben. Mehrmals verließ er sein Nachtlager, um den Wald aufzusuchen. Jedes Mal wurden Schlafende in seiner Umgebung von heftigem Schnaufen geweckt. So erging es auch Tore, der jedesmal längere Zeit benötigte, zurückzufinden in die erholsame Vernebelung des Nachtschlafs. Irgendwann wollte ihm dies jedoch nicht mehr gelingen. Heftig bedrängten ihn die Ereignisse des vergangenen Tags. Da erschien in einem grauen Winkel seiner Seele die schöne Heilgart. Wie daheim am Flutensee kam sie auf wohlgeformten Beinen daher. Unerhörterweise jedoch in prächtiger Nacktheit, einer Göttin gleich. Tore genoss den Anblick. Doch dann reagierten seine Lenden mit einer unerlaubten Reaktion. Dafür hasste er sich. Weiter wollte er in diese Richtung nicht denken. Warum auch? Hätte Wodan eine Verbindung zwischen ihm und Heilgart gewollt, dann wäre die Schöne heute an seiner, Tores, Seite auf der Flucht.

Mit dem Gefühl, seine Augen nur ein paar Minuten geschlossen gehalten zu haben, erwachte Tore. Im selben Augenblick schlug eine Auxiliarwache Alarm. Wie tausendmal eingeübt nahmen die Männer der Schwadron Aufstellung hinter dem Schutzwall. Wenige Atemzüge später kündeten ihre Langspeere von einer todbringenden Verteidigungsbereitschaft. Zudem lugten abseits des Lagers mehrere Bogenschützen hinter Bäumen hervor. Tore war verblüfft. Wie sind die so plötzlich dahingekommen? Er staunte. Jede Bewegung der Römer wirkte so perfekt inszeniert wie die Prozeduren religiöser Feste. Pech nur, dass Tore selbst, ebenso Eibert und Manius außerhalb der schützenden Palisaden lagerten. Und tatsächlich: In nicht allzu großer Entfernung stand Wigmar in voller Kampfmontur. Hinter ihm warteten etwa 50 berittene Kämpfer auf den Befehl zum Angriff. Schon beschwerte seine Stimme die Luft: »Tore vom Flutensee, wenn du dein eigenes Leben und das der Römer und deiner Freunde retten willst, dann begib dich auf der Stelle in unseren Gewahrsam.«
Unwillkürlich griff Tore an seinen Gürtel, fühlte nach dem Messer in der Scheide. Lieber würde er sterben, als sich dem Mörder seines Vaters auszuliefern. Fieberhaft suchte er nach einem Ausweg. Weglaufen, so jagte es durch seinen Kopf, du musst ins Dickicht, nur dort bist du sicher. Jedoch: Bevor er die Erkenntnis umgesetzt hatte, sprang Eibert vor und raubte Wigmar die Sicht.

Gleichzeitig brüllte er: »Mächtiger Anführer der Gefolgschaft, deine Forderung ist unerfüllbar.«

»Ich weiß«, schallte es von Wigmar zurück, »dass der entlaufene Halbfreie Tore vom Flutensee unter euch weilt. Noch einmal, im Namen der heiligen Regeln unserer Götter und seiner Stämme: Liefert den Verbrecher aus!«

»Du sprichst in Rätseln. Wo genau soll sich dieser ominöse Tore vom Flutensee befinden?«

»Du frecher Hund!«, reagierte Wigmar außer sich. Und: »Ich werde dir zeigen, was es bedeutet, freie Chauken zu belügen.« Demonstrativ hob er seinen Kurzspeer.
Eibert griff geistesgegenwärtig nach dem bereitliegenden Schild des Händlers Manius. Gleichzeitig zischten zwei römische Pfeile heran und steckten drohend vor Wigmars Pferd in der Erde.

Währenddessen hatten auxiliare Aufklärer die Zeit des Wortwechsels genutzt, das Lager zu verlassen und aufzusitzen. Schon bildeten sie eine Reihe, bereit, die Gefolgschaft mit Schild und Eisen zu empfangen. Eine überschaubare Weile standen die Parteien einander gegenüber. Klar war, dass es im Fall eines Kampfes zu großen Verlusten käme, auf beiden Seiten. Mit einem Mal drehte Wigmar mitsamt seiner Gefolgschaft ab.

Sicherheitshalber sandte der römische Kommandeur Späher aus. Er selbst suchte mit Argusaugen die Waldränder ab.

Dazu kommandierte er: »Niemand verlässt die Aufstellung. Wir gehen kein Risiko ein.«
Eigentlich ein beschauliches Bild, wie der Wind mit den Mähnen der Pferde spielte, aufgewirbelte Blätter ihre schlanken Beine umschwirrten.

Eibert wies nach Osten und flüsterte: »Wigmar wird dort durch den Wald brechen. Sein Rückzug riecht nach einer Finte.«
Tore richtete sein feines Gehör aus.

»Und?«, fragte Eibert.

Tore, der das Atmen eingestellt hatte, um besser zu hören, rang nach Luft, als er sagte: »Sie reiten unverändert nach Westen.«
Daraufhin suchte Eibert den Auxiliar-Kommandeur auf. Ein eindringlich geführtes Gespräch entstand.
Als Eibert zurückkehrte, teilte er Tore und dem vor Aufregung zitternden Händler Manius mit, dass der römische Kommandeur keine Veranlassung sehe, sich zu verbergen. Wofür kein Anlass bestehe, weil die Gefolgschaft von minderer Größe sei. Außerdem befin-

de sich in der Nähe ein eigener Stützpunkt. Die Erfahrung lehre, dass Germanen beim Anblick eines Kastells zur Vorsicht neigen.

»Das mag ja sein«, antwortete Tore, »aber hier entscheidet nicht die Gefolgschaft, sondern ganz allein Wigmar. Und der kämpft um seine Ehre.«

»Ich glaube, dass du recht hast«, pflichtete Eibert ihm bei, »du bist Ludwigs Bruder und in Wigmars Augen mitschuldig am Tod seines Sohnes. Bei solchen Schicksalsschlägen gelten andere Regeln, oft dumme und kindische, die nicht wirklich weiterhelfen.« Nachdenklich wog Eibert den Kopf. »Aber wir sind nun einmal genötigt, diesem durchaus bemitleidenswerten Vater eine gerechte Rache zu verwehren.« Und ohne eine Miene zu verziehen fügte er hinzu: »Ich wünsche Wigmar ein langes Leben, wirklich. Wir werden ihn noch brauchen, mitsamt seiner Aggressivität und der Gefolgschaft für den großen Aufstand unserer Stämme. Denn eines haben wir trotz all diesem Schlamassel gemeinsam: die Pflicht, das Imperium zu besiegen. Dafür benötigen wir jeden Germanen, ob Chauke oder Cherusker, Friese oder Brukterer, egal, ob ungebunden oder als Mitglied einer römischen Legion.«

Eibert gestikulierte in Richtung der Schwadron und schimpfte: »Die lassen es gemütlich angehen. Am besten, wir betreiben eigene Aufklärung.«

Tore gab zu bedenken: »Dann wären wir auf uns allein gestellt. Hier im Schatten der kampferprobten Reiter sind wir sicherer aufgehoben.«

»Du beginnst wohl, Gefallen zu finden an unseren römischen Feinden«, antwortete Eibert amüsiert.

»Das ist absurd«, antwortete Tore und gab nach: »Dann spähen wir eben selbst.«

Kurz darauf schlugen Tore und Eibert die Fersen in die Flanken der Pferde und überholten die Spitze. Eibert wollte keine Zeit verlieren und drängte Tore in den Busch. Erst zu Pferd, dann zu Fuß. Eine heftige Bö fuhr in die Baumkronen, sodass die Wipfel ächzten. Von irgendwoher war ein zufriedenes Grunzen von Wildschweinen zu hören. Der Ruf eines Eichelhähers provozierte Antworten aus verschiedenen Richtungen; doch nirgendwo ließen sich die hübschen Tiere mit den blauen Flügelspitzen sehen. Tore wurde von einem alarmierenden Gefühl beschlichen. Hier stimmte etwas nicht.

Unerwartet kurvte ein pechschwarzer Rabe mit elegantem Schwung über sie hinweg. Einer von Wodans Boten? Als der Vogel die beiden Männer bemerkte, entfuhr seinem Schnabel ein unüberhörbares Rah, Rah. So schnell das stolze Tier gekommen war, so schnell verschwand es auch wieder. Tore schauerte es.

»Das ist kein normaler Vogel gewesen, das war einer von Wodans Raben. Wir sollten seinen Besuch als Warnung verstehen«, presste er hervor. Da ertönte der Ruf des Eichelhähers ein zweites Mal. Eibert fuhr herum. »Ich weiß nicht. Hörst du das?«

Tore legte den Zeigefinger auf die Lippen, flüsterte: »Dem Eichelhäher hängt etwas Menschliches an. Wigmars Gefolgschaft? Aber es sind keine Pferde zu hören.«

Eibert erwiderte: »Ohne Pferde wird Wigmar kaum Schritt halten können mit berittenen römischen Aufklärern.«
Da rief ein Eichelhäher aus südlicher Richtung. Tore wurde blass, langsam verkrampften seine Muskeln, so als würde man eine Schleuder spannen. Die Erregung färbte sein Gesicht.

»Wir sind nicht allein«, flüsterte er, »es könnten Speere auf uns gerichtet sein.«
Oh Wodan, gib uns Kraft, flehte Tore im Stillen, wobei er den Eindruck erweckte, als folgte sein Blick einem Eichhörnchen beim kreisenden Erklettern eines Baumes. Währenddessen war Eibert durchs dichte Geflecht junger Bäume und Sträucher gekrochen. Aufgescheucht wies ein Fuchs den Weg. Tore folgte Eibert auf einem ausgetretenen Wildpfad, wo er nach einem Ausguck suchte. Plötzlich fuhr ein lautes Knacken durch den Wald. Einen Atemzug später lag er auf dem Waldboden und bedeutete Tore mit heftigen Armbewegungen, Deckung zu suchen. Der ließ sich fallen, kroch mit stockendem Atem unauffällig und geräuschlos zu einen umgestürzten Baum. Doch es war bereits zu spät. Zwanzig Schritte voraus erschienen zwei Männer. In der Hand hielten sie germanische Kurzspeere, an ihren Gürteln baumelten Schwerter. Schilde führten sie nicht mit, was verriet, dass sie eigentlich beritten waren. Schon erspähten sie Tore, stürmten los. Der behielt die Fassung, zog sein Messer, verharrte in der Deckung des Baumstammes. Langsam verringerte sich der Abstand. Tore war auf alles gefasst. Plötzlich stürzte der vordere Angreifer zu Boden. Der zweite blieb stehen, sicherte, behielt aber Tore im Auge. Sein Kamerad lag auf der Seite und röchelte. Dichtes Gras schien den Sturz gemildert zu haben. Ge-

bannt hielt Tore die Augen auf das Geschehen gerichtet. Warum stand der Gestürzte nicht auf? Und warum gab er keinen Laut von sich? Mehrmals versuchte er, auf die Knie zu gelangen. Da, mit einem Mal drang dem Unglücklichen Blut aus einer Wunde unterhalb der Brust. Sein Kamerad riss die Augen auf, suchte fieberhaft nach dem Angreifer. Als er niemanden entdecken konnte, wandte er sich Tore zu.

»Dafür wirst du büßen«, brüllte er und hob mit einem Ruck seinen Speer.

In diesem Augenblick verloren auch seine Beine ihren Stand. Tore schien es, als hätte sich der Leib des Stürzenden ausgedehnt. Da trat Eibert aus dem Unterholz hervor, warf den abgebrochenen Stiel seines Speers zu Boden und lockerte seine Muskeln.

»Das hat mich nun aber angestrengt«, kommentierte er augenzwinkernd.

Tore, der einige Atemzüge benötigte, um die Situation zu erfassen, kicherte verlegen.

»Wir haben keinen Grund für Frohsinn«, mahnte Eibert und deutete mit dem Kopf nach Norden. Angestrengt lauschten beide in den auffrischenden Wind.

»Nichts, alles still, keine menschliche Regung.«

»Ich befürchte«, sagte Eibert, »Wigmar ist gerade dabei, die Auxiliar-Aufklärer anzugreifen. Unser Zusammentreffen mit den beiden Kämpfern ist gewiss kein Zufall. Sie haben wahrscheinlich den Weg überwachen sollen.« Er überlegte einen Moment. »Wir müssen sie befragen.«

»Die sind tot«, wandte Tore ein.

»Der erste«, erwiderte Eibert, »bei dem zweiten weiß ich es nicht genau.«

»Der ist auch tot«, sagte Tore, der sich innerlich sträubte, einen Sterbenden zu quälen, und sei es auch nur mit Fragen.

Eibert hingegen trat dem Verletzten in die Seite.

»Bitte«, bat Tore, »lass ihn würdig zu seinen Ahnen reisen.«

Davon unberührt schlug Eibert mit der flachen Hand links und rechts ins Gesicht des Unglücklichen. Mochte der erste Schlag noch einen Lebenden getroffen haben, der zweite traf einen Toten.

Als er endlich abließ von der seelenlosen menschlichen Hülle fragte er: »Was hat dich gestört? Immerhin kämpfen wir um unser

Leben und um das Land unserer Ahnen, da dürfen wir nicht zimperlich sein.«

»Den Mann kenne ich«, sagte Tore mit leidvoller Stimme, »wir haben als Kinder oft am Flutensee gespielt.« Tore schluckte. »Er ist ein Unfreier, genau wie ich. Er hat den Weg meines Bruders eingeschlagen, den eines Kriegers. Bei Wodan, er ist ein verdammt guter Krieger gewesen – wie mein Bruder.«
Eibert hob die Schultern, ließ sie fallen, antwortete: »Mir wäre es lieber, er hätte sein Leben im Kampf gegen das Imperium gelassen.«
Eine Weile standen Tore und Eibert noch still da.

Bis Tore auf die Getöteten zeigte und sagte: »Wodan wird sie aufnehmen in Walhall, hoffentlich.«

Eibert winkte ab. »Mach dir keine Sorgen, der Chauke ist für ein freies Germanien gestorben. Dem steht die Tür offen.«

Erstaunt blickte Tore auf. »Wie meinst du das?«

Eibert antwortete mit sarkastischem Ton: »Hätte ich die Angreifer nicht getötet, hätten sie uns getötet. Niemals würden wir dann den Rhein erreichen. Unsere Mission wäre heute zu Ende. Aber unsere Mission dient der Befreiung Germaniens und fängt erst richtig an.«
Tore lächelte. Ei, so einfach konnte die Welt erklärt werden.

Kurz darauf griffen Tore und Eibert nach den Zügeln ihrer Pferde und führten sie auf den Weg. Eibert tätschelte dem Braunen den Hals. Der war unruhig. Tore wollte all die Gefahren und Unwägbarkeiten hinter sich lassen, schlug vor, geradewegs zum Rhein aufzubrechen. Das lehnte Eibert ab. Er bestand darauf, zurückzukehren zu der Schwadron, um sich über den Stand der Dinge Gewissheit zu verschaffen.

Nach einer Weile fanden sie die Spuren eines heftigen Kampfes. Erschlagene und erstochene Kämpfer beider Parteien säumten den Weg auf einer Länge von zwei Speerwürfen und in der Breite bis in den Wald hinein. Während Tore nach hinten sicherte, durchquerte Eibert die Kampfstätte, neben sich zerstreut liegende Leichen und Pferde-Kadaver, belauert von Rabenvögeln und anderem fleischfressenden Gefieder. Am Sachverhalt und am Verlauf der Ereignisse bestand kein Zweifel. Die Auxiliarreiter waren überrascht worden. Da entdeckte Eibert den römischen Kommandeur. Er schien in den Wald ausgewichen zu sein, wo er sich ganz offensichtlich mit einigen Leuten verschanzt hatte. Allesamt tot, mit ihnen zweiundzwanzig Gefolgschafter.

»Deine Brüder vom Flutensee«, sagte Eibert, »müssen die Römer an einer empfindlichen Stelle getroffen haben, sonst wäre ein so vernichtender Schlag unmöglich gewesen.«
Tore war nach anderen Deutungen zumute. Er stieg vom Pferd, stellte sich gegenüber einer Gruppe von gut gewachsenen Eichen auf und verbeugte sich.

»Oh Wodan, du hast uns mit deiner weisen Voraussicht das Leben gerettet. Dafür danken wir dir.« Still versprach er, noch diesseits des Rheins ein Opfer zu bringen. An einen Bieber dachte er dabei. Na ja, ein Eichhörnchen sollte es wohl auch tun, schickte er einschränkend hinterher. Denn Bieber waren nun wirklich nicht jedermanns Sache. Ob sie den Göttern munden würden?

Außer den Schilden hatte die Gefolgschaft die gesamte Ausrüstung der römischen Aufklärer geraubt. Keine Schwerter, keine Speere lagen herum, auch steckte keine Waffe in den Leibern der Getöteten. Herrenlose Pferde waren auch nirgends auszumachen.

»Vermutlich finden wir keine Wertsachen«, sagte Eibert, der von Atemzug zu Atemzug missmutiger wurde.
Sein Stöbern zwischen und an den Leichen wurde von Tore mit Abscheu betrachtet. Er mied die Nähe der so furchtbar Zugerichteten, beschäftigte sich lieber mit den Pferden. So dauerte es nicht lange, bis er Eiberts Unwillen erregte.

»Was treibst du denn da? Wäre es nicht besser, du würdest mir helfen?«

»Ich« – da fiel Tore eine Ausrede ein –, »ich suche nach Manius.«

»Verdammt«, reagiert Eibert, »an den habe ich gar nicht mehr gedacht.« Mit einem Satz sprang er auf den Braunen, nutzte die bessere Aussicht vom Pferderücken aus.

»Die Erdgeister sollen mich holen«, schimpfte er, »wenn der römische Kaufmann als Einziger davongekommen ist.«

»Vielleicht ist er mit seinem Wagen geflüchtet.«

»Wie auch immer. Weit kann er nicht gekommen sein.«
Dann gab Eibert dem Braunen die Fersen.

»He, wo willst du hin?«, rief ihm Tore nach, doch der Fluchtgefährte verschwand bereits hinter der Wegbiegung. Da stieg auch Tore aufs Pferd. Bloß weg von all dem Tod hier.

Hinter der Kurve jedoch stießen seine Augen geradewegs auf das nächste Entsetzen. Nicht weiter als einen Speerwurf entfernt lag eine Leiche. Sie trug eine römische Toga; die schlanken, langen Beine waren nackt, ebenso die Füße, an denen die Sandalen fehlten. Na, da wird wohl jemand demnächst zu Hause sein neues Schuhwerk vorführen, dachte Tore, der sich an ähnliche Fälle am Flutensee erinnerte. Das reine Entsetzen packte ihn, als er bemerkte, dass dem Rumpf der Kopf fehlte. Der lag abseits am Wegesrand, wie weggeworfen.

»Gute Arbeit, sauberer Schnitt«, murmelte Eibert.
Manius' tote Augen blickten weit geöffnet ins Leere, mit einer Mischung aus Staunen und Entsetzen. Tore geriet ins Grübeln. Welchen der Angreifer die Pupillen in der Sekunde des Todes wohl angestarrt hatten? Da geriet der Zweispänner ins Blickfeld. Er steckte in einem schmalen Graben fest, schien ansonsten unversehrt. Die Pferde fehlten.

»Die Krieger vom Flutensee haben Beute gemacht«, brummte Eibert. Und mit Genugtuung fügte er hinzu: »Na schön, sie werden die Waffen irgendwann gegen Rom richten.«

»Was für ein Trost«, reagierte Tore mit ironischem Unterton und stellte fest, dass es nach der Vernichtung der Schwadron keine andere Möglichkeit gebe, als den Rhein auf eigene Faust zu erreichen.

Eibert antwortete: »Ja, aber wir müssen uns beeilen. Leider wird uns die Gefolgschaft auf dem Fersen bleiben. Ohne die römischen Aufklärer sind wir todgeweiht.«
Eibert erstarrte. Wie eine tönerne Figur saß er auf dem Braunen.

»Was ist los?«, fragte Tore.
Eibert erklärte, dass er den Leibwächter des Kaufmanns nicht unter den Toten entdeckt habe. Er schalt sich. Wie hatte er bloß vergessen können, nach ihm zu suchen? Prompt ritt er zurück zum Kampfplatz, erneut in den Schrecken des Kriegs einzutauchen.
Mit der Dauer des Aufenthaltes an dem schrecklichen Ort fühlte Tore sich zunehmend beobachtet. Von dem verschwundenen Leibwächter? Zur Ablenkung half er Eibert bei der Suche. Nicht lange und er stand vor einem von filzigem Gestrüpp überwucherten Graben. Dreimal stieß er seinen Speer zwischen den Bewuchs.

»Komm heraus, wenn du dich da drin versteckst.«
Doch nur ein Dachs sprang hervor, der auf schnellen Beinen mit schwebendem Schwanz das Weite suchte.

Eibert kam hinzu. »Und?«

»Nichts!«

»Ich glaube«, stellte Eibert fest, »der Leibwächter ist zur Gefolgschaft übergelaufen.«

»Dann dürfte er verraten haben, dass wir heute früh allein aufgebrochen sind.

»Leider«, antwortete Eibert, »doch besagt das nicht viel. Niemand kann wissen, welche Richtung wir einschlagen.« Er biss auf seine Unterlippe. »Was mich beunruhigt, ist die Tatsache, dass die beiden Leibwächter durch ihre Freilassung aus der Sklaverei freien Zugang ins römische Imperium und seine Provinzen bekommen, genau dorthin, wohin auch wir wollen.«

»Bei Wodan«, reagierte Tore, »wir müssen ihnen zuvorkommen.«

Kurz darauf trieb Eibert den Braunen an. Tore hielt locker mit, denn das Pferd von Marius war jünger und schneller. Erst als der Wald zunehmend lichter wurde und linker Hand ein weitläufig gerodetes Gebiet mit Äckern und Weiden erschien, verließ Eibert die Straße. Er führte den Braunen in den Wald hinein. Tore folgte, dabei immer wieder mit Augen und Ohren in die Umgebung spähend.

Eibert ließ ein Räuspern hören. »Je näher wir der römischen Macht kommen, desto heftiger wird das Imperium von den Bauern gehasst.« Mit finsterer Miene warnte er: »Trotzdem würden uns die Bauern an Wigmar verraten, wenn man ihnen eine fette Belohnung verspricht.«

Der Weg durchs Dickicht blieb mühsam. Ein Schlenker oder größerer Umweg folgte auf den nächsten. Irgendwann brachte Eibert den Braunen zum Stehen.

»Die Zeit ist gekommen«, sagte er, »uns bleibt nichts anderes übrig, als die treuen Tiere zurückzulassen.« Ohne Umschweife zog er sein Messer und stach dem Braunen unterhalb des Halses in die Brust. Das Tier schrie in Todesangst auf, wollte fliehen, brach jedoch ruckartig zusammen. Tore hatte der Tötung mit Entsetzen beigewohnt und bekam Mühe, das eigene Pferd zu bändigen. Es scheute, zerrte am Zügel, schrammte das Fell an abragenden Ästen. Dabei stieß es Laute aus, die wie Hilferufe klangen. Tore stöhnte vor Mitleid. Doch begriff er die Gefahr sehr wohl, die von einem lebend zurückgelassenen Tier ausging. Dennoch zögerte er.

»Wir haben keine Wahl«, knurrte Eibert. Schon wollte er selbst zustechen.

Doch Tore wehrte ab. »So nicht!«

Wütend über die unerwartete Gegenwehr bot Eibert dem Widerstrebenden das Messer an.

»Dann töte das Pferd selbst. Los!«

Tore schüttelte den Kopf, wich aus: »Wir könnten es opfern. Ich denke, dass es einen guten Tod verdient hat.«

»Hier, an dieser Stelle? Siehst du irgendwo einen Opferstein?«

»Nein, auch keinen Heiligen Hain oder einen der Gärten Asgards.« Mit einem Schnauben zeigte er südwärts. »Dort drüben bilden mehrere Eichen einen Halbkreis. Dort werden wir dem stärksten und klügsten unserer Götter begegnen.«

»Ich sehe keine Eichen, auch keine Lichtung.«

»Ich auch nicht«, entgegnete Tore, »aber ich rieche sie.«

Zornig ließ Eibert seinen Arm fallen, dadurch ein mächtiges Loch in die Luft schlagend.

Derweil begann Tore, sein Pferd durchs Gestrüpp zu dirigieren. Eibert folgte resignierend. Bereits einen halben Speerwurf entfernt standen sie auf einem schmalen Pfad. Und wie ins Unterholz gezaubert, erschienen die ersten Eichen im unruhigen Durcheinander des Waldes. Plötzlich versperrte ein rustikaler Zaun aus grob verbundenen Latten und Streben ein Weiterkommen. Wenige Schritte weiter betraten sie den Hain. »Hah!« Triumphierend zog Tore das Pferd an die Seite eines blank liegenden Steinquaders.

Eibert räusperte sich. »Willst du das Tier ohne priesterlichen Beistand töten?«

»Das ist mein Wunsch. Und Wodan wird es verstehen.«

Eibert protestierte: »Verdammt! Was tust du, wenn zufällig ein Bauer oder sogar ein Eingeweihter vorbeikommt?«

»Gar nichts. Einfach weitermachen.«

Eibert zischte: »Früher oder später werden die Dörfler die Opferstätte aufsuchen und dann liegt der Kadaver genau vor ihren Füßen.« Als Tore erstmals schwieg, setzte Eibert nach: »Und wenn die Nachricht von einem geheimen Opfer den Weg zu Wigmar fände, braucht er nur bis drei zu zählen und er hätte unsere Spur.«

»Nicht, solange Wodan mit uns ist«, antwortete Tore und band das Pferd an einen Pfosten, der neben dem Stein aus dem Boden

ragte. Eibert geriet außer sich. »Es reicht jetzt«, schimpfte er, »wir müssen aufbrechen.«
Doch Tore stand längst an der Seite seines Pferdes und murmelte Unverständliches. Eine Wortfolge, die er als Bestandteil einer Zeremonie dem Vater abgelauscht hatte. Dann bohrte sich das Messer ins Herz des Pferdes.

In sicherer Distanz zu Siedlungen und Landstraßen durchquerten sie nunmehr den Urwald zu Fuß. Dabei agierten sie so gut wie geräuschlos und verzichteten auf Feuer, was ihre Anwesenheit hätte verraten können. Schlaf fanden sie zwischen undurchdringlichem Gestrüpp, abwechselnd wachend, immer unter zehrender Anspannung. Bis auf eine Bärin mit ihren Jungen bekamen sie kein größeres Lebewesen zu Gesicht. Dennoch: Niemals zuvor, anerkannte Eibert, habe er ein unbekanntes und urwüchsiges Gebiet so zügig durchquert. Ein dickes Lob für den Waldmenschen Tore, der schon recht bald die Führung übernahm. Mit Eiberts Umsicht und Erfahrung war es den ungleichen Männern gelungen, ein geradezu perfektes Team zu bilden.

Das steinerne Dorf

Nach anstrengenden 17 Tagen erreichten sie endlich das Ufer des Rheins. Was für ein Strom. Wie eine gewaltige Schneise durchschlängelte er das Land. Dabei stand der Rhein dem großen nordischen Fluss um nichts nach. Tore versuchte die Breite des majestätischen Gewässers einzuschätzen, zählte in seiner Vorstellung die Anzahl der Würfe, die ein Speerwerfer bis zum Erreichen des gegenüberliegenden Ufers benötigte. Da, flussabwärts, zeigten sich schier endlos aufgeschüttete Erdwälle unter steil aufragenden Palisaden. Vereinzelt kündeten wuchtige, zumeist hölzerne Wachtürme von einer einzigartigen Macht. Wie eine Drohung an den Rest der Welt: Hier atmet das römische Imperium, ich bin unangreifbar. Zwiespältige Empfindungen stiegen in Tore auf: Bewunderung, Neugier, Misstrauen, Furcht.

Wie von heftigen Böen getrieben, rauschten die alten Erzählungen der Dörfler aus dem Gedächtnis heran: quälende Bilder einer alles vernichtenden Kriegswucht mit bestialischen Gräueln. Wie es wohl bei den Gladiatorenkämpfen zuging? Wie sahen sie aus, die mörderischen Arenen, in deren Rund sogar Frauen vor Begeisterung wild kreischen sollten? Und wer waren die Kämpfer? Leute wie er, Tore, selbst? Da griff ein Schauder nach seiner Gefühlswelt. Wie es hieß, attackierten die Römer gelegentlich Reisende, um sie in ihren Arenen kämpfen zu lassen.

Auf einmal bemerkte Tore wenige Meter voraus die hölzerne Konstruktion eines Anlegers. Leblos, ohne die Nähe von Booten und Menschen, führten die Planken über eine Baumlänge hinaus aufs Wasser. Die Bretter des Stegs waren angewittert. Ein fauliger Gestank stieg auf. Wo waren die Boote der Fischer, ihre Netze oder sonstigen Gerätschaften? Tore suchte die üppig bewachsene Wasserkante ab. Als er den Kopf hob, bemerkte er auf dem Rhein ein einzelnes Boot im Wind. Zwei Männer kämpften bei wechselnder Segelstellung gegen die Strömung. Tores Augen suchten nach einer Erklärung in Eiberts Gesicht. Der verstand die Frage auch ohne Worte.

»Es sind Fährleute. Allerdings ist es nur Römern gestattet, über den Fluss zu setzen.«

Kurz darauf wies er mit einer Kopfbewegung rheinaufwärts, wo in der Flussmitte ein Patrouillenschiff die Wellen schnitt. Die eisenbeschlagene Ramme voraus und getrieben von 16 Ruderern, kam es gut voran. Tore hatte zu Hause auf dem großen Fluss römische Schiffe beobachtet, kleinere Verbände, bestehend aus Handelsbooten und einzelnen Kampfschiffen. Ein Kriegsschiff von dieser Größe war ihm noch nie vor die Augen gekommen. Majestätisch, wie es vor den Wehrtürmen Fahrt aufnahm. Hinter ihnen, am Ufer, formten Hausdächer eine beeindruckende Silhouette. Tore staunte, als er entdeckte, dass nicht nur die Fundamente der Wehrtürme aus massivem Stein erbaut waren, sondern auch die Dächer aus Schieferplatten bestanden. Ein steinernes Dorf. Und von was für einer Größe. So mächtig war ihm nicht einmal Walhall in seinen kühnsten Vorstellungen erschienen.

»Kann ein solcher Ort Menschenwerk sein?«

»Ja«, antwortete Eibert kühl, »erschaffen von germanischen und gallischen Sklaven aus Fleisch und Blut.« Verschmitzt lächelnd fügte er hinzu: »Du scheinst sehr beeindruckt zu sein. Warte nur, bis du vor den Tempeln der römischen Götter stehst. Dann wirst du gar nicht mehr aufhören zu staunen.«

Tore erwiderte darauf nichts. Gab es sie wirklich, diese fremden Götter? Mulmig wurde ihm bei dem Gedanken an die schier grenzenlose Macht des Imperiums Romanum. So mächtig müssten auch die Götter dieser Menschen sein. Wie würde der germanische Kriegsgott Tyr sich verhalten, träte er dem römischen gegenüber? Ob sie einander bekannt waren?

Da näherte sich auch schon das Fährboot. Zwei Ruderer tauschten Kommandos aus. Wortklänge, denen Tore auf heimischen Marktflecken begegnet war, bis tief ins Hinterland der Chauken hinein.

»Komm«, forderte er Eibert auf, »lass uns zum Boot gehen, bevor wir es verpassen.«

Doch Eibert hielt ihn zurück. »Die Fährleute sind nicht zum Vergnügen hier. Von unserer Existenz jedenfalls dürften sie keine Ahnung haben.«

In dieser Sekunde krachte eine Menschengruppe durchs Ufergehölz, keinen Speerwurf entfernt. Vier unbewaffnete, geschorene, bei genauerem Hinsehen an den Armen gefesselte Germanen betraten den schmalen Sandstreifen vor dem Anleger. Sie wurden von sechs Bewaffneten aufs Boot gestoßen. Tore traute seinen Augen nicht. Die Peiniger der Germanen waren Germanen.

»Sklavenhändler!«, flüsterte Eibert, »ihrer Haartracht und ihren Schilden nach zu urteilen, gehören sie zum Stamm der Tenkterer.«

Die Gefesselten wurden an hölzerne Bänke gebunden. Ihre Gesichter zeigten Schrammen und Blut, aber keine Spur von Demut. Einer der Sklaven zerrte wie wild an den Fesseln und begann, das Boot zum Schaukeln zu bringen. Sofort fuhr eine römische Flagrum auf ihn nieder. Die metallenen Kügelchen an den Enden der fein gearbeiteten Kettenpeitsche ließen die Haut des Geprügelten aufplatzen. Blut lief über seine Stirn, als die Knie nachgaben. Während einer der Fährleute das Boot startklar machte, drohte der andere den Gefangenen mit gezücktem Kurzschwert. Doch erntete er nur Beschimpfungen. Da beschwerten er sich bei den germanischen Sklavenhändlern über die Renitenz.

Der Anführer der diesseitigen Sklavenhändler antwortete: »Ah, ihr wollt also Waschweiber. Dann bestellt doch Waschweiber.«

Der wortführende Fährmann zückte grimmig einen Beutel und zählte dem Geschäftspartner römische Münzen in die Hand.

Kurze Zeit später lagen die kleine Bucht und ihr Anleger so beschaulich in der Vormittagssonne wie zuvor. Angesichts dieser Idylle war Tore versucht, an einen bösen Traum zu denken.

»Die Gefangenen sind das Ergebnis von Stammeszwistigkeiten«, erläuterte Eibert.

Tore entgegnete: »Bei uns, bei den Chauken, werden fremde Gefangene gegen unsere Gefangenen ausgetauscht oder als Unfreie zu Mitgliedern der Dorfgemeinschaft gemacht.«

»Wie man hört«, sagte Eibert, »versuchen römische Agenten die Streitigkeiten in und zwischen unseren Stämmen zu forcieren. Sie hoffen, dass die Sieger die Besiegten für billiges Geld als Sklaven verkaufen.« Dann brummte er: »Wir müssen uns in Acht nehmen, sonst werden wir beide ein ähnliches Schicksal erleiden.«

Inzwischen hatte das Fährboot die Flussmitte erreicht. Eibert griff in seinen Verpflegungsbeutel und zog ein helles Tuch hervor, in dem er gesammelte Beeren, Pflanzen und Würmer mit sich führte. Er breitete die Schätze der Natur vor sich aus.

»Hier, nimm und stärke dich erst einmal«, lud er Tore ein. Und: »Wenn das Boot drüben am Ufer anlegt, werden die Sklavenhändler hierseits über alle Berge sein.«

Nach dem bescheidenen Mahl verschwand Eibert im Uferdickicht. Es dauerte eine Weile, bis er zurückkehrte. Dann forderte er Tore auf, ihm zu folgen. Paralelel zum Rheinufer erreichten sie das Bett eines Bachs. Eibert blieb an einer scheinbar natürlichen Ausbuchtung des schmächtigen Wasserlaufs stehen. Erst sein Kopf, dann verschwand er gänzlich in dichtem Gesträuch. Tore folgte ihm. Nicht weit und zwischen Laub und verwachsenen Zweigen und Ästen wurde ein getarntes Boot sichtbar. Breitbäuchig, gehobelt und geglättet lag es auf dunkler Erde und Wurzelwerk. Jeder an einer Seite zogen und zerrten sie es an kurzen Stricken durch eine kurvige Rinne. Als sie den Rhein erreichten, richtete Eibert das einzige Segel, sodass das Boot dem Sklavenschiff vom frühen Morgen glich. Schon fuhren sie hinaus auf den Strom, begannen, gegen die Strömung zu kreuzen. Am vorausliegenden Ufer standen bewaffnete Posten auf Türmen, sondierten scharfäugig das Geschehen auf dem Rhein. Wölfen ähnlich, die aus einem Versteck heraus lauerten.

Zwei aufgeschüttete Felshaufen markierten die Einfahrt in ein kleines Hafenbecken, in dem zwei baugleiche Boote vor einer groben Mauer dümpelten. Wie selbstverständlich steuerte Eibert einen Treppenaufgang an, der auf eine schmale, gepflasterte Straße führte, die zwischen Kai und Wehrmauer verlief. Da bemerkte Tore ein schmales hölzernes Tor, das in die Palisadenfront geschnitten war und wohl in das steinerne Dorf führte. Geräuschvoll schwang es auf. Uniformierte erschienen. Tores Atem stockte. Wachsam beobachtete er das Geschehen. Da trat Eibert vor und begrüßte einen der Posten. Demonstrierten die Römer eben noch die Strenge eines Imperiums, so lockerte ihre Haltung rasch auf. Hände wurden ausgestreckt, berührten einander.

Kaum hatte Tore die Stadt betreten, schon geriet er ins Staunen über ein Ensemble steinerner Gebäude und Grundstücke, die von gepflasterten Straßen gesäumt wurden.

»Was für ein großartiges Dorf«, stammelte er.

»Es heißt nicht Dorf«, verbesserte Eibert, »die Römer nennen es Stadt. Und Rom ist tausend Mal so groß wie diese – Stadt.«

»Was, tausend? Was ist das, tausend?«

Für einen Augenblick war Eibert sprachlos. »Das ist ... Das ist so viel, wie Bienen in einen Bienenstock passen.«

»Bienenstock? Die Römer?«

»Ach komm, immer schön ruhig«, zischte Eibert, nicht dass man auf uns aufmerksam wird.«

Er fasste Tore um die Schultern, führte ihn über das Pflaster.

Von nun an hielt Tore mit Eibert Schritt, bemüht, angesichts der beeindruckenden Bauten zur Linken wie zur Rechten sein germanisches Selbstbewusstsein nicht gänzlich einzubüßen. Allein ein hölzerner Rundbau, hinter dessen Wänden Waffengeklirr und menschliche Laute wie Befehle und Zurufe zu hören waren, ließ ihn erneut zögern. Und wieder nötigte Eibert den Kameraden mit kräftiger Hand zum Weitergehen.

Dabei erklärte er: »Hier trainieren Sklaven für einen Kampf auf Leben und Tod.«

Ein bescheidener Fußmarsch noch, dann dünnte die Bebauung aus. Prächtige Gärten kamen zum Vorschein, die hinter mannshohen Zäunen von Macht und Reichtum kündeten. Tore wollte fragen, wer die Besitzer dieser Anwesen waren, doch duldete Eibert keine weitere Verzögerung. Hier wohnen wohl die römischen Führer oder die Götter selbst, überlegte Tore. Bald folgten sie einem einfachen, sandigen, monoton ansteigenden Weg. Nahe der Hügelkuppe bog Eibert nach links auf ein Grundstück ab. Zwei römisch uniformierte Männer patrouillierten auf sauberen Kieswegen. Eibert schien ihnen keine Gefahr zu bedeuten. Er sprach mit den Uniformierten. Man lachte miteinander, klopfte sich gegenseitig auf die Schultern. Tore verstand kein Wort. Die Wachen hinter sich lassend, folgte Eibert dem Weg zu einem ansehnlichen Gebäude. Es war aus behauenen Steinen errichtet und dominierte das gesamte Areal. Tore betrachtete das Obergeschoss. Gleichmäßig bildeten rechteckige Fenster eine perfekt austarierte Reihe.

Ob da oben Menschen wohnten? Normale Menschen? Die Verunsicherung, die Tore seit der Ankunft im Machtbereich des Imperiums verspürte, flammte auf wie die von Wind überhauchte Glut eines verglimmenden Feuers. Er betrachtete die lehmfarbenen Steine der Außenmauern. Wie mit feinstem Sand bearbeitet. Da wurde die Tür geöffnet. Ein unbewaffneter Mann von germanischer Statur stand zwischen den Zargen. Hinter ihm erschien eine weibliche Person. Ihre hellen Haare leuchteten. Ihr schlanker Leib steckte in einem langen Gewandt aus ungefärbtem Stoff, so wie er daheim in den Dörfern von freien Bäuerinnen bevorzugt wurde. Plötzlich bemerkte er im Hintergrund eine zweite Frau, die mit einem selbstbewussten, gestenreichen Habitus seine Aufmerksamkeit kaperte. Sie wirkte kräftig, athletisch geradezu und besaß dunkle, kastanienbraune Haare. Sie trug ein Kleid mit traditionellem nordgermanischen Schnitt, das unterhalb der rechten Schulter von einer Fibel gehalten wurde. Als Tore das Utensil in Augenschein nahm, erkannte er die feine Arbeit, mit der sein geliebter Vater einst praktische Gegenstände des täglichen Bedarfs gefertigt hatte. Zu tauschen gegen das Nötigste, was einer halbfreien Familie in den harten Monaten nach der Wintersonnenwende fehlte: Öl und Rinderfett zumeist. Doch diese Fibel hier hatte nie den Weg gefunden zu einem freien Dörfler. Sie war ein Geschenk des Vaters an seine Frau, Tores Mutter, gewesen. Ei, hatte sie nicht nach Ludwigs Verschwinden genau diese Fibel – ihre Lieblingsfibel – vermisst und hatte sie nicht über viele Tage mit großer Verzweiflung nach der Gewandnadel gesucht? Es war damals nur ein Mensch in Frage gekommen, der das Familienstück hätte an sich nehmen können: Ludwig. Doch die gut gelaunte, nur drei Schritte entfernt stehende Person war gewiss nicht Ludwig. Schon allein nicht, weil sie weibliche Züge besaß.

Innerlich bewegt trat Tore einen Schritt zur Seite, schielte mit stockendem Herzschlag über Eiberts Schulter hinweg. Und dann erkannte er die Frau, begleitet von heftigen Gefühlswallungen, von Erinnerungen an die Sehnsüchte und die schlimmste Enttäuschung seiner frühen Jahre: Heilgart, die schönste Frau Germaniens, der Liebreiz der nordischen Wälder. Tores Knie wurden weich. Nur mühsam gelang es ihm, ein Seufzen zu unterdrücken. Bei Wodan, jetzt bloß die Haltung bewahren. Unwillkürlich griff er nach Eiberts Arm. Der spürte die Not in den klammernden Fingern, stützte den Freund nach Kräften und schwieg. Kaum hatte Tore eine Besserung seines Zustandes signalisiert, wurde er von Eibert vor Heilgarts Angesicht gezogen.

»Darf ich vorstellen: Tore, mein Lebensretter vom Stamm der Chauken.«

Die Wunderschöne in dem langen, ärmellosen, fließenden Kleid zeigte sich erfreut.

»Tore!«, rief sie aus. Und: »Das Blut meines Mannes.« Mit ausgestrecktem Arm wies sie einen einfach gekleideten Knecht an: »Zeigt unserem Freund den Ruheraum.« Dann, direkt an Tore gewandt, fügte sie hinzu: »Wir sehen uns beim Essen. Du musst mir erzählen vom Geduldsberg und vom Flutensee« – sie lachte stockend – »und von meiner Familie, von all den anderen im Dorf und was alles geschehen ist seit damals.«

Wenig später stand Tore in der Tür zu einem rechteckigen Raum, an dessen Stirnseite die Sonne durch ein schmales, aufstrebendes Fenster hereinfiel. Ein kniehohes Lager auf zwei Kanthölzern stand vor der Wand. Breite, quer gespannte Ledergurte sicherten flach ausgepolsterte Säcke auf hölzernen Streben. Es duftete nach Stroh. Ein Leinentuch bedeckte das Bett. Tore widerstand der Versuchung nicht, lag nur Minuten später rückwärtig auf der Schlafstatt. Zu Hause in Germanien hatte sein Lager aus nacktem, aufgelegtem Stroh bestanden, mit einer Decke darauf, während die Bündel seiner Eltern von festem Stoff umsäumt gewesen waren. Alles in ihm entspannte. Ein sonderbares Empfinden, kniehoch über dem Boden zu liegen. Als würde man schweben. Hielten die Kanthölzer des Lagers sein Gewicht? Tore löste das Problem auf germanische Weise. Den ledernen Gurt gelockert, ein Ruck und schon lagen die Säcke neben dem Bett. Nur wenige Augenblicke später schlief er darauf ein.

Der Schlaf war kurz und erfrischend, so wie ihn Soldaten im Feld liebten. Geweckt wurde Tore vom Klopfen an der Tür. Mit einem Ruck stand er aufrecht, noch bevor die Tür in vollem Umfang geöffnet war. Im Flur stand Heilgart. Sie strahlte mit der Abendsonne um die Wette. Tore streckte seinen Rücken, wollte keine demütige, sondern die Haltung eines freien germanischen Mannes: aufrecht, das Kinn angehoben, die Muskeln gespannt. Doch hinter der Fassade lauerte Unsicherheit. Die Frau seines Bruders winkte ihn zur Tür hinaus.

»Komm«, sagte sie, »lass uns vor dem Abendessen spazieren gehen. Es muss nicht jeder hören, was wir uns zu erzählen haben.« Schon durchquerten sie den Garten, folgten einem ausgetretenen Pfad über eine bunte Wiese, vorbei an einer Baumreihe, hinauf auf die Kuppe des schmalen Hügels, der die Sicht bis tief ins Land und über den Rhein hinweg gestattete. Unwillkürlich suchte Tore die weite Landschaft nach Feldern und Weiden ab. Bauten die Römer das Getreide auf die gleiche Weise an wie die Germanen? Genaues war aus der Ferne nicht zu erkennen. Auf der Hügelspitze standen ein hölzerner Tisch und passende Stühle. Abseits, dicht gedrängt, warteten Liegen aus dunklem Holz. Die eigenartigen Möbelstücke weckten Tores Interesse. Sie erinnerten ihn an das Bett in dem Zimmer, das ihm von Heilgart zugewiesen war.

»Schlafen die Römer unter freiem Himmel?«, fragte er.

Heilgart sah ihn belustigt an. »Auch ich bin bei unserer Ankunft diesseits des Rheins erstaunt gewesen über so manche Seite der römischen Lebensart. Ja, die Römer schlafen in heißen Nächten auch im Freien, so wie wir übrigens auch in unseren Dörfern.«

»Aber wir ruhen auf Decken im Gras«, wandte Tore ein.

»Die Römer auch«, erklärte Heilgart, »dabei sind sie uns gar nicht so unähnlich, aber sie lieben eben diese Ruhemöbel. Manche essen sogar im Liegen.«

Schon hatte Tore sich gesetzt, genoss nochmals die Aussicht auf das beeindruckende Rhein-Panorama. Der gewaltige Strom drängte in Täler und Senken, verschwand in der Ferne hinter Hügeln und Bergen. Unten am Ufer drängten steinerne Gebäude in die Landschaft. Tore schaute zur anderen Seite des Hügels hinunter, wo in der Ferne ein weitläufiger, gepflasterter Platz zu sehen war. Mitten darauf: Holzgerüste, die einen eigenartigen Felsbrocken umfingen.

Heilgart bemerkte Tores Interesse und erklärte, dass auf dem Platz vor dem Forum eine große steinerne Statue errichtet werde. Sie solle nach ihrer Fertigstellung Kaiser Augustus darstellen. Tore griff nach seinem Lederbeutel und zog eine Münze hervor.

»Meinst du diesen Römer hier?«

Die Schöne prüfte das Geldstück, nickte. »Man sagt, er wäre kein einfacher Herrscher. Man hält ihn für einen Gott.«

»Ist er ein Gott?«

»Keine Ahnung, jedenfalls wird er von den Römern verehrt wie ein Gott. Und – er schreitet auch so.«

Noch nie hatte Tore darüber nachgedacht, wie ein Gott schritt. Für ihn befuhren Götter den Himmel, ruhten auf den Wipfeln von Eichen und Eschen.

»Bist du dem Kaiser Augustus schon einmal begegnet?«, fragte er.

»Ja, in Rom, da hat er auf einer Treppe des Palastes einer Siegesparade beigewohnt.«

Was, in Wodans Namen, rätselte Tore, mochte bloß eine Siegesparade sein?

»Rom? Du bist wirklich in Rom gewesen?« Auf Tores Gesicht tanzten rote Flecken, wie so oft, wenn Verblüffung und Neugier zusammentrafen.

»Ja, gemeinsam mit Ludwig, wir sind im Gefolge von Arminius, deines Bruders Herrn, gereist, einem Cherusker und römischen Ritter und Vertrauten des Statthalters Varus«, erklärte Heilgart.

Selbstverständlich war Tore der Name Varus bekannt. Aus Erzählungen auf den Marktplätzen, aus den Berichten Reisender, nicht zuletzt durch Eibert. Da wurde Ihm unheimlich, wie freimütig Heilgart über den römischen Beherrscher Germaniens sprach. Und: Wie hatte ein Paar wie Ludwig und Heilgart nur in den Besitz dieses Anwesens gelangen können? Das wichtigste aber: Wo hielt sich sein Bruder Ludwig auf?

Zum Rhein hin stand eine hölzerne Bank. Ein lauer Wind trug einen erfrischenden Hauch des in der Sonne schwitzenden Stroms herauf. Der Anblick der gepflegten, den Hügel hinabspringenden Gärten, in denen zauberhafte Blumen leuchteten, fesselte Tores Sinne. Was für ein Überfluss. Nicht zu vergleichen mit den düsteren Lichtungen im nordischen Wald.

Auf einmal machte Heilgart ein ernstes Gesicht. »Wenn du willst«, sagte sie, »darfst du hier bei uns bleiben, ein neues Leben beginnen. Vielleicht können wir dir die römische Bürgerschaft beschaffen, die dich zu einem freien Mann macht.«

Tore wurde schlagartig hellwach. Er, Tore, ein quasi-römischer Bürger? Was für ein absurder Gedanke. So hatte er seine Zukunft nicht geplant. Nein, sein ungebrochenes Ziel war nicht einfach nur Freiheit, sondern der Status eines freien germanischen Bauern.

Wie es schien, erwartete Heilgart keine sofortige Antwort auf ihre Idee, den Schwager diesseits des Rheins ansässig werden zu lassen.

Als Tore mit fragenden Augen auf das nordöstliche Rheinufer mit seinen schier endlos sich ausdehnenden Buchenwäldern zeigte, erklärte sie: »Dort drüben, unendlich weit hinter den Wipfeln, liegt unsere Heimat. Doch leider sind wir bei unseren Brüdern und Schwestern nicht willkommen. Entweder würden sie uns erschlagen, an die Römer verkaufen oder an Wigmar und meinen Vater ausliefern.«

»Wollt ihr nicht eines Tages zurückkehren unter den Himmel unserer Götter?«

Heilgart fuhr auf, ihre Augen flackerten. »Bei Wodan zu sein, heißt, ihm mit Freuden zu dienen. Das gilt auch für Thor und Freyr. Leider ist uns dieses Vergnügen derzeitig verwehrt.«

Worte, die Tore einleuchteten. »Eine Frage noch, wie lange müssen wir warten? Und vor allem: Worauf sollen wir warten?«

Heilgarts Stimme bekam einen geheimnisvollen Klang, wie er zuletzt in vielen Gegenden häufiger zu hören war. »Es sind Bestrebungen im Gange, über die zu reden noch nicht die Zeit ist. Am Ende werden unsere germanischen Stämme geeint und mächtiger sein, als es Rom je sein könnte. Oder der gesamte Norden gerät endgültig in die Hände der römischen Besatzer.«

Tore staunte. Die Frau, die so schön und unantastbar in ihrem hellen, wehenden Linnen vor ihm stand, war nicht mehr einfach nur die wunderschöne Wäscherin und Tochter des einflussreichsten Mannes auf dem Geduldsberg. Nein, diese Frau zeigte die Entschlossenheit einer Herrscherin. Auf einmal kehrte all die Bewunderung zurück, die er einst empfunden hatte. Nie hatte er sich dieser Frau näher gefühlt als jetzt und zugleich ferner denn je. Neidlos anerkannte er, dass Ludwig zu jeder Zeit des brüderlichen Daseins der Stärkere gewesen war, der mutigere, der Kämpfer. Die Götter wussten eben, wohin eine schöne Frau gehörte.

Später brannten im Garten mehrere Feuer. Darüber wurden Teile einer Ziege geröstet. Der Duft von verbranntem Fett und verlockenden Gewürzen durchwaberte die Abendluft. Aneinander gestellte Tische aus geglättetem Buchenholz bildeten die praktische Grundlage für ein kräftiges Abendessen. Stühle standen im Gras und luden zum Sitzen in einer umschmeichelnden Brise, die die sprühenden Funken kaum höher als bis zur Brust tanzen ließ. Fast fühlte Tore sich heimisch wie zu Hause bei den Feiern der Chauken. Nur dass es auf den dortigen Festplätzen lärmender zuging und der Himmel und die Sonne von mächtigen Eichen in Schach gehalten wurden. Vor allem aber: Hier saß er als Gast in der Runde; zu Hause musste sich ein Halbfreier bereithalten, die Gemeinschaft zu bedienen.

In tönernen, kunstvoll verzierten Schüsseln standen Bohnen und blättriges Gemüse auf dem Tisch. Unbekannte, luftig gebackene Brote lagen auf weißen Tüchern. Davor warteten Messer auf ihre Verwendung. Ligulae aus Messing waren Schüsseln mit Bohnen zugeordnet. Kostbare Teller luden zum Befüllen, schön anzuschauen, ganz wie auf dem großen Markt an der Elbe. Ungewohnt für jeden, der es gewohnt war, Fleisch und Fladenbrot direkt vom Feuer oder heißem Stein zu essen.

Ein Wink von Heilgart und schon kamen Bedienstete gelaufen. Sie stellten Becher auf den Tisch. Andere schleppten Amphoren von etwa fünf Litern Füllmenge heran, stellten sie im Garten ab. Tore wagte kaum zu glauben, was für eine Kostbarkeit er in den Gefäßen vermutete. Er selbst hatte nie offen von dem roten Wein trinken dürfen, den er einst vom großen Markt hatte transportieren müssen für die Wohlhabenden und Mächtigen unter den Dorfbewohnern am Flutensee. Dann beobachtete er, wie das Getränk umgefüllt wurde von den Amphoren in kleinere Gefäße. Bedienstete, freie wie Sklaven, brachten sie an die Tische. Neugierig äugte Tore in seinen Becher, versuchte, den Duft des Getränks einzufangen. Zu gern hätte er davon gekostet, doch wagte er es nicht. Was schrieben die Trinksitten vor? Bei den Germanen besaß der Anführer das Recht auf den ersten Schluck. Dann aber ließ er sich doch noch animieren.

Heilgart ließ gegenüber den Anwesenden keine Zweifel aufkommen an ihrer familiären Nähe zu Tore. Ein Wink genügte, um ihm ein saftiges Stück Fleisch zukommen zu lassen. Den Göttern sei Dank, was gab es schmackhafteres als eine durchgegarte Ziege? Er nahm das Fleisch in die Finger, führte es zum Mund, um abzubeißen. Da bemerkte er, dass die gerösteten Stücke von so manchem in der Runde mit einem Messer in mundgerechte Happen zerteilt wurden. Besonders verwunderlich erschienen ihm die römischen Gäste. Sie trugen ein Lederfutteral mit sich, dem sie eigene Löffel und Messer entnahmen. Insgesamt konnte Tore gar nicht genug bekommen von den exotischen, abwechselnd scharfen und süßlichen Genüssen, die in der von Fackeln beleuchteten Milde des Abends zu einem rauschhaften Erlebnis wurden.

Irgendwann kam ein bewaffneter Bote in scharfem Galopp aufs Grundstück geritten. Schweißnass sprang er vom Pferd und verlangte Heilgart zu sprechen. Die Geräusche im Garten verebbten. Im alkoholisierten Zustand versuchte Tore, den Auftritt des Boten irgendwie einzuordnen. Doch zum ersten Mal in seinem Leben spürte er eine schwindende Wahrnehmung. Der Wein, schoss es ihm durch den Kopf, bevor er zur Seite fiel. Nicht lange und er wurde von Eibert aufs Zimmer geleitet.

Anderntags war die frohsinnige Stimmung verflogen.

Tore befand sich auf dem Rückweg vom morgendlichen Wasserlassen, als er von Heilgart angesprochen wurde: »Es liegt Gefahr in der Luft, gestern Abend wurde uns berichtet, dass in der Stadt zwei Kaufleute eingetroffen sind; wie es heißt, aus dem Stammesgebiet unserer Väter. Wir müssen herausfinden, ob die Männer wirklich zu uns Chauken gehören und einfach nur Handel treiben wollen. Bis dahin«, so bestimmte sie resolut, »muss ich von dir verlangen, dieses Grundstück nicht zu verlassen.«
Tore, eben noch erleichtert durch die Entleerung seiner Blase, stammelte verstört von seinem Einverständnis.

»Im Übrigen«, ergänzte Heilgart, »musst du für deine Ausscheidungen nicht den Garten aufsuchen.«
Sie führte ihn ums Haus herum, wo unter einem schrägen Dach ein gerader, geglätteter, viele Schritte lang sich ausdehnender Balken zum Sitzen einlud. Einem darunter verlaufenden gemauerten Graben entströmte ein dezenter Geruch. Neben Tore schimmerte in mehreren Kübeln sauberes Wasser.

»Es dient zur Reinigung und zum Spülen«, erklärte Heilgart.
Tore war beeindruckt. Daheim, im germanischen Wald, genügte ein rasch gegrabenes Erdloch. Was immer die Römer sich bei dieser Abortanlage dachten, leicht machten sie es sich nicht.

»Alle 10 Tage öffnen wir einen kleinen Kanal«, so Heilgart weiter, »durch den wir Wasser fließen lassen, wodurch der verbliebene Inhalt des Grabens den Hügel hinab in den Rhein gespült wird. Täglich ist uns diese Prozedur leider nicht möglich, weil wir auf unserer Anhöhe zu wenig Wasser sammeln können.«
Tore benötigte nicht lange für eine Erwiderung. Und trotzdem seien die Germanen klüger, befand er trotzig, sie würden ihre Ausscheidungen für die Lederherstellung nutzen, der Rest werde auf die Felder geschüttet. Eine richtige Dosierung habe nach seinen Erfahrungen stets zu besten Ernteerträgen geführt.

Heilgart rief nach einer Magd, die Tore auf einen großzügigen Innenhof führte: ein Atrium, wie es hieß. Hier, unter wolkenlosem Himmel und umgeben von der sanften Wärme lehmiger Farben, packte ihn die Bewunderung für die römische Baukunst. Die Gestalt des Atriums einsaugend, geriet er ins Schwärmen. Was für ein Haus, wie überlegt und schlau es doch konzipiert war. Wo war Ähnliches auf der germanischen Rheinseite zu bestaunen? Sicher, auch dort gab es großzügige Wohnsitze, nämlich die von reichen und mächtigen Fürsten; doch imponierten sie allein durch ihre schiere Größe. Anstatt sie zu vervollkommnen ritten Mächtige lieber in größeren Gruppen schwer bewaffnet durchs Land, um den Nachbarn zu imponieren oder sie gar mit einem x-beliebigen Vorwand zu überfallen. Nicht lange und Heilgart betrat den umschlossenen Hof. Geradewegs steuerte sie auf Tore zu, nahm an seiner Seite Platz. Grüblerisch richtete sie ihre Augen auf ihn.

»Die zwei bedrohlichen Händler sind im Forum als Chauken vorgestellt worden«, es sind tatsächlich Rutger und Osbert.«

Auf der Stelle verkrampfte Tores Mimik. »Was wollen ausgerechnet die hier?« Dann: »Ich habe sie öfter zu den Märkten an den großen Flüssen begleiten dürfen. Dort haben sie Felle und deine Seifen, manchmal auch Getreide gegen Waffen und Eisenkram getauscht. Auch Wein habe ich auf den Fahrten in meiner Obhut gehabt.« Heilgart lächelte. Selbstverständlich wusste sie, welche Reisen Tore hatte mitmachen dürfen.

Dann informierte sie: »Die Chauken sind ohne Felle oder Seifen gekommen. Sie sind Gäste einflussreicher römischer Kaufleute.« Tore antwortete: »Vielleicht sind sie hier, um die Handelsbeziehungen zu fördern.«

Heilgart blieb skeptisch. »Was immer unsere chaukischen Brüder dazu bewogen haben mag, die weite Reise auf sich zu nehmen, wir müssen vorsichtig sein. Unser Feind Wigmar ist ein rachsüchtiger und skrupelloser Mensch mit einem ausgeprägten Ehrgefühl. Wir müssen mit dem Schlimmsten rechnen.«

»Mit dem Schlimmsten ...«, wiederholte Tore Heilgarts Worte und fragte: »Was verstehst du unter „schlimm"?«
Sie atmete tief ein, so als benötigte sie für die Beantwortung der Frage mehr Atem als sonst.

Dann erklärte sie: »Hier in der römischen Welt sind Kaufleute nicht einfach nur Händler. Sie sind sehr eng verbandelt mit der

Macht des Militärs. Händler wissen sehr viel, auch Unkaufmännisches, weil das Geschäft, weil drohende Verluste sie ganz einfach zwingen, viel zu wissen. Auch ist ihr Tun eng mit dem Legaten abgestimmt, sie leben mit der militärischen Führung hinter einem dunklen Vorhang. Da wird getuschelt und gezischelt. Und nichts in dieser imperialen Welt ist bedeutungslos.«

Und wenn schon, dachte Tore. So lange Rutger und Osbert nichts von seiner, Tores, Anwesenheit wissen, so lange können sie ihm nicht gefährlich werden. Dann hörte er seine Schwägerin sagen, dass sie selbst Boten ausgesandt habe, auch jenseits der Elbe nach einem Gefolge aus dem Land der Chauken zu forschen. Zum ersten Mal und völlig unerwartet umarmte sie Tore, drückte ihn fest an sich. Dabei sagte sie mit fast flehender Stimme: »Es ist wirklich besser, wenn du vorläufig im Haus bleibst.«

Tores Empfinden wehrte sich still. Sollte dieses Haus sein Kerker werden? Er war doch nicht aus der heimatlichen Halbversklavung geflohen, um in der Fremde eingesperrt zu werden.

Heilgart schien sein Widerstreben zu spüren. »Das Ausgehverbot gilt nur vorübergehend. Denk daran, dass deine Spur auch zu uns, zu Ludwig und mir, führen könnte. Und noch etwas«, sagte sie eindringlich, »nie dürfen wir vergessen, dass auch unsere chaukischen Stammesführer mit den Römern verhandeln. Wir aber streben nach Selbstbestimmung.«

Tore wollte nachfragen, doch zog das Knarren trockener Scharniere und eine Person, die das Atrium betrat, alle Aufmerksamkeit auf sich: Eibert. Sein klares, selbstbewusstes Auftreten imponierte Tore auch hier.

»Darf ich hinzutreten?«

Und schon war der Fluchtgefährte heran, senkte respektvoll den Blick. Eine große Geste. Denn im Beisein Dritter würde kein freier germanischer Mann gegenüber einer Frau Demut zelebrieren. Eibert kam rasch zur Sache. Er sei informiert über die missliche Lage, die die Händler aus dem Chaukenland hervorgerufen hätten. Doch könne man leider nichts gegen sie unternehmen, da sie unter dem Schutz einflussreicher Römer stünden, die auf gute Geschäfte hofften. Aus diesem Grund schlug Eibert einen Ausflug aufs Land vor und zwar mit und wegen Tore. Es sei ja kein Geheimnis, dass er ein großes Interesse am Ackerbau besitze, sogar seine Zukunft darin sehe. Tores Augen leuchteten auf. Nichts lieber als das, hätte er am liebsten ausgerufen, beließ es aber bei einem nüchternen Kopfnicken.

Heilgart, die es lieber sähe, wenn Tore im Haus verbliebe, lehnte Eiberts Vorschlag ab: »Wir dürfen keine Aufmerksamkeit erregen, weder in der Stadt noch auf dem Land. Niemand soll auf uns schauen, niemand sich mit uns beschäftigen, niemand Fragen stellen, auf die wir unaufrichtige Antworten geben müssten. Gar keine Worte sind immer noch besser als unwahre Worte.« Und: »Nur im Zustand der Unsichtbarkeit sind wir wirklich sicher.« Mit noch eindringlicherer Stimme schloss sie: »Bedenkt, es geht um unser aller Leben und um unser aller Tod.«
Heilgart hatte ihren Appell mit so ergreifender Emotion vorgetragen, dass Tore Gänsehaut bekam. Was, bei Wodan, konnte es sein, das solche Gefühle hervorrief?

Mit einem Räuspern sagte er: »Wäre es nicht endlich an der Zeit, mich einzuweihen in euer großes Geheimnis? Ich bin kein Kind mehr, das mit einem Holzschwert gegen eine Gans kämpft.«
Heilgart und Eibert schauten einander an, in den Gesichtern Nachdenklichkeit. Eine schwere, wie aus Bronze gegossene Stille füllte die Luft.

»Eine, höchstens drei Nächte noch«, sagte Heilgart schließlich zu Tore, »spätestens dann wirst du eine Antwort erhalten. Und zwar von deinem Bruder, der zurückkehren wird aus Gallien. Er reitet an der Seite von Arminius, dem Cherusker und römischen Ritter, der hier regelmäßig einkehrt. Er befehligt tausende germanische Reiter als römische Hilfstruppen unter dem Oberkommando des Statthalters Quinctilius Varus. Varus will übrigens ab morgen mehrere Gerichtstage abhalten.«

»Gerichtstage?«, fragte Tore erstaunt.

Jetzt war es Eibert, der das Wort ergriff: »Das bedeutet, dass Streitigkeiten geschlichtet werden. Die Bürger treten vor den Statthalter und tragen ihre Standpunkte vor. Varus hört sie an und fällt eine Entscheidung, die für beide streitenden Parteien gültig ist. Denn er wendet Rechtssprüche an, die auch in Rom gültig sind. Die zu befolgen, ist oberstes Gebot, weil jeder weiß, dass ein Imperium unter der Führung von Gottkaiser Augustus nicht irren kann.«

Tore erinnerte sich. »Ach ja, die Römer kennen keine Things, wo das Recht der Stämme und der Stammesangehörigen erst beraten, dann nach guter, alter Sitte gesprochen wird.«

Geradezu emphatisch wiederholte Eibert: »Wo das Imperium zu Hause ist, ist eben nur einer im Recht und das ist Kaiser Augustus, der ja quasi ein Gott ist.« Eibert hob die Augenbrauen, betrachtete Tore prüfend: »Mir scheint, du zweifelst an meinen Worten. Also sage ich es noch einmal: Hier regiert Rom, niemand sonst. Und bilde dir nicht ein, du könntest dein Recht oder deine Meinung diesseits der Elbe selbst in die Hand nehmen. Weder mit den Fäusten noch mit dem Kurzspeer. Du würdest schneller in den Katakomben der Arenen verschwinden, als du denkst.«

Tore verstand die Botschaft. Die römische Lebensart unterschied sich eben doch von der germanischen weit mehr als gedacht.

Eibert wechselte das Thema: »Ich habe Hunger.« Daraufhin durchquerte Heilgart das Atrium, öffnete eine Tür, rief einige Worte in der Sprache der Römer. Tore glaubte mehrmals das Wort »lentaculum« herauszuhören. Bedeutete es vielleicht so etwas wie Essen? Er nahm sich vor, die neue Sprache sobald wie möglich zu erlernen. Minuten später sollte seine Vermutung wahr werden. Ruck, zuck wurde ein beweglicher Tisch aufgestellt. Darauf: hölzerne Schüsseln mit einem zähen Getreidebrei und Zutaten wie Eier, Honig, knackige, saftige Gemüsestangen von rötlicher Farbe und Nüsse. Selbstverständlich waren Tore Nüsse bekannt. Gegessen hatte er die Köstlichkeiten freilich selten. Immerhin fielen zur Jahreszeit der länger werdenden Mondphasen fast überall Bucheckern aus den Baumkronen. Die waren nicht nur für Kinder ein willkommenes Knabbervergnügen, wenn auch nur verträglich in kleinen Mengen. Heute genoss Tore die leckeren Nüsse.

Anschließend, mit dem Behagen eines rundum Gesättigten, kehrte seine Unternehmungslust zurück.

»Wäre es nicht doch möglich, ins Umland zu reisen?«, fragte er. Und an Heilgart gerichtet: »Ich könnte mich verkleiden, sodass ich nicht zu erkennen bin.«

Heilgart antwortete: »Ich dachte, wir hätten Einigkeit erzielt. Bevor wir nicht genau wissen, was die chaukischen Händler über den Rhein geführt hat, bleiben wir in Deckung. Rom hat große Ohren und Augen und ein riesiges Maul, zwischen dessen Zähnen zu stecken wahrlich kein Vergnügen ist.« Als sie in Tores Mimik so etwas wie Aufbegehren bemerkte, setzte sie hinzu: »Bald kommt dein Bruder zurück und auch sein Herr Arminius; ich bin sicher, dass du uns dann verstehen wirst.«

In diesem Moment trat eine Sklavin heran. Unterm Arm trug sie ein Tablett, um den Tisch abzuräumen. Die Unfreie war Tore schon gestern Abend beim großen Essen aufgefallen. Neugierig folgte er ihren Bewegungen, bestaunte ihre Anmut. Glatt gekämmte schwarze Haare schimmerten in seidigem Glanz. Und ihr zart-dunkler Teint kontrastierte mit den breiten Trägern eines einfachen Gewandes. Die gerade Nase stach kurz unter hübschen Augen hervor. So ungewohnt der Anblick für Tore auch sein mochte, fühlte er doch eine gewisse Anziehungskraft, die von der Sklavin ausging. Zudem tat ihm die hübsche Frau leid, auch wenn es ja nur die Götter gewesen sein konnten, die das Sklavendasein erfunden hatten. Ja, wie denn sonst sollte der Unterschied zwischen Freien und Unfreien in die Welt gekommen sein?

Tores Neugier blieb Heilgart nicht verborgen.

Sie beorderte die junge Frau heran: »Wenn du abgeräumt hast, zeige unserem Gast das Haus, führe ihn ans höchstgelegene Fenster, erkläre ihm die Landschaft, beantworte seine Fragen geduldig.« Die Sklavin wiederholte die Worte zur Bestätigung und begann, das beladene Tablett davonzutragen.

Tore staunte. »Spricht sie die Sprache unserer Ahnen?«

»Ja«, erwiderte Heilgart, »sie ist sehr fleißig und gelehrig. Darum ist sie für die Betreuung von Kindern zuständig. Küchenarbeiten erledigt sie nur ausnahmsweise, weil zwei Sklaven geflohen sind.«

»So wie auch ich geflohen bin?«, fragte Tore interessiert.

»Ja, es ist schade für die jungen Männer. Sie haben unsere Speisen stets gut zubereitet, jetzt aber erwartet sie eine schlimme Strafe.«

»Strafe?«, fragte Tore aufhorchend. Und: »Eben hast du gesagt, dass die Sklaven geflüchtet sind. Wie soll jemand bestraft werden, der gar nicht anwesend ist?«

Heilgart lachte. »Bislang ist noch jeder eingefangen worden.«

»Was für eine Strafe werden sie bekommen?«

»Sie werden in der Arena um ihr Leben kämpfen.« Heilgarts Ton wurde weicher. »So haben sie im Kampf eine geringe Chance.«

Tore gruselte es. Irgendwie taten ihm die Entflohenen leid. Still wünschte er ihrer Flucht ein gutes Gelingen.

»Bevor ich es vergesse«, nahm Heilgart wieder das Wort, »die Sklavin heißt Giulia. Sie wurde uns von Arminius überlassen, als Dankeschön für die Tapferkeit deines Bruders im punischen Krieg.

Tore bemerkte den Stolz, der mit Ludwigs Namen anklang.
Da kam die Sklavin Giulia auch schon zurück ins Atrium. Sie hatte die Kleidung gewechselt. An den Füßen, bis über die Knöchel, trug sie kunstvoll gefertigte Sandalen aus einem für Tore unbekannten Textil. In unterwürfigem Tonfall forderte sie Tore auf, ihr zu folgen.

Sie führte Tore durch verschiedene Flügel des Hauses. Er staunte über die inneren Ausmaße des Gebäudes, vor allem über die großzügig bemessenen Quartiere für Knechte, die in der Nähe ihrer Tätigkeitsbereiche angelegt waren. Bald erreichten sie die Flure, die zu den Gästezimmern führten. Irritiert bemerkte Tore, dass die Sklavin mit jedem Schritt nervöser wurde.

»In diesem Bereich gastieren der Hausherr und andere herrschaftliche Bewohner und Gäste. Herr dieses Hauses ist übrigens Menorics, der zur Zeit irgendwo in Gallien Handelsgeschäften nachgeht. Nur Heilgart könnte wissen, wann genau er zurückkehren wird. Morgen oder übermorgen aber wird der edle römische Ritter Arminius eintreffen. Er kämpft mit seinen Reitern für Rom gegen Aufständische im weiten Osten des Imperiums.« Dann, flüsternd, geradezu ehrfürchtig sagte sie: »Es ist der Reiterpräfekt Arminius, der mich in dieses Haus gesteckt hat.«
Während Giulia noch erklärte, was Tore bereits wusste, wollte er die Räumlichkeiten betreten. Doch die Sklavin versperrte den Weg.

»Hier einzutreten ist strengstens verboten. Nur Heilgart und Ludwig dürfen die Schwelle in Abwesenheit der Herren Menorics und Arminius überschreiten.«

»Was ist mit Menorics' Familie«, fragte Tore, »wo wohnt sie?«

»Sie lebt rheinabwärts in einer größeren Stadt oder in Rom, je nach Lust und Laune.« Giulia flüsterte: »Es heißt, sie habe wenig Freude an einem Leben in direkter Nachbarschaft der Germanen.«
Tore erkannte, dass die Sklavin viel wusste. Neugierig, den Ton ganz unaufgeregt, fragte er nach Ludwig, welche Stellung der Bruder in diesem Haus innehabe.

»Ludwig ist ein hoch geschätzter persönlicher Leib-Kämpfer von Arminius. Er soll ihm sogar das Leben gerettet haben, sagt man.«

Doch dann sperrte sich Giulia gegen die Preisgabe weiterer Informationen. Sie dürfe keine näheren Auskünfte über die Bewohner des Hauses geben, ja sie dürfe nicht einmal davon wissen. Worte, die Tore nicht zufriedenstellten.

Listig trat er an Giulia heran, fasste sie um die Hüften. »Du musst nicht glauben, dass ich viel anders bin als du. Auch ich bin bis vor wenigen Monden ein Sklave gewesen, allerdings in Germanien, nicht hier im römischen Reich.«

»Oh«, reagierte Giulia, »man sagt, dass die Sklaven in Germanien sehr schwer arbeiten müssen.«

Tore versicherte, dass es bei seinem Stamm einen Ehrenkodex gebe, demzufolge ein Sklavenhalter sein Ansehen einbüßen könne, wenn er maßlos und ungerecht sei.
Inzwischen begann Giulia Tores Seele zu erwärmen.

Er grinste verlegen, als er anbot: »Vielleicht kann ich dir helfen.« Er sah sie an, musterte ihre schrägen, geheimnisvollen Augen, senkte vor ihren warmen, dunklen Pupillen den Blick und landete auf ihren spitz grüßenden Brüsten. Schon spürte er eine innere Hitze. »Ja, ich möchte dir helfen«, fuhr er kurzatmig fort, »unbedingt möchte ich dir helfen, wir sind doch aus der gleichen Schicksalswurzel geschnitzt, auch wenn über uns verschiedene Götter wachen. Heute sind wir zusammengeführt worden. Das muss etwas zu bedeuten haben.« Erwartungsvoll, mit Bedrückung in der Brust, spürte er sein pulsierendes Blut in den Adern.

»Oh, das hast du schön gesagt«, antwortete Giulia und hielt die linke Hand vor dem Mund. Dann begann sie zu kichern, auf und abschwellend, ausufernd fast.
Tore erstarrte. Wurde er gerade ausgelacht? Seine zurechtgelegten Worte blieben im Hals stecken. Plötzlich fühlte er sich klein, so winzig wie als Kind an der Hand seines Vaters, als der nach dem Verlust der Freiheit erstmals den Dörflern gegenübergetreten war. Wut stieg in Tore auf. Ein Leichtes wäre es jetzt, sich zu verabschieden, die Hausbegehung unter irgendeinem Vorwand zu beenden. Heftig verspürte er den Wunsch, die Sklavin zu demütigen. Ich bin kein Unfreier mehr, hämmerte es hinter seiner Stirn, und: Sie ist die Sklavin, nicht ich. Doch irgendetwas hielt ihn zurück. Ei, diese Frau könnte von Wodan geschickt worden sein, ihm, Tore, Halt und seinem Leben neben der Landwirtschaft einen zweiten Sinn zu geben.

Giulia brach das Kichern abrupt ab und setzte die Führung durchs Haus fort. Zwischendurch, im Gesprächsverlauf, verriet sie ihre Furcht, die Götter ihres Vaters und Großvaters anzurufen. Sie empfinde ihren vertrauten Göttern gegenüber Scham und Schuld. Zudem habe sie als Sklavin kein Recht auf deren Schutz. Deswegen würde sie seit einiger Zeit die römischen Götter anrufen. Irgendeinem Gott müsse ein Mensch vertrauen. Das gelte für eine Sklavin wie für jedermann, sonst versinke man in Verlassenheit und Ausgeliefertsein.

Die Vorstellung, sich von den Göttern der Väter abzuwenden, ließ Tore schaudern. »Man kann doch nicht die eigene Abstammung verleugnen.«

»Doch, man kann«, bekam er zur Antwort, »wenn man von den eigenen Göttern verlassen worden ist und wenn sie unendlich fern sind. Hinter riesigen Bergen, hinter Meeren und Flüssen, hinter dem Horizont sogar.« Außerdem: »Wie sollen die Götter einen Menschen erkennen, dem der Name geraubt worden ist?«

»Oh«, reagierte Tore, »wie das? Der Name eines Menschen gehört doch zu einem Menschen wie seine Nase oder seine Ohren – oder eben wie seine Götter.«

»Die Römer geben ihren Sklaven grundsätzlich neue Namen.«

»Ei, wie lautet dein tatsächlicher Name?«

»Eilinee.«

Tore ließ den Klang in seinen Empfindungen widerhallen.

»Weißt du was«, antwortete er, »immer dann, wenn wir allein sind, werde ich dich mit deinem Geburtsnamen ansprechen.«

Da zeigte Giulia ein einverstandenes Lächeln auf dem Gesicht, über das eine Träne rollte.

Tore war berührt. Um eine Frau in der germanischen Heimat zum Weinen zu bringen, bedurfte es gesteigerter, zumeist fürchterlicher Umstände. Er hatte zuletzt seine Mutter weinen sehen, als sein Bruder Ludwig quasi über Nacht verschwunden war. Wie gern hätte Tore ihr die köstliche Nachricht von dem guten, freien Leben ihres Erstgeborenen überbracht. Leider weilte die Mutter bei den Ahnen. Tore presste die Lippen aufeinander und umarmte die Sklavin.

»Glaube mir«, sagte er, »ich fühle mich in deinem persönlichen Kummer ganz zu Hause.«

»Aber du bist doch ein Germane«, entfuhr es Giulia.

»Ja«, antwortete Tore mit einem amüsierten Zug an den Mundwinkeln, »aber wir Barbaren sind auch Menschen.«

Giulias offenes Gefühlsleben, vor allem aber ihr Vertrauen, wärmte seine Seele. Und schon bald, auf dem Weg in den Vorratskeller, berührte er ihren Hals und begann, sie zu streicheln. Giulia ließ es geschehen, einmal, zweimal; und schon schmiegte sich ihr Leib gegen den seinen. Da erlebte Tore zum ersten Mal in seinem Leben Empfindungen, die ihm erwachsen vorkamen, die Kopf und Bauch in seltsamer Weise aufzulösen schienen.

In stiller Umarmung standen sie im Halbdunkel des Gewölbes. Was sollte er sagen? Er schielte auf ihr Haupt, auf ihr glänzendes, in der Mitte gescheiteltes Haar. Ihrem Mund entsprang ein leises Seufzen. War das Liebe? Obwohl es Tore drängte, versuchte er nicht, aufs Ganze zu gehen. Als sie den Keller verließen, ließ er seinen Blick noch einmal schweifen. Nie zuvor hatte er so viele und vielfältige Holzfässer, Säcke, Kübel und kunstfertige Amphoren von so verschiedener Größe und aus so verschiedenen Materialien gesehen. Sogar durchsichtige Flakons waren darunter. In den kleinsten, so verriet Giulia, befänden sich auch Drogen und Gifte. In welchen der Gefäße was genau steckte, vermochte sie allerdings nicht zu sagen. Doch nicht nur die Vielfalt der Waren waren beeindruckend. Auch der Keller selbst, die bauliche Konstruktion: aufgeschichtete Feldsteine, aus Ziegelsteinen gemauerte Bögen – all dies tief im Erdreich. Und dennoch war nirgendwo Feuchtigkeit zu finden. Wie oft hatte er daheim am Flutensee verfaulte Holzstämme aus matschigem Erdreich gezogen, um sie durch gut abgelagerte Eichenpfosten zu ersetzen.

Bald standen Tore und Giulia wieder im Erdgeschoss. Nur wenige Schritte noch und sie würden hinaustreten ins Atrium. Da verspürte er ein mulmiges Gefühl. Wohin würde Giulia sich wenden? In die Küche zum Arbeiten? In die Obhut eines Herrn? Welches Herrn? War die Schöne jemandem versprochen oder bereits vergeben worden? Schlimmer noch: Stand sie zum persönlichen Gebrauch eines herrschaftlichen Hausbewohners bereit? Würde er, Tore, um die Sklavin kämpfen müssen? In diesem Moment durchschritten sie die Tür zum Innenhof.

»Und nun?«, fragte er mit weicher Stimme.

»Ich werde in der Küche benötigt«, sprach sie und entfernte sich ohne Hast.

Tore schaute ihr nach, vermaß ihren Unterleib, der über einem leicht wiegenden Schritt die Kleidung bewegte. Da, als wäre der Blitz ins Stroh eines Daches gefahren, begann sein Herz lichterloh zu brennen. Niemals mehr wollte er auf Giulia verzichten.

Heilgart schien nicht überrascht zu sein, als Tore vor allem anderen nach der Sklavin fragte. Drängend, fordernd, ohne Umschweife kam er auf sein Anliegen zu sprechen: dass er Giulia liebe, dass er sie befreien wolle von ihren Fesseln, so wie es für ihn ein Verlangen gewesen sei, seine Unfreiheit abzuschütteln. Punktum: Er wolle Giulia zur Frau nehmen. Heilgart ließ ein peinlich berührtes Räuspern hören, bevor sie verriet, dass Giulia hier im Haus dem Cheruskerfürsten Arminius zu Diensten sein müsse. Das allein schon sei ein kaum überwindbares Hindernis.

Dann jedoch lächelte sie vielsagend und sagte: »Giulia ist jung und, soweit ich weiß, ohne passenden Mann fürs Leben an ihrer Seite.« Und: »Bis auf Weiteres werde ich anordnen, dass sie dir außerhalb ihrer häuslichen Aufgaben und während Arminius' Abwesenheit zur Verfügung steht.« Daraufhin verließ Heilgart das Atrium. Und Tore stand allein in der Mittagshitze. Rasch suchte er den schmalen Schatten an der Ostseite der Hauswand. Aus dem Fenster der Küche drangen Klopfgeräusche. Hatte nicht Guilia gesagt, dass sie die Küche aufsuchen wollte? Tore überlegte, sie zu besuchen, ihr zuzuschauen beim Kochen, so wie er es in der Kindheit nur allzu gern an der Seite seiner Mutter gehalten hatte.

In diesem Augenblick betrat Eibert das Atrium. Im Arm hielt er zunächst Undefinierbares: dunkle Stoffe wie Tore bei näherem Hinsehen erkannte.

»Eibert baute sich vor ihm auf. Das Herumlungern hat ein Ende, ab jetzt dürfen wir das Haus verlassen.«
Tore war irritiert. Inzwischen hatte er das Ausgehverbot akzeptiert. Und plötzlich sollten die klugen Vorsichtsmaßnahmen überflüssig geworden sein? Er mochte es nicht glauben. Handelte hier jemand auf eigene Faust?
Der Jemand mit Namen Eibert hielt Tore ein Stoffbündel hin. »Um nicht aufzufallen, musst du dich nach römischer Sitte kleiden. Anschließend verlassen wir den Hügel und reiten zuerst entlang des Rheins, dann übers Land. In eine Gegend, in der noch nie ein germanischer Händler gesichtet worden ist. Rutger und Osbert werden dir dort jedenfalls kaum begegnen.«
Der Wunsch, die römische Welt zu erkunden, hatte Tore nie verlassen. Anders verhielt es sich mit der Kleidung. Er sollte Hemd und Hose gegen eine römische Tunika tauschen, seine Beine dem Wind

und den Mücken aussetzen. Da begehrte er auf. Er sei ein Germane, kein Verwandlungskünstler wie Eibert, dessen Zugehörigkeit zu den Germanen und den Römern wechsele wie die Farbe mancher Tiere mit den Jahreszeiten.

»Ich bin ein Chauke«, erklärte Tore, »ich habe von klein auf Hosen getragen.«

Da begann Eibert zu lachen, spöttisch, amüsiert. »Du bist ein halbfreier Befehlsempfänger gewesen. Wenn deine Herren dir befohlen hätten, dich in Pferdehaut zu hüllen, dann wäre dir gar nichts anderes übrig geblieben, als dieser Anordnung Folge zu leisten. Also lass es gut sein. Wenn du an meiner Seite reiten willst, dann streif dir die römischen Kleider über. Andernfalls bleibst du ganz einfach hier im Haus. Basta.«
Tore ließ resignierend die Achseln fallen. Kurz darauf trug er eine Tunika, deren Ärmel bis zu den Ellenbogen reichten. Zwei Haussklaven betraten das Atrium und stellten eine Truhe ab. Sie entpuppte sich als Schuhbehälter. Tore griff hinein, zog mehrere Sandalen heraus. Schuhwerk, dass sich glatter und weicher anfühlte als die groben Wickel aus der Heimat. Aber immerhin: mit ebenbürtiger Sohlenstärke. Schon waren zwei Sandalen mit dünnen Lederschnüren am Schienbein befestigt und schenkten einen wohltuenden Halt.

Tore machte in der neuen Tracht keinen glücklichen Eindruck. Seine Miene hellte sich erst auf, als ihm ein praktischer Gürtel gereicht wurde. Dessen Farbe korrespondierte durchaus mit der Tunika. Zwei Bedienstete betraten das Atrium, schoben einen kleinen hölzernen Wagen heran. Tore begriff dessen Sinn erst, als sie stoppten und mit einer geschickten Veränderung des Wagenaufbaus einen Stuhl entstehen ließen. Im Inneren: metallene Scheren, aus Tierbein gefertigte Kämme und unbekannte Instrumente. Es bedurfte der Aufforderung, sich hinzusetzen und das Kinn zu heben, um ahnen zu lassen, was ihn erwartete.

Aufgeschreckt sprang Tore zurück. »Seid ihr von Sinnen?«
Eibert trat beiseite, aus puren Sicherheitsgründen, wegen des zu erwartenden Protestes des Freundes. Ein Germane und seine Haartracht, das bildete fürwahr ein Ganzes.
Doch was blieb Tore anderes übrig, als sich anzupassen? Kurz musterte er die Bereitstehenden: Germanen oder Kelten. Die eigenen Haare trugen sie kurz. Sklaven vermutlich. Manchmal musste man

eben Opfer bringen. Tore nahm wortlos Platz auf dem Stuhl und schloss die Augen. Ein metallisches Klicken, ein Zwicken und Ziehen, dann flatterte eine Handvoll Locken im sanften Windhauch des Atriums.

Einer der Haarschneider fuhr auf. »Das wird aber Zeit«, schimpfte er, »auf deinem Kopf lebt eine ganze Kolonie von Läusen.« Angewidert drückte er die Haarbüschel in einen Holzkasten, der an der rechten Außenwand des Handwagens befestigt war.

»Was macht ihr mit meinen Haaren?«

Grinsend blickten die Haarschneider einander an. »Die werden mit vielen anderen Haarbüscheln nach Rom geschickt, für gute römische Denare.«

»Für die schönen Damen der reichen Römer«, sagte der andere. Wenig später wurde ein Spiegel gereicht, der ein so klares Abbild von Tores Antlitz zeigte, wie er es niemals für möglich gehalten hatte.

»Bei Wodan!«, stieß er aus, »was für ein Götterwerk!«

Eibert zuckte mit den Schultern. »Solche Spiegel trifft man in den Häusern des Imperiums oft an.«

»Diese Spiegel«, befand Tore, »sind so klar, dass sie auch als Fenster fremder Götter taugen könnten, durch die sie uns Menschen beobachten.«

Eibert winkte ab. »Es sind Spiegel, nichts anderes.«

Doch Tore ließ nicht locker. »Wenn Wodan mich in dieser römischen Kleidung sähe, würde er mich für einen Verräter halten.«

Eibert überlegte nur kurz, dann antwortete er: »Ich denke, dass Wodan über dich eher erfreut wäre. Selbstverständlich würde er dich als Tore vom Flutensee begrüßen. Nur dumme Götter, denen unsere Sitten fremd sind, lassen sich von Äußerlichkeiten täuschen.«

Tore hielt inne. Durchaus einleuchtend.

Leise murmelte er: »Oh Wodan, ich bin ein Chauke, ich bin ein Germane, ich bin dein ergebener Diener.«

Eibert erklärte, dass seine Sippe seit mehreren Generation auf der römischen Seite des Rheins lebe. Ein bäuerlicher Familienverband, der einst vor aggressiven Nachbarstämmen über den Strom geflohen sei. Zu einer Zeit, als die Römer gerade erst damit begonnen hätten, sich einzurichten. Dass den Neusiedlern aus dem Norden von den Römern gestattet wurde, die eigenen Götter um Beistand anzurufen, empfand Eibert als selbstverständlich. Immerhin betreibe man mit Hilfe dieser Götter Ackerbau und Tierzucht. Die beste Voraussetzung für gute Geschäfte mit den Römern. Dass man sich dennoch hier und da anpassen müsse, sei für ihn, Eibert, selbstverständlich. So ließe es sich gut leben am Arsch des Imperiums, vorausgesetzt, der Tribut werde pünktlich und vollständig abgeliefert. Tore hielt den Mund geöffnet und sagte nichts.

»Keine Bange«, versicherte Eibert, »gut leben zu wollen ist kein Verbrechen. Das hat uns nicht zu Römern gemacht. Und sei gewiss: Es wird bald eine bessere Zeit kommen.«

»Ei«, antwortete Tore, »dann sind wir Germanen zu guter Letzt doch schlauer als die Römer.«

»Und bis dahin«, so hörte er Eibert fortfahren, »ist es lohnenswert, vom Imperium zu lernen. So wie meine Familie, die du heute noch kennenlernen wirst.«

Tore sollte keine Zeit erhalten, darüber nachzudenken. Schallend rief Eibert nach einem Bediensteten, der sogleich das Atrium betrat. Auf einen Wink hin begleitete er Tore und Eibert auf geradem Weg durchs Haus auf den großen Vorplatz, dann zu den Stallungen. Tore staunte, die Ställe waren größer als so manches Wohnhaus freier chaukischer Bauern. Wie komfortabel für die Tiere, die ohne Stress in großen Boxen standen. Da entdeckte er zwei Stallburschen mit dunklen Reittieren an den Leinen. Decken und Zaumzeug waren angelegt. Wie es aussah, brauchte man nur noch aufsitzen.

Nicht lange und sie verließen das Anwesen. Der Weg führte über Serpentinen in die rückwärtigen Niederungen. Unten angekommen, bogen sie auf einen Weg ein, der nicht breiter als ein Ochsenkarren war. In der Luft über den satten Wiesen und Sträuchern schwirrten und brummten Insekten. Der Rhein, vorhin noch gut sichtbar, schien überwuchert zu sein von üppiger Vegetation. Was Tore wunderte, waren die Schwärme aus flatterndem, schnatterndem Getier. Eigentlich unmöglich, weil er den Strom und damit hinreichendes Wasser weiter westlich wähnte. Des Rätsels Lösung: ausgedehnte, teils sumpfige Flachgewässer, gespeist vermutlich von jahreszeitlichen Überschwemmungen.

»Ihr habt ein Moor, wir haben so etwas ähnliches«, rief Eibert dem Freund zu. Und: »Von hier holen wir Schilf für die Dächer unserer Häuser und Stallungen.«

Und tatsächlich, nicht weit voraus beluden Männer in einfacher Kleidung einen Ochsenkarren. Eibert preschte auf sie zu. Tore hatte Mühe zu folgen. Die Schnitter schauten kurz auf und arbeiteten weiter. Sie fertigten Bündel an, stellten sie zum Trocknen auf, banden, stapelten, beluden den Karren. Tore registrierte, dass Eiberts Ankunft die Schnitter anspornte.

»Sie schneiden für meine Familie. Meine Brüder führen einen Auftrag aus für die Dacherneuerung von Legionsunterkünften.« Interessiert suchte Tore die fernere Umgebung nach einer militärischen Befestigung ab. Eibert zeigte mit der Hand gegen die Sonne auf einen bescheidenen Hügel.

»Dort oben«, sagte er, »keinen Tagesmarsch von hier entfernt unterhält Varus eine riesige Armee. Gegenwärtig werden dort schlagkräftige Kohorten versammelt, von denen einige für Rom schon in Dalmatia und Pannonien gekämpft haben.« Eiberts Worte verloren an Dramatik, als er hinzufügte, dass sie Lebensmittel benötigten, was aber für die Bauern kein Problem darstelle, weil die Speicher wegen einer guten Ernte noch zur Hälfte gefüllt seien. Auch habe der kalte, trockene Winter die Verluste durch Schimmel und Ungeziefer klein gehalten.

Eiberts Erzählungen ebneten Bedenken, Ängste und Vorurteile über die römische Herrschaft ein. Auch persönliche Eindrücke: das Wetter, die Schönheit der Landschaft, tüchtige, erfolgreiche germanische Brüder; all das färbte auf Tore ab. Er fühlte sich wohl, fast schon dazugehörig. Klar, dass die Sklavin Giulia seine Fantasien vom Leben eines freien Bauern bereicherte. Übermütig ließ er den Namen Giulia übers Land schallen, ihn wiederholt dem lauen, freundlichen Wind übergebend. Nur vereinzelt hoben verwunderte Schnitter den Kopf über das Röhricht.

Kurz darauf drängte Eibert zur Eile. Während sie davonritten, fragte Tore nach den Männern im Schilf. Das seien Sklaven, erläuterte Eibert ungerührt, die von römischen Verwaltungsbeamten zum Verkauf angeboten worden seien. Es komme nämlich vor, dass bessergestellte Römer zurückbeordert würden in die Heimat, wohin sie nicht jeden und alles mitnehmen wollten. Seine, Eiberts, Familie habe ihnen einige Sklaven abgenommen, um sie vor dem Gladiatorenschicksal zu bewahren. Tore dachte an das eigene Schicksal. Wodan hatte es einst gefallen, seine Familie der Unfreiheit anheimfallen zu lassen. Heute schien der mächtige Gott Gefallen daran zu finden, ihn, Tore, in die Freiheit zu entlassen. Letztendlich besaß Wodan die Macht, über das Schicksal eines jeden zu entscheiden. Dennoch: Die Sklaven taten Tore leid. Er dämpfte seine Empfindungen mit der Tatsache, dass auch Sklaven, sofern sie Germanen waren, auf die wahrhaftigen Götter vertrauen durften, so wie auch er als Unfreier es mit Wodan gehalten hatte. Vielleicht sollten die Unglücklichen eine Ziege oder einen Hasen opfern. Ja, man müsste es ihnen empfehlen.

»Was unternehmt ihr, wenn die Sklaven fliehen?«

»Wir hängen sie an einer Eiche auf oder verkaufen sie letztendlich doch an die Arenen«, antwortete Eibert.

Tore schluckte, als er mit Schrecken an Giulia dachte.

Eibert hob die Achseln: »So ist die Welt. Wir sind frei, auch hier im römischen Machtbereich. Doch wo Freiheit ist, da muss auch Unfreiheit sein, sonst ergibt die Freiheit keinen Sinn. Fehlt die Unfreiheit, ist man letztlich weder frei noch unfrei.«

Das klang zwar logisch, gefiel Tore aber ganz und gar nicht.

Am Ende des gemächlichen Rittes entlang einer weitläufigen Ausflutung des Rheins wurde der Boden unter den Hufen fester. Rechterseits lagen Felder, zerteilt von langgezogenen Reihen aus Büschen und Bäumen, die dazu dienten, den Boden und die Pflanzen vor allzu heftigen Winden zu schützen. Eibert lenkte seinen Braunen geradewegs auf eine geräumige Lichtung zu. Sichtbar wurden vertraute Umrisse von Pfostenhäusern, die eine Siedlung bildeten. Tore schätzte ihre Ausdehnung auf mindestens 30 Häuser. Das Gebäude von Eiberts Familie überragte die anderen. Ei, überlegte Tore, übt Eiberts Familie etwa die Rolle eines Dorfältesten oder Dorfvorstehers aus? Nicht ausgeschlossen, jedenfalls nach Maßstäben, wie sie am Flutensee galten. Ungefähr achtzig Schritte maßen die Außenwände des klobigen Holzbaus, unter dessen Dach, wie Tore vermutete, auch einige Nutztiere lebten. Gerne hätte er sie in Augenschein genommen. Doch er wusste: Sie standen zu dieser Jahreszeit auf den Weiden. In der näheren Umgebung waren sie allerdings nicht auszumachen. Seltsam. Tore staunte und harrte der Dinge, die da noch kommen mochten.

Ziel der Reise war ein Hofplatz, der von hochgewachsenen Linden gesäumt wurde. Tore und Eibert saßen ab, betraten das Haus.

Der Wohnraum erwies sich als sehr geräumig. Sofort ins Auge fiel die Feuerstelle in der Mitte der Stube. In der Luft lag ein vertrauter Geruch von allerlei Verbranntem. Auf einem mit unbekannten Ornamenten verzierten Schemel saß eine ältere Frau. Die Begrüßung zwischen Eibert und seiner Mutter bestand aus einem kurzen Wortwechsel, kühl und sachorientiert. Dann bat die dürre Dame, deren Haare vom Alter entfärbt waren, an einen sechsbeinigen Tisch, auf dem Fladenbrot und knusprige, geröstete Ochsenohren angerichtet waren. Hatte der mächtige Tisch schon etwas Beeindruckendes, so flößte der Raum Ehrfurcht ein. Germanen? Römer? Tore ließ seine Augen über die fein gearbeiteten Wände gleiten: feinster Lehm, als hätten Vögel mit ihren Daunen die Räume zwischen den Eichenbalken geglättet. Ei, wie viele Wände hatte er zu Hause selbst bearbeitet, doch nicht annähernd diese Güte erzielen können. Während all dieser Überlegungen probierte er die Speisen.

Nach und nach strömten Eiberts Brüder und Schwestern, Onkel und Tanten herein. Lärmend und herzerfrischend wurde das über lange Zeit abwesende Familienmitglied mit Händen, Armen und Worten geherzt. Tore konnte nicht annähernd so weit zählen, wie er Fragen an Eibert zu hören bekam. Den germanischen Dialekt der Menschen diesseits des Rheins trug er nicht im Herzen, er war ihm aber nicht ganz unverständlich. Und immer wieder nahm Eibert Bezug auf Tore. Der wurde als nächstes ausgefragt: über die Breite der Elbe, über das große nordische Meer, nach dem Flutensee und dem Geduldsberg. Dann war wieder Eibert dran. Ununterbrochen sättigte er die Neugier seiner Familie. Nur die Säcke mit dem Bernstein und den Silberstangen ließ er unerwähnt. Die Zeit zerrann im Ansturm der Wissbegierde wie Sand in einer Strömung. Bis Eibert endlich die Arme hob und zur Erleichterung Tores erklärte, dass es genug sei für heute. Er bot an, am folgenden Abend noch einmal Rede und Antwort zu stehen, aber nur, wenn es geröstetes Schwein und Feuriges zu trinken gäbe.

Nicht lange, dann verließen Tore und Eibert das Haus. Hoch zu Pferd gab es endlich zu sehen, wonach Tores Neugierde dürstete: gewaltige, über gelichteten Fluren sich weitende Felder, auf denen das Getreide bis unters Knie reichte. Wie war so etwas möglich? Auf den Äckern im Norden standen die Halme zu dieser Zeit nicht höher als bis über die Knöchel und bei Weitem nicht so dicht wie hier. Abrupt riss Tore sein Pferd aus dem Galopp, sodass es sich aufbäumte. Abgesessen suchte er das nächstgelegene Getreidefeld auf, die Halme in Augenschein nehmend, die Ähren betastend, Körner zählend, ihren Reifegrad prüfend. Währenddessen wartete Eibert am Wegesrand. Plötzlich tauchte Tore mit Kopf und Leib zwischen den Halmen unter. Was war passiert? Alarmiert folgte Eibert dem Freund aufs Feld. Er fand den Unsichtbaren. Der lag auf dem Bauch und grub mit einem Messer den Boden auf.

»Was machst du da?«

»Mich interessiert die Wurzeltiefe«, antwortete Tore. Um sogleich hinzuzufügen: »Der Boden scheint fruchtbarer als der an der Elbe, aber wie ich vermute, müsst ihr viel Schweiß in die Vorbereitung der Felder gesteckt haben.«

Eibert zuckte ratlos mit den Schultern. »Ich beschäftige mich wenig mit Landbau. Ich denke, dass meine Familie gute Arbeit leistet.«

Tore sah auf. »Gute Arbeit? Aber doch nicht allein durch Menschenhand? Ich würde gern eure Pflüge sehen.«

»Das lässt sich einrichten«, antwortete Eibert.

Als sie wieder aufsaßen, liefen die Pferde so leicht wie der Hauch des Windes. Tore beobachtete allerlei Tiere, die den milden Süden zu genießen schienen. Bald ritt er Seite an Seite mit Eibert entlang der Ufer weit verzweigter Wasserläufe, bald trabten sie abseits der Wege, sodass ein ferner Beobachter hätte verzweifeln müssen beim Versuch, die eigentliche Richtung der Reiter zu bestimmen. Irgendwann kam auf einem steil ansteigenden Hügel ein gewaltiger, von Menschenhand errichteter Wall in Sicht.

»Das ist das Legionslager«, erklärte Eibert, »dort ruht die geballte Macht des Imperiums.«

Tore brachte sein Pferd zum Stehen und staunte, so wie er seit seiner Ankunft am Rhein immer wieder gestaunt hatte über die römische Perfektion. Er verglich die Befestigung mit den mickerigen Verteidigungsanlagen der Dörfler am Fuß des Geduldsbergs. Wie viele Legionäre mochten es sein, die hinter den mächtigen Steinen, Palisaden und Türmen auf den Krieg warteten? Ihn graute. Gleichzeitig fühlte er Bestätigung für seine Ansicht, wonach die römische Macht nur mit Hilfe von Thors Hammer gebändigt werden könnte.

Auf einmal wendete Tore sein Pferd. »Lass uns zurück zum Haus auf dem Hügel reiten, ich bin müde.«

Eibert war einverstanden. »Nicht, dass Heilgart sich noch Sorgen machen muss um uns.«

Tore fragte: »Sorgen?«

Eibert lenkte sein Pferd dicht an Tore heran.

»Du wirst es bestimmt bemerkt haben, die Unsrigen sind unruhig. Ich sage dir, ein großes Ereignis steht bevor, das die germanischen Stämme zu einem Ganzen, ja zu Brüdern machen wird, allen Fehden zum Trotz.«

Tore hob den Kopf. Er spürte Gänsehaut auf dem Rücken. Würde er jetzt endlich alles erfahren von dem großen Geheimnis?

»Eigentlich darf ich es nicht verraten«, hörte er den Freund sagen, »aber inzwischen weiß ich, dass du zu uns gehörst. Bei Wodan. Du schwörst, niemandem zu erzählen, wovon ich dir jetzt berichte?«

»Hoh«, machte Tore, riss am Zügel. Das Pferd schnaubte und blieb stehen.

Eibert dirigierte sein Pferd zurück.

»Es wird eine Schlacht geben«, sagte er mit einem ungewöhnlichen Druck hinter der Stimme. Dann: »Unser Feldherr, der Cherusker Arminius, wird die Römer ein für alle Mal aus Germanien verjagen. Und dein Bruder Ludwig und ich selbst werden dabei sein.« Eibert hob die Hand zum Schwur, reckte den Arm gegen den Himmel. »Es wird fürchterlich werden für die Römer.«

»Und was ist mit mir?«, fragte Tore.

»Du wirst in unserem Dorf benötigt. Es sind schon zu viele, die den Rhein überquert haben. Die Wildesten und Kämpferischsten, das Beste, was unser germanisches Blut aufzubieten hat. Aber der Landbau muss weitergehen, so wie überhaupt unser ganz normales Leben diesseits des Rheins. Schon, um die Römer nicht misstrauisch werden zu lassen.«

»Aber …«

»Kein Aber«, beschied Eibert barsch, »du bist zwar kein Kämpfer, dafür aber ein genialer Landwirt, wie jeder weiß, der dein früheres Leben kennt. Und genau darum bist du der richtige Mann am richtigen Ort. Jawohl, ein Mann, ein Germane, ein freier Bauer.«

Tore hatte dem Freund aufmerksam zugehört. Er musste zugestehen, dass dessen Worte stimmig klangen. Er, Tore, war ein Bauern, ein schlauer Bauer sogar; so weit, so gut. Auch wollte er bislang nie etwas anderes sein als ein Bauer. Eigentlich, nun aber stand er mit beiden Füßen in einer ganz anderen Welt. Nicht auf einem Acker oder einer Weide, sondern auf kriegerischer Erde, über die hinweg der Atem Thors und der Luftzug seines schwingenden Hammers zieht.

»Niemals!«, so begehrte Tore auf, »werde ich zu Hause ein Feld umpflügen, während meine Brüder ihr Leben riskieren.« Als er glaubte, etwas Spöttisches in Eiberts Miene zu entdecken, fügte er rasch hinzu: »Ich werde lernen, den Kurzspeer so gut zu führen wie mein Bruder Ludwig. Ei, Ihr müsstet mich schon einkerkern, um mich fernzuhalten vom Kampf.«

»Dann warte nur, bis dein Bruder mit dir spricht. Vielleicht kann er dir klarmachen, worauf es heute und in naher Zukunft für jeden einzelnen von uns ankommt.«

Römische Macht

Die Abendsonne streichelte die Baumkronen am Ostrand einer schmalen Waldfläche. Insekten umschwirrten die Reiter, deren Pferde verzweifelt mit dem Schwanz schlugen, sich vielfältiger Stech-Attacken zu erwehren. Da stieg in einer Entfernung von vielleicht einem halben Tagesmarsch eine gewaltige Staubwolke auf. Ein dumpfes Trommeln füllte die Luft, schwoll an zu einer bedrohlichen Geräuschkulisse. Aufgescheuchte Wasservögel suchten flatternd das Weite. Rotwild, Hasen, Wildschweine, auch Füchse stürmten in wilder Flucht durch flache Gewässer, über Hügel und Felder und durch scheinbar undurchdringliche Wände aus Sträuchern davon.

Tore und Eibert lenkten ihre Pferde in die Deckung eines Gestrüpps aus Farnen und Beeren am Rand eines schattigen Buchenhains. Gebannt suchten sie das ferne Geschehen zu deuten. Römer? Auf Kriegszug? Eher Hilfstruppen? In jedem Fall Krieger, schon allein wegen ihrer Menge, die von Eibert auf mindesten 1000 geschätzt wurde.

Eibert brach einen Ast ab. Dann sprang er vom Pferd. In einer Senke begann er, Zeichen in weichen Lehm zu ritzen.

»Was machst du da?«, fragte Tore interessiert.

»Ich notiere mir die Anzahl der Reiter«

»Du zählst sie?«

»Ja, es besteht kein Zweifel, dass es sich um ein feindliches Reiterheer handelt, auch wenn es wohl zu den Auxilialtruppen gehört und von Arminius befehligt wird. Der soll nämlich heute von einem Kriegszug heimkehren.« Nach Fertigstellung seiner Aufzeichnungen im Sand begann Eibert, mit einem spitzen Stab sehr sorgfältig auf einer Holztafel zu schreiben

Dazu erklärte er: »Ich halte die Ergebnisse meiner Zählung fest.« Neugierig kam Tore näher.

Eibert erläuterte: »Die Tafel ist aus harter Eiche gefertigt und verfügt über einen Auftrag aus Bienenwachs, in den man Informationen einritzen kann.«

Tore hatte ähnliche Tafeln auf seinen Reisen zu den Märkten an der Elbe gesehen, aus der Distanz, bei römischen Händlern, aber nie gänzlich verstanden, was die sie damit gemacht hatten.

»Und wozu dienen diese Zeichen?«

»Im Allgemeinen halte ich jede Information, die ich über die Streitkräfte des Imperiums bekommen kann, fest. Hier ist es eben die Anzahl der Reiter.«

»Warum tust du das?«

»Die Kämpfer und ihre Centurionen werden Getreide und Vieh benötigen. Wir Bauern müssen wissen, was auf uns zukommt. Nur so können wir einen gesunden Preis erzielen. Oder glaubst du, wir haben etwas zu verschenken?«

»Das ist schlau«, anerkannte Tore die Erklärung des Freundes. Eine Frage noch: Kann jeder Mensch dieses Einritzen in das Wachs des Kästchens erlernen?«

»Jeder, der nicht dumm oder faul ist. Hier im römisch kontrollierten Teil der Welt hat diese Fähigkeit unendliche Vorteile.« Eibert zwinkerte. »Die Römer nutzen sie, um Wissen, auch militärisches, festzuhalten. Auf diese Weise werden Fehler vermieden.«

Tore benötigte einige Atemzüge, um zu verstehen.

»Unsere germanischen Priester«, antwortete er, »besitzen auch Zeichen. Sie sind geheim und stammen von Wodan. Es ist Sünde, sein Leben mit diesen Zeichen festzuhalten. Bei Wodan ist es besser aufgehoben. Auch um uns zu beschützen.«

»Gut, unsere Stämme haben es ohne Wachsplatten verstanden, göttliche Überlieferungen am Leben zu halten«, stimmte Eibert zu, »doch bedenke, ich verfüge jetzt über wichtige Informationen. Ich könnte sie durch einem Boten viele Tagesmärsche weit über eine riesige Distanz verschicken. Und der, für den die Botschaft bestimmt ist, kann einer Bedrohung rechtzeitig entgegentreten.«

Da stutzte Tore. »Wenn du einen Boten schickst, wozu benötigst du dann eine Wachstafel? Der Bote kann die Botschaft doch einfach weitersagen. Oder sind die römischen Boten zu dumm, um sich eine Information zu merken? Wodan würde seine Raben schicken.« Dieses Argument saß. Eibert strich nachdenklich über sein Kinn.

»Gib es doch einfach zu«, setzte Tore nach, »wir Germanen sind einfach schlauer als die Römer.« Eine Aussage, auch wenn sie verschmitzt herüberkam, die Eibert nur allzu gern in seine Wachstafel geritzt hätte.

Erst als klar war, dass die Reiterei die Richtung des Kastells einschlug, setzten die Freunde den Weg fort.

Am Fuß des Hügels, auf dem das Anwesen stand, preschten plötzlich zwei zivile Reiter heran. »Hoh«, machte Eibert und lenkte sein Pferd an den Wegesrand, um Platz zu schaffen. Bei den Herankommenden handelte es sich um Männer, die Tore von seiner Ankunft bei Heilgart im Haus auf dem Hügel in Erinnerung geblieben waren.

»Die Hausherrin schickt uns, euch zu warnen«, riefen sie schon von Weitem. Und: »Die beiden Händler aus dem Norden durchstreifen die Stadt. An ihrer Seite laufen acht Bewaffnete, die von wohlhabenden römischen Kaufleuten bezahlt werden. Es wird von einem hohen Kopfgeld fürs Aufspüren entlaufener germanischer Sklaven getuschelt. Ob auch Heilgart und Ludwig von ihnen gesucht werden, ist nicht bekannt. Eigentlich ist alles Genaue noch unklar, aber zweifellos hochgefährlich.«
Während Eibert nachdenklich die Stirn runzelte, fügte der zweite Bote hinzu, dass man nicht außer Acht lassen dürfe, dass die Chauken gute Verbündete Roms seien und dass die Römer entlang der großen Flüsse gute Geschäfte mit den Germanen wie eben auch mit den Chauken machten. Da drücke man gerne beide Augen zu und lasse den Sklavenjägern freie Hand.
Es war ein einziges Wort, das Tore und Eibert wie im Duett aussprachen: »Wigmar!« Der Name des gedemütigten Gefolgschaftsführers klang wie der Donner eines heranziehenden Unwetters.

Doch dann erkannte Eibert: »Da kann man nichts machen. Darauf müssen wir uns einstellen.« Keine Spur von Furcht, keine Empörung schwang in seinen Worten mit, was Tore irritierte. Doch erkannte er in Eiberts Emotionslosigkeit so etwas wie einen Anklang an einige frühere Haltungen. Hatte er nicht Verständnis anklingen lassen für Wigmars Rachegelüste wegen des Verlustes seines Sohnes und der Schwiegertochter?

Die von Heilgart ausgesandten Boten führten zwei römische Helme mit, die Tore und Eibert über den Kopf ziehen sollten. Zur Tarnung für die verbleibende Wegstrecke. Als sie endlich Menorics' Haus erreichten, bemerkte Tore hinter einem der oberen Fenster

Giulia. Er winkte, dass sie herunterkommen möge in den Garten. Sie schüttelte den Kopf. Er wusste, dass sie einer häuslichen Ordnung folgen musste, die trotz aller Sonderregelungen nicht ignoriert werden durfte. Aber er wollte Giulia aufsuchen, um in ihre Nähe zu gelangen. Er wollte diese Nähe, er sehnte sich danach, ja, er wollte mehr, er wollte Giulias Liebreiz schmecken.

Nur über das Nötigste sprach er am Stall mit den Pferdeknechten. Mit raschen Schritten suchte er den Weg zum Haus. Dabei wurde er von Heilgart beobachtet, die in einem von römischer Farbenvielfalt inspirierten, gleichwohl nach germanischer Art gewebten Kleid steckte. Sie schien auf Tore gewartet zu haben und schnitt ihm den Weg ab. Tore war überrascht.

Doch anstatt sie zu begrüßen, fragte er nur: »Wo finde ich Giulia?«

»Irgendwo im Haus«, antwortete Heilgart nicht weniger knapp. Dann, freudig erregt, berichtete sie, dass Ludwig endlich zurück sei von der Niederschlagung des pannonisch-dalmatischen Aufstandes. Er reite im Gefolge von Arminius, der dem Haus morgen einen Besuch abstatten wolle. Dabei zeigte sie zum gegenüberliegenden Hügel in Richtung des Kastells. »Freue dich, Tore, freue dich, wir werden ein großes Wiedersehensfest feiern. Den dicksten Ochsen werden wir schlachten, die zarteste Ziege, die fetteste Gans.« Heilgart zwinkerte mit den Augen. »Das Vieh stammt übrigens von Eibert«, fügte sie mit einem glücklichen Kichern hinzu.

Tore bemerkte den seligen Glanz in ihren Augen, die fiebrige Gelöstheit ihrer Stimme, die tanzende, bunte Heiterkeit ihres Wesens. Schlagartig wurde ihm bewusst, wie sehr die einst von ihm selbst Angebetete den Bruder liebte. Gleichwohl erwachte inmitten dieser guten Nachricht ein lange unter Verschluss gehaltener Groll. Wären Ludwig und Heilgart nicht klammheimlich geflohen aus dem Land ihrer Ahnen, könnte die Familie noch heute auf dem Hof an den Sümpfen beisammen sein. All die Wirren, das brutale Ende des Vaters, der Tod der vor Gram zerfressenen Mutter, die Verachtung der Dörfler wären ihm, Tore, erspart geblieben. Gut, er war jetzt frei und sein Leben in der Obhut des Bruders geschützt. Doch wie sollte mit der Vergangenheit umgegangen werden? Ludwig hinterging die Ahnen, indem er seine Liebe zu Heilgart über die ehernen, gottgegebenen Traditionen des Stammes stellte. War es da nicht an der Zeit, ihn mindestens zur Rede zu stellen? Dennoch: Allen drängenden Fragen zum Trotz spürte Tore, wie eine angenehme Wärme der Geborgenheit von ihm Besitz ergriff bei der Vorstellung von einer Begegnung mit seinem Bruder.

Als Tore an der Seite Heilgarts das Haus erreichte, bemerkte er eine große Anzahl von durchs Haus huschenden Bediensteten, dazu eine noch größere Anzahl gut gelaunter, interessiert plaudernder Gäste, die in Hausnähe kleine Gruppen bildeten. Woher mochten die alle kommen? Oder waren sie schon früher dabei gewesen, als der Tisch zu seinen und Eiberts Ehren gedeckt war? Tore schaute sich um, suchte nach Giulia. Sie schien wie vom Erdboden verschluckt. Er suchte die Küche auf, wo derzeit nicht gebraten und gebrutzelt wurde, sondern geputzt und geräumt. Dabei bemerkte er unter seinen Füßen kunstvoll verzierte Bodenfliesen, deren Glanz von einem grauen und fleckigen Schleier getrübt wurde. Zwei Frauen rutschten auf Knien darauf herum, scheuerten mit Wasser und Bürste. Was für ein Aufwand. Die hektische Putzkolonne nahm kaum Notiz von dem Eintretenden, der die Küche jetzt genauer betrachtete: hohe Holzschränke ringsherum, zwei große Tische in der Raummitte. Besondere Aufmerksamkeit widmete Tore der Kochstelle. Das Feuer schien in eisernen Wänden gefangen. Über den Flammen glühte eine metallene Platte. Wie bei einem Schmied. Hinter der Feuerstelle führte ein metallenes Rohr wandaufwärts und verschwand in der glatten, hoch schwebenden Decke. Einen offenen Abzug wie in den Häusern daheim gab es nicht. Ihm dämmerte, dass das gekrümmte Rohr genau diese Funktion erfüllte.

Nachdem Tore die Küche verlassen hatte, suchte er nach der Treppe, die in die obere Etage führte. Ungestüm, mit kraftvollen Sätzen, sprang er hinauf. Auch dort wimmelte es von fleißigen Händen, die mit feuchten Tüchern über die Holzböden wischten und auch sonst jede Form von Staub und Schmutz beseitigten. Tore musste an seine Mutter denken, auch die war einst mit dem Besen durchs Haus gewuselt. Sie hätte ihre Freude gehabt an diesem Treiben.

Unentwegt suchte Tore nach Giulia. Irgendwo hier müsste sie anzutreffen sein. Doch von der geheimnisvollen Sklavin fand sich keine Spur. Bald stand der Suchende vor der schweren Tür des eigenen Zimmers. Er drückte auf die Klinke, schaute ein letztes Mal den Flur entlang, bemerkte zwei kniende Mädchen, die mit an Messern erinnerndem Handwerkszeug über die steinernen Wände schabten. Rückwärts trat Tore ein. Auf der Stelle, instinktiv, packte ihn die Gewissheit, nicht allein zu sein zwischen den vier Wänden. Seine Hand fuhr an den Gürtel, wo das Messer in der ledernen Scheide steckte. Mit einem Ruck warf er sich herum, stand mit dem Rücken zur Wand. Da gewahrte er eine Person, die auf dem Bett kauerte. Giulia. Tore ließ die Arme fallen.

»Was tust du hier?«, fragte er.

»Heilgart hat mir aufgetragen, dein Zimmer zu säubern und sommerlich zu schmücken.«

Erst jetzt bemerkte er eine Schüssel mit Wiesenblumen auf der Anrichte gegenüber dem Bett. Verteilt vor der Schlafstatt lagen Lindenzweige auf dem Boden, gestreut in Form eines mystischen Musters. Woher mochte Giulia wissen, welche Bedeutung die Linde bei den Germanen besaß? Der Baum der Liebenden, des Sanftmuts und der Gerechtigkeit.

»Das Zimmer sieht wunderschön aus«, lobte Tore stammelnd, ließ seine Blicke erst durch den Raum schweifen, heftete sie dann auf Giulia. Ihr fein geschnittenes Gesicht, ihre Brüste unter dem Gewand, die Taille über gesunden Hüften bis zu den einfachen Sandalen an kräftigen Füßen. Tore deutete ihre fragende, nervöse Körperhaltung als Demut vor dem Mann, vor dem germanischen Mann, dem Kämpfer und Beschützer, in dessen sicherer Obhut, wie er hoffte, sich die zukünftige Mutter seiner Kinder nur allzu willig begeben wollte. Eine kurze Weile nur war es ihm vergönnt, Giulias liebreizende Gestalt im Licht der durchs Fenster scheinenden Abendsonne zu genießen.

Dann hörte er sie sagen: »Ich muss leider in die Küche gehen, um mich an den Vorbereitungen für das Essen zu beteiligen.«
Tore nickte, suchte sie zu berühren. Ungelenk zog er an ihrer Hand. Davon unbeeindruckt verließ sie den Raum, vergas jedoch nicht, ihm einen liebevollen Blick zu schenken.

Kurz darauf lag Tore rücklings auf dem ungewohnten Bettgestell. Heftig, wie Ebbe und Flut, hob und senkte sich seine Brust unter dem Druck hitzigen Bluts, das vor Glück geradezu schäumte bei der Vorstellung von einer Vereinigung mit der Sklavin. Was durfte er von Wodan für sein Glück erwarten? Die Götter bevorzugten die Starken und Mutigen. Tores wahrhaftige Stärke trug jedoch nur im Ackerbau und in der Viehwirtschaft Früchte. Hiervon verstand er viel. Auch war er im Besitz von Familienwissen. Dies hatte ihm sein Vater bei verschiedenen Anlässen zugeflüstert. Dazu gehörte die Gewissheit, dass die Mächtigen und Kampferprobten zwangsläufig irgendwann nach Nahrung verlangten. Er grinste. Wie oft waren Wigmars schwer bewaffneten Gefolgsleute im Haus am Moor erschienen, um ein paar zusätzliche Säcke Getreide herauszupressen. Und nie waren sie erfolglos abgezogen. Wie oft hatten Neider und übelwollendes Volk angesichts der Getreidereserven von Hexerei und bösen Erdgeistern gewispert, von geheimer Kungelei mit den finsteren Bewohnern der Sümpfe.

Wie so viele Germanen wusste auch Tore um die Beseelung der Natur. Wie erhaben es klang, wenn der Wind hineinfuhr in die Knicke, wenn er über die Felder zog, das Getreide zum Schaukeln brachte, wenn die Ähren der aufschießenden Halme miteinander tuschelten und kicherten wie junge Mädchen beim Spiel. Eine Wahrnehmung, die mit dieser Intensität nur wenigen, irgendwie auserwählten Menschen vergönnt war. Manchmal, wenn Tore auf den Äckern eine niedrige Qualität des zu erwartenden Korns beobachtete, dann hat er es beschimpft, dem Getreide gedroht, die Freundschaft aufzukündigen. Und jedes Mal war es danach besonders gut herangereift.

Tore trat ans Fenster. Mit der Vorstellung von einer Familie mit Giulia als Frau suchte er im Rahmen seiner Fantasie nach einem Ort für einen eigenen Hof. Schade, dass auf halber Strecke mächtige Ulmen die Sicht ins Hinterland beeinträchtigten. Nicht viel mehr als kleine Korridore blieben für die Augen. Dennoch kam eine fruchtbaren Landschaft zum Vorschein. Schon sah er sich mit Giulia vor dem Eingang eines Pfostenhauses sitzen, umringt von Kindern, die auf die Namen der Eltern und Großeltern hörten.

Auf einmal klopfte es an der Tür.

Es war Heilgart. »Ich will schauen, wie es dir geht.«

»Gut, sehr gut sogar«, antwortete Tore wahrheitsgemäß.

»Wie war euer Besuch in Eiberts Haus? Hat sich etwas ereignet, von dem man wissen müsste?«

»Nein, eigentlich nicht. Wenn du mit dem Besonderen die Händler aus unserer Heimat meinst, dann kann ich dir versichern, dass sie heute andernorts gewesen sein müssen.«

»Das wissen wir«, erklärte Heilgart, »denn die Chauken sind ganz in unserer Nähe beobachtet worden, mit einem halben Dutzend Bewaffneten im Gefolge.«

»Oh!«

»Keine Aufregung«, fuhr Heilgart fort, »sollten es die Kopfjäger wagen, unser Grundstück zu betreten, werden sie die römische« – sie zwinkerte – »genauer gesagt, die cheruskische Reiterei zu spüren bekommen.« Worte, die von einem bissigen Lächeln unterlegt waren.

»Wie«, fragte Tore verblüfft, »ihr lasst römische Truppen gegen Römer kämpfen?«

»Kein Problem«, antwortete Heilgart, »die Römer haben feste Sitten und Regeln, die uns sehr entgegenkommen. Wir nutzen sie einfach. Und wenn es sein muss, schlagen wir sie mit ihren eigenen Waffen.« Während sie dies sagte, zeigte sie genau das selbstbewusste Lächeln, mit dem sie schon vor Jahren die männlichen Bewohner des Geduldsbergs und seiner Umgebung verzückt hatte.
Tore wurde der Magen flau.

Nicht lange und die neu geordneten Tische auf der Wiese vor dem Haus wurden mit Schüsseln und Bechern gedeckt. Im Gegensatz zu gestern war die Zahl an hungrigen Mäulern gering. Auch das Essen fiel weniger üppig aus. Brot zumeist; Beeren; cremige, saure Milch und verschiedene Tunken wurden aufgetragen. Fleckige Äpfel lagen in kleinen Haufen herum. Zwar brannten einige Feuer, aber Fleisch wurde nicht darauf gegrillt. Geredet wurde hauptsächlich über den bevorstehenden Besuch des Reiterpräfekten Arminius.

Tore wirkte leicht desorientiert. Mal saß er an einem freien Tisch in unmittelbarer Nähe zum Hauseingang, mal stand er an der Tür, schaute ziellos in den Garten hinein. Einmal trat er gelangweilt an Heilgarts Seite, suchte die Zeit mit einem Gespräch zu vertreiben. Die schöne Frau seines Bruders ging darauf ein, mehr noch: sie übernahm die Initiative, plauderte, stellte Fragen, interessiert an allem, was die Heimat betraf.

Irgendwann hatte Tore genug. »Lass uns morgen weitersprechen.« Er durchquerte die Tischreihen, um abseits der Gemeinschaft einen Platz zu finden. Dort begann er über seine Gefühlswelt nachzudenken. Und prompt beschlich ihn wegen Giulia die Eifersucht. Allein die Gewissheit, dass sie eine Sklavin war und Pflichten zu erfüllen hatte, hielt seinen Gefühlsausbruch in Grenzen. Trotzig klammerte er sich an eine Aussage Heilgarts, mit der sie ihm Giulia irgendwie versprochen hatte. Immerhin gehörte die Frau seines Bruders zur Familie. Da waren Scherze fehl am Platz.

Es dauerte nicht lange, bis Tore einen Becher mit Met hingestellt bekam. Und so oft er auch davon trank, stets wurde binnen weniger Minuten nachgefüllt. So sollte es nicht lange dauern, bis ihm die Sinne eintrübten. Er begann zu lallen und vor Ausgelassenheit zu singen. Als er unter dem Gejohle von Gästen vom Stuhl rutschte, war es Eibert, der mit drei Helfern anrückte, um den Aufgelösten aufs Zimmer zu geleiten. Anfangs gar nicht einverstanden mit seinem Abtransport, protestierte Tore, forderte die Tischnachbarn zum Einschreiten auf, ihn vor der Willkür zu retten. Sein Drängen sollte sich allerdings als nutzlos erweisen. Das lag wohl auch an Eiberts Auftreten, der an seinem Gürtel ein Schwert trug. Angelangt auf seinem Zimmer, wurde Tore von quälender Müdigkeit befallen. Kurz darauf lag er im Bett. Plötzlich spürt er einen Lufthauch, der mit dem Knarren einer aufschwingenden Tür daherkam. Auf der Stelle schalteten seine Sinne auf Alarm. Er wollte aufspringen, doch mehr als ein Hinunterplumpsen vom Bett wollte ihm nicht gelingen. Benommen spürte er eine Hand, die ihm behutsam aufhalf, eine andere strich zärtlich über seine Stirn. Tore weitete die Augen. Was er sah, nahm er gern mit in den Schlaf: Giulia.

Als er zurückfand ins bewusste Leben, leuchtete die Sonne bereits in einem Winkel von etwa 45 Grad vom Himmel. Seine zweite Wahrnehmung an diesem Morgen wurde durch eine unerwartete Wärmequelle hervorgerufen. Sie besaß einen Körper und roch leicht säuerlich – nach Schweiß. Noch nie in seinem jungen Leben hatte Tore den nackten Leib einer Frau so anhaltend gespürt. Wohl deshalb wurde er von einem reißenden Sog erfasst, der ihn zwanghaft hineinzog in ein prickelndes Geschehen. Als Giulias Brüste über ihm schaukelten, ihre weichen Lippen mit leichtem, rhythmischem Druck seinen Hals erforschten, entbrannte ein Verlangen, das dem Hirn, dem Bauch und den Lenden gleichermaßen zu entspringen schien.

Als Tore die Schlafstatt verließ, war er endlich zu einem Mann geworden. Und er empfand sich auf einmal ganz und gar nicht mehr nur als schlauer Bauer. Lange betrachtete er die in Demut zu ihm aufschauende Sklavin. Er liebte sie, er würde sie immer lieben, als Sklavin oder als Freie, egal.

»Willst du meine Frau werden?«, fragte er in einem Tonfall, der ein Ja geradezu einforderte.

»Ja! Doch fürchte ich, dass es dazu nicht kommen kann, weil ich eine – eben eine Sklavin bin.«

»Du weißt«, entgegnete Tore, »dass auch ich auf der anderen Seite des Rheins ein Halbfreier bin, also so etwas wie ein Sklave. Das heißt, dass wir beide unfrei sind. Das Gute daran ist, dass ein Sklave in Germanien eine Sklavin heiraten darf. Ich wüsste nicht, dass unsere Götter, insbesondere Freyja, etwas Gegenteiliges verkündet hätten. Lass uns über den Rhein setzen.«

»Wäre es nicht zu gefährlich für dich, zurückzukehren in deine Heimat, um mich zu heiraten? Würdest du auf diese Weise deinen Feinden nicht geradewegs in die Arme laufen?«

»Ich muss ohnehin noch einmal den Rhein überqueren, habe dort etwas zu erledigen. Lass uns einfach das eine mit dem anderen verknüpfen«, schlug er vor und dachte dabei an den Bernstein- schatz.

Giulia senkte die Augen, warf sich an Tores Brust.

Der spürte wieder das treibende Kneifen in den Lenden. »Ich werde sobald wie möglich alles Erforderliche einleiten, am besten noch heute.«

Sanftmütig blickte Giulia zu ihm auf. Dann schlüpfte sie in ihre Kleidung und verließ den Raum mit zügigen Schritten.

Der neue, alte Bruder

Es war an der Zeit, die Blase zu leeren. Sie drückte und schmerzte. Tore zog die helle Tunika von gestern über, glitt in seine Hose, legte den Gürtel um. Wie rasend flitzte er um das Haus in Richtung der Ställe, machte vor einem Gebüsch Halt, wollte mit seinem kleinen Geschäft beginnen, als er von einem Bediensteten angestoßen wurde. Der sprach kein Wort, zeigte aber in Richtung der Abort-Anlage. Mit zitternden Beinen nahm Tore wieder Geschwindigkeit auf. Mit aufgerissenen Augen schaffte er es an eine der Öffnungen über der Ablaufrinne. Diese verdammten Römer, schimpfte er im Stillen, wie dumm die doch sind, den guten Dünger für die Wälder und Wiesen mit einem Schwall Wasser fortzuspülen.

Der Vormittag begann mit einem Frühstück, das von verstreut an den Tischen Sitzenden ziemlich wortlos eingenommen wurde. Es bestand aus Brot, süßem Getreidebrei und Öl. Tore saß allein vor seinem Becher, woraus er kühles, gewürztes Wasser trank. Über allem beschien die Sonne eine lauernde Stille und Anspannung.
Sie galt dem angekündigten Besuch des Cheruskers, des römischen Ritters und Reiterpräfekten Arminius. Plötzlich erschien Giulia. Ihr Leib steckte in einem gelben, kurz gehaltenen Gewand. Das Haar hatte sie in der Mitte gescheitelt und über den Ohren zu einer Art Welle geformt.
»Darf ich?«, frage sie und zeigte dabei auf den Stuhl neben Tore.
Der war überwältigt, stotterte: »Aber ja – ja doch.«
Schon hatte sie Platz genommen, dann sagte sie: »Heilgart hat mich geschickt. Ich soll dir Gesellschaft leisten und deine Stimmung aufhellen.« Giulia lachte verschmitzt.
»Ja, ja, das würde mir guttun«, bestätigte Tore zwischen aufkommenden Empfindungen.
»Hast du bei Heilgart unsere Hochzeit angesprochen?«, fragte sie.
»Nein, noch nicht.« Als Tore Giulias Enttäuschung bemerkte, versicherte er, dass sie, Giulia, ohnehin für ihn bestimmt sei.
»Ach, darum – jetzt verstehe ich, warum Heilgart mich zu dir geschickt hat.« Die Sklavin lächelte, unverstellt, glücklich.

Nicht lange und der laue Wind trug schneidende Töne heran. Schlagartig wurden die Menschen im Garten hellwach. Männer sprangen auf, liefen zum Tor, andere palaverten aufgeregt miteinander oder gegeneinander an. Tore benötigte einige Atemzüge, um das Geschehen zu begreifen. Unnatürliche Geräusche schalten heran. Waren das die sagenhaften, von chaukischen Kriegsheimkehrern so respektvoll beschworenen römischen Hörner? Sie klangen heller als die vertrauten, brummigen Töne Germaniens. Tore schätzte, dass die vermeintlichen Hörner sich mit der Geschwindigkeit eines schreitenden Pferdes näherten.

»Oh, diese verfluchten Trompeten!«, presste da Giulia hervor.

Tore, der stramme Signale durchaus schätzte, fragte: »Was hast du gegen diese Art von Information? Das Horn ist unverzichtbar im Krieg, ja bei Gefahren aller Art. Mein Vater hat mit einem Horn über das Moor geblasen, wenn feindliche Stämme im Anmarsch gewesen sind. Auch wenn ein Unwetter oder wenn Überschwemmungen gedroht haben. Glaube mir, es kann durchaus von Vorteil sein, wenn man weiß, wer oder was sich auf der anderen Seite eines Hügels oder Waldes befindet.«

Giulia räusperte sich. »Diese Töne hier, das sind die Töne des verfluchten Imperiums Romanum. Sie fordern schon von Weitem die bedingungslose Unterwerfung. Meine Eltern sind bei diesem Schall von Roms Kohorten niedergemetzelt worden. Und mich haben die Legionäre in die Sklaverei verschleppt.« Sie hüstelte, als sie fortfuhr: »Ich weiß nicht, wie sich eure Hörner anhören. Aber der Schall aus diesen Röhren fährt mir schlimmer in die Glieder als das Zischen und Pfeifen der Katapulte.«

Was sollte Tore darauf antworten? Ihm fiel nichts Zufriedenstellendes ein. Wären seine Eltern bei diesem Klang zu Tode gekommen, hätte er Giulias Empfindungen vielleicht nachvollziehen können. So aber ...? Lange blickte er in ihre Augen, die leuchteten wie zwei flackernde Feuer.

Währenddessen war ein großer Teil der Anwesenden zum Grundstückstor gelaufen. Germanischstämmige Gäste zumeist. Sie schubsten und schlugen aufeinander ein im Ringen um die besten Plätze in einem Spalier, das sie nach einem wüsten Durcheinander bildeten. Übrigens sehr zum Amüsement der wenigen sich eher zurückhaltenden römischen Gäste. Da schreckte eine schneidende

Fanfare sogar die Pferde hinter den Ställen auf. Wie der Hieb eines Schwertes zerschnitt der schrille Laut das aufgeregte Geschnatter an den Wegen. Acht Kämpfer in den Uniformen der Auxiliartruppen, bewehrt mit traditionellen Schilden, drängten aufs Grundstück. Gefolgt von einem alles überragenden Reiter in der Paraderüstung eines römischen Ritters mit einem Helm, der von einer querstehenden Pferdehaarbürste verziert wurde. Unzählige Hochrufe ließen die Luft vibrieren. Viele der Männer aus dem Spalier schienen wie besessen von dem Bedürfnis, den hoch auf seinem Pferd thronenden Anführer zu berühren, und seien es nur dessen Zehen. Weitere acht Reiter, schwer bewaffnet, folgten in Zweierreihen. Auch Tores Augen klebten geradezu an der beeindruckenden Gestalt des Reiterpräfekten. War dieser Mann tatsächlich ein Cherusker? Ein echter germanischer Fürstensohn? Und das mit diesem machtvollen Aufzug und auch noch auf römisch beherrschtem Territorium? Ein ehrfürchtiger Kitzel spielte mit Tores Gefühlen. Selbst in den Augen Giulias spiegelte sich ein Hauch von widerstrebendem Respekt.

Abgesessen überragte Arminius bis auf wenige Ausnahmen die eigene Garde wie auch die allermeisten Gäste im Garten. Lakaien halfen ihm aus der Rüstung. Da, nur wenige Meter entfernt, bemerkte Tore unter einem ledernen Helm ein vertrautes Gesicht: Ludwig. Der Bruder beobachtete die Vorgänge in der Umgebung. Erst als Arminius befreit war von der schweren Rüstung und ein paar Worte mit Heilgart wechselte, dann das Haus betrat, sprang auch Ludwig aus dem Sattel. Seine wachen Augen durchforsteten die dicht gedrängt stehenden Knechte und Gäste. Einige wurden von ihm mit einem freundlichen Kopfnicken begrüßt. Er winkte einen Sklaven heran, wechselte einige Worte. Der Angesprochene wies in Tores Richtung. Ludwigs Miene wurde heller. Mit flinken Schritten, alles Lebendige auf seinem Weg bei Seite schiebend, stürmte er auf Tore zu. Dann fielen sich die Brüder in die Arme. Lange standen sie inmitten der allgemeinen Aufregung still da wie eine lebendig gewordene Skulptur in der Landschaft.

»Tore, mein Bruder, schön, dass du es bis hierher geschafft hast.«

»Nun ja, immerhin hat mir ein kundigen Begleiter geholfen.«

Ludwig grinste: »Ja, der Eibert, wir haben dir unseren besten Kundschafter geschickt.«

»Eine gute Wahl«, lobte Tore.

Dass Eibert daheim am Flutensee böse in der Patsche gesessen hatte und nur mit seiner, Tores, wagemutigen Hilfe überhaupt am Leben geblieben war, behielt er für sich.

»Bruder«, sagte Ludwig, »wir haben uns viel zu erzählen. Lass uns morgen eine gute Zeit miteinander verbringen.« Und: »Jetzt muss ich mich um das Wohl unseres Anführers kümmern.«

»Arminius?«

Ludwig lächelte. »Ja.« In diesem Moment bemerkte Ludwig Giulia, was ihn einen Moment stocken ließ.

»Giulia ist mir zur Seite gestellt worden«, beantwortete Tore die in der Luft hängende Frage. »Von Heilgart«, ergänzte er, »weil ich sie darum gebeten habe.«

Ludwig kniff die Augen zusammen. »Das könnte zu einem Problem werden.«

Tore und Giulia sahen einander an.

Tore ließ ein Räuspern hören, fragte verunsichert: »Was muss ich darunter verstehen, wenn mein Bruder sagt, deine Nähe zu mir könnte zu einem Problem werden? Haben wir gestern keine wunderbaren Stunden miteinander verbracht?«

Giulia schluckte, wurde auf der Stelle blass. An ihren Mundwinkeln zuckte plötzlich Verzweiflung

Dann erklärte sie mit blasser, versinkender Stimme, dass sie als Frau eigentlich noch immer Arminius gehöre, auch wenn der sie Ludwig überlassen habe. Für treue Dienste und Tapferkeit unter Einsatz seines Lebens.

Einen kurzen Moment nur überlegte Tore angestrengt, bis er bestimmte: »Dann wäre ja alles geklärt. Und weil du von Ludwig und Heilgart mir überlassen worden bist, gehörst du jetzt mir. Überlassen heißt so viel wie zur freien Verfügung. Und zur freien Verfügung heißt so viel wie geschenkt.«

»Ganz so einfach ist es leider nicht«, wandte Giulia ein und begann zu schluchzen, »wenn Arminius hier zu Gast ist, hat er stets nach mir verlangt. Und einem Reiterpräfekten, der noch dazu römischer Ritter und Kommandeur der Reiterei ist, widerspricht man nicht.« Ihre Stimme wurde fester, aber auch resignierter: »Arminius ist ein mächtiger Anführer, dem seine Anhänger bis in den Tod ergeben sind.«

Dieses einfach so abzutun, schaffte Tore nicht mehr.

Sein Herz begann zu springen. »Was hat das zu bedeuten? Arminius hat nach dir verlangt?«

Giulia senkte den Blick, antwortete stockend: »Was soll ein Mann schon wollen von einer Frau?« Achselzuckend fügte sie hinzu: »Was bin ich denn, etwa eine Römerin, die frei ist in ihren Entscheidungen? Ich bin nichts weiter als eine Sklavin. Du als ehemaliger Halbsklave solltest eigentlich wissen, was das Schicksal einer Sklavin ist.« Fast senkrecht hielt sie jetzt die Augen an der Tischkante vorbei auf ihre Füße gerichtet.

Für Tore folgte auf einem bangen Augenblick ein fürchterlicher seelischer Schmerz, der einen Blitz durch seine Nervenbahnen jagte.

»Nein, ihr Götter. Nein! Nein! Nein!«, brüllte er außer sich. Wie erfroren starrten seine Augen in ein Nichts. War das das Ende seiner Liebesträume?

Giulia hielt den Blick gesenkt, schluchzte leise.

Ohne aufzublicken wiederholte sie: »Ich bin doch nichts – nichts weiter als eine Sklavin.«

»Eine Sklavin, jawohl«, nahm Tore ihre Worte auf.

Plötzlich tat sie ihm leid. Wie sie so dasaß: demütig, erniedrigt, rechtlos. Und er fragte tonlos, wie wohl sein Verhalten aussähe in ihrer Situation. Er wusste keine Antwort. Oder er wollte keine Antwort darauf wissen. Nur eines wusste er: Er wollte sie nicht wegschicken, nicht jetzt.

Inzwischen waren zahlreiche Gäste aufmerksam geworden auf das ungleiche Paar. Große Gefühle schwebten in der Luft, mit der Würze eines saftigen Dramas. Wie treublöde Kälber und skandallüsterne Weiber gafften die Sitznachbarn herüber. Tore bemerkte die plötzliche Stille. Da rührte sich der Trotz in ihm, ließ ihn gegen die Scham dieses peinigenden Augenblicks aufbegehren. Unwillkürlich begann er, Giulia sanft über Kopf und Schultern zu streicheln. Es folgte eine Ermunterung, ihm zu folgen. Plötzlich gewahrte er Heilgart. Mit gerecktem Hals, den Blick auf ihn und Giulia gerichtet, verließ die Hüterin des Hauses ihre Position an der großen Flügeltür, die ins Gebäude führte. Schon stand sie dem Schwager von Angesicht zu Angesicht gegenüber.

»Tore«, sprach sie außer Atem, »du wirst im Haus erwartet. Ludwig möchte dich dem Reiterpräfekten vorstellen.«

Tore war es in diesem Moment einerlei, wohin er Heilgart folgen sollte, er wollte einfach nur weg von hier, wenn nicht mit, dann eben ohne Giulia. Andererseits: Durfte er sie den Gaffern überlassen? Als er zögerte, übernahm Heilgart die Initiative und befahl die Sklavin in die Küche. Der herrschaftliche Ton missfiel Tore. Schon packte ihn wieder Mitleid.

Da spürte er Heilgarts Hand an seinem Arm. »Komm jetzt!«
Ihr scharfer Ton riss ihn fort von Giulia. Mit festem Schritt folgte er der Frau seines Bruders ins Haus. Gleich hinter der Tür warteten zwei Bewaffnete. Sie übernahmen Tore und eskortierten ihn durch die Flure ins Obergeschoss. Vorbei an dem eigenen Zimmer führte der Weg geradewegs auf die verbotenen Räume zu. Ein unerwartet großer Saal tat sich auf. Verhaltenes Tageslicht und brennende Kerzen in bronzenen, fein ziselierten Halterungen auf brusthohen Schränken tauchten die bemalten Wände in ein unruhiges Licht. An einem riesigen Tisch saßen vier Männer in legerer Kleidung und ledernen Sandalen. Erst als Ludwig aufstand, ihn zu begrüßen, bemerkte Tore das kurze, zweischneidige Schwert an dessen Gürtel. Kaum hatten die Augen sich an das Flackern der Kerzen gewöhnt, erkannte er Arminius, der mit einem bewaffneten, fremdländisch erscheinenden Gast sprach. Am Nebentisch ein älterer, eher gutmütig ausschauender Mann von germanischer Herkunft.

Allein der Ältere am Tisch schien den Eintretenden zu bemerken. Er winkte Tore heran. Der folgte der Aufforderung, erwiderte den Gruß mit erhobener Hand.

»Du bist also der Bruder von Ludwig.«

»Jawohl«, bestätigte Tore und ärgerte sich insgeheim, dass er entgegen seiner Vorsätze eine devote Haltung einnahm.

»Setz dich«, wurde er von dem Älteren aufgefordert, »mein Name ist Menorics.« Er lächelte. »Wenn mein Name auch gallisch klingt, so bin ich doch ein tausendmal gewaschener Cherusker.«
Der Hausbesitzer, schoss es Tore durch den Kopf. Still wiederholte er Menorics' Spruch: „tausendmal gewaschen.“
Ein Spruch, der ihm gut gefiel. Ob der Alte auch im Flutensee gewaschen worden war?

»Ich kenne übrigens euer Dorf und den Flutensee«, hörte er da Menorics sagen.
Tore lächelte verhalten und war bemüht um Gelassenheit.

Geradewegs sah er dem Alten ins Gesicht. »Kann es sein, dass wir uns schon einmal begegnet sind?«

236

»Ja, wir sind uns tatsächlich schon einmal begegnet«, antwortete Menorics gleichmütig, »und zwar auf dem großen Markt an einer der zahlreichen Gabelungen der Elbe, wo der Stamm der Chauken an den der Langobarden grenzt.«
Tore war der Marktplatz bekannt. Vier Tage hatte er dort verbracht, wie stets an Rutgers und Osberts Seite.

»Na, weißt du mich jetzt einzuordnen?«, fragte Menorics vergnügt. Und: »Ich habe dich gleich wiedererkannt, du bist in Begleitung von zwei ungestümen Männern über den Markt gelaufen. Wir haben sogar Geschäfte miteinander gemacht.«

Endlich wurde die Erinnerung präziser. »Ja, Messer und Scharniere haben wir gegen Felle, Seifen und eine Fuhre Gerste getauscht. Für einfache Bauern damals ein schlechter Tausch, weil das Jahr eine miserable Ernte gebracht hat und das Getreide besonders knapp gewesen ist, auch wegen des Tributs an die Römer.«
Da bekam Menorics' Gesicht einen finsteren Anstrich.

»Ich verstehe deine Klage nicht. Ihr habt doppelt und dreifach geschmiedete Messer bekommen. Das ist ein echtes Privileg.« Menorics machte eine abschätzige Handbewegung. »Aber was soll 's. Wenn ihr der Meinung seid, einen schlechten Tausch gemacht zu haben, dann beschwert euch bei den Römern über ihr blutsaugerisches Tribut-System oder bei euren Fürsten für die verflixten Verträge, mit denen sie dieses System am Leben halten.«

Hatte Tore richtig gehört? Hatte der Händler gerade auf die germanischen Fürsten geschimpft? Waren nicht ausgerechnet die Reichen und Mächtigen Menorics' beste Handelspartner? Da spürte er plötzlich Ludwig an seiner Seite.

Der umarmte Tore. »Wie viele von den eingetauschten Messern sind auf den Geduldsberg gebracht worden?«

»Fünf, wenn ich mich richtig erinnere«, antwortete Tore.

Ludwig überlegte kurz. »Dann verfügen die Chauken seitdem über fünf verdammt gefährliche Messer mehr als zuvor.«
Er zog das eigene Messer hinter seinem Rücken aus der Gürtelscheide, hielt es ins flackernde Licht.

»Was kann daran falsch sein, wenn wir eines Tages nicht nur selbst hergestellte Waffen, sondern auch stabile römische gegen die Römer selbst einsetzen?«

Die Direktheit dieser Worte kam für Tore unerwartet. Gegen das Imperium würde er fraglos sofort sein Messer zücken, auch wenn er kein guter Kämpfer war. Erinnerungen an lehrreiche Gespräche mit Eibert blühten in ihm auf. Wie recht der gehabt hatte: Jahr für Jahr mussten die Dörfer Tribut aufbringen, auch wenn die Bauern selbst hungerten. Gleichzeitig behaupteten die Römer, ihre Freunde zu sein. Inzwischen beherrschten sie große Abschnitte der großen germanischen Flüsse mit ihren Handels- und Legionärsschiffen und dominierten die Märkte. Am schlimmsten aber: Sie verschmähten, ja verspotteten hinter vorgehaltener Hand die germanischen Götter. Andererseits, so setzte eine eher unerwünschte innere Stimme dagegen, wäre Tore ohne die Römer noch immer ein Unfreier und als Entlaufener vogelfrei im germanischen Wald und jederzeit an Leib und Leben bedroht. Und zwar von genau den Sippenverbänden, denen er sich zugehörig fühlte. Ei, flüsterte die innere Stimme, warum sollte er das Imperium, dem er ja irgendwie das Leben verdankte, bekämpfen? Eine zwielichtige Sachlage. Doch blieb Tore auf der Hut, hielt diese Überlegungen verschlossen.

Dann, endlich, schenkte Arminius dem Bruder des Befehlshabers seiner Leibgarde Aufmerksamkeit. Er nahm den hölzernen Stuhl, auf dem er saß, hob das derbe Sitzutensil mit verblüffender Leichtigkeit an, stellte es in Tores Reichweite, setzte sich darauf. Seine Mimik zeigte keinerlei Regung, keine Herablassung, nichts als Gelassenheit. Der hochgestellte und hochverehrte cheruskische Fürstensohn mit dem Titel eines römischen Ritters lächelte gewogen. Ein angedeuteter Wink genügte und Ludwig trat hinzu. Es folgten ein paar für Tore unverständliche Worte in römischer Sprache. Mit Erstaunen registrierte der das Sprachvermögen seines Bruders und die eigenartige Vertrautheit zwischen den beiden ungleichen Menschen. Wie weit musste Ludwig es gebracht haben, dass er so selbstverständlich mit einem germanischen Adligen verkehrte, der noch dazu sein unmittelbarer militärischer Vorgesetzter in römischen Diensten war?

Wie auf ein geheimes Zeichen hin brach das Gespräch zwischen Ludwig und Arminius ab. Ludwig bot seinem Bruder einen Stuhl an und bat ihn, sich zu setzen. Während Tore dem Wunsch folgte, beobachtete er, dass Arminius' vorheriger Gesprächspartner eine leichte Rüstung anlegte und den Raum verließ.

Als Arminius Tores Interesse an dem Besucher bemerkte, erklärte er in cheruskischem Dialekt: »Das ist der Kommandeur einer Ala.«

»Ala?«

»So nennen die Römer die Schwadron einer Kavallerie. Übrigens bekleidet dein Bruder denselben Rang. Seine Ala ist für meine Sicherheit und die meiner Offiziere verantwortlich.«

Regungslos saß Tore dem Feldherrn gegenüber, mit vor Staunen aufgerissenem Mund, weit geöffneten Ohren und Augen, die freilich mehr ins Leere starrten denn auf den hochrangigen Anführer. So unaufgeregt Arminius' Stimme auch klang, so eindrucksvoll setzte er seine Worte. Tore wurde von einem Bann getroffen, wie er ihn nur von den religiösen Festen, vom Anruf der Götter durch Priester und Priesterinnen kannte.

Mitten hinein in diese Verzückung platzte die aufrüttelnde Stimme des Cheruskers: »Bist du bereit, unser Heiligtum Yggdrasil und unsere Götter und Ahnen mit Speer und Schwert zu verteidigen?«

Als wäre er hinausgetreten aus einem Nebel, kontrastierte Tore wieder seine unmittelbare Umgebung. Der Bann war fort. Was ging hier vor? Wie konnte man an der Bereitschaft zweifeln, die Weltenesche zu verteidigen? Tore war zwar nur ein Bauer, aber ein treuer Diener Wodans, für den es kein Zurück gab, wenn es galt, für seine Götter in den Tod zu ziehen. Glaubte der römische Ritter etwa, es drängte ihn, Tore, nicht nach Walhall an die Seite der edelsten Krieger? Wer würde sich nicht gern von verführerischen Walküren das Horn füllen lassen mit berauschendem Met?

»Bist du bereit?«, schwebte die Frage im Raum.

Tore kniete nieder. »Ja, mein Herr, ich bin bereit, für unsere Stämme zu sterben.«

»Schwörst du es beim Namen deines Vaters, deiner Mutter und der langen Reihe deiner Ahnen?«

»Ja, ich schwöre es.«

»Bei Wodan und Thor?«

»Jawohl, ich gelobe es.«

»Gut, von diesem Augenblick an wird der heilige Wind unserer Heimat jedes deiner Worte in die Götterburg nach Asgard tragen. Verrat wird auf der Stelle mit dem Tod bestraft.«

Tore fühlte, wie die Augen des Reiterpräfekten tief in seine Seele eindrangen.

Dann sprach Arminius: »Dein Bruder Ludwig garantiert für deine Treue – mit seinem Leben. Merk dir das genau.«

Der Cherusker wartete nicht auf eine Antwort, auf kein Ja oder Nein. Wortlos verließ er seinen Stuhl, Sekunden später auch den Raum. Kaum war die Tür hinter ihm geschlossen, ergriff Menorics das Wort. Er hielt den Zeigefinger vor seine Lippen, schlug unruhig die Beine übereinander.

»Du weißt«, hub er an, »dass ich der Eigentümer dieses Hauses bin. Und du weißt auch, dass dein Bruder und Heilgart hier ein neues Zuhause gefunden haben. Dann wirst du auch wissen, dass der Unterhalt eines so großen Anwesens viele, viele Goldstücke erfordert.«

Tore runzelte die Stirn. Worauf wollte der alte Mann hinaus?

»Aber«, so fuhr der Händler fort, »es muss nicht immer Gold sein, was uns von Nutzen ist, sondern es können auch Silberstücke oder eine Wagenladung mit Getreide sein. Gegerbte Felle wären auch nicht schlecht.« Menorics' Stimme klang schärfer, zupackender: »Ich weiß, dass du im Besitz von wertvollem Bernstein bist. Ich erwarte, dass du dich davon trennst und uns deinen Schatz zur Verfügung stellst, für den Kampf gegen die Römer.«

Tores Gesichtszüge erstarrten. Dann, einem Fluchtreflex gleich, riss er den Oberkörper zurück, brachte Distanz zwischen sich und der unverschämten Forderung.

Unter Aufbietung all seiner Selbstbeherrschung entgegnete er: »Ein solches Haus« – er sah sich flüchtig um – »mag ja kostspielig sein; aber gewiss nicht so teuer, dass es einen ganzen Schatz aufwiegt.«

Da lächelte Menorics. »Aha, du scheinst ja sogar etwas gelernt zu haben bei deinen Aufenthalten auf den Märkten. Du willst feilschen.«

Tore begriff, dass er den Aufständischen in diesem Haus so gut wie ausgeliefert war. Dennoch nahm er all seinen Mut zusammen.

»Nein«, widersprach er, »ich möchte nicht handeln, aber ich möchte meinem Leben einen Sinn geben. Und der liegt in einem freien Bauernhof. Für diesen benötige ich etwas Werthaltiges. Ich habe nun einmal nur diesen Schatz.«

Der alte Händler wirkte leicht konsterniert. Er hatte wohl nicht mit Widerstand gerechnet. Erst recht nicht, nachdem Tore gegenüber Arminius den Treue-Schwur geleistet hatte. Er machte ein vorwurfsvolles Gesicht und hüllte sich in drückendes Schweigen. Allein mit gelegentlichen Augenkontakten zu Ludwig ließ er Lebens-

zeichen erkennen. Ein Verhalten, das Tore verunsicherte. Worauf
wartete Menorics? Auf einmal waren Schritte zu hören. Unverständliche Wortfetzen durchdrangen die Tür, die sogleich
schwungvoll geöffnet wurde. Es war Eibert. Der nahm Aufstellung
vor Menorics, grüßte respektvoll. Tore ahnte, dass Eiberts Erscheinen mit dem Bernstein zusammenhing. Er wusste, dass der Freund
ganz und gar aufging in der Idee, Germanien zurückzuerobern,
dabei Arminius absolut treu ergeben war und alles, auch sein Leben für den Aufstand gäbe.

Endlich, mit einer Handbewegung wurde Eibert aufgefordert zu
sprechen.

Der wandte sich an Tore: »Mein Freund, ich muss dir etwas ge-
stehen. Ich habe bislang wenig verraten von dem, was es insgesamt
auf sich gehabt hat mit meinem Besuch bei den Chauken.«
Tore starrte den Freund entgeistert an.

Eibert erläuterte: »Ich bin durch Germanien gereist, um die Stimmung unserer Brüder hinsichtlich der Anwesenheit der Römer zu
erkunden. Dabei haben mich vor allem jene Stämme interessiert,
die Friedens-, Schutz- und Handelsabkommen mit dem Imperium
abgeschlossen haben. Kurz vor meiner ersten Reise hat mich Ludwig gebeten, nebenher nach seiner Familie zu schauen.«

»Und was hat das mit meinem Bernstein zu tun?«, fragte Tore
missmutig.

Umständlich fuhr Eibert fort: »Letztendlich bin ich im Auftrag
von Arminius gereist, zu dessen Verbündeten ich gehöre. Und zu
denen du vom heutigen Tag an auch gehörst. Wir tun, was den
Kampf für ein freies Germanien befördert, und wir beschaffen, was
wir für den Kampf benötigen. Wir fühlen uns darin einig mit unseren Göttern. Jetzt, da du das Geheimnis kennst, hast du nur eine
Wahl: ja oder nein. Ja bedeutet Leben, Nein ist der Tod. Wenn du ja
sagst und leben willst, dann gehört nicht nur dein Herz dem Be-
freiungskampf, sondern auch dein Besitz.« Eibert hob mit ausla-
dender Geste die Hände und fügte hinzu: »Ich habe meinen Anteil
bereits zugesagt.«
Tore wich zurück, doch wusste er keinen Ausweg. Sein Atem wirkte schwer wie der eines zum Tode Verurteilten.

»Du hast gut reden«, sagte er schließlich, »du besitzt ein Haus,
Felder, Gärten. Und was besitze ich? Wo und wovon werden ich

und meine zukünftigen Kinder leben? Was ist mit den Träumen, die mir die Götter geschenkt haben?« Er wagte einen verzweifelten Vorstoß, kritisierte, stellte in Frage, forderte, wurde in diesem Augenblick zu einer Person, die er schon immer hatte sein wollen: ein selbstbewusster, selbstbestimmter, unerschrockener Chauke. Hilfe suchend lenkte Tore seinen Blick auf Ludwig. Doch der Bruder saß scheinbar ebenso teilnahmslos auf dem Stuhl wie Menorics.

Allein die Flammen der Kerzen zeigten eine Regung, als Tore sagte: »Ich frage mich, was ihr mit meinem Bernstein bewirken wollt. Die Römer zurückjagen in die Ferne, aus der sie über uns gekommen sind? Ihre Legionen vertreiben?« Tore lachte höhnisch. »Das Imperium ist so reich und mächtig, dass es jeden von uns, ja sogar dieses große, schöne Haus unter Bergen von Gold begraben und alles Leben darunter ersticken könnte.« Tore schnappte nach Luft.

Bevor er weiterreden konnte, fuhr Menorics dazwischen: »Beruhige dich. Ich sehe, du bist so streitbar wie eben nur unsere Stammesbrüder streiten können. Sie tun das leider nur viel zu oft und viel zu hitzig. Ich denke, dass wir dir noch einige Erklärungen schuldig sind.« Dann forderte er Ludwig auf, einzusteigen in das Gespräch.

»Nun gut«, reagierte Tores Bruder ganz ohne brüderliche Rücksichtnahme, »dass du dich heute hier in unserer Mitte aufhalten darfst und fortan ein freier Mann sein wirst, sollte eigentlich genug Lohn für deine Bernstein-Kostbarkeiten sein. Oder möchtest du lieber zurück in die Sklaverei? Denn nichts anderes würde dir widerfahren, drüben, auf der anderen Seite des Rheins. Vielleicht gelänge es dir, für einige Zeit unterzutauchen, in einem fremden Dorf vielleicht, doch früher oder später würden Wigmars Männer deiner habhaft werden. Willst du das wirklich?«
Selbstverständlich wollte Tore genau das nicht.

»Was ich dir jetzt sage«, setzte Ludwig hinzu, »das präge dir gut ein: Der Anführer der römischen Reiterei, Arminius, ist ein Cherusker. Er ist als germanischer Fürstensohn in seiner Kindheit als Faustpfand für römisch-cheruskische Verträge nach Rom geschickt und dort erzogen und ausgebildet worden. Er hat großartige Siege in fremden Landen gegen die Feinde Roms errungen. Irgendwann ist Kaiser Augustus der irrigen Ansicht erlegen, Arminius wäre einer von ihnen. Doch ein stolzer, ehrlicher, im Angesicht Wodans lebender Cherusker oder auch Chauke wird freiwillig niemals be-

242

reitwillig den Staub fressen, den die römischen Legionen aufwirbeln. Und noch eines: Arminius ist mit seinem Widerstand gegenüber Rom ganz gewiss nicht allein. Unter den Kronen der Eichen und Buchen Germaniens formiert sich der Wille unserer Götter.« Ludwig richtete seine nervösen, in Erregung geratenen Augen demonstrativ auf Menorics, der ihm wohlwollend zunickte. »Wir sind Arme, Reiche, Bauern, Heerführer, ganz einfach viele und wir werden immer mehr«, sprach er, »und eines Tages werden unsere Stämme unter einem gemeinsamen König Arminius in einem freien Germanien leben, beschirmt und beseelt von Wodan, von Thor, von den Asen und Wanen. Und kein lebendiges Wesen, kein Römer und auch kein römischer Gott wird uns mehr besiegen und gefangen nehmen können, um uns durch ihre Arenen zu treiben wie wilde Tiere in einen grausamen Tod.«

Ludwigs Ansprache verfehlte seine Wirkung nicht. Tore spürte, dass er kaum mehr umhin konnte, sich der Forderung der Verschwörer zu unterwerfen. Die saßen am längeren Hebel. Ludwig hatte recht. Er, Tore, war quasi frei. Würde der Plan zur Schaffung eines geeinten Germaniens unter Führung der Cherusker mit Arminius an der Spitze gelingen, bliebe die Freiheit vielleicht erhalten. Bedenklich war jedoch: Misslänge der Aufstand, wäre er, Tore, für alle Zukunft weder jenseits noch diesseits des Rheins in Sicherheit.
»Also, was ist mit dem Bernstein und den Silberstangen?«, hörte er wieder Menorics wie von weit her fragen. Und: »Freiheit kann verdammt teuer sein, glaub es mir, mein Sohn.«
»Bei Wodan«, antwortete Tore, »der Schatz gehört allein den Göttern.« Er schaute sich um, atmete tief, roch und schmeckte die von den Kerzen im Saal verwirbelte Luft. »Und darum: Wo Wodan ist, da soll sein, was letztendlich ihm gehört. Auch wenn es mir anvertraut worden ist.«
Erleichtert tauschten Menorics und Ludwig einverstandene Blicke aus.
Doch gänzlich wollte Tore nicht einlenken.
»Eines möchte ich allerdings noch geklärt wissen«, hob er die Stimme. Und fragte: »Was wird aus mir? Soll ich für den Rest meines Lebens in diesem Haus verbringen wie ein nutzloser Gast? Oder soll ich mein Auskommen auf dem Schlachtfeld verdienen?« Tore sprach Ludwig an: »Du weißt, dass ich nicht zu kämpfen ver-

stehe wie ein geübter Krieger. Nun gut, ich wäre bereit, das Kriegshandwerk zu erlernen. Doch was ist mit meinen eigentlichen Fähigkeiten? Hast du vergessen, dass man mich am Flutensee schlauer Bauer gerufen hat? Ich sage euch, im Säen und Ernten liegt meine wirkliche Stärke.« Demütig wandte Tore seine Augen von Ludwig ab, lenkte sie auf Menorics.

Der alte Händler nickte freundlich mit dem Kopf, als er antwortete: »Wir wissen von deinen Stärken. Ich könnte mir vorstellen, dass du die Verantwortung für den zu diesem Haus gehörenden Landbau übernimmst. Du könntest auf der abschüssigen Wiese hinter dem Hügel Gemüse anbauen.« Dann lockte er: »Und du bekämest sogar zwei Sklaven als Helfer zugeteilt.«

Tore war enttäuscht. Der alte Fuchs schien alles vorausgeplant zu haben. Oh Wodan, stöhnte Tore still. Plötzlich spürte er eine aufrichtende Kraft. Nein, er wollte nicht Herr über Rüben, Bohnen und Sklaven werden. Er wollte ein eigenes Haus, einen Hof, Äcker und Weiden, eine Bäuerin: Giulia, und ganz viele Kinder.

Tore antwortete diplomatisch: »Ich bin dankbar für das Vertrauen, das mir entgegengebracht wird.« Dann wagte er den Widerspruch: »Meines Erachtens benötigen gesunde Männer und Krieger weniger Gemüse und mehr gutes Getreide, ab und zu auch mal ein gutes Stück Fleisch. Dafür könnte ich mit einem eigenen Hof garantieren, vielleicht in den Niederungen hinter dem Hügel, wo Eibert zu Hause ist. Nichts von dem, was ich ernten könnte, würde ich für mich behalten, außer dem, was zum Leben und zur Aufrechterhaltung des Hofs unerlässlich ist. Der Bau eines Hauses, die Beschaffung von Holz, Gerätschaften, Saatgut und tatkräftige Hilfe gibt es aber nicht umsonst. Darum möchte ich zehn Stück Bernstein für mich behalten. Außerdem kann ein einzelner Bauer ohne die Hilfe einer Bäuerin kaum über die Runden kommen. Auch für eine Hochzeit wäre mir der Bernstein willkommen. Auf diese Weise könnte ich für den Rest meines bescheidenen Lebens einem König Germaniens treu und ergeben dienen.«

Während der letzten Worte hatte Tore den Kopf gesenkt. Demütig stand er mit krummem Rücken vor Menorics und Ludwig. Doch arbeitete sein Verstand trotz der inneren Unruhe so klarsichtig wie nie. Allein Menorics würde eine Entscheidung fällen, niemand sonst, außer vielleicht Arminius persönlich. Tod oder Leben, dachte

Tore, der jetzt ein Blinzeln in Richtung des Bruders riskierte. Der hielt die Augen emotionslos auf den einflussreichen Händler gerichtet. Der Alte verließ plötzlich seinen Platz. Mit wachen Augen trat er auf Tore zu.

»Es sei, wie du es vorgeschlagen hast«, beschied er mit klarer Stimme. Und: »Ich denke, dass wir alle davon profitieren.«

Nicht lange und Tore stand wieder im Garten, wo die Bediensteten über den Rasen hetzten, um die an Gästen gewachsene Gesellschaft mit Fleischstücken, Met und Bier zu versorgen. Verlockende Röstgerüche lagen wie eine Glocke über dem Hügel. Sogar in Tore, der ohne den geringsten Appetit ins Freie getreten war, regte sich der Hunger. Er nahm an einem wenig frequentierten Tisch Platz. Schon erschien ein Sklave mit einem hölzernen Tablett und reichte ein saftiges Stück von einer Ziege. Wenig später verspürte Tore eine angenehme Sättigung. Sich innerlich fallen lassend, ließ er den aufregenden Tag an sich vorbeidefilieren. Dabei streifte ihn auch der Groll. Bei den Göttern, was hatte er verbrochen, dass er nach all den Widrigkeiten und Anstrengungen in den germanischen Wäldern mit dem Verlust seines Bernsteinsackes bestraft wurde? War er den Stämmen etwas schuldig? Er, das kleinste Licht eines Dorfs. Allein Wodan gegenüber empfand er so etwas wie Pflicht. Tief atmete Tore ein. Irgendwie geläutert, sich nunmehr dem Unabwendbaren fügend, griff er nach einem Becher mit Met. Im Gegensatz zu seinen Tischnachbarn trank er gemäßigt, leerte den Inhalt nicht in einem Zug, sondern nippte und schmeckte. Zehn Teile Bernstein blieben ihm, eigentlich ein Schatz für sich. Er wollte die größten und schönsten für sich geltend machen. Vielleicht, so schöpfte er Hoffnung, reichten die verbleibenden Steine sogar für ein größeres Grundstück mit Frau und Kindern. Und: Einerlei, ob Giulia als freie Angetraute oder als Sklavin mit ihm am Feuer säße. Er würde für sie da sein, für immer und ewig.

Plötzlich erschien Eibert im Garten. Zwischen den feiernden Gästen wirkte er auffallend nüchtern. Mit festem, raumgreifendem Schritt kam er heran.

»Nanu«, sprach Tore den Freund schon aus der Distanz an, »bist du immer noch auf Wacht?«
»Das haben wir den Römern abschaut. Ihre Wachen sind stets aufmerksam und Herr ihrer Sinne. Wer gegen ihren Kodex verstößt,

wird hart bestraft. Wir« – Eibert lächelte – »praktizieren das nicht anders. Wir folgen damit übrigens einer Anweisung von Arminius. Der Reiterpräfekt weiß genau, worauf es ankommt.« Dann nahm Eibert neben Tore Platz, wechselte das Thema. »Schön, dass du Verantwortung übernimmst und den Bernstein und das Silber opferst.« Anerkennend legte er die rechte Hand auf Tores Schulter. »Zehn Stück Bernstein willst du also für dich behalten, so frech bin nicht einmal ich gewesen.«

»Ach«, entgegnete Tore verlegen, »es kommt darauf an, für welches Ziel eine solche Frechheit steht.«

Da umarmte Eibert den Freund. »Lass uns nach vorne schauen. Es freut mich, dass du dich voll und ganz dem Ackerbau hingeben willst. Ich kann mir gar keinen besseren Bauern vorstellen.«

Da entfernte Tore die Hand des Freundes von seiner Schulter. »Eigentlich müsste ich dir böse sein wegen des Verlustes unseres Schatzes«, sagte er, »aber mir ist klar geworden, dass Wodan uns dafür geschaffen hat, seinen Plänen zu dienen. Ein Leben ohne Kampf für die Freiheit unserer Stämme, ob mit einem Schwert oder einem Pflug, wird immer ein leeres Leben bleiben. Unsere Ahnen würden uns für Feigheit und Egoismus verachten.«

»Gut so!«, antwortete Eibert. Und: »Ich hoffe, dass wir Freunde bleiben, hier und heute und später in den höheren Welten.«

»Wer weiß, vielleicht begegnen wir uns eines Mondes sogar in Walhall«, ergänzte Tore.

Während Eibert zum Haus zurückkehrte, versank Tore in Gedanken, ließ die gelöste Stimmung an den Tischen auf sich wirken. Wie anders waren dagegen die Feste am Flutensee verlaufen, auf denen er die freien Dörfler hatte bedienen müssen. Er schielte nach den Bediensteten, wie sie von Tisch zu Tisch huschten, Teile von Ochsen oder Ziegen auf voluminösen Holzbrettern zu den Tischen trugen. Dass er, der einstige Halbfreie, heute auf der Seite jener weilen durfte, die bedient wurden, stimmte ihn froh. Niemals mehr wollte er ein Unfreier sein, auch kein halbfreier Bauer. Dann träumte er wie so oft in den vergangenen Tagen von einem eigenen Hof. Zwei Tische weiter saß eine Frau, die Giulia ähnelte. Prompt wurden seine vorausschauenden Lebensfantasien durch die begehrte Sklavin vervollständigt. Schwärmerisch umkreisten Tores Wunschträume ein gemeinsames Arbeiten, Essen, Feiern, Lieben. Doch die in der

schnöden Wirklichkeit lauernden Hindernisse sollten diese Verheißung alsbald eintrüben. Denn leider verfügte letztendlich der
mächtige Arminius über die Rechte an Giulia. Und wie stand es
überhaupt mit den germanischen Sitten? Niemals könnte ein freier
Bauer eine Sklavin heiraten. Keine Priesterin würde sich an einer
solchen Vermählung versündigen. Doch dann, wie hingeflüstert,
gebar Tore eine Idee, wie sie nur von dem schlauesten und klügsten
aller Götter persönlich stammen konnte: War es nicht Tores Aufgabe, noch einmal den Rhein zu überqueren, um den Schatz zu bergen? Eine gute Gelegenheit, nebenher Giulia zu ehelichen, so wie es
in Germanien üblich war.

Innerlich aufgewühlt suchte der Heiratswillige nach Eibert. Er
wollte den Freund sprechen, unbedingt, auf der Stelle. Anschließend Heilgart oder Ludwig oder Menorics oder alle zusammen.
Einige Auxilialreiter standen schwatzend hinter einer Hausecke.
Nicht weit entfernt beherrschte Arminius' Anwesenheit die Umgebung. Der Feldherr trug über einer Toga die leichte Rüstung von
vorhin. Allerdings hatte er ein Schwert dabei. Mit seiner aufgerichteten Gestalt und seinen vor Selbstbewusstsein strotzenden Gesten
wirkte der römische Ritter nicht weniger beeindruckend als bei seiner Ankunft hoch zu Ross mit Panzer, Schild und Lanze. Arminius
sprach mit gut gekleideten, zivilen Männern vornehmlich in römischer Sprache. Ihrem Äußeren nach zu urteilen waren sie Fremd-
länder. Ihr Habitus erinnerte an reiche Händler, wie Menorics einer
war. Wenn diese Männer heimliche Feinde Germaniens wären?
Tore wurde mulmig. In diesem Moment wandte sich Arminius einer kleineren Gruppe hinzutretender Gäste zu. Der Sprache nach
könnten es Kelten oder Gallier sein. Wie es schien, wollte wohl jeder hier zu Gast Seiende ein paar Worte mit dem eindrucksvollen
Cherusker in der römischer Rüstung wechseln.

Da bekam Tore einen Stups. Es war sein Bruder Ludwig.

»Ich habe die Bewunderung für Arminius in deinen Augen bemerkt«, sprach er und machte keinen Hehl aus seiner Freude über
diese Haltung. Dann verriet er: »Der Reiterpräfekt spricht mit
Kommandeuren siegreicher gallischer Elitetruppen in römischen
Diensten.« Und: »Sie werden übrigens gut bezahlt wie alle, die für
das Imperium kämpfen.«

»Was wollen die hier?«, fragte Tore interessiert.

Ludwigs Stimme geriet ins Flüstern. »Sie schleimen. So wie Schnecken, wenn sie lautlos durchs Land ziehen, um unsere Gärten zu zerstören.«

»Schnecken?«, fragte Tore, »die kann man doch mit einem Tritt zerquetschen.«

»Ja, das könnte man wohl. Nur weiß man leider viel zu selten, in welcher Ecke des Gartens sie gerade fressen.« Ludwig verzog angewidert das Gesicht. »Schnecken sind zwar nicht schnell, aber zielstrebig. Hat man sie endlich aufgespürt, ist es oft zu spät.«
Schnecken und Gallier, ein merkwürdiger Vergleich, dachte Tore und ließ die von Ludwig aufgeworfenen Bilder auf sich wirken. Augenblicke später bemerkte er Giulia. Vor dem Haus stehend und mit Heilgart sprechend. Sie steckte in einem bis über die Knie reichenden Kleid aus blauem Stoff. Tore fand, dass sie aussah wie eine geschmückte Göttin, etwa Freyja, nur dass die Liebesgöttin strohblondes Haar besaß, das zu Zöpfen geflochten über den Rücken fiel. Ach, ob blond oder dunkel, ob mit oder ohne Zopf, Giulia war die Göttin seines Herzens.

Während Ludwig zwischen den Wachsoldaten verschwand, kehrte Tore zurück vors Haus. Am Eingang stand Heilgart und plauderte jetzt mit einigen Frauen.

Sie winkte Tore heran. »Ich habe gerade zugeflüstert bekommen, dass du Giulia mitnehmen willst über den Rhein. Ist das nicht zu gefährlich?«
Tore war auf der Stelle hellwach. Er hätte Heilgart umarmen können, weil sie dem Plan nicht sofort widersprach. Wenn es ihm gelänge, Giulia zu seiner ganz persönlichen Begleiterin zu machen, dann, so glaubte er, wäre alles gewonnen.

Lauernd klang seine Stimme, als er sagte: »Ich weiß nicht, wie weit du informiert bist. Ich bin dazu verdonnert worden, unseren Bernsteinschatz zu bergen und ihn bei Monorics abzuliefern. Die kostbaren Steine und das Silber aus ihrem Versteck zu holen ist das eine, sie aber vollzählig und unversehrt über den Rhein zu schaffen, das ist etwas anderes. Dabei würde mir Giulia eine große Hilfe sein. Vor allem, um den Zweck der Reise zu verschleiern. Schließlich kann ich nicht mit einem Gespann durchs Land fahren und jedem erzählen, dass ich Reichtümer mit mir führe.«
Heilgart neigte erstaunt den Kopf.

»Soweit ich weiß«, entgegnete sie, »will Arminius Kämpfer mitschicken.«

»Dagegen ist nichts einzuwenden«, antwortete Tore und dachte trotzig: aber nicht ohne Giulia. Denn nur auf einer solchen Reise ergäbe sich die Möglichkeit, sie zu heiraten. Und zwar als Sklave eine Sklavin, so wie die Götter es vorschrieben. Alles in ihm drängte darauf, das weitere Vorgehen zu besprechen. »Wie soll ich mit Giulia umgehen im Kreis deiner Gäste? Immerhin ist sie eine ... «

»... Sklavin«, nahm Heilgart die Frage auf. Die Augenbrauen hochziehend und mit einem ermunternden Lächeln antwortete sie: »Eine Sklavin ist nun einmal eine Sklavin. Wie immer du dich ihr gegenüber verhältst, am Ende bestimmst allein du, was geschieht. Wenn du mit ihr am Tisch sitzt oder wenn sie dich durch dieses Haus begleitet, wird niemand etwas Unrechtes vermuten. Und wenn an den Tischen getuschelt wird, nimm es einfach hin, es ist weder böse gemeint noch wert, darüber nachzudenken.« Heilgart zwinkerte Tore zu. »Und nun halte mich nicht weiter von der Arbeit ab. Geht und amüsiert euch. Es werden gewiss schlechtere Zeiten kommen.«
Wie bestellt erschien in diesem Augenblick Giulia an der Tür.

Ihre Augen strahlten. »Ich habe für heute keine Aufgaben mehr.« Tore reagierte mit einer fast schon herrisch anmutenden Kopfbewegung, mit der er sie aufforderte, ihn an einen Tisch zu begleiten. Kaum hatten beide weiter hinten Platz genommen, bot ein eifriger Sklave Getränke an.

»Ein Becher Met würde mir gefallen«, reagierte Tore höflich.
Da bemerkte er eine versteckte Aggression im Verhalten des Sklaven. Mit bösen Augen starrte der wechselweise Giulia und ihn an. Ein Verhalten, dass unwillkürlich Eifersucht hervorrief. Tore spannte seine Muskeln. Der Sklave, dessen Haut von derselben Farbe war wie die von Giulia, bemerkte die Reaktion. Rasch krümmte er den Rücken, demonstrierte Unterwerfung, schlich davon wie ein gescholtener Hund. Fragend schaute Tore Giulia an.

»Ich kenne ihn gut«, reagierte sie zögernd, »ich weiß, dass der Sklave bisweilen heftige, aufwallende Zuneigung für mich empfindet, die ich aber nie erwidert habe.« Sie hob den Kopf und bat mit demütiger Stimme: »Bitte, tue ihm nichts, er ist ein guter Mensch. Ihn trifft gewiss keine Schuld. Da wird wohl ein böser Geist ein böses Spiel mit ihm treiben.«

Daraufhin suchte Tore seine Empfindungen zu verdrängen. Doch gleich darauf führte das Schicksal den Sklaven an den Nebentisch. In den Händen ein Holzbrett, mit saftigen Fleischstücken darauf.

Gereizt verließ Tore seinen Platz und baute sich vor dem Sklaven auf. »Geh, bring uns endlich etwas zu trinken. Für mich einen Becher mit Met. Was Giulia bevorzugt, wirst du bestimmt besser wissen als ich.«

Der Sklave folgte der Aufforderung sofort und servierte Giulia eine Schüssel mit dicklichem, für Tore undefinierbarem Fruchtmost. Davon nahm sie genüsslich in kleinen Schlucken. Nachdem sie auch die letzten Tropfen vom Rand des Gefäßes geleckt hatte, gähnte sie ausgedehnt und erklärte, schlafen gehen zu wollen.

Müde blinzelte sie Tore an. Ihr Atem klang sonderbar schwer.

»Nein«, sagte Tore, »ich möchte nicht, dass du deine Nächte weiterhin in den Sklaven-Quartieren verbringst. Ich möchte, dass du bei mir wohnst und schläfst.« Er hielt die Zeit für gekommen, seine Ansprüche geltend zu machen. Jeder sollte wissen, wohin Giulia gehörte. Ach und verdammt, wenn da nur nicht Arminius im Spiel wäre. Mit einem unverfänglichen Abstand zueinander betraten die Verliebten das Haus durch einen Nebeneingang. Einer kurzen, aber heftigen Hingabe der Gefühle folgte ein tiefer, erholsamer Schlaf. Tore und Giulia erwachten nahezu zeitgleich im frühen Schein der Sonne, deren Strahlen es bereits an den Rand der Fenster geschafft hatten. Als Tore für eine kurze Weile den Leib seiner Liebsten berührte, dankte er der Göttin Freyja für diese Gnade.

Nicht viel später betrat er das Atrium, wo Ludwig im Kreis germanischer Auxiliarreiter und eines römischstämmigen Legionärs saß. Auf dem Tisch lag das weiche, lockere, südländische Brot, wonach Tore in dieser kurzen Zeit seines Aufenthaltes im Imperium bereits ein Verlangen entwickelt hatte. Er nahm Platz und begann, von dem Backwerk zu essen. Zu seinem Entsetzen stand die Fischsoße Garum auf dem Tisch. Sogar die anwesenden Germanen stippten ihr Brot lustvoll in die ekelhaft schmeckende Römer-Tunke. Tore begnügte sich mit gewürztem Quark und lauwarmer Ziegenbutter. Dazu zwei Becher frisches, kühles Wasser. Was wollte das Herz mehr?

Die Gespräche am Tisch handelten wie so oft bei Angehörigen des Militärs von Kriegsschauplätzen und persönlichem Heldenmut.

Auch wurde mit erbeuteten Frauen geprahlt, über die selbstverständlich jeder der Anwesenden besser Bescheid wusste als sein
Vorredner. Tore bevorzugte Phantasien, in denen Giulia und die
gemeinsamen Kinder ein fleißiges Bauernleben führten. Als Heilgart im Atrium erschien, rückte Tore ihr sogleich auf den Leib. Ob
er mit Menorics sprechen dürfe, wollte er wissen.

»Oh«, reagierte Heilgart, »da musst du dich beeilen. Bei den Ställen werden gerade die Pferde für ihn bereitgestellt. Menorics will
südliche Märkte besuchen.« Sie zwinkerte mit den Augen. »Er handelt nämlich nicht nur mit Schwertern und Speeren, sondern auch
mit Gewürzen und Wein.« Sie senkte die Stimme, als sie vorwurfs-
voll anmerkte, dass der Wein in den Häusern der cheruskischen
Fürsten oft höher geschätzt werde als treuer Met. »Wenn das die
Götter wüssten.«

Es war für Tore auch heute noch ein sinnliches Vergnügen, mit
Heilgart zu sprechen. Ja, er liebte den Klang ihrer Stimme, weckte
doch ihre Melodie so unsagbar zarte Erinnerungen an die Sehnsüchte seiner Jugend. Doch jetzt war ihm nicht nach lustvoller
Plauderei, jetzt empfand er einen fast schon schmerzlichen Drang
nach Klarheit für sein Vorhaben, Giulia zu heiraten. Ein kaum mehr
kontrollierbares Drängen aus den Tiefen seiner Sehnsüchte trieb ihn
voran. Wortlos sprang er auf, flitzte durchs Atrium und über den
Flur, orientierte sich nach links, rannte um das Haus herum zu den
Ställen. Schon von Weitem zählte er neun Pferde, die auf dem staubigen Weg unruhig schnaubend die erfrischende Kühle des über
den Hügel streifenden Windes suchten. Menorics stand abseits und
beobachtete die Vorbereitungen. Mehrere Bedienstete waren dabei,
Zaumzeug anzulegen und dunkle Decken über die Rücken der Tiere zu breiten. Es handelte sich ausnahmslos um Wallache, wie Tore
beim Näherkommen erkannte. Sie waren wie die typischen germanischen Pferde von eher kleiner Statur. Da erschienen auch schon
erste Leibwächter. Mit römischen Kurzschwertern in den Scheiden.
Ihre Schilde wurden von Bediensteten des Hauses getragen. Tore
erkannte zwei von ihnen als Ordnungskräfte wieder, die gestern
am Hauseingang Dienst geleistet hatten.

Plötzlich kam bollernd ein Zweispänner über die Wiese gefahren.
Unter den fachmännischen Kommandos eines Kutschers zogen
zwei Pferde das neuwertig aussehende Gefährt heran. Menorics

trat vor, um das Gespann zu begutachten. Tore beschleunigte seinen Schritt. Wie eine Barriere stand er wenig später zwischen dem Wagen und Menorics' Gepäck, das aufs Verladen wartete. Die Mimik des Hausbesitzers verriet Irritation.

»Was gibt es Dringendes, das wichtig genug ist, mich zu stören?«

Tore, nach den passenden Worten und dem geeigneten Ton suchend, antwortete: »Es ist der Bernstein-Schatz.«

Menorics riss erstaunt die Augen auf. »Und?«

Tore erklärte: »Ich habe keine Ahnung, bis wann ich den Rhein überquert haben soll und wann die Steine hier sein müssen. Auch muss über meine Begleitung gesprochen werden.«

Menorics schaute kurz zur Sonne auf, wohl, um die Zeit einzuschätzen.

»Welche Begleitung?«, fragte er.

Tore sagte: »Hat es nicht gestern geheißen, ich darf wegen der Sicherheit des Schatzes nicht allein reisen?«

»Fürwahr«, reagierte Menorics, wobei er dem Mann auf dem Bock ein Zeichen gab, die Kutsche an Ort und Stelle zu belassen. »Eigentlich sollte das alles gestern beschlossen worden sein. Ein dummer Fehler, vor allem auch, weil ich über Sicherheitsangelegenheiten wenig zu befinden habe.« Menorics tänzelte nervös auf seinen dicken Beinen. »Arminius ist zu seinen Reitertruppen geritten und wird frühesten nach sechs Nächten zurückkehren.« Der alte Händler nahm Tore an die Seite. Unter einer Ulme, in abgeschiedener Zweisamkeit, sagte er mit gesenkter Stimme: »Der Schatz wird nicht so dringend benötigt. Allerdings kann es nicht schaden, ihn in unseren Händen zu wissen, weil unsere Brüder manchmal ganz einfach bestochen werden wollen, bevor sie ihre Pflicht erfüllen. Ohne Aussicht auf Beute geht leider wenig heutzutage.«

Das war für Tore keine willkommene Antwort. „Nicht dringend benötigt", wiederholte er im Stillen. Das bedeutet eine neuerliche Verzögerungen, so kratzte es in seinem Kopf.

»Was ist mit Eibert«, fragte er, »auch sein Anteil am Schatz wartet in unserem Versteck.«

»Schon gut, schon gut«, antwortete Menorics, »wir werden einen Weg finden.«

»Würde ich mit Eibert reisen«, tastete Tore sich an seine Idee heran, »gut getarnt und in Begleitung einer weiteren Person ... «

»Hm, eine Person reicht nicht aus für euren persönlichen Schutz und den des Schatzes. Wie lange werdet ihr für die Bergung des Bernsteins benötigen?«

Tore überlegte. »Etwa zehn Nächte. Wenn keine Komplikationen auftreten.«

»Komplikationen? So – wie könnten die aussehen?«
Tore begann, sich über die Befragung zu ärgern. Kein Wort hatte er bislang über seinen eigentlichen Plan vorbringen können, nämlich Giulia mit auf die Reise zu nehmen und sie zu ehelichen.

»Na ja«, ging er auf Menorics ein, »wenn zum Beispiel beutegierige Gefolgschaften unseren Weg kreuzen würden. Oder wenn das Land infolge von Unwettern unpassierbar wäre. Oder falls Wegelagerer lauerten.«
Menorics nickte wortlos. Er winkte den Kommandeur seiner Leibwache herbei. Der etwa 40-jährige Soldat stand in militärischer Haltung.

Der Händler befahl: »Lass die Pferde zurück auf die Weide bringen, wir bleiben einen Tag länger.«

Inzwischen hatte die Sonne den höchsten Punkt ihrer Wegstrecke erreicht. Die angenehme Wärme begünstigte Tores Befinden, auch seinen Geist. Listig überlegte er: Wenn es gelänge, Menorics Einverständnis für die Verehelichung mit Giulia zu gewinnen, wäre das wichtigste Problem gelöst. So suchte er fieberhaft nach einem geeigneten Einstieg in das Gespräch über seinen Herzenswunsch. Zugleich stieg die Furcht, den einflussreichen Händler nachhaltig zu verärgern. Schlimmer noch: Menorics könnte sich verschließen und einfach von dannen ziehen. Oh, Wodan, oh, Freyja, bitte helft, flehte Tore in stiller Frömmigkeit.

Menorics bugsierte Tore zum Haus, dann in einen privaten Raum im oberen Stockwerk. Nun begann er in einem Redeschwall über das Hin und Her, das Für und Wider der Reise zu dozieren. Tore wäre erheblichen Gefahren ausgesetzt, die sichtbar wie unsichtbar drohten, und er, Menorics, bezweifle, dass Tore auch nur eine Ahnung davon habe, wie brutal die germanischen Brüder mit vermeintlichen Feinden umsprängen, besonders, wenn die nackte Gier im Spiel sei. Immer weiter drang der alte Händler ein in eine umfängliche Analyse der Gefahren. Nichts sollte auf der Reise dem Zufall überlassen bleiben. Tore tat, als hörte er interessiert zu. Er hatte begriffen: Menorics Einfluss war riesengroß. Deswegen musste der alte Handelsmann unbedingt positiv gestimmt werden. So sehr die Darlegungen und Abwägungen auch ermüdeten, rasch wurde klar, dass sie vorausschauend und kenntnisreich waren. Nichts von all dem schien banal. Ja, die Welt strotzte nur so vor Fallstricken.

Dennoch wagte Tore die Einmischung: »Vielleicht wäre es gerade wegen der vielen Gefahren von Vorteil, sich zu tarnen.«

Menorics hob den Kopf, überlegte kurz. »Ja, das sollten wir wohl«, antwortete er und spannte erwartungsvoll seine Gesichtszüge.

Tore fuhr fort: »Ich denke an eine Irreführung, die kein Mensch erwartet.«

»Sehr klug«, lobte Menorics.

»Dafür habe ich mir einen Plan ausgedacht«, sagte Tore.

»Sag an, mein Junge.«

»Wie wäre es, wenn wir vor meinem Aufbruch über den Rhein gezielt verbreiteten, ich befände mich auf einer Hochzeitsreise?«

»Oh, wie …?«

»Ja, dann könnte ich ganz unverdächtig den Rhein überqueren, um die Sklavin Giulia zu heiraten.«

Endlich war es raus. Tore spürte eine angenehme Kühle am Hals. Dann ergänzte er: »Wer käme bei einer Hochzeit auf die Idee, dass ein geheimer Schatz geborgen werden sollte?«

Hellwach beobachtete Tore jetzt Menorics Gesichtszüge, dessen Mundwinkel tanzten wie die Dörfler zu fortgeschrittener Zeit auf den Sonnenwende-Festen, zügellos und ungeordnet. Der gewiefte Händler schien durcheinander geraten zu sein. Würde er die Tarnung als Hochzeitspaar in Betracht ziehen?

Dann reagierte er: »Wie kannst du es wagen, fremden Besitz heiraten zu wollen? Und seit wann gestatten es Freyja und Wodan einem in Freiheit lebenden Germanen, eine Sklavin zu ehelichen?«

Tore antwortete mit selbstbewusst gehobenem Kinn.

»Jenseits des Rheins bin ich kein freier Germane, denn bis heute hat mich niemand herausgekauft aus dem Stand der Halbfreiheit. Ein germanischer Unfreier aber, dessen Status dem eines römischen Sklaven gleichkommt, darf seit jeher eine Sklavin ehelichen, auch eine römische.«

Da verrutschte dem erfahrenen Kaufmann das strenge Gesicht.

Mit irgendwie hilflosem Gestus antwortet er: »Ja, da hast du recht. Der Plan könnte funktionieren, aber nur, wenn die Herren der Sklaven einverstanden sind.«

Tore erklärte trotzig: »Giulia ist Ludwig überlassen worden, Ludwig ist mein Bruder und mein Bruder wird einer Hochzeit gewiss zustimmen.«

Vermutlich hatte Menorics nicht mit dieser Spitzfindigkeit gerechnet. Staunend musterte er den Heiratswilligen.

Tore nutzte die Gelegenheit für erläuternde Worte: »In meinem Fall soll die Hochzeit in einem x-beliebigen Dorf der Tenkterer, der Sugambrer oder im Cheruskerland stattfinden. Was die Priester auf den heiligen Stätten vor Wodan absegnen, besitzt Gültigkeit für sämtliche Stämme und behält diese auch auf römischem Territorium, wo wir später leben werden.« Als Menorics' ratlos-ungläubige Miene sich verhärtete, fügte Tore rasch hinzu: »Und am Ende dieser Hochzeitsreise übergebe ich dir die Säcke mit dem Bernstein und den Silberstangen – eigenhändig. Bei Wodan und meinen Ahnen.«

Man konnte Menorics ansehen, dass er irritiert war.

Dann sagte er: »Allmählich glaube ich, dass du diese Sklavin Giulia ehelichen willst, weil du sie liebst.«

»Ja, und sie ist mir sogar versprochen worden, wenn auch nur als Sklavin. Aber dauerhaft will ich eine freie Frau an meiner Seite haben. Ich möchte eine Familie gründen, Kinder zeugen, Landwirtschaft betreiben. Und zum ersten Mal in meinem Leben voll und ganz respektiert werden – als freier Bauer.«

»Sie ist unrein«, wandte Menorics entschieden ein wie ein Schwerthieb. Und: »Sie hat nicht nur einmal einem Mann zu Diensten sein müssen. Du aber bist jetzt so gut wie frei. Und als Freier solltest du keine Unreine zu deiner rechtmäßigen Frau nehmen. Willst du die Götter herausfordern?« Menorics machte eine Pause, so als suchte er nach Argumenten. Dann fragte er: »Und was ist mit deinen Ahnen? Was würden die zu einer fremdländischen Sklavin in der Sippe sagen?«

Die Worte schlugen ein, wie Menorics es wohl beabsichtigt hatte: brutal wie ein Hammerschlag. Und Tore benötigte einen Moment, um zurückzufinden in die Spur seiner Wünsche.

Dann trotzte er: »Ich – werde – Giulia – heiraten! Ohne dieses heilige Ritual kann ich weder eine Familie gründen noch rechtmäßige Erben zeugen.«

Weiter setzte Tore nach: »Noch einmal: Ich werde Giulia heiraten, entweder als Sklave eine Sklavin oder zur Not als freier Bauer eine freie Frau. Gegen keine dieser beiden Möglichkeiten haben die Götter etwas einzuwenden. So versichern es die Überlieferungen.«
Endlich schien Menorics beeindruckt.

Einlenkend wechselte seine Sprache die Melodie: »Giulia ist dir versprochen worden, das ist mir zu Ohren gekommen. Nur hat unser großer Arminius bislang kein Wort darüber verloren. Sicher, er hat die Sklavin weitergereicht an Ludwig, aber er hat nie ganz von ihr abgelassen; wenn du verstehst, was ich meine.«

Tore entgegnete: »Ich besitze Bernstein, das weißt du doch, zehn Stück sogar, die ich zur eigenen Verwendung behalten darf. Das ist erheblich mehr, als für eine Sklavin bezahlt wird. Ich kaufe sie einfach frei.«
Jetzt geriet Menorics ins Grübeln. Unruhig trat er von einem Bein auf das nächste. Sein Bauch schien zu tanzen. Das amüsierte Tore. Und der einflussreiche Händler vermittelte plötzlich den Eindruck eines gemütlichen Nachbarn, als er sagte, dass er zugeben müsse, dass die Idee, eine Hochzeit als Tarnung zu nutzen, durchaus erfolgversprechend sei. Allerdings bedürfe es in diesem Fall unbedingt des Einverständnisses von Arminius, auch wenn ein paar Nächte darüber ins Land gehen könnten. Der alte Händler ließ ein Räuspern hören. Vielleicht sollte man ein Orakel zurate ziehen, alles müsse hinterfragt und abgesichert sein.
Was blieb Tore anderes übrig, als sich zu bedanken?

»Warten wir es ab«, schloss Menorics nachdenklich.«

Der alte Händler verabschiedete Tore mit einem kräftigen Schlag gegen den Brustkorb. Zwei hätten Freundschaft bedeutet, drei Brüderlichkeit.

Dazu sagte er: »Du magst kein besonders guter Kämpfer sein, aber an Durchsetzungskraft und Verstand bist du deinem Bruder Ludwig durchaus ebenbürtig. Schön, dass wir auf dich zählen dürfen.«
Tore errötete. So schmeichelnde Worte waren ihm noch nie zu Ohren gekommen. Er wusste, was er konnte, der schlaue Bauer aus dem Norden, doch wusste er auch, dass andere Leute mit anderen Ansichten andere Maßstäbe anlegten. Somit tat dieses Lob aus berufenem Mund doppelt gut. Der Heiratswillige spürte, dass sein Anliegen in guten Händen war.

Ohne Umschweife ging Tore auf die Suche nach Giulia. Doch die blieb wie vom Erdboden verschluckt. Wohin er auch schaute, die geliebte Sklavin war nirgends anzutreffen, weder in der Küche noch auf den Fluren des Hauses, auch nicht im Garten. Ein Sklave vermutete, dass sie verreist sei. Arminius, schoss es Tore durch den Kopf. Von einer fürchterlichen Unruhe getrieben, lief er hinauf zur Wiese, dem höchsten Punkt des Hügels. Von hier, wo eine Bank zum Betrachten der verzweigten Gewässer des Rheins einlud, lag halbrechts der Hügel mit dem Legionslager. In der Sommerhitze wurden sogar zwei Türme sichtbar. Sie markierten den Eingang zu der von Palisaden, Gräben und felsigen Abgründen begrenzten Anlage. Tore staunte über die perfekt ausgerichteten, rechteckig angeordneten Reihen von flachen Gebäuden. Wohn- und Schlafplätze? Gleichzeitig begann die Eifersucht an seinen Nervenbahnen zu rütteln wie ein wüster Sturm in der nordgermanischen Ebene an Bäumen und Sträuchern. Befand sich Giulia dort drüben in dem Lager, war sie womöglich zu Arminius befohlen worden? Musste sie dem heldenhaften Cherusker zu Diensten sein? Sie, die Sklavin, die von dem Feldherrn beansprucht wurde, obwohl sie Ludwig gehörte und alsbald Tore heiraten sollte? Bald trieb ihn die schwellende Unruhe übers Gelände wie ein verängstigtes, verirrtes Schaf. Ziellos kurvte er um Bäume und Sträucher und immer wieder ums Haus. Doch nicht nur Giulia, auch Heilgart war nirgends aufzufinden. Wo waren Bedienstete, die man um Rat fragen könnte?

Vom Hügel aus bemerkte Tore wandernde Staubwolken in den Niederungen. Genauer: entlang des Wegs, dessen Verlauf er gestern mit Eibert gefolgt war. Die Augen mit der abstehenden Hand gegen die Sonne schützend, suchte er nach Details. Allmählich entstand in der Ferne ein Staubgebilde, dessen verschwommene Form auf eine Reitergruppe schließen ließ. Mittendrin ein Wagen. Alles in Tore hoffte, dass Giulia zu den Reisenden gehörte. Heftig atmete er aus, auf einen klaren Kopf bedacht. Doch schon packte ihn wieder das Fieber. Woher kamen die Leute? Aus dem römischen Lager, in dem Arminius residierte? Der Druck in Tores Adern wuchs zu alptraumhaften Empfindungen an. Da, die Reiter passierten die vorletzte Kurve der Serpentinen. Gleich würden die Berittenen zu erkennen sein. Eine beklemmende Anspannung. Wie hingepflanzt auf den kargen Rasen vor der Böschung stand Tore da, still, mit jagendem Herzen. Schon wurde der erste Reiter sichtbar und erreichte die Hügelkuppe. Tores Augen weiteten sich. Direkt dahinter trabten zwei Bewaffnete. Ihnen folgten Eibert und Heilgart. Auf dem Wagen saß Giulia. Hinter ihnen ritten noch einmal zwei Bewaffnete. Tores Nerven blieben unter Spannung, noch mied er eine Entscheidung zwischen Freude oder Entsetzen. Woher kamen Eibert, Heilgart und Giulia? Was war der Grund ihrer Reise? Und warum diese Heimlichkeit? Jetzt nahm Tore die Begleiter auf den Pferden genauer in Augenschein. Die nach hinten und die voraussichernden Kämpfer führten Speere und Rundschilde mit sich. Trotz der Bewaffnung schien allen eines gemeinsam: Gelassenheit und Heiterkeit. Es wurde entspannt palavert. Niemand schien irgendeine Gefahr zu befürchten. Nicht einmal die dunklen Wolken, die von Westen heranzogen, schienen sie zu beeindrucken. Kehrte man so von einem Besuch bei einer Legion zurück? Tore eilte zum Haus. Niemand sollte seine Ängste auch nur erahnen. Der Aufgeregte war um Haltung und Gelassenheit bemüht. Pah, was gingen ihn eigentlich die Reisen der Hausbewohner an? Als Heilgart und Giulia hinter Eibert aufs Gelände ritten, war Tore verwundert über deren schmucklose Kleidung. Die Frauen steckten in farblosen Gewändern. Darüber flatterten grobe Umhänge im seichten Wind. Diente die Kleidung als Schutz vor der stechenden Sonne? Wodan sei Dank, so suchte man keinen adligen Herrn zum Liebesspiel auf.

Als Reiter und Wagen den Vorplatz des Hauses erreichten, war Eibert bereits abgesessen. Mit kurzen Schritten lief er auf Tore zu, den Gefährten zu begrüßen.

»Schön, dass mir ein bisschen Zeit bleibt, mit dir zu reden«, sagte Eibert.

»Die Freude ist ganz bei mir«, antwortete Tore und dachte doch nur an das eine: Wo waren die Frauen gewesen, welchem Lotterbett war Giulia entsprungen.« Dennoch war er um ein unbeteiligtes Lächeln bemüht. »Wo seid ihr schon so früh am Tag gewesen?«
Eibert zeigte zum Wagen, genauer: auf ausgebeulte Strohmatten.

»Darunter liegen Getreidesäcke, Gemüse und ein Behälter mit ein paar Hühnern aus meinem Dorf. Für die nächste Festlichkeit.«, fügte er an. Dazu lachte er und schlug Tore auf die Schulter. Ein harter Schlag, den Tore aber als eine Art Streicheleinheit empfand. Kein Gedanke mehr an Arminius.

»Was ist mit dir?«, fragte Eibert.

»Nichts«, antwortete Tore und zeigte das breiteste Grinsen, dass jemals südlich des Rheins gegrinst wurde.

Beide steuerten jetzt geradewegs auf den Gebäudekomplex zu.

Da informierte Eibert wie beiläufig: »Ich bin von Arminius beauftragt worden, dich über den Rhein zu begleiten, unseren Schatz heranzuschaffen.«

»Wann hat er den Befehl erteilt?«

»Vorgestern, in der Früh, am Tag des Festes.«

Tore nahm Eibert an die Seite und sagte: »Menorics ist heute zur Mittagszeit abgereist. »

Eibert zuckte mit den Schultern, signalisierte, dass er im Augenblick kein Interesse an belanglosen Informationen habe.

Doch Tore ließ nicht locker. »Menorics hat Arminius wegen unserer Reise über den Rhein aufsuchen wollen.«

»Ist mir recht«, entgegnete Eibert, »wir müssen uns eben vergemeinsamen. Und wenn wir wegen Menorics mit dem Aufbruch über den Rhein ein paar Tage warten müssten, wäre es auch in Ordnung. Ich werde ohnehin in meinem Dorf benötigt. Bis dahin könntest du die erforderlichen Vorbereitungen für unsere Abreise treffen. Heilgart wird dir zur Hand gehen.«

In der Folge, während Eibert eine Erfrischung aus Ziegenmilch und kühlem Wasser genoss, sprachen die Freunde über allerlei: über den Reifegrad des Getreides, über Ziegen und Hühner, vor allem über Gänse. Tore dachte an seine Erfahrungen mit dem Federvieh. Wie oft hatten sich Fuchs, Wolf oder Luchs auf Weiden oder in Stallungen geschlichen. Neugierig fragte Tore nach der Unterbringung des Federviehs in Eiberts Dorf.

»Wir verrammeln abends die Ställe«, antwortete der, »und wenn wir bemerken, dass Raubtiere in der Nähe sind, werden sie aufgespürt und getötet. Mit dem Segen der Götter. Glaube mir, in meiner Gegend besuchen uns Füchse oder Wölfe nur einmal.«

Als Eibert zum wiederholten Mal den Stand der Sonne prüfte und nach einem Pferd rief, wurde er von Tore angesprochen: »Eine Bitte habe ich noch. Ich möchte lernen, mit dem Schwert zu kämpfen.«

Eibert hob verwundert den Kopf.

Tore beteuerte: »Ja, ich muss kämpfen lernen. Sobald ich eine Familie gründe, will ich stark genug sein, sie zu verteidigen.«

»Eine Familie, so, so ...«, antwortete Eibert gleichmütig. Und: »Ein Germane muss zu jeder Zeit bereit sein zum Kampf, ob mit oder ohne Familie, sonst ist er kein Germane.« Er überlegte einen Moment. Dann lobte er: »Ich erinnere mich, dass du den Kurzspeer beherrschst. Das kann ich bezeugen. Bei Wodan.«

Ein wohlschmeckendes Lob. Trotzdem beharrte Tore auf seinem Wunsch: »Ich will mehr.«

Daraufhin verriet Eibert: »Wir geben unsere Kinder in eine Waffenschule, die von unserem Dorf einen Tagesritt entfernt ist. Es könnte allerdings als unehrenhaft empfunden werden, wenn du dort als Erwachsener auftauchst.« Eibert dachte kurz nach. »Vielleicht«, so fügte er an, »wäre es besser für dich, eine Schule der Gladiatoren aufzusuchen. Nirgendwo wirst du den Umgang mit dem Gladius besser erlernen können als bei den Römern selbst.«

»Ei, steht die Schule auch Germanen offen?«, fragte Tore so interessiert wie erstaunt. Und: »Besteht da nicht die Gefahr, dass ich gefangen genommen und in die Arena gesteckt werde?«

Eibert antwortete: »Wenn du dich an die Regeln hältst, wird dir niemand Gewalt antun. Was zählt, ist vor allem die Bezahlung.« Nachdenklich hob Eibert den Kopf. »Ich würde es mir trotzdem noch einmal überlegen. Glaube mir, gegen die Römer hast du im Kampf Mann gegen Mann keine Chance. Das Kurzschwert ist ihre wichtigste Nahkampf-Waffe. Legionäre trainieren fast täglich damit. Wenn du schon kämpfen lernen willst, dann bringe es mit dem Kurzspeer zur Meisterschaft. Das ist unser Metier.«

»Aber Heilgart – oder war es Menorics? – hat gesagt, dass wir die Römer mit ihren eigenen Mitteln schlagen wollen?«

»Ja, selbstverständlich werden wir das. Aber nicht mit ihrem Kurzschwert, sondern mit ihrer Disziplin, ihrer strategischen und taktischen Raffinesse, ihrer Gewitztheit. Wenn wir das mit unserem Mut und unserer Kraft kombinieren ...«
Daraufhin sprang Eibert auf ein Pferd. Spontan lud er Tore ein, ihn morgen auf seinem Hof zu besuchen. Er, Eibert, könne einen guten Rat zur Bewässerung eines neuen Getreides gebrauchen. Tore nahm die Einladung an.

Als er sich umwandte, stand wie aus dem Nichts Giulia vor ihm. Sie lächelte und hielt ihm eine Handvoll Körner hin. Tore beachtete die Geste nicht. Allein ihr Liebreiz drang ein in seine Sinne. Jetzt, da die Zweifel an ihrer Treue ausgeräumt waren, empfand er eine neblig-süße Verliebtheit. Sie weitete die Augen, wirkte nicht minder verliebt, wie Tore zu spüren glaubte.

Doch bereits zwei Augenblicke später forderte sie: »Nun nimm doch endlich dieses hier.« Dazu streckte sie die offene Hand mit dem eigenartigen Getreide so weit vor, wie es ihre Gliedmaßen zuließen. Behutsam und rücksichtsvoll fasste Tore nach ihrer Hand, übernahm die Körner, runzelte die Stirn.

»Was ist das?«

»Das ist Reis.«

Tore hob die Achseln, ließ sie fallen. »Reis – kenne ich nicht. Woher hast du das Zeugs?«

Sein Herz begann wieder zu rasen. War Giulia vielleicht doch bei Arminius in der Festung gewesen? Hat er ihr das seltsame Getreide mitgebracht, vielleicht von einem Feldzug?

Giulia erklärte ungerührt: »Reis wird in meiner Heimat viel gegessen, sehr viel mehr als Dinkel, Emmer oder eure Gerste. Außerdem« – sie hob ihr Kinn wie auch ihre Stimme – »verschenken wir Reis zu besonderen Anlässen. Die wohlschmeckenden Körner geschenkt zu bekommen bringt Glück.«

Glück? Was für ein Glück? Was konnte Glück gegen die Pläne der Götter ausrichten? Allein Wodans Wohlwollen und Güte oder von Thor oder Freyja oder von welchem der Asen und Wanen auch immer bedeutete Glück. Aber doch nicht diese Körner.

Gleichwohl zeigte Tore durchaus Interesse für die Herkunft der unbekannten Nahrung.

»Aus welchem Winkel der Welt stammt das?«

Giulia wich zurück. Sie wirkte verunsichert.

Doch dann besann sie sich: »Den Reis habe ich von Eibert bekommen, für dich. Er experimentiert damit in einem Überschwemmungsgebiet. Im Auftrag der Römer. Ich glaube, er sucht deinen Rat.« Einen Atemzug später fügte sie hinzu: »Die Römer lieben das Korn des Südens. Nur leider will es diesseits der großen Berge nicht so recht sprießen.«

Tore stutzte. Giulia scheint die Wahrheit zu sagen, stellte er erleichtert fest. Denn Eibert hatte ihn, Tore, vorhin eingeladen und um einen Ratschlag gebeten.

Mit großer Geste fragte er: »Ist das Getreide nur zum Anschauen da oder darf man es auch probieren?«

Da strahlte die Sklavin und lockte: »Wenn du möchtest, werde ich dir den Reis kochen.«

»Komm«, antwortet Tore und nahm ihre Hand, »ich habe einen gewaltigen Hunger.«

Sein Urteil über den Reis lautete schlicht: fade. Gleichwohl räumte er den schimmernden Körnern durchaus eine Berechtigung ein. Immerhin war Giulia damit groß geworden. Sogar zu einem liebenswerten Wesen hatte sie es gebracht. Da sollte es einerlei sein, ob man handfestes Getreide oder drögen Reis bevorzugte. Tore liebte Dinkel, neuerdings den leckeren römischen Weizen, ob als Brei, zu Fladen gebacken, besonders aber als weiches, lockeres Gebäck. Nicht lange und es sprach sich im Haus herum, dass Giulia ein unbekanntes Korn servierte. Ein Bewohner nach dem anderen verschlug es wie zufällig in die Küche. Nur wenigen war Reis bekannt. Andere, denen die rohen, harten Körner vertraut waren, lechzten geradezu danach. Einige von ihnen formten aus den Kernen im gegarten Zustand Kügelchen, tunkten sie in süße Soße oder in die für Tore so widerliche Fischsoße, die Garum genannt wurde.

Es dauerte nicht lange, da erschien Heilgart in der Küche. Schnurstracks öffnete sie den Wandschrank und zog eine gefüllte Schüssel heraus. Wieder so ein ekelhaftes Fressen, dachte Tore und beäugte mit Argwohn eingelegte Innereien. Schon wollte Heilgart ihm davon geben.

Er wehrte ab. »Habt ihr keinen Honig? Ich könnte mir vorstellen, dass der Reis mit Honig und Nüssen verrührt werden muss, um ihn wohlschmeckend zu machen.«

Diesem Vorschlag nachzukommen, war Heilgart nicht bereit. Fest saß sie auf der Küchenbank, mit gesegnetem Appetit schmatzend und schlürfend. Erst als die Schüssel geleert war, folgte sie dem Wunsch nach Honig und Nüssen. Sofort suchten zwei Sklaven die Vorratskammer auf. Oh, wie sehr liebte Tore Honig. Viel zu selten gelang es in den Weiten des germanischen Waldes, den Bienen ihre Vorräte zu entreißen. Die Römer, so wurde auf den großen Marktplätzen berichtet, züchteten Bienen und melkten sie wie hierzulande Ziegen und Kühe. Nicht lange und der Reis war aufgebraucht. Prompt verließen zahlreiche Mäuler die Küche, kehrten zurück an ihre Arbeit in Haus und Garten. Giulia und Tore blieben auf der Bank sitzen. Dem hellwachen Tore war nicht verborgen geblieben, wie emotional sich manche freien und unfreien Hausdiener verhalten hatten. War er von den Männern aus feurigen, neidischen Augen angestarrt worden, so hatten die Frauen ihre Blicke eher neidisch auf Giulia gerichtet. Tore zuckte mit den Schultern. Irgendwie ungute Empfindungen, die in ihm keimten. Da wurde er von Giulia umarmt, heftig, bebend. Er küsste sie ohne Rücksicht auf das Küchenpersonal. Alle sollten wissen, dass die schöne Sklavin zu ihm gehörte.

Und wieder spürte Tore das treibende Verlangen, Giulia mit auf die Reise über den Rhein zu nehmen, um sie irgendwo in den Weiten der germanischen Wälder zu ehelichen. Es war Zeit, das bevorstehende Ereignis mit ihr zu besprechen. War sie wirklich bereit, ihn zu heiraten, ihm überallhin zu folgen? Notfalls auch heimlich gegen den Willen der Verschwörer, was einer Flucht gleichkäme? Einmal aufgebrochen im Widerstreit mit Arminius gäbe es kein Zurück mehr. Schon suchte er in seinen Vorstellungen nach den Wegstrecken und Knotenpunkten im Norden, die er auf seiner Flucht nach Süden passiert hatte. Niemals wollte er sich einem Liebesdiktat beugen. Im Äußersten wäre er sogar bereit, sein einstiges Stammesgebiet zu durchqueren und ins Land der Warnen und Angeln zu fliehen.

»Wirst du mit mir gehen, auch gegen Arminius' Willen?«

»Ich folge dir, wohin du willst, bei Licht und bei Dunkelheit.«

Zu einem weiteren Austausch über ein Für und Wider sollte es heute nicht mehr kommen. Ohne dass er Giulia bitten musste, folgte sie ihm aufs Zimmer. Müde war er, doch pulste in ihm die Sehnsucht. Bald lagen sie beieinander, tauschten Zärtlichkeiten aus. Was für ein Glück, welch eine Erfüllung. Tore wähnte sich am Hof der Göttin Freyja. Nach der Vereinigung schlief Giulia rasch ein. Liebe kann ja so belebend und dennoch so ermüdend sein, dachte er, bevor auch sein Wachbewusstsein erlosch.

Die Rückkehr auf die Wahrnehmungsseite des Lebens erfolgte in der Morgendämmerung. Schläfrig noch streckte Tore seine Glieder. Auf einmal schlug sein untrüglicher Sinn für Gefahr an. Unwillkürlich erlosch die Atmung. Sämtliche Energie durchströmte die Ohren. An seiner Seite schnaufte die schlafende Giulia leise. Von draußen, mit einem irgendwie durchs Fenster hereinziehenden Luftstrom, waren Rufe von Wiederkäuern zu hören. Alles schien friedlich. Doch der noch junge Tore wusste längst, wie trügerisch Wahrnehmung sein konnte. Ei, seine inneren Alarmglocken läuteten nie von selbst. Plötzlich war von der Rückseite der Tür ein feines Schaben zu hören. Verdammt, Tores Puls schoss endgültig in die Höhe. Er sprang auf, griff nach seinem Messer, schlich zur Tür, die vorsichtig aufschwang. Die Silhouette eines Menschen erschien. Und der Schatten eines Beils. Schleichende Schritte führten zum Bett. Dort lag Giulia. Schon schwebte das Beil in der Luft. Da, ein Zögern. Hatte der Eindringling die Sklavin erkannt? Eine Frage, für deren Beantwortung keine Zeit blieb. Denn Tore sprang hinter der geöffneten Tür hervor und stach mit seinem Messer zu. Erst in den Rücken, dann in den Arm, der das Beil führte. Der verhinderte Mörder fiel mit einem Aufschrei auf die Dielen. Nur wenige Zuckungen blieben ihm bis zum Verlöschen seines bedauernswerten Lebens. Der dumpfe Lärm hatte Giulia geweckt. Als sie bemerkte, was geschehen war, suchte sie Schutz in Tores Armen. Der staunte mal wieder über sich selbst. Er löste sich aus ihrer Umarmung. Wer war eigentlich dieser verhinderte Mörder? In welchem Auftrag hatte er gehandelt? War es denkbar, dass ein dunkler, im Land der Chauken gesponnener Faden bis hierher reichte? Neben der Blutlache kniend, drehte Tore dessen Kopf und betrachtete das verloschene Gesicht.

»Nein, oh nein«, brüllte Giulia auf einmal. Und: »Oh weh, ihr verfluchten Götter des Imperiums.« Sie wusste gar nicht, wohin sie ihre aufgerissenen Augen wenden sollte. »Die römischen Götter müssen ihn irre gemacht haben, nur sie allein können aus einem anständigen Sklaven einen Menschentöter machen.«

Tore schluckte Luft, als er sagte: »Sklave? Willst du damit sagen, dass dieser verfluchte Kerl zu den Haussklaven gehört?«

»Ja, das muss ich.« Ein kurzes Schweigen, dann holte Tore mit dem Fuß aus, um der Leiche einen Tritt zu verpassen. Ein gemeines, dumpfes Geräusch salutierte den Vollzug der Brutalität.
Erneut heulte Giulia auf.
In diesem Moment wurde Tore bewusst, dass seine Liebste völlig nackt neben dem Bett stand.

»Zieh dir etwas über«, raunzte er sie an und verließ den Raum. Im Flur befahl er zwei Bediensteten, den Leichnam wegzuschaffen.

Vor der Zimmertür begegnete ihm eine junge Frau mit sehr dunkler Haut. Für einen Moment vergaß er seine Absicht, den Abtransport des toten Sklaven zu überwachen. Diese Frau im Flur besaß eine geheimnisvolle Aura. Tore hatte bereits auf einem Markt an der Elbe schwarze Sklaven im Gefolge römischer Kaufleute beobachtet, doch nie war er einem dieser verrußt aussehenden Menschen so nahe gewesen wie jetzt dieser jungen Sklavin. Er hätte nur einen Finger ausstrecken müssen, um sie zu berühren. Ach, wie gern würde er über ihre geheimnisvolle Haut fahren, ihren Nacken berühren, ihn schmecken. Die Kraushaarige lächelte herausfordernd. Doch dann wich Tore abrupt zurück. Wie würde Freyja reagieren? Stand sie nicht an seiner, Tores, Seite in dem Bestreben, Giulia zu heiraten?

An diesem Morgen suchte Tore nicht das Atrium auf, wo ein Frühstück wartete, sondern es trieb ihn hinaus aufs Grundstück. Ihm war ganz einfach nicht nach Gesprächen und Erklärungen zumute, die den nächtlichen Vorfall betrafen. Angelangt im Garten, stopfte er gegen alle Sitten die blaue Toga in seine helle Hose, die er mit einem Stoffgürtel befestigte. Da wurde ihm bewusst, dass er unbewaffnet war. Sein Messer lag noch irgendwo im blutverschmierten Zimmer. Sei es drum, dachte er und folgte einem ausgetretenen Pfad zu der Anhöhe, von wo aus er gestern die Rückkehr Heilgarts, Eiberts und Giulias beobachtet hatte. Auf dem vom Tau noch nassen Rasen sitzend, ließ er seine Gedanken fliegen. Nicht ungeordnet, sondern suchend, forschend, zielgerichtet. Auf einmal stürzte ein Objekt zur Erde. Es leuchtete, ähnlich dem Mond bei Tagesanbruch oder am späten Abend, nur viel, viel kleiner und in rasender Bewegung. Ei, eine Botschaft der Götter. Was immer sie bedeuten mochte, eines tat sie unwiderlegbar kund: Wodan war mit ihm.

Gefährliche Reise. Hochzeit?

Als Tore auf die Nebengewässer des Rheins schaute, stiegen plötzlich Schwärme von Wasservögeln auf. Irgendetwas geschah dort unten. Eigentlich wollte er zurückkehren zur Unterkunft, doch die Neugier ließ ihn verharren. Ein Reiter folgte dem Weg zu den Serpentinen. Etwas Vertrautes haftete ihm an. Fieberhaft durchforschte Tore seine Erinnerungen. Eine erfolgreiche Suche. Denn der sein Pferd über die Serpentinen trieb, war kein geringerer als Ludwig, Tores Bruder.

Erfreut über die unerwartete Begegnung kletterte Tore ihm entgegen. Halt suchend am Bewuchs des Hügels, stieg und rutschte er auf die oberste Serpentine hinab. Bald bog der Reiter um die Ecke. Tore hob den Arm, sich bemerkbar zu machen. Ludwig hatte Mühe, sein Pferd unter Kontrolle zu halten. Endlich brachte er das schnaubende Tier zum Stehen und saß mit einem Satz ab. Das scharf gerittene und nervös scharrende Pferd fest am Riemen haltend, so trat er auf Tore zu.

»Ich habe wenig Zeit«, sagte Ludwig. Und: »Rom liebt zwar seine Soldaten, doch es verlangt Disziplin und Gehorsam. Sobald die Sonne den höchsten Punkt erreicht, muss ich zurückgekehrt sein zum Praetorium hinter den Wällen.«

»Praetorium, was ist das?«

»Ach, lass uns ein andermal über den Aufbau eines römischen Heerlagers sprechen.« Dann berichtete Ludwig über den Hintergrund seines Hierseins. Er habe Anweisungen von Arminius für die Bergung des Schatzes. Darüber wolle er aber nur hinter verschlossenen Türen sprechen. Schon saß er wieder auf dem Pferd. Tore schimpfte, fühlte sich zurückgewiesen. Dass der Bruder ihn einfach so stehen ließ wie ein Herrschaftlicher einen Sklaven, empfand er als Herabsetzung. Und überhaupt: Betraf die Bergung des Schatzes nicht gerade ihn, Tore, selbst?

Als er nach Atem ringend das Haus erreichte, war Ludwig abwesend. Sein Hengst graste auf einer Wiese. Tore trat ins Haus und genoss die angenehme Kühle. Er zögerte, die häusliche Temperatur mit der im Atrium zu tauschen. Doch die Neugier drängte ihn hinaus. Dort saßen fünf Männer an einem Tisch. Ludwig war nicht darunter. Eine Bedienstete trat heran, brachte Getränke: gemischte Obstsäfte zumeist. Die Männer in ihren verschiedenfarbigen Tuniken folgten dem rundlichen Po der jungen Frau mit interessierten Blicken.

Tore kehrte ins Haus zurück, eilte der Frau hinterher. Sie hatte die Tür zum Küchentrakt noch nicht durchschritten, als er fragte, ob sie wisse, wo Ludwig anzutreffen sei.

Die Magd überraschte mit einer chaukischen Mundart: »Ludwig befindet sich in Heilgarts persönlichem Quartier. Wir haben Anweisung, nur im Notfall zu stören.«

Da galt es für Tore zu warten. Im Atrium fand er abseits des Tisches ein ruhiges Plätzchen. Er lies die Augen kreisen und bestaunte zum wiederholten Mal die Architektur des Gebäudes. Ein Palast, besonders im Vergleich mit einem germanischen Pfostenhaus. Allein die länglichen, in gleichen Abständen aufeinanderfolgenden Fenster mit ihrem milchigen, lichtdurchlässigen Windschutz. So etwas hätte er nie für möglich gehalten. Warum eigentlich waren seine nordischen Stammesbrüder nicht imstande, solche Bauwerke zu errichten? Keine Holzbalken, kein Lehm, kein Stroh, kein Dung. Steine, nichts als Steine. Tore ging zum Haus und befühlte die Wand. Aus der Nähe sahen die Fugen aus wie zu Stein gewordenes grobes Mehl, getrockneter Gerste ähnlich. Fürwahr, ein wundervolles Bauwerk. Gleichwohl empfand er die Form nach längerem Prüfen als kalt und gottlos. Behaglich empfand er es jedenfalls nicht. Es mochte beeindrucken, sehr sogar und seine Bewohner vor Wind und Wetter schützen, durchaus, aber es vermochte die Menschen nicht zu beseelen. Was fehlte, war der Atem der Natur. In diesem Augenblick lösten sich zwei Männer vom Tisch. Geradewegs suchten sie das Wandstück auf, das Tore gerade betastet hatte.

»Habe ich etwas falsch gemacht?«

Die Männer schwiegen. Einer von ihnen zeigte einen sehr misstrauischen Blick. Dann untersuchten sie die Hauswand, Stein für Stein. Weitere Männer verließen den Tisch, versperrten Tore den Weg. Instinktiv prüfte der das Vorhandensein seines Messers in der Scheide am Gürtel. Eine Geste, die nicht unbemerkt blieb. Plötzlich hielten die Männer Schwerter in den Händen, die sie aber auf den

Boden gerichtet hielten. Erst jetzt wurde ein Merkmal ihrer Kleidung sichtbar. Unter den Gewändern trugen sie lederne Schutzwesten.

Tore schielte zur westlichen Seite des Hauses. Auch die wurde inzwischen von zwei Bewaffneten bewacht. Allein ein unscheinbarer Nebeneingang käme als Fluchtweg in Frage: der Eingang zum Küchenbereich. Dort existierte eine Treppe zum oberen Flur, vom dem sein Zimmer abging. Alternativ wäre der Keller ein geeigneter Fluchtort. Gut, dass Giulia ihm das düstere Gewölbe gezeigt hatte. Der Vorteil: Auf den schmalen Gängen könnte man hervorragend eins gegen eins kämpfen. Doch verwarf Tore diese Aussicht. Er, der Ungeübte, würde schon den ersten Schwertkampf verlieren. Bliebe noch Ludwig. Der könnte helfen. Mit dem Bruder an seiner Seite sähe die Welt ganz anders aus. Ein katzenhafter Satz und schon stürmte Tore los zur Küche. Ein Aufschrei in seinem Rücken signalisierte, dass die Kontrahenten überrascht worden waren. Na wartet, dachte Tore, ihr werdet gleich die nächste Überraschung erleben. Er griff nach dem Beil, mit dem sonst Ochsen zerlegt wurden, wartete hinter der Tür auf die Verfolger. Da wurde die Tür aufgestoßen. Hoch riss Tore das scharfe Eisen, bereit, Köpfe zu spalten.

Doch was war das? Keine Uniformierten stürmten herein, sondern Ludwig, sein Bruder. Mit nacktem Oberkörper stand er da. Die Hose gürtellos flatternd auf der Hüfte. Unbewaffnet war er, gehetzt wirkend. Blitzschnell trat er einen Schritt zurück. Mit einem Ausdruck von Respekt und Bewunderung im Gesicht forderte er Tore auf, das Beil zu senken.

Dann schloss er die Tür und sagte: »Ich sehe, dass der Sohn meines Vaters vor mir steht.«

Schlaff jetzt hing Tores Arm mit der Axt in der Hand herab.

Ludwig verzog die Mundwinkel zu einem Lächeln.

»Es macht mich glücklich zu sehen, dass du kein Feigling bist, selbst dann, wenn der Kampf aussichtslos ist. Bei den Männern im Hof handelt es sich nämlich um Sicherheitskräfte, die eigentlich dafür da sind, dich und mich, Heilgart und letztlich auch Giulia zu schützen. Ein Missverständnis, das Ganze.«

»Sie haben mich bedroht«, schimpfte Tore.

Ludwig entgegnete: »Sie haben vielleicht etwas übereifrig gehandelt.« Dann: »Giulia ist es gewesen, die mich alarmiert hat. Sie hat das Geschehen im Atrium vom Fenster aus beobachtet und um dein Leben gefürchtet.«

»Ich habe nichts Verwerfliches getan.«

»Ich habe gehört, dass du dich an einer Wand des Gebäudes zu schaffen gemacht hast. Sehr ungewöhnlich für einen Gast.«

Tore antwortete: »Ich habe nur die Bauweise ergründen wollen."

»Und wenn schon. Hier wird alles mit einer Goldwaage gemessen. In diesem Haus geht es um sehr viel mehr als einfach nur um sehr viel – hier geht es um Tod oder Leben Germaniens. Also bitte, beruhige dich. Ich werde den Männern nichts vorwerfen.« Ludwig zwinkerte mit den Augen. »Und wenn sie dich hätten töten wollen, hätten sie es getan, verlass dich darauf."

Nachdem Ludwig gegangen war, nahm Tore am Küchentisch Platz. Erst jetzt wurde ihm die ganze Tragweite des Missverständnisses bewusst. Ja, er hätte beinahe mit dem Beil zugeschlagen, wie auf Brennholz. Er staunte über sich selbst. War das die Metamorphose von einem freundlichen Bauern zu einem furchtlosen Kämpfer?

In diesem Augenblick waren Schritte zu hören. Drei oder vier Personen, wie Tore zählte. Vorsichtshalber spähte er wieder nach dem zurückgehängten Beil. Wachmänner drängten herein. Ohne Waffen. An ihrer Seite: Ludwig.

Mit zerknirschtem Ton sagte er: » Ich habe vergessen, dir ein wichtiges Anliegen mitzuteilen.« Er lächelte, trat zur Seite, sodass sämtliche Männer in sein Blickfeld gerieten. Ein Räuspern, dann sagte er: »Arminius würde es gefallen, wenn du bereits morgen aufbrächest über den Rhein. Bei Tagesanbruch werden unten am Fluss zwei Fährmänner bereitstehen.«

»Zwei Fährmänner? Ich hoffe, nicht nur für mich allein«, reagierte Tore, der um Giulias Begleitung fürchtete.

Ludwig deutete mit einer Kopfbewegung auf die Sicherheitskräfte. »Diese Männer hier werden dich begleiten. Leider ohne Eibert, der wird anderweitig benötigt. Jedenfalls vorerst.«

Tore wehrte ab: »Ohne Eibert? Sehr ungern.«

Stoisch fuhr Ludwig fort: »Deine Idee, die Mission durch eine Eheschließung zu tarnen, wird von Arminius gutgeheißen. Er hat dafür gesorgt, dass die Nachricht über die bevorstehende Hochzeit bereits unterwegs ist zu den benachbarten Stämmen der Cherusker, Sugambrer, Tenkterer und Chatten.«

Nach diesen versöhnlichen Worten hob Ludwig gegenüber jedem die Hand, um sich zu verabschieden.

Um Näheres für die Reise zu besprechen, versammelte Tore das Begleitkommando im Atrium. Doch war ihm nicht wohl in der Rolle, das Wort zu führen. Was sollte er ansprechen? Proviant, Ausrüstung, Bewaffnung?

»Wer von euch ist der Kommandeur?«, fragte er unsicher.

Ein dunkelhaariger, eher römisch aussehender Soldat mit ungewöhnlich breiten Schultern trat vor. »Ich heiße Genaro.«

»Gut, dann werden wir uns bei Bedarf abstimmen.«

Nicht lange und Heilgart erschien in Begleitung von zwei Männern. Beide trugen die schmucklose Kleidung von Dienstboten. In ihrem Aussehen glichen sie hochgewachsenen Chatten oder Cheruskern. Heilgart stellte sie als Verantwortliche für die häusliche Versorgung sowie für die Pferde und den Fuhrpark vor. Und erklärte, dass die beiden ab sofort für alle Belange der Abreise Tores Ansprechpartner seien.

Schließlich wurde Heilgart konkreter: »Morgen, wenn die Sonne über den Eichenwipfeln erscheint, werden Pferde bereitstehen. Außerdem ein Wagen, der mit Salz, Wein und feinen römischen Webstoffen beladen sein wird, erkennbar für jeden kundigen Menschen, der euch begegnet.«

Die Anwesenden schauten auf. Salz? Sollten sie als Marktbeschicker unterwegs sein? »Wir wissen«, so fuhr Heilgart fort, »dass die germanischen Fürsten, auch die reichen Bauern und Dorfvorsteher nach Salz verlangen. Ihr werdet den weißen Würzsand zum Tausch anbieten.« Eindringlich wiederholte sie: »Tauschen, versteht ihr?«

Die Männer nickten einverstanden.

Heilgart ergänzte: »Wir haben nichts zu verschenken. Das muss klar sein, damit keine Irritationen und kein Misstrauen entstehen. Als Gegenleistung verlangt ihr nach Fellen und blonden Haaren. Sobald ihr den geborgenen Schatz geladen habt, nutzt ihr die eingetauschten Felle, ihn zu verdecken.«

Heilgarts nüchterner Auftritt glich dem eines Dorfvorstehers vor einem Jahreszeiten-Fest. Daran änderte auch ihr reizendes Kleid nichts. So urteilte Tore. Umso mehr wuchs seine Sehnsucht nach Giulia, die er alsbald sein Eigen nennen wollte, legitimiert durch den Segen einer religiösen Zeremonie.

Am folgenden Morgen standen die Pferde gefüttert und auch sonst gut versorgt bereit für die Abreise. Der offene Planwagen war beladen mit den angekündigten Tauschgütern. Schon betraten Männer des Begleitkommandos den Vorplatz des Hauses. Ei, so gewinnt man Kriege, dachte Tore. Die Pferde und der Wagen waren noch nicht bestiegen, da näherte sich ein Reiter in scharfem Galopp. Es war Eibert. Ach, wie sehr wünschte Tore, von dem Freund begleitet zu werden auf der Mission. Doch der kam vorbei, ein gutes Gelingen zu wünschen. Da trafen seine Augen auf Giulia, die vor Glück geradezu pulsierte. Prompt verschlug es ihm die Sprache. In stolzer, aufrechter, selbstbewusster Haltung stand die Sklavin im Mittelpunkt. Ihre dunklen, feurigen Augen waren auf Tore gerichtet. Für jedermann sichtbar war die Botschaft: Dir, mein geliebter Mann, gehört mein Leben; dir schenke ich all meine Kraft, meinen Verstand, meine Schönheit. Und von all dem, so wurde jedem deutlich, hatte sie eine Menge zu bieten. Eibert nahm beide, Giulia und Tore, an die Hände und wünschte ihnen alles Gute und der Mission ein gutes Gelingen.

Tore musterte seine Braut. Wie schön sie war … Ihr Teint glänzte frisch, als wäre die Haut mit Zitronenwasser benetzt. Die Haare schienen über ihrem Kopf zu schweben. Und erst ihr Kleid: nicht blau wie am gestrigen Abend, sondern gehalten in einem zarten Rot, wie es nur die berühmten Färber der Angeln, Sachsen und Warnen anzubieten wussten. Zwei silberne Fibeln schmückten Giulias Brüste. Füße und Knöchel wurden von feinen ledernen Bändern umspannt. Römische oder keltische Handwerkskunst. Doch seine Empfindungen blieben nicht frei von Bedenken: Nie und nimmer durfte eine Frau von niederem Stand dermaßen herausgeputzt herumlaufen. Ein Einwand, dem nicht Giulia, sondern Heilgart mit einem verschmitzten Lächeln begegnete. Es dauerte, bis Tore die Botschaft verstand: Mach dir keine Sorgen, deine Familie und alle, die es gut mit dir meinen, sind mit euch. Und erstmals seit langer Zeit empfand er wieder so etwas wie Geborgenheit.

Der Aufbruch erfolgte unspektakulär. Der Kommandeur mit Namen Genaro ließ die Männer antreten und in geordneter Reihenfolge antraben. Den Berg hinab ging es zum Rhein, wo eine nicht enden wollende Reihe von luxuriösen Häusern das Ufer säumte. Bald widerhallten die Pferdehufe auf einer gepflasterten Straße. Einen

Speerwurf voraus bauten Legionsangehörige an einer festungsartigen Anlage. Kurz nur geriet die kleine Reisegruppe ins Stocken, als aufragende Steinsäulen in luftige Höhe wuchsen. Ein imposanter Anblick. Da mochte es einem frommen Beobachter schwerfallen, nicht an ein direktes Mitwirken der Götter zu glauben. So auch Tore, dem schwante mal wieder, dass er noch viel würde lernen müssen. Doch in einem bestand für ihn kein Zweifel: Schön und groß bedeutete nicht wie selbstverständlich richtig und Überlegenheit. Er dachte an Eiberts Worte, wonach nicht wenige germanische Sklaven die Erbauer der imposanten römischen Bauwerke seien.

Bald kam in einer Rhein-Bucht ein Anleger in Sicht. Glucksend schwappte der Strom gegen Holzplanken. Nirgendwo war ein Mensch zu sehen. Gab es hier keine Wachen? Das Begleitkommando sprang von den Pferden, das Gespann kam zum Stehen. Ein fragender Blick von Giulia. Tore antwortete mit einem Schulterzucken. Allein Genaro stolzierte selbstbewusst über den Steg, der von einem schmucklosen Gebäude begrenzt wurde. Eine Drehung und er öffnete eine Tür. Tore wies das Begleitkommando an, auf die Pferde und den Wagen mitsamt Giulia achtzugeben. Dann folgte er dem Kommandeur. Wenige Schritte, dann stand er auf einem kleinen Hof, wo es nach Mist roch und Pferde sich drängten. Rechter Hand stand Genaro. Er scherzte mit zwei bewaffneten Römern. Sechs Uniformierte saßen auf grob gezimmerten Bänken. Sie wirkten eher teilnahmslos, lehnten ohne Rüstzeug an einer Holzwand. Da sich nichts weiter ereignete, verließ Tore das kleine Gebäude.
Nicht viel später kam auch Genaro heraus.

Er zeigte auf die Wachstube und sagte: »Ist schon komisch, dass wir es hier mit einem reinen Contubernium zu tun haben.« Er bemerkte Tores fragenden Blick und ergänzte: »Ein Contubernium besteht aus acht Soldaten. Es gehört zu einer Centurie, zu einer Kampfeinheit. Und so wie die Männer aussehen, haben sie schon weit mehr als nur ein oder zwei Kriegseinsätze auf dem Buckel.«

»Hat die Anwesenheit dieses Contuberi-se-rums etwas mit Arminius zu tun?«, fragte Tore.

Genaro grinste und verbesserte: »Contubernium.« Dann: »Ob sie mit Arminius zu tun haben? Vielleicht, vielleicht auch nicht. Sicherheitshalber habe ich ihrem Kommandeur einen Denar zugesteckt. Viel Geld. Aber gut angelegt.«

»Und das Schiff dort?« Tore zeigte auf zwei Fährboot, die im flachen Wasser dümpelten.

Genaro antwortete: »Die wird uns wohl Arminius geschickt haben. Normalerweise verkehrt eine Fähre auf Höhe der Rheinsümpfe, weil von dort der Weg zum Kastell kürzer ist.«
Dann bestieg Genaro den Wagen, auf dem Giulia saß, und übernahm den Zügel. Sekunden späte steuerte er das Gespann mit viel Geschick über schmale, genagelte Bretter bis vor eine Reling. Nachdem das folgsame Tier abgespannt und aufs Boot geführt worden war, legte die Fähre ab.

Beim Betreten der nordgermanischen Rheinseite empfand Tore ein starkes Glücksgefühl, das er sogleich mit Giulia teilte. Ungewöhnlich, in derart angespannter Situation eine Frau zu küssen. Die Gesichter der Männer konnten oder wollten ihre Verwunderung über diese Gefühlsregung nicht verbergen. Zwischendurch fragte der Fährmann, wann er mit der Rückreise rechnen müsse.

»Das ist unklar. Vielleicht nach zwölf Nächten, vielleicht erst nach 24 oder 36«, beschied Tore.

Da mischte sich der erfahrene Genaro ein. »Wir werden es rechtzeitig kundtun.« Dann öffnete er seinen ledernen Beutel, suchte darin nach einer passenden Münze, die er dem Fährmann in die Hand drückte. Tore hätte nur zu gern einen Blick in den Beutel geworfen. Wie viele von den begehrten metallischen Scheibchen mochte Genaro mit sich führen? Erst kurz vor der Anlandung gerieten unbekannte Männer ins Blickfeld. Sie ruhten mitsamt ihren Reittieren am Rheinufer und warteten auf eine Überfahrt. Mit sich führten sie beladene Pferde für den Transport von Textilien: zumeist bunte Wolldecken mit den Mustern des Nordens.

Nach dem Anlanden schickte Genaro als erstes zwei Kundschafter ins Hinterland und erklärte: »Es ist besser, wenn wir wenigstens einigermaßen wissen, was uns erwartet.«

Tore saß ab, bestieg den Wagen, nahm neben Giulia auf der Kutschbank Platz. Nach den zwei gemeinsamen Nächten im Haus auf dem Hügel und der Gewissheit über die bevorstehende Vermählung verlangten seine Sinne nach Nähe, Zuspruch und Zärtlichkeit.

Für die Zeit des Wartens auf die Rückkehr der Kundschafter wurde der Wagen ins Gesträuch bugsiert.

Genaro nutzte die Gelegenheit, Verhaltensregeln zu vertiefen: »Reisenden gegenüber, die Fragen stellen, geben wir uns als Händler aus. Tiefergehende Gespräche sind untersagt.« Und: »Am besten, man plaudert gefällig und fragt nach dem Marktplatz.«
Derweil zog es Tore wie von unsichtbarer Hand gesteuert in den Wald. Gleich darauf vernahm er im Hauch des Windes vertraute Töne: Baumgeister. Ihr feiner, fast kindlicher Klang streichelte seine Seele. Und als der frische, betörende Duft von Waldmeister die Luft erfüllte, wusste er, dass Freyja in der Nähe war. Er hob den Blick. Tatsächlich, über ihm, im Geäst, bemerkte er etwas, das aussah wie Vogelnester. Eine beträchtliche Menge sogar. Es waren Misteln, in denen bekanntlich gute, von den Göttern inspirierte Geister wohnten, die für Heilkundige und Sehende allerlei magische Medizin bereithielten. Tore spürte einen kitzelnden Schauer im Leib. Die Götter waren mit ihm. Er sank auf die Knie, streckte die Arme aus. Mit erhobener Stimme dankte er für all die Güte und Unterstützung auf seinem ganz persönlichen Weg in die Freiheit.

Nach einer Stunde entstand wegen der ausbleibenden Kundschafter leichte Unruhe. Die verstärkte sich, als Geräusche aufkamen, die weder Vögeln noch Grillen zugeordnet werden konnten. Den Erfahrenen wurde rasch klar, dass eine Reitergruppe heranpreschte. Römer? Cherusker? Vielleicht eine ausgelassene Dorfgemeinschaft. Gebannt richteten die Männer ihr Gehör aus. Dann, nach einem kurzen Anstieg des Geräuschpegels, begann er zu verebben. Tore atmete auf, als das schwärmende Hufgetrappel vom Rauschen des Waldes verschluckt worden war. Nur wenig später kündeten trampelnde Hufen diesmal die Rückkehr der Kundschafter an. Ihre abgehetzten Tiere hatten Mühe, auf müden Beinen zu bleiben, nachdem sie ruckartig zum Stehen gebracht worden waren. Mit einem Satz saßen die Kundschafter ab. Mit zwei, drei Sätzen standen sie vor ihrem Kommandeur und grüßten militärisch. Genaro gönnte ihnen keine Atempause und verlangte einen Bericht.

»Wir sind einer Gefolgschaft begegnet, die unsere Fährte aufgenommen hat.« Und: »Wir wissen nicht, zu welchem Stamm sie gehört.«

»Auch wissen wir nicht, warum die Männer uns verfolgt haben«, meldete der zweite und ergänzte: »Wir haben uns gerade einer Herberge genähert, als die Reiter herangestürmt sind.«

»Ich hoffe, dass wir sie abgeschüttelt haben. Wenn nicht, bitten wir um Vergebung.«

Tore hielt seine Sinne auf den Wald gerichtet. Doch Brauchbares konnte er nicht wahrnehmen. Allein der Sommerstaub tanzte gleichmütig in der Luft. Nicht einmal das Wiehern eines Pferdes vermochte an dieser scheinbaren Leblosigkeit zu kratzen. Auf einmal blieb sein geübtes Auge an einer vertrauten Anordnung eines Teilstücks des Waldes hängen. Ihm war nicht klar, ob er mit der Beobachtung hadern oder sich freuen sollte. Es handelte sich um eine Reihe von Ebereschen, die der wuchernden Vegetation Struktur verlieh.

Tore winkte Genaro heran. »Wenn mich nicht alles täuscht, lagern wir in unmittelbarer Nachbarschaft einer heiligen Lichtung. Wir sollten uns dem Ort nicht weiter nähern.«

»Was schlägst du vor?«, fragte Genaro.

»Wir warten ab, und zwar hier an Ort und Stelle. Auf diese Weise zeigen wir Respekt vor den Göttern, Priestern und Bauern. Gleichzeitig schützt uns die Nähe des heiligen Ortes vor Feinden. Wir sollten erst in der Nacht weiterziehen.«

Hellwach spähte und horchte Tore angestrengt ins Land hinein. War die Gefolgschaft tatsächlich davongeritten? Die Gefolgschaft, eine germanische Besonderheit, mit der Tore zuallererst seinen Erzfeind verband: Wigmar. Doch nichts als ein Rascheln von Nagern war zu hören. Eine ganze Weile noch hielt er die Ohren in den seichten Wind.

Schließlich stellte er fest: »Entweder hat die Gefolgschaft das Atmen eingestellt oder sie ist außer Reichweite.«

»Wie steht es um die Tiere des Waldes? Könnten sie diesbezügliche Geräusche überlagern?«, fragte Genaro.

»Nein, unmöglich, es ist ausgeschlossen, mich auf Dauer in die Irre zu führen. Ich bin in der Lage, Geräusche aller Art voneinander abzugrenzen.«

Der Kommandeur senkte zweifelnd den Blick.

Da wollte Tore ihm eine Lektion erteilen. »Sieh mal hinauf zu den Wipfeln der Bäume über dir.«

Genaro legte den Kopf in den Nacken.

»Siehst du einen Vogel?«

»Nein!«, antwortete der Kommandeur einsilbig.

»Ich aber höre ihn«, sagte Tore.

Er nahm einen Stein auf, schleuderte ihn in die Baumkrone. Und prompt folgte einem blättrigen Rascheln der erschreckte Ruf eines Eichelhähers. Sein aufgescheuchter Flügelschlag störte die Stille.

Mit Einbruch der Dunkelheit schoben acht Arme den Wagen rückwärts auf den sandigen Weg. Als sie anritten, hinterließ der Wagen eine Geräuschspur aus Poltern und Knirschen. Doch war jedem bewusst, dass es keine Alternative gab. Zum Glück befinde sich wenige Speerwürfe voraus eine Herberge, informierte Genaro. Und: Der Betreiber sei über die Ankunft der Hochzeitsgesellschaft informiert. Tore presste die Lippen aufeinander. Wieder einmal fühlte er sich übergangen. Warum wusste er nichts von der Herberge? Plötzlich kamen ihnen drei Reiter entgegen. Ausgerüstet mit Rundschilden, einfach gekleidet und mit wehenden Haaren waren sie sofort als Germanen identifiziert. Ihr Wortführer trug einen Helm aus miteinander verbundenen Metallplättchen. Eine Kostbarkeit. Tore war beeindruckt. Ein wahrhaftiger Anführer.

»Wohin wollt ihr?«

»Wer seid ihr?«, stellte Tore eine Gegenfrage.

Eine Antwort bekam er nicht. Dafür ein vorwurfsvolles Kopfschütteln. Da wurde im klar, dass man fremdes Territorium nicht einfach so betreten durfte. Besaß ein Ansässiger nicht das Recht zu erfahren, wer seine Ländereien betritt? Tore zögerte. Welche Rolle sollte er spielen? Die vorgegebene eines Händlers oder die der Hochzeitsgesellschaft? Fragend suchte er Genaros Blick. Doch der hatte gerade nur Augen für seine Soldaten. Da, instinktiv, erklärte Tore, dass er Richwin heiße, dass er ein Händler sei, der den Rhein überquert habe, um zu heiraten. Dabei zeigte er auf Giulia. Weil er diese Frau mit dem Segen Wodans und Freyjas in der reinen Welt seiner Ahnen heiraten wolle. Der Behelmte unter den fremden Reitern zeigte einen herben, prüfenden Gesichtsausdruck, in dem wache Augen auf das Begleitkommando schielten.

Dann sagte er: »Wir haben in letzter Zeit viele Scherereien gehabt mit bösartigen, von dunklen Geistern verseuchten Gefolgschaften und Banden. Es ist immer das Gleiche: Sie wollen unsere Vorräte und machen auch vor unseren Frauen nicht halt. Zudem verschleppen sie mit Vorliebe unsere Jungen. Denn die Römer zahlen gut für hoffnungsvolle Schwert- und Speer-Kämpfer.«

Da musste Tore an eigene Fluchterlebnisse denken, an die misshandelten Sklaven, die über den Rhein verschleppt worden waren und an die ermordete Sklavin und Wäscherin Gesine.

Der Fremde nahm wieder Giulia in Augenschein und sagte: »Eine Frau aus unseren Dörfern scheint die Braut nicht zu sein. Sie ähnelt eher einer entlaufenen Sklavin. Ist sie mit Wodan?«

Der Schreck über den Hinweis auf ihre Abstammung ließ Giulia zusammenfahren. Doch sie war geistesgegenwärtig genug und fand die richtigen Worte.

»Bei Wodan!«, brach es aus ihr heraus, »niemand darf an meiner Treue gegenüber unseren Göttern zweifeln.«

Tore fasste demonstrativ zum Griff seines Schwertes. Die Männer seiner Begleitmannschaft strafften drohend ihre Leiber.

»Gut, gut«, reagierte der Behelmte. Er machte eine Handbewegung und hinter ihm erschien auf dem Weg eine mittelgroße Gefolgschaft. Beeindruckend im müden Licht des verklingenden Tags. Eine zweite Handbewegung, dann verschwand die Drohkulisse wieder hinter den Waldrändern.

»Ich heiße Anselm«, sagte der Wortführer, »ich befehlige auf Weisung des Things eine Gefolgschaft zum Schutz unseres Stammesgebiets.« Er lächelte, hart aber wohlwollend. Dann fügte er hinzu: »Ihr habt den heiligen Hain unserer Priester geachtet. Was ihr behauptet, klingt plausibel. Reitet in Frieden. Und wenn euch jemand zu Leibe rückt, dann nennt meinen Namen: Anselm.« Seine Gesichtszüge verloren etwas von ihrer Härte.

Wieder unterwegs wandte Tore sich an Genaro: »Meinst du, die Gefolgschaft wird uns in Frieden ziehen lassen?«

»Ich denke, ja. Mir scheint, dass wir alles richtig gemacht haben.«

Tatsächlich erreichten sie die Herberge in der Nähe einer großen Siedlung ohne weitere Hindernisse. Einem Kundschafter fiel am Platz vor der Koppel die Spur eines Pferdes auf. Der Hufabdruck ließ ein gebrochenes Eisen vermuten. Das Tier musste gehinkt haben.

»Sieh an«, stellte ein Kundschafter fest, »Anselms Gefolgschaft ist vor uns hier gewesen.«

Wie er darauf komme, fragte Tore.

»Das defekte Eisen habe ich in einer der drei Hufspuren gesehen, die Anselm und seine Begleiter hinterlassen haben.«

»Der gute Anselm scheint von Natur aus misstrauisch zum sein.«

Nachdem für die Bewachung der Pferde und Ausrüstung zwei Männer abgestellt worden waren, betrat Tore an Genaros Seite den Schankraum. Auch dabei: Giulia. Hinter ihnen: vier Männer des Begleitkommandos. Es roch rauchig, nach gesottenem Fleisch und gekochter Grütze, nach Pferd und menschlichen Ausdünstungen. Dazwischen der süßliche Duft des Mets. Sie wurden in einen angrenzenden Raum gebeten. Kurz darauf standen Tore, Giulia, Genaro und die vier Männer in der überraschend großen Räumlichkeit. Obwohl zwei moderne Windlichter spärliches Licht hereinließen, wirkte er weniger hell als der Schankraum. Da trat eine gealterte Frau herein. Ihre Zöpfe waren zu einem Knoten geformt.

»Seid gegrüßt«, hub sie an, »ich bin die Inhaberin dieses Hauses und werde mich persönlich um euch kümmern.« Ihre sehr weibliche Stimme hellte sich weiter auf, als sie hinzufügte: »Ich habe euch erwartet. Menorics hat euch angekündigt. Wie er gesagt hat, steht eine Hochzeit bevor.« Ihr Blick blieb an Tore und Giulia hängen. »Betrachtet mich«, fuhr sie fort, »als eure Verbündete und eure Vertraute. Wenn ihr bei uns, also bei den Tenkterern, ein Problem bekommen solltet, dann schickt mir einfach einen Boten.«
Die klaren, geradlinigen Worte verblüfften nicht nur Tore, sondern auch Genaro, was an seinem Gesichtsausdruck abzulesen war. Die Herbergsbesitzerin suchte den weniger ausgeleuchteten Bereich des Raums auf und machte sich an einem flachen Schrank zu schaffen. Tore vermutete die Herkunft des Möbels im römischen Reich. Bald kam sie zurück und hielt zwei winzige Medaillons in Händen, die sie Tore reichte. Die Reliefs darauf zeigten eine Rune.

»Solltet ihr mir eine Nachricht schicken, kann sich euer Bote damit ausweisen.« Sie lächelte und fügte hinzu: »Darum tragt dieses Medaillon immer an eurem Hals. Es ist mehr als ein Erkennungszeichen.«
Dann bat sie die Gäste an einen großen, rechteckigen Tisch und schickte einen ihrer Begleiter hinaus in die Schankstube. Kurz darauf erschienen zwei Frauen von vielleicht 18 Jahren. Sie trugen Schüsseln aus schmuckloser Keramik herein, die den vertrauten Duft von gekochtem und gewürztem Getreide verströmten.

Die Männer aßen mit großem Hunger, vor allem Tore, in dem Sehnsuchtsgefühle aufkamen, die ihn um viele Jahre zurückversetzten in den Schoß seiner Familie. Wie lecker, dass der Brei mit Honig gesüßt war. Mit jedem Weg der beiden Frauen wurde der Tisch üppiger gedeckt. So stand neben gut gesalzenen Möhren und Bohnen eine Schüssel mit dunkelgrünem Kraut, das Tore zwar bekannt war, dessen Name ihm aber einfach nicht einfallen wollte. Aufgestapelt auf verzierten Holzbrettern lagen knusprige Fladenbrote aus grob gemahlenem Dinkel. Dazu gab es saure Milch im Überfluss. Empfand Tore seit der Rückkehr auf die Nordseite des Rheins eine Art heimatliches Hochgefühl, so vollendete dieses Essen all seine Sehnsucht nach Vertrautheit und Geborgenheit. Mit einem inneren Leuchten beobachtete er Giulia, die inmitten der Köstlichkeiten wie eine Sau im Eichenwald schmatzte. Was konnte ein stolzer Germane von einer Frau, die in der Fremde aufgewachsen war, mehr erwarten? Wie gebannt beobachtete er seine Zukünftige beim Essen. Unbemerkt, denn sie schenkte ihm keine Aufmerksamkeit. Stattdessen schob sie Löffel für Löffel zwischen ihre Lippen. Ein Anblick, der Tores Empfindungen befeuerte. Am liebsten hätte er sie zärtlich geküsst, fest an sich gedrückt, ihre Brüste gestreichelt.

Während Tores Begleiter das Essen mit köstlichem Bier beschlossen, führte er Giulia vor die Eingangstür der Schankstätte. Lange standen die beiden unter einer Linde mit Blick auf Koppeln und Ställe. Als der Wind ihr Haar streichelte, sank Tore zu Boden und zog sie mit sich. Wie atemlos versicherte er seine ewige Liebe.

»Oh ja«, hauchte sie und begann in fremden, rhythmischen Tönen zu singen. Vielleicht rief sie auf diese Weise die Götter ihrer Kindheit und ihrer Ahnen an. Aber das waren nicht seine, Tores, Götter. Ach, das ist doch egal, dachte er, was konnte es schaden, mit dem Wohlwollen mehrerer Götter zu leben. Andererseits: Wie würde Thor reagieren? Würde er dem fremden Gott auf seinem ureigenen Territorium den Kopf zertrümmern? Ach nein! Oder doch? So polterte es durch Tores Kopf, als er mit seiner Liebsten Arm in Arm die Umgebung beobachtete.

Zum Tagesende hin schwoll die Anzahl der Menschen vor dem Wirtshaus an. Vom Wald her zog frischer Wind auf. Er brachte erdige Düfte, auch solche von Gräsern, Harzen und morschem, feuchtfauligem Holz. Tore und die Männer bekamen Quartier hinter den Stallungen. Giulia erhielt eine kleine Kammer für sich allein, die ausschließlich durch den Schlafraum der Herbergsbesitzerin zugänglich war. Tore, der gehofft hatte, die Nacht mit seiner Zukünftigen zu verbringen, war enttäuscht. Er verstand aber, dass die Form gewahrt werden musste.

Am späten Abend lud die Wirtin, die von Genaro nur „die Alte" gerufen wurde, in ihr privates Wohn- und Schlafhaus ein, das den Ausmaßen nach einer Kate ähnelte. Es stand etwas einsam, nach hinten versetzt, zwischen Weiden. Ohne Umschweife kam sie zur Sache und verriet, dass in einem Dorf, das einen Tagesritt entfernt im Cheruskerland liege, ein Priester darauf warte, die Hochzeit zu zelebrieren. Auch nannte sie den Namen des Priesters. Gleichzeitig überreichte sie Giulia eine Gewandnadel und einen Armreif. Beides glich in der Gestaltung einem Familienwappen.

Wohlwollend betrachtete sie die Braut und sagte: »Mit diesem Schmuck gehörst du zu den Cheruskern. Merke dir deinen cheruskischen Namen: Almonda, das heißt: die Edelmütige, aus der Sippe des Speermachers Alkmar.« Sie wies auf einen jüngeren Mann des Begleitkommandos. »Das ist der junge Alkmar, dein Bruder, der deine Familie vertritt.« Jetzt zeigte die Herbergsfrau auf das älteste Mitglied der Begleitmannschaft und wandte sich an Tore. »Und der hier, das ist fürs Erste dein Vater.«
Tores Lippen standen offen vor Sprachlosigkeit. Giulia hingegen wirkte wenig überrascht. Die intelligente Sklavin hatte die Sachlage durchschaut. Die Hochzeit sollte also nicht zwischen zwei Sklaven, sondern zwischen Freien zelebriert werden. Eine Deutung, die sie sogleich Tore zuflüsterte. Der zürnte innerlich. Wie würden Wodan und Freyja darauf reagieren? Niemals würden sie den Ehebund zweier Namenslügner anerkennen. Tore hatte diese Welt mit dem Namen Tore erblickt. Mit einem gefälschten Namen, so seine Bedenken, fände die Hochzeit ein schlechtes Ende.

Er trat vor und hielt dagegen: »So habe ich mir meine heilige Vermählung nicht vorgestellt. Ohne Wodan und ohne das stille Einverständnis unserer Ahnen ist eine Verbindung nicht einmal eine Kastanie wert. Und mein zukünftiges Haus wäre ein schutzloser Ort, an dem gemeine Zwerge und Dämonen ungefährdet Hand in Hand spazieren könnten.«
Auf Widerspruch schien die Alte nicht vorbereitet zu sein.

»Bei den Asen!«, entfuhr es ihr. Es dauerte, bis sie zu einem gemäßigten Ton zurückfand. Dann wollte sie wissen, was Tore für eine Vorstellung von der Hochzeit habe. Eine Spur von Unverständnis schwang in ihren Worten mit, als sie versicherte, dass es den Göttern einerlei sei, mit welchem Namen füreinander Bestimmte heirateten. Denn nichts anderes zähle vor Freyjas Augen als Ehre und Frömmigkeit. Im Übrigen gelte diese Täuschung allein den Feinden Wodans, falschen Göttern, Einflüsterern des Bösen.

Heftig und emphatisch setzte sie hinzu: »Merke, wer mit Arminius ist, der ist mit Wodan, mit Thor, mit dem Wanen-Gott Freyr und in deinem speziellen Fall mit unserer Liebesgöttin Freyja.«

Wie stets, wenn eine Fülle von Argumenten auf Tore niederprasselte, spaltete sich sein Herz. Einerseits pochte es darauf, seiner selbst treu zu bleiben, anderseits ließ es sich durchaus beeindrucken. Augenscheinlich oder besser Ohren-scheinlich war hier etwas schiefgegangen: mangelnder Meinungsaustausch, ungenügende Weitergabe von Informationen oder Missachtung von Anweisungen. Alles war denkbar. Still verfluchte Tore die Hintermänner, einen nach dem anderen: Arminius, seinen Bruder Ludwig, Menorics, überhaupt alle, denen er vertraut hatte.
Da kam ihm eine Lebensregel seines Vaters in den Sinn: „Zurückhaltung löst keine Probleme.“ Also richtete er sein Rückgrat auf und verlangte für sich und Giulia eine Eheschließung, wie sie für Sklaven üblich war. Nach dem Vollzug der Hochzeit bestünde immer noch die Möglichkeit, die Freiheit zu erlangen.

Die Herbergsbesitzerin blieb trotz der Heftigkeit, mit der Tore sein Anliegen vorbrachte, die Ruhe selbst. Dem Tanz der Falten auf ihrer Stirn war allerdings anzusehen, wie sehr sie nach einer guten argumentativen Antwort suchte.
»Warum bist du auf der römischen Seite des Rheins nicht längst zu einem freien Bauern geworden?«, fragte sie.
»Allein wegen der knappen Zeit für Beratungen, Entscheidungen, dann die Rückkehr über die Elbe …«, antwortete Tore
Die Alte wiegte abschätzend den Kopf. »Deine Furcht vor Wodan und Freyja wegen einer Hochzeit mit einem falschen Namen ist nicht ganz von der Hand zu weisen. Deswegen gilt es abzuwägen zwischen einer Hochzeit nach deinen Wünschen oder dem eigentlichen Anliegen dieser Reise, nämlich der Bergung des Schatzes.«
Eine Klarstellung, die Tore ins Mark traf. Er ahnte: Die Vermählung würde platzen, wenn er nicht einlenkte.

Die Alte sprach ungerührt weiter: »Noch einmal, du bist zuallererst wegen des Schatzes hier. Er dient der Befreiung Germaniens. Deine Hochzeit hat vor diesem Hintergrund den Stellenwert einer Tarnung, die der Bergung des Schatzes dient. Auf die Vermählung kann man verzichten, auf den Schatz nur schwerlich.« Laut hörbar holte die Alte Luft und versicherte, dass die Götter bei einer solchen Sachlage selbstverständlich einverstanden seien mit einer Hochzeit, die mit falschem Namen vollzogen würde. Denn letztendlich diene auch die Hochzeit dem Aufstand gegen die Feinde Germaniens. Am Ende blieb ihre Argumentation nicht ohne Wirkung. Immerhin gehörte inzwischen auch Tore zu den Aufständischen, wenn auch erst seit Kurzem. Für das Land seiner Ahnen zu kämpfen, war er bereit mit Blut und Seele. Doch gab es da einige Klippen: seine Liebe zu Giulia, die Gründung einer Familie und der Wunsch nach einem eigenen Hof unter der schützenden Hand Wodans. Andererseits könnte er Giulia an die Hand nehmen und flüchten, noch heute Nacht. Doch wohin? Was würde ihn erwarten? Wollte er vielleicht auf den Feldern der Franken oder Markomannen schuften, als eine Art Neusklave? Sein Hals trocknete aus, sein Herz trommelte.

Da ergriff Genaro das Wort und sagte, dass es wirklich an der Zeit sei, sich auf das Wesentliche zu konzentrieren, nämlich auf den Schatz. Wäre der erst einmal geborgen, könne man immer noch streiten. Tore presste die Lippen aufeinander, schaute abwechselnd zu Genaro auf und auf die Alte hinunter. Dann verließ er das Gebäude. Draußen brannten Fackeln. Nicht lange und er stand in der Schlafstube der Begleitmannschaft. Auch hier brannten zwei Fackeln. Gut so, denn das Mondlicht fand kaum durch die Windaugen herein. Tore schaute sich um. Die ausgebreiteten Heusäcke entsprachen seinen Erwartungen. Auch die Qualität der Decken war in Ordnung: solide Wolle. An den Lehmwänden kündeten ausgeblichene Farbmuster von einer guten alten Zeit.

Plötzlich wieherte draußen ein Pferd. Es folgten schlagende Hufe. Durch einen Türspalt war zu erkennen, wie in etwa 50 Pferdelängen Entfernung ein Reiter das Gelände im Galopp verließ, dann abbog in Richtung des Rheins. Kurz darauf verließ ein weiteres Pferd die Stallungen. Geritten von einem Hausdiener, den Tore zuvor nur kurz wahrgenommen hatte. Er steuerte in die entgegengesetzte Richtung. Und schon herrschte wieder Stille. Der Wind drückte den Duft des Waldes durch den Türspalt herein. Unverkennbar Tanne, durchmischt mit der Süße einer seltenen Pflanze.

In dieser Nacht schlief Tore schlecht. Ein ums andere Mal drückte seine Blase. Unverständlich, weil er kaum etwas getrunken hatte. Dennoch wirkte er am folgenden Morgen erholt. Und neu auflebender Widerstand trieb ihn an. Sein Ziel: Giulia. Er wählte einen Umweg, durchquerte in einem Halbkreis wuchernde Wiesen und Weiden. Schließlich erreichte er die Kate der Alten, in der Giulia nächtigte. Als er vor das Gebäude trat, um an die Tür zu klopfen, wurde er plötzlich umringt von drei Männern mit gezückten Kurzspeeren. Misstrauisch drängten sie Tore vom Haus weg. Da trat die Alte vor die Tür. Sie wirkte bestens gelaunt, als sie die Bewaffneten wegschickte.

Dann sagte sie zu Tore: »Du musst mächtige Verbündete haben.« Er verzog die Augenbrauen. Die Alte zeigte auf die abziehenden Männer. »Es sind Kuriere.« Dann: »Um es kurz zu machen, sie haben eine Botschaft des Priesters überbracht, der dich und Giulia vermählen will. Demnach sollt ihr noch heute getraut werden.« Als Tores Augen zu strahlen begannen, fügte sie lächelnd hinzu: » Es gibt eine zweite Botschaft. Sie lautet: Auch Arminius ist mit der heutigen Hochzeit einverstanden.« Freundlich und aufmunternd verlangte sie: »Es ist Zeit für den Aufbruch.«
So rasch, klar und geradeaus hatte Tore diesen Bescheid nicht erwartet.

Eine halbe Stunde später saß die Hochzeitsgesellschaft mit der Alten beim Frühstück. Es gab gekochten Roggen, frisches Wasser und Bohnen. Dazu einen Brei aus Obst und Öl. Tore hob den Kopf, dankte Wodan für die schmackhaften Segnungen des germanischen Landbaus. Nur für einen Augenblick sollte sein latentes Misstrauen zurückkehren: Ein Alptraum hatte ihn durch die Nacht begleitet. Darin hatte er vergiftet werden sollen. Ein Hinweis oder eine Warnung? Wenn nun die gerade eintretende Harmonie nur vorgetäuscht wäre und das Essen vergiftet? Nein, nein, posaunte es in seinem Kopf, die große Verschwörung benötigte den Schatz. Also würde man ihn, Tore, fürs Erste unangetastet lassen.

Nach der Stärkung wurde keine Zeit verloren. Pferde und Wagen standen gut vorbereitet in der Morgensonne. Im noch langen Schatten des Gasthauses erschien die Herbergsbesitzerin. Wie Genaro pflegte sie einen Umgang mit Tore und Giulia, der mit Haltung und Förmlichkeit, mit Unaufgeregtheit und Geschäftigkeit gut beschrieben war. Auf einmal, wie auf Kommando, sprang einer der Männer aufs Pferd und ritt voraus in nördliche Richtung. Tore nahm neben Giulia auf der Kutschbank Platz und überließ ihr den Zügel. Sie schien Spaß daran zu haben und folgte dem vorauseilenden Reiter. Tore beobachtete seine zukünftige Frau aus den Augenwinkeln. Die Herbergsmutter hatte ihr eine germanisierte Tunika übergestreift, die aus ungefärbtem Leinen gewebt war. Die natürliche Farblosigkeit ließ Giulias dunklen Teint hervortreten. Ihre kurzen, glänzenden Haare brachten Tores Herz in Schwung. Wie zwangsläufig verglich er Giulia mit Heilgart, diesem traumgeborenen Widerschein aller Sehnsüchte seiner Jugend. Ach, wie sehr hatte Tore die heutige Frau seines Bruders verehrt. Jetzt schaute er auf Giulia wie einst auf Heilgart. Und nichts auf der Welt wäre imstande, diese neue Liebe infrage zu stellen.

Nicht lange und der Weg zeigte launische Kurven. Irgendwann am frühen Nachmittag wurde die Hochzeitsgesellschaft von einem holzigen Brandgeruch überrascht. Eigenartig, am Himmel waren keine Rauchwolken zu finden. Wieder einmal mahnte Genaro zur Vorsicht, dirigierte Reiter und Wagen auf eine kleine Lichtung, von wo sie einen guten Überblick besaßen.

»Es ist nicht der Wald, der brennt«, erkannte Tore.

»Bist du sicher?«, fragte Genaro.

»Sehr sicher.«

Mit steifer Miene hakte der Kommandeur nach: »Könnte es ein Gebäude sein?«

»Vielleicht.«

Tore ahnte, was Genaro bewegte. Handelte es sich nämlich um den Brand eines Hauses, war Vorsicht geboten. Wegelagerer, Sklavenhändler oder feindliche Gefolgschaften, auf alles musste man gefasst sein. Auch auf den Vorwurf, für den Brand verantwortlich gemacht zu werden.

»Vielleicht«, sagte Tore nachdenklich, »sind wir nicht allein im Wald. Vielleicht feiern Bauern ein Fest und haben in der Nähe ein kleines Feuer entfacht. Vielleicht wird gerade den Göttern geopfert. Die Gerüche lassen auf Reisig und Buchenspäne schließen.«

»Du könntest recht haben«, antwortete Genaro und schlug vor, behutsam weiterzuziehen.

Tore und Genaro ritten jetzt Seite an Seite zwei Pferdelängen voraus. Die Sonne war von der rechten auf die linke Seite der Reiseroute gewandert. Gleichwohl füllte sie nach wie vor die Wegschneise mit Hitze. Plötzlich und erstmals drang Rauch aus dem Gehölz. Behutsam jetzt, höchst wachsam rückten Pferde und Wagen vor. Es dauerte, bis der Wald lichter und die Luft wieder rauchfrei wurde. Der Anteil an Buchen nahm ab, Nadelgewächse häuften sich. Mittendrin einige Eiben, das beliebte Holz für Pfeil und Bogen. Eigenartig, dachte Tore, schienen doch diese hoch giftigen Nadelbäume in manchen Gegenden fast vollständig weggeräubert.

Nicht lange und die Ursache des vermuteten Brandes trat zutage: die Einäscherung eines Verstorbenen. Hoch und breit stiegen die Flammen von einem Scheiterhaufen auf. Eine große Schar Menschen nahm von einem Verstorbenen Abschied. Sie hielten die Häupter gesenkt. Die Männer der Reisegesellschaft taten es ihnen gleich. Auch Giulia, worüber Tore höchst erfreut war. Recht so, dachte er mit Verliebtheitsgefühlen im Bauch. So ungefähr wollte er seine Liebste haben. Immerhin lebte sie unter dem Schutz der Götter Germaniens, da hielt er es für selbstverständlich, dass sie ihre heiligen Riten achtete.

Bald wurden links und rechts erste Gebäude sichtbar. Das Dorf, in dem die Vermählung stattfinden sollte. Auf einmal preschte ein Reiter heran: der von Genaro ausgesandte Kundschafter. Tore wurde von einem unguten Gefühl beschlichen und musterte das abgerittene Pferd. Es wirkten trotz des scharfen Ritts noch einigermaßen intakt. Also konnte der Reiter kaum von weither gekommen sein. Der zögerte, rätselnd, wen er ansprechen sollte. Genaro oder Tore? Ein Wink von Genaro löste das Problem.

Der Kundschafter sprach kurz und knapp: »Ich bringe eine Meldung von dem Priester, der die Trauung übernehmen wird. Er lässt ausrichten, dass er noch mit den Vorbereitungen beschäftigt ist. Wir sollen die Herberge aufsuchen und abwarten.«

Das Dorf machte einen wehrhaften Eindruck. Auf einem befestigten Wall patrouillierte eine Handvoll Wachen. Grasende, zugleich angebundene Pferde wiesen auf die Anwesenheit von Menschen hin. Stallungen wurden sichtbar, hinter einem für Wirtshäuser typischen sandigen Vorplatz. Mit Erreichen des Herbergsgebäudes wurden Tore und Genaro von drei Bewaffneten angesprochen.

Einer von ihnen, unter einem grünlichen Umhang, sagte: »Seid ihr die angekündigten Brüder aus dem Süden?«

»Ja«, erklärte Tore, »wir haben eine Verabredung mit einem Priester.«

Der grün Gekleidete nickte mit dem Kopf, zeigte auf das Gasthaus. Auf dem Weg zum Herbergsgebäude nahm Tore die Wachen in Augenschein. Sie trugen ausnahmslos germanische Kurzspeere. Schwerter und Beile lagen ebenso wie ihre Schilde auf aneinandergereihten Tischen bereit. Allen gemeinsam war eine sichtbare Nervosität. Tore zerfurchte die Stirn. Es gab doch wohl keine Probleme mit der Hochzeit? Er suchte mit den Augen nach Giulia, fand sie aufrecht auf der Kutschbank des Wagens sitzend. Jetzt, da sie seine Aufmerksamkeit bemerkte, winkte sie ihm zu. Ihr Gesicht strahlte vor Glück wie die klare Oberfläche eines Teichs im Licht der aufgehenden Sonne.

Nicht lange und die Hochzeitsgesellschaft wurde ins geräumige Gebäude geführt. Als bemerkenswert empfand Tore zwei steinerne Säulen, die den mittleren Dachbalken stützten. Warum bestanden sie nicht aus Holz? Wird wohl römisch sein, allein dazu da, Eindruck zu schinden. Ein kurz darauf eintretender Mann von mittlerem Alter bemerkte Tores Interesse an den Säulen.

»Nicht wundern«, sagte er, »man darf nicht vergessen, dass hier gelegentlich römische Kaufleute einkehren. Die lieben es vertraut, was gut fürs Geschäft ist.«

Die übrige Einrichtung bestand aus derben Tischen mit passenden Holzbänken und aufgelockert stehenden Schemeln. Gegenüber vom Fenster warteten Ruheplätze auf müde Gäste.

Neugierig geworden fragte Tore: »Wie stehen die hier einkehrenden Römer zu unserer Art und Weise zu leben?«

Der Fremde antwortete: »Die Herrenmenschen lachen über uns. Sie nennen uns Barbaren, was so viel heißt wie dumm, primitiv, ein bisschen Tier, etwas mehr Mensch.« Er führte seine Lippen an Tores Ohr und flüsterte: »Aber sie bezahlen gut.« Dazu ließ er auf seiner Handfläche zwei Denare aufblitzen. »Stets«, so fuhr er fort, »zahlen sie mit den kleinen Silberlingen, auf denen ihr neuzeitlicher Gott, der Kaiser Augustus, abgebildet ist.« Der fremde Mann bekam einen vertraulichen Tonfall, als er hinzufügte: »Die Römer tun so, als wären sie uns wohlgesonnen. Aber in Wirklichkeit lieben sie uns nur als potentielle Sklaven, als Erfüllungsgehilfen ihrer Ansprüche, als Gegenwert für ihre Silberlinge.«

Zwei junge Frauen erschienen und boten Met an. Das Getränk hielten sie in Krügen bereit. Die stellten sie auf den Tischen ab, an denen die Männer gerade Platz nahmen. Ihre funktionalen, schlicht gearbeiteten und von einfachen Fibeln zusammengehaltenen Kleider in traditionellem Beige ließen Tore vermuten, dass sie möglicherweise unfrei waren. Schon entstand Mitgefühl. Bleib ruhig, mahnte er sich selbst, ich bin nicht für deren Wohl verantwortlich. Dennoch: Er, Tore, war ein Mann, der auf der Schwelle zum Leben eines freien germanischen Bauers stand. Als ehemaliger Unfreier sah er keinen Grund, sich für seine Empfindungen zu schämen.

Ruck, zuck und die Männer des Begleitkommandos füllten ihre Becher. Nicht jedoch Tore. Er zog es vor, seinen Geist unvernebelt zu belassen. Die Neugier drängte ihn, das ungewöhnliche Herbergsgebäude kennenzulernen. Im hinteren Trakt vermutete er Ställe. Welchen Tieren würde er begegnen? Nur wenige Schritte und er stand vor einer Wand, die das Haus teilte. Schon fand er seine Vermutung bestätigt. Ei, er wusste von der Mode, Mensch und Tier unter einem Dach zu versammeln, hatte dies Konzept aber noch nie ausgiebig zu Gesicht bekommen. Leicht nachzuvollziehen, dass es eine gute Wärmeverteilung begünstigte. Tore zögerte nicht, die schwere Holztür zum angrenzenden Gebäudeteil aufzustoßen. Was sich ihm dahinter darbot, waren leere, offenbar seit Längerem ungenutzte Verschläge. Plötzlich drangen von draußen Geräusche herein: Hufschlag, Rufe, Befehle, undeutliche, verwischte Gesprächsfetzen. Die Dörfler kehren vom Gräberfeld zurück, dachte Tore. Er eilte in den Gastraum, dann vor die Tür, um den Priester zu begrüßen. Doch das, was sich vor seinen Augen sammelte, war ganz gewiss keine Beerdigungsgesellschaft. Er zählte mehrere Dutzend Reiter. Sie schienen aus allen Richtungen zusammenzuströmen. Bei Wodan, war ihm Wigmar mit seiner Gefolgschaft auf den Fersen? Doch dann wurden ihm die orangenen Uniformen der Auxiliartruppen bewusst. In diesem Augenblick trat Genaro an Tores Seite. Beeindruckt von der Schwadron versank er für einen Moment in Nachdenklichkeit.

»Ich weiß nicht«, sagte er dann, »wer die Reiter sind. Es scheint sich um ein verabredetes Treffen zu handeln, mit dem wir nichts zu tun haben und mit dem wir nichts zu tun haben wollen. Also verhalten wir uns doch einfach teilnahmslos.«

»Und wie verhalten wir uns, wenn man beginnt, uns Fragen zu stellen?«

»Dann«, so antwortete Genaro, »bleiben wir freundlich und gelassen, wünschen einen guten Tag und sagen auf Wiedersehen.«
Tore akzeptierte die Verhaltensregel. Die Übermacht der Auxiliarreiter war groß, ein Kampf wäre ehrenhaft, aber sinnlos. Als einer aus der Begleitmannschaft sein Schwert zog, um es für einen Verteidigungsfall vor sich gegen die Wand zu lehnen, schritt Tore ein.

»Keine Provokation. Also steck die Waffe dahin, woher du sie geholt hast. Wir sind nicht zum Kämpfen hier, sondern zum Heiraten. Und ihr« – Tore zeigte in die Runde – »ihr seid meine Hochzeitsgesellschaft.«

»Ich bin der Brautvater«, warf derjenige ein, der von der Alten für diese Rolle bestimmt worden war. Nicht nur Giulia konnte sich ein Kichern kaum verkneifen.

»Nun denn, so soll es sein«, reagierte Tore, der gleichwohl verunsichert wirkte. Nicht so sehr wegen der Schwadron, sondern weil die Vermählung nicht hinreichend durchgeplant schien. Und auf einmal erkannte er Formfehler. Beispielsweise wirkte Giulias Brautvater ganz und gar nicht wie ein Brautvater. Der war nämlich viel zu jung. Aber woher sollte auf die Schnelle ein passender Mann genommen werden? Die Brautgeschenke jedoch passten durchaus zu den Ansprüche einer Unfreien-Vermählung. Es gab nämlich keine. Klar doch: Wie sollte eine Sklavenbraut an ein Brautschwert gelangen? Und wie stand es mit Blutsverwandten, die mit allerlei Hilfestellungen bereit stehen müssten? Besaßen Unfreie überhaupt Blutsverwandte? Offiziell ja – und nein. Oder überhaupt nicht? Am Geduldsberg gab es jedenfalls eine Sippe, zu der Tores Familie einst gehört hatte. Allerdings war es die Regel, dass Sippenangehörige, die Hof und Freiheit verloren hatten, ausgestoßen wurden – wegen der Ehre.

Nicht lange und das Unvermeidliche geschah. Die Tür sprang auf, herein strömten Auxiliarsoldaten. Während Tore noch über deren Herkunft nachsann, waren von draußen Anweisungen und

Befehle in römischer Sprache zu hören. Doch da war noch etwas. Es beschleunigte Tores Herzschlag: Eine Kommandostimme, die herzerwärmend vertraut klang. Tore schaute zu Giulia hinüber, die am Tisch saß und der es offenbar nicht anders erging als ihm. Dann betrat der Mensch, zu dem die Stimme gehörte, den Raum: Ludwig. Tore riss die Augen auf. Es war wirklich sein Bruder. Er lächelte verschmitzt.

Was folgte, war eine innige Umarmung. »Du wirst doch wohl nicht glauben, dass ich darauf verzichte, meinen jüngeren Bruder vor den Priester zu führen?«

Tore verwandelte seine Augen in Schlitze. Was hatte das zu bedeuten? Wie sollte die Hochzeit denn nun zelebriert werden? Unter Unfreien oder Freien? Mit welchem Namen?

»Was hast du vor?«

»Dich zu führen. « Ludwig grinste, als er hinzufügte: »Ich will an nichts rütteln. Aber bedenke: Ich bin dein Bruder, als Sklave wie als freier Chauke. Und da du keinen Vater vorweisen kannst …«

Die Entschiedenheit, mit der Ludwig auftrat, beruhigte Tore irgendwie. Es würde ja wohl bei einer Sklavenhochzeit bleiben.

Von solchen Ängsten und Hoffnungen unberührt, fügte Ludwig hinzu: »Ich gebe zu, mir ist es einerlei gewesen, ob du als Unfreier eine Sklavin heiratest oder als befreiter Germane eine freie Frau. Auch wenn du noch immer zur Hälfte Wigmars rechtmäßiges Eigentum bist. Ohne seine Einwilligung könntest du nach den Sitten unserer Stämme überhaupt nicht heiraten. Und« – Ludwig grinste verstohlen – »nachdem ich Wigmar, dem Mörder unserer Familie, den Sohn und die Schwiegertochter genommen habe, wäre seine Einwilligung zu deiner Hochzeit so weit entfernt wie die Sterne über unseren Köpfen.«

Tore erstarrte. Also doch! Man wollte ihm den Namen stehlen.

Ludwig fuhr fort: »Mein lieber Bruder, wenn du bereit wärst, Giulia als freier Germane zu heiraten, könnte sie von Arminius in die Freiheit entlassen werden.«

Tore erstarrte. Doch die Argumente leuchteten ihm ein.

Ausweichend stellte er eine Gegenfrage: »Was ist mit dir, wie steht es mit deiner Freiheit?«

»Wie du weißt, haben Heilgart und ich unsere Stammessitten mit Füßen getreten. Und nun? Geht es mir schlecht? Hätte es mir besser ergehen können?« Ludwig zeigte ein zufriedenes Lächeln. »Ich bin das beste Beispiel für die kluge Haltung unserer Götter. Denen ist es nämlich schlicht egal, wo und wie du heiratest. Hauptsache, du bleibst ihnen treu und bist bereit, mit deinem Leben für sie einzutreten. Dieses zu beweisen ist nicht Sache des Aufenthaltsortes oder eines Namens.

Mit den Augen seiner Raben sieht Wodan sowieso alles, von Asgard aus und anderswo.«

Auf einmal drang erneut Hufschlag heran. Kaum war das dumpfe Trommeln verhallt, brachte die resolute Stimme einer weiblichen Person die Luft zum Zittern. Diese Art, Befehle zu erteilen, kannte Tore nur von einer Frau: die geheimnisvolle Herbergsbesitzerin, die von allen nur die Alte gerufen wurde.

»Was will die denn hier?«, stöhnte er. Wollte auch sie ihm in die Hochzeitssuppe spucken?

Tore sprang ans Windauge, Ludwig zur Tür, um hinauszuschauen und der Sache auf den Grund zu gehen. Doch zuvor wurde die Tür aufgestoßen. Das Begleitkommando griff zu den Waffen. Schon blitzten Gladien. Ein harscher Ton schallte ihnen entgegen.

»Fasst euch! Ich bin es nur!«, rief die Alte, während sie die Stube betrat. Dann, an Ludwig gerichtet: »Es wird brenzlig. Ein gewisser Wigmar aus dem Norden rückt mit einer Gefolgschaft an.« Die Alte schaute sich demonstrativ um. »Wie es aussieht, haben wir unter uns einen Verräter.«

Tores Nerven gerieten unter Spannung.

Ludwig behielt die Ruhe.

Er trat zwei Schritte vor und bestimmte: »Ich übernehme das Kommando über sämtliche Männer in diesem Raum und über die, die das Gelände bewachen.«

Was für ein Unglück, dachte Tore. Und: haben uns die Götter verlassen?

Giulia fragte: »Was geht hier vor?«

Tore legte seinen Arm um ihren Rücken, wollte sie beruhigen. »Alles wird gut.« Er sagte es zweimal, dreimal. Doch blieben seine Worte wirkungslos. Giulia zitterte. Ihr Zustand erinnerte an Espen. Ihre bangen Augen fragten eine wortlose Frage: Wird unsere Vermählung platzen?

Plötzlich schien es, als rückte aus der Ferne eine prasselnde Regenfront heran. Die in der Stube Versammelten lauschten still.

Schon wieder Reiter?

»Giulia und Tore, rasch, ihr müsst euch im Wald verstecken«, befahl Ludwig in einem Ton, der keinen Widerspruch duldete.

»Was ist mit dir?«, fragte Tore, und: »Du bist doch weit mehr verhasst bei Wigmar als ich.«

Ludwig verzog verächtlich die Mundwinkel. »Er wird mich nicht erkennen.« Bei diesen Worten ließ er seinen Blick an sich hinuntergleiten und ergänzte: »Ich sehe aus wie ein Römer, ich spreche wie ein Römer und ich kann kämpfen wie ein Römer. Und wenn ich es will, dann bin ich ein Römer. Basta!«
Doch Tore floh nicht in den Wald, verharrte stattdessen zwischen Furcht und Verantwortung. In der Pflicht, dem Bruder gegen den verhassten Feind beizustehen, lockerte er sein Messer. Ludwig wies die Männer an, sich als Beschützer von römischen Getreidehändlern auszugeben.

Es bedurfte einer herrischen Geste, dass Tore mit Giulia an seiner Seite Ludwigs Befehl folgte, in den Wald zu fliehen. Kaum dass die ersten morschen Äste unter ihren Füßen knackten, das Dickicht die Haut ritzte, erwachte in Tore der Waldmensch. Seine Kenntnis der Vegetation, der Böden, sein Geruchssinn, seine geschärften Augen lenkten das Paar zielsicher in eine uneinsehbare Verstrüppung aus Brombeeren, Hagebutten, langstieliger Minze, Brennnesseln und dicht aufsprießendem Sommerflieder. Von hier aus waren Haus und Grundstück wie durch einen von den Göttern in den Wald gebrochenen Spalt beobachtbar. Das Versteck sei gut gewählt, befand Giulia. Allein die auf eine nahe Wasserstelle hindeutenden Mückenschwärme und weiterer Insekten empfinde sie als Bedrohung. Da drängte die Reiterschar auch schon auf den Platz vor dem Herbergsgebäude. Es handelte sich tatsächlich um Wigmar und seine Gefolgschaft. Unverkennbar die runden Schilde. Allerdings demonstrierten die Reiter keine akute Kampfbereitschaft. Sie trugen die Schilde am Pferdehals, wo auch die Speere befestigt waren.

Inmitten einer im Gedränge der Gefolgschaft entstehenden Unordnung bog plötzlich eine Traube von Reitern ab in Richtung des Gebäudes. An der Spitze Wigmar selbst. Tores Gesichtszüge gerieten zur Maske.

»Das Raubtier ist da«, raunte er.
Tores Speichel hätte jetzt ein Loch in den Waldboden geätzt.

Giulia bemerkte seine Verfassung.

Fest umschlang sie seinen angespannten Leib. »Bitte, mach keine Dummheiten. Gegen die Übermacht kannst du nichts ausrichten.«

»Dort hinten reitet der Mörder meines Vaters, der zu guter Letzt auch der Mörder meiner Mutter ist. Auch wenn er nicht selbst Hand angelegt hat, sondern es dem Kummer überlassen hat«, entgegnete Tore mit einer Stimme, die so scharf gewetzt klang wie die Klinge eines eisernen Dolches.

Giulia begann seine Wangen zu streicheln, seinen Schopf, seinen Nacken; in kreisenden Bewegungen glitten ihre Hände über seinen Rücken. Er ließ es geschehen. Sie atmete erleichtert auf. Und Tore dachte: die Frau weiß wahrlich, was zu welcher Zeit Not tut.

So klang seine Stimme entspannter, als er flüsterte: »Hätte ich Pfeil und Bogen bei mir, ich würde diesen Dämon in Menschengestalt vom Pferd schießen.«

»Davon bin ich überzeugt«, antwortete Giulia, verkniff sich aber jede weitere Bemerkung. Unaufhörlich streichelte und liebknuffte sie Tores Leib und somit seine Seele. Endlich sank seine Atemfrequenz auf annähernd normale Werte.

Inzwischen füllte Wigmars Gefolgschaft den Herbergsplatz. Vollzählig, wie es schien; jedenfalls waren keine Nachzügler auszumachen. Tore zählte 38 Pferde. Eine eher bescheidene Ansammlung. In seinen besten Zeiten hatte Wigmar über 100 Kämpfer befehligt. Na ja, die Versorgung einer Gefolgschaft war kostspielig. Und für die Jagd auf einen jungen entlaufenen Halbfreien sollten 38 Kämpfer allemal ausreichen. Einige Gefolgschafter stiegen von ihren Pferden ab, standen jetzt abwartend in kleinen Gruppen vor dem Haus. Eine gespenstische Ruhe. Bis ein bäuerlich gekleideter Mann aus dem Hintergrund angerannt kam und die Ankömmlinge beschimpfte. Tore konnte Worte wie Tod, Bestattung, Heiliger Hain und Wodan heraushören. Vielleicht war die Beerdigungsfeier gestört worden. Der Schimpfende, der eine Sense in Händen hielt, versetzte Wigmars Männer in Alarmbereitschaft. Doch eine Handbewegung genügte, um jede Form von unbedachter Aggression im Keim zu ersticken.

»Wir benötigen Getreide und vielleicht ein halbes Schwein«, sagte er zu dem Bauern und ließ auf seiner Handfläche eine römische Münze blinken.

Der Bauer mit der Sense änderte schlagartig die Mimik. »Benötigt ihr Quartier? Ich habe ein Haus anzubieten.« Auf seinem Gesicht lag die Hoffnung auf ein gutes Geschäft, als er darauf hinwies, dass die Herberge bislang von nur wenigen Reisenden belegt sei.
Da, den Lefzen eines Wolfs gleich, dessen Fresslust geweckt wurde, verzog Wigmar das Gesicht. »Was sind das für Leute, von denen du sprichst?«, fragte er in einem lauernden Tonfall. Und: »Ist vielleicht ein Chauke darunter, dessen Germanisch so klingt wie das meine? Ist er jung, blond, mit einer frechen, langen Nase im Gesicht? Trägt er sein Haar kurz? Und ruft man ihn vielleicht Tore?« Scharf wie ein zum Sturz ansetzender Habicht beobachtete Wigmar vom Pferd herunter seinen Gesprächspartner.

»Ich, ich weiß nicht ...«, lautete die Antwort verunsichert.
Wigmar saß ab, ging auf Tuchfühlung mit dem Bauern, warf dem Verängstigten einige Münzen vor die Füße.

»Die sind für dich, wenn du mich zu Tore führst. Ich weiß, dass er in der Nähe ist. Ich kann ihn geradezu spüren.«

Der Bauer reagierte verängstigt: »Ich weiß nicht. Verzeih mir, ich kenne wirklich keinen Tore.«
In diesem Augenblick wurde knarrend die Gebäudetür geöffnet. Die Alte trat heraus. Neben ihr schritt Genaro, hinter ihm die Begleitmannschaft. Der Kommandeur trug einen römischen Helm auf dem Kopf, am linken Arm einen rechteckigen römischen Schild, in der rechten Hand den schweren römischen Speer. Jeder der Anwesenden verstand den Auftritt. Er lautete: Ich stehe hier für das Imperium Romanum.

Hellwach verfolgte Tore vom Waldrand aus die Entwicklung. Genaro schien Wigmar durch Unerschrockenheit einschüchtern zu wollen. Denn niemand legte sich gern und schon gar nicht in aller Öffentlichkeit mit Rom an. Der mächtige Befehlshaber der Gefolgschaft aus dem nordischen Chaukenland wirkte tatsächlich überrascht. Unschlüssig ließ er seine Augen abwechselnd über die Front seiner Männer, Tores Begleitmannschaft und die sich im Hintergrund sammelnden, aber zurückhaltenden Auxiliarreiter Ludwigs gleiten. So wie Tore in seinem Versteck, so wusste ganz sicher auch Wigmar: Seine Leute würden im Fall eines Kampfes Federn lassen müssen. Hier, weit ab vom eigenen Stammesgebiet, war rasche Hilfe kam zu erwarten. Und wie würde erst Statthalter Varus reagieren, erführe er von einer Attacke gegen seine Soldaten?

Mit sichtbarem Unbehagen betrachtete Wigmar die Ansammlung von Kriegern.

»Ei, dem brutalen Herrn verlässt der Mut«, freute sich Tore.
Doch da erlangte Wigmar seine Fassung zurück.

»Ich ziehe nicht durchs Land, um Krieg zu führen. Ich will Gerechtigkeit«, brüllte er.

»Worin besteht deine Gerechtigkeit?«, ergriff die Alte kaum weniger lautstark das Wort.

»In der Inbesitznahme meines Eigentums, einem mir gehörenden Halbfreien namens Tore aus dem Land der Chauken. Der Gottlose ist auf der Flucht. Und ich habe Grund anzunehmen, dass er sich hier versteckt.«

Da, völlig unerwartet, scheuchten wieder donnernde Hufe Vögel auf. Für einen Moment glaubte Tore, Ludwigs Auxiliarreiter ritten davon. Doch der Bruder stand verdeckt und abwartend in der Nähe seiner kampfbereiten Männer. Jeden Moment müssten die Neuankömmlinge das Gelände erreichen. Zwanzig, dreißig, wie viele mochten es sein? Da richteten Wigmars Männer sich neu aus, brachten sich gegen das herannahende Unbekannte in Stellung. Während Tore die Ereignisse vom Waldrand aus beobachtete, spürte er einen Finger, den ihn Giulia in die Seite drückte.

»Wenn die neu eintreffenden Reiter zu Wigmar gehören, was dann?«

»Dann müssen wir mit dem Schlimmsten rechnen. Aber keine Bange«, flüsterte er, »Wodan ist mit uns.«
Und obwohl die Mission Hochzeit mit der bangen Frage nach der Herkunft der Reiter auf Messers Schneide stand, zog er Giulia an sich, drückte und streichelte sie, so als wären beide ganz allein auf dieser Welt und mindestens 100 Jahre verheiratet.

Hinter der Wegbiegung quoll eine Staubwolke auf. Schemen wurden sichtbar.

»Oh Wodan!«, entfuhr es Tore, der von einem Glücksgefühl durchströmt wurde.
Stolz und aufrecht ritt der römische Ritter, Reiterpräfekt und cheruskische Fürstensohn Arminius mit einem mächtigen Gefolge auf das Gelände. Keiner der Anwesenden, der nicht in Staunen geriet.

»Das ist unsere Rettung«, flüsterte Tore beglückt, »Arminius wird dem verfluchten Wigmar zeigen, wer hier das Sagen hat. Ob mit oder ohne Schwert.« Dabei wog Tore den eigenen Speer, bereit, das Versteck zu verlassen, sobald es zu einem Kampf käme.

Inzwischen nahmen die Parteien gegeneinander Aufstellung. Drohend standen die hoch gerüsteten germanisch-römischen Kämpfer auf ihren Pferden den waffentechnisch weniger gut Ausgestatteten der Gefolgschaft gegenüber. Außerdem in Bereitschaft: das Begleitkommando unter Genarus, dazu Ludwigs Einheit, die offenbar ein Vorauskommando von Arminius war. Tores Wahrnehmung saugte sich am Geschehen auf dem Herbergsplatz fest. Er begann, die Beteiligten zu zählen. Nach der bloßen Anzahl befand sich Wigmar klar in der Minderheit.

Giulia flüsterte: »In der Welt meiner Vorfahren gibt der Schwächere nach und zieht von dannen.«

»Bei uns«, antwortete Tore, »liebt man den Kampf. Aber einen gerechten Kampf.«

Giulia lächelte. »Gilt das auch für Wigmar?«

»Dem würde ich nicht für die Länge eines Regenwurms trauen.« In diesem Augenblick gab der Gefolgschaftsanführer seine abwartende Haltung auf. Er ritt Arminius entgegen, der an der Spitze seiner Schwadron auf ihn wartete. Es kam zu einem Gespräch. Die Mienen und Gesten der Anführer ließen auf beiderseitigen Respekt schließen. Mit dem Ende des Gesprächs trat die Alte hinzu. Mit ausgestrecktem Arm zeigte sie auf den Weg, der zum Rhein führte. Einige Worte noch und wenige Minuten später sammelte Wigmar seine Gefolgschaft, um in die angezeigte Richtung davonzureiten.

Inzwischen war Ludwig an Arminius herangetreten. Der saß auf einem herrschaftlichen Schimmel, der die kleinen, wendigen Tiere seiner Reiterei überragte.

Giulias Augen klebten geradezu an dem weißen Hengst.

»Er gefällt dir?«, fragte Tore.

»Er ist wunderschön«, antwortete sie, »ein ähnliches Tier hat mein Vater geritten. Und nur ich habe das Pferd in seiner Abwesenheit reiten dürfen. Ja, auch ich bin eine gute Reiterin.«

Tore zählte sich selbst zu den eher mäßigen Reitern. Auf Ochsen saß er perfekt. Die störrischen Viecher zu dirigieren, hatte er nie Probleme. Dass seine zukünftige Frau eine gute Reiterin war, gefiel

ihm. Fest nahm er sie in den Arm und versprach: »Wenn wir erst eine Landwirtschaft besitzen, schenke ich dir ein weißes Pferd.«
Da umarmte Giulia den Großherzigen so sanft, wie es nur verliebte Frauen konnten.

Plötzlich, nicht weit entfernt, stand Ludwig inmitten einer ungepflegten Wiese und suchte mit angestrengten Augen den Waldrand ab. Tore verließ sein Versteck. Breitbeinig, noch immer bis zu den Knien im Gesträuch stehend, machte er auf sich aufmerksam.

Dem Bruder war die Erleichterung über Tores Unversehrtheit anzusehen. »Da bist du ja. Ich dachte schon, ihr wäret von Kobolden verschleppt worden.«
Da kam auch Giulia zum Vorschein und fragte prompt nach diesen Kobolden. Was sich dahinter verberge?

Ludwig erklärte ihr deren Wesen mit wenigen Worten: »Böse Gestalten aus den Tiefen der dunklen Erde.«
»Oh, wie unheimlich.«
Tore grinste. Hätte sie ihn gefragt, er hätte mehr über Kobolde zu sagen gewusst. Zu diesem Zeitpunkt zogen erste Rückkehrer von der Bestattungszeremonie am Herbergsplatz vorbei, zu Fuß oder auf rustikalen Holzwagen. Einige bogen ab aufs Gelände.

Ludwig legte seine Hand auf Tores Schulter und sagte: »Es wird Zeit, dass wir uns unters Volk mischen, sonst könnte man denken, wir würden zu Wigmars Gefolgschaft gehören.«

»Ja, aber was ist eigentlich mit Wigmar, wohin ist er geritten?«

»Er und seine Gefolgschaft sind heute Gäste in der Herberge der Alten, wo seine Männer versorgt werden und kostenlos übernachten dürfen.«
Tore verschlug es die Sprache. Ungläubig suchte er in seinem Verstand nach einer geeigneten Erklärung für die Großzügigkeit der geheimnisvollen, alten Germanin. Niemals hätte er dem Mörder seines Vaters zu irgendetwas eingeladen, außer zu einem Ritt in den Tod.

Was ihn allerdings irritierte, war die Gelassenheit, mit der sein Bruder von Wigmar sprach. »Wie schaffst du es nur, so ungerührt über den Mörder zu reden? Hast du vergessen, dass er unserem Vater eine Klinge durch die Kehle gezogen hat?«

»Nein, habe ich nicht. Und ich werde es auch nicht vergessen.«

»Bei Wodan, wo bleibt deine Ehre?«

Ludwig antwortete: »Hier geht es nicht um Ehre, auch nicht um mich. Hier geht es um die germanischen Stämme und um Wodan, Thor, Freyr, um den Sinn unseres Lebens. Ich glaube, dass alles Trennende dahinter zurücktreten muss.«

Tore war wie gelähmt. Der Bruder zeigte wirklich nicht die Spur einer Regung. Eine ferne Ahnung ließ ihn fragen: »Ist Wigmar ein Teil der großen Verschwörung gegen die Römer?«

Daraufhin zeigte Ludwig die Faust und mahnte: »Sprich das Wort Verschwörung niemals in der Öffentlichkeit aus. Hast du das verstanden?« Dabei schielte Ludwig kurz zu Giulia hinüber. Dann herrschte er Tore wiederholend an: »Hast du das verstanden?«

»Ja, habe ich«, antwortete der demütig, wobei er den Augenkontakt zu seinem Bruder mied.

Ohne die eigentliche Frage zu beantworten, drängte Ludwig anschließend zur Eile.

Auf dem Herbergsgelände bat er Giulia vorauszugehen. Dann zog er Tore in einen leeren Schuppen und verriet, dass Arminius nicht wegen Wigmar hergekommen sei. Er habe sich entschlossen, dem jungen Brautpaar seine ganz persönlichen Wünsche zu überbringen. Einen Atemzug später ergänzte er: »Weil ihm Giulia ganz einfach am Herzen liegt.«

Tore erstarrte. »Arminius? Persönlich …?«

»Ja, und nicht nur das. Er hat befohlen, dass du mit deinem Tarnnamen Richwin heiraten sollst, als freier Germane. Das bedeutet: Jetzt gibt es kein Zurück mehr.«

Tore fasste sich an den Kopf, wollte protestieren.

Da kam ihm Ludwig zuvor: »Falls es dir entgangen sein sollte, der Mörder unseres Vaters hält sich nicht zufällig in dieser Gegend auf. Womöglich verfügt er über Spitzel, die uns jederzeit für einen Becher Met verraten würden. Genau darum lautet dein Name diesseits des Rheins eben Richwin aus dem Tenktererland. Kein Gott, nicht einmal unsere Ahnen werden darüber erbost sein. Im Gegenteil, sie werden deine List zu schätzen wissen. Bedenke, dass Wodan nicht nur der klügste, sondern auch der listigste Gott ist.«

Tores Kopf schwoll an, innerlich wie äußerlich. Da fuhr Ludwig fort: »Und weil du für uns jetzt nicht mehr Tore bist, sondern Richwin, bist du auch kein Unfreier mehr, sondern ein freier Bauer, der in Diensten des Cheruskerfürsten Arminius steht. Somit hast du das Recht, eine freie Frau zu ehelichen. Zu diesem Zweck hat er im

Beisein der alten Herbergsbesitzerin und von zwei weiteren Zeugen die Urkunde für die Entlassung Giulias aus der Sklaverei unterzeichnet.«

Urkunde? Tore kannte wohl eine Kunde, so etwas wie eine Botschaft, aber eine Ur-Kunde ... Vielleicht eine Ur-Botschaft? Was, bei Wodan, war eine Urkunde?

So widerstrebend Tore sich der familiären Autorität des älteren Bruders fügte, so beißend bedrängte ihn der Zweifel. Allein die Bedrohung durch Wigmar und die Sehnsucht nach Giulias Hand bändigten seinen Widerstand. Schließlich zuckte er mit den Schultern. Giulia war jetzt vor den Göttern eine freie Frau. Niemals könnte er, der Unfreie, sie hier und heute ehelichen. Was blieb, war die Frage, ob auch er eines Tages eine Ur-Kunde bekäme. Auf einmal pulste sein Herz. Welcher Name würde auf dieser Kunde stehen? Richwin oder Tore?

Eine Frage noch: »Werde ich in Germanien niemals mehr Tore gerufen werden dürfen?«

»Wir werden sehen«, antwortete Ludwig, »unser beider ganz persönliche Feind Wigmar steht unserem Kampf gegen Rom nicht abgeneigt gegenüber. Wer weiß, was noch alles passieren wird? Vor allem, wenn Denare klimpern oder wenn Arminius zum König von Germanien ausgerufen worden ist.«

Es blieb der Alten überlassen, Giulia die näheren Umstände ihrer Entlassung aus der Sklaverei zu erläutern. Kaum hatte die Neufreie davon erfahren, führte sie ein Freudentänzchen auf. Tore aber, der ihren Jubel vernahm, verspürte bei ihrem Glück nicht das geringste Wohlsein. Ihn verunsicherte die Entwicklung. Wie schrecklich, wenn sie ihre neuen Rechte nutzte, ihn, Tore, einen Unfreien, als zukünftigen Lebenspartner abzulehnen. Oder wenn sie nach den Riten ihrer Herkunftswelt getraut werden wollte. Er seufzte. Nur Wodan konnte wissen, welche Schwierigkeiten auf dem doch eigentlich so kurzen Weg in eine freiheitlich geregelte Zweisamkeit noch warteten.

All dies war noch nicht zu Ende gedacht worden, da näherte sich eine weitere Überraschung: Eibert. Allein und gemächlich kam der Freund und Fluchtgefährte auf den Herbergsplatz geritten. Er trug einen kleinen, gleichwohl mit feiner Schnitzarbeit verzierten Rundschild am Arm. Auf seinem Haupt saß ein von dunklem Leder eingefasster Helm mit Anteilen von aufwändig poliertem Metall. Übertrieben aufrecht saß er auf dem Pferd und hatte Tore fest im Blick. Da gab es nichts, was Tore davon abhalten konnte, dem Freund entgegenzustürmen. Schon lagen sich die einstigen Fluchtgefährten in den Armen.

»Ich werde meinen besten Freund doch nicht ohne mich heiraten lassen«, erklärte Eibert seine Anwesenheit. Tore fehlten die Worte. Gerührt durchlebte er gerade eine wunderbare Überraschung. Oder eine hundsgemeine Sinnestäuschung? Ei, wenn der Traum doch wahr wäre …

Wie es schien, hatte die Alte sämtliche Fäden in der Hand. Aufgeschlossen, selbstbewusst und bestimmt erteilte sie Instruktionen. Nur einmal sollte die energische Frau an diesem Nachmittag in Aufregung geraten. Als sie fragte, wo Tore seine Hochzeitskleidung aufbewahre. Der errötete. Was mochte sie damit meinen? Ratlos hob er die Schultern. Bislang war er davon ausgegangen, dass eine Vermählung von Unfreien ohne kostspieliges Aufputzen vonstatten ginge. Allerdings mit dem Segen der Götter, wie es sich gehörte. Zwischendurch fragte die Alte unvermittelt, ob er seine Zukünftige liebe. Ihm fehlten die Worte, nicht weil ihm die Antwort schwerfiel, sondern weil er die Frage absurd fand.

»Ja, ich liebe Giulia«, antwortete er schließlich.
Ob seine Braut die Empfindungen teile, wollte die Alte jetzt wissen.
»Ja.«

Da sagte sie: »Weißt du eigentlich, wie gut du es hast?«
Tore nickte verhalten.

Und während die erfahrene Frau in eine hölzerne Truhe griff, um eine dunkelblaue Hose und ein gebleichtes Langhemd hervorzuziehen, fügte sie hinzu: »So wie es bei euch um die Liebe steht, so sollte es eigentlich allen Paaren ergehen.« Dann seufzte sie. »Wie viele Frauen habe ich erlebt, die mit trockenen, aber weinenden Augen von ihren Vätern und Müttern einem ungeliebten Bräutigam übergeben worden sind. Eine Schande ist das. Als wenn die heilige Freyja blind wäre.« Die Alte hob klagend die Arme. »Ich glaube, dass Freyja ganz genau weiß, was auf Erden geschieht. Da frage ich mich, warum sie eine Liebe ohne Liebe zulässt. Das verstehe, wer will.«

Verunsichert überlegte Tore, ob er für sein Glück ein schlechtes Gewissen haben müsste. Still verneinte er die Frage. Warum sollte er auch? Hatte in den Jahren seiner Halbversklavung jemals ein Dorfbewohner Mitleid mit ihm empfunden? Darüber verfügte er über keinerlei Erinnerungen. Eine Frage ohne Relevanz, denn letztendlich waren es die Götter, die die Lebensläufe der Menschen bestimmten, jedenfalls bis zu einem gewissen Grad. Das galt auch für die geheimnisvolle Alte, auf deren Frage Tore nicht eingehen mochte. Sie begann ihm leid zu tun. Möglicherweise hatte sie böse Erfahrungen machen müssen. Wer weiß, welchem Nichtsnutz und prügelnden Ehemann sie einstmals zu Diensten hatte sein müssen? Tore schloss die Augen, suchte in der Erinnerung nach Gesichtern junger Paare im heimatlichen Dorf am Flutensee. Wirklich glücklich hatte kaum jemand ausgeschaut. Eigentlich waren fast immer nur die Braut- oder Bräutigam-Eltern froh gelaunt durchs Dorf gezogen. Und die Dorfbewohner? Die hatten die Feierlichkeiten als erwünschte Abwechslung vom Einerlei des beschwerlichen Tagewerks genossen, nicht selten über Tage hinweg.

Als Tore eingekleidet war, verließ die Alte das Gebäude. Da bemerkte er eine unscheinbare Tür. Als er eintrat, traf er auf Ludwig, der an einem Tisch saß.

»Bruder«, sagte der, »die Sonne hat den Zenit weit überschritten. Meines Wissens sollst du bis zum Einbruch der Dunkelheit in den Ehebund eingetreten sein. Was ich aber sehe, ist Tatenlosigkeit.«

Tore war irritiert. »Was soll ich tun? Niemand hat mir bislang Genaueres erklärt.«

Ludwig stand auf. »Komm mit mir.«

Gemeinsam gingen sie hinaus ins Freie. Dort bogen sie auf einen Pfad ein, der nach wenigen Schritten zu einem neueren Gebäude führte. Zu Tores Überraschung war die Eingangstür gesichert. Und zwar nicht durch den typischen hölzernen Riegel und einen wackeligen Keil, sondern durch ein geschmiedetes, perfekt passendes Türschloss. Tore staunte.

Die Augen benötigten einige Sekunden, um sich an das spärliche Licht zu gewöhnen, das durch Ritzen zwischen den Holzwänden hereinfiel, wo es aufgewirbelten Staub zum Leuchten brachte. Es roch nach Harzen und Ölen. Die Wände waren zugestellt von Schränken und Truhen in verschiedenen Größen. Ludwig öffnete eine schmucklose Truhe. Kurz darauf hielt er einen flachen, länglichen Gegenstand in Händen, der in ein Tuch gewickelt war.

»Dein Geschenk für die Braut«, klärte er auf.

Tore wagte kaum zu atmen, als er einen Blick auf das Bündel warf. Das traditionelle Schwert, schoss es ihm durch den Kopf. Ungläubig starrte er auf die Waffe. Als Ludwig das längliche Objekt auswickelte, kam als erstes eine metallische Spitze zum Vorschein. Dann zerschnitt eine messerscharfe Klinge die schmalen Strahlen der Sonne. Am liebsten wäre Tore dem Bruder um den Hals gefallen, doch wagte er es nicht, sich zu rühren. Die Sitte, der Braut ein Schwert zu überreichen, war Tore wohlbekannt: Ein unverzichtbares Ritual freier Germanen. Nie hätte Tore es gewagt, auch nur daran zu denken. Er wusste: Giulias Herz schlug auch ohne kostbares Schwert für ihn.

Als Gegenleistung müsste Giulias Familie ihm ein Schwert übergeben. Es würde in der Familie bleiben und weitergereicht werden und würde jede Generation darauf verpflichten, für den Erhalt dieser Familie zu kämpfen. Doch woher sollte eine ehemalige Sklavin ein brauchbares Schwert nehmen? Absurd. Also doch ein Traum. Tore wollte aufwachen.

Da brach wie aus weiter Ferne die Stimme Ludwigs ein in sein entrücktes Empfindungsdurcheinander. »Ich kann von deinem Gesicht ablesen, was du gerade denkst.« Und: »Keine Sorge, auch du wirst bei der Trauung ein Schwert erhalten, ganz so, wie es unsere heiligen Sitten verlangen.«

Bald regte sich in Tore die Neugier für den Inhalt der anderen Truhen und Schränke. Er hob einen Deckel an. Was er sah, waren Schwerter. In anderen Truhen warteten Frame und Beile, Keulen und Helme, sogar einfache, gekettelte Hemden auf ihren Gebrauch. Was ging hier vor? Befand er sich in einer Rüstkammer der geheimen germanischen Streitmacht? Plötzlich bekam der allzu Neugierige einen Schlag in die Seite. Dann spürte er ein Rütteln an seinen Schultern. Tore taumelte, hatte Mühe, auf den Beinen zu bleiben.

Ludwig starrte wütend auf ihn ein. »Wenn wir nicht denselben Vater hätten, wärst du jetzt tot. Denn das, was in diesen Truhen aufbewahrt wird, ist ein gefährliches Geheimnis.« Abermals, diesmal frontal, rüttelte Ludwig an Tores Schultern, ganz so, als wollte er etwas von ihm abschütteln. Der spürte eine mächtige, über all seine jugendlichen Erinnerungen hinausgehende Kraft, die den gestählten Muskeln des Bruders entsprang. Ein Gefühl, als würde man von einem Mühlrad erfasst.

»Ja«, krächzte er schuldbewusst, »ich habe verstanden, bei Wodan, bitte lass mich jetzt los!«

»Versprich mir, gegenüber keinem Menschen auch nur ein einziges Wort über diese Truhen zu verlieren.«

»Ich versichere es bei unseren toten Eltern und bei Thor, dessen Hammer mir den Kopf zertrümmern soll, wenn ich dieses Versprechen breche.«

Nicht viel später betrat Tore den Herbergsvorplatz in einem weißen Hemd und einer grünen Hose. Um seine Hüften war ein lederner Gürtel geschnürt, an dem die Scheiden für ein Langschwert und einen Dolch befestigt waren. Die dazu passende Fibel glänzte unterhalb seines Brustbeins in poliertem Silber. In der rechten Hand trug er den traditionellen Kurzspeer. Seine Füße und Waden waren von feinledernen Riemen umgurtet. Ein grünes Band bändigte seine nicht mehr ganz so kurzen Haare auf der Stirn. An seiner Seite stand ein junger Bursche, der für ihn den Schild trug. Hinter Tore schritten Eibert und Ludwig in feierlicher Pose. Der Abschluss wurde von Genaro und dem Begleitkommando gebildete. Herbergsgäste, die vorher an der Beerdigung teilgenommen hatten, bildeten bereitwillig eine Gasse. Pferde und ein geschmückter Erntewagen folgten. Geübte Hände verstauten allerhand benötigte Utensilien auf der Ladefläche. Da erschienen bislang nicht in Erscheinung getretene Menschen. Augenscheinlich Bauern, die schwer zu schleppen hatten. Mit sich zerrten sie einen brüllenden Eber und eine meckernde Ziege. Den Tieren wurden die Beine gebunden, dann landeten sie auf der Ladefläche eines Wagens. Messer, Becher, Geschirr aller Art wurden in einem Bottich dazugestellt. Zuletzt fielen die Holzkeile der Ladeklappe in die Ösen.

Unterwegs mahnte Ludwig noch einmal eindringlich: »Tore, bitte, präge dir deinen Tarnnamen ein: Richwin. Du bist für den Rest dieses Tages und für den Rest der Reise ein geborener Tenkterer namens Richwin. Dein Zuhause hast du im römisch besetzten Land jenseits des Rheins. Du bist ein freier Bauer und hast keinen anderen Wunsch, als in der Heimat deiner Väter getraut zu werden.«
Tore presste die Lippen aufeinander. Was sollte er sagen? Der Name Richwin war ihm ja schon in Menorics Haus verpasst worden, ohne

ihn zu fragen. Hatte man Wodan angerufen oder Freyja? Hatte man ein Orakel befragt? Heilgart wusste ganz bestimmt um die Funktion eines Knöchel-Orakels. Man hätte es nutzen können, so wie es in der Heimat am Flutensee üblich war.

Ohne direkten Augenkontakt zu Ludwig presste Tore ein widerwilliges, dünnes Ja heraus.

»Den Göttern sei Dank«, murmelte Ludwig.

In beschaulichem Trab bog der Hochzeitszug auf einen ziemlich schmalen Weg ein, der geradeaus in den Wald führte. Da flatterte es plötzlich in der Luft, begleitet von einem Geräusch brechender morscher Äste. Reiter, Wagenlenker und Fußvolk hoben alarmiert den Kopf, um ihn sogleich einzuziehen. Ein ganzes Bündel von Astwerk unterschiedlicher Größe krachte zu Boden. Tores Pferd, das von einem fallenden Knüppel gestreift wurde, scheute. Es kostete Mühe, das Tier zu beruhigen. Da wurde auch schon die Ursache des Vorfalls sichtbar: aufgescheuchte Rabenvögel. Der Baum war geradezu übervölkert von schwarzem, glänzendem Gefieder. Aufgeregt krächzten die Vögel durcheinander.

Tore erkannte in dem Rah, Rah die Sprache der Ahnen. Während Ludwig und seine Männer die Bäume von hier aus nach gefährlichen Schäden absuchten, deutete Tore das Erlebte auf seine Weise. Ähnliches hatte er daheim in der Nähe des Moors erlebt: eine Warnung. Auch die Rabenvögel hier und heute sandten unzweideutig eine Botschaft zur Erde. Doch wem galt sie? Tore hielt die Luft an. Hatte er nicht vorhin dem Bruder sein Einverständnis erklärt, den Akt der Eheschließung mit einer Namenslüge zu begehen? Und das am Rand eines Heiligen Hains, quasi unter den Augen der Götter. Tore spürte einen kalten Schauer, der über seinen Rücken schlich. Wer war er: Richwin oder Tore? Da, in diesem Augenblick raschelte und knirschte es erneut. Rums! Abermals fiel ein Ast zu Boden, diesmal genau vor die Hufe des von Ludwig gerittenen Pferdes. Und abermals tanzten die schwarz gefiederten Ahnen krächzend durchs Blattwerk. Tore spürte, wie ihm das Hier und Jetzt entglitt. Eine anschwellende Übelkeit machte ihm zu schaffen, dann zwang ihn ein Schwindel vom Pferd. Halb fiel er, halb hangelte er sich am Zügel hinunter ins Gras, wo er eintauchte in eine kurze, befreiende Ohnmacht. Ludwigs abschätziger Kommentar, dass der Bruder nichts verlernt habe von dem, womit er bereits als Kind die Familie tyrannisiert habe, erreichte Tores Wahrnehmung nicht. Doch ein dünner Strahl aus einem Wassersack genügte, den Bewusstlosen zu wecken. Tore schnappte nach Luft. Ludwig tätschelte ihm die Wangen, hob und schob ihn zurück aufs Pferd.

Ein Handzeichen und der Hochzeitszug nahm wieder Bewegung auf. Ludwig nutzte die Gelegenheit, den Bruder ein letztes Mal zu ermahnen, sich unbedingt an die Tarnung zu halten. Er solle geschmeidig bleiben, keiner Verlockung, welcher Art auch immer, nachgeben.

Dann gab er zu bedenken: »Du musst wissen, dass Wigmar seine Gefolgschaft weniger als einen halben Tagesritt von hier entfernt versammelt hat.« Ludwigs Stimme klang alarmiert, als er warnte: »Ich vermute, dass er unter den Hochzeitsgästen über einen Agenten verfügt«

Tore antwortete: »Die Sache erscheint mir irgendwie unwirklich, viel zu groß angelegt. Fast könnte man glauben, wir bilden uns das Ganze nur ein.«

»Stopp!«, fuhr ihm Ludwig ins Wort, »vergiss den Faktor Arminius nicht. Der römische Ritter und cheruskische Fürst ist mit im Spiel. Dass er in der Nähe ist, weiß auch Wigmar. Dem ist Arminius' Macht durchaus bewusst. Eine Macht, von der Wigmar nur träumen kann. Hinzu kommt, dass Arminius sehr beliebt ist bei den Stämmen. Der Respekt vor dem genialen Heerführer ist kaum vorstellbar. Das wird auch einen Wigmar vom Flutensee beeindrucken.« Ludwig nickte gewichtig mit dem Kopf. »Vielleicht will Wigmar nur Eindruck schinden bei Arminius, sich bekannt machen. Und wir sind nichts weiter als die Würfel, die er wirft.«

»Meinst du wirklich?«

»Wigmar«, so fuhr Ludwig fort, »könnte mit der Nähe zu Arminius große persönliche Ziele verfolgen.«

»Ich verstehe, was du meinst. Er könnte sich zum Führer der Chauken aufschwingen wollen, mit Arminius' Gnaden.«

»Genau. Die Köpfe kann man uns hinterher immer noch von den Schultern schlagen.«

Endlich, hinter einer Biegung wurde es heller. Schon wurde die Lichtung mit dem Heiligen Hain erreicht. Die Anlage besaß eine unerwartete Ausdehnung. In der Länge gab sie die Sicht auf zahlreiche Ausbuchtungen frei, so als hätte sich eine riesige Raupe in den Wald gefressen. Eingefriedet war der Hain von einem Zaun aus stabilen, ins Erdreich getriebenen Birkenästen. Während Tore noch auf seinem Pferd saß und die Weitläufigkeit bestaunte, kam der Wagen vor einem Eingang zum Stehen. Zur Rechten luden mehrere an Baumstämmen befestigte Querstangen zum Anbinden der Pferde ein. Tore wies einige Männer des Begleitkommandos an, hier zu warten und die Leinen der Reittiere zu lockern, ihnen die Möglichkeit zum Grasen zu lassen. Nicht viel weiter wurde ein zweites Tor passiert. Die stabile Balkenkonstruktion war leicht beweglich und verschließbar. Mit dem Betreten des Heiligen Hains spürte Tore wie so oft in seinem Leben ein drittes Tor, aber eines der spirituellen Art. Mit beschwertem Atem grüßte er die Ahnen. Aus dem Hintergrund, noch unsichtbar, war das Flüstern von fließendem Wasser zu hören. Der feste Untergrund weichte auf, wurde zur matschigen Wiese. Auf glitschigem, zertretenem Gras rutschten die Männer mehr dahin, als dass sie schritten. Dann standen sie vor der Quelle. Tore zählte sechs oder sieben kleine Erdspalten, aus denen es sprudelte. Hinter dem Quellbereich war ein Teich entstanden, der von Felsen begrenzt wurde. Ein gedrungener Höhleneingang kam in Sicht, der mit Balken und Brettern vernagelt war. Um Kobolde und all die bösen Gesichter der Finsternis fernzuhalten? Wodan sei Dank, da gab es kein Durchkommen. Bei genauerem Hinsehen wiesen die sperrigen Bretter Schnitzereien mit groben Umrissen von Menschenköpfen auf. Drumherum: geheimnisvolle Runen. Tore dehnte mit dem Zeigefinger den Kragen seines Hemdes, schnappte nach Luft.

Die Labilität des Bruders blieb Ludwig nicht verborgen. Was war los? Er sprach Tore an. Doch eine Antwort bekam er nicht. Da winkte Ludwig den Priester heran, der nicht weit entfernt auf die Hochzeitsgäste wartete. Der Gottesmann trug ein ausgebleichtes Gewandt, dass bei jedem Schritt bis auf die Füße schlackerte. Er nahm Tore in Augenschein. Dann murmelte er unverständliche Laute. Töne, die Tore fremd waren, doch spürte er bereits Augenblicke später Erleichterung. Als das Leben zurückkehrte in seinen Bruder, steckte Ludwig dem Priester eine Münze zu und bat ihn, von diesem Ort zu erzählen. Der Gottesmann verneigte sich, zeigte auf das sprudelnde Wasser und erklärte, dass von hier aus über lange Zeit ein großes Übel über die Menschen gekommen sei. Böse Erdgeister hätten das Wasser verdorben. Zahlreiche Tiere, später auch Bäume seien krank geworden, irgendwann auch Menschen. Zum Glück seien Druiden aus dem fernen Gallien durchgereist und hätten die Ursache für all das Unglück herausgefunden: böse Geister, die mit einem Bannspruch für immer vertrieben werden konnten. Heute danke man hier den Göttern und veranstalte heilige Feste für die Menschen der näheren Dörfer. Der Priester zeigte in die Längsrichtung der durch den Wald geschlagenen Anlage und berichtete mit großem Stolz von einer kleinen Herde schneeweißer Pferde. Ein Geschenk der Götter für die Frömmigkeit der Dorfbewohner. Der Priester wirkte geradezu heiter jetzt, einverstanden mit sich und den Umständen. Selbstbewusst, laut und deutlich sprach er: »Und jetzt folgt mir, denn der große Herr, der edle Fürstensohn und Ritter Arminius erwartet uns am Vermählungsfelsen.«

Tore zuckte zusammen, als versengte ihn ein zischender Blitz Haut und Haare. Die Anwesenheit des Cheruskerfürsten verlieh der Hochzeit eine besondere Dimension, eine, die sogar einer herrschaftlichen Verbindung alle Ehre machen würde. Irgendwie beängstigend, wie er empfand.

Einen Speerwurf voraus wuchs eine Menschentraube an. Hochzeitsgäste? Sie schienen zu warten, umringten einen behauenen Felsen, eine Art Tisch aus felsigem Gestein. Schatten spendeten Linden, die den Ort in zwei Reihen nach hinten begrenzten. An den Seiten des langen Tisches standen je zwei Ebereschen. Zwei Priesterinnen traten vor den Tisch, der rituellen Zwecken diente. Ihre Kleidung unterschied sich nicht von den Gewändern der Gottesfrauen am Flutensee: hell, lang und wallend.

Da beobachtete Tore jenseits des Zauns Menschen in bäuerlicher Kleidung. Zaungäste. Dorfbewohner, vielleicht von außerhalb, denen der Zugang zum Heiligen Hain für heute versperrt war. Tore lies seinen Blick schweifen. Wo war Arminius? Der war nirgends zu sehen. War Tore von Ludwig zum Narren gehalten worden? Na klar, warum auch sollte ein Fürstensohn der Hochzeit eines einfachen Bauers beiwohnen? Sicher, Giulia war Arminius' Sklavin gewesen, aber eben nichts weiter als eine Sklavin. Vielleicht nutzte der große Schlachtenlenker die Hochzeit als Tarnung für tausendmal wichtigere Angelegenheiten.

Plötzlich wurde Tore von einem unscheinbar aussehenden Mann in ein Gespräch verwickelt, das zunächst harmlos dahinplätscherte.

Dann aber fragte der Unbekannte, ob Tore glücklich sei über seine Vermählung oder ob er einem schnöden Befehl folge. Eine ungewöhnliche Frage, die eher an Frauen gerichtet werden sollte. Dennoch antwortete er korrekt: Dass er Giulia von Herzen liebe und dass beide den Ehebund aus freien Stücken herbeisehnten. Wie selbstverständlich, in lockender Tonart, wechselte der Frager zur Herkunft des Bräutigams. Ob es stimme, dass er an der Elbe zu Hause sei. Tore bremste seinen Wortschwall im letzten Moment. Nein, log er, ich entstamme einem Tenktererdorf. Umständlich schwadronierte er nun von der großartigen Landschaft seiner Heimat, in der die schönsten Frauen wohnten und das Wild freiwillig ans Grillfeuer folge. Die Akzeptanz seiner Lügen beflügelte ihn selbst. Bald schwebte er über den Dingen, ganz leicht erschien die Welt, wie in den Träumen eines naiven Kindes. Plötzlich verstummte die gesamte Hochzeitsgesellschaft. Giulia erschien am Rand des länglichen Felsen.

Da, wie aus dem Nichts, geradezu überwältigend, stieß der Fremde doch noch etwas aus, nämlich einen Namen: »Tore.«

Der reagierte spontan, wie ausgehakt: »Ja, ist noch etwas?«

»Aha«, setzte der Fremde nach, »habe ich es mir doch gedacht. Na, denkst du manchmal noch an das ausgetrocknete Moor?«

»Das Moor, ausgetrocknet? Aber nicht am Flutensee.«

Zu spät durchschaute Tore den Hinterhalt. Oh, verflucht! Er hatte sich hinreißen lassen. Zum zweiten Mal seit seiner Flucht.

Der Fremde lachte hämisch. »Kein Zweifel, du bist der Tore vom Flutensee. Bei den Göttern, ich bin stolz, dich kennenlernen zu dürfen. Man erzählt Großartiges über dich.«

»So, aha«, antwortete Tore überrumpelt und hätte am liebsten ausgespien vor der Fratze dieses Mannes, die plötzlich so düster strahlte wie das Böse in der Nacht.

Einen Atemzug später schallte es über den Platz hinweg: »Richwin!« Ludwig war es, der nach dem Bräutigam verlangte. Tore trat an die Seite des Bruders. Der hielt auf seinen Händen das traditionelle Geschenk für die Braut, das Schwert, welches Tore vorhin schon hatte bewundern dürfen. Mit bangen Gedanken, die nicht der Hochzeit galten, sondern um den Fremden kreisten, trat er an den Vermählungsfelsen.

Die Zeremonie begann. Von jetzt an gab es kein Zurück mehr. Da bemerkte Tore, dass der Fremde mit kleinen Schritten davonschlich.

Wie es aussah, suchte er den Weg zum Waldrand, wo er im Schatten der dicht stehenden Bäume unbemerkt verweilen könnte. Die Art seiner Bewegungen, als glitte er knapp über dem Boden schwebend dahin, zog Tore in den Bann. Wo war Wodan? Oh, mächtigster Gott, sende ein Zeichen. Schaurige Ängste schnürten Tores Brust ein. Doch alles Flehen blieb unerhört. Nichts tat sich am Himmel. Unverändert glitten die Wolken von Ost nach West, folgten gleichmäßig der Sonne auf ihrem Weg in den Abend. Und der Wald schwieg. Für einen Moment erwog Tore, der Unbekannte könnte ein Götterbote sein. Wirklich?

Mit dem Brautschwert auf den Armen setzte Tore seine Schritte wie in Trance. Nicht mehr als drei Speerlängen trennten ihn noch von den Priesterinnen, die in fließenden, gebleichten Gewändern und mit grünen, gemusterten Schals auf ihn warteten. Nicht weit dahinter harrte die Alte, die ebenfalls ein Schwert in Händen hielt, welches sie im Namen der Braut dem Bräutigam überreichen wollte. Eine heilige Sitte, das Brautpaar auf Leben und Tod miteinander zu verschmieden. Eine tiefe Demut hätte Tore eigentlich die Tränen in die Augen schießen lassen müssen. Doch was ihn hinter verklärten Pupillen beschäftigte, war in diesem Moment allein der unbekannte Ausfrager, der irgendwo dahinten im Wald verschwand. Da bemerkte Tore seinen Freund Eibert. Der durchschlängelte die Reihen der Gäste, um die Trauung aus nächster Nähe zu erleben. Als ihre Augen sich trafen, zeigte Tore mit einer deutlichen Geste auf jene Stelle, an der der Unbekannte im Wald verschwunden war. Eibert folgte dem Hinweis und machte kehrt. Tore hoffte, das der Freund die Verfolgung aufnahm.

Nicht lange und die Priesterinnen riefen die Göttin Freyja an, feierlich, halb singend, halb sprechend. Die Göttin der Liebenden kam zwar nicht herabgestiegen von Asgard, war aber über den Duft von rauchenden Baumharzen für jeden Hochzeitsgast erlebbar. Während Tore sich von der Kunstfertigkeit löchriger, im Inneren glühender Keramikkugeln ablenken ließ, begannen die Priesterinnen mit ihren Leibern zu schaukeln. Nicht lange und sie gerieten in Trance und glichen Schlangen. Helle, schrille, hoch emotionale Laute sollten der Liebesgöttin den Weg zum Heiligen Hain weisen.

Da verließen die Rabenvögel ihren Versammlungsbaum, stiegen auf, verloren sich hinter Baumkronen. Wollten sie Freyja Geleit geben? Tore erschauerte. Ein Raunen entfuhr den Mündern der Gäste. Tores Gesichtsfarbe bekam eine rötliche Färbung. Sein Herz pulste mit seltener Beschleunigung. Oh, Wodan, oh, Freyja, sprach er im Stillen, ich spüre eure Nähe. Dann: Ihr mächtigen Götter, ich will euch nicht wirklich hintergehen mit meinem Namenswechsel. Ihr wisst, dass ich Tore bin. Ich bin Tore, ja, ich bin der einzige Tore vom Flutensee, den es unter eurem Himmel gibt. Ich lüge, um meine Giulia heiraten zu dürfen. Ich bitte um Entschuldigung. In meinem Innersten werde ich Tore bleiben, früher, heute und morgen, auch wenn ich jetzt als Richwin vor euch trete. Da bemerkte er den hellwachen Ludwig. Mit Augen wie glühende, brennende Holzkohle. Tore reagierte mit zur Schau gestellter Gleichgültigkeit. Bitte lächeln, spornte er sich an. Doch Ludwig kannte seinen Bruder viel zu gut, als dass ihm verborgen bleiben konnte, welch innerer Aufruhr in ihm tobte.

Da, so leichtfüßig wie vom Wind getragen, schritt Giulia vor den heiligen Hochzeitstisch. An ihrer Seite: die Alte. Vereinzelt rissen Ah- und Oh-Rufe kleine Löcher in die gebannte Erwartung der Hochzeitsgäste. Schon stand das Brautpaar vor den Priesterinnen. Ludwig und die Alte warteten auf das Zeichen zur Übergabe der Schwerter, die sie für jedermann sichtbar bereithielten. Doch noch riefen die Priesterinnen mit geschlossenen Augen die Götter an. Spirituelles Summen überzog den Platz. Nicht lange und die Anwesenden stimmten ein.

»Mögen die Götter mit dem Brautpaar sein«, so klang es durch den Heiligen Hain.

Zumeist den Kehlen der Frauen entströmte der Name der Göttin aller Liebenden und überhaupt der Sinne: »Freyja, Freyja!«

In diesem Augenblick erschien der Priester. An seiner Seite: Arminius. Auf der Stelle verstummten sämtliche Geräusche. Der Fürstensohn hob mit großherziger Geste die Arme, animierte die Beteiligten zum Fortfahren der Zeremonie. Erst zögerlich, dann mit größerem Schwung als zuvor brandeten wieder Freyja-Rufe auf. Zahlreiche Zaungäste außerhalb des Areals waren in Ehrfurcht zu Boden gesunken. Die Stehengebliebenen begannen mit ihren Leibern zu schaukeln: vor, zurück, immer wieder vor und zurück. So glichen sie wogendem Getreide, wie vom Wind bewegt. Bald wechselte das Summen von gefühlvollen Melodien zu wohlklingenden

Liedern, in denen Asgard, dem Weltenbaum Yggdrasil, den Götter-
geschlechtern und ihren Wundertaten gehuldigt wurde.

Auf einmal, wie aus dem Nichts, erschien ein Wesen mit Wolfs-
maske und einem Wolfsfell über der Schulter. Ein Ruf aus vielen
Mündern hallte über den Platz: „Der Fenriswolf!"

Die Priesterinnen reagierten: »Oh, ihr Asen, haltet es in Ketten,
dieses Ungeheuer. Stoßt es zurück in sein finsteres Verlies.« Mit den
letzten Worten erwachten die Priesterinnen aus ihrer Trance und
riefen nach dem Priester. Der trat dem Symbol des ewigen Untiers
entgegen, gebot ihm Einhalt. Dennoch tanzte das Raubtier, drohte,
trat mit den Füßen aus. Was für eine Erlösung, als es dem Priester
gelang, den Unruhestifter hinter den Opfertisch zu treiben, wo er in
einer schmalen Erdspalte verschwand. Triumphierend hob der
Priester die Arme, murmelte unverständliche Laute. So ähnlich hatte Tore es auf einer Feier am Flutensee beobachtet. Jetzt müssten die
Priesterinnen zu Gehilfinnen des Priesters werden. Doch zu Tores
Verwunderung waren es die schlanken Frauen selbst, die vor die
Heiratskandidaten traten. Gleich würden Tore und Giulia nach ihren Namen gefragt werden. Der Gedanke daran drückte Tore den
Schweiß aus den Poren. Gestern war er noch Tore. Heute, so häm-
merte er sich ein, hieß er Richwin.

In bemüht stolzer Haltung und mit dem Gestus der Aufrichtigkeit
schaute er in die dunkel umrandeten Augen der Priesterinnen.
Doch die Frage nach seinem Namen blieb aus. Stattdessen trat die
Alte heran und stellte die Braut vor. Ein Raunen durchwehte die
Menschenmenge.

»Wodan ist groß.«
Tief atmete Tore durch, bemüht, seinen hämmernden Puls im Zaum
zu halten. Was war er doch für ein Dummkopf, schallt er sich. Hatte
er doch tatsächlich geglaubt, man würde ihm vertrauen, wenn es
seinen Namen betraf. Trotz allem – jetzt müsste der Name zu hören
sein, denn eine Hochzeit bestand nun einmal aus zwei Personen:
Frau und Mann. Sein Bruder Ludwig trat vor, um ebenso wie die
Alte für seinen Schutzbefohlenen zu sprechen. Ludwigs Stimme
klang tief und edel, als er auf Tore zeigte und laut und deutlich
»Richwin« ausrief. Tore fuhr zusammen. Damit war der falsche
Name in der Welt, eine Lüge gegen die Götter. Schwer fiel es ihm,
die Haltung zu bewahren. Still und eilfertig versprach er im Stillen,

sobald wie möglich einen Eber zu opfern und Freyja mit einer hübschen Ziege zu bedenken, auf dass die Göttin der Liebenden trotz des Schwindels dem jungen Paar zur Seite stünde.

Mittlerweile knieten Tore und Giulia vor den Priesterinnen. Die hoben rauchende Pendel über die Köpfe der zu Vermählenden, ließen sie kreisen. Dabei trafen die Blicke des jungen Paars aufeinander. Tore entdeckte durch all seine verwirrenden Empfindungen hindurch in Giulias Augen eine befriedende Zärtlichkeit. Sein Herzschlag bekam einen warmen Klang. Was hatte das Leben Besseres zu bieten als das Glück zweier füreinander bestimmter Menschen? Nicht lange und die Priesterinnen stellten die rituellen Räuchergefäße beiseite. Ein Wink und schon wurden der Eber und die Ziege herangeführt. Ruppig wurden die Opfertiere vor den Altar gezerrt. Ihr ängstliches Meckern, Quieken und Schreien riss die Hochzeitsgäste aus einer meditativen Innerlichkeit. Köpfe reckten sich. Erwartungsvolles Murmeln begleitete jeden Handgriff. Geradezu brutal wurde der Eber an die ausgetriebenen Äste einer schon zur Hälfte abgestorbenen Eiche geschnürt. Zorn blitzte in Tore auf wegen der unnötigen Quälerei. Doch hielt er seinen Unmut bedeckt. Derweil wurde die Ziege auf den Altar geworfen. Während einer der Helfer den Leib des Opfers fixierte, zückte der Priester ein Messer. Wenige Augenblicke nur schwebte es über der Kehle. Dann floss Blut. Und ein letztes Mal in seinem kurzen Leben zappelte die Ziege mit den Beinen.

Anschließend rief der Priester: »Oh, du großartige Freyja, du Beschützerin und Begleiterin der Liebenden und Erfinderischen, du Wächterin über die Sitten und Bräuche. Mit diesem Opfer bitten wir dich um den Beistand für das junge Paar.«
Plötzlich flogen wieder die Rabenvögel auf, hoch und höher. Mit ihrem unüberhörbaren Rah, Rah und dem Flattern der Flügel entfuhr diesseits und jenseits des Zauns ein Raunen den Mündern der Hochzeitsgäste. Daraufhin wurde der Eber auf den Opferstein gewuchtet. Eine Priesterin trat hinzu, mit einer großen Schüssel in den Händen.
Der Priester sprach: »Allmächtiger Wodan, hochmächtiger Thor, in Demut senden wir euch den Eber ins Haus der Götter. Mögen die Augen der Bewohner Asgards mit Milde auf uns Menschen herunterblicken.« Ein schwungvoller Schnitt und das Leben des

Ebers verließ stoßweise den Leib. Und wie stets, wenn ein Opfertier in Todesangst schrie und zuckte, wurde Tore von einem unerlaubten Mitgefühl erfasst. Ach, hätte man doch das arme Tier mit einem kräftigen Schlag in die Bewusstlosigkeit befördert. Während der Eber den rettenden Tod unter kräftigen Zuckungen herbeibrüllte, standen längst Schüsseln unter dem pulsierenden Strahl seines Bluts. Kaum drohte das keramische Gefäß überzulaufen, wurde es auch schon ausgetauscht. Die Hochzeitsgäste begleiteten das Sterben des Opfers mit einem rhythmischen Summen und Fauchen. Monoton nickten sie mit den Köpfen, traten sie mit den Füßen auf. Die unheimlichen Klänge verwandelten das Gelände zwischen den Waldrändern in einen wuchtigen Klangkörper, in dem das gewaltbereite, vielgliedrige Raubtier Mensch zum Leben erwachte. Die Huf- und Kriechgeschöpfe des Waldes suchten das Weite, die Rabenvögel flatterten davon.

Tore fing die Blicke Giulias ein. Er konnte in ihren Augen keine Furcht erkennen. Die Bilder einer Opferung schienen ihr vertraut, vielleicht weil dieses Ritual so oder ähnlich auch in ihrer Heimat praktiziert wurde. Überhaupt schien sie nicht einen Wimpernschlag kurz mit den Tieren zu leiden. In Tore dagegen wuchs eine peinigende Übelkeit zwischen Brustbein und Bauchnabel. Er wusste nicht, was schlimmer war, die Übelkeit selbst oder die Schande eines Schwächlings. Erinnerungen an seinen Vater erwachten. Der hatte bestimmte Tiere lebendig ausbluten lassen und hinterher behauptet, dass das Fleisch auf diese Weise würziger schmecke und einen Zauber erlange, der die menschlichen Kräfte befördere.

Als die Todesschreie des Ebers verklungen waren, reckten die Priesterinnen die Schüsseln mit dem aufgefangenen Opferblut in die Höhe. Auf der Stelle wechselte das Summen der Hochzeitsgäste in einen wilden, disharmonischen Chor, der das Göttergeschlecht pries. Ein geräuschiges Durcheinander, das erst ein Ende fand, als die Priesterinnen Stoffknäuel in das noch handwarme Blut tauchten, um damit die Gesichter des Brautpaares zu bemalen. Anschließend wurden die Schüsseln den Gästen gereicht. Auf diese Weise fand das Opferritual seinen Abschluss. Es folgte die Übergabe der Schwerter.

Die Alte trat auf Tore zu und sagte: »Mögest du mit dieser Waffe deine Familie beschützen.«

Ludwig legte das mitgeführte Schwert in Giulias offene Hände. »Möge die treue Braut das Schwert nach alter Sitte in Ehren halten und aufbewahren für ihren Erstgeborenen, auf dass er eines Tages das Eisen führen werde.«
Damit erhielt die Vermählung ihre Gültigkeit. Bezeugt von über 100 Gästen. Darunter der cheruskische Fürstensohn Arminius, was diese Feier zu einem ewigen Ereignis werden lassen sollte.

Auf dem Weg zurück ins Dorf näherten sich zwei Reiter: Eibert mit einem Helfer. Der führte ein drittes Pferd am Zügel. Quer über dessen Rücken lag ein Leichnam. Ein Germane. Ludwig, der an der Spitze seiner Krieger ritt, ließ die Männer anhalten, nahm den Getöteten in Augenschein. Aus der Distanz von etwa zehn Pferdelängen taxierte auch Tore den Toten. Der steckte in einer festen Lederweste. Es war unverkennbar die mysteriöse Person, die ihn in ein Gespräch verwickelt und sich als Meister des Davonschleichens erwiesen hatte.

Alles deutete darauf hin, dass der vermutete Spitzel von Eibert oder seinem Begleiter erschlagen worden war. Tore ahnte: Wenn der Getötete zu Wigmar gehörte, musste mit einer Attacke seiner Gefolgschaft gerechnet werden.
So weit wollte Ludwig es nicht kommen lassen.
»Der Tote darf keinesfalls zur Herberge gebracht werden«, zischte er. Und: »Leider müssen wir damit rechnen, dass ein zweiter Spion unter uns ist, der den Tod seines Kameraden an Wigmar meldet.«
Einer der Vertrauten gab zu bedenken: »Vielleicht hat er zu den Zaungästen außerhalb des geweihten Ortes gehört.«
Ein anderer wehrte ab: »Allein vom Ansehen bekommt man keinen Beweis für die Identität eines Mannes.«
Ludwig fragte: »Hat jemand unbekannte Reiter gesehen, die nach der Hochzeit aufgebrochen sind?«
Als niemand reagierte, befahl er: »Der Tote wird auf der Stelle im Wald vergraben.« Hierfür wurden vier Männer ausgewählt.
Vor der Herberge kam plötzlich Arminius angeritten. Tore meinte zu sehen, dass dem Cherusker der Kopf schwer auf dem Hals saß.
Arminius wandte sich an Ludwig: »Ich bin informiert worden über die Ereignisse mit dem Spitzel und die Verwicklungen mit dem Chauken Wigmar. Ich werde ihn morgen, wenn die Sonne zum Himmel aufsteigt, persönlich aufsuchen, um die Angelegenheit zu

klären.« Dann gab er klar und deutlich zu verstehen: »Es wird der Tag kommen, an dem wir jeden gesunden, geübten und unerschrockenen Krieger für unseren Kampf für ein selbstbestimmtes Germanien benötigen.«

Eibert nahm Tore beiseite. »Schade, dass ich nicht habe teilnehmen können an der Zeremonie.« Er grinste. »Aber das Ausschalten eines Spitzels ist für uns alle von großem Interesse.« Und: »Bedauerlich, dass Arminius mir den Befehl erteilt hat, noch heute zurück über den Rhein zu reisen.« Einige Worte noch zum Abschied, dann ritt der Freund in scharfem Galopp südwärts. Auf dem Gelände der Herberge loderten inzwischen Feuer. Röstaromen touchierten die Nasen im flauen Wind. Kaum einer hatte sich gesäubert, sodass die blutigen Tupfer und Streifen auf den Gesichtern und im Haar ein irgendwie kriegslüsternes Bild vermittelten. Manche liefen geschäftig umher, immer auf der Suche nach einem Schwätzchen. Andere saßen abseits in vertrauter Runde an langen Tischen oder um ein Feuer gruppiert. Die Bauern waren einander bekannt, entstammten denselben Sippen und nutzten die Gelegenheit zum entspannten Austausch über Arbeit, Familie, Haus und Hof.

Tore und Ludwig verließen die Feiernden und suchten nach Giulia. Mit dem Betreten des Gasthauses kam sie ihnen entgegen.

»Da bist du ja«, rief die frisch Verheiratete mit verwirbeltem Glück in der Stimme. Sie sprang auf, warf sich in Tores Arme. »Endlich! Endlich!«, rief sie und lachte und kicherte fröhlich.
Tore wich zurück. Die Freude seiner Frau geriet ihm eine Spur zu heftig. Gut, dass das wohlwollende Lächeln der ebenfalls anwesenden Alten signalisierte: alles in Ordnung. Schon zerrte Giulia an Tores Armen, zog ihn zu einer Schlafstatt aus zusammengebundenen Leinensäcken, die mit Gras und Stroh gefüllt waren. Obendrauf lagen vier flauschige Schaffelle. Seitlich des Bettes stand ein kleiner Tisch mit einem tönernen Wasserkrug, zwei Bechern, einigen gefalteten Tüchern. Die Außenwand wies ein veritables Windauge auf. Schwere, den Luftzug brechende Stoffe versperrten die Sicht nach draußen. Giulia kicherte. Sie trat vor die Wandöffnung und schob den Vorhang wenige Handbreit zur Seite. Das Treiben auf dem Platz wurde sichtbar.

Kichernd sagte sie: »So gut wie man hinaussehen kann, so gut kann man auch hereinsehen.«

Ei, was ist nur mit meiner Ehefrau los, dachte Tore. Die Erwartung der Hochzeitsnacht ließ sie offensichtlich toll werden. Oder hatte sie etwas nachzuholen? War sie vielleicht unzufrieden mit dem gemeinsamen ersten Mal in Menorics' Haus?

»Oh, ich freue mich so sehr auf dich«, hörte Tore da ihre weiche, von purer Sehnsucht getragene Stimme.

Anders Tore. Nüchtern, zielorientiert fragte er: »Wo ist das Linnen? Am besten ein weißes, sonst werden wir keinen roten Fleck zu sehen kommen.«

»Darüber mach dir mal keine Sorgen«, reagierte die Alte, »mit Freyjas Hilfe geht alles.«

Kurz darauf suchten Tore und Giulia die Gesellschaft der Feiernden auf. Die Opfertiere wurden unter spirituellen Gesängen und himmelwärts ausgestoßenen Schwüren feierlich verspeist. Honigwein und Bier floss in Strömen. Und es war den Gästen ein besonderes Anliegen, mit dem frisch vermählten Ehemann zu trinken. Tore ließ sich nicht lange bitten. Doch alsbald schon sollte er gezwungen sein, nur noch am Becher zu nippen. Zu nah lauerte der Rausch. Die Sonne war inzwischen untergegangen, als Giulia nach Tores Hand griff und ihn an zwei bescheidenen Gebäuden vorbei auf eine Wiese zog. Wenig später lag das Paar im Gras.

»Sieh dir die Sterne an«, sagte sie mit sanfter Stimme. Und: »In meiner Heimat werden Paare an Tagen wie diesen vermählt. Wenn die Götter einen klaren Blick besitzen. In solchen Nächten dürfen die einander Versprochenen darauf vertrauen, wahrgenommen zu werden und Gehör zu finden.« Giulia zeigte auf gelbliche oder rein weiß flimmernde Punkte am Nachthimmel und erklärte deren Bedeutung. Still lauschte Tore ihren Worten. Die Anordnung der Sterne war ihm bis auf wenige Ausnahmen unbekannt. Er kannte sie als Wodanszeichen für die Aussaat oder die Ernte. Ei, vorstellbar waren ihm die Nachtlichter gerade noch als Götteraugen oder Götterfunken. Überhaupt: Götterfunken gehörten zu den Göttern. Ein schönes, praktisches Pfostenhaus unter einem schützenden Dach, das war es aber, was zu einem freien Bauern gehörte. Darin ein leuchtendes, wärmendes Feuer und eine liebe Frau. Was bräuchte es mehr?

Auf einmal trat Ludwig aus dem Dunkel hervor. Ihm folgten drei Männer der Begleitmannschaft.

»Bei Wodan. Tore, da bist du ja!«, rief er außer Atem, »Wir haben uns Sorgen gemacht und nach dir gesucht.«

Tore tat, als verstünde er die Aufregung nicht. »Warum? Ich werde doch wohl mit meiner Frau spazieren gehen dürfen.«

Ludwig winkte ab, sagte: » Darf ich dich daran erinnern, dass deine Hochzeitsnacht bevorsteht. Es wäre gut, wenn du dich bereithieltest. Alles Weitere ist Sache der Alten.« Dann, an Giulia gewandt: »Weißt du Bescheid?«

Die nickte mit freudiger Miene.

Gemeinsam kehrten sie zurück zum Vorplatz, auf dem noch immer gegessen und getrunken wurde. Tore, Giulia und Ludwig suchten den geraden Weg zum Haus. Da kam ihnen auch schon die Alte entgegen. Sie war in ein flauschiges Tuch gewickelt, das von einer silbernen, im Mondlicht glänzenden Fibel gehalten wurde.

»Es ist an der Zeit«, sagte sie, »Arminius hat angeordnet, dass ihr« – sie zeigte auf Tore und die Männer der Begleitmannschaft – »morgen früh aufbrecht, um euren eigentlichen Auftrag, die Sicherung des Schatzes, zu erfüllen.« Dann, fast flüsternd, geheimnisvoll: »Die Lage ist unübersichtlich. Arminius erwägt sogar, zusätzliche Sicherheitskräfte bereitzustellen.« Dann sagte die Alte zu Giulia: »Auf, mein Kind, springt aufs Lager, ihr habt keine Zeit zu verlieren.«

Nur unwesentlich später saßen Tore und Giulia auf der Schlafstatt. Die cremefarbenen Bezüge waren gewaschen und prall gefüllt, offenbar mit einem größeren Anteil Daunen, als es für einfache Menschen üblich war. Über den Schaffellen lagen jetzt mehrere Decken und obendrauf ein gebleichtes Linnen. Ein fürwahr fürstlicher Ort. Nie zuvor hatte Tore ein so luxuriöses Bett gesehen. Nicht lange und die Alte erschien, steckte Giulia ein Stück prallen Ziegendarm zu, der an beiden Enden vernäht war. Die frisch Getraute nahm den Beweis ihrer Sittlichkeit an sich und verstaute ihn zwischen ihren nackten Beinen. Gleichzeitig nahmen vier Zeugen in geordneter Folge Aufstellung. Schon standen sie in einer Reihe zwischen Bett und Windauge: Ludwig, Genaro, die Alte und eine Priesterin. Gleichzeitig sammelten sich die ersten Neugierigen vor dem Gebäude. Dort begann prompt eine Rangelei um die vermeintlich besten Plätze. Rasch wurden Stühle, ja wurde sogar ein Tisch herangeschleppt, sich daraufzustellen, um über die Köpfe der bereits

Wartenden hinwegzuschauen. Schließlich verlangten erste von Met und Bier berauschte Hochzeitsgäste lautstark den Beweis für den Ehevollzug. Auf der Innenseite des noch verhängten Windauges streiften Tore und Giulia ihre Kleidung ab. Schon fasste ihre Hand nach seinem Geschlecht. Der ließ es geschehen, wenn auch nur kurz. Ruck, zuck lag er über ihr. Und schneller als erwartet war vollzogen, was einen erfolgreichen Ehebund zwingend ausmachte. Tores triumphierendes Aufstöhnen ließ die vier vor dem Bett verharrenden Zeugen lächeln. Währenddessen riss die Alte ganz ohne Romantik das Linnen unter dem Brautpaar hervor. Schüttelnd befreite sie es von Stroh und Federn, um es der bereitstehenden Priesterin zu zeigen. Die besah den schmierigen roten Fleck und nickte das Ergebnis feierlich ab. Dazu malte sie mit den Armen und Händen mystische Figuren in die Luft. Auch murmelte sie Dankesformeln, die der Göttin Freyja galten. Da verspürte Tore eine neue, stärkende Kraft in Leib und Seele. Von jetzt an sollte es niemand mehr wagen, seine Ehe, sein Recht auf Leben und eine Familie infrage zu stellen. Unbekleidet noch sprang er auf und ballte die Fäuste. Als wollte er die Luft durchlöchern, so boxte er gegen einen imaginären Gegner. Keiner der Anwesenden verstand dieses Tun, mit dem er symbolisch die Rechtlosigkeit eines halbfreien Bauern zertrümmern wollte. Selbstverständlich würde er Wälder roden, mit großem Ehrgeiz das Land beackern, aber eben als anerkanntes, vollwertiges, in jeder Hinsicht seinen Mann stehendes Mitglied eines Stammes, einer Sippe, einer Familie. Tore erspähte das eiserne Schwert, das er während der Zeremonie am heiligen Stein von der Alten im Namen Giulias überreicht bekommen hatte.

Er riss es an sich, seine Finger umschlossen den Griff. »Thor, Oh, großer Thor, der du den Feinden unserer Stämme den Mjölnir entgegenhältst, hiermit versichere ich, deinen Namen zu heiligen. Möge dein Hammer das bösartige Imperium erschüttern, mögen deine Blitze unsere Todfeinde treffen – ich gelobe dir im gemeinsamen Kampf die ewige Treue.«

Von niemandem bemerkt hatte die Alte den Raum verlassen. Als sie zurückkehrte, brachte sie anstatt des blutigen Beweisstückes für die Reinheit der Braut ein sauberes Linnen mit, das sie Giulia reichte. Die verließ nun ebenfalls das Bett, um das frische Laken auszubreiten. Dann zog sie Tore zurück aufs Lager. Die vier achtbaren

Zeugen des verpflichtenden Aktes nahmen dies als Zeichen und verließen den Raum. Es folgte eine besinnliche Stille. Doch plötzlich hob vor dem verhüllten Windauge der Unmut an. Empörte, fordernde Rufe drangen herein.

Schließlich blieb eine einzige Forderung: »Die Götter haben uns das Augenlicht geschenkt, um den Beweis für den Vollzug der Ehe zu sehen.«
Als der Ton heftiger und bedrohlicher wurde, entfernte Giulia den Vorhang. Die Priesterin trat hinzu und zeigte mit ausgestreckten Armen das rotbefleckte Linnen. Nicht lange und das Windauge wurde wieder verhängt. Die erneute Abgrenzung stachelte die Gäste vor dem Gebäude an. Da, unmissverständlich, schritten Genaros Männer ein. Mit Verweis auf die ehrenhaften Zeugen bei der ehelichen Vereinigung forderten sie die Lärmenden auf, sich zu zerstreuen.

Die Nacht blieb friedlich. Tore, der Frühaufsteher, steckte schon im Morgengrauen seinen Kopf zur Tür hinaus. Seine Augen überflogen zahlreiche, verstreut im Schutz der Gebäude schlummernde Hochzeitsgäste. Ausnahmslos steckten sie unter Wolldecken, zum Teil eingerollt wie Speck in Kohl. Vielstimmiges Schnarchen ließ die Luft beben. Über allem schwebte der Geruch von verbranntem Holz. Plötzlich, von den Ställen kommend, tönte ein römisches Horn über den Platz. Es rief nach Ludwigs Männern, die schlaftrunken aus allen Richtungen angelaufen kamen.

Ludwig persönlich kontrollierte ihre Vollzähligkeit. »Wie ich sehe, sind alle frisch und munter.« Mit einem Grinsen setzte er hinzu: »Wir reiten jetzt zur nächsten Herberge und von dort weiter zum Rhein, um bis zum Abend an Arminius' Seite den Strom zu überqueren. Also haltet euch ran.«
Nicht lange und sie verließen das Herbergsgelände nach Süden. Schade, dachte Tore, gern hätte er sich verabschiedet von seinem Bruder. Als er die Tür schloss, spürte er Giulias Brüste im Rücken. Zärtlich legte sie ihr Kinn auf seine Schulter.

»Das römische Horn hat mich geweckt.«

»So, so«, antwortete Tore, genoss den Anblick seiner hüllenlosen Frau und sagte: »Komm, lass uns die Zeit nutzen und einen Sohn zeugen.«
Eine morgendliche Seligkeit, die leider nicht von Dauer sein sollte.

Schon kratzte die Alte an der Tür. »Aufstehen! Aufstehen!« Ohne eine Reaktion abzuwarten, kam sie hereingestürmt. »Für die Liebe, ihr Lieben, habt ihr noch ein ganzes Leben Zeit, nur jetzt nicht.«
Tore ließ ab von Giulia, fluchte verhalten.

Doch die Alte dämpfte seinen Zorn. »Ich muss dir eine dringende Nachricht von Arminius überbringen.«

»Worum geht es?«

»Arminius befiehlt, dass ihr auf der Stelle abreist. Und zwar geradewegs nach Osten, woraus kein Hehl gemacht werden soll. Also: Eure Abreise wird für jeden sichtbar nach Osten führen. Wir haben vorsorglich das Gerücht verbreitet, dass ihr zu den Markomannen unterwegs seid.« Die Alte zwinkerte mit den Augen und verzog das Gesicht zu einem spöttischen Lächeln. »Sobald die Herberge weit genug hinter euch liegt, biegt ihr in eure eigentliche Richtung ab. Nach Norden, wie ich vermute. Sollte Wigmar versuchen, euch zu folgen oder aufzulauern, wird er hier nach euch fragen und der falschen Fährte folgen.« Wieder zwinkerte sie und wackelte listig grinsend mit dem Kopf. Alles Weitere wird dir Genaro mitteilen. Ich verabschiede mich jetzt.«
Daraufhin verbeugte sich Tore vor der Alten in ehrlicher Demut.

Großer und kleiner Reichtum

Tore, Giulia und die Begleitmannschaft verließen die Herberge nach einer raschen, bescheidenen Stärkung in Richtung Osten. Nach der Überquerung eines Hügels bogen sie ab nach Norden. Die sandige Wegstrecke war auf römische Weise großzügig gerodet, sodass Pferde und Wagen zügig vorankamen. Kühl durchstreifte ein Lüftchen die Wege und Wälder, was die Reise erträglich machte. Von einer Rast wollte niemand etwas wissen. Es galt voranzukommen, jeder Anstrengung zum Trotz.

Nicht lange und Genaro erschien an Tores Seite. Ohne Umschweife kam er auf die Alte zu sprechen, verriet, dass er wichtige Informationen überbringe.
Tore antwortete, dass er davon wüsste, aber keine Einzelheiten.

»Kein Wunder«, erwiderte Genaro, »die alte Germanin ist in Eile gewesen. Überstürzt hat sie mich wissen lassen, dass wir in unserem nächsten Quartier auf Verstärkung warten sollen. Auf Männer, die von Arminius geschickt werden. Dem cheruskischen Fürst ist unser schönes Land einfach zu unsicher geworden.«
Dass die Stimmung zum Norden hin insgesamt aufgeheizter war als früher, hatte auch Tore bemerkt. Es war ihm aber nicht in den Sinn gekommen, dass die Mission darunter leiden könnte.

Genaro begann zu schimpfen: »Das Imperium macht in jedem Dorf und zu jeder Tageszeit leere Versprechungen und wiegelt die Stämme gegeneinander auf. Gleichzeitig locken die Besatzer unsere Brüder und Schwestern mit riskanten Geschäften ins Verderben. Am Ende warten nur allzu oft hohe Schulden und deswegen die Gefangennahme und der Abtransport in die Arenen des Imperiums. Aus Not hat so mancher Bruder zum Schwert gegriffen. Leider hat er mit der Waffe weniger die Römer selbst, sondern die Nachbarstämme überfallen, um mit der Beute die römischen Händler zu bedienen. Auch wir«, so schloss er, »müssen damit rechnen, überfallen zu werden, von wem auch immer.«

»Ja, das müssen wir wohl«, reagierte Tore kurzatmig. Genaros Worte kamen ihm zu eindringlich daher, was ein Gefühl der Bedrängnis hervorrief. Tore wandte sich ab. Was nützte die viele Aufregung, das Drumherum-Gerede, das Aufwühlen von Angst? Er, Tore, war nicht blind oder taub. Außerdem hatte ihn Eibert längst über die Hintergründe der germanischen Befindlichkeit informiert und Zusammenhänge erläutert, bis zum Erbrechen.

Ohne weiteren Gesprächsbedarf wurden Wälder durchquert. Trockene Höhenzüge wechselten mit saftigen Niederungen. Mit der Zeit wurden die Wege matschiger. Zweimal mussten zwei zusätzliche Reitpferde vor den Wagen gespannt werden, um feststeckende Räder frei zu bekommen. Erstaunlicherweise hatten all diese Störungen keinen Einfluss auf Giulias Lebensfreude. Seit ihrer Vermählung mit Tore glich ihr Wesen einem Sonnenstrahl. Sie lächelte in einem fort. Und manchmal sang sie Lieder in einer unbekannten Sprache. Die Männer lauschten den Melodien.

Die Wasservorräte waren längst aufgebraucht, als endlich ein Rasthaus erreicht wurde. Was Tore zuerst auffiel, waren zahlreiche Pferde auf einer umzäunten Weide. In der Ferne, über den Baumkronen, stieg kreiselnd Rauch auf. Eine eher kleine Siedlung. Fragend wanderte Tores Blick zu Genaro.
Der nickte mit dem Kopf. »Scheint alles in Ordnung zu sein.«
Nach dem Absitzen verschwand Genaro ins Gasthaus. Heraus kam er in Begleitung von acht leicht bewaffneten Germanen, die ihr Haupt stolz zur Schau trugen. Ihre zumeist blonden Haare lagen wie zu einer Kugel gebunden auf der rechten Schulter. Über der linken fiel ein leichtes, farbiges Gewand über Brust und Rücken, womit ein einfaches Hemd zur Hälfte verdeckt wurde. Um die Taille spannte sich ein lederner Gürtel, in dem ein Dolch steckte. Ihre Framen hielten sie in einem 90-Grad-Winkel mit den Spitzen voraus. Die Pickel waren aus Eisen gefertigt, also nicht aus Bronze. Daraus schloss Tore, dass die Kämpfer in irgendeiner Weise mit dem Imperium zu tun hatten. Nur einer der Männer trug eine Weste aus Fell. Er schwitzte sichtlich. Nach der Feststellung ihrer Identitäten versicherten sie, von der Alten geschickt worden zu sein, um die Begleitmannschaft zu verstärken. Ei, sieh an, dachte Tore, die Alte wird immer noch ein Stück mächtiger. Aber warum blieb Arminius unerwähnt?
Fürs Weitere wies Genaro die Männer an, die Herberge zu meiden. Giulia bekam einen sicheren Schlafplatz unter der Wa-

gendeichsel. Die hinzugekommenen Kämpfer öffneten ein kleines Fass mit eingelegtem Kraut und boten Obst und Brot aus zahllosen Stoffbeuteln an. Zwar teilte man die Verpflegung, doch blieben die Neuankömmlinge unter sich. Nach einer weiteren Tagesreise wiederholte sich die Ausgestaltung des Lagers.

Vor dem erneuten Aufbruch bat Tore den Kommandeur zum Gespräch. »Wir müssen uns am Gelände orientieren, nach der Vereinigung zweier Flüsse Ausschau halten, nach solchen, wie sie zu Dutzenden durchs Land strömen. In unmittelbarer Nähe des Zusammenflusses führt übrigens der Weg am Ufer entlang.«

Genaro antwortete: »Eigentlich kommt nur ein Ort infrage. Er liegt jedoch mehr westlich von hier. Allerdings habe ich keine Ahnung, auf welchen Wegen wir dorthin gelangen.«

Tore überlegte kurz. »Wenn ich ein Gespräch zwischen zwei unserer neuen Kämpfer korrekt verstanden habe, dann ist einer von ihnen vor geraumer Zeit Kundschafter bei den Tenkterern gewesen.« Tore kräuselte nachdenklich die Stirn. »Dürfen wir den Leuten vertrauen?«

»Ich denke, schon. Es sind waschechte Kämpfer mit Erfahrung in Arminius' Diensten.«
Aber ihre Kleidung, ihr Auftreten; sie sehen aus, als hätten sie die germanische Seite des Rheins nie verlassen.«
Genaro antwortete beschwichtigend: Keine Angst, der Cheruskerfürst weiß, was er tut. Er ist diesseits des Rheins genauso zu Hause wie drüben in den Armeen Roms. Und bedenke, dass seine Reiterschwadronen zum weit überwiegenden Teil aus germanischen Auxiliartruppen bestehen. Ein Hemd mit einer Tunika zu tauschen ist für einen Kämpfer, der sich dem listigen Wodan verpflichtet fühlt, eine Kleinigkeit.«
Das Gespräch mit Genaro tat Tore gut. Die Welt wirkte wieder klarer, ganz so wie Wasser nach dem Durchfließen eines Kiesbettes.

Anderntags öffnete Tore die Getreidebeutel, ließ die Männer antreten und reichte jedem einen Schöpflöffel voll in die offene Hand. Mit fester Miene erklärte er den verdutzten Kriegern, dass sie die Körner entweder ungekocht kauen oder aufbewahren könnten für den Wassertopf in der ersten Pause.

Dann fragte er in die Runde: »Wer von euch ist Tenkterer und gelernter Kundschafter?«

»Ich«, antwortete ein blonder Hüne, dem über Nacht die Frisur abhandengekommen war. Seine Haare fielen ungebunden auf den Rücken.

Tore sagte: »Ich gehe davon aus, dass dir die nähere und fernere Umgebung bekannt ist. Wir befinden uns ja nicht allzu weit entfernt von deiner Heimat.«

»Ja.«

»Dann hältst du dich bitte zu meiner Verfügung.«

Ohne ein Wort zu verlieren, saß der Tenkterer auf und nannte seinen Namen: Falko. Einer, der ein Falke ist, überlegte Tore und befand, dass der Name zu einem Kundschafter passte. Wie könnte man die Welt besser beobachten als mit den Augen eines Falken?

Los ging es bergab durch feuchte Niederungen. Begleitet von derben Flüchen mussten die Männer ein ums andere Mal von ihren Pferden steigen und den Wagen anschieben, wenn er mal wieder im Matsch feststeckte. Die Sonne stand auf 90 Grad am Himmel, als der Untergrund endlich stabiler wurde. Sandig und steinig führte er jetzt auf geschwungener Linie nach Norden.

»Von hier aus haben wir noch zwei Nächte bis zur einzigen nennenswerten Vereinigung von zwei Flüssen im Stammesgebiet der Chatten«, erklärte Falko, der Tenkterer.

»Und wo finden wir frisches Wasser?«

»Nicht weit entfernt in der nächsten Siedlung.«

Nicht mehr lange, dann kam das von Falko angesagte Dorf in Sicht. Tore bemerkte, dass die Häuser, Scheunen und Ställe der Bauern ungewöhnlich verstreut in der Landschaft standen. Er nahm sie vom Weg her näher in Augenschein. Verteidigungsanlagen waren nicht auszumachen. Da drehte der Wind. Gerüche und Geräusche, die er heranführte, weckten in Tore den Naturmenschen und Bauern. Auf einmal bemerkte er einige ruhende Teiche. Und einen unerwarteten Sumpfbewuchs, der den dürren Gräsern an moorigen Ufern glich.

»Du glaubst doch wohl nicht, dass wir von dieser Brühe trinken«, sprach er Falko an.

Der antwortete beflissen: »Das ist nicht erforderlich, etwas abseits haben die Bauern Brunnen angelegt.«

Bereits der erste zeigte sich als gemauertes Rechteck von drei Schritten Breite und zehn Schritten Länge.

Tore suchte die Umgebung ab. »Wo sind die Bauern?«

Kundschafter Falko zuckte mit den Achseln. »Die haben sich verkrochen.«

»Unseretwegen?«

»Das glaube ich nicht, vielleicht halten sie einen Think ab. Oder sie haben einen Sterbefall zu beklagen. Vielleicht sind sie einfach nur ängstlich oder auf der Flucht.«

Tore und Genaro inspizierten die ungewöhnlich große Brunnenanlage. Im hinteren Bereich entdeckten sie Pferdespuren. Genaro befahl, das Wasser abzukochen. Doch die erforderlichen Feuer sollten nicht ohne Absprache mit den Bauern oder einem ihrer Vorsteher entfacht werden. Verstärkt jetzt suchten Tore und Genaro nach menschlichen Lebenszeichen. Keine Wäscherinnen, kein Kinderlärm, kein Ochsengebrüll. Das Dorf schien ausgestorben. Tore schlug vor, am erstbesten Haus an die Tür zu klopfen. Speere sollten zurückgelassen werden, um die Bauern nicht zu provozieren. Auf einmal verharrte Tore. Vor ihnen wurde ein eher schmaler, aus der Distanz verdeckter Ausläufer eines Moors sichtbar. Ein fachmännisch angelegter Knüppeldamm aus eng miteinander verknüpften Ästen lud zum Überqueren. Damit kannte Tore sich aus, aber auch mit möglichen Fallstricken, wie sie auch daheim am Flutensee angelegt worden waren. Nicht zuletzt von ihm selbst. Anders Genaro. Der schritt arglos voran. Sicherheitshalber drängte Tore vorbei und übernahm die Führung, dabei immer mit der Fußspitze den schaukelnden Untergrund abtastend. Nicht weit und er fühlte unter seinen Zehen keinen Widerstand mehr, ein dunkles Nichts, das wie zum Gruß einen Strauß aufplatzender Blasen an die Oberfläche schickte. Der Knüppeldamm, so erkannte Tore, folgte einer scharfen, unsichtbaren Kurve, gut getarnt durch das schlammige Wasser, das die Füße umspülte.

Plötzlich bemerkte Tore erste Anzeichen von Menschen: bewegte Schatten am Rand des hinteren Eckpfostens des nächstgelegenen Hauses. Genaro stupste Tore an, signalisierte, dass er im Bilde war. Weil Tore und Genaro keine Kurzspeere mit sich führten, hofften sie auf eine verstärkte Wachsamkeit des Begleitkommandos in ihrem Rücken. Rasch wurde das dorfseitige Ufer erreicht; dann gingen Tore und Genaro geradewegs auf das Haus zu, hinter dem die Schatten verschwunden waren.

Schon von Weitem rief Tore: »Ihr stolzen Brüder, wir sind Reisende und kommen ohne kriegerische Absichten.« In dem Bewusstsein, beobachtet zu werden, hielt er einige römische Münzen in der offenen Hand. Da, hinter einem Rotdorn hervorkommend, erschienen Menschen in bäuerlicher Kleidung.

»So sind sie, die Germanen«, murmelte Genaro, »sie hassen Rom wie die schlimmste aller Krankheiten, aber wenn man sie mit römischen Münzen lockt, schwindet sogar ihre Furcht vor den Göttern.«

»Bedenke«, reagierte Tore flüsternd, »nicht alle Menschen können Helden sein und Zugang zu Walhall finden.«

Genaro nickte grinsend. »Sonst müsste Wodan unendlich anbauen in Asgard.«

Tore stupste den Kommandeur an. »Für dich beispielsweise.«

»Oder für dich«, erwiderte Genaro die freundlichen Worte.

Bei aller Lockerheit blieben sie hoch aufmerksam. Als sie nur noch wenige Meter entfernt waren von den Dörflern, hob Genaro den Arm: ein Zeichen für das Begleitkommando auf dem Weg. Demonstrativ hoben die Männer ihre Waffen, Kurzspeere zumeist. Auch zwei Bogenschützen gingen in Stellung, die zu der Verstärkung hinter dem Moorausläufer gehörten. Gleichzeitig sprang an der Stirnseite des Hauses die einzige sichtbare Tür auf. Gackern von Hühnern füllte die Luft. Im Hintergrund ertönte das Blöken eines Rindes. Misstrauisch, mit abwehrendem Gestus, stand ein Mann von etwa 40 Jahren im Eingang. Seine Haare wurden gebändigt von einem daumenbreiten Lederband, das er um Stirn und Hinterkopf gewunden hatte. Einen Kurzspeer hielt er mit der Spitze zum Boden. Seine Augen starrten auf Tores Hand, worauf die Münzen lockten.

»Wer seid ihr?«

»Reisende«, antwortete Tore und fragte zurück: »Warum zeigt ihr euch ängstlich? Gibt es Probleme?«

Der Bauer wirkte misstrauisch. Dann musterte er über Genaros Schultern und dem Moorausläufer hinweg die Begleitmannschaft.

»Seit einigen Wochen treiben in unseren Wäldern fremde Gefolgschaften ihr Unwesen«, erklärte er, »sie überfallen Händler und provozieren die römische Garnison. Den Legionären scheinen diese Attacken gar nicht so ungelegen zu kommen, denn sie schwärmen hinterher regelmäßig aus, um mit fadenscheinigen Gründen Beute zu machen. Das trifft leider nicht die Gefolgschaften, sondern uns

Bauern. Fünf Frauen sind inzwischen verschleppt worden. Wodan allein weiß, für welchen bösen Zweck.«

Um die Situation zu entspannen, signalisierte Genaro der Begleitmannschaft, die Waffen zu senken.

Auf der Stelle wirkte der Bauer entspannter.

»Womit kann ich helfen?«, fragte er und fixierte wieder das Geldstück.

»Wir benötigen vor allem Wasser. Und wir würden gern ein Feuer entzünden, um es abzukochen.«

»Nur zu«, entgegnete der Bauer, dessen Gesicht Enttäuschung verriet. Vielleicht hatte er auf ein gutes Geschäft gehofft, auf den Verkauf von Getreide oder anderer Hoferzeugnisse.

»Außerdem«, so fuhr Tore fort, »ist uns an Informationen über die Umtriebe der Gefolgschaften gelegen.« Genaro trat auf den Bauern zu und drückte ihm die Münze in die Hand.

Der betrachtete das Geldstück kurz und nickte zufrieden.

»Augustus-Münzen, die besten überhaupt.«

Mit einem Schnalzen ließ er vier bäuerlich aussehende junge Männer herantreten, die mit Speeren und Beilen bewaffnet waren. Aus dem Haus kamen Kinder gelaufen. Landhelfer, Unfreie, wer weiß, was sonst noch für Unglückliche hier leben, dachte Tore. Für einen kurzen Augenblick spielte er mit der Versuchung, die Unfreien zu befreien und mitzunehmen ins Römer-Land. Er würde auf seinem zukünftigen Hof Hilfskräfte benötigen. Doch rasch gelangte er zur Besinnung. Da hörte er eines der Kinder »Vater« zu dem Bauern sagen.

Na gut, was ging es ihn an, winkte Tore im Stillen ab.

Derweil forderte der Hausherr seine Leute auf: »Geht rüber zu unseren Gästen und macht ihnen ein schönes Feuer. Und seid ihnen auch sonst behilflich.«

Der Bauer führte Tore und Genaro um das Haus herum. Sehr gepflegt, dachte Tore anerkennend. Dort war ein von verwachsenen Holunder-Hecken begrenzter Ziergarten angelegt, der mit einer Vielfalt an Blumen lockte, deren Düfte geradezu betörend im lauen Wind schwebten. In einem schattigen Winkel standen ein einfacher Holztisch und grob gefertigte Stühle. Der Bauer bat, Platz zu nehmen. Und schon holte die Bäuerin einen Krug mit Met aus dem Haus, stellte ihn auf den Tisch.

Doch als sie einschenken wollte, wehrte Tore ab: »Mir ist ein Schluck kühles Wasser lieber.«

Da wollte die Bäuerin Genaros Becher füllen, doch auch der lehnte das alkoholische Getränk ab. Tore musterte den Bauern, dann fragte er, aus welchen Stammesgebieten die aggressiven Gefolgschaften kämen und welche Verbrechen sie genau begangen hätten. Der Bauer berichtete von zwei Kampfgemeinschaften, die binnen weniger Nächte durchs Dorf gezogen seien.

»Und – woher stammen die?«

»Eine Gefolgschaft mit etwa 200 Männern ist direkt aus dem Imperium Romanum gekommen, wo sie auf Diebestour gewesen ist. Verfolgt von Römern.«

»Und wie steht es mit der zweiten Gefolgschaft?«

»Es heißt, sie kommt aus dem Norden. Dass es Chauken sind. Genaues wissen wir nicht. Nach den Erfahrungen mit den Römern haben wir unsere eigenen Gefolgschaften zusammengerufen.« Der Bauer seufzte. »Wir warten auf das Ergebnis eines Stammesthinks, der in zwei Nächten zusammentreten soll, wenn der Mond in voller Größe vom Himmel scheint. Ich hoffe, dass wir die Eindringlinge aus dem Norden vertreiben können.«

»Was haben die Chauken verbrochen?«, wollte Tore wissen.

»Sie haben im Nachbardorf Schweine gestohlen. Auch Wild aus unseren Wäldern. Ansonsten bezahlen sie gelegentlich für Lebensmittel, je nach Laune, aber viel zu wenig.« Der Bauer hob die Achseln. »Leider sind wir ziemlich machtlos? Der Preis wird auch von ihren Waffen diktiert.«

Der Bauer, einige Männer seines Gesindes, Tore und Genaro saßen noch eine Weile beisammen, aßen von einer köstlichen kalten Getreidesuppe, die von der Bäuerin serviert wurde. Dazu reichte sie Brot, das nach römischer Art gebacken war. Tore riss das weiche Backwerk in Stücke und tunkte es in die Suppe. Es schmeckte vorzüglich. Und er dachte bei sich, dass auch die Nordgermanen gut daran täten, die Römer nicht nur zu verjagen, sondern auch von ihnen zu lernen, nicht nur, wie man Kriege gewinnt, sondern auch, wie man Brot backt. Er genoss diese kurze, erholsame Zeit bei dem nunmehr gastfreundlichen Bauern. Alles passte – aber nur für den Augenblick. Die Bäuerin schenkte gerade Wasser nach, als ihr fast der Krug aus der Hand rutschte. Wie alle anderen am Tisch hatte sie ein leises, anschwellendes Trommeln galoppierender Pferde vernommen.

Genaro sprang auf. »Ich muss hinüber zu meinen Männern.« Dann, an Tore gerichtet: »Du bleibst hier.« Blitzschnell verschwand der Kommandeur hinter dem Haus. Tore eilte ihm hinterher und staunte, mit welch ungeahnter Geschicklichkeit Genaro den Knüppeldamm überquerte. Kurz darauf stand der Kommandeur vor seinen Kämpfern. Die waren alarmiert. Die Hände an den Waffen, suchten sie Deckung hinter dem Wagen, aber auch hinter Bäumen und Sträuchern am Waldrand. Giulia kauerte unter dem Wagen.

Keine Minute später erreichte eine Gruppe von 25 Reitern das Lager der Hochzeitsgesellschaft. Während sich die Kämpfer gegenseitig mit den Augen abtasteten, drängte Tore ins Haus des Bauern. Irgendwie eine peinliche Situation: War Tore eben noch bei Tisch eine Respektsperson, so verbarg er sich jetzt hinter Lehmmauern. Einen Speerwurf entfernt bildeten die fremden Reiter einen Halbkreis. Wortlos standen die vermeintlichen Kontrahenten einander gegenüber. Doch machte keine der Parteien Anstalten, die Waffen zu heben. Die Unbekannten hielten es nicht einmal für nötig, ihre Schilde aufzunehmen. War es Siegesgewissheit? Da beobachtete Tore, wie aus der Mitte des Halbkreises der offensichtliche Anführer nach vorn ritt. Tore formte seine Augen zu Schlitzen. Wigmar? Sollte ihm der Todfeind direkt auf dem Fersen sein? Erst als der Anführer absaß, sich aufrichtete und bewegte, da wusste Tore, dass der Mörder seines Vaters anwesend war. In diesem Augenblick verließ Genaro den Schutz des Wagens, trat Wigmar entgegen. Schon tauschten sich die Anführer aus. Gleiche unter Gleichen, was durch die ziemlich ähnliche Statur der beiden unterstrichen wurde. Das Gespräch schien dahinzuplätschern. Einmal lachten sie sogar. Ansonsten herrschte Kühle, Strenge; auch als Genaro mit dem linken Arm auf den Wagen wies. Plötzlich trug eine Bö Wortfetzen herüber: »Giulia!« Tore erschrak. Eine Geiselnahme? Er hob das Kinn. Es half nichts, jetzt galt es zu kämpfen. Schon wollte er losstürmen, die Deckung des Hauses verlassen, seiner Frau zu Hilfe eilen, selbst um den Preis des Knüppeldamm-Geheimnisses. Doch der Bauer versperrte ihm den Weg.

»Keine unbedachten Handlungen«, presste er hervor und breitete abschirmend die Arme aus.

Da beobachtete Tore, wie Giulia von Genaro umarmt wurde. Gemeinsam schritten sie Wigmar entgegen. Fieberhaft schoss die Eifersucht in Tores Gemüt. Plötzlich küsste der Kommandeur Giulia auf die Stirn. Sie antwortete mit einer zärtlichen Umarmung, schmiegte ihre Wange gegen ihren vermeintlichen Liebsten. Es folgte eine muntere Plauderei. Tore geriet außer sich. Was erlaubte sich Genaro – und erst Giulia? Niemals durfte ein Germane mit der rechtmäßigen Frau eines anderen Germanen Zärtlichkeiten austauschen. Das bedeutete Rache, oft bis in den Tod. Tores rechte Hand umkrampfte den Griff seines Messers. Da gewahrte er, wie Giulia zurückgeschickt wurde hinter den Wagen, sozusagen in die Obhut des Begleitkommandos. Einige ersichtliche Freundlichkeiten noch, dann saß Wigmar auf und kehrte in den Halbkreis seiner Männer zurück. Mit ausgestrecktem Arm gab er die Richtung vor, jene, aus der er gekommen war. Kaum hatte die Biegung die letzten Reiter verschluckt, schickte Genaro Falko hinterher.

Als Tore sich anschickte, das Haus des Bauern zu verlassen, versperrte der ihm abermals den Weg. Sein Gesicht verriet ein Selbstbewusstsein, dass Tore bislang nicht wahrgenommen hatte.

»Wir sollten in Deckung bleiben, bis euer Aufklärer zurückkehrt.«
»Welcher Aufklärer?«
»Ich meine den Reiter, der der Gefolgschaft folgt.«
Da, in einer staubigen Wolke kehrte er auch schon zurück und erstattete Bericht.

Wenig später stand Kommandeur Genaro am Ufer der Moorzunge und rief: »Wigmar ist fort. Du kannst rüberkommen.«
Tore reagierte sofort. Ruck, zuck, und er betrat den Knüppeldamm. Mit dem letzten Schritt vor dem Ufer zog er sein Messer. Genaro reagierte augenblicklich und winkte Giulia herbei, die hinter dem Wagen hervortrat. Tores Miene wirkte wie eine kantige Eiswüste: Verrat, Sünde, Liebe, Enttäuschung, die Umarmung mit Genaro: ein geradezu unverdaulicher Mix. Eigentlich wollte er Giulia beiseitestoßen und den Kommandeur attackieren. Doch augenblicklich wurde er vom Begleitkommando umringt. Der sich zutiefst entehrt fühlende Tore war dermaßen in Rage geraten, dass er die eigenen Leute mit dem Messer bedrohte. Da schossen Giulia die Tränen in die Augen, was von einem heftigen Schluchzen begleitet wurde. Gleichzeitig erschienen zwei Krähen, die über den Köpfen kreisten.

Tore fuhr der Schreck in die Glieder. Mama. Papa. Die Ahnen? Auf der Stelle ließ er das Messer sinken. Zwei Männer nutzten die Verwirrung, sprangen vor, ihn zu entwaffnen. Eindringlich versicherten sie dem Aufgebrachten, dass Genaros Zärtlichkeiten gegenüber Giulia allein der Täuschung Wigmars gedient hätten. Ganz im Sinn des listigen Wodans. Es habe keine wirkliche Berührung stattgefunden, es sei der blanke Schein gewesen. Plötzlich kehrten die Rabenvögel zurück. Diesmal stießen sie die typischen Rah, Rah-Laute aus, schienen vergnügt mit den Flügeln zu schlagen, übermütig wie tollende Kinder. Da senkte Tore den Kopf in Demut. Oh Wodan, entfuhr es ihm, wie kann ich dir nur meine Dankbarkeit bekunden? Genaro, der Tores Reaktion mit wacher Aufmerksamkeit verfolgte, atmete hörbar auf. Dann schaute er Tore geradewegs in die Augen. Der erwiderte die Geste, wenn auch nur kurz. Wichtiger war es jetzt, Giulia in die Arme zu schließen.

»Danke!«

»Nein«, antwortete sie, »ich bin es, die „danke" sagen muss für deine Besonnenheit.«

Rah, Rah machten die Vögel, bevor sie davonflogen. Ein hörbares Aufatmen begleitete den weiteren Verlauf des Tags. Dem Bauern wurde ein junges Schaf abgekauft. Dazu lieferte er Wein. Tore verlangte Met. Anders der Kommandeur, dem anzumerken war, dass er die Segnungen der römischen Kultur zu schätzen wusste.

Am folgenden Morgen gingen die Vorbereitungen für den Aufbruch zügig und routiniert von der Hand. Heute sollte der Zielort erreicht werden. Dafür waren Tore und Genaro zu jeder erdenklichen Strapaze bereit. Auf dem Weg staunten sie nicht schlecht über die Ausdehnung der Sümpfe. Kleine Hütten in morastiger Nähe zeigten an, dass auch diese unwirtliche Gegend mit seinen feuchtwässerigen Niederungen von Menschen gezähmt wurde. Sehr zum Nutzen der zahllosen Mücken, Bremsen und sonstigen stechenden Insekten, die den Reisenden zu schaffen machten.

Bald standen nur noch vereinzelte Katen zwischen kargen Feldern. Gegen Mittag wurde die Ebene verlassen. Es folgte eine hügelige Landschaft und die Durchquerung von zwei bescheidenen Bächen. Dann geriet ein Dorf ins Blickfeld, an das Tore sich zu erinnern glaubte. Wenn er nicht einer kolossalen Täuschung erlag, hatten er und Eibert hier auf der Flucht gerastet. Die Bauern selbst waren ihm unbekannt geblieben, weil allein Eibert das Dorf aufgesucht hatte, um nach Getreide zu fragen. Dennoch besaß Tore eine Erinnerung an das Dach eines Gebäudes, das alle anderen überragt hatte. Tore ließ stoppen. Dann gab er seinem Pferd die Fersen. Und tatsächlich, nicht weit und er stand vor genau dem wuchtigen Gebäude. Beeindruckend, dachte er und vermaß das gewaltige Reetdach mit den Augen. Hier wohnte gewiss kein einfacher Bauer, vielleicht der Dorfvorsteher.

Inzwischen war man aufmerksam geworden.

»Was machst du hier?«, hörte er die Stimme eines sauber gekleideten Mannes in mittlerem Alter.

Tore wusste, dass reiche Bauern meist von Gesinde umgeben waren und vermutete Bewaffnete in der Nähe.

»Ich suche einen Weg, auf dem ich vor einiger Zeit in südliche Richtung gereist bin.«, erklärte er wahrheitsgemäß vom Pferd herab. Und: »Ich erinnere mich an dieses schöne Haus.«

»Und das soll ich dir glauben?«

Da trat eine römisch gekleidete Frau an die Seite des bessergestellten Bauern. Hinter ihr traten Bewaffnete hervor. Sie trugen germanische Kurzspeere, die sie drohend aufgerichtet hielten.

»Also, wie heißt du?«, fragte der Hausbesitzer in einem diesmal sehr barschen, herausfordernden Ton.

»Richwin«, log Tore. Dabei verspürte er ein schwellendes Unbehagen. Nicht wegen Wodan, sondern wegen des Bauern, dessen herrisches Auftreten ihn fatal an seinen Todfeind Wigmar erinnerte.

»Ich bin Germane und komme vom römischen Ufer des Rheins.«

»Was treibt dich zu uns?«

Tore spürte eiskalte Ablehnung in der Sprachmelodie des Hausbesitzers und zögerte mit der Beantwortung der Frage. Was ging diesem unfreundlichen Menschen seine, Tores, Reise an? Doch im Widerspruch zu seinen Gedanken und Empfindungen drängte sich wie so oft das vertraute Verhaltensmuster unfreier Unterwürfigkeit hervor. Wütend über dieses Verhalten bekämpfte er den Demutsreflex, rief sich zur Ordnung.

Ein Ruck, dann antwortete Tore bemüht flapsig: »Ich komme von dort und will nach dort.« Dabei zeigte er auf den ins Hinterland führenden Weg. Er wandte sich ab, wollte davonreiten, doch der reiche Bauer hatte etwas dagegen.

»Halt!«, rief er donnernd, »so einfach geht das bei uns nicht.« Er forderte seine Gefolgsleute auf, Tore gefangen zu nehmen. Der hatte schon mehrmals Übungskämpfe zwischen Fußvolk und Berittenen beobachtet. In Erinnerung geblieben waren ihm Bilder von Pferden, die sich aufbäumten. Also schlug er seinem Pferd in die Flanken und riss den Zügel nach hinten, um genau diese Reaktion zu erzwingen. Das Tier tat, wie ihm sein Reiter befahl. Als die Vorderhufe den Nächststehenden berührten, sprangen die Angreifer zurück. Begünstigt von dem Durcheinander preschte Tore davon. Zwei Speere zischten über seinen Kopf hinweg ins Leere. Weiteren Würfen fehlte der Schwung, die Speere bohrten sich hinter dem Pferd über die Breite des Wegs in den Boden. Ein kurzer, scharfer Ritt, dann geriet die eigene Begleitmannschaft in Sichtweite.

Dort trat ein wie abgehetzt wirkender Junge von vielleicht 15 Jahren aus einem Gesträuch hervor. Er berichtete, dass er Arialt heiße, von Geburt an unfrei sei und dass der »fette Bauer« in dem »fetten Bauernhaus« Herr über seine Eltern gewesen sei. Er, Arialt, habe das Zusammentreffen vor dem Haus beobachtet und dabei den Entschluss gefasst, die Widersacher seines Herrn um Hilfe zu bitten. Dann, geradeheraus, bat er Tore, sich dessen Mannschaft anschließen zu dürfen. Denn er wolle unbedingt weg von hier. Selbst eine Gladiatoren-Arena sei ihm fast schon lieber als die stets lockere Faust seines Herrn.

Tore stockte der Atem. Wie sich die Geschichten ähnelten. Hatte ihn selbst nicht ein verwandtes Schicksal gequält? Ein Atemzug, dann stand für ihn fest: Niemals könnte er einem Jungen wie Arialt den Wunsch nach Freiheit abschlagen. Auch hoffte er auf einen Vorteil. Es war anzunehmen, dass der Junge einen guten Orientierungssinn besaß. Wie sonst hätte er so schnell ohne Pferd hierher finden können? Außerdem: Man würde über einen zusätzlichen, noch dazu ortskundigen Begleiter verfügen. Prompt erschien ihm der Junge mit dem Namen Arialt wie ein Geschenk Wodans. Doch wie dachte Genaro darüber? Der musterte den Jungen unschlüssig. Es sollte allerdings einen Augenblick dauern, bis Tore Genaros Zögern zu deuten wusste. Was wäre, so wandte der Kommandeur ein, wenn der Junge sich einschliche, als Agent sozusagen, für welchen Auftraggeber auch immer? Das waren Bedenken, die Tore verunsicherten. Er nahm den Jungen genauer in Augenschein. So sah also

ein halbfreier Junge aus. Tore dache an sich. Wie hatte er selbst aus-
gesehen in den Zeiten der Unfreiheit? Auch nicht viel anders.

Mit erhobenem Haupt, ganz ein Anführer, so baute Tore sich vor
dem Jungen auf. »Wir nehmen dich mit. Aber du darfst keine Fragen stellen. Auch nicht an unsere Männer. Wenn auf dieser Reise
jemand Fragen stellt, dann allein ich und Genaro. Ist das klar?«

Der 15-Jährige trat einen Schritt zurück, senkte das Haupt. »Bei
Wodan, ich werde mich fügen.« Für Tore war die Angelegenheit
damit vorerst besiegelt. Nicht jedoch für den Kommandeur.

Der sprach den Jungen an: »Ich hoffe, dass wir einen echten Nutzen haben werden durch deine Anwesenheit. Sollte sich herausstellen, dass du ein Spitzel bist, erwartet dich der Tod.«
Daraufhin wurde Arialt von dem Kommandeur noch einmal ausgiebig verhört, bevor er den Weg freigab für seine Eingliederung in
das Kommando. Leider gab es da noch etwas Grundsätzliches zu
regeln: Einen fremden Jungen durfte man selbstverständlich nicht
einfach so mitnehmen. Schließlich wollte man sich keine neuen
Feinde schaffen auf dieser heiklen Mission. Der Junge musste freigekauft werden. Warum nicht ganz offiziell als Knecht für Tores
späteren Bauernhof? Kurz entschlossen wurden zwei Kämpfer des
Begleitkommandos ins Dorf geschickt, nach Arialts Preis zu fragen.
Die kehrten alsbald zurück und berichteten, dass sie vertröstet
worden seien und dass der reiche Bauer einen Reiter ausgesandt
habe. Wohin, habe er nicht verraten.
Da meldete sich Arialt zu Wort: »Man will den Anschein erwecken,
nach Verstärkung zu schicken. Die nächste Siedlung ist aber weit
entfernt. Und die wirklichen Kämpfer, vor allem die Anführer der
Gefolgschaften und ihre besten Männer, sind auf dem Weg zu einem geheimen Thing im Nirgendwo.« Der Junge hob die Faust,
drohte in Richtung des Hauses seines Herrn. »Der Fettwanst will
nur den Preis hochtreiben.«
Tore grinste. Recht so.

Während Tore und Genaro ihr weiteres Vorgehen berieten, erschien zwei Speerwürfe entfernt eine Gruppe von bewaffneten
Männern. Darunter erkannte Tore Arialts Herrn. Auf der Stelle
spannten die Bogenschützen des Begleitkommandos die Bögen und
erlegten einen aufgeschreckten Hasen. Die Demonstration der Ziel-
genauigkeit sollte den Bauern und seine Kämpfer beeindrucken.

Geradewegs erklärte Tore seine Absicht: »Ich möchte den Unfreien Arialt freikaufen. Wie hoch ist der Preis?«

»Ich weiß nicht. Ich bin überrascht. Was soll das? Was willst du?«

»Ich will den Jungen«, beharrte Tore.

Der Bauer, der sich jetzt als Dorfvorsteher ausgab, entgegnete: »Aha! Du willst ihn für dich privat. Für die eigenen Bedürfnisse ...« Tore überhörte die Anspielung.

Weiter sagte der Bauer: »Weil ich ein guter Mensch bin, will ich den Jungen hier im Dorf behalten. Auch wenn er zur Renitenz neigt. Der Halbsklave ist faul; macht, was er will; weiß alles besser und ist ein verdammt lausiger Erntehelfer.«

»Na, dann wird er ja günstig zu kriegen sein«, reagiert Tore.
Zu seinen Worten zupften die Bogenschützen ihre Sehnen.

Der Dorfvorsteher reagierte verunsichert: »Ich weiß nicht, ich habe noch nie einen Sklaven verkauft, auch keinen Halbfreien. Ich weiß nicht, ob man so einen überhaupt verkaufen darf, ohne Wodan zu erzürnen. Die ganze Sache macht mir Angst.« Der Bauer trat von einem Bein auf das andere. Man konnte ihm das Unbehagen ansehen.

Da forderte Tore ungerührt: »Also, ich möchte jetzt den Preis wissen, sonst – wird er von mir festgesetzt.«
Doch der Widerstand des Bauern war nicht gebrochen.

Er antwortete: »Eine Unverschämtheit ist das. Es scheint, dass ich bei euch unter die Tribut-Eintreiber der Römer geraten bin.« Er verzog den Mund, begann erregt zu hecheln. Plötzlich hielt er den Atem an, so wie man die Luft anhält, bevor man zum Schwert greift. Dreist und überheblich klang seine Stimme, als er forderte: »Zwei junge Frauen will ich für den Jungen haben!«

Damit hatte Tore nicht gerechnet. Mit römischen Geldstücken oder Wertgegenständen der verschiedensten Art, mit Schweinen, Ziegen, mit allem, niemals aber mit Frauen. Prompt verlor er für einen Moment die Fassung. Das schien der vermeintliche Dorfvorsteher zu bemerken und enthemmte sich geradezu. Dreist und lüstern drangen seine Augen auf Giulia ein, die, beschirmt von zwei Männern, hinter dem Wagen ausharrte.
»Ich verlange zwei Frauen«, bestätigte er seine Forderung.
Tore geriet in Rage, verstärkt durch die gierigen Blicke auf Giulia. Fest biss er auf seine Unterlippe. Woher nahm der feiste Kerl das Selbstbewusstsein? Am liebsten hätte Tore dem Schweinehund sein

Schwert in die Brust gerammt. Wie die Verhandlung auch ausginge, Arialt würde mit der Begleitmannschaft reisen, so oder so. Basta!

Da, geradezu amüsiert, sprach Genaro den Dorfvorsteher an: »Wenn du wirklich einen fairen Handel wolltest, müsstest du auf einen Teil deiner Forderung verzichten, also auf eine der von dir so heiß begehrten zwei Frauen.« Genaro zeigte auf Giulia. »Und das wäre diese hier. Wir bieten dir eine andere an, die du dir jenseits des Rheins bei uns abholen darfst.«

Der Dorfvorsteher rollte ungläubig mit den Augen, verzog aber sonst keine Miene. Tore grinste und griff an seinen Gürtel, öffnete seinen Lederbeutel. Und prompt leuchtete ein kleiner Bernstein in seiner Hand.

»Den biete ich dir – und nichts sonst.« Tore wusste, dass sein Angebot mehr als großzügig war. »Außerdem«, so erweiterte er seine Forderung, »erwarte ich für den Stein Verpflegung für meine Leute und dass wir in Frieden weiterziehen können.«

Die Pupillen des Dorfvorstehers ruhten starr auf dem Bernstein. Plötzlich hob er den Kopf. Über seine buschigen Augenbrauen hinweg musterte er die Mannschaft seines Verhandlungspartners. Die wachsamen Bogenschützen reagierten mit kreisenden Bewegungen ihrer Eibenhölzer. Dann, mit einem Ruck, willigte der Dorfvorsteher ein. Nachdem zwei Säcke Getreide, ein gebundenes Schaf und prall gefüllte Wasserbeutel auf der Ladefläche des Wagens verstaut waren, setzte die Hochzeitsgesellschaft ihren Weg fort. Das Letzte, was die stehende Luft über dem Dorf erschütterte, waren weibliche Lustschreie. Hatte der Bauer seine Frau mit dem Bernstein beschenkt?

Während der nächsten Rast erläuterte Tore noch einmal die geografischen Ausprägungen, nach denen er suchte: Zwei sich vereinende Flüsse am Fuß einer felsigen, schroffen, aber mäßig aufsteigenden Anhöhe. Der Blondschopf Arialt überlegte nur kurz. Dann fragte er, ob die Felsen an dem gesuchten Ort von drei riesigen Pappeln überragt würden. Ein markantes Bild, an das Tore eine schwache Erinnerung besaß. Er bestätigte die Anwesenheit der Bäume mit einem Nicken. Jetzt wusste er, alles richtig gemacht zu haben mit seinem Entschluss, den Jungen freizukaufen. Zuversichtlich gab er das Zeichen für die nächste, vielleicht sogar die letzte Etappe. Tore schonte sein Pferd und nahm neben Giulia auf dem Kutschbock Platz. Während sie die Zügel hielt, plauderte er munter drauflos: Was für ein Haus er nach der Rückkehr bauen wolle. Auf welches Getreide er beim Anbau setze. Dass er einen Sohn bevorzuge. Dass die Kinder ein Zicklein zum Spielen bekämen. Was er von einem Hühnerstall halte. Giulia sagte Danke für die schönen Aussichten auf die gemeinsame Zukunft mit einem honigsüßen Lächeln. Tore ließ sich gern bestrahlen von ihrer Liebe. Und in so mancher Minute an ihrer Seite fiel die Anspannung der letzten Tage und Nächte von ihm ab. Das Leben war schön. Auch in gefährlichen Zeiten.

Während der Himmel im Westen allmählich eindunkelte, zog der noch blasse Mond im Nordosten auf. Wolkentürme verdrängten dunstige, ziellos dahintreibende Hochnebelfelder. Tore beobachtete das Wetter mit Argwohn. Seit einer guten Stunde wurde die Luft drückender und schwüler. Gewitterfliegen verdoppelten sich alle hundert Schritte. Die Schweife der Pferde fanden keine Ruhe mehr, heftig schlugen sie um sich. Da tauchten über fernen Baumkronen auch schon erste bedrohliche Wolkenformationen auf, so schwarz wie die Tiefe eines Moors. Wen planten die Götter zu bestrafen?

»Wir müssen uns beeilen«, forderte Genaro, dem das nervöse Zucken in den Gesichtern der Mannschaft nicht verborgen blieb und der um die Disziplin fürchtete. »Weiter, weiter«, forderte er mit schwenkenden Armbewegungen. Und noch einmal: »Weiter, weiter. Wir haben nichts zu befürchten. Wenn Thor seinen Hammer auf uns werfen will, warum sollte er das ausgerechnet jetzt tun?«
Ein Blick auf Giulia zeigte, dass auch ihr die Furcht durch die Glieder jagte. Dann wurden mächtige Felsen sichtbar.

»Dorthin!«, dirigierte Tore, der sein Pferd quer zum Weg stellte, um die Männer auf einen lichten Streifen zu drängen, dessen Hintergrund von karstigem, porösem Kalkstein gebildet wurde. Auf einmal kam Genaro geritten, neben ihm Arialt. Der Junge erklärte, dass man die Felsen keinesfalls umqueren sollte, denn dahinter beginne ein gefährliches Sumpfgelände. Daraufhin nahm Tore die Landschaft genauer in Augenschein: Seitlich der Felsengruppe standen Erlen, Birken, Weiden. In dieser Zusammensetzung durchaus ein Indiz für eine Moorlandschaft. Ein guter Junge, unser Arialt, dachte er und gab Genaro zu verstehen, dass man den Vorschlägen vertrauen dürfe. Das gewittrige Donnern wurde rasch stärker. Erste trockene Blitze zuckten über den Wäldern.

»Beeilt euch!«, feuerte Genaro die Männer an. Gleich darauf wurde eine Bodensenke erreicht, wo die Wege eine Art Dreizack bildeten. Genaro wollte links einbiegen. Da gab Arialt ein Zeichen, dem mittleren Weg zu folgen.

Gleichzeitig, furchterregend, schien sich der Himmel zu entzünden. Blitze, Donner, ein Inferno. Dann platzten die Wolken auf. Heftige Regengüsse wuschen den Reitern die Köpfe.

»Wir müssen das Felsmassiv erreichen«, brüllte Arialt, »dort sind wir geschützt.«

Tore feuerte die Männer an: »Los jetzt, Wodan ist mit uns.«

Zielsicher führte Arialt Reiter und Wagen in eine abseits gelegene, kaum einsehbare Schlucht, dessen Ende von einer felsigen Überwölbung gebildet wurde.

»Darunter sind wir vor dem Unwetter und vor Feinden sicher«, schrie Arialt gegen den Sturm an.

Dort, wo von den Naturgewalten nicht mehr als ein Donnern und prasselndes Rauschen zu hören war, rissen die Männer ihre durchnässte Kleidung von den Leibern. Giulia sammelte trockenes Reisig und kleine Zweige für ein Feuer. Aus Ästen wurde ein Gerüst gefertigt, ans Feuer gestellt, die Kleidung zu trocknen. Tore und Genaro inspizierten derweil die Beschaffenheit des Ortes. Und tatsächlich: Die Felswände blieben trotz des starken Regens trocken. Hinzu kam, dass die Schlucht durch herabgestürzte Felsbrocken und zerstörte Bäume gut gegen die offene Waldseite verteidigt werden könnte. Überlegungen, die den meisten Männern in diesem Moment wohl einerlei waren. Sie hatten es geschafft, den Wassermassen und den viel gefährlicheren Feuerschleudern der tobenden Götter zu entkommen. Das zählte. Wie von bösen, peinigenden Geistern befreit, begann die Mannschaft ausgelassen zu tanzen. Man feixte miteinander und schüttelte die triefenden Haare. Auch wurde Wodan angerufen, um für die Gnade zu danken, hier Schutz gefunden zu haben. Klar, dass man für die Zukunft versprach, ein gottgefälliges Leben zu führen. Nicht lange und das Lager nahm Gestalt an. Das Feuer loderte, Schilde und Waffen standen griffbereit. Für die typische Anordnung, sich um den Wagen herum zu gruppieren, war in der Enge zwischen den Felsen kein Platz. So wurde der Wagen an den Rand der Vegetation bugsiert, wo er für den Fall eines Angriffs als zusätzliche Barriere dienen sollte. Auch schützte er ein wenig vor dem böigen, drückenden Wind. Während ein Teil des Begleitkommandos die Wärme des Feuers genoss, wurde das mitgeführte Schaf geschlachtet.

Zum Glück ließ der Regen allmählich nach. Tore und Genaro beschlossen, die nähere Umgebung zu erkunden. In Begleitung von Arialt brachen sie auf. Zum Schutz vor Wölfen, Bären oder vorwitzigen Wildschweinen; aber auch zur Abwehr von Dämonen bestiegen sie den mächtigen Felsen im Licht von rauchenden Fackeln. Wie es schien, war Arialt nicht das erste Mal in dieser Gegend. Mit seinen Kenntnissen ging es erheblich zügiger voran als angenommen. Bald erreichten sie ein Plateau, dass zur Aussicht einlud. Tief atmete Tore ein. Wie frisch die Luft war, wie klar und intensiv die Gerüche. Leider verschlang die Dunkelheit den Ausblick auf die endlosen Wälder im Norden. Sie bildeten nicht mehr als eine dichte, konturlose Fläche: Germanien – der Acker der Götter. Ein Gefühl von Erhabenheit ließ Tore erschauern. Still fragte er, um wieviel beeindruckender wohl Wodans Sicht auf die Welt wäre vom himmlischen Asgard aus. Und erneut durchfuhr ihn ein Schauder, als er begriff, wie ohnmächtig die Menschen waren bei dem Versuch, diese riesige Welt zu erkunden und zu verstehen.

Auf einmal trat Arialt vor und wies in südwestliche Richtung. »Dort hinten, auf halber Höhe zum Horizont, wartet euer Ziel.«
So sehr Tore seine Augen auch anstrengte, es war unmöglich, in der Schwärze der Landschaft eine diesbezügliche Kontur zu erkennen. Auch der Kommandeur suchte wie verzweifelt nach einem Anhaltspunkt.

»Werden wir unser Ziel morgen erreichen?«, fragte er.

»Wenn das Wetter mitspielt, sollte es möglich sein.«

»Ja oder nein?«, beharrte Genaro.

»Ja!«, versprach Arialt.

Tore beobachtete das Minenspiel des Jungen aus den Augenwinkeln. Der schien das Land nicht nur zu kennen, sondern auch zu lieben. Wie oft mochte er die Gegend durchstreift haben, vielleicht auf der Suche nach Fluchtwegen aus der Geißel seiner Unfreiheit? So wie auch Tore es einst gehalten hatte. War nicht auch ihm daheim am Flutensee wie überhaupt im Land der Chauken fast jeder Winkel, jedes Erdloch, jeder Baum vertraut? Wie oft war er hinaufgeklettert in die Wipfel der Eichen und Buchen, von wo eine gute Aussicht lockte und an deren Stämmen er gesessen und mit Baumgeistern geflüstert hatte?

Plötzlich riss die Wolkendecke auf, begrenzt von einer Wolkenformation, die einer Festung glich, mit Mauern und Türmen. Wie magisch zog die Erscheinung die Aufmerksamkeit der Staunenden in ihren Bann.

»Asgard. Ein Wunder«, stöhnte Tore.

Auch Genaro schien beeindruckt.

»Die Hallen der Helden und Märtyrer«, flüsterte er.

Allein Arialt schwieg beeindruckt.

Die aufsteigende Sonne des folgenden Tags schenkte dem Nachtlager ein Gesicht. Es roch nach feuchtem Gras und dem Äther verstreuter Tannen. Ein Wunder, dass sie hier hatten Wurzeln schlagen können. Ein umgestürzter Baumstamm bildete eine natürliche Sitzbank. Arialt half Giulia beim Kochen des Getreidebreis. Dazu servierte sie Tee aus hastig gesammelten Kräutern. Ohne auch nur eine Minute zu verschwenden, wurde der Wagen bepackt und aufgesessen. Schier endlos führte der sandige Weg nunmehr durch menschenleeres Land. Gelangweilt von der Eintönigkeit begann Tore, über die Begleitmannschaft nachzudenken. Es ging um viel auf dieser Mission. Konnte man den Männern vertrauen? Nach einer Weile brach er seine Überlegungen ab. Vertrauen, Gewissheit über Charaktere waren eigentlich nur im gemeinsamen Überlebenskampf oder durch gemeinsame Arbeit zu erlangen. Oberstes Prinzip: Man durfte keiner Täuschung erliegen. Oft genug hatte Tore seine Stammesbrüder belauscht. Hatten sie sich unbeobachtet gewähnt, schimpften sie auf das römische Imperium wie die Dorfspatzen zur Mittagszeit. Doch kaum hatten sie von einem der eben noch Verhassten eine Amphore Wein vor die Füße gestellt bekommen, vergaßen sie ihre Anklagen von einem Lidschlag zum nächsten. Ja, dann war auch nichts einzuwenden gewesen gegen eine feuchtfröhliche Feier mit den Peinigern.

Und weiter führte die Strecke durch unbewohntes Gebiet. Eichen und Buchen säumten die Wege. An lichten Stellen drängten junge Linden ans Licht, umwuchert von üppigen Beerengewächsen. Ein kühler Hauch fuhr durchs Buschwerk. Irgendwann trug der Wind Fließgeräusche heran. Eine scharfe Kurve noch bis zu einem gemeinsamen Aufatmen. Vor ihnen, parallel zum Weg, mit einer Breite von sieben bis acht Schritten, floss die ersehnte Erfrischung dahin. Sattgrüne Farne und Gräser säumten das Ufer. Im Hintergrund duftete es nach Minze und feuchtem Grund. Bald waren Anzeichen menschlicher Nähe zu erkennen. Hölzerne Anleger ragten in unregelmäßigen Abständen aufs Wasser hinaus. Ein kleines Boot schob sich mit der Strömung ins Gesichtsfeld. Ansonsten: Von Geschäftigkeit keine Spur. Verwesender Fisch verdarb die frische Brise.

In zügigem Trab wurden zwei im Wasser ruhende Lastkähne und mehrere Fischerboote passiert. Schließlich kam eine Herberge in Sicht. Die Umgebung wirkte wie ausgestorben. Auch das Hauptgebäude schien verlassen. Tore und Genaro sahen einander grinsend an. Sie wussten: Sonne und Hitze waren nicht der Stoff, aus dem die Germanen Liebe, Arbeit und Geschäftigkeit machten. Lieber lagen sie irgendwo ausgestreckt im Schatten oder warteten auf ihren Lagern auf die Kühle des Abends. Doch jetzt waren Quartiere, Ställe und Pferdeweiden von Belang. Während Tore nach einem Ansprechpartner suchte, steuerte Genaro an den Gebäuden vorbei auf eine Koppel zu. Mit sich führte er das Gros der Manschaft. Kurz darauf kehrte er mit einem großwüchsigen Mann zurück. Der trug rotblondes Haar auf seinem Haupt, das am Hinterkopf zu einem Knoten geformt war. Ein Kunstwerk, wie Tore befand. Der Mann sprach einen verständlichen brukterischen Dialekt. Sein Name: Hartwin, dessen Familie den Herbergsbetrieb seit vielen Generationen lenkte. Wie lange die Hochzeitsgesellschaft bleiben wolle?

»Maximal drei Tage, möglicherweise weniger.«

»Gut, dann erwarte ich, dass ihr den Betrag für drei Übernachtungen begleicht, auch wenn ihr bereits nach zwei Tagen abreisen solltet. Auf keinen Fall dürft ihr länger als drei Tage hierbleiben, weil ich andere Gäste erwarte, die ich wegschicken müsste.« Freundliche, aber zugleich unmissverständliche Worte.

Tatsächlich trafen bereits am Abend neue Gäste ein. Je weiter die Sonne an Höhe verlor, um so geringer wurden die Abstände ihres Eintreffens. Darunter römische Händler, deren Wagen und Pferde im Bereich der Herbergszufahrt so manchen Stau verursachten. Durchreisende Auxiliarkämpfer pausierten für eine kleine Erfrischung auf dem Weg in die Heimat oder zurück zu ihren Legionen. Im Gegensatz zum Nachmittag schien es fast so, als wäre das ganze Land unterwegs.

Mehrere Tischgruppen im Schatten des Hauptgebäudes luden zum Verweilen. Man geriet ins Gespräch, zeigte einander seine

Waffen, prahlte mit siegreichen Kämpfen und Schlachten. Bedienstete kamen hinzu, die von irgendwoher Fleisch und Obst, Met,
Wein, Bier, Wasser und Gebackenes brachten, auch römisches Brot.
Tore stand vor der Tür zum Quartier und beobachtete voller Neugierde die bunte Gesellschaft.

Da trat Genaro vor. An seiner Seite: Giulia. Sie trug die dunklen,
glänzenden Haare fremdländisch hochgesteckt. Gemusterte Holz-
spangen und ein indigofarbenes Kleid, das über der Brust von einer
goldenen Fibel gehalten wurde, schmückten ihre kompakte Figur.
Die Füße und Waden schienen sich wohlzufühlen in gewickelten
Sandalen, die zu ihren Beinen passten.

Genaro stieß Tore an, sagte: »Schau auf Giulia, sie sieht wahrhaftig hochzeitlich aus. Für uns Männer sollte gelten, dass wir uns
passend benehmen.«

»Ja, ich werde sie darauf hinweisen.« Die Männer des Begleitkommandos folgten Tores Worten gut gelaunt. Kurz darauf saßen
sie an einem eigens für sie aufgestellten Tisch. Ohne Aufsehen, militärisch diszipliniert wurde gespeist. Gleichwohl ließ Giulias Liebreiz die Blicke der Herbergsgäste heranfliegen wie üppige Futter-
plätze eine hungrige Vogelschar. Es kam nicht oft vor, dass eine
anmutige Schönheit geputzt und fein unter ihnen weilte. Das weckte Begehrlichkeiten.

Es war wohl der zunehmende Genuss von Met, Wein und Bier,
was die Selbstkontrolle lockerte. Nicht lange und so mancher ließ
Giulia lautstark hochleben, bat sie auch schon mal an den Tisch. Vor
allem römische Kaufleute legten Hemmungen ab. So kostete es der
Hochzeitsgesellschaft bisweilen einige Überzeugungskraft, dreiste
Trunkenbolde von Giulias moralischer Integrität zu überzeugen.

Dennoch blieb der Abend unterhaltsam und vergnüglich. Herbergsgäste begannen von derben Erlebnissen und Begebenheiten zu
berichten: Schauergeschichten, etwa von mörderischen schwarzen
Zwergen, von giftigen Dämpfen der Finsternis, von untoten Wiedergängern, von wilden Festen, die in unbekannten Abgründen
von schwarzen Dämonen gefeiert wurden. Irgendwann brandeten
Kampfgesänge zu Ehren Thors auf. Ahnen wurden angerufen, Beistand zu leisten für die heldenhafte Selbstbehauptung der Stämme.
Spätestens jetzt suchten mitfeiernde Römer Distanz, verabschiede-
ten sich zu ihren Nachtlagern.

Bereits mit den ersten Sonnenstrahlen des folgenden Morgens begegneten sich Tore und Genaro wie zufällig vor dem Gebäude. Tore schlug vor, die letzte Wegstrecke zum Bernstein-Schatz zu zweit zu bewältigen.

»Wir hätten den Vorteil«, begründete er, »dass durch das Zurücklassen des Kommandos der Eindruck entsteht, wir wären anwesend.« Unbehagen bereitete Tore nur, dass er auch Giulia zurücklassen müsste.

Der Vorschlag klang plausibel, befand Genaro. Arialt wurde gerufen, die Wegstrecke, die viele Speerwürfe lang war, zu beschreiben. Gleichwohl musste der Junge zur Kenntnis nehmen, dass auch er zurückbleiben sollte.

Nicht viel später brachen Tore und Genaro mit einem Verpflegungsbeutel voll bröseligem Fladenbrot auf. Zu Fuß, unangestrengt, tunlichst bemüht, kein Aufsehen zu erregen. Ihre Bewaffnung bestand aus Kurzspeeren und Messern. Zur Tarnung verließ Tore das Grundstück der Herberge nach Nordosten, der Kommandeur in ostwestliche Richtung. An einer ausgemachten Stelle hinter dem Waldrand wollten sie wieder zueinanderfinden. Auf einem trockenen Weg, der für einen Pferdewagen nur schwer passierbar wäre, kamen sie fußwärts rasch voran. Irgendwann blieb Tore stehen, verharrte, hielt die Ohren in den Wind.

»Los, folge mir!«, flüsterte er und zog Genaro unsanft ins Gestrüpp. Schon wurden Männerstimmen laut: Rufe, Gelächter. Je näher die Geräusche kamen, desto mehr Worte und Sätze waren zu verstehen. Genaro vermutete berittene Germanen. Schon waren sie vollständig heran. Tore erschrak: Chauken, Männer aus seiner Heimat. Kämpfer mit Speer und Schild. Gemächlich ritten sie an dem Versteck vorbei, verschwanden hinter einer ausgedehnten Wegbiegung. Doch ihre Worte hatten Tores Wachsamkeit gefüttert. Von einem Kampf war die Rede gewesen, gegen die Römer, genauer: von einer baldigen Vernichtung der Legionen des römischen Statthalters Publius Quinctilius Varus. Und dass man auf fette Beute hoffte: Waffen, Pferde, Gold, Silber und Frauen. Und dann war da noch der Name Arminius gefallen. Wie so oft in dieser Zeit, wenn germanische Krieger miteinander sprachen.

Als Tore das Versteck verlassen wollte, wurde er von Genaro zurückgehalten.

»Bleib bloß in Deckung! Nicht selten«, so erklärte der Kommandeur, »folgt einer kleinen Gruppe von Spähern eine viel größere nach. Also lass uns abwarten.«
Und tatsächlich. Kurz darauf zogen vierundzwanzig Krieger vorbei. Ihre Bewaffnung: Kurzspeere, Schilde und Schwerter aus cheruskischen oder chattischen Schmieden. Der Länge wegen unpraktisch, insbesondere im Kampfgetümmel oder in dichtem Buschwerk, wie Genaro anmerkte. Er bevorzuge zweischneidige Schwerter nach dem Vorbild römischer Gladien, kurz, scharf, handlich. Tore und Genaro horchten unverändert in den Wind. Besaßen die Gruppen eine Nachhut? Eine Weile noch wurde ausgeharrt. Störend dabei, dass schimpfende Elstern durchs Geäst tobten.

Es dauerte eine Weile, bis die beiden ihren Weg fortsetzten.

»Gut, dass wir auf Pferde verzichtet haben«, lobte Tore beim Säubern der Kleidung.
Allerdings hinterließen die Kotreste eines Wildtiers feuchte Schlieren. Ein Ärgernis für den Kommandeur, der es mit der römischen Hygiene hielt. Mit weit geöffneten Ohren für jedes noch so harmlos erscheinende Geräusch erreichten sie eine Biegung, die Tore in Erinnerung hatte. Einmal noch suchten sie Schutz zwischen Buchen und Eichen, als ein offener Bauernwagen vorüberrumpelte. Auf der Ladefläche des schmalen Einspänners standen zwei Kübel. Vermutlich mit Fischen, was eine endlose Spur von Wassertropfen hinterließ. Schon bestätigten erste Geruchsspuren diese Annahme.

Nicht viel weiter strömte der erste der beiden gesuchten Flüsse vor ihren Füßen dahin. Von einer Art Uferbuckel aus war im Hintergrund der zweite Flusslauf zu sehen, dessen Wasser in der Sonne schimmerte. Etwa 50 Schritte flussabwärts sollte sich die Vereinigung der Gewässer vollziehen. Schon wurde die kluftige, lang gezogene Wand aus Schiefer- und Felsgestein am gegenüberliegenden Ufer sichtbar. Tore bestieg einen Baumstumpf, suchte nach der Aneinanderreihung von Ulmen im Ensemble des mageren Felsbewuchses.

Kurz darauf winkte er Genaro heran. »Dort drüben hat Eibert den Schatz versteckt, in einer Spalte, die auf halber Höhe des mittleren Felsens von oben zugänglich ist.«
»Wie überqueren wir den Fluss?«
»Keinesfalls zu Fuß,« antwortete Tore.

Er berichtete: »Im Frühjahr hat an dieser Stelle ein halb verrottetes Boot im Schilf gelegen. Eibert und ich haben es so zurückgelassen, wie wir es vorgefunden haben.«

Genaro trat ans Ufer, schob den Kopf vor. »Da liegt nichts.«

»Wenn da nichts ist, muss einer von uns hinüberschwimmen«, antwortete Tore lapidar. Seine Augen streiften über die Wasseroberfläche. »Ich kann keine gefährlichen Wirbel erkennen.« Dann, Genaro zugewandt: »Du bleibst besser hier und sondierst die Umgebung.«

»Aber der Schatz«, wandte der Kommandeur ein, »wie willst du ihn allein übers Wasser bringen?«

Tore zuckte mit den Achseln. »Der Bernstein hat das wilde nordische Meer überstanden, also wird er auch dieses einfache Flüsschen überstehen.«

»Ist er nicht zu schwer für einen einzelnen Mann?«

»Bernstein? Schwer? Wohl kaum. Anders das bisschen Silber. Und außerdem: Die Welt geht nicht unter, wenn man einen Fluss mehrmals überquert.«

Der Kommandeur schien ein ungutes Gefühl zu haben.

Mit einer Kopfbewegung zeigte er auf die Strömung. »Der Fluss mag bescheiden sein, aber er zerrt alles fort, was nicht befestigt ist.«

Tore antwortete trotzig: »Kein Problem. Wird schon flutschen.«

Er wollte jetzt nur noch eines: den Schatz, die Säcke sehen. Sekunden später lag die Kleidung am Ufer. Mit ihr die Sandalen. Ein Sprung in die Strömung und prompt wurde er abgetrieben. Es erforderte große Anstrengung, wieder zum Herrn seines Tuns zu werden. Und endlich fand Tore einen geeigneten Halt. Als er den Uferfelsen bestieg und einen Blick zurück übers Wasser warf, stockte sein Atem. Rasch suchte er Schutz unter den ausladenden Zweigen einer Eibe. Die ganze Aufmerksamkeit galt nun wieder Genaro. Der würde gleich Besuch bekommen von Reitern, die sich flussabwärts näherten. In einem flotten Trab hielten sie auf den Kommandeur zu. Der trat zur Seite, sie passieren zu lassen. Doch die Berittenen kamen zum Stehen. Worte wurden gewechselt. Genaro wies in Richtung der Herberge. Erleichtert registrierte Tore, dass die Fremden nur nach dem Weg fragten.

Noch wartete Tore ab. Genaro ließ die Reiter zwischen den stämmigen Reihen des Waldes davonreiten. Kurz darauf folgte der

Kommandeur den Reitern, suchte, horchte. Schließlich kehrte er zurück und gab ein Zeichen, dass die Luft rein war. Daraufhin verließ Tore das Wasser, kletterte über bemoostes Gestein hinauf auf den Felsen. Flink erreichte er die Vertiefung, die unter den vergangenen Monden von einer dünnen Schicht aus Sand und Schmutz überzogen worden war. Tore begann mit bloßen Händen zu graben. Sand spritzte über die Felsränder, schlug prasselnd oder als feuchte Klumpen in die Wellen. Wo, verdammt, steckten die Kostbarkeiten? Warum kratzten seine Fingernägel nicht an Leinensäcken? Schon begannen seine Hände zu schmerzen. »Oh Wodan, erhöre mich! Oh Freyja, wenn dir meine Liebe zu Giulia von Wert und deine Gunst ehrlich ist, dann lass den Bernstein jetzt auf der Stelle zum Vorschein kommen wie die Sonne im Morgengrauen.« Plötzlich rumorte ein schwerer Verdacht in Tores Bewusstsein. Sollte Eibert, sein Freund und Fluchtgefährte, die Gunst der verstrichenen Zeit genutzt …? Nein, nein, niemals! Unruhig, bei aufkommender Verzweiflung kratzte Tore Schicht um Schicht feuchten Sand aus dem Fels. Da, in der Sekunde eines flehenden Blickes zum Himmel, ertasteten seine Finger etwas Weiches. Endlich etwas, das nicht Sand war. Und endlich: Gleich einer Haube lag der obere Teil eines Sackes frei. Daneben der zweite, dann dauerte es nicht lange, bis auch der dritte Sack zum Vorschein kam. Da dankte Tore dem großartigsten aller Götter. Wie so oft in seinem jungen Leben spürte er dabei den Atem Wodans.

Auf einmal, wie von weit her, drang Genaros Stimme über den Fluss. Er hatte Tore beobachtet und hoffte auf eine Erfolgsmeldung. Doch was scherten Tore in diesem Moment die Rufe des Kommandeurs? Der Hagestolz da drüben hatte gefälligst zu warten, bis er, Tore, den Göttern in Asgard gedankt hatte. Im Sand kniend, den Leib kerzengerade aufgerichtet, die Arme gen Himmel gerichtet, so rief Tore Wodan an, allerdings still und verhalten. Ein Schauspiel, das freilich nur kurz währte. Denn Gefahr lauerte überall. Tore handelte jetzt zielstrebig und klargeistig. Holz schwimmt oben, überlegte er, und suchte nach einem stabilen Ast, der ihm helfen sollte, einen schweren Sack übers Wasser zu bringen. Wenig später wurde er fündig: eine armdicke Astgabel von zwei Schritten Länge, spröde zwar und von Käfern und Pilzen befallen, aber hinreichend stabil, wie Tore befand. Nicht lange und der erste Sack hing über dem Ast im Wasser. Die Überquerung gelang problemlos. Nicht anders erging es den verbleibenden Säcken. Und endlich lagen sie vor Genaro im Gras. Der wagte einen Blick hinein.

Mit Augen, die dem wundersamen Leuchten des Bernsteins in nichts nachstanden, fragte er: »Wie, bei Wodan, schaffen wir die vielen Kostbarkeiten zur Herberge?«

»Auf den Schultern, wie sonst?«

Der Vorschlag schien Genaro die Sprache zu verschlagen.

Da berichtete Tore, dass er die Säcke schon einmal auf einer längeren Strecke geschleppt habe, gemeinsam mit Eibert.

Genaro zeigte auf seinen Kurzspeer. »Ich vermute, dass ihr keine Bewaffnung mitgeführt habt.«

Tore hob den Kopf. »Dann lassen wir unsere Speere eben an Ort und Stelle zurück – versteckt, ganz einfach.«

Genaro nickte mit zweifelnder Miene.

Beiden war klar, dass der Rückweg zur Herberge quer durch den Wald führen müsste, um unbehelligt zu bleiben.

»Und wenn man uns trotzdem entdeckt – mit drei Säcken auf den Schultern? Für was wird man uns halten?«, fragte Genaro.

»Für Diebe und Halunken«, antwortete Tore und grinste. Dann sagte er: »Wir könnten unsere Gewänder als Trage nutzen. Das wirkt unverdächtig, denn darin könnte sich alles Mögliche befinden, von Brennholz bis zu Nahrungsmitteln.«

»Wie wäre es mit Fisch?«

»Gute Idee«, reagierte Tore, »ja, sehr gute Idee sogar. Faulender, stinkender Fisch würde jede Neugier im Keim ersticken.«

Genaro zögerte. »Wir haben keinen Fisch. Und wir haben keine Befugnis, Fische zu fangen.«

Tore trat ans Ufer.

Nachdenklich betrachtete er die Wasseroberfläche, so als suchte er in den Fluten nach einer hilfreichen Antwort. Dann sagte er: »Genau genommen hast du recht. Aber ich habe das Fischerboot vor Augen gehabt, das uns begegnet ist.« Tore zuckte mit den Achseln. »Die Arbeit auf den Flüssen scheint zur Zeit eingestellt worden zu sein.« Er überlegte angestrengt. »Die Waldwege sind zwar für einfache Eselskarren breit genug, keinesfalls aber für unseren Einspänner.«

»Dann müssen wir eben Kräuter und Beeren sammeln«, antwortete Genaro, »die wiegen wenig und würden uns das Tragen erleichtern.« Ohne ein weiteres Wort legte er sein Hemd ab, zog Garn und Nadel hervor und begann, das Kleidungsstück für den Transport vorzubereiten. Tore ging derweil Kräuter und Beeren sammeln. Als er zurückkehrte, hatte der Kommandeur aus dem Hemd und zwei Ästen eine Trage gebaut.

Als Tore das Ergebnis begutachtete, stellt er resignierend fest: »Damit wird es uns niemals gelingen, den gesamten Schatz abzutransportieren«.

Genaro blickte genervt auf. »Den Bernstein tragen wir selbstverständlich in den Säcken auf den Schultern. Auf der Trage werden Kräuter und Beeren liegen, offen und für jedermann sichtbar. Die Menschen werden denken, dass auch die Säcke mit Grünzeug gefüllt sind.«

Tore hob den Kopf, grinste. Ein schlauer Fuchs, der Kommandeur. Doch dann gab er zu bedenken: »Wir haben drei Säcke, die können nicht gleichmäßig auf unseren Schultern verteilt werden. Einer muss die doppelte Menge tragen. Wir könnten uns abwechseln.«

»Schon gut«, brummte Genaro und nahm einen zweiten Sack auf. Mit den Gewichten auf den Schultern hob jeder ein Ende der Tragestöcke an. Wie zu erwarten, ging es nur langsam voran. Der Wald wechselte von Buchen zu Mischwald und schon wurden Tore und Genaro gepeinigt von hängenden und abragenden Ästen und Zweigen. Diese Schwerstarbeit bei ansteigender Tageshitze ließ sie ermüden. Hinzu kam, dass die Säcke hin und wieder verrutschten. Irgendwann machte Genaro den Vorschlag, auf den parallel verlaufenden Weg zu wechseln. Man besitze gute Ohren und Augen, sodass auf Geräusche rechtzeitig reagiert werden könne. Dies leuchtete Tore ein. Vermutlich hätte zu diesem Zeitpunkt jede nur halbwegs einleuchtende Begründung für sein Einverständnis genügt. Er wollte zurück zur Herberge, er wollte endlich die schweren, drückenden Säcke sicher verstaut auf dem Einspänner wissen. Denn nur dort, wo der Schatz in der Obhut des Begleitkommandos wäre, wähnte er ihn wirklich sicher.

Still schritten Tore und Genaro voran. Begleitet von der Musik des Waldes: dem Ziepen der Grillen, dem Tock, Tock der Spechte, dem Gurren der Tauben.

Auf einmal blieb Genaro stehen. »Hast du den Kuckuck gehört?«

»Klar, laut und deutlich.«

»Nichts ist einfacher, als einen Kuckuck zu imitieren. Die Rufe haben sich mehrmals wiederholt.«

»Zum Verwechseln ähnlich. Vielleicht ein bisschen zu ähnlich.«, flüsterte der Kommandeur. Dabei ließ er die lästigen Säcke zu Boden gleiten. Eine Erleichterung, der Tore nur allzu gern folgte.

»Es riecht nach Gefahr«, setzte Genaro hinzu.

»Entweder ist der Specht krank oder es sind Späher unterwegs«, antwortete Tore. Und: »Ich vermute eine Jagdgesellschaft. Für diesen Fall müsste ein Sumpfreiher folgen.« Kaum hatte er den Reiher vorausgesagt, war auch schon dessen krächziges, laut auftönendes, dann abflauendes Ratzen zu hören.

»Bist du dir sicher?«, fragte Genaro.

»Ganz sicher darf man im Wald nie sein, es sei denn, die Götter sind deine Begleiter.« Tore lachte und imitierte den Vogel durch kräftiges, langgezogenes Einsaugen von Luft und einem pulsierenden Ausstoßen des Atems.

»Na schön«, reagierte Genaro, »es handelt sich also um eine Jagdgesellschaft. Aber auch die sollten wir uns vom Leib halten.« Er schaute zur Sonne auf, ließ ein Räuspern folgen. »Die Rufe kommen von Norden, wir wollen nach Südwesten. Also los, was hält uns auf?«

»Gar nichts«, antwortete Tore und griff nach seinem Gepäck.

Doch Genaro hinderte ihn am Aufbrechen. »Jetzt bist du dran.« Er zeigte auf einen der Säcke, die er getragen hatte.

Tore grinste verlegen. Recht hatte der Kommandeur. Jetzt galt es eben für Tore, sich mit der doppelten Last abzumühen. Klaglos folgte er der Verpflichtung. Irgendwann kamen zwei Bauern geritten. Einer hatte ein totes, ausgewachsenes Reh über den Pferderücken geworfen. Es war wohl gerade erst erlegt worden, denn noch blutete es aus einem Schnitt am Hals. Angesichts des Wildbrets floss Tore der Speichel in den Mund. Dann kam Durst auf. Den galt es zu ertragen, denn auf Wasserbeutel war wegen der Gewichte verzichtet worden.

Eine Weile noch, dann legte Tore sein Ende der Trage im trockenen Gras ab, um auszuruhen. Genaro folgte dem Beispiel nur widerwillig. Während Tore die Baumkronen der Umgebung beobachtete und mit der Nase versuchte, Gerüche einzufangen, drängte der Kommandeur bereits wieder zum Aufbruch.

Doch Tore ignorierte die Aufforderung. »Siehst du die Bäume auf der linken Seite des Wegs?«

Genaro reagierte provozierend flüchtig. »Was soll der Hinweis? Sind wir hier, um uns an der Natur zu erfreuen?«

Tore erklärte: »Die zahlreichen Erlen da vorn kommen in dieser Dichte nur an Rändern von Feuchtgebieten vor. Und wenn ich mich nicht völlig täusche, kann man schon Wasser riechen.«
Daraufhin hielt Genaro die Nase in den Wind.

»Vielleicht hast du recht, vielleicht aber auch nicht«, antwortete er, »leider haben wir keine Zeit fürs Suchen von Wasser. Außerdem ist damit zu rechnen, dass umherziehende Gefolgschaften ebenfalls durstig sind. Wir könnten ihnen direkt in die Arme laufen.«
Tore wusste, dass der Kommandeur stets umsichtig und gründlich agierte, und verzichtete auf einen Abstecher.

Zweimal noch wurde die Last des dritten Bernsteinsacks gewechselt, dann lagen plötzlich gefällte Baumstämme in geordneter Reihe auf dem Waldboden. Menschenwerk. Und schon standen Tore und Genaro am Rand des Dorfs, zu dem die Herberge gehörte. Insgesamt war nichts Bedrohliches auszumachen. Mit den Kräutern auf der Trage und den wertvollen Säcken über den Schultern betraten sie das Gelände wie Händler, die Ware transportierten. Nicht lange und die Säcke lagen achtlos in einer Stubenecke. Endlich konnten die Erschöpften ihre trockenen Kehlen mit erquickendem Wasser kühlen und ihren elenden Durst stillen. Derweil nahmen zusätzliche Wachen vor der Tür Aufstellung.

Im Beisein Giulias schüttete Genaro die Schätze aus den Säcken, sortierten sie nach Bernstein und Silberstangen. Sogar vereinzelte Goldscheiben und unbekannte Glitzersteine fanden sich darunter. Ein wahrhaft beeindruckender Anblick, wie ihn Tore heute erstmals in Gänze erleben durfte. Auch Giulia wirkte sehr angetan. Derweil zweigte Tore zwölf Bernsteine ab, die er in seinem am Gürtel befestigten Beutel verschwinden ließ. Ganz so, wie es der Abmachung mit Menorics entsprach. Schließlich war der Schatz sortiert und auf zahlreiche kleinere Säcke verteilt worden. Unter Decken und Fellen versteckt, lagerten die Schätze von jetzt an unter wechselnder Aufsicht. Tore oder Genaro, einer wachte immer in Sichtweise der Kostbarkeiten, verstärkt durch zwei Männer des Begleitkommandos, denen allerdings nicht klar war, was genau sie bewachten.

Der Aufbruch am nächsten Morgen erfolgte ohne Hektik, wie der eines gewissenhaften Händlers oder sonstigen Reisenden. Und schon saß Giulia wieder so aufrecht und gut gelaunt auf der Kutschbank wie auf der Herfahrt. Für Tore, der die Rückreise gern an ihrer Seite verbracht hätte, war kein Platz. Denn von der Kutschbank aus wachten zwei Männer über die Ladefläche.
Tore bildete an der Seite des Kommandeurs die Spitze des Zugs. Ihnen weit voraus sicherten zwei Aufklärer den Weg.

»Wir haben für die Rückreise die Anweisung erhalten, noch einmal die Herberge der Alten aufzusuchen«, verriet Genaro, »der Aufenthalt wird unsere Rückkehr über den Rhein zwar verzögern, aber so die Götter wollen, wirst du deine Schwägerin Heilgart schon bald im Haus auf dem Hügel begrüßen dürfen.«
Tore stutzte. Von einem neuerlichen Halt bei der Alten war bislang nicht die Rede gewesen.

Er fragte nach und bekam zur Antwort: »Der Besuch bei der Alten ist uns zwingend vorgeschrieben, weil unser Auftrag lautet, den Schatz bei ihr abzuliefern.« Bevor Tore auch nur die Spur eines Protestes anmelden konnte, fügte Genaro besänftigend hinzu: »Mit etwas Glück begegnen wir bei der Alten deinem Bruder.«

»Ludwig? Er ist hier?«

»Eigentlich ja, er müsste sich diesseits des Rheins aufhalten.«
An Tore nagte der Zweifel. Woher wusste Genaro von der Anwesenheit Ludwigs? Was wusste er noch? Oder log er? Hatte er selbst Interesse an dem Schatz? Tore beschloss zu schweigen und seine Wachsamkeit zu schärfen. Vielleicht träfe er in der Herberge der Alten wirklich auf seinen Bruder.

Genaro, dem die aufwallende Unruhe Tores nicht verborgen blieb, ergänzte: »Ich habe von Anfang an vermutet, dass der Bernstein in Germanien bleiben würde, wo er risikoloser aufbewahrt werden kann; wegen Gier und Verrat und wegen der römischen Kontrollen beim Betreten der Stadt. Außerdem müsste der Schatz später sowieso zurückgebracht werden ins Land unserer Väter.«

»Wieder zurück? Warum?« Tore war überrascht.

Genaro erklärte: »Wenn der Tag gekommen ist, sollen die Schätze helfen, den Kampf gegen Quinctilius Varus aufzunehmen. Viele unserer Fürsten und Anführer verlangen einen Beweis für die Bereitschaft zu einem Aufstand. Da kämen ihnen kleine Kostbarkeiten sehr gelegen.«

»Ei«, stieß Tore aus, »wer garantiert, dass die Beschenkten ihre Versprechen einhalten?«

»Sie müssen unter der Anleitung von Priestern auf die Asen und Wanen und damit auf Wodan, Thor und Freyr einen Eid ablegen.«

»Bei Wodan!« Selbstverständlich wusste Tore, dass der Bruch eines heiligen Eids den unehrenhaften Tod bedeutete.

Auf einmal stieß Genaro einen lauten Pfiff aus. Er galt dem Jungen Arialt, der mit der Diskretion von fünf Pferdelängen nachfolgte. Der ehemals Halbfreie preschte heran.

Genaro wirkte gelöst, als er auf den Jungen zeigte und zu Tore sagte: »Stell dir vor, wir haben einen neuen Kämpfer in unseren Reihen. Arialt wird mit dem Begleitkommando ziehen.«

»Stimmt das?«

Der Junge antwortete gegenüber Tore respektlos: »Warum sollte das Wort einen Kommandeurs nicht stimmen?«
Tore glaubte, in Arialts Ton eine hintergründige Botschaft zu erkennen, die lautete: Du, Tore, hast mir gar nichts mehr vorzuschreiben. Das ärgerte ihn, zumal er es war, der den Jungen freigekauft hatte.

Er wiederholte seine Frage: »Stimmt das wirklich?«

»Ja«, antwortete der Junge mit fester Stimme, »ich werde in den Kampf ziehen.« Und stolz präsentierte er einen römischen Gladius. »Den hat mir der Kommandeur geschenkt. Und mit Thyrs Hilfe werde ich sogar Beute machen, die es mir ermöglichen wird, ein eigenes Leben zu führen, mit Land und Tieren und einem Dach über dem Kopf.«

Der Weg führte über einen kleinen Hügel hinweg, dann durch ein Gelände, das auf dem Hinweg für eine Rast genutzt worden war. Irgendwann geriet das Großbauernhaus ins Blickfeld. Beim Anblick der ehemaligen Stätte seiner Unfreiheit wurde Arialt sichtbar nervös. Andererseits wirkte er wie zum zweiten Mal befreit, als das Gebäude links liegen gelassen wurde.

Für die Nacht hatten Tore und Genaro eine Lichtung in unmittelbarer Nähe der Moorausläufer ausgewählt. Hier meldete sich Arialt für den ersten Wachdienst, der im Rhythmus der Brenndauer einer Fackel wechseln sollte. Als der Mond den höchsten Stand erreichte, wurde der Junge von Tore abgelöst. Der umrundete den Wagen, unter dem seine Liebste schlief, anschließend die Liegeplätze der Männer und die Pferde. Auch suchte er das moorige Ufer nach Gefahren ab. Mit Wehmut lauschte Tore dem Plätschern, Saugen und Gurgeln des im Mondlicht glänzenden Schlamms. Nicht lange und er kehrte zum Lager zurück. Dort saß Arialt noch immer auf der Ladefläche des Wagens.

»Verehrter Tore«, sagte er, »stimmt es, dass du mit Moorgeistern sprichst?«

Tore lächelte. »Manchmal erzählen mir die Büßenden von ihren Schicksalen. Meist beklagen sie ihre Leiden in dämonischer Tiefe.«

Zweifelnd, lauernd, mit einer gehörigen Portion Furcht im Gesicht fragte der Junge: »Wer hat dich gelehrt, mit ihnen zu reden?«

»Du musst wissen, dass ich in einer Moorlandschaft aufgewachsen bin. Ganz weit im Norden, da lernt man so Einiges.«
Auf einmal stockte Tores Atem. Er hatte wieder einmal ein Stück seiner Identität preisgegeben: einen Hinweis auf seine tatsächliche Herkunft. Vielleicht würde Arialt eines Tags Wigmar begegnen. Vielleicht würde der nach einem nordischen jungen Mann fragen. Tores presste seine Lippen aufeinander. Ein falsches Wort am falschen Platz und nichts wäre mehr, wie es sein sollte.

Deshalb log er ungefragt: »Mein Name ist übrigens Richwin. Und das Moor, von dem ich erzählt habe, befindet sich in meiner Heimat, dem Land der Tenkterer.«
Arialt nickte beflissen.

»Was hat dir das Moor erzählt?«

Tore antwortete: »Ich habe nicht alles deuten können, ich denke aber, verstanden zu haben, dass hier zahlreiche Verurteilte festsitzen. Und alle behaupten, unschuldig zu sein.«

Der Junge wich zurück, seine Augen starrten vor Entsetzen. »Auch mein Vater ist ein Mooropfer. Es wird berichtet, dass er im Dorf meines ehemaligen Herrn hineingestoßen worden ist, mit gefesselten Händen. Er soll gestohlen haben. Aber ich weiß, dass er unschuldig ist.« Auf den Knien versicherte der Junge: »Mein Vater hat niemals gestohlen. Das weiß ich von meiner Mutter.« Dann griff er an den Knauf seines Gladius', fluchte und fragte: »Guter Richwin, würdest du mit mir zurückreiten zu dem fetten Bauern, damit ich ihm verpassen kann, was er verdient?«
Tore verzog nachdenklich die Lippen. Dann versicherte er, dass allein Wodan die Macht besitze, falsche Verurteilungen zu rächen. Für einen wie Arialt sei eher ein geweihtes Opfer, vielleicht ein Lamm oder eine Ziege, hilfreich.

Doch der Junge stellte Tores Rat in Frage: »Sind es nicht die Menschen, die hier auf Erden für ihre Götter tun, was getan werden muss?«
Auf einmal begann die Fackel zu funzeln. Das sichere Zeichen für ihr baldiges Erlöschen.

»Meine Wache ist um«, stellte Tore fest. Erleichtert, einer Endscheidung über das Anliegen des Jungen ausweichen zu können.

Wie stets erwachte Tore mit den ersten Lichtstrahlen des Tags. Der Tau schimmerte auf den unbewegten, nachtfeuchten Gräsern im Licht. Die ersten Insekten suchten surrend nach geöffneten Blüten auf dem Gräserteppich. Vögel grüßten ihresgleichen und wurden von ihresgleichen gerufen. Ein Gesang, der mit seiner Vielstimmigkeit die Luft in Schwingungen versetzte. Auch Giulia war aufgestanden und bereitete den morgendlichen Getreidebrei.

Von Arialt war beim Frühstück nichts zu hören, kein Wort von seinen Rachegelüsten an dem dicken Bauern. Gut so, dachte Tore und organisierte den Aufbruch umso zügiger. Nicht nur die Hochzeitsgesellschaft, überhaupt schien der Wald in Bewegung geraten zu sein. Immer häufiger kreuzten einzelne Bewaffnete oder kleine Gruppen von Kämpfern den Weg. Ein sicheres Zeichen für die Nähe einer Herberge. Einzelreisende mit gleichem Zielort schlossen sich an, immer mal wieder für ein Schwätzchen aufgelegt. Allen gemeinsam war die germanische Herkunft.

Auf einmal kamen zwei Reiter einer Gefolgschaft angeritten. Sie warnten vor einer Ansammlung von gefährlichen Legionären. Die Römer warteten einen Speerwurf entfernt. Offensichtlich eine Patrouille. Die Reiter bugsierten ihre Pferde an den Waldrand und bildeten eine Schildkröte, die allseits bewährte Kampfformation. Ihnen gegenüber standen Germanen. Im Normalfall würden sie einen Keil bilden, Eberkopf genannt. Doch wie sollte der auf diesem schmalen Waldweg effektiv formiert werden? Er benötigte zwei schräg verlaufende Flanken. Eine römische Schildkröte dagegen konnte sich in rascher Folge in verschiedene Ausdehnungen transformieren. Dabei behielt sie stets ihre Stabilität. Tore staunte nicht schlecht. Oft hatte er von dem sagenumwobenen Kampftier der Römer gehört. Von seinem Vater, aus den Erzählungen der Bauern am Flutensee. Zuletzt durch die Schilderungen Eiberts während der gemeinsamen Flucht durch den germanischen Urwald. Kein Zweifel: Kein Speer, kein Pfeil könnte den kollektiven Schutzpanzer der Schildkröte durchdringen. Jetzt verstand Tore, warum das im Gleichschritt vorrückende Ungeheuer mit seiner Hülle aus Holz und Eisen in aller Welt nackte Angst verbreitete.

Plötzlich gab Genaro seinem Pferd die Fersen. In scharfem Galopp, vermutlich gegen jeden Versuch, ihn zurückhalten zu wollen, jagte er den Römern entgegen. Nach der Hälfte der Strecke öffnete er die Körperhaltung und warf zehn Pferdelängen vor der Schildkröte seinen Speer auf den Wegesrand. Die Römer verstanden die Geste und erwarteten ihn zurückhaltend. Gleichwohl: Ein einziger Befehl hätte genügt, die waffenstarrende Schildkröte mit kämpferischem Leben zu füllen. In voller Montur und mit einer Offiziersbürste auf dem Helm schritt der römische Kommandeur Genaro entgegen. Drei Schritte voneinander entfernt blieben sie stehen.

Aus der Distanz beobachtete Tore, dass sämtliche Männer auf der germanischen Seite unter Spannung gerieten wie Bögen vor dem Schuss. Tore vertraute Genaro. Der würde es schon verstehen, die Legionäre zu besänftigen und ein Stillstandsabkommen auszuhandeln. Heute und jetzt kam es nur darauf an, rechtzeitig zur Alten zu gelangen. Anschließend sollten die Streithälse sich doch die Köpfe einschlagen. Was immer die Feindseligkeit ausgelöst haben mochte, sie kam zum falschen Zeitpunkt. Tore begann, die Legionäre zu zählen. Doch die Schildkrötenformation ließ keine genaue Bestimmung der Anzahl zu. Allein die Scutuns in der vorderen Reihe waren eindeutig sichtbar, die darüber oder dahinter zusammengefügten Schilde nicht. Da bemerkte Tore, dass im Hintergrund einige Römer aufgesessen blieben. Auch an den Flanken, zum Wald hin, sicherten schwer bewaffnete Reiter die Formation. Sie allein mochten etwa zwanzig Krieger sein, allesamt erstklassig ausgerüstet. Eine lohnende Beute für germanische Stammeskrieger, deren Bewaffnung an Qualität oft zu wünschen ließ. Doch hier und heute würde ihre geringe Anzahl einen römischen Sieg begünstigen, das lag für jedermann sichtbar auf der Hand.

Nach Genaros Rückkehr zum Hochzeitskommando und zur Gefolgschaft berichtete er: »Wir haben es bei den Römern mit einem verstärkten Aufklärungstrupp zu tun. Der Tessarius hat mir versichert, keinen Waffengang zu wollen. Er ist unterwegs wegen verschiedener Überfälle, die von Germanen gegen römische Händler und Wachtrupps begangen worden sind.«

»Das kann jeder behaupten«, rief daraufhin ein Übereifriger aus den Reihen der Gefolgschaft. Sein Misstrauen entfaltete eine ansteckende Wirkung. »Jawohl, haut das Imperium nieder!«

Aufgeschreckt hob Genaro den Arm. »Halt! Keinen selbstmörderischen Heldenmut, bitte!« Er trat auf den Anführer der Gefolgschaft zu, wiederholte einfach nur: »Bitte!«
Der Befehlshaber wirkte verunsichert, schien sich nicht entscheiden zu können. Eine Unsicherheit, die sich jedoch angesichts der Kampfeslust seiner Männer rasch auflöste. Und zum Vorschein kam eine anschwellende Beutegier. Wie aus dem Nichts war ein lautes Ho-a-ho zu hören. Andere Männer stimmten ein. Wie eine Welle schwappte ein Pendeln durch die Gefolgschaft. Schon richteten die Männer die Spitzen ihrer Speere aus.

»Haaalt!«, fuhr Genaro abermals dazwischen. Doch es war zu spät. Im selben Augenblick ertönte der Befehl zum Angriff. Vielleicht, weil der Gefolgschaftsanführer um seine Autorität fürchtete. Genaro blieb nur ein mitleidiges Kopfschütteln. Und Tore ahnte: Gegen die Römer und ihre Schildkröte bestand hier und heute keine Aussicht auf Erfolg.

Um in dem zu erwartenden Kampfgetümmel nicht selbst zum Opfer zu werden, gab Genaro seinen Leuten den Befehl zum Rückzug. Tore war einverstanden. Dadurch waren die Bernsteinsäcke und Giulias Leben gerettet; das war es, worauf es dem frisch Vermählten ankam. Derweil jagten die Gefolgschafter auf ihren Pferden wie im Rausch gegen die römische Verteidigungsformation an. Weit holten sie mit ihren Armen aus, schleuderten ihre Speere auf die Panzerung der Schildkröte. Das römische Ungetüm setzte sich seinerseits in Bewegung. Nach vorne, dröhnend, mit scheppernden, aneinander stoßenden Schilden.
Wie von der Tribüne eines Übungsfeldes aus, so vollzog sich der Kampf für Tore und die seinen. Nach dem Misserfolg mit den Speeren versuchte es die Gefolgschafter mit ihren Langschwertern. Doch die Hiebe verklangen an der kompakten Panzerung. Gleichzeitig zuckten zwischen den imperialen Schilden römische Speere heraus, trafen Pferde und Reiter. Ein Angreifer nach dem anderen fiel zu Boden. Getroffen auch von einem Pfeilhagel, der aus einem

Hinterhalt kam. Schmerzensschreie zerfetzten die Luft, verklangen dumpf im Buschwerk des Urwaldes. Die Gefolgschaft wurde zurückgedrängt, langsam, gleichmäßig, beständig.

»Vorwärts, vorwärts«, hatte eben noch der Kampfruf ihres Anführers gelautet. »Zurück, zurück«, war jetzt zu hören. Kein Problem nur für die, die noch auf einem unversehrten Pferd saßen. Doch die Schildkröte war kaum abzuschütteln. Mehr noch: Sie beschleunigte das Tempo. Wie war das möglich? Tore war fasziniert. Bei den Römern schien alles möglich. Das Blatt hatte sich gewendet. Nun griffen die Legionäre an. Wer versuchte, in den Wald zu entkommen, wurde von Pfeilen gestoppt. Nur wenigen sollte es gelingen, dem Gemetzel zu entkommen.

In Tore quoll die Scham. Hätte das Begleitkommando den geschlagenen Gefolgschaftern helfen müssen? Das schlechte Gewissen drückte auf die Atmung, ließ Tore schwindelig werden. Mit krampfigen Fingern suchte er Halt an dem Wagen. Dabei bemerkte er, dass Giulia einen Kurzspeer in der Hand hielt. In ihrem Gesicht herrschte Entsetzen und Vernichtungswille. Als die Legionäre ihre Formation öffneten, um die wenigen überlebenden Germanen durch den Wald zu verfolgen, hob sie den Speer. Tore erkannte, dass sie es auf einen Legionär abgesehen hatte. Mit einem Satz sprang er auf den Wagen, entriss seiner Frau die Waffe.

»Am heutigen Tag sind die Römer unsere Freunde«, stellte er klar. Dabei zeigte er auf Genaro, der von einer Gruppe berittener Legionäre friedlich umringt wurde. Dann nahm er Giulia in die Arme, mahnte: »Keine aggressiven Bewegungen. Nicht, dass uns die Römer gefangen setzen und auf dem Sklavenmarkt verkaufen.«
Der ehemaligen Sklavin Giulia war der abgrundtiefe Hass auf die Erfüllungsgehilfen des Imperiums anzusehen.

Wenig später, während die römischen Aufklärer zum Sammeln bliesen, winkte Tore Giulia heran. »Lasst uns die Götter beschwören und unseren mutigen, aber leider dämlichen Brüdern eine gute Reise nach Walhall wünschen.«
Bevor Tore und die Hochzeitsgesellschaft zu den Römern aufschlossen, versammelte Genaro seine Männer. »Ich kenne den Tessarius von verschiedenen Schlachten her, unter anderem aus dem Süden des Imperiums. Er ist ein anständiger Mensch und sein Wort hat Geltung. Schade, dass er ein Römer ist. Wie dem auch sei, die

Legionäre fühlen sich bedroht, wir fühlen uns bedroht. Da sind wir übereingekommen, die verbleibende Strecke zum Rhein gemeinsam zu reiten.«

Nicht mehr lange und die Dämmerung kündete das Tagesende an. Das Zwitschern der gefiederten Waldbewohner verstummte, allein das Ziepen der Grillen erfüllte die Luft. Eine Ansammlung von Gehöften signalisierte die Nähe der Herberge, die der Alten gehörte. Die Römer aber bogen am Ortsrand ab, um unter freiem Himmel ein Lager zu errichten.

Auf dem Herbergsplatz wurde die Hochzeitsgesellschaft von einer müde und zerstreut wirkenden Alten empfangen. Die geheimnisvolle Strippenzieherin war aus dem Schlaf geholt worden. Dennoch trank sie auf die glückliche Rückkehr des Hochzeitspaars. Tore bedankte sich und bat darum, zuallererst den Wagen entladen zu dürfen. Keinen Wimpernschlag länger als unbedingt erforderlich wollte er das Risiko eingehen, am Ende doch noch ausgeraubt zu werden. Daraufhin nahm die Alte Tore und Genaro beiseite und flüsterte: »Der Schatz müsste bereits in Sicherheit sein.«

Verdutzt suchte Tore in Genaros Blick nach einer Erklärung für diese Botschaft. Wo und wann hätte sie den Schatz an sich nehmen können? Der Kommandeur hingegen zeigte keinerlei Gemütsregung. Er schien voll und ganz einverstanden mit den Gegebenheiten. Genaro war es auch, der der Alten Bericht erstattete: über die Bergung des Schatzes, über die Zeit nach der Vermählung, überhaupt über die Erlebnisse auf der Reise. Als die Rede auf die römischen Aufklärer kam, begann die Alte zu meckern.

Sie ballte die Fäuste. »Trotzdem, wir werden siegen, mit Wodans Schlauheit, Thors Hammer und der Kraft und dem Durchhaltevermögen unserer Stämme.« Eine kurze Meinungsäußerung, die Tore unter die Haut ging. Was ihn betrübte, war das Gefühl der eigenen, persönlichen Bedeutungslosigkeit hier und anderswo. Nicht ein einziges Mal kam der Schatz in dieser kleinen Runde zur Sprache. Als hätte es ihn nie gegeben.

Für die Übernachtung war alles vorbereitet worden, nicht viel anders als bei der Schlafplatz-Verteilung auf der Hinreise. Der Getreidebrei am folgenden Morgen wurde im Eiltempo reingeschlungen, von Entspannung und seelischer Stärkung keine Spur. Auch die Vorbereitungen für die Abreise erfolgten in rascher Abfolge.

Irgendwie hatte Tore das Gefühl, dass die Alte ihre Gäste so rasch wie möglich loswerden wollte.

Als er Giulia hinauf auf den Kutschbock half, fragte sie: »Willst du wirklich wieder über den Rhein zu den Römern? Ins Imperium? Ist es nicht so, dass ihr die Römer bald vertreiben werdet aus eurer Heimat? Dann wäre dieses wunderschöne Germanien doch ein wahres Paradies, auch für uns, für dich und für mich und für unsere zukünftigen Kinder.«

Tore rieb seine Wange, holte tief Luft, antwortete: »Hier, im Land meiner Väter und Brüder, darf mich jedermann, egal ob frei oder unfrei, immer noch töten oder gefangen nehmen und gegen eine Belohnung an Wigmar ausliefern.«

Da verzog Giulia ihr Gesicht zu einer Grimasse.

Ihre Augen glühten, als sie sagte: »Aber bei den Römern hinter dem breiten Fluss könntest du in einer ihrer Arenen zu Tode kommen.«

Tore mochte und konnte ihre Befürchtung nicht ausräumen: »Ja, so ist es. Du aber bist durch deine offizielle Freilassung aus der Sklaverei ein für alle Mal frei. Niemand wird es wagen, die Urkunde eines Herrn Arminius, also eines römischen Ritters und Feldherrn, infrage zu stellen.«

Auf einmal begann Giulia zu schluchzen.

Daraufhin strich Tore unbeholfen über ihr dunkles, glänzendes Haar und flüsterte: »Bedenke, meine liebste Frau, in einem freien Germanien wären wir beide für ewig gefährdet, aber bei den Bestien, wie du sie bezeichnest, bin nur ich, ich allein, bedroht.« Fest presste er Giulia an sich. »Wenn ich den Händler Menorics korrekt verstanden habe, dann kommt es vor allem darauf an, den römischen Armeen bestes und möglichst viel gesundes Getreide zu liefern. Das wird kein Problem sein.« Tore umschloss seine Frau mit den Armen nun gänzlich und sagte: »Die derzeitige Freiheit ist nicht die Freiheit, die ich mir ersehnt habe, aber immerhin eine, die dem Leben eines freien Bauern ähnlich ist.«

Nicht mehr lange und Pferde und Wagen wurden in Richtung des Rheins gelenkt. Leider schlug das Wetter um. Von allen Seiten zogen Wolken auf, so als wären sie ausgesandt worden, den Reisenden Angst einzujagen. Dann fielen auch schon die ersten Regentropfen. Ungewöhnlich dicke, wie Tore befand.

Er nahm Giulias Hand und sagte: »Jetzt wird uns niemand mehr aufhalten. Die Gefolgschaften werden bei diesem fettem Regen nicht in den Kampf ziehen. Viel zu ungemütlich. Sie werden auf bessere Stunden, Nächte oder Tage hoffen.« Und leicht verächtlich fügte er hinzu: »Kämpfe ich nicht heute, kämpfe ich eben morgen.« Da lächelte Giulia, was Tore beflügelte.

»Ho!«, trieb er das Pferd an, das die Kutsche über den aufgeweichten Boden geradezu gleiten ließ. Nach einer Weile übergab Tore die Zügel und kletterte auf die Ladefläche. Mit großer Sorgfalt kontrollierte er die Ladung: Lebensmittel, Felle, hölzerne und metallene Ausrüstungsgegenstände. Alles zusammen ruhte unter einer ausgebreiteten Plane. Besondere Sorgfalt widmete er seinem Schild. Im Gegensatz zu den rechteckigen römischen Scutums, die dick bemalt waren mit hochwertiger Farbe, saugten die germanischen Rundschilde die Feuchtigkeit nur so in sich hinein, wodurch sie unnötig schwer wurden.

Zu Tores Überraschung wurde während der Tagesmitte keine Pause eingelegt. Immer weiter folgten Ross, Reiter und Wagen dem Weg. Nur gelegentlich, um menschlichen Bedürfnissen nachzugehen, wurde die Reise unterbrochen. Ach, wie schön wäre es doch, im Schutz der Wälder eine Decke auszubreiten und sich den Magen mit Honig, Nüssen und gekochtem Getreidebrei zu füllen. Vielleicht ein Gläschen Met dazu.

Irgendwann erschien Genaro am Wagen mit einem Tuch, das er gegen die Regenflut um Kopf und Schultern gewickelt hatte. Er teilte den Leuten mit, dass er mit dem römischen Kommandeur übereingekommen sei, noch heute über den Rhein zu setzen. Der Tessarius habe den Legionären zwei dienstfreie Tage in Aussicht gestellt. Das sporne sie an. Genaro zwinkerte mit den Augen und fügte hinzu, dass er nicht wisse, womit das eigene Begleitkommando angespornt werden könnte. Vielleicht könne man den Hunger der Leute nutzen. Man könnte ihnen für eine rasche Überquerung des Rheins ein Trinkgelage mit Met und Bier versprechen.

Kaum war er außer Hörweite, wurde gezischelt: »Erst dürfen wir nicht trinken und jetzt sollen wir wegen unserer trockenen Hälse auch noch das Essen verschieben.«

Dann, endlich, erschien der Rhein. Nicht weit von der Wasserkante entfernt zeigten sich zwei abgesessene Legionäre. Zwischen ihnen stand so etwas wie eine hölzerne Kiste. Die Männer hantierten an zwei Holzklappen, die an den Vorderseiten angebracht waren.

»Ein Käfig. Hörst du die Tauben gurren?«, fragte Giulia. Tatsächlich, schon flogen zwei Weißfedern in die Lüfte und nahmen Kurs auf den Rhein.

»Botschafter des Himmels«, erklärte Giulia. Und: »Auf diese Weise kündigen die Aufklärer der Legion von der bevorstehenden Ankunft.«

»Eine gute Idee«, befand Tore und schlug vor: »Auch wir sollten eines Tages Tauben halten. Dann könnten wir uns gegenseitig mitteilen, wo wir uns gerade befinden, womit wir uns beschäftigen und woran wir denken.«

Giulia zögerte mit einer Antwort, sagte dann: »Eine Brieftaube benötigt einen Heimatort. Nur dorthin kannst du deine Botschaft senden.« Trocken setzte sie hinzu: »Beherrschst du eine Schrift?«

Tore wich zurück. »Wieso, Schrift? Was meinst du damit?«

»Na ja«, wischte sie das Thema diplomatisch aus der Konfliktzone, »wir beide könnten uns farbige Zeichen ausdenken, die dieses oder jenes ausdrücken, vielleicht eines für die Feldarbeit – ein anderes für die Liebe.«

Tore kräuselte die Stirn, als er antwortete: »Oder wir nehmen die Blätter einer Eiche, vielleicht als Symbol für die Jagd, oder die einer Linde für verliebte Gedanken.«

Macht und Ohnmacht

Am späten Abend standen die Rückkehrer an jener seichten Stelle des Rheinufers, an der die Hochzeitsgesellschaft vor vielen Tagen aufgebrochen war ins germanische Land. Am Anleger dümpelten Schiffe. Sie waren breiter und länger als die der römischen Händler auf der Elbe. Tore erkannte Rammdornen an den Bugen. Deren Sichtbarkeit erklärte er mit der fehlenden Ladung, also mit dem geringen Tiefgang. Neugierig zählte er die Ruderblätter. Sie steckten in beiden Seitenwänden, genauer: in sechs Löchern mit den Durchmessern einer halben Armlänge. Tore stutzte. Wo waren die Ruderer? Die Fährleute erwarteten doch wohl nicht, dass die Ruder von den Passagieren selbst bewegt würden. Nach und nach wurden mehrere dieser großartigen Schiffe bereitgestellt.

Inzwischen waren die römischen Aufklärer, das Begleitkommando, Pferde und Wagen auf engstem Raum versammelt. Genaro drängte vor.

»Meine Freunde«, sagte er, »wir haben Glück, der Wellengang ist niedrig und der Wind bläst mit der für uns passenden Stärke.«
Kurz darauf legte das erste Schiff ab. Tore nickte still. Und wieder konnte er nicht anders, als die Disziplin der Römer zu bewundern. Wie aus einem Guss besetzten sie drei Schiffe mit Menschen und Material. Das weckte Assoziationen mit der Gleichförmigkeit eines vom Wasser bewegten Schaufelrads. Umringt von den Männern des Begleitkommandos, die ihre Rüstung und Bewaffnung griffbereit abgelegt hatten, steuerte das Fährschiff hinaus in die Strömung, dann schräg gegen die Strömung. Tore bemerkte, dass es Legionäre waren, die an den Ruderstangen saßen.

»Ich dachte, dass Rudern Sklavenarbeit ist«, sagte Tore.

»Ist es auch, jedenfalls im Normalfall.« Genaro senkte sein Haupt, um zu flüstern: »Unsere Verbündeten bilden keinen routinemäßigen Spähtrupp, es sind römische Elitesoldaten. Die würden auf Befehl sogar über hohe Berge rudern. Ja, die machen vor nichts Halt.« Dann wechselte Genaro das Thema und flüsterte: »Im Übrigen ist es raus: Der römische Statthalter Varus will demnächst nach Germanien aufbrechen. Die Römer wittern Unruhe. Hoffen wir, dass ihnen unsere Aufstandspläne verborgen bleiben. Sonst würde Varus mit allem, was er aufbieten kann, gegen uns vorgehen.«

Hinter der Flussmitte drifteten die Schiffe nach Südwesten. Schon kamen erste Türme in Sicht. Nicht viel später die bekannten Palisadenwände. Es sollte also nicht der bescheidene, abgelegene Nebenhafen angelaufen werden, von dem sie aufgebrochen waren, sondern der lange Steg vor dem großen Tor, über den er, Tore, erstmals das Gebiet des Imperiums betreten hatte. Flüchtig suchte er nach Giulia. Die saß geduldig auf der Kutschbank. Am Steg erschienen die ersten Umrisse anderer Schiffe. Mit eingerollten Segeln lagen sie im Licht einer ganzen Reihe von Fackeln, die am Wall in eisernen Halterungen steckten und die Hafenanlagen beleuchteten. Zuerst kam das Schiff der Hochzeitsgesellschaft dran. Die Steuer- und Ruderleute arbeiteten auf Zuruf. Fast waagerecht rückte der behäbige Schiffsleib an Backbord auf den Anleger zu. Im Vergleich mit germanischen Verhältnissen waren die Anlandestege großzügig konstruiert. Da bemerkte Tore unterschiedliche Höhen zwischen dem Steg und der Schiffsladefläche. Man wird den Wagen auseinanderbauen müssen, mutmaßte er. Als das Boot endlich festgemacht hatte, erschienen an der Mauer die Schatten von Arbeitern. Fast geräuschlos sprangen sie auf das Schiff und banden mit Hilfe der Legionäre lange Taue um den Wagen. Plötzlich bemerkte Tore in der Dunkelheit ein mächtiges Ungetüm. Einer Kajüte ähnlich, wie Tore sie auf Schiffen in der nordischen See beobachtet hatte, stand es auf dem Kai. Doch dieses Ding hier verfügte über Arme, von denen der längste und kräftigste weit auf die Wasseroberfläche hinausragte. Langsam, aber konstant begann es, sich zu drehen. Genau über dem Wagen des Zweispänners kam es zum Stillstand. War das ein Kran? Früher hatten Reisende davon berichtet, ungläubig verspottet von den Bauern. Warum hatte er, Tore, das kraftstrotzende Wunderwerk nicht bereits bei seiner ersten Ankunft bemerkt? Gebannt verfolgte er, wie mehrere Männer auf der Rückseite des Ungetüms in einer Öffnung verschwanden, andere aus ihr heraustraten. Schon senkten sich zwei dicke Seilenden hinab auf das Deck, wo sie erwartet wurden. Nicht lange und ein Quietschen und hölzernes Ächzen füllte den Abend über der Hafenanlage. Stück für Stück wurde der Wagen angehoben und schon schwebte er in Richtung des Stegs, worauf er behutsam abgestellt wurde. Tore vergaß vor Staunen das Atmen. Was für ein Meisterwerk, was für geniale Konstrukteure diese Römer doch waren. Bald stand der Wagen bereit zur Abfahrt auf dem Steg, mitsamt der Ladung und dem vorgespannten Pferd. Wie das Ineinandergreifen von Zahnrädern, so funktionierten die weiteren Abläufe. Ein spezieller Lotse nahm auf der Kutschbank Platz, um das Gespann über die Holzplanken zu bugsieren. Endlich wurde die großzügige Straße vor der Mauer und dem großen Tor erreicht. Wachen standen bereit, die Sicherheit des Imperiums zu gewährleisten. Das bedeutete, unerwünschte Besucher abzuwehren. Willkommen war, wer etwas mitbrachte, am liebsten Geld. Mit denen wollte Rom gerne leben – gut leben. So hielten es auch die Legionäre. Eigentlich alles ganz einfach. Genaro griff deshalb unauffällig in seinen Beutel, holte eine Münze heraus, was die Funktionstüchtigkeit einer bestimmten menschlichen Eigenschaft wieder einmal belegte.

Das Essen für die Männer der Hochzeitsgesellschaft wurde wegen des Vollmondes und der guten Sicht kurzerhand auf die Ankunft im Haus auf dem Hügel verschoben. Nicht lange und sie erreichten das Zentrum der Stadt. Weiter führte die Strecke über die großzügigen Straßen. Dabei erkannte Tore die mächtige Augustus-Statue, an der noch immer die hölzernen Gerüste standen. Der weiträumige Platz wirkte im Mondlicht viel majestätischer als ohnehin schon. Beeindruckend das wuchtige, aus Quadern errichtete Gebäude im Hintergrund. Es schien jeden Funken Licht geradezu einzufangen. Und wieder einmal geriet Tore ins Staunen. Im Gegensatz zur letzten Sichtung war die Front des Bauwerks von hoch aufragenden Säulen flankiert. Steinerne Säulen? Tore kniff die Augen zusammen. Waren es tatsächlich keine entrindeten Baumstämme, die das luftige, in die Höhe ragende Dach trugen? Konnte es derart ebenmäßig gefertigte Steine geben? Auch die Eichenpfosten der Häuser in der Heimat wurden geglättet. Aber sie konnten keinem Vergleich mit diesen Säulen standhalten, die gerade jetzt im Mondlicht in der Farbe gebleichter Knochen strahlten. Ein geradezu göttlicher Atem wehte von dem Bau herüber. Und als der flaue Nachtwind die Wangen streifte, wurde der Staunende von einem kitzelnden Schauer durchzogen.

Während Tore seine Gedanken und Empfindungen ordnete, mahlten die Eisenbeschläge der hölzernen Räder vergängliche Spuren in den verwehten Sand auf der Straße. Unter den Männern des Begleitkommandos dominierte eine sprachfaule Müdigkeit. Wortlos folgten sie auf ihren Pferden dem Einspänner. Giulia saß auf der Kutschbank, allein Halt suchend an Tores Schultern. Dann bogen sie ein auf den lang gezogenen Weg, der den Hügel hinaufführte, wo Menorics' Haus stand. Oh, wie groß war Tores Sehnsucht nach dem bequemen römischen Bett, worin er in der Zeit nach seiner ersten Ankunft die Nächte hatte verbringen dürfen. Eine halbe Stunde später durchquerte die Gesellschaft das weit geöffnete Tor zum Grundstück. Erst nach Erreichen des Platzes kam Bewegung unter den Hausbediensteten auf. Flugs wurde eine feierliche Anzahl von Fackeln entzündet. Stallburschen rückten an, die Pferde zu versorgen. Giulia dehnte ihre Glieder wie nach einem gesunden Nachtschlaf.

Mit einem Mal stand Heilgart an Tores Seite und lächelte das Lächeln einer selbstbewussten Hausherrin.

»Ihr werdet Hunger haben. Kommt, der Tisch ist gedeckt.«

In einem Raum, den Tore bislang für einen schnöden Lagerraum gehalten hatte. Doch im Gegensatz zu den römischen Delikatessen, die zu Arminius' Ehren aufgetischt worden waren, zeigten die Schüsseln und Teller ausschließlich germanische, auf heimatliche Weise zubereitete Speisen. Öllampen schufen eine angenehme Atmosphäre. Während Giulia, Genaro und die Männer des Begleitkommandos auf den Bänken Platz nahmen, hielt Tore seine Augen auf Heilgart gerichtet. Das Haar der ehemals Angebeteten fiel aufwändig gekämmt in ganzer Länge über die Schultern. Ihr Leib wurde von einem klassischen germanischen Kleid bedeckt. Ihr Busen stach hervor, wie es Tore an ihr noch nie gesehen hatte. Einer Gesandten Freyjas ähnlich stand sie im Raum wie eine Statue, einer anderen Zeit entsprungen, vielleicht sogar einer überirdischen Welt. Irgendetwas zwang Tores Augen auf ihren Bauch.

Da erklang ihre Stimme: »Ja, ich bin schwanger.« Sie strich mit der Hand über die Wölbung. »Man sieht es doch, oder?« Ein Lächeln aus der Mitte ihres Herzens begleitete die Worte.

»Ei, da freue ich mich aber für Ludwig – und für dich«, reagierte Tore mehr stotternd als sprechend.

»Ludwig und ich sind sehr glücklich und ich hoffe, auch unsere Ahnen.« Heilgart kicherte und trat zwei Schritte vor, um Tore, den Onkel ihres ungeborenen Kindes, zu umarmen. Plötzlich, wie von einer Bremse gestochen, löste sie den Kontakt und klagte mit feuchten Augen: »Warum muss Ludwig ausgerechnet jetzt in den Krieg ziehen?«

»Mach dir keine Sorgen«, antwortete Tore, »Freyja wird deinen Mann beschützen. Sie ist nicht von ungefähr die Göttin der Liebenden. Und Ludwig ist ein Held. Wenn das nicht eine gute Überlebensmischung ist …«
Da trat Giulia hinzu.

Sie umfasste Heilgart, strich ihr beruhigend übers Haar und sagte: »Das Kind in deinem Bauch wird seinen Vater unverwundbar machen.« Als sie bemerkte, dass Heilgarts Gesichtszüge an Leid verloren, fügte sie mit wehem Ton hinzu: »Immer diese verdammten Kriege; glaube mir, ich weiß, wovon ich spreche.«

Im Morgengrauen des folgenden Tags stand Tore am Fenster seines Zimmers, als ein Reiter in scharfem Galopp durchs Tor jagte. Ein Römer, mäßig von Wuchs, bewaffnet mit Schwert und Dolch, jedoch ohne Schild und Helm. Seiner Körperhaltung nach zu urteilen trug er unter seiner Tunika eine schwache Panzerung. Mit einem Satz sprang er vom Pferd. Drei, vier rasche Kopfbewegungen genügten zur Orientierung. Ein kurzes Zögern noch, dann stürmte er zum Hauseingang. Als er bemerkte, dass die Tür verschlossen war, schaute er suchend umher, auch am Haus hinauf. Tore, um nicht aufzufallen und keine Verwicklungen zu riskieren, rückte vom Fenster ab. Da drang ein heftiger Fluch an seine Ohren. Jedenfalls klang es wie ein Fluch, denn der Mann tönte in römischer Sprache. Inzwischen war Heilgart aufmerksam geworden. Sie öffnete die Haustür. Als Tore ihre Stimme vernahm, trat er wieder ans Fenster. Doch der frühmorgendliche Reiter war ins Haus gebeten worden. Daraufhin horchte Tore in den Hausflur. Wortfetzen drangen über die Treppe herauf. Am liebsten wäre er hinuntergeschlichen, um zu lauschen. Was ihn abhielt, war das allgemeine Erwachen der Hausbewohner. Überall begannen die Dielen zu knarren. Er überlegte, die Küche aufzusuchen, Platz zu nehmen am Tisch, nach Getreidebrei und Honig zu verlangen und freundlich zu lächeln. Da verlosch das Gespräch. Allein die leichten, kurzen Schritte Heilgarts ließen noch die Flure klingen. Mit offenen Ohren verfolgte Tore ihren Weg durchs Haus. Heilgart schien vor Genaros Schlafraum anzukommen. Ein dezentes Klopfen, dann war Stille.

Tore vergewisserte sich, dass Giulia noch schlief. Dann schlich er neugierig ins Atrium. Nirgendwo war ein Mensch zu sehen. Auch in der Küche herrschte gähnende Leere. Ratlos betrat er den Garten vor dem Haus. Auch das Pferd des frühmorgendlichen Besuchers war verschwunden. Dass der Soldat mit einer Botschaft gekommen war, lag auf der Hand, vermutlich für Genaro. Rätselnd lief Tore zu den Stallungen. Dort begegnete er einem Burschen.

»Bis du allein? Wo sind die Hausbewohner?«
Der Pferdepfleger lächelte vielsagend. Er schien die Antwort abzuwägen. Schließlich zeigte er in Richtung der Hügelkuppe, die einen Speerwurf entfernt in der Sonne döste. Tore hatte den Ort kurz nach seiner Ankunft kennenlernen dürfen. Genossen die Leute gerade den schönen Ausblick übers rheinische Land? Tatsächlich saßen und lagen zahlreiche Menschen in der Morgensonne: Freie, Bedienstete, Sklaven. Sie schienen zu dösen, wie es Tore von den Sippen am Geduldsberg kannte. Der Unterschied zur Heimat bestand darin, dass hier nicht nur Germanen versammelt waren. Bemerkenswert, welche Eintracht beim gemeinsamen Faulenzen herrschte. Kaum einer der Anwesenden nahm Notiz von Tore. Nur einige schwach klingende Laute, die wohl so etwas wie Begrüßungsfloskeln darstellten, klangen an. Tore fühlte sich seltsam allein zwischen den hier versammelten Bewohnern des Hauses. Irgendwie war ihm etwas mulmig. So beschloss er, sein Informationsbedürfnis auf die vordringlichsten Fragen zu beschränken und die Anwesenden ansonsten in Ruhe zu lassen.

Er wandte sich an einen Stallknecht, von dem er wusste, dass er kein Sklave war: »Wo ist Heilgart?«

Mit einem vor Selbstsicherheit nur so strotzenden, durchaus auch provozierenden Gestus legte er die rechte Hand auf Tores Schulter und antwortete: »Die Herrin hat mir aufgetragen, alles zu tun, damit du heute zu deinem zukünftigen Wohnort aufbrechen kannst.«

Der junge Mann schloss mit den Worten: »In der Wildnis, wo die Bauern zu Hause sind, wartet man bereits auf dich.«
Tore kräuselte die Stirn. Der Klang der Worte „Wildnis" und „Bauern" gefiel ihm nicht. Einem Landbewohner scheint man in diesen Kreisen nicht allzu viel Achtung zu schenken. Eigenartig. Tore schaute an sich hinunter. Seine Toga und die hoch gearbeiteten Sandalen wiesen ihn eher als Dienstmann aus, Dolch und Schwert als Kämpfer. Er hätte dem frechen Pferdeknecht am liebsten mit

dem Gladius eins übergezogen. Aber er stand hier inmitten einer für ihn wenig vertrauten Kultur, die alsbald zu verstehen er sich vorgenommen hatte, unbedingt. Er kehrte zum Haus zurück, um in der Ruhe des Atriums darüber nachzudenken, was zu tun wäre. Umfängliche Überlegungen konnte er allerdings nicht anstellen, denn plötzlich erschien Giulia. Sie steckte bis zum Hals in roten, wollenen Tüchern. Unter dem schweren Stoff wirkten ihre Brüste größer als sonst. Ein sinnlicher Anblick. Der Gedanke, dass seine Frau durch die Hochzeit für ihn zu einer Art Besitz geworden war und er damit jederzeit Zugriff auf ihre Reize besaß, verstärkte diesen Reiz sogar. Schon schwollen seine Lenden. Ungeschickt, mit aufsteigender Atemfrequenz fuhren seine Finger über den Stoff vor ihrem Bauch, näherten sich ihrem Schoß. Giulia ließ ihn mit der Geduld einer liebenden Frau gewähren. Da knarrte eine Tür. Auf der Stelle entfernte sie die Aufdringlichkeit von der Kleidung. Tore sprang hoch. Es war der Pferdeknecht, der das Atrium betrat, um dem jungen Paar bei der Abreise behilflich zu sein. Tores Gemüt kühlte rasch herunter auf ein normales Maß.

Mit nicht viel mehr als seinem noch verbliebenen Mini-Bernstein-Schatz im Lederbeutel, viel gutem Willen und der Hoffnung auf ein freies Bauernleben trat Tore den Weg in die neue Zeit mit Giulia an. Den bereitgestellten Pferden schien der Weg bekannt. Jedenfalls vermittelten sie den Eindruck, als liefen sie eigenständig, ohne zügelndes Hinzutun, über den Hügel, dann die Strecke hinunter in Richtung der Rhein-Wiesen, hinein in die weite Seenlandschaft. Groß war Tores Vorfreude auf das Wiedersehen mit seinem Freund und Fluchtgefährten Eibert. Während die Pferde ohne Hast im Schatten von Krüppelkiefern und Ufer-Birken dahintrabten, tauschte das junge Paar verliebte Blicke aus. Sie entsprangen entspannten Gesichtern, die von einem schmeichelnden Sommerwind angenehm temperiert wurden. Als in der Mittagszeit schattige Niederungen erreicht wurden, war die Luft wider mal voll von Mückenschwärmen. Trotzdem entstand ein Gespräch über das zukünftige Leben. Dabei fragte Tore, ob Giulia den Haushalt und die Feldarbeit auch als Mutter bewältigen könnte? Sie lächelte.

»Aber ja«, versprach sie mit Befremden in der Stimme.
Tore lächelte. Denn er wusste genau, dass sie die Richtige war, und zwar fürs Gesamte, nicht nur für die Lust, auch für die Familie, ja

für alles, was zu einem Bauernleben gehörte. Sanft streichelte er mit den Augen ihr weiches Antlitz. Oh, wie war er stolz auf seine Frau, die er von ganzem Herzen liebte. Er dachte dabei an zukünftige Kinder. Nichts wünschte er sich mehr als einen kräftigen Sohn. Töchter, gerieten sie nach ihrer Mutter, wären in jedem Fall ansehnlich, fleißig, gewiss gottesfürchtig. Tore schielte auf Giulias Leib, maß ihren Bauch unter dem römisch inspirierten, fein rötlich gefärbten Gewandt – ein Geschenk Heilgarts. Je weiter sie ritten, umso üppiger wurde die Natur: Buchenhaine, durchsetzt von Eichen und vereinzelten Linden; zum Wasser hin stieg der Anteil von Eschen und Weiden, als wollten sie die Ufer vor der Sonnenhitze schützen. Und überall Sträucher, wilde Hecken, Blumen. Kleine Buchten luden ein zu Kurzweil. Wie wunderwunderschön, dachte Tore und horchte angestrengt ins Grüne hinein, dem Gesang dieses Teils der Welt zu lauschen. Da kreuzte Rotwild den Weg. Die Tiere verweilten einen Augenblick, beobachteten die Reiter. Arglos legten sie die Köpfe in die für sie typische Schräge. Fast hätte man meinen können, sie neigten ihre Häupter zur Begrüßung. Da wusste Tore: Diesseits des Rheins war er willkommen.

Bald erreichten sie das Zielgebiet. Die ersten Höfe lagen geduckt hinter gelichtetem Gehölz. Das Dorf wirkte gut gepflegt.

»Hier sind wir richtig«, sagte Tore, »vielleicht beginnen wir schon morgen mit dem Bau unseres Hauses.« Er ergänzte: »Da hinten vielleicht. Oder dort drüben.«
Bald durchquerten sie eine Allee, an deren Ende der Zugang zu Eiberts Haus begann. Und erstmals waren Stimmen zu hören, von Bäuerinnen, die auf ihren Rücken Körbe trugen, gefüllt mit Gemüse und Kräutern.

Tore vermutete, dass ihre Männer auf den Feldern arbeiteten.
Als sie das Bauernhaus erreichten, trat unerwartet Eiberts Mutter vor die Tür. Tore sprang vom Pferd, verbeugte sich.

Die Frau, die altersmäßig auch Tores Mutter sein könnte, sagte: »Wir haben auf euch gehofft, weil wir Hilfe benötigen.« Sie zeigte auf zwei leere Holzbehälter. »Rom benötigt Getreide«, erklärte sie, »seine Eintreiber sind für morgen angekündigt. Wir müssen 40 Fässer abfüllen.« Mit ausgestrecktem Arm zeigte sie auf eine aufgereihte Linie von hölzernen Tonnen.
Tore fehlte jede Erinnerung an einen Tribut in Form von gefüllten Tonnen. Bei den Chauken wurde Getreide sackweise zu Sammel-

stellen gebracht, von denen es einige auch an der Elbe gab. Von hier wurden die Abgaben weitertransportiert.

Andere Wälder, andere Sitten, dachte Tore und sagte: »Am Flutensee, wo nicht weniger Häuser stehen, haben wir es mit kleineren Tributmengen zu tun gehabt.«

»Bei euch im Norden habt ihr die imperialen Blutsauger nicht als direkten Nachbarn«, antwortete Eiberts Mutter, »wir leben mitten unter ihnen. Es gibt Mondzeiten, an denen kriegen wir mehr Römer zu Gesicht als germanische Brüder.«

»Ich würde gerne mit Eibert darüber sprechen«, sagte Tore.

»Er arbeitet auf dem Feld«, antwortete die Mutter und forderte Tore auf, ihr vor die Tür zu folgen.

Tore und Giulia nickten einverstanden und ließen sich die Richtung erklären. Nach einem 15-minütigen Fußmarsch erreichten sie einen Acker. Die Felder reichten hier bis ans Ufer. Abseits davon arbeitete Eibert. Zwei Schritte entfernt döste ein Ochse vor einem Bauernwagen. Ein Bild, das Tore bekannt vorkam. Er legte die Hände um die Lippen und rief aus Leibeskräften nach dem Freund. Der drehte sich abrupt um. Was folgte, war eine sehr herzliche Begrüßung.

Doch schon wenige Atemzüge später bat Eibert: »Es wäre hilfreich, wenn du das Getreide zu Garben binden und auf den Wagen werfen könntest. Die Frauen stehen bereit, es zu dreschen.

»Bevor ich beginne, beantworte mir eine Frage.«

»Klar, was ist los?«

»Warum hast du gesagt, dass deine Brüder und Schwestern die Feldarbeit erledigen würden?«

»Wir sind wegen der römischen Eintreiber genötigt, noch heute unser Korn zu dreschen. Da bleibt auch mir nichts anderes übrig, als auszuhelfen.«

»Und wo sind die Männer der Frauen?«

»Die sind aufgebrochen über den Rhein. Sie treffen Vorbereitungen für das, was für Germaniens Zukunft erforderlich ist.«

Ohne ein weiteres Wort zu verlieren, begann Tore, das geschnittene Getreide zu bündeln. Eine Arbeit, die ihm nicht fremd war. Und so funktionierten die Freunde wie eine gut abgestimmte Maschinerie.

Nicht lange und sie bekamen Gesellschaft: Frauen in einfacher, robuster Kleidung, wozu auch Lederschürzen gehörten. Mit sich führten sie einen leeren zweirädrigen Ochsenkarren. Den tauschten sie gegen den bereits beladenen und verschwanden wieder in der

Landschaft. Irgendwohin, wo das Getreide gedroschen werden konnte, vermutete Tore. Während des Bindens der Garben dachte er an seine Zukunft. Wann würde er beginnen dürfen mit dem Ziehen von Ackerfurchen auf einem eigenen Feld? Wann mit dem Bau eines eigenen Hauses? Allerdings würde er sein Haus niemals alleine errichten können. Eigentlich war Eile geboten, weil damit zu rechnen war, dass nicht wenige Bauern jenseits des Rheins gegen Varus und seine Legionen kämpfen würden. Und wie verhielten sich die Römer bei Ausbruch von Feindseligkeiten gegenüber den diesseits des Rheins verbliebenen germanischen Bauern?

Tore und Eibert kamen gut voran. Reihe um Reihe verlor das Feld seine Früchte. Bündel um Bündel wuchs die Anzahl der kreisförmig aufgestellten Garben. Die Frauen transportierten den Weizen ab, konnten aber nicht Schritt halten mit den Arbeitswütigen auf dem Feld. Mehr noch: Auf Wunsch schafften sie eine weitere Sichel herbei, sodass Tore zwischen dem Binden und dem Beladen des Wagens eingreifen konnte beim Mähen. Am Abend war das Feld abgeerntet. Während der letzten Fuhre saß Tore mit schweren, hängenden Beinen neben Eibert auf der Wagenkante. Er empfand eine angenehme Erschöpfung. Wie einst auf den Rückfahrten von den Märkten am großen Fluss. Doch fuhr er diesmal nicht nach Haus zum Hof seiner Eltern, sondern auf Eiberts Hof nahe den Rhein-Niederungen. Wie Tore alsbald erfahren sollte, war der Dreschplatz mit behauenen Steinen ausgelegt, ähnlich den römischen Straßen, nur war der Untergrund ebener gestaltet und die Fugen zwischen den Steinplatten auf ein Minimum reduziert. Wahrhaftig, ein idealer Ort für springendes Korn.

Tore und Giulia wurden im Haus von Eiberts Familie untergebracht: in einer von Schränken und Truhen umstellten Ecke des großen Wohnraums. Anderswo im Dorf wären sie wohl in die Stallungen zum Vieh oder ins Heu geschickt worden, je nach Bauart und Größe des Gebäudes, der Anzahl seiner Bewohner, der Jahreszeit, der Belange der Sippe.

Zahlreiche Männer kehrten über die folgenden Nächte aus der einstigen Heimat zurück.

»Falscher Alarm für die große Schlacht?«

»Ja und nein«, wurde Tore von einem Heimkehrer aufgeklärt, »wir haben die Römer geärgert, einigen Möchtegern-Besatzern gezeigt, wie Germanen mit Kurzspeeren umgehen. Außerdem haben sich unsere Stämme miteinander bekannt gemacht. Sie haben Absprachen getroffen und sich drauf verständigt, sobald die Zeit gekommen ist, dem Ruf zur Schlacht unumwunden zu folgen.«

Worte, die nicht verklungen waren, als von den Hügeln her der zehnte Teil einer Centurie nahte. Nicht lange und die Römer waren in der Ferne mit bloßen Augen sichtbar: keine Auxiliartruppen, sondern handfeste römische Legionäre. Ihnen voraus kursierten Gerüchte, dass sie den germanischen Kriegsplänen auf der Spur waren. Mit Aufklärern, Agenten und Verrätern. Verdächtige würden gefoltert, an Bäume genagelt. Es wurde sogar gemunkelt, dass Arminius' Bruder persönlich Quinctilius Varus aufgesucht hatte, die Aufstandspläne zu verraten. Da wunderte es nicht, dass die Dörfler die heranpreschenden Legionäre mit allergrößter Wachsamkeit erwarteten. Minuten später stand die stark verkleinerte Centurie auf dem Hof. Eibert ergriff die Initiative und trat vor die Tür. Er öffnete die Arme und hieß die Männer demonstrativ herzlich willkommen. Die Geste schien dem römischen Kommandeur zu gefallen. Seine Mimik hellte sich auf.

»Bist du allein auf dem Hof?«, fragte er.

»Ich bin nicht allein«, antwortete Eibert, »wir sind sechs Personen im Haus, fast vollzählig.«

»Warum nur „fast" vollzählig? Wie viele Personen seid ihr an anderen Tagen?«

»Neun«, antwortete Eibert.

»Und wo sind die drei fehlenden? Über den Rhein …?«
Eibert tat, als müsste er für die Antwort angestrengt nachdenken.

»Zwei richten ein Feld her«, begann er zögernd, »auf dem wir das Getreide für die Soldaten des großartigen Statthalters Varus ernten. Der dritte ist ausgeritten, um Honig und frisches Obst einzutauschen. Wir wollen unsere Ernte gebührend feiern.«

Keinesfalls unfreundlich antwortete der Kommandeur: »Bei eurer Feier solltet ihr auf Kaiser Augustus und seine Unbesiegbarkeit trinken«

Eibert verneigt sich. »Zu Diensten.«
Daraufhin stieg der Kommandeur vom Pferd, baute sich vor Eibert auf. »Keine Bange, wir holen den Tribut erst morgen ab. Aber ich habe euch etwas mitzuteilen. Uns ist zu Ohren gekommen, dass auf der germanischen Seite des Rheins ungewöhnliche Zusammenrot-

tungen stattfinden. Auch Bauern aus unseren Dörfern sollen daran beteiligt sein. Solltet ihr irgendetwas erfahren, etwas, das für die Sicherheitsinteressen des Imperiums Romanum von Bedeutung sein könnte, seid ihr verpflichtet, uns Meldung zu machen. Wendet euch vertrauensvoll an das Kastell. Im Übrigen belohnen wir den Überbringer einer nützlichen Nachricht großzügig.« Dabei zwinkerte er mit den Augen. Anschließend zählte der Kommandeur die Fässer. Zufrieden nickend saß er auf und befahl den Aufbruch.

Die folgende Nacht verbrachten Tore und Giulia wie unter bleiernen Decken. Schwer lagen die Anstrengungen der letzten Tage auf ihren Gliedern. Klar, dass das Paar bei Anbruch des Tags mit knurrenden Mägen erwachte. Die wurden gefüllt mit Getreidebrei und kühlem Wasser. Zum Würzen standen Öle und würzige Essenzen bereit. Bescheidene Verlockungen der römischen Lebensart. Giulia griff nach hellem, weichem Brot, beschmierte es mit Tierfett. Den Getreidebrei ignorierte sie völlig. Tore, der bei den Festlichkeiten im Haus auf dem Hügel die eine oder andere unbekannte Speise probiert hatte, hielt sich an die althergebrachte Kost. Vielleicht auch, weil das verwendete Getreide nach römischer Vorliebe feiner ausgemahlen war. Hinzu kam, dass angewärmter, flüssiger Honig darauf wartete, in den Brei gerührt zu werden. Ja, was gab es Herrlicheres als diese edle Süße?

Auch heute knallten wieder die Schlegel auf dem Hofgelände. Eine Arbeit wie sie auch im Norden praktiziert wurde. Die Frauen warfen die Halme gegen den Wind, der die leichteren Strohteile fortwehte, sodass nur die Körner auf dem steinernen Boden unter die Hölzer gerieten. Danach wurde gefegt, geschaufelt und gesammelt. Der Frage, ob jeder Hof über einen solchen Platz verfüge, kam Eibert zuvor, indem er erklärte, dass es zwei Plätze gebe, die allen Bauern des Dorfes zur Verfügung stünden. Stolz zeigte er dabei auf sich selbst, weil die Initiative für das Errichten dieser Plätze von ihm ausgegangen sei. Tore interessierte sich sehr für die Qualität und Menge der Ernte. Gewann man in Nordgermanien in guten Sommern aus einem ausgesäten Getreidekorn fünf bis sechs gesunde Körner, so schien es hier deutlich mehr zu sein. Er nahm einige der kleinen, eher rundlichen Früchte an sich, betrachtete sie auf der Handfläche, ließ sie hin und her kullern, nahm sie zwischen die Zähne, biss darauf, schmeckte sie.

Am frühen Abend erschien wieder ein römischer Trupp, diesmal mit einem Zweispänner, um den Tribut abzutransportieren. Wie würden wohl die unhandlichen Fässer auf die Ladeflächen gelangen? Ob die Römer über eine spezielle Vorrichtung verfügten? Geradezu enttäuscht war Tore, als er beobachtete, wie die Legionäre die Deckel mit den Fässern vernagelten, umwarfen, um sie mit Hilfe von langen, schräg aufgelegten Holzplanken auf die Ladefläche des Wagens zu rollen, wo sie wieder aufgerichtet und zurechtgerückt wurden. Und wieder einmal war Tore beeindruckt. Nicht lange und weitere Gespanne erreichten den Hof, der ganz offensichtlich zum dörflichen Sammelort wurde.

Plötzlich drohten einige berittene Legionäre mit ihren Gladien.

Eibert reagierte sofort. »Wie sollen wir das verstehen? Seit wann begegnet Rom friedlichen Bauern mit einem Schwert in der Hand?«

Der Kommandeur der Römer verzog die Lippen. »Keine Bange. Die Drohung gilt nicht euch.« Er nickte mit dem Kopf in Richtung eines Wagens. Da bemerkte Tore einen Gefangenen zwischen den Fässern. Seiner Kleidung nach zu urteilen, müsste es sich um einen Bauern handeln. Er blutete aus einer Schnittwunde am Kopf. Hand- und Fußfesseln zwangen ihn in eine geduckte Haltung.

Der römische Kommandeur erklärte. »Der hat versucht, uns zu betrügen. Lasst euch das Schicksal dieses Mannes eine Lehre sein.«

»Betrügen? Bei uns ist noch nie geklaut worden«, rief Eibert aus. Schweigend guckte der Kommandeur auf ihn hinunter.

»Ich kenne dich als ehrbaren Menschen«, sagte er, »darum will ich dir verraten, was wir dem Gefangenen vorwerfen. Er hat am Rand eines heiligen Hains zwei Getreidefässer versteckt, um sie unseren Legionen vorzuenthalten.«
Eiberts Mimik erstarrte. Die eben noch arbeitsfrohe Stimmung auf dem Dreschplatz verschwand schlagartig. Den Bauern schwollen die Muskeln. Denn das Lebensgefühl germanischer Stämme bestand ganz gewiss nicht aus reiner Demut. Doch weder Eibert noch die anderen Bauern waren bewaffnet – und sie neigten auch nicht zu Selbstmord. Der Kommandeur beobachtete Eibert ganz genau. Mit einem spöttischen Lächeln in herausfordernden, provozierenden Gesichtszügen.

Schließlich sprach der römische Befehlshaber die Bauern insgesamt an: »Ich bin angehalten, euch mitzuteilen, dass unser hochherrschaftlicher Legatus Publius Quinctilius Varus von morgen an für die Zeit von fünf Tagen das hohe Gericht abhalten wird. Im Namen unseres Kaisers, des göttlichen Augustus', habt somit auch ihr die Möglichkeit, Streit zu schlichten, auf dass Ordnung und Gerechtigkeit herrscht im Land. Zudem sind mit Beginn dieser fünf Tage das Volk und seine Führer aufgerufen, Gladiatorenkämpfen in der Arena beizuwohnen.« Er hob den Arm. Im Anschluss wird Varus mit drei Legionen über den Rhein setzen und euren germanischen Brüdern einen freundschaftlichen Besuch abstatten.« Bei dem Adjektiv »freundschaftlich« geriet die Stimme des Kommandeurs ein wenig ins Holpern. Für eine Weile herrschte Schweigen auf dem Hof. Der anschließende Abtransport des Getreides verlief unspektakulär. Die beladenen Zweispänner wurden mit stoischer Gelassenheit in Bewegung gesetzt.

Eibert schaute der nunmehr aus zwei Abteilungen bestehenden Kolonne hinterher. Da fuhr es hin, das Ergebnis harter Feldarbeit. Zum Glück aus einer so guten Ernte, dass die Aussaat im nächsten Jahr nicht gefährdet war. Und für eventuelle Nachforderungen der Römer konnte sogar ein Vorrat angelegt werden. Würden die Legionen danach verlangen, müssten sie allerdings einen guten Preis bezahlen. So besagten es die römischen Vorschriften. Erstaunlicherweise hielten sich die Verwalter daran.

»Der Kommandeur ist ein gewiefter Mann«, murmelte Eibert. Und: »Er hat uns aushorchen wollen. Ein falsches Wort und er würde zurückkehren, um nach verstecktem Getreide zu suchen. Fände er etwas, würden wir unser Recht auf das Einhalten der Abgaben-Regelung verlieren. Dann könnten die Eintreiber weit mehr von uns verlangen.« Eibert wandte sich an Tore. »Du glaubst jetzt wohl, die Römer wären eigentlich ganz verträglich, berechenbar, ja sogar gute Partner. Doch da irrst du dich gewaltig. Sicher, sie lassen uns weitgehend so sein, wie wir sein wollen; wir dürfen sogar unsere Götter verehren. Doch für die Römer ist es Kalkül. Sie wissen genau, dass wir Germanen freiheitsliebend und widerständig sind. Sie wollen uns mit imperialer Toleranz einschläfern, uns in Sicherheit wiegen. Zudem hoffen sie, dass wir mit der Zeit unsere Götter vergessen. Am Ende zerstören sie unsere Weihestätten, um an ihrer Stelle Tempel zu errichten, in denen wir ihre Götter anbeten.« Eibert spuckte aus. »Pfui, dreimal pfui!«

Tore, der aufmerksam zugehört hatte, fragte: »Was ist dagegen einzuwenden, dass wir nach unseren eigenen Ideen und Vorstellungen leben?«

Für einen Augenblick schien Eibert aus dem Konzept zu geraten. Er verdrehte die Augen.

Dann erwiderte er: »Für heute und morgen und vielleicht auch für die Zeit nach 100 Monden mag dieses römische Entgegenkommen für uns von Vorteil sein. Man darf aber nie vergessen, dass das imperiale Gift nicht sofort tötet, sondern mit jedem Atemzug ein bisschen mehr. Niemals darf man Römern Vertrauen schenken. Sie mögen uns einfach nicht und schimpfen uns Barbaren. Auch morgen werden sie uns Barbaren schimpfen. Und wir werden bis in den Tod für sie schuften müssen: in der Armee, auf dem Feld, im Bergwerk und in der Hitze ihrer Waffenschmieden.«

Als Tore sich zum Haus drehte, war der Hofplatz leer. Nur zwei Pferde schnaubten und wehrten mit ihren Schweifen Schwärme von Fliegen ab. Die Erntehelfer saßen etwas abseits an einem großen Tisch, aßen Brot und saure Milch. Die Strapazen der letzten Tage standen ihnen im Gesicht geschrieben. Inmitten dieser Tischgesellschaft saßen auch Eiberts Mutter und Giulia. Gemeinsam schienen sie über den Ablauf der Mahlzeit zu wachen. Als Tore und Eibert nach einer freien Sitzgelegenheit suchten, rückten die Essenden zusammen. Zwischen den keramischen und hölzernen Tellern und Krügen stand ein hölzernes Tablett. Darauf lagen Brotstücke von verschiedener Größe, aufgestapelt zu einem flachen Hügel. Als Eibert bemerkte, dass Tore ein Auge auf das Tablett warf, schritt er ein und erklärte, dass es dem Wanen Freyr, dem Gott der Ernte und des friedlichen Gedeihens, gewidmet sei. Dieses Brot werde noch in der Nacht zum heiligen Hain gebracht.

Mit der Dunkelheit leuchtete auf dem Hofplatz ein Feuer. Die Bauern genossen die angenehme Wärme und eine eher stille Geselligkeit. Fürs beliebte Palavern fehlte die Kraft, zu schwer ruhte der anstrengende Tag auf Glieder und Geist. Das änderte sich, als die Sprache auf den Unglücklichen kam, der von den Tribut-Eintreibern verschleppt worden war. Wie sollte man mit ihm verfahren? Eine Frage mit unterschiedlichen Antworten. Einige wenige hofften auf Quinctilius Varus' Gnade. Andere beschworen die Gefahr einer Versklavung. Es herrsche ein Mangel an Gladiatoren, so wurde befürchtet, und die unersättliche Blutgier des römischen Geistes spreche für sich. Bald brach ein Disput über die zu erwartende Bestrafung aus. Für Tore blieb hierbei allein die Rolle eines Fragenden. Wie eine römische Rechtsprechung ablaufe, wollte er wissen. Er dachte dabei an Things in den heimischen Wäldern und an Urteile der eigenen Priester und Sippenräte, von denen er als Halbfreier allerdings ausgeschlossen war. Eibert erklärte, dass Urteile im römischen Machtbereich öffentlich seien. Doch nützte es dem gefangenen Bruder herzlich wenig.

An den folgenden Tagen arbeitete Tore an Eiberts Seite auf noch nicht gemähten Feldern. Er schnitt und bündelte Gerste, Roggen und den seltenen Weizen; Getreide, das aufrecht zwischen Wäldern und Gewässern in der Sonne stand. Und einmal mehr staunte er über die große Anzahl an Körnern in den Ähren.

Eibert zeigte auf eine Ebene mit wogenden Halmen. »Eine Hälfte dieser Felder ist den Römern vorbehalten. Für gewöhnlich ernten wir nach dem Stand des Mondes und nach den Sternen, nach dem Wetter und dem Reifegrad der Ähren. Dass wir mit dem Ernten bereits beginnen, ist der Wunsch der römischen Legionen. Sie rüsten unter Varus für den Aufbruch über den Rhein. Bis dahin lagern sie das gedroschene Getreide in großen Silos. Am liebsten hätte Tore diese Vorratshäuser inspiziert. Er hatte gehört, dass sie überirdisch angelegt waren.

Gegen Mittag des nächsten Tags erschien ein Hofnachbar mit der Kunde, dass der verschleppte Dorfbewohner kurzfristig abgeurteilt werden solle. Ohne ein direktes Eingreifen hochrangiger Römer bestehe keine Aussicht auf Milde, weil jede Form von Tribut Eigentum der Legionen sei. Das Vorenthalten von gefüllten Getreidefässern habe somit den Charakter eines Kriegsverbrechens. Der Bote setzte sich zu Eibert an den Tisch und fragte, ob er, Eibert, bereit wäre, für den gefangenen Bruder um Gnade zu bitten. Ein Geldgeschenk für die zuständigen Leute liege bereit. Eibert willigte ein.

Es wurde verabredet, noch am selben Tag aufzubrechen. Von nun an ging Eibert in sich. Hoch konzentriert übte er Argumente und Haltungen ein, von denen er annahm, dass sie den Statthalter oder seine Vasallen milde stimmen könnten. Geübte Frauen kürzten seine Haare nach römischer Sitte, legten eine hübsch anzusehende blaugrüne Tunika bereit. Die für Festlichkeiten genutzten Sandalen aus Ziegenleder schnürte er hoch wie ein römischer Edelmann. Man sollte sehen, dass er die Kultur der Besatzer schätzte. Mit den Abreisevorbereitungen kam die Arbeit auf dem Hof zum Erliegen. Tore nutzte die Gelegenheit, Giulia aufzusuchen.

»Ach, du weißt noch, dass es mich gibt?«, reagierte sie neckisch.

»Komm mit mir«, bat Tore, »ich zeige dir das Stück Land, das für uns als zukünftiges Zuhause passen würde. Noch besteht es aus dichtem Wald, der gerodet werden muss. Wir werden auf einem wunderbaren Hof leben mit wunderbaren Kindern.« Plötzlich spürte er Giulias Leib. Fest und sanft zugleich suchte sie den Körperkontakt.

»Es ist wahrhaftig an der Zeit, dass wir ein eigenes Haus bekommen«, flüsterte sie, »denn so wie ich mich gerade verändere, bin ich in ganz sicherer Erwartung.«

Tore wusste nicht, wie ihm geschah. Er suchte ihre Augen, aus denen es malzdunkelwarm und demütig auf ihn einströmte. Seine Lippen fanden ein sicheres, ihn willkommen heißendes Ziel. Und während er so verharrte und sich das Blut in seinen Adern erwärmte, prallte in seinem Gehirn die Dringlichkeit eines schützenden Dachs für den Nachwuchs auf die Unwägbarkeiten der Gegenwart. Was würde geschehen, wenn die Männer des Dorfs über den Rhein setzten, teilzunehmen an der großen Schlacht? Ohne ihre Hilfe wäre gar nicht daran zu denken, ein Haus zu errichten, geschweige denn fertigzustellen.

Da zog Giulia ihren Liebsten heraus aus der Gedankenwolke. »Was immer uns die nächsten Monddekaden bringen, unsere Aufgaben als Eltern werden wir bewältigen müssen.« Fest küsste sie ihren Ehemann. Unter einer Sonne, die dabei war, die rauen Wipfel der umstehenden Hainbuchen zu übersteigen.

Bereits am frühen Abend kehrte Eibert aus der Stadt zurück. Seine Mimik verhieß nichts Gutes. Den Rücken krumm, das Gesicht starr, so saß er mit hängende Gliedern auf dem Pferd. Abgesessen berichtete er, dass der gefangene Dorfbruder in die Arena geschickt werden solle.

»Was können wir für ihn tun?«, fragte Tore.

»Nichts können wir tun«, lautete eine vielstimmige Antwort. Allerdings wollte ein Erntehelfer die Arena stürmen, den Dörfler befreien, über den Rhein setzen und mit dem Aufstand beginnen.

»Jawohl, lasst uns zu den Speeren greifen«, war jetzt von verschiedenen Seiten zu hören.
Die Gesichter gerötet, das Blut verdünnt durch Ströme von Met, schien so mancher sein Innenleben mit dem wahrhaftigen Leben zu verwechseln.

Dennoch blieben diejenigen, die eher kopflos auf unmittelbare Rache drängten, in der Minderheit. Die Mehrheit der Männer im Dorf war untereinander viel zu gut verknüpft, als dass sie einzelnen unbedachten, hitzigen Wallung erliegen könnte. So ließ man die Minderheit zürnen und ging zur Tagesordnung über. Die bestand aus der Dorfarbeit zwischen den kommenden Nächten. Zu Tores Erstaunen wurde er außen vor gelassen. Rasch wuchs die Vermutung, dass der Hausbau verschoben werden sollte. Nicht einmal das Fällen der Bäume für das Setzen der Eckpfosten kam zur Sprache. Ein enttäuschender Abend.

Verunsichert fragte Tore: »Wo werde ich eingeteilt?«

Eibert antwortete, dass er nochmals in die Stadt reiten und die Befreiung des Bruders betreiben wolle. »Wir werden alles versuchen, ihm die Arena zu ersparen. Und koste es uns ein Vermögen. Und du«, so Eibert zu Tore, »wirst mich begleiten.«

Da lächelte Tore. Er war im Spiel. Rasch trat er vor, sein Einverständnis anzuzeigen, begleitet von dem Gefühl, dazuzugehören als vollwertiger Bestandteil eines Stammes.

Anschließend ging er zu Giulia, die von der Haustür aus mitgehört hatte und bat um Verständnis für seine bevorstehende Abwesenheit. Sie nickte mit dem Kopf. Allerdings machte ihm sein Gewissen zu schaffen, als Tore versicherte: »Ich werde alles tun, um unversehrt zurückzukommen. Das verspreche ich. Bei Wodan.«

Da fuhr Giulias Hand sanft über seinen Nacken. »Ich vertraue eurem Wodan, der längst auch zu meinem Gott geworden ist. Er wird dich und mich und uns beschützen. Er scheint mir ein guter Gott zu sein, weil er den Anständigen und Tapferen gewogen ist.«

Ein Bekenntnis, das Tore mehr bedeutete als alle Schätze dieser Welt. Denn was waren Schätze ohne den Segen der Götter?

Nachdenklich fügte Giulia hinzu: »Ein Gott aber, dessen Lust es ist, seine Untertanen zu ängstigen, sie zu würdelosen Anhängseln seiner Launen zu machen, sie immerzu mit Strafe zu bedrohen, sie gar zu töten, kann kein guter Gott sein. Bei so einem Wesen handelt

es sich in Wirklichkeit um ein blutrünstiges Monster, so wie der römische Mars eines ist. Er hat die Gründer Roms mit Gewalt gezeugt und sie später von einem gefährlichen Wolf säugen lassen.«
Tore erschrak. Auf Giulias Gesicht stand wieder dieser Hass auf das Imperium Romanum geschrieben. Was erzählte die liebe Frau gerade für einen Kram? Woher besaß sie Zeugnis über die Lebensgründe der mächtigen römischen Götter?

»Schweig!«, herrschte er seine Frau an. Tore liebte sie, er fürchtete um ihr Leben.

Blutige, tödliche Spiele

Bis auf gewöhnliche, verdeckt getragene Messer unter den Tuniken verzichteten Tore und Eibert auf das Mitführen von Waffen beim Aufbruch in die steinerne Stadt. Zu gern hätte Tore auf dem Weg bei seiner Schwägerin Heilgart reingeschaut. Doch Eibert winkte ab: keine Zeit. Noch vor der Mittagsstunde wurden die ersten Gebäude der Stadt sichtbar. In großzügigen Gärten blühten Blumen, die Tore noch nie gesehen hatte. Herrliche Vorbauten, wie hingeträumt. Geräumige Gänge und Terrassen luden hinter schlanken, verzierten Säulen ein zum schattigen Verweilen. Über Brüstungen und Zinnen hinweg waren gelegentlich Menschen zu sehen. Frauen zumeist mit römischer Haartracht, lustwandelnd in modischen Stoffen. Tore staunte über die Vollkommenheit und Schönheit dieser Wohnwelten. Doch fragte er auch, wie all diese friedvollen Bilder sich mit römisch-imperialer Gewalt und Mordlust vertrugen.

Bald kauerten zwischen den prachtvollen Gebäuden einfache Wohnstätten aus Holzbalken, ausgebautem Flechtwerk, gestampftem Lehm und Dung. Die dazugehörigen Gärten ließen jegliche Sinnlichkeit vermissen. Pflanzenkundige wussten, dass hier reine Nutzpflanzen wuchsen, vor allem Kräuter, Kohl, Hülsenfrüchte und Rüben. Ein Anblick, bei dem Wehmut einzog in Tores Brust. Erinnerten ihn diese Eindrücke doch an die Gemüsefelder seiner lieben Mutter. Nur dass das Kraut am Flutensee oftmals weniger gesund ausschaute.

Nicht mehr lange, bis Tore und Eibert einen Wachposten passierten, nicht viel später das nordöstliche Tor. Auf den geradlinig angelegten Straßen aus geglätteten Steinen fanden zwei Gespanne nebeneinander Platz. Überall wurde geschaufelt, gestapelt und aufgerichtet. Immer schöner, immer höher. Wer solche Bauwerke errichtet, benötigt keine Eichen, schoss es Tore durch den Kopf. Um sich sogleich für diesen dummen Satz zu schelten. Was war schon ein toter Stein gegen eine belebte germanische Eiche? Nichts. Die Römer, so schien es, hielten ihre Götter auf Distanz. War das die Freiheit der modernen Zeit? Auch Tore wollte frei sein. Ja, aber er wollte keinesfalls frei von Göttern sein. Ihn schauderte. Eine Weile noch, dann erschien ein weitläufiger Platz, bedeckt von Sand und Kies. Wie verloren standen am Rand ein paar Bäume und bildeten ein schattiges Plätzchen. Genau dort versammelten sich Menschen. Sie schauten auf ein mächtiges, rechteckiges Bauwerk aus mannslangen Sandstein-Quadern. Das Gebäude war Tore bereits am Tag seiner Ankunft diesseits des Rheins aufgefallen. Damals war es noch eine Baustelle gewesen. Heute wurde es von einer langen Säulenreihe geschmückt. Eine Treppe führte hinauf zum Eingang.

Vor dem Bauwerk stand die beeindruckende Augustus-Skulptur. Erstmals fehlte an ihren Seiten das Baugerüst. Eibert hielt auf die heroisch-majestätische, aus weißem Marmor gemeißelte Figur zu. Er brachte sein Pferd zum Stehen, sprang hinunter und bedeutete Tore, es ihm gleichzutun. Als der zu Füßen dieses mächtigen Kunstwerks stand, konnte er nachvollziehen, warum Augustus eine gottgleiche Stellung im römischen Leben besaß. Der römische Kaiser trug eine ornamentierte Panzerung. Aus ihr heraus ragten muskulöse Arme und Beine; er stand auf Füßen, die in Sandalen steckten. Mit dem Zeigefinger wies er seinen Untertanen die Richtung. Dabei schaute er milde, aber bestimmt über seine Bewunderer hinweg. Faszinierend. Ob Götter, Wälder, Menschen oder Tiere – bildeten sie allesamt nicht ein perfektes Ganzes? Da verfing sich Tores Blick an dem kurzen, lockigen, irgendwie angefressen wirkenden Haar des Augustus'. Es waren kurze Haare, wie sie zu Sklaven passten. Vielleicht, so überlegte Tore, entstünden eines Tages auch Arminius-Statuen.

Es sollte noch eine Weile dauern, bis Eibert vorschlug weiterzuziehen. Sie verzichteten aufs Reiten, führten ihre Pferde stattdessen am Zügel. Bald erreichten sie einen Stadtteil, der von ansehnlichen Holzhäusern dominiert wurde. Auch gab es Mischbauten: zumeist mit einem Fundament aus Stein und einer aufgesetzten Holzkonstruktion. Bewundernswert, auf welch unterschiedliche Weise hier gewohnt wurde. Und überall großzügige Windaugen für Licht und Belüftung. Fenster, wie man unter Römern sagte. Tore, der Bauer, der den Zweck eines Hauses vordringlich als Beschirmung von Menschen und Tieren betrachtete, entwickelte eine quellende Neugier nach dem Innenleben der Gebäude. Zu gern hätte er gewusst, wer darin lebte. Germanen? Römer? Da wurde sein Name gerufen.

Es war Eibert, der ihn heranwinkte. An seiner Seite schritten zwei Bauern, denen Tore bereits beim Dreschen begegnet war.

»Ich bin dir eine Erklärung schuldig«, sagte Eibert, »unsere Dorfversammlung hat uns Verstärkung geschickt.« Dann wies er auf eine Herberge und schlug vor, darin Quartier zu beziehen. Auf der Stelle bog Tore mit den Bauern in Richtung der Herberge ab.

»Du nicht, sagte Eibert und zwinkerte, »dich nehme ich mit in die Therme. Es hat noch nie geschadet, sich zu reinigen.«
Tore war verwundert. »Sind wir aufgebrochen, unseren Bruder zu befreien oder um uns zu waschen?«

Eibert antwortete: »Selbstverständlich gehen wir in die Therme, um unseren Bruder zu befreien. Und wenn wir dabei ein bisschen planschen und schwitzen, umso besser.«
Tore verstand gar nichts. Aber er vertraute Eibert.

Beim Durchschreiten des Eingangs zur Therme schlug ihnen warmfeuchte Luft entgegen: Wasserdampf, wie ihn Tore noch nie erlebt hatte. Sie wurden empfangen von einem Mann in einem hellen Gewand. Seine Beine waren nackt. Die Füße steckten in dünnen Latschen. Waffen jeder Art mussten abgelegt werden. Darauf wurde tunlichst geachtet. Eibert sprach mit dem Bediensteten in römischer Sprache. Das Gespräch, so mutmaßte Tore, dauerte länger, als es zur Verständigung über eine Dienstleistung erforderlich wäre. Kurz darauf wurde eine zweite Tür ins Herz der Anlage geöffnet. Vor ihnen lag ein Wasserbecken, das in der Länge mehrere Pferdegespanne maß und in der Breite mindestens zwei Pferdewagen. Die Köpfe der Badenden schienen in einer Wolke zu schweben. Andere ruhten über den Beckenrändern, allein oder vertieft in angeregten Gesprächen mit Gleichtuenden. Eibert schob Tore voran, hinter einer Brüstung entlang in eine räumliche Ausbuchtung, wo längs angeordnete Bretter die Wand zierten. Der weiß gekleidete Wärter verschwand, kehrte aber alsbald zurück und überreichte zwei flauschige Tücher.

Eibert legte die Kleidung ab. Tore folgte dem Tun zögerlich. Auf einmal stand der Freund hüllenlos da. Und schien sich gar nichts daraus zu machen. Nacktheit widerstrebte Tore. Nackt durfte ihn ausschließlich Giulia sehen. In der Kindheit waren es die Mutter und nur die Götter, selbstverständlich. War den Menschen das Schamgefühl geschenkt worden, um es zu missachten?

Da sagte Eibert mit gesenkter Stimme: »Tue bitte, was hier alle tun. So ist es nun einmal Sitte. Die Männer baden nackt. Die Frauen tragen in ihrem Badebecken einen Schal vor der Brust und ein kurzes Höschen. Unter Männern hingegen wirst du niemanden finden, der auch nur den kleinsten Stofffetzen am Leib hat. Also mach keine Mätzchen.«

Tore hob hilfesuchend den Kopf, presste die Lippen aufeinander. Doch Unterstützung war nicht in Sicht.

Eiberts Stimme geriet ins Flüstern: »Ich plane, hier in der Therme mit einem einflussreichen Römer zu verhandeln, um das Unglück von unserem Bruder abzuwenden. Genau aus diesem Grund wird Wodan ganz gewiss nicht böse sein über unseren Aufzug – oder auch Nicht-Aufzug.« Er grinste. »Nun mach schon!«

Tore verdrehte die Augen und mit einem tiefen Seufzer in der Kehle ließ auch er die Hüllen fallen.

Alsbald lustwandelten sie wie die anderen Badegäste durchs Becken. Was für eine Wohltat. Tore suchte am Beckenrand nach einem Halt. Von hier aus besaß er einen guten Überblick. Mosaiken schimmerten vom Beckengrund herauf. An den Wänden erfreuten Verzierungen die Gemüter, ebenso die aufragenden Mauern außerhalb des Wassers. Wie machte man denn so etwas? Tore widmete sich dem Motiv des nächst gelegenen Wandmosaiks. Eine Ess-Szene: ein reichhaltig gedeckter Tisch mit einem gebratenen Vogel darauf. Dazu Schüsseln, ein Krug, Becher, fröhliche Menschen ringsherum, dem Aussehen nach Römer. Zu gern hätte Tore auch die anderen Motive genauer betrachtet. Vielleicht hätte Eibert ihm einige erklären können. Doch der war plötzlich verschwunden. Dessen Abwesenheit irritierte Tore. Er fürchtete, in einer fremden Sprache angesprochen zu werden. Verzweifelt suchte er nach Anzeichen von germanischen Brüdern unter den Badegästen. Um nicht aufzufallen, folgte er im Wasser einem von den Badegästen beschrittenen Oval. Und noch immer gab es kein Lebenszeichen von Eibert. Ein Unglück, weil die Besucher der Therme ausschließlich aus Römern bestanden. Dennoch verließ Tore irgendwann den Rundgang der im Wasser Schreitenden. Kaum stand er neben dem Becken, rauschte der Badewächter heran, reichte ihm ein Tuch.

Wenig später bot sich eine schmale Nische an, darin so etwas wie Unterschlupf zu finden.

Sekunden später brachte ihm der Badewärter eine Nachricht: »Folge mir«, sprach er in einem germanischen Dialekt.

Kein umständliches, schlechtes Germanisch, nein. Also ein Bruder. Tore fiel ein Stein vom Herzen. Bis tief in sich hinein fühlte er die Bedrückung weichen.

Der Badewärter erklärte: »Ich bin Sklave und entstamme dem Land der Wanen. Langobarden haben mich gefangen genommen und an römische Sklavenhändler verkauft.« Er zuckte mit den Schultern. »Wenn es denn Wodans Wille ist …« Als Tore irritiert glotzte, ergänzte er: »Was soll 's. Mir gefällt mein Leben. Es ist weniger anstrengend als die Arbeit auf dem Hof meiner Eltern. Wegen meiner vielen hungrigen Brüder und Schwestern ist unser Tisch ohnehin selten gut gefüllt gewesen. Hier leide ich keinen Hunger.« Bei dieser Feststellung strich er sich mit wohlig-zufriedener Miene über den hervortretenden Bauch. Nein, unzufrieden wirkte der Badewärter nicht.

Tores Verstand geriet ins Schleudern. Warum flüchtete der Mann nicht einfach? Konnte man Freiheit gegen ein paar bekömmliche Brotlaibe eintauschen? Da packte ihn das Misstrauen. Oder sollte er, Tore, ausgehorcht werden?

Auf einmal sprang eine Tür auf, hinter der ein Raum von der Größe der Wohnstube eines germanischen Pfostenhauses wartete.

Das erste, was Tore darin zu Gesicht bekam, waren frei stehende Bänke. Einige nackte Männer lagen bäuchlings darauf. Andere standen links oder rechts der Bänke und machten sich an den Ruhenden zu schaffen. Sie drückten und rieben mit bloßen Händen über deren Leiber und Gliedmaßen. Manche hantierten mit Bündeln von dünnen Ruten, die sie mit dezentem Klatschen auf bestimmte Körperpartien niedersausen ließen.

Was ging hier vor? Bei Wodan, stand er, Tore, hier inmitten einer Folterkammer?« Wie es aussah, litt keiner der Anwesenden Schmerzen. Instinktiv suchte Tore die Räumlichkeit ab, einen Fluchtweg zu finden. Auf einmal entdeckte er Eibert, der fünf Schritte entfernt auf einer Bank lag. Auch der wirkte ganz und gar nicht gepeinigt. Neben ihm, offenbar herangeschoben, eine zweite Bank. Auf ihr ruhte ein Römer, wie an seinem Äußeren zu erkennen war. Sie sprachen angeregt miteinander. Es dauerte nur Augenblicke, bis Tore von Eibert bemerkte wurde.

»Mach es dir auf einer der Bänke bequem«, schlug er vor. Ein kurzer Augenkontakt zu seinem römischen Gesprächspartner, dann fügte er hinzu: »ich habe noch eine Weile zu verhandeln.«
Ein weiß Gekleideter kam heran und half Tore auf die Bank. Aus stabiler Esche gefertigt, stellte er fest. Eiberts Nähe machte ihm Mut. So ließ er eine Massage über sich ergehen. Sehr angenehm.

Nicht mehr lange und Eibert winkte zum Aufbruch. Schnell waren sie angekleidet. Am Ausgang bekamen sie ihre Messer ausgehändigt. Ein kleiner Fußmarsch noch und schon standen sie vor dem Gasthaus, in dem die Bauern aus dem Dorf warteten. Die hatten inmitten eines geräumigen Gartens Platz genommen, der von vereinzelten Linden und Buchen gesäumt wurde. An einigen Tischen saßen Gäste unterschiedlichen Aussehens über Speisen und Getränken. Eibert bestellte einen Krug Met. Er berichtete von dem Gespräch mit dem Römer in der Therme. Demnach sei der verschleppte Bruder an eine Kampfschule verkauft worden. Seine Freilassung koste sechs Denare.

»Oh, verflucht!« Die Männer reagierten wie aus einem Mund.

»Man sollte den Menschenschändern den Kopf polieren«, presste ein Bauer zwischen den Lippen hervor.

»Warte damit, bis die Zeichen günstiger stehen«, antwortete Eibert mit gespieltem Ernst. Er fuhr fort: »Wir können leider nicht ausschließen, dass unser Bruder in die Arena muss.« Das zu verhindern bleibt uns wenig Zeit. Denn die Kämpfe stehen kurz bevor.« Dann erklärte er: »Der Statthalter liebt Gold und Silber, wie alle Römer, doch leider ist er bereits unterwegs zur Arena, wo normal Sterbliche ihn nicht erreichen können. Aus diesem Grund kann unser römischer Helfer, der sehr einflussreich im Sklavengeschäft ist, gerade nichts für uns tun.«

Einer der Bauern verzog das Gesicht. »Wenn das so ist, wie sollen wir unseren Bruder rechtzeitig freibekommen?«

Ein anderer sprach: »Du wirst dem römischen Halunken in der Therme doch wohl nicht unsere Denare zugesteckt haben?«

»Einen einzigen nur. Sonst hätte er gar nicht erst mit mir gesprochen.« Eibert zuckte mit den Achseln. »So sind sie nun einmal, die Verhältnisse, und zwar überall. Auch unsere Stämme lieben das Klingende und Glänzende und greifen nur allzu gern zu, bei jeder sich bietenden Gelegenheit.«

Da nickten die Männer mit dem Kopf. Auch der, der eben noch von römischen Halunken gesprochen hatte.

Plötzlich, während Met serviert wurde, drangen aus der Nähe Jubel-, dann Trittgeräusche heran. Reihen von martialisch ausschauenden, an Fußketten schreitenden Kämpfern wurden sichtbar, von denen einige in metallenen Panzern steckten. Begleitet wurden sie links wie rechts von jubelnden, in Feierstimmung sich gebärdenden Menschen: Männer wie Frauen, ausgelassen umschwirrt von johlenden Jünglingen und Kindern. Ein Kordon aus schwer bewaffneten Reitern fasste den Zug ein.

Die Männer am Tisch unter den Bäumen machten sich instinktiv klein, in den Augen das blanke Entsetzen: Gladiatoren. Tore konnte den Blick nicht abwenden. Dem geordneten Zug folgten mehrere Zweispänner, deren Wagen schwer beladen waren, denn die Pferde hatten mächtig zu ziehen.

»Oh Wodan, was, wenn unser Bruder zu diesen Unglücklichen hört?« Eine der Bauern wollte von seinem Stuhl aufspringen.

Eibert hielt ihn fest. »Keine Auffälligkeiten. Selbst wenn unser Dorfmitglied inmitten dieser Todeskämpfer zur Arena geführt würde, wäre das nicht gleichbedeutend mit seinem Tod.«
Tore schluckte. Sein Mund trocknete aus. Dann endete auch schon der Vorbeimarsch. Was blieb, war aufgewirbelter gelblicher Staub, der Straßen und Plätze bedeckte. Einen Augenblick später ruhte die Stadt wieder unschuldig in der Sonne. Hier und da huschten Spatzen über Tische und Bänke. War es das, wonach ein freiheitsliebender Mensch suchte?

Mitten hinein in die vielschichtige Anteilnahme am Schicksal der Gladiatoren drängte plötzlich Eiberts Stimme: »Lasst uns aufbrechen in die Arena. Wir haben noch einige Münzen in Reserve. Vielleicht lässt sich spontan etwas ausrichten.«
Nicht lange und Tore, Eibert und die beiden Bauern schienen inmitten eines Stroms aus Menschen zu schwimmen. Über einen großen, eher unübersichtlichen Platz führte der Weg nach Süden, weg vom Rhein. Gar nicht so weit entfernt tauchte ein unvergleichliches Bauwerk auf.

»Was ist das?«, fragte Tore und zeigte auf eine endlose Reihe von gemauerten Pfeilern und Bögen, die zur Ortsmitte führten.

»Die Römer nennen es Aquädukt. Darauf soll eines Tages Wasser fließen, von reinen Quellen aus den Bergen.

Tore verzog ungläubig das Gesicht. »Was soll so etwas? Bauen die Römer keine Brunnen?«

»Die sind ganz einfach zu faul zum Graben«, spottete ein Dörfler.

»Ach, ihr wollt mich veräppeln«, winkte Tore ab.

Eibert antwortete: »Da haben wir Wichtigeres zu tun.«

Kurz darauf, hinter einer Kurve, standen sie plötzlich vor einer gewaltigen Wand aus Holzplanken. Wie ein riesiges Schiff, dachte Tore.

»Hierher«, rief Eibert und dirigierte seine Leute durch einen geräumigen Vorbau.

Da trug der Wind das Murmeln und den Gesang von ausgelassen feiernden Menschen heran. Tore schaute umher, suchte nach der Herkunft der Geräusche.

»Die Arena-Besucher«, erklärte Eibert.

Der Geruch von Gesottenem schmeichelte die Nasen der auf Einlass Wartenden. Allmählich erreichte auch Tores Neugier einen Pegel, der alle Bedenken und allen Ekel vor blutigen Kämpfen beiseite wischte. Erstaunt registrierte er, dass niemand an ihm Interesse zu haben schien. Obwohl etwas Germanisches an ihm haftete. Er schaute sich um und bemerkte auf der linken Seite der Arena eine Baustelle. Der sandige Boden war aufgegraben worden, an den Seiten der Grube arbeiteten Männer: Sklaven vermutlich, die in einfachen Hemden steckten. Sie waren damit beschäftigt, Wagen zu entladen. Andere senkten behauene, mittelgroße Steinquader mit Hilfe hölzerner Kräne in die Grube. Etwas abseits warteten Maulesel auf ihren Einsatz.

Eibert war auf Tores Interesse an der Baustelle aufmerksam geworden. »Dort wird eine neue, viel größere Kampfstätte gebaut. Sie soll den Namen Augustus-Arena bekommen.« Und: »Selbstverständlich aus Stein. Die Gladiatoren sollen spüren, welchen Mächten sie ausgeliefert sind.«

Bald passierten sie den Durchgang zur Arena. Ein ovaler Innenraum tat sich auf. Die bildhafte Vorstellung von gegeißelten, erstochenen, zerrissenen Gladiatoren ließ Tore trocken schlucken. Mehr jedoch erschrak ihn die Ausgelassenheit der zahllosen Menschen, die auf den Rängen frohgemut lärmten. Eibert drängte beim Betreten der Ränge zur Eile. Dankbar nahmen die von den Reisestrapazen erschöpften Bauern auf einer Bank Platz. In diesem Augenblick kam Bewegung in die Loge des Statthalters auf der gegenüberliegenden Arena-Seite. Legionäre betraten den terrassenförmigen Vorbau. Mit Schilden und aufgerichteten Langspeeren bildeten sie zwei Reihen, eine Art Mauer zu den umliegenden Tribünen. Dann geschah eine Weile nichts. Ebenso wie auf dem sandigen Boden der Arena, worüber die Luft in der Sonne flimmerte.

Plötzlich schallte ein Horn durchs Areal. Augenblicklich verstummten die eben noch lärmenden Zuschauer. Gleichzeitig betrat ein Mann mit einem blanken Brustpanzer über einem roten Rock die Loge. An seinem Gürtel hing ein Schwert. Sein Kopf wurde von einem Offiziershelm mit einer goldfarbenen Pferdebürste verziert. Ei, so also sah ein römischer Herrscher aus, hier: Quinctilius Varus. Soweit in der blendenden Sonne Einzelheiten zu erkennen waren, ragte unter milden Augen eine eher dickliche Nase hervor. In seinem Gefolge erschienen Offiziere. Auf einmal stutzte Tore. Wenn seine Sinne nicht täuschten, handelte es sich bei dem Mann, der hinter Varus Platz nahm, um Arminius. Tore mochte seine Augen nicht abwenden. Er wusste, dass der römische Ritter und Cherusker-Fürst die imperiale Reiterei befehligte und dass er mit dieser exponierten Stellung auf Tuchfühlung mit dem Statthalter lebte. Aber dass Arminius in der Loge des Machthabers an Gladiatorenkämpfen teilnahm, passte irgendwie nicht in seine Vorstellung. Was würden Wodan und Thor dazu sagen?

Inzwischen war die Kampfstätte bis hinauf in die oberen Ränge mit Menschen aus verschiedenen Regionen des Imperiums gefüllt. Die meisten waren römischer Abstammung, wie unschwer zu erkennen war. Auf den Stehplätzen hinter der Balustrade standen erstaunlich viele Legionäre. Frauen durchmischten die leichten Rüstungen, die in der Sonne leuchteten. Eine Weile passierte nichts. Unruhe kam auf. Die Stimmen streitender Männer, das hektische Meckern ungeduldiger Besucher wehte böig durch die Reihen.

Endlich verließ Statthalter Varus seinen Sessel. Augenblicklich sprangen die Arena-Besucher auf. Eine geradezu mystische Stille schien die Ränge zu vereinen. Instinktiv hielt auch Tore seine Lippen geschlossen, wagte kaum Luft zu holen, stand still wie ein

Zaunpfosten in einer Feldbegrenzung. Statthalter Varus hob den Arm, um ihn sogleich wieder fallenzulassen. Eine Fanfare ertönte, herausgeblasen aus blechernen Hörnern.

Kurz darauf wurde ein Tor zur sandigen Kampffläche geöffnet. Heraus traten ein dunkelhaariger Schwert-Kämpfer mit einem Rundschild und ein glatzköpfiger Hüne mit einem römischen Langspeer und einem Netz, das er gefaltet über der Schulter trug.

»Retiarius!«, flüsterte Eibert.

»Wie, was?«

»Retiarius, so nennt man den Netzkämpfer.«

In den Ledergürteln der Kontrahenten steckten Messer. Beide Männer schritten aufrecht, wirkten siegessicher, als sie vor die Tribüne traten und dem Herrn der Spiele ihren Gruß entboten. Dann hielt wieder lärmende Erwartung Einzug auf den Rängen. Doch diesmal ohne Gezänk oder Gelächter, stattdessen brandeten Anfeuerungsrufe auf. Da bemerkte Tore Männer, die auf den Rängen mit Besuchern sprachen und offensichtlich Denare hin und her tauschten.

»Bei denen geht es ums Wetten. Du könntest beispielsweise auf den Sieg eines Gladiators setzen«, erklärte Eibert unaufgefordert. Wetten waren für Tore nichts Neues. Dennoch: Unfassbar, in welch großem Stil so etwas erfolgte.

Als die Gladiatoren zur Platzmitte schritten, glaubte Tore zu bemerken, dass deren Selbstsicherheit verblasste. Jedenfalls wirkten ihre Bewegungen bei Weiten nicht mehr so unreflektiert wie vorhin. Sie schielten aufeinander, musterten und maßen sich. Vielleicht sannen sie über eine geeignete Strategie nach. Vielleicht wurden sie gerade jetzt von einem Gedankenblitz getroffen, wie sie die Götter ihren Lieblingen schickten. Auch in Tore gerieten die Sinne unter Spannung. Schon nahmen die Gladiatoren Aufstellung. Doch ließ Varus' Zeichen für den Kampfbeginn auf sich warten. Was für eine Gemeinheit, die Kämpfer in der sengenden Hitze stehen zu lassen. Tore blinzelte zum blauen Himmel hinauf. Die Sonne. Noch immer knallte sie auf die Erde hierunter. Plötzlich bekam er Mitleid mit den Kämpfern, nicht nur wegen der sengenden Hitze, sondern vor allem wegen des traurigen Schicksals, das einer der Männer erwartete. Tore stellte sich vor, wie die Todeskandidaten gestern noch miteinander trainiert hatten, dass sie womöglich gute Freunde waren und ihre gegenseitige Kampfkraft einzuschätzen wussten.

Die Begeisterung auf den Rängen brandete auf, als der Statthalter den rechten Arm hob, um den Kampf zu starten. Lauernd, den Gegner im Auge behaltend, setzten sich die Todgeweihten in Bewegung. Aus einer unscheinbaren Drehung heraus ließ der Netzkämpfer seine Fangwaffe vorschnellen. Dem Gegner gelang es auszuweichen. Und schon kam es zum Gegenschlag, indem er seinen Schild vorstieß, von dessen Mitte ein spitzer Dorn abragte. Ähnlich wie daheim, dachte Tore, der an Kriegsübungen von Gefolgschaften dachte. Ein Ablauf, der sich wiederholte. Tore vermutete, dass die kurzen Angriffe nichts als Finten waren, allein dazu da, den Gegner auf unerwartete Weise final anzugreifen. Doch der schien auf der Hut zu sein. Hin und her wogte der Kampf. Zu wenige Aktionen, wie feiste Römer in Tores Umgebung klagten. Unruhe kam auf. Mehr Mut, mehr Einsatz wurden gefordert. Auch Tore spürte einen Drang, die Kämpfer anzutreiben. Doch ging es ihm weniger um Sieg und Niederlage. Denn beide schienen keine Germanen zu sein. Anders die Kämpfer, sie wollten, ja sie mussten den Kampf zu Ende bringen. Angestachelt von auflebenden Protesten gingen sie stürmisch aufeinander los. Heftig drängte der mit dem Schwert auf den Netzkämpfer ein. Dieser, mit der Geschmeidigkeit eines wilden Tiers, sprang nach links, um gleich darauf selbst ungestüm vorzupreschen. Wie aus einem Guss schleuderte er das Netz über den Gegner. Den traf der Gegenangriff unerwartet. Und schon war er mitsamt seiner Waffe eingewickelt. Der Kampf schien besiegelt. Ohne Hast, im sicheren Gefühl des Siegs und scheinbar frei von Mitleid hob der Netzkämpfer seinen Speer, umtost von Anfeuerungsrufen; vermutlich von jenen, die auf ihn gewettet hatten. Siegesgewiss und gönnerhaft winkte er zu den Rängen hinauf. Was für ein Leichtsinn, erkannte Tore. Denn blitzschnell war es dem Schwertkämpfer gelungen, sich aus dem Netz zu befreien. Und mit einer Wendigkeit, die ihm zu diesem Zeitpunkt keiner zugetraut hatte, zückte er sein Messer und sprang den Retiarius an. Als der die Absicht erkannte, unterlief ihm prompt der entscheidende Fehler. Anstatt auszuweichen und mit seinem Speer zuzustoßen, versuchte er, an sein Netz zu gelangen. Zu spät. Blutig drang der gegnerische Dolch durch seine lederne Weste. Röchelnd ging der Netzkämpfer auf die Knie, sank zu Boden. Der unerwartete Sieger griff zu seinem im Sand liegenden Schwert und nahm vor der Tribüne des Statthalters Haltung an. Quinctilius Varus betrachtete ihn wohlwollend. Ihm konnte es egal sein, wer die Arena als Sieger verließ. Sein Anteil an den Wetteinnahmen war gewiss.

Beim Anblick des Besiegten im Sand der Arena wurde Tore unwillkürlich von Mitleid und Entsetzen gepackt. Empfindungen der Schwäche, für die er sogleich Scham empfand. Wie oft in seinem Leben hatte er ein Tier getötet, wie oft dem Tod passiv beigewohnt? Sogar zwei Menschen hatten durch seine Hand sterben müssen. Ei, was sollten da diese kindischen Empfindungen? Er rang um Haltung. Still bat er bei Wodan und Thor um Vergebung. Nicht nur ein geübter Krieger, auch ein germanischer Bauer hatte seinen Mann zu stehen; einerlei, ob es sich um einen Sklaven oder einen Freien handelte. Dem Tod ins Auge zu schauen, das gehörte nun einmal zu den ewigen und bedingungslosen Eigenschaften eines tapferen Germanen. Und die hatten an jedem Ort, zu jeder Stunde tapfer zu sein, so wollte es das Gesetz der Stämme.

Rasch kehrte Tore zurück aus seiner Innerlichkeit. Da sah er, wie der Statthalter den Daumen senkte. Auf einmal wurde deutlich, dass der Verlierer noch lebte. Hoch-Rufe, Jubelschreie, aber auch vereinzelte Schreckenslaute begleiteten das Todesurteil für den Retiarius. Der Schwertkämpfer trat auf den Besiegten zu, griff in dessen Haare, zog den Kopf hoch, um den Besiegten mit einem routinierten Schnitt über die Kehle endgültig zu erledigen.

»Na, viel Leben ist ja nicht mehr drin gewesen«, murmelte Eibert.

»Meinst du?«, fragte Tore eher rhetorisch, mit leerer Stimme, dankbar für die Gelegenheit, überhaupt ein Wort loszuwerden.

»Ohne den Schnitt durch die Kehle hätte der Besiegte nur unnötig leiden müssen«, murmelte Eibert. Als er bemerkte, dass Tore nervös die Hände aneinander rieb, ließ er ein Grinsen folgen und umarmte den Freund. »Falls du es vergessen hast. Wir sind hier bei den Römern zu Gast.«

Kaum hatte der siegreiche Gladiator die Arena verlassen, wurde der Besiegte an den Füßen hinausgeschleift. Vier weitere Kämpfer betraten die Arena. Als Gladiatoren gelobten auch sie dem Statthalter und Rom die Ehrerbietung bis in den Tod. Diesmal standen zwei Netzkämpfer bereit. Reti-ka-a. Verdammt, Tore verwarf die Aussprache des eigentümlichen Begriffs. Also Netzkämpfer, trotzte er still. Ihre Gegner trugen klassische germanische Kurzspeere, die

Waffe der Gefolgschaften. In der anderen Hand hielten sie einen rechteckigen Schild. Schulter und Arme wurden von einer durchgehenden Manica geschützt. Mit dieser Ausstattung glichen sie Legionären, wie sie Tore während der Flucht mehrmals beobachtet hatte.

»Schwer Bewaffnete nennt man Murmillo!«, erklärte Eibert.

»Verstehe, Murmillolino sagen die Römer.«
Tores gereizter, spitzer Ton erreichte sein Ziel und hielt Eibert von weiteren Erklärungen ab.
Die vier Gladiatoren bildeten zwei Paare aus je einem Schwert- und einem Netzkämpfer.

Ihre Kampfhandlungen hatten noch nicht begonnen, als Tore von einem menschlichen Bedürfnis geplagt wurde. Sein Unterleib blähte und fauchte, so dass er fürchtete, die Kontrolle über seinen Darm zu verlieren. Wo die nächste Abort-Gelegenheit sei? Von einer Toilette in der Arena wusste Eibert nichts.

Er fragte einen hinter ihm sitzenden Römer und übersetzte die Antwort: »Du musst die Arena verlassen. Aber der nächste Abort ist wegen der Bauarbeiten gesperrt. Am besten, du läuft zur Herberge.«

Die Straßen wirkten während der Arena-Kämpfe wie leergefegt. Trug der Wind zunächst noch Anfeuerungsrufe hinterher, blieb später nichts als eine erfrischende Leere. Endlich erreichte Tore die Herberge. Weit und breit war keine Vorrichtung für das persönliche Geschäft auszumachen. Er suchte den Schankbereich auf. Doch wie sollte er sich verständigen? Eine blonde, sehr hellhäutige Frau mit langem, um den Kopf gewickeltem Haar sollte ihm zuvorkommen. Kurz nur musterte sie ihn, um dann in einem nordischen Germanisch zu fragen, ob er ein Problem habe. Tore war geblendet. Ei, wie schön sie war. Doch verdrängte er diese Eindrücke und schilderte seine Situation.

»Das habe ich vermutet«, antwortete sie mit Amüsement in der Mimik. Lächelnd verwies sie auf einen Pfad, der zwischen zwei Häusern hindurch auf einen sandigen Platz führte. Tore verschwendete keine Zeit und rannte los. Das Ziel: eine Holzwand. Dahinter vermutete er eine lange Bank mit ausgesägten Lochspalten, so wie er sie hinter Menorics' Haus auf dem Hügel kennengelernt hatte. Mit kleinen, gequälten Schritten erreichte er den Ort.

Tatsächlich glich die Abortanlage seinen Erinnerungen. Einziger Unterschied: Die Bank mit den Abwurflöchern bildete einen Halbkreis. Tore riss seine Hose runter, warf sich mit dem Hintern auf eine Öffnung. Endlich. Aufatmen. Was für eine Erleichterung, als die treibende Last in der Schwärze des Untergrunds verschwand. Kaum verklang Tores atemloses Hecheln, als er am äußersten Abwurfloch einen schmächtigen Mann bemerkte. Da traf ein weiterer Abort-Benutzer ein. Er begrüßte den hageren Römer. Auch vergaß er Tore nicht. Der nickte ausweichend, brummte unverständliche Worte, die ihm selbst unverständlich waren. Beide Römer nahmen keine weitere Notiz von ihm, sie feixten miteinander, prusteten vor Vergnügen oder flüsterten und wisperten. Nur allzu gern hätte Tore gewusst, was die Römer amüsierte. Ihm dämmerte, dass es wirklich Zeit wurde, deren Sprache zu erlernen.

Während sein gereizter Unterleib entspannte, beobachtete er die beiden gut gelaunten Abortgäste. Sie hegten keinerlei sichtbare Aggressionen. Eigentlich nette Kerle, so wie man sie auch in den germanischen Dörfern fand. Und wieder einmal kehrten sich Tores widerstreitende Empfindungen um. Wie konnten freundliche Menschen einverstanden sein mit den schrecklichen Todesspielen der Gladiatoren? Spiele? Was in der Arena stattfand, war etwas anderes als Spiel, es war die nackte Lust am Töten.

Mit entspanntem Unterleib suchte Tore nach einer Wasserstelle. In Menorics' Haus standen Wassereimer und Schwämme zur Reinigung und zum Durchspülen des Aborts bereit. Doch hier stand nichts. Fieberhaft suchte er nach Wasser. Auch lagen keine Blätter oder Gräser bereit. Da beendeten die römischen Abortgäste ihr Geschäft. In lässiger Gebärde fuhr ihre linke Hand unter das Gewand, wo sie kurz verweilte. Einer von ihnen führte einen Finger zur Nase, nickte die Sinneswahrnehmung zufrieden ab. Der andere verzichtete auf diese Geste und verließ die zum Himmel hin offene Anlage als Erster. Tore wagte einen Blick in die Tiefe des Aborts. Da unten führte keine gemauerte Rinne entlang, in der Wasser fließen könnte. Ein deftiger, durchaus nach Gewürzen riechender Luftstrom stieg auf. Da bekam Tore Sehnsucht nach dem germanischen Wald, der für alle Bedürfnisse eine zufriedenstellende Lösung bereithielt. Mit einem unverrichteten Reinigungsdrang verließ er die Anlage. Nach wenigen Schritten stand er wieder vor der Herberge.

Die attraktive Frau mit den kunstfertig geflochtenen Haaren schien auf ihn gewartet zu haben. »Darf ich dir einen vollen Becher Met anbieten?«

Tore zögerte. Hübsch sah sie aus. Irgendwie nordisch. Ei, einige Straßen weiter wartete der Tod. Hier, vor ihm, stand das blühende Leben. Unwillkürlich tastete er nach dem Beutel an seinem Gürtel. Doch den hatte er auf Eiberts Weisung zurückgelassen im Dorf. Kein Geld, kein Met. Was blieb ihm anderes übrig, als das Angebot auszuschlagen.

Peinlich berührt verriet er: »Ich habe meine Münzen vergessen.«

»Ich lade dich ein, Bruder«, antwortete die Schönheit mit heller Stimme.

Frech ist sie auch noch, dachte Tore.

Dann, in einem Tonfall, der aufhorchen ließ, fügte sie hinzu: »Die Männer der Stadt sind in der Arena – bis sie irgendwann selbst im Sand der Todeszone stehen.« Dazu machte sie mit der flachen Hand ein Zeichen fürs Kopfabschneiden. Schließlich bat sie: »Komm, wir nehmen den Tisch im Windschatten.«

Tief atmete Tore durch. »Einverstanden.«

Nicht lange und auf dem Tisch stand der versprochene Becher. Auffordernd nickte sie ihm zu. Er trank.

»Du bist mutig«, sagte sie, wobei sie ihn aufmerksam musterte.

Tore formte die Augen zu misstrauischen Schlitzen. »Wie kommst du darauf?«

»Nicht jeder Bruder trinkt arglos, was er vorgesetzt bekommt. Und schon gar nicht, wenn er allein ist.«

»Aber ich bin doch gar nicht allein«, antwortete Tore, »ich bin in deiner Gesellschaft.«

Da grinste die Schöne. »Woher kommst du?«

»Aus ...« Tore verstummte. Wollte sie ihn aushorchen?

»Warum müssen wir über mich reden? Wie steht es mit dir? Bist du die Besitzerin dieser Herberge?«

»Nein, mir gehört nichts – ich selbst bin Eigentum des Besitzers.«

»Oh!« Tore kräuselte die Stirn. Eine Leidensgefährtin. Warmherzige Empfindungen durchströmten sein Herz. Dennoch verkniff er jeden Anflug von Vertraulichkeit, nippte am erfrischenden Trunk. Dann jedoch verließ ihn der Mut. Er wandte sich ab. »Es tut mir leid, aber ich muss jetzt aufbrechen. In die Arena.«

Die vermeintliche Sklavin stand mit ihm auf.

Tore versprach: »Ich komme wieder und bezahle den Becher.« Vor dem Betreten der Straße blieb er jedoch abrupt stehen. »Eine Frage noch: Wie fühlt man sich als Sklavin so nahe der Heimat?«

Ihre Stimme klang besonnen, als sie antwortete: »Durchaus nicht schlecht. Ich bin auch in der Heimat eine Sklavin gewesen, eine Unfreie, wie unsere Brüder sagen.«
Worte, die in Tore bekannte süßliche Empfindungen freisetzten. Doch längst hatte sein Misstrauen die Oberhand gewonnen. Zudem drängte das Pflichtgefühl.

Einen kleinen Fußmarsch später saß er wieder in der Arena an der Seite Eiberts, der einen durchaus amüsierten Eindruck machte. Überhaupt herrschte allseits gute Laune. Von der atemlosen Spannung von vorhin war nichts geblieben. Männer in römischer Kleidung durchstreiften die Auf- und Zugänge, boten Getränke, geröstetes Brot und Fleischstücke feil. Ein verführerischer Duft, der durchs Oval waberte. Da verspürte auch Tore ein Verlangen nach diesen Köstlichkeiten. Die beiden Bauern saßen unbewirtet auf den Bänken. Bloß nicht aus der Reihe tanzen, ermahnte ihn eine zweite Stimme aus dem Ich. Ei, wenn die Verzicht üben, wollte auch er, Tore, sich fügen und den Magen knurren lassen. Fast bereute er, die blonde Schönheit aus der Herberge verlassen zu haben. Denn dort hätte man ganz gewiss etwas zu essen bekommen.

Im Oval der Arena wurden gerade mit Hilfe von Mauleseln kopflose Tierkadaver durchs Tor entsorgt.

Eibert schlug Tore vergnügt auf die Schulter. »Während deiner Abwesenheit haben zwei lustige Kämpfe stattgefunden. Theater nennen es die Römer. Männer in bunten, grellen Tunikas und anderer Kleidung haben getanzt, musiziert und wie nebenher allerlei Tiere niedergemetzelt. Auch solche, die ich noch nie gesehen habe.« Belustigt ergänzte er: »Darüberhinaus sind die Schlächter auch noch miteinander in Streit geraten und haben sich gegenseitig Holzlatten auf den Kopf geschlagen.« Eibert war noch immer guter Laune, denn er lachte amüsiert und anhaltend. Einige Atemzüge später schlug er allerdings vor, die Arena demnächst zu verlassen.

»Vielleicht ist unser Bruder bereits freigekommen.«

»Ich hoffe, dass du richtig liegst«, entgegnete einer der Bauern.

»Ich denke, schon«, antwortete Eibert nachdenklich, »denn im Anschluss an die Belustigungen treten gewöhnlich die besten und erfahrensten Kämpfer auf. Solche, die so manchen harten Kampf überlebt haben. Zu denen gehört unser Bruder gewiss nicht.«

»Ist es tatsächlich so?«, fragte Tore interessiert. Und: »Ich dachte, dass hier nur Sklaven und Verbrecher aufeinandergehetzt werden.«

»Nein«, erklärte Eibert, »es kämpfen sogar Freigelassene gegeneinander. Als Gladiator kann man durchaus Ansehen erlangen. Vorausgesetzt, man kämpft gekonnt und siegreich.« Eibert verließ seinen Platz, forderte, seinem Beispiel zu folgen. Da, früher als erwartet, wurde eine neue Darbietung angekündigt. »Verdammt!«, fluchte er und beobachtete die durch die Reihen flitzenden Arena-Besucher, die ihre Plätze aufsuchten. Tore ahnte, warum der Freund zögerte. Durch dieses Getümmel zu drängeln würde die Aufmerksamkeit aller umliegenden Ränge, wenn nicht sogar der ganzen Arena herausfordern. Prompt kehrte Eibert zurück auf die Bank. Die beiden Dörfler nahmen es gelassen. Mehr noch: Tore glaubte, auf ihren Gesichtern heimliche Freude zu erkennen.

Da betrat ein groß gewachsener Römer die Mitte der Arena. Über den Schultern trug er ein Bärenfell. Seine Erscheinung schien den Zuschauern vertraut zu sein. In einer Weise, die Begeisterungsstürme hervorrief.

Spontan schallten Laute von den Rängen herunter: »Hoh! Hoh!«

Oder: »Der Bärenmann, der Bärenmann, der uns so schön erheitern kann.«

Dann: »Lasst ihn tanzen, lasst ihn tanzen!«
Auf und ab schwellendes Gelächter fütterte die Erwartungen. Der Darsteller nahm Sichtkontakt zur Tribüne auf, grüßte beflissen mit ausgestrecktem Arm und brüllte: »Aufgepasst, verehrter Statthalter. Gleich werden Tiger-Menschen, Löwen-Krieger und unbesiegbare Gladiatoren die Arena betreten. Und noch vieles mehr.« Er zeigte auf das Tor. »Aber an vorderster Stelle wartet ein Wilder, ein im Wald geborener Krieger, ein Barbar, der jedem denkbaren Grauen tapfer in die Augen schielt.« Der Bärenmann ließ eine Verbeugung folgen, lenkte den Blick zurück zur Tribüne, wartete auf das Zeichen für den Beginn der Darbietung.

Ein solches Spektakel hatte Tore nicht erwartet. Was mochte sich hinter der Ankündigung verbergen? Eines allerdings war deutlich. Für die Leute um ihn herum besaß der Sprücheklopfer einen großen Unterhaltungswert.

»Was geht hier vor?«, fragte Tore.

»Der Bärenmann ist ein bekannter Satyr-Spieler«, klärte Eibert den Freund auf.

Wenn Tore doch nur wüsste, was ein Satyr-Spieler war.

Eibert fuhr fort: »Sie verspotten alles und jeden, die ganze Welt.« Eibert hob die Achseln und fügte hinzu: »Die Römer lieben solche Stücke. Manchmal lästern sie darin sogar über Wodan.«

Und wieder erklang die Stimme des Bärenmannes.

Mit erhobenen Armen stand er inmitten der Arena und warnte die Zuschauer: »Vorsicht, allergrößte Vorsicht, verehrte Gäste, nehmt euch in Acht. Ihr werdet einen waschechten germanischen Jäger erleben, der die Fährte eines blutrünstigen Wolfs aufgenommen hat!« Dann brüllte der eigentümliche Ansager schauerlich und tat verängstigt, was die Zuschauer zu spöttischem Johlen animierte. Abermals hob der Bärenmann die Arme. »Also herein mit dem gefährlichsten Barbaren, den das Imperium Romanum je eingefangen hat!«

Da flüsterte Eibert: »Gleich wirst du wissen, was die Römer lustig finden: alberne, aber unterhaltsame Possen.«

Doch Tore hatte sich bereits anstecken lassen von der geifernden Erwartung im Rund der Arena. Neugierig suchten seine Augen nach dem Statthalter. Der machte einen eher abwesenden Eindruck. Mochte der Allgewaltige keine Satyrspiele? Tore winkte ab. Was ging es ihn an? Die Luft erzitterte, das Trompetensignal rief zum Start der Chose. Das zweiflügelige Tor wurde aufgerissen. Und schon betrat ein bockiges Tier die Arena, getrieben von Helfern mit Gebrüll und Stockschlägen. Es steckte in einem Wolfsfell.

»Ha, ha«, tönte es in Tores Rücken.

Der musste zugeben, dass dieser Wolf tatsächlich lächerlich aussah. Über seinen Kopf hatte man eine Mütze gestülpt. Sie besaß zwei Löcher, durch die zwei stark beharrte Ohren ragten. Das Tier schien sich gar nicht wohl zu fühlen, als es an den vorderen Rängen vorbeigetrieben wurde. Jetzt erst erkannte Tore die wahre Gestalt des bedauernswerten Geschöpfes: ein Ziegenbock.

Anschließend betrat der sogenannte Barbar die Kampfzone, in Gestalt eines wettergegerbten Mannes. Sein helles Haar fiel als wallende Mähne über die Schultern. Ein Schwindel, denn es handelte sich um eine Perücke aus gekämmtem Schaffell. Der Barbar machte einen gequälten Eindruck. Eingehüllt war der als unbesiegbar Auftretende in ein bodenlanges Gewand, das nicht nur des feinen Stoffes wegen einer Frau zugeordnet werden müsste. Die Finger der rechten Hand umfassten den Griff eines ansehnlichen Messers. In der linken Hand trug er eine Weidenrute. Dann wurde das Tor verschlossen. Das schräge Duell konnte beginnen. Doch weder der wolfsartig verkleidete Ziegenbock noch sein eigenartiger Jäger machten Anstalten, den Kampf aufzunehmen. Ach ja, fiel es Tore ein, was fehlte, war die Begrüßung. Da wurde der vermeintliche Barbar auch schon vor die Tribüne dirigiert. Der Bärenmann ergriff die Hand des Zögernden, führte sie empor zum Gruß. Die Menge brüllte vor Vergnügen. Der Statthalter munterte sichtbar auf.

Plötzlich lag ein Schatten auf Eiberts Miene. Erregt sprang er hoch, sank aber sogleich zurück auf die Bank.

Mit gepresster Stimme stieß er aus: »Unser Bruder. Es ist unser Ditbert. Verflucht!«

Auf der Stelle gerieten die Bauern in hellste Aufregung. Tore dachte: Wie kann es angehen, dass der Dörfler entgegen der Bemühungen von Eibert nun doch in der Arena auftreten muss? Sollte das gute Geld, dass Eibert hat klingen lassen, vollends wirkungslos geblieben sein? Diese elenden, verfluchten Römer. Mögen ihre Schädel zertrümmert werden.

Eibert saß wie angenagelt auf der Bank, suchte nach Erklärungen.

»Es muss eine Verkettung unglücklicher Umstände vorliegen«, flüsterte er. Und: »Das Klingen römischer Denare sei wohl noch nicht durchgedrungen bis zu den Verantwortlichen.« Dann flammte so etwas wie Hoffnung auf: »Vielleicht ist Ditberts Auftritt in dieser unwürdigen Veranstaltung die einzige Möglichkeit, ihn von einem echten Kampf zu bewahren. Bekäme er das Wohlwollen der Zuschauer und das von Varus, wäre er gerettet. Andererseits würde ihn der Pfeil eines Bogenschützens oder das Schwert eines dienstbaren Gladiators gnadenlos in den Sand strecken.«

In Tore regte sich Mitleid: Ging es noch demütigender für einen ehrbaren Bauern? Erst das Gespött des Pöbels, dann vielleicht die Hinrichtung. Oh, du gerechter Thor, schleudere deine Blitze auf die hinterhältigen Römer, setze die Arena in Flammen. Er runzelte die Stirn. Ditbert schien keine Idee zu haben, das Spektakel vorteilhaft zu gestalten. Auch die enthörnte Ziege zeigte alles andere als Bewegungsfreude. Eigentlich bräuchte Ditbert dem Tier nur eine

Möhre hinzuhalten, sofort würde es nach dem leckeren Gemüse schnappen. Und schon könnte man dem Ziegenbock ohne Gegenwehr ein Messer zwischen die Rippen stoßen.

Und Eibert flüsterte, so als könnte er dem Bruder da unten in der Arena Ratschläge erteilen: »Du musst das Tier reizen, mach es wütend, quäl es, treib es durch den Sand. Niemals darfst du den Eindruck erwecken, du seist nicht willens zu töten.« Die Hände auf den Schenkeln, den Kopf vorgestreckt, so fieberte Eibert einem hoffentlich guten Ende dieses bösen Schauspiels entgegen.

Ditbert, wie durch Zauberei, schien Eiberts Worte gehört zu haben. Er trat an die arglose Ziege heran und zog ihr überfallartig die Lammfell-Perücke über die Augen. Das Tier schüttelte den Kopf, bockte, um sein Augenlicht zurückzuerhalten. Jetzt baute sich Ditbert hinter der Ziege auf, die ja einen gefährlichen Wolf darstellen sollte, und gab ihr mit dem Fuß einen heftigen Tritt. Das schien den Zuschauern zu gefallen. Gelächter und wüster, fröhlicher Jubel kam auf. Auch Eibert verkniff ein Grinsen nicht. Die dörflichen Brüder jedoch johlten mittlerweile ebenso schrill wie der weit überwiegende Teil der Zuschauer. Das Tier brüllte meckernd, wechselte die Laufrichtung, senkte den Kopf, um seinen unsichtbaren Peiniger auf die abgesägten Hörner zu nehmen. Ungestüm stieß es den Kopf ins Leere. Dabei stolpernd, das Gleichgewicht verlierend, mit der Folge, dass die Lammfell-Perücke verrutschte und das Tier wieder sehen konnte. Prompt wurde die Ziege so fromm wie zu Beginn des Auftritts. Ein wahrlich wenig normaler Bock, befand Tore.

Allmählich schien die Ziege die eher kraftlosen Attacken Ditberts zu durchschauen. Schon erduldete sie klaglos die harmlosen Prügel, anstatt vor ihrem Peiniger Reißaus zu nehmen. Erste Buh-Rufe waren zu hören. Erst als Ditbert unabsichtlich stolperte und der Länge nach hinfiel, woraufhin die Ziege sich über ihn beugte, sein Gesicht mit langer Zunge schmeckte, lockerte die Stimmung wieder auf. Zweifellos glaubte man im Arena-Rund, sie würden einer beabsichtigten Einlage des verkleideten Germanen beiwohnen. Und anstelle der Buhrufe erklang wieder Gelächter.

»Hoffentlich versteht Ditbert diese Lektion und legt sich mächtig ins Zeug«, bangte Eibert.
Und tatsächlich: Mit einem Ruck fand Ditbert zurück auf die Beine, bedrohte den Ziegenbock mit den Fäusten und mit skurril verzerr-

ter Grimasse. Faxen, die vom Publikum goutiert wurden. Ihre Begeisterung schien Ditbert auf die richtige Fährte zu führen. Mit langen, bis ins Lächerliche reichenden Schritten umkurvte er das zutrauliche Tier, zückte ein Messer, drohte ihm, wie man einem Menschen drohte, freilich mächtig übertrieben, dabei hampelnd, mit aufgeplusterten Wangen und pfeifenden Geräuschen. Unerwarteterweise wollte der Ziegenbock sich diese albernen Gebärden nicht bieten lassen. Aus dem Stand heraus startete er eine Attacke. Darauf hatte Ditbert wohl gehofft. Mit einem mächtigen Sprung setzte er über das heranstürmende Tier hinweg, rollte seitwärts ab. Wieder auf den Beinen, verzog er das Gesicht, formte Grimassen. Der nunmehr wahrhaftig gereizte Ziegenbock benötigte einen Augenblick, ihn in Visier zu nehmen. Und prompt reagierten die Zuschauer mit Hochrufen. Die Vorstellung bekam einen dramatischen Charakter. Zweimal sollte es Ditbert noch gelingen, den wölfischen Ziegenbock in Rage zu versetzen. Als aber offensichtlich wurde, dass dessen Reizbarkeit endgültig nachließ, setzte er das Messer an und schlitzte dem verwirrten Tier im Sprung die Bauchseite auf. Somit erging es dem Ziegenbock nicht anders als so vielen Gladiatoren, wenngleich denen am Ende die Kehle durchgeschnitten wurde. Oh, wie grausam, durchfuhr es Tore. Irgendwie war ihm das Tier in der Kürze der Darbietung ans Herz gewachsen. Seine Leidensschreie kratzten an der Seele eines guten Menschen wie spitze Dornen die Haut. Dann wurde es still in der Arena. Das Tier lag vor der Tribüne in seinem Blut, zerteilt in zwei Hälften, Kopf mit Bauch sowie Rückgrat mit Hinterleib, fachgerecht zerlegt, wie vorbereitet fürs Rösten im Anschluss einer Opferung. Tore verstand: eine versteckte Geste von Wodanstreue. Neugierig suchte er nach einer Reaktion des Statthalters. Den schien der Ausgang des Spektakels nicht besonders zu interessieren. An seiner Seite knieten zwei dunkelhaarige Sklavinnen, die Obst und Häppchen reichten. Wenige Stühle weiter saß Arminius, der im Kettenhemd wie eine Statue wirkte. Auch als Ditbert dazu überging, sich ausgeweidetes Gedärm übers Haupt und über die Schultern zu werfen, zeigte er die Kälte eines Unbeteiligten. Bis zu Ditberts Hüfte hinunter baumelten derweil die blutigen, tropfenden Innereien. Am Ende sah der Bezwinger des Wolfsbocks selbst aus wie ein mystisches Tier. Dann begann er mit einer Art Veitstanz, ließ das Gedärm kreisend fliegen. Die Menschen auf den Rängen brüllten und jubelten.

Grunzgeräusche waren zu hören wie auch ein vielstimmiges Gackern, Knurren und ähnliche Laute. Nicht lange und Ditbert wurde vom Bärenmann aufgefordert, den Tanz zu beenden. Bewaffnete führten ihn vor die Tribüne. Quinctilius Varus schaute prüfend und angewidert auf den blutbesudelten Darsteller. Gleichzeitig aber feierte das Volk im weiten Rund der Arena die absurde Darbietung. Ein kurzes Nicken zum Bärenmann, dann richtete er beide Daumen auf. Und schon wurde der Spaßvogel unter lautem Beifall vom Platz geführt.

Eibert und seine Delegation nutzten die anschließende Pause zum Verlassen der Arena. Ihre erste Station war die Herberge, in der die beiden Bauern schon einmal Quartier bezogen hatten. Auf dem Weg berichtete Tore von der schönen, blonden Sklavin. Eibert gefiel die Nähe zu der unbekannten Frau gar nicht. Harsch erfolgte sein Tadel: Tore solle sich gefälligst fernhalten von unbekannten Personen, das gelte besonders für Frauen, die von sich aus seine Bekanntschaft suchten. Die Stadt stecke voller Spitzel der römischen Administration, warnte er. Tore antwortete, dass die Sklavin immerhin eine waschechte Germanin sei. Eibert reagierte gereizt: Ob Germanin, Römerin oder Keltin oder sonst etwas, für Geld sei in dieser Welt alles zu bekommen, gern auch ein Verrat.

Weniger aufgewühlt fügte er hinzu: »Warte ab, bald wirst du die ganze Macht der römischen Münzen erleben. Denn ohne weitere Denare wird Ditbert ganz bestimmt nicht freikommen.«

Beim Betreten der Terrasse trafen ihre Blicke auf die attraktive Sklavin. Hellwach und irgendwie herrschaftlich saß sie auf einer grün bespannten römischen Liege und betrachtete die eintretenden Gäste. Tore suchte den Augenkontakt zu vermeiden, schaute verlegen zur Seite. Andere Gäste saßen verstreut unter den Bäumen. Die Männer um Tore fanden einen Platz an einem Tisch in Straßennähe, der Sichtbarkeit wegen. Eibert schien angestrengt nachzudenken.

Irgendwann sagte er: »Sollte Ditbert auf sich warten lassen, müssen wir annehmen, dass er bereits auf dem Weg ins Dorf ist. Aber das sollte uns auch recht sein.«

»Ei, dann könnten wir noch heute zusammenpacken und aufbrechen«, freute sich Tore.

Eibert führte seine Lippen an dessen Ohr, flüsterte: »Oh nein, ich muss auf unseren Verbindungsmann warten, um die zweite Rate für die Freilassung zu bezahlen. Und dabei benötige ich euch als Augenzeugen und für meine Sicherheit.«

Es dauerte nicht lange, bis die schöne Sklavin am Tisch erschien. Verführerisch wiegte sie die Hüften, sodass die Bluse verrutschte, was die Blicke auf ihre festen Brüste lenkte.

Geradewegs steuerte sie Tore an. »Na, so rasch schon zurück aus der Arena?« Sie lächelte. »Ist ordentlich viel Blut geflossen?«

Tore errötete, grummelte: »So lange es nicht mein Blut ist ...« Dann, bescheiden: »Ich bin ein einfacher Bauer, der sich mehr fürs Getreide interessiert. Das blutet nicht. Den Göttern sei Dank.«

Die verführerische Frau wollte gerade etwas erwidern, als Eibert ihr zuvorkam. »Es würde uns freuen, wenn du Met bringst. Einen gut gefüllten Becher für jeden.«

Rasch noch bedachte die Frau Tore mit einem Lächeln, dann verschwand sie im Hintergrund der Gaststube. Zurück auf der Terrasse, mit einem Tablett in den Händen, wollte sie den ersten Becher vor Eibert auf den Tisch stellen. Doch dann besann sie sich, reichte das Getränk demonstrativ weiter an Tore. Der empfand diesen Vorzug unpassend, was er Eibert mit ungelenken Gesten kundtat. Im Weiteren beschloss er, die Frau zu ignorieren. Eiberts klare Anweisung, die Zurückhaltung und Vorsicht einforderte, erschien ihm nunmehr in einem besseren Licht.

Die Becher waren noch nicht geleert, als ein Römer an den Tisch trat. Eibert stand auf. Ohne ein weiteres Wort verließ er an der Seite des Mannes die Terrasse.

»Das ist wahrscheinlich der Gewährsmann. Hoffentlich ist Eibert erfolgreich bei der Verhandlung«, sagte einer der Bauern.

Der andere: »Noch ist Ditbert nicht hier, leider.«

»Verdammt, die wollen uns doch wohl nicht hereinlegen?«

Tore nahm nicht teil an der gedämpften Aufregung. Nach allem, was er heute erlebt hatte, zog er es vor, seinem Freund Eibert blind zu vertrauen. Als der zurückkehrte, wirkte er nicht erfreut, eher enttäuscht, grüblerisch. Mit starrem, geradeaus gerichtetem Blick begleitete er den Römer zur Straße, ihn zu verabschieden.

Zurück am Tisch hub Eibert an: »Also, die Sachlage ist ernst, aber lösbar. Der Verantwortliche für die Gladiatorenkämpfe behauptet, dass Ditbert ein hochtalentierter Spaßkämpfer sei. Dadurch steige sein Wert für den Statthalter Varus, der am Sklavenhandel mitverdiene. Und auf einmal wird für Ditberts Freilassung das Doppelte der vereinbarten Summe verlangt.«

»So ein Gauner.«

»Typisch, diese Gier.«

»Wir lassen uns doch nicht erpressen.«

So und ähnlich lauteten die Kommentare der beiden Bauern.

Eibert fuhr fort: »Unser Problem ist es, dass wir zu wenige Denare bei uns haben, auch kein Silber oder andere Wertgegenstände. Ich schlage vor, umgehend aufzubrechen, um zu beschaffen, was für die Freiheit unseres Bruders gefordert wird. Es ist Eile geboten. Denn wenn Ditbert morgen Abend auf die Liste für die Kämpfe gesetzt wird, könnte es zu spät sein.«

Daraufhin holten die Bauern die Pferde vom Forum, wo sie untergebracht waren. So unauffällig wie möglich verließen Tore, Eibert und die Bauern die Stadt. Kaum waren sie außer Sichtweite, rasten sie im Galopp den Hügel hinauf und wieder hinunter. Es war klar, dass keiner der Dörfler über die erforderliche Menge an Denaren verfügte. Demnach musste gesammelt werden.

Nicht lange und Tore ritt an der Seite Eiberts auf den ersten Hof zu. Von Weitem war kein Lebenszeichen zu erkennen. Auch brannte kein Feuer vor dem Haus, wie es zu dieser Tageszeit üblich war. Rätselnd ritten sie weiter und näherten sich Eiberts Hof. Er wollte nur einen guten Abend wünschen, ließ anhalten und verschwand hinter der Tür des Gebäudes.

Im Eiltempo trat er wieder heraus, sprang auf sein Pferd und rief: »Mama und Giulia sind drin. Ich habe noch einige Denare gefunden. Aber sie werden nicht ausreichen. Hoffentlich sind unsere Brüder erfolgreicher als wir.«

Längst hatte Tore das Unvermeidbare akzeptiert: Er würde wohl einen Bernstein opfern müssen, um dem bäuerlichen Bruder zur Freiheit zu verhelfen. Dies teilte er Eibert mit.

»Warum bin ich nicht selbst darauf gekommen?«, fragte der erleichtert. Er entschied, für den weiteren Verlauf der Befreiungsaktion auf die beiden Bauern zu verzichten und schickte sie auf ihre Höfe. Mit Tore an seiner Seite wurden die Pferde gewechselt. Und schon galoppierten sie so schnell es ging zum vereinbarten Treffpunkt in der steinernen Stadt.

Bereits einen Speerwürf entfernt von der Gaststätte war eine menschliche Kontur erkennbar. Es handelte sich um einen dunkel gekleideten Römer, der wie verloren am Rand der Terrasse auf etwas zu warten schien. Plötzlich wurde Eibert unruhig. Er wies Tore an, sein Pferd noch vor Erreichen der Herberge irgendwo anzubinden und im Hintergrund zu bleiben.

»Mein Gewährsmann möchte keine Öffentlichkeit.«
Tore folgte der Regie. Die Zeit füllte er mit kitzelnden Fantasien, die von der blonden Sklavin dominiert wurden. Plötzlich bekam er einen Stoß in die Seite. Aha, die blonde Verführung? Nein, es war Eibert, der nach dem Bernstein verlangte. Beflissen fingerte Tore das kostbare Stück aus dem Beutel. Dann hieß es warten. Doch die Zeit wurde lang. Unruhig betrat er die Straße, von der Sorge eines Scheiterns der Mission getrieben. Hoffentlich war Eibert kein Unglück geschehen. Da trat eine weibliche Person aus der Dunkelheit heraus: die schöne, blonde Sklavin.

»Ich weiß, dass du mit Eibert, dem Germanen, reitest.«
Tore verlor für Sekunden die Fassung.

»Warum betonst du Eiberts germanische Herkunft?«

»Bei uns heißt er „der Germane".« Kräftig sog sie die kühle Nachtluft ein. »Mehr will ich dazu nicht sagen. Ich bin hier, um darauf hinzuweisen, dass du und Eibert bei uns im Gasthaus übernachten müsst. Die Stadtausgänge werden gerade geschlossen.« Sie zeigte zur Gaststätte und bat darum, ihr zu folgen.

Im Gebäude machte die geheimnisvolle Frau allerdings keine Anstalten, ihm die Schlafstatt zu zeigen. Stattdessen bat sie Tore an einen Tisch und servierte Met.

»Da staunst du, was? Ja, ich kenne Eibert. Ich – gehöre nämlich zu euch.« Als Tore nicht reagierte und seine Lippen abwehrend zusammenkniff, fuhr sie fort: »Ich weiß auch, dass ihr mit einem sehr kostbaren Stein in die Stadt gekommen seid. Na ja, ich will Eiberts Geschäfte nicht in Frage stellen. Wenn es einem guten Zweck dient, der Freiheit eines Angehörigen eurer Dorfgemeinschaft ...« Sie lächelte, lockend, verführerisch.

»Um es kurz zu machen«, fuhr sie fort, »ich vermute, dass der Bernstein deinem persönlichen Besitz entstammt.« Sie kicherte.
Tore begriff. Sie musste beobachtet haben, als er dem Freund den Bernstein gereicht hatte. Zufall? Absicht? Ach, wenn doch Eibert endlich käme, sehnte er den Beistand des erfahrenen Freundes her-

bei. Bis dahin wollte er der schönen Sklavin weder zustimmen noch ihr widersprechen.

Nach einer Weile beiderseitigen Schweigens lockte sie umständlich: »Also, was ich noch sagen möchte: Besäßest du mehr von diesen Steinen, könnten wir vielleicht ins Geschäft kommen. Ich meine, du lieferst mir Bernsteine und ich gebe dir Denare, Gold oder Silber. Ganz wie es dir beliebt.«
Keine schlechte Idee, dachte Tore. Hatte er doch schon darüber nachgedacht, wie er seinen Schatz in kleinere, gebräuchlichere Portionen verwandeln könnte. Eine kluge Frau und sehr geschäftig, anerkannte er. Doch schon leuchtete wieder Eiberts Ermahnung in seinem Bewusstsein auf, gegenüber dieser Frau äußerstes Misstrauen zu wahren.

Anstatt der Schönen zu antworten, fragte Tore: »Sag mal, wie kommt es eigentlich, dass eine germanische Sklavin in dieser Gaststätte schaltet und waltet, als wäre sie die Eigentümerin? Und wie kann eine rechtlose Sklavin derartige Geschäfte vorschlagen?«
Da hob die Frau ruckartig den Kopf, sodass ihr geöffnetes Haar flog. Ihr freundliches Lächeln verschwand schlagartig.

Dann fragte sie mit düsterer Stimme: »Was geht es dich an?« Doch nur Augenblicke später wechselte sie die Stimmung: »Nun denn, es ist in dieser Stadt kein Geheimnis, dass mein Herr und ich kein Herr-Sklaven-Verhältnis, sondern ein Liebesverhältnis haben. Er schätzt mich, er vertraut mir und er lässt mir alle Freiheiten. Außerdem ist er oft im Land unterwegs, um Geschäfte zu machen.« Und schnippisch fügte sie hinzu: »Manchmal ist es eben einfach so zwischen Menschen – einfach nur sooo einfach. Und, ehrlich, ich habe verdammt viel Glück gehabt mit meinem Herrn.«
Sie machte eine Pause. Tore zog es weiterhin vor, den Mund geschlossen zu halten. Er spürte, wie ihre Vertraulichkeit ihn umfing und an seiner Verschlossenheit nagte. Würde sie ihn berühren …? Er wagte kaum, daran zu denken. Ach, käme doch jetzt Eibert. Oh Wodan, bitte, lass Eibert jetzt zwischen uns treten, flehte er im Stillen. Währenddessen schenkte die schöne Blonde Met nach.

»Also, was ist?«, fragte sie, »willst du mir nicht verraten, ob du mehr von diesen Steinen besitzt? Und lüge mich nicht an«, drohte sie, »sonst …« Sie zeigte zur Straße, wo auf einmal Bewaffnete patrouillierten. Tore wurde mulmig. Da bemerkte er, dass die Bewaffneten eine Linie bildeten und ihre Häupter senkten. Ein Mann von

kräftiger Statur mit einem römischen Kurzschwert in der Scheide
und einem leichten Kettenhemd schritt heran, geradewegs auf die
Terrasse zu. Tore erkannte den Mann sofort. Es war kein geringerer
als jener Sklavenhändler, den sie, Tore und Eibert, bei der Ankunft
jenseits des Rheins beobachtet hatten. Tore saß wie zu Eis erstarrt
auf seinem Stuhl und wagte kaum zu atmen. Schon war der brutale
Mann heran. Seine ersten Schritte führten zu der schönen Sklavin,
die er an sich riss, um ihr leidenschaftlich aufs Gesicht zu küssen
und sie besitzergreifend zu umarmen. Die Sklavin ließ es geschehen, flüsterte ihm etwas ins Ohr. Währenddessen tasteten die Augen des Sklavenhändlers und Gaststättenbetreibers Tore ab. So ist
das also, begriff der zu Tode Erschrockene. Ein böser Streich des
Schicksals, diesem Ungeheuer ausgerechnet hier zu begegnen. Vielleicht war das Zusammentreffen aber auch einfach nur Wodans
Werk, mit dem Ziel, ihn, Tore, vor der schönen Sklavin zu warnen.
Atemzug um Atemzug verging. Dann, mit einem verächtlichen
Blick, verschwand der Hausherr in der Tür des Gaststättengebäu-
des. Seine Frau wollte Tores Becher nachfüllen, musste aber feststel-
len, dass der das Trinkgefäß nicht einmal berührt hatte.

Da stellte sie den Krug ab und sagte herablassend: »Nun denn,
nicht jeder versteht es, einen Becher in einem Zug zu leeren.«

Plötzlich kündete ein kräftiger Schritt über die Terrassenbretter
von der Ankunft eines Gastes. Tore fuhr herum. Eibert. Endlich!
Schlagartig fiel alle Last von ihm ab. Der Freund wirkte müde, als
er sichernd umherschaute, dann in die Düsternis der Straße winkte.
Von dort trat eine Person heran. Sie trug einen Umhang über den
Schultern. Tore stand auf.

»Ditbert. Was für eine Freude.«

»Psst«, machte Eibert, »keine unnötige Aufmerksamkeit, bitte.«
Wie aufgescheucht suchte Tore nach der blonden Sklavin. Die stand
abseits, allerdings ohne ihr verzauberndes Lächeln.

Verächtlich sagte sie: »Da habt ihr euren Reichtum ja für ein tolles
Menschlein vergeudet.«
Eibert antwortete mit der für ihn typischen Gelassenheit: »Es ist
alles geklärt mit deinem Herrn. Auch, dass wir heute in diesem
Gasthaus übernachten, auf eure Kosten.«
Die Sklavin schien von der Abmachung nicht viel zu halten. Wü-
tend ließ sie zwei Finger auf dem Tisch tanzen.

Eibert blieb ungerührt: »Wenn du uns noch etwas zu trinken bringst, werden wir selbstverständlich bezahlen.« Demonstrativ legte er seinen Lederbeutel auf den Tisch, ließ das Metall darin klingen. Eine Geste, die überzeugte. Die herrische Sklavin verschwand, um kurz darauf mit einem gefüllten Krug zurückzukehren. Dann knallte sie das keramische Gefäß und zwei zusätzliche Becher auf den Tisch, stolzierte mit wütenden Schritten davon. Nicht lange und die noch brennenden Öllichter verloschen. Das Letzte, was Tore, Eibert und Ditbert von der Frau zu hören bekamen, war der Knall einer zuschlagenden Tür.

Lange saßen die drei noch auf der Terrasse, lauschten dem Ziepen der Grillen, das auf und ab schwellend von der Brachfläche hinter dem Haus herübertönte. Wäre es hell, wäre ihnen die Erleichterung über Ditberts Befreiung ganz sicher anzusehen. Ziel erreicht, alles gut, könnte man sagen. Dennoch sprangen die drei noch vor dem Morgengrauen von ihren Strohpolstern auf. Um einer weiteren Begegnung mit dem furchtbaren Herbergspaar zu entgehen, verließen sie die Stadt zum Zeitpunkt der Freigabe der Zufahrtswege. Unterwegs berichtete Eibert, dass die verführerische Sklavin bisweilen auch Römer recht unhöflich und herrisch behandelte. Ihr Herr, der Gastwirt und Sklavenhändler, erbose sich nicht etwa über ihr ungebührliches Benehmen, sondern zeige sich eher amüsiert, auch öffentlich. Sehr zum Ärger so mancher Römer und Würdenträger. Gleichwohl wage es niemand aufzubegehren, denn der brutale Mensch verfüge über großen Einfluss. Berüchtigt seien seine guten Beziehungen zu den Arena-Verantwortlichen. So unterhaltsam die Römer die Kämpfe in der Arena auch fänden, so sehr würden sie in Furcht erstarren bei dem Gedanken, selbst kämpfen zu müssen. Was Tore verwunderte, war die Gelassenheit Eiberts, ja die Abwesenheit jeglicher Emotionalität. All das Schreckliche, das der Schönen und ihrem Herrn anhaftete, schien ihn nicht wirklich zu berühren. Irgendwie könnte man annehmen, er empfinde so etwas wie Sympathie für das Paar.

»Du weißt«, sagte Tore, »dass die Herbergssklavin nach meinem Bernstein gefragt hat und dass sie von mir hat wissen wollen, ob ich noch mehr von den Steinen besitze.«

Eibert antwortete: »Das weibische Biest liebt Schmuck und andere Kostbarkeiten, überhaupt Reichtum. So wie alle Frauen.« Mit einer schelmischen Miene schaute er Tore über die Augenbrauen hinweg an. »Ist das ein Verbrechen?«

»Nein, es ist kein Verbrechen«, entgegnete Tore, »aber ich habe den Eindruck, dass der Frau ein Menschenleben wenig bedeutet, wenn es zwischen ihr und ihren Begehrlichkeiten steht.«

»Da magst du recht haben«, antwortete Eibert. Und schwieg fortan. Nichts weiter war ihm mehr über das ungleiche Herbergspaar zu entlocken.

Die kommenden Tage standen wieder ganz im Zeichen der Getreideernte und Feldpflege. Jeder Mann, der irgendwie abkömmlich war, stand auf den Feldern. Es wurde nicht viel geredet, sondern schwer gearbeitet wie seit Generationen. Abends fiel man mit schweren Gliedern aufs Lager und es dauerte nicht lange bis zum Einschlafen. Auch Giulia arbeitete tagsüber. Das sei gut fürs Baby, das sie im Bauch trage, versicherte Eiberts Mutter. So könne das Kind schon vor seiner Zeit lernen, woraus das Leben bestehe.

Die Erntezeit verwandelte das Dorf in einen Organismus, der nichts dem Zufall überließ. Nur gelegentlich, wenn schlechtes Wetter oder andere Unbill die Arbeit zum Erliegen brachten, wurden bisweilen rituelle Feste angesetzt, auf denen Priester Sach- und Tieropfer zelebrierten. Auch kam es vor, dass römische Tribut-Eintreiber erschienen, einen Anteil abzuholen. Alles hatte seine Ordnung. Doch wurde auch willkommener Besuch begrüßt: Ludwig und Heilgart. Anlass war der bevorstehende Aufbruch von drei römischen Legionen, mit denen Statthalter Quinctilius Varus über den Rhein setzen wollte. Seine erklärte Absicht: Für Sicherheit und Ordnung unter den Barbaren sorgen, Recht sprechen und das Vertrauen in die römische Schutzmacht festigen. Außerdem sollten feindselige Stämme bestraft und treue Vasallen ausgezeichnet werden. Auch wollte der Statthalter einen Eindruck bekommen von den Fortschritten der Romanisierung der Barbaren. Ludwig teilte mit, dass auch er als Kommandeur der Leibgarde von Arminius gefordert sei. Er wolle sich für die Zeit der römischen Machtdemonstration verabschieden und ihn, Tore, bitten, regelmäßig nach Heilgart zu schauen. Wie gut war es da, dass der Besuch einen guten Grund für eine Festlichkeit lieferte. So wurden Enten gerupft und eine junge Ziege geschlachtet. Bald tropfte das Fett ins Feuer, sodass die Glut nieste. Röst-Aromen schwebten im Wind, der die verlockenden Gerüche verteilte. Die Anzahl der Gäste schwoll so sehr an, dass eine weitere Ziege ihr Leben lassen musste.

Am folgenden Morgen unternahmen Ludwig und Tore einen gemeinsamen brüderlich-vertraulichen Spaziergang. Sie genossen entlang der lichten Gewässer die Natur, plauderten über die Ernte, das Wetter und Kindheitserinnerungen. In der Beschirmung abgelegener Haine verriet Ludwig, dass Varus erst nach zehn Monden zurückkehren wolle. Er, Ludwig, vermute aber, Heilgart erst ein bis zwei Monde später in die Arme schließen zu können. Denn die Stimmung nördlich des Rheins stehe auf Krieg.

»Möglicherweise«, so fuhr Ludwig fort, »werden Heilgart und ich uns nicht oben auf dem Hügel, sondern im Land der Cherusker wiedersehen. Sofern es zum Kampf kommt. Im günstigsten Fall vernichten unsere Brüder die Varus-Legionen und treiben die Überlebenden dorthin, von wo sie gekommen sind, nämlich bis vor die Tore Roms.«

Ein Satz, der Tore an den Vater erinnerte. Die Schwere der Worte, der gewichtige Habitus, fehlte nur noch, dass die Mutter erschien. Da flogen zwei Rabenvögel auf. Rah, Rah. Tore fühlte ein Schauer über seinen Rücken wabern.

Die erfolgreiche Ernte förderte die Stimmung. Die Beteiligten wirkten gelöst und strahlten mit den Getreidesäcken um die Wette. Heilgart und Giulia saßen im Haus und führten ein angeregtes Gespräch. Dabei strich die ebenfalls schwangere Heilgart über Giulias Bauch. Ob sie schon einen Namen ausgesucht habe für das Kind? Nein, Tore wolle erst die Götter befragen.

»Man kann es auch übertreiben mit den Göttern«, flüsterte Heilgart. Und: »Hauptsache, es ist alles dran.«

Ja, Hauptsache, gesund und ein Junge«, antwortete Giulia. Beide lachten.

»Tore würde dir dankbar sein«, sagte Heilgart.

»Ja, er redet nur von einem Jungen, von nichts anderem. Mädchen finden für ihn überhaupt nicht statt. Er will seine Ahnen mit einem Nachfolger erfreuen.«

»Blöde Männer!«, warf Heilgart ein.

»Ja! Damit es ein Junge wird, beschwört Tore morgens und abends Wodan, anschließend den Hammergott Thor.« Giulia kicherte. »Besonders wichtig ist ihm der Hammer selbst.«

»Sein Name ist Mjölnir«, warf Heilgart ein.

»Wie kommst du auf Mjölnir? Ich denke, er heißt Thor?«

Jetzt kicherte Heilgart. »Mjölnir, so heißt nicht der Gott, sondern der Hammer. Doch nun lass uns von etwas anderem reden. Tore wird dir unsere Götterwelt schon noch näherbringen.« Sie führte ihre Lippen an Giulias Ohr, flüsterte: »Es wird berichtigt, dass Tore mit dem Wind spricht, mit Ahnen und Baumgeistern. Er muss aufpassen, nicht die Priester zu erzürnen.«

Guilia nahm eine stolze Haltung an. »Ach, die Priester. Dass Tore zu seinen Ahnen eine besondere Verbindung pflegt, kann ich bezeugen. Und die Götter scheinen ihn sehr zu mögen und zu beschirmen.«

Gegen Abend hieß es, Abschied zu nehmen. Ludwig und Heilgart verließen das Dorf. Und damit verließen sie Tore, der in der Nähe des Bruders Vertrautheit und Geborgenheit genossen hatte. Schade, nichts in dieser Welt war für die Ewigkeit. Als die Dörfler am folgenden Morgen ihre Bauernwagen auf die Felder steuerten, trug der auffrischende Wind ein Gemisch von unnatürlichen und bedrohlichen Geräuschen heran: das Knallen von Peitschen, stressgetriebenes Wiehern von Pferden, das Knirschen und Pochen unzähliger Äxte beim Bearbeiten von Holz. Übertönt wurde das Ganze von gelegentlich auf- und abklingenden Hörnern. Der Ortskundige wusste, dass die Quelle der Geräusche das Rheinufer war. Neugierig suchten die Bauern Erhebungen auf, erkletterten Bäume, reckten auf den Ladeflächen ihrer Wagen die Hälse.

»Die Römer setzen über«, sprudelte es aus vielen Mündern.
Auch Eibert beobachtete das Geschehen. Ganz in der Nähe, auf den starren Ästen einer Eiche, hockte Tore und staunte. Es war mehr als bewundernswert, mit welchem Geschick und welcher Ordnung die Römer den breiten Fluss überqueren wollten, wie viele Boote sich in den Buchten und Winkeln des Stroms versammelten.

»Es tut nicht unbedingt gut, dem Imperium auf die Finger zu schauen«, brummte er.

Derweil drängte es Bauern und anderes Volk zum größten Hügel. Jeder wollte der erste sein. So kam es zu Drängeleien. Mitten drin: Tore und Eibert.
»Wie ich sehe, bis du neugierig«, sagte Eibert und grinste.

»Ehrlich gesagt: ja«, antwortete Tore, »was die Römer da unten veranstalten, ist sehr beeindruckend.«

»Nun gut«, ging Eibert auf Tore ein, »ich begleite dich – damit du bei Verstand bleibst angesichts der gewaltigen Macht, die auf dem Rhein gerade sichtbar wird.«

Und schon waren sie eingeschlossen von einem wilden Haufen Menschen, der in groben Leinenhosen und flatternden Hemden die Anhöhe stürmte. Tore und Eibert wichen auf eine abschüssige Wiese aus, reihten sich ein in ein Feld aus Neugierigen, die wie hypnotisiert auf den Rhein starrten. Manch einer ballte die Fäuste. In ihrem Blut kreiste kalte Wut und Ohnmacht, aber auch Respekt und Einschüchterung.

Am Ufer des Stroms wimmelte es wie in einem Ameisenhaufen. Anlass war eine gewaltige Ansammlung von Truppen, die die Rheinauen auf einem trockenen Landstreifen durchquerten. Hinter ihnen schlängelte sich eine bis tief in die hinteren Wälder reichende Linie aus Menschen, Wagen, Pferden und Mauleseln. Keine Ochsen, wie Tore verwundert feststellte. Eibert wies auf eine ganze Reihe von schwer beladenen Wagen, die entlang des Ufers bereits in Stellung gebracht worden waren. Auf ihnen lagerten Holzpflöcke, Baumstämme, Metallstangen, große, breite Räder, umwickelt von dicken Seilen. Dazwischen liefen ungewöhnlich leicht ausgerüstete Legionäre. Das Fußvolk folgte unsichtbaren Wegen, auf denen herantransportiertes Gut an seine Bestimmungsorte geschafft wurde.

Unwillkürlich musste Tore an das Bauernhaus denken, das er für sich und Giulia bauen wollte. Da käme ihm diese effektive Arbeitsweise gerade recht. Nicht lange und er entdeckte dort, wo Arbeitsleute mit großem Geschick zwischen Booten und Stegen wechselten, eine begehbare Plattform, die aufs Wasser hinauswuchs.

Tore fragte: »Sehe ich das richtig? Die Legionäre sind gerade dabei, eine Brücke über den Rhein zu errichten?«

»Ja, Varus' Legionen und der Tross müssen doch irgendwie das gegenüberliegende Ufer erreichen.«

»Und warum benutzen sie keine Schiffe und Boote?«

»Eine solche Menge an Menschen und Kriegsmaterial zu verschiffen, würde zu lange dauern und Angriffsfläche bieten«, erklärte Eibert. Und: »Für die Römer gehört Geschwindigkeit zu den wichtigsten Kriegstaktiken.« Dann: »Bedenke, dass auch die gesamte

Reiterei – übrigens mit Arminius an der Spitze – über den Fluss setzen muss, mit Pferden, Mauleseln und Wagen.« Eibert lenkte Tores Aufmerksamkeit zurück aufs Rhein-Vorland. »Da hinten, da kannst du zum Beispiel einen Teil des Trosses erkennen. Schau dir die ungeheuer lange Reihe von Gespannen an.« Eiberts Gesichtszüge bekamen etwas Finsteres. »Im Übrigen solltest du wissen, dass die Römer solche Gelegenheiten nutzen, ihre militärischen Fähigkeiten zu testen und einzuüben.«

In diesem Augenblick verließ ein größeres Schiff seinen Liegeplatz und gab die Sicht auf einen vorgefertigten Brückenkörper frei. Staunend öffnete Tore den Mund. Und wieder, wie so oft in letzter Zeit, zog sein Verstand vor der kolossalen Leistung der Feinde den Hut. Niemals hätte er es für möglich gehalten, einen so mächtigen Strom ohne Boote und Schiffe überqueren zu können. Arminius kam ihm in den Sinn, der die römische Kriegsmaschinerie besiegen wollte. Mit Schrecken dachte er an Ludwig. Hatten die germanischen Helden überhaupt eine Chance im Kampf gegen diese Übermenschen? Er dachte an Giulia und den gemeinsamen Traum vom eigenen Bauernhof. Ihm wurde bewusst, wie unwägbar eine Zukunftsplanung war. Was würde aus der Familie nach dem Krieg? Verlören die Römer, würden die Bestien Rache nehmen wollen. Würde er, Tore, wieder flüchten müssen, zurück diesmal ins befreite Germanien? In der Heimat galt er für ewig als Halbfreier, genauer: als entflohener Halbfreier, ein Todgeweihter. Im Gegensatz zu Giulia, die ihre neue Freiheit mitnehmen dürfte. Was würde ihm sein Tarnname Riechwien nützen? Wie immer man es drehte und wendete, am Ende stünde Tore auf der Seite der Verlierer. Je länger er den Bau der Brücke verfolgte, umso klarer warnte sein Verstand vor der wahrhaftigen Kraft und Größe des Imperiums Romanum. Die Götter der Besatzer waren auf einmal keine überirdischen Fremden mehr, sondern standen auf einer Ebene mit den germanischen Göttern. Es war zum Verzweifeln, was könnten Wodan, Thor, die Asen und Wanen, die Riesen, der Fenriswolf oder die Midgardschlange gegen die gewieften römischen Götter ausrichten?

Wie gebannt klebte Tores Aufmerksamkeit an den Ereignissen auf dem Rhein. Schiffe und Boote kam gefahren, wurden entladen und machten den nachfolgenden Platz. Wagen um Wagen wurde von Zugtieren unter Peitschenhieben durch den ufernahen Morast gezogen. Schwer schleppten Legionäre und Angehörige des Trosses an Holzstämmen und Kanthölzern. Sie wurden am Ufer mit dicken Stricken verbunden und einem bereits fertiggestellten Brückenteil hinzugefügt. Unaufhaltsam wuchs die Querung in die Breite und in die Länge, trotz der Strömung und schlammigem Untergrund.

Es war Eibert, der um die Mittagszeit zum Aufbruch drängte: »Männer, wir müssen zurück auf unsere Felder.« Als die Aufgeforderten unwillig reagierten, wurde er eindringlicher: »Wir haben heute gutes Wetter, wer weiß, wie es morgen wird. Noch sind die Ähren trocken. Was wir heute ernten und dreschen, ist billig zu haben. Morgen überrascht uns vielleicht ein Unwetter. Wollt ihr feuchtes Korn und tagelang auf besseres Wetter warten? Die Zeit würde uns davonlaufen.« Seine Worte zeigten Wirkung. Ein Bauer nach dem anderen drehte ab, suchte den Weg zurück zu den Feldern.

Acht Tage später erreichte die Nachricht das Dorf, dass die Legionen über den Rhein setzten. Auf der Stelle strömten wieder die Dörfler zusammen, vereint von einem Ziel: der höchste Hügel. Wie schon zu Beginn des Brückenbaus folgten Tore und Eibert den Dorfnachbarn. Wieder bot sich ein Bild, das im Bewusstsein hängenbleiben würde. In unendlichen Kolonnen waren drei voll ausgerüstete Legionen dabei, den Rhein zu überqueren. Hoch diszipliniert, in Reihen mit je sieben Legionären zeigten sie den staunenden Eingeborenen, wer das Sagen hatte auf dieser Welt.

Eine schmale Landzunge auf der Nordseite des Rheins zwang die nachrückenden Legionen geradewegs in den Wald, so dass sie den Augen der Beobachter verloren gingen. Nicht lange und eine Ansammlung von Reitern geriet ins Sichtfeld.

»Sind das römische Auxilialkräfte, die von Arminius kommandiert werden?«, fragte Tore.

Soweit es aus der Entfernung möglich war, nahm Eibert die Reiter in Augenschein. »Ich kann Arminius nicht erkennen, auch deinen Bruder nicht.«

Plötzlich entstand Unruhe unter den Neugierigen auf dem Hügel. Inmitten des endlosen Zugs aus Soldaten und ihrem jeweiligen Tross aus Mauleseln, Transportwagen und Schlachttieren entstand eine übergroße Lücke. Schwer Bewaffnete, die den Brückenzugang

kontrollierten und gerade eben noch pausenlos Anweisungen ge-
brüllt hatten, nahmen Haltung an. Reglosen Skulpturen ähnlich,
säumten sie jetzt die Strecke zur Brücke. Römische Hörner ließen
die Luft erzittern, geblasen von militärisch aufmarschierten Musi-
kern, die feierlich die Brücke betraten. Dann, einer Hundertschaft
waffenstarrender Legionäre folgend, erschien ein Reiter, dem die
Aufmerksamkeit galt. Hoch zu Ross ritt er in stoischem Gleichmaß
auf den Rhein zu, gefolgt von weiteren Reitern.

»Quinctilius Varus und sein militärischer Stab«, erläuterte Eibert.
Der Statthalter trug einen silbern leuchtenden Panzer, über dem ein
roter Umhang spielerisch im Wind flatterte. Ein leichter Sommer-
helm formte seinen Kopf zu einer Kugel. Unbestritten wurde der
rheinische Herrscher von der Aura des Majestätischen umhaucht.
Es folgten zahlreiche Wagen mit Kisten und Säcken, aber auch mit
gut gekleideten und gut genährten Frauen. Ehefrauen, Gespielin-
nen, Sklavinnen? Immer neue Wagen folgten, bis erneut eine Lücke
entstand. Sie kündete eine neue Legion an. Diese führte an ihrer
Spitze einen Legionsadler mit, der an einer Stange hochgehalten
wurde. Wie viele Schlachten mochte der geschmiedete Vogel überlebt haben? Eine? Oder etwa 100? Über seine Bedeutung sagte Eibert: »Gelänge es einem Germanen, einen dieser Vögel zu erbeu-
ten, wäre es gleichbedeutend mit einer Einladung nach Walhall.«

Wie schon beim letzten Mal drängte Eibert zur Rückkehr auf die
Felder. Das Wetter blieb arbeitstauglich. Das Ergebnis der Ernte
konnte sich sehen lassen. Den Göttern zum Dank wurde beschlossen, den Abend im Heiligen Hain ausklingen zu lassen. Der lag
verdeckt von Eichen am Rand eines Teichs. Mit dem Betreten des
Platzes spürte Tore prompt eine überirdische Kraft. Sein Herz begann so heftig zu pochen, dass es schon weh tat. Nicht lange und
ein Priester erschien. Er hob die Arme, dankte im Namen der versammelten Bauern für die gelungene Ernte und verfluchte die Römer. Erst jetzt fielen Tore die drei kniehohen Baumstümpfe auf, die
in einer geraden Reihe entlang des Ufers aus dem Boden ragten.
Bauern traten heran und platzierten darauf Schüsseln, die mit Op-
fergaben gefüllt waren: Getreide, Möhren, Rüben, Obst. Auch ein
ausgebrochenes Bein einer Ziege wartete darauf, nach Ende der
Weihe gut geröstet verspeist zu werden. Gesungen und gesummt
wurde bis in die Dunkelheit hinein.

Haus und Hof. Endlich frei?

Einige Tage noch, dann ging die Arbeit auf den Feldern dem Ende entgegen.

Und endlich sprach Eibert an, worauf Tore wartete: »Wir werden bald den Tag der Herbstgleiche begehen. Eine Wettergrenze, hinter der es keinen Sinn mehr macht, mit dem Bau eines Hauses zu beginnen.«

Tore wagte kaum zu atmen. Blicke flogen zwischen Giulia und ihm hin und her.

Dann ließ Eibert die erlösenden Worte frei: »Ich schlage vor, das Grundstück für Tores künftigen Bauernhof aufzusuchen und zu überlegen, was nötig ist, um mit dem Bau eines Hauses zu beginnen.« So emotionslos, als hätte er gerade von nichts weiter als der Windrichtung gesprochen, fragte er in die Runde, wer an der Besichtigung und den Vorbereitungen teilnehmen wolle. Tore war überwältigt, wollte den Freund umarmen. Doch wurde er von Giulia zurückgehalten. Dann folgte er einer Gruppe von 14 Männern nach draußen. Fünfundzwanzig Minuten später betraten sie das weitläufige, fruchtbare Gelände. Rasch wurde ihm klar, in unmittelbarer Nachbarschaft zum Heiligen Hain wohnen zu werden.

»Wir«, so bestätigte Eibert Tores Gedanken, »wären erfreut, wenn geschärfte Augen und Ohren über den geweihten Ort wachen.« Er lächelte. »Unsere Bauern fürchten böse Geister, die den Heiligen Ort entweihen könnten.«

Tore war es vom Flutensee her gewohnt, Seite an Seite mit Sumpfgeistern, Dämonen und Wiedergängern zu leben. Er wusste: Verzichtete man darauf, sie zu reizen, und verhielte man sich ihnen gegenüber mit Respekt, war ein Auskommen durchaus möglich.

Plötzlich spielte der Wind verrückt, ließ die Wälder ächzen. Ein Pfeifen und Fauchen, das ebenso abrupt abbrach, wie es gekommen war. Für mehrere Augenblicke herrschte gespenstische Stille. Tore fiel auf die Knie und mit ihm Eibert, dem die Blässe ins Gesicht gesprungen war. Mit geheimnisvollem Singsang erbaten sie die Gnade der Götter. Im Anschluss wurde das Gelände erkundet. Es besaß einen Zugang zum Wasser, stieg vom Ufer aus leicht an. Da würden

abgeholzte Baumstämme mit mäßigem Aufwand bewegt werden
können, glücklicherweise auch durch die Auen.

Bei der Rückkehr auf den Hof von Eiberts Familie kam ihm Giulia
entgegen. Sie schwitzte noch von der Hofarbeit. Aber ihre Augen
leuchteten wie immer seit ihrer Schwangerschaft. Nach Atem ringend teilte sie Tore mit, dass Heilgart einen Boten geschickt habe
mit einer Einladung für sie beide. Es gebe viel zu erzählen.

»Wenn das so ist, dann lass uns nachher aufbrechen. Auch wir
haben Einiges zu berichten.«

»So? Was denn?«

Tore tat geheimnisvoll: »Sobald alles Korn gedroschen ist, werden
wir mit dem Roden unseres zukünftigen Landes und dem Bau des
Hauses beginnen.«

Giulia hielt die Hand vor dem Mund. Ihre Wangen leuchteten in
bislang unbekannten Rottönen. Jegliche Erschöpfung schien aus
ihren Gliedern zu weichen. Strahlendes Glück umschmeichelte die
Augen. Mit Genehmigung von Eiberts Mutter brach sie die Arbeit
ab. Dann, wegen der Schwangerschaft, ließ das junge Paar die Reitpferde stehen und bestieg einen Wagen. Eibert trat hinzu und warf
noch schnell zwei Säcke Weizen für die Schwägerin auf die Ladefläche. Dann zog der Maulesel an. Vielleicht, so überlegte Tore, besaß Heilgart Neuigkeiten von Ludwig, vielleicht kämpfte Arminius
bereits gegen die Legionen. Auf Tores innerem Auge erschien die
hässliche Fratze des feisten Quinctilius Varus. Nie vergessen könnte
er den Anblick des Statthalters, wie er in der Arena von der Tribüne
aus mit einem läppischen Handzeichen über Leben und Tod befunden hatte. Die mit Eisen bespannten Räder holperten über den aus-
getrockneten Lehmboden. Ein Getöse, dass kein Gespräch zuließ.
Jedes gesprochene Wort geriet zu einer Nachfrage. So war es kein
Wunder, dass das junge Paar schweigend dahinfuhr. Tore grübelte
über seine Zukunft. Wie es aussah, stand er kurz vor seinem Ziel.
Viel früher als zuletzt erwartet.

Die kurzweiligen Stunden mit Heilgart erbrachten nichts Neues
über das Wohlergehen des Bruders, geschweige denn über die Verschwörung. Heilgart, so vermutete Tore, lebte wohl einfach nur das
Bedürfnis nach familiärer Abwechslung aus. Zwangsläufig gerieten
seine Gedanken in die Fahrwasser der großen Politik. Demnach
stand ein großer Krieg bevor. Selbstverständlich wünschte er nichts

so sehr, als dass die germanischen Brüder als Sieger daraus hervorgingen. In seiner Fantasie erlebte Tore sich selbst als großen Krieger, der die Legionäre reihenweise ins Jenseits beförderte. Siegreich und unversehrt verließ er auf einem Pferd das Schlachtfeld. Ein guter, ein hoffnungsvoller Tagtraum. Plötzlich wurde ihm eng in der Toga. Mit der Ausrede, den Abort aufsuchen zu wollen, verließ er die plaudernde Runde in Menorics' Haus. Innerlich zurückfinden wollte er in die Klarheit des Augenblicks, seine Sinne ordnen. Dies gelang am besten im Gleichklang mit der Natur. Also richtete er die Wahrnehmung auf das Flüstern der Bäume und Sträucher und dem Gesang der Grashalme. Ein Frosch raschelten im Laub, Turteltauben gurrten verliebt am Rand des Hügels, in der Ferne erklang der Ruf einer Gans. Etwas abseits der großen Wiese beobachtete Tore Germanen in römischen Uniformen. Über einem Feuer rösteten sie ein Lamm. Tore vermutete in ihnen Krieger, die von Arminius abgestellt worden waren, das Haus zu sichern.

Zurück im Gebäude wurde endgültig klar, dass von Heilgart heute keine wichtigen Informationen zu erwarten waren. Tatsächlich schien sie nur Ablenkung und Zuspruch zu suchen und Zuversicht schöpfen zu wollen für das Überleben ihres geliebten Ludwigs im Krieg. Einmal wagte sie sogar die Bemerkung, dass es ihr durchaus recht wäre, wenn der große Aufstand gegen die Römer ausfiele. Die Anwesenden antworteten mit betretenem Schweigen. Dennoch gestaltete sich der Abend zu einem kommunikativen Großereignis. Selten wurden so intensiv und weitfassend Gedanken ausgetauscht und Ansichten in die Runde geworfen. Vielleicht ein Ergebnis der Anspannung im Bewusstsein einer bevorstehenden Schlacht.

Dabei flossen Met und Bier in Strömen, was die Zungen lockerte. Und so verlagerte sich das Interesse auf weltliche Freuden und Genüsse, die in der Geschichte der Menschheit noch jeden Krieg überdauert hatten. Gutes Essen gehörte genauso dazu wie der Spaß am Wetten oder konkurrierenden Betätigungen. Auch spielten Frauen eine Rolle, über die zügellos und zotig palavert wurde. Berichtet wurde von kriegerischen Kämpfen, an denen man direkt, zumindest aber indirekt beteiligt gewesen sein wollte; man wusste von Fehden mit benachbarten Stämmen und prahlte von Beutezügen gegen römische Händler. So wurde aus dem Familientreffen ein Männerabend mit Heilgart und Giulia. Was die Anwesenden verband, war die Liebe zur germanischen Heimat und ein unbestimmter Hass auf Quinctilius Varus und die römische Scheinheiligkeit. Am nächsten Tag erwachte Tore unter den liebenden Blicken Giulias, die um sein Wohlergehen besorgt war. Zu sehr hatte er gestern in die gefüllten Gläser geschaut. Sein Kopf schmerzte. Schwer wie ein Baumstamm, so fühlte er sich. Die Rückkehr zum Hof von Eiberts Familie wurde für die Mittagszeit angesetzt.

Auf dem heimischen Feld fuhr Tage später die Sichel zum letzten Mal in diesem Jahr singend in die Halme. Mit der Präzision einer Sanduhr sank die Feldfrucht Streifen für Streifen zu Boden. Schon bekam manch Schnitter Mitleid mit Tore, der sich nicht die mindeste Erholung gönnte, obwohl die Sonne ausdauernd vom Himmel strahlte und der Wind abflaute. Plötzlich flogen Krähen auf. Rah, Rah, meckerten die Rabenvögel. Tore ließ die Sichel fallen. Was hatte die Ahnen aufgeschreckt? Nicht lange und ein Trupp von sechs bewaffneten Reitern durchquerte den angrenzenden Hain. Römer. Sie stoppten, orientierten sich kurz, ritten dann über die Stoppeln des abgemähten Feldes heran. Staub bedeckte ihre Schilde und Kleidung. Ein Offizier saß ab, musterte die Bauern. Eibert ging auf sie zu.

»Wer bist du?«, fragte der römische Wortführer in harschem Ton.

»Eibert«. antwortete der, »dieses Feld gehört zu meinem Hof.«

Der Kommandeur musterte die abgemähte Feldfläche und das noch stehende Getreide. Dann, mit listigem Unterton, fragte er: »Und wie heißen deine Kameraden? Oder sind das gar keine Kameraden, sondern Sklaven?«

»Wir leben und arbeiten auf unserem Hof zur Zeit weder mit Unfreien noch mit Halbfreien zusammen.«

»Halbfreie? Ach ja, ihr Germanen besitzt ja so ein unpraktisches Mittelding.« Er lachte. »Jeder normale Mensch würde einen waschechten Sklaven bevorzugen.« Der Kommandeur ließ herablassende Gesten folgen und fügte spöttisch hinzu: »Wie funktioniert das eigentlich? Halbfrei sein? Ist die Person morgens frei und abends unfrei? Darf die halbfreie Frau sich morgens wehren gegen ihren Herrn und muss abends zu Diensten sein?«
Eibert ertrug die Schmähungen mit geübter Gelassenheit.

»Also«, sagte der Offizier, »ihr werdet wissen, dass wir nicht weit entfernt von hier eine solide Brücke über den Rhein gebaut haben.

Ihre Bedeutung besitzt rein militärischen Charakter. Für Kaufleute, Barbaren oder Verbrecher bleibt sie gesperrt. Mit großer Dreistigkeit hat heute früh eine Gefolgschaft aus dem Norden die Brücke passieren wollen. Die frechen Germanen waren sehr aggressiv. Wir mussten einige von ihnen außer Gefecht setzen. Eigentlich könnte die Angelegenheit damit erledigt sein. Doch ist mir eines ihrer Ansinnen im Gedächtnis geblieben. Sie suchen nach einem entlaufenen Sklaven, den sie Tore nennen, genauer: Tore von irgendeinem See. Er soll aus dem Norden stammen. Es muss schon ein toller Typ sein, wenn sich eine große Gefolgschaft von der Elbe auf den weiten Weg macht ...« Der Kommandeur ließ seine Augen über die verschmutzten Bauern gleiten. Dann, schneidend, mahnte er: »Rom ist kein Hort für entlaufene Sklaven. Merkt euch das, ein Sklave ist ein Sklave und gehört zu seinem Eigentümer. Es sei denn, er würde unsere Arenen bereichern, vielleicht auch die Ruderbänke unserer Kriegsschiffe.«

Tore stand wie erstarrt zwischen den Bauern. Einen Fuß vorgestellt, versuchte er lässig und unbeteiligt zu wirken. Würde der römische Offizier die Bauern nach ihren Namen fragen? Richwin, ich heiße Richwin, erinnerte Tore sich still an seine Tarnung. Wie gut war es da, dass er gegenüber den Bauern die Täuschung aufrechterhalten hatte. Somit fürchtete er von den Bauern keinen Verrat. Jetzt bloß keine Fehler begehen, ermahnte er sich selbst und erbat von Wodan den Beistand für einen treuen Krieger.

Da ergriff der römische Kommandeur erneut das Wort: »Ihr wisst, dass ihr verpflichtet seid, einen entlaufenen Sklaven in der Registratur des augustinischen Forums anzuzeigen.« Er hob den Kopf, lächelte. »Ihr könntet euch allerdings den Weg ersparen und mir persönlich den Entlaufenen ausliefern. Ich würde euch im Gegensatz zu den Erbsenzählern in der Registratur eine fette Belohnung zahlen. Also, wer will vortreten?«

Schweigen allenthalben. Allein das Scharren von Pferdehufen war zu hören.

Der Offizier presste die Lippen aufeinander, neigte den Kopf herausfordernd zur Seite. »Na, sehr gesprächig seid ihr ja nicht. Dann werden wir wohl wiederkommen müssen. Also, überlegt euch genau, ob ihr nur heute keine Ahnung oder auch nächstes Mal keine Ahnung haben wollt.«

Die Bauern schwiegen beharrlich.

Eibert trat eine Schritt vor, hob den Kopf und antwortete dem fiesen und aufdringlichen Kommandeur mit gebotener Demut: »Wir werden tun, was unsere Pflicht ist, Herr, und wenn wir von einem entlaufenen Sklaven hören, werden wir ihn melden. So wollen es die römischen Gesetze, so wollen es die Götter der Römer nicht weniger als unsere Götter.«
Der Kommandeur nickte einverstanden. Dann bestieg er sein Pferd und brach mit seinem Kommando auf. Eine ganze Weile verharrten die Bauern noch auf dem Feld. Manche nahmen ihre Sicheln auf, um sich darauf zu stützen. Tore hörte förmlich ihre Neugierde knistern. Was wurde mit dem bedrohlichen Auftritt beabsichtigt? Mindestens für diesen Tag blieb ein Schatten an den Gemütern der Bauern haften. Ihre Sorgen galten den Frauen auf den Höfen. Nicht anders erging es Tore, der unentwegt an Giulia dachte, an die Frucht in ihrem Leib, an die gemeinsame Zukunft. Hatten die bewaffneten Römer jeden einzelnen Bauernhof aufgesucht? Welche Fragen hatten sie gestellt? Und wie hatten die Antworten gelautet? Waren Eiberts Mutter und Giulia bei kühlem Verstand geblieben?

Nachdem der Wagen ein letztes Mal beladen worden war, trieb Eibert das Zugtier an. Ruhig, ja geradezu gemächlich durchquerten die Bauern das Gelände. Doch je näher man den Höfen kam, umso mehr Unruhe entstand.
Tore sprach Eibert an: »Bei Wodan, hoffentlich ist Giulia kein Leid angetan worden.«
»Was soll geschehen sein?« Eiberts Ton klang eher arglos.
Dennoch unkte Tore: »Ich hoffe, dass meine Frau nicht von den Römern verschleppt worden ist.«
»Keine Bange, Giulia besitzt das Freilassungssiegel von Arminius. Dessen Autorität anzuzweifeln wird niemand wagen. Die Römer lieben ihre ureigenen Regeln. Es sei denn …«
Tore erschrak. »Was sei denn …?«
»Es ist viel Gold im Spiel. Doch woher soll es kommen?«
Da begann Tore, um seine Bernsteine zu fürchten.
Als er und Eibert den Hof erreichten, schien zwischen dem Haus, den Linden und dem Wald alles in Ordnung zu sein. Auf dem Dreschplatz lagen aufgeschüttete Haufen Stroh. Eibert spannte das Pferd aus, schickte es mit einem Klaps auf die Weide. Spätestens als die Bauern sich zu ihren benachbarten Höfen verloren, ahnte Tore,

dass in Wirklichkeit nicht alles zum Besten stand. Denn zäh umfing eine unnatürliche, bedrückende Stille das Haus und die Ställe.
Die Tür zum Gebäude stand offen.

»Komm!«, forderte er Tore auf und stürmte hinein.

Eiberts Mutter, Giulia und eine unbekannte Bäuerin saßen am Tisch. Tore atmete erleichtert auf. Da bemerkte er eine ungewöhnliche Blässe auf den Gesichtern der Frauen. Sie berichteten von einem Besuch berittener Legionäre. Rasch stellte sich heraus, dass es dieselben Römer waren wie auf dem Feld. Jede der dreschenden oder sonst wie beschäftigen Frauen sei auf ruppige Weise angegangen worden, berichtete Tores Mutter. Giulia sagte, dass sie als Herkunftsort Germanien habe angeben wollen. Zum Glück sei ihr im letzten Moment ins Bewusstsein geschossen, dass sie etwas anders aussehe als eine Germanin. Dadurch, so ihre Erklärung, habe sich Unsicherheit eingeschlichen in ihre Antwort, was von den Römern bemerkt worden sei. Der Anführer habe ihr daraufhin vorgeworfen, eine entlaufene Sklavin zu sein, die hier im Haus Unterschlupf genieße. Die Römer hätten gedroht, sämtliche Frauen mitzunehmen, wenn sie bei einer Durchsuchung des Hauses weitere entlaufene Sklaven vorfänden. Erst im letzten Moment sei es ihr, Giulia, gelungen, das von Arminius ausgestellte Freilassungssiegel hervorzuholen. Schließlich hätten es die Römer vorgezogen, ohne weitere Fragen oder Beanstandungen abzuziehen.

Tore umarmte Giulia länger, als er es sonst tat. Sanft rieb er seine Wange an ihrer. Und wieder durfte er dieses schöne, wundersame, von der Göttin Freyja geschenkte Gefühl spüren, das bei einer Berührung der Liebsten den Leib wärmte. Konnte es eine Offenbarung geben, die glücklicher machte? Sicher nicht. Dennoch blieb der Stich eines feinen Dorns. Denn zum endgültigen Glück gehörten ein eigener Hof, eine Familie und eine Sippe. Das wäre das Leben, nach dem er seine ganze Jugend über und während seines jungen Erwachsenenlebens so sehr gesucht hatte. Doch gerade eben war ihm mal wieder klar geworden, wie fragil dieses Leben sein konnte. Ein falsches Wort zur falschen Zeit und die Unfreiheit hätte ihn zurück. Auch wenn es eine römische wäre. Und wie stünde er da, wenn es Giulia nicht gelungen wäre, das Dokument ihrer Freiheit hervorzuziehen? Nein, entschied Tore, dies war gewiss nicht die Freiheit, die er ersehnte. Weil wahre Freiheit voraussetzte, dass verschiedenen Freiheiten zur Auswahl standen. Dennoch, so suchte eine innere Stimme seine Nerven zu glätten, müsste er den Göttern danken, weil Giulia lebendig und frei vor ihm stand und ihr Bauch eine Nachkommenschaft trug, die auf eine wirkliche Freiheit hoffen durfte.

Schon bald, als die Tage kürzer wurden, begannen die Arbeiten zur Errichtung des Hauses für die neuen Mitglieder der Dorfgemeinschaft. Nie hatte Tore mit dieser großen Anzahl von Helfern gerechnet, die Bäume fällten, entrindeten, zersägten und abtransportierten. Er selbst war es, der die Gruben aushob für grob behauene Eck- und Mittelpfosten. Langsam, aber stetig wuchs ein stolzes Haus in die Landschaft. Dass die Helfer mit der Zeit weniger wurden, bremste den Fortgang kaum. Tore nahm es mit Gelassenheit. Er wusste, dass überall auf den Höfen gut zu tun war bei den Vorbereitungen für die kalte Jahreszeit. Vielleicht aber brachen die Männer auch auf, um jenseits des Rheins an der Befreiung Germaniens teilzunehmen. Ach, wie sehr wünschte Tore, eines Tages selbst als freier Bauer und heldenhafter Krieger in Walhall willkommen geheißen zu werden.

Eine Zusammenstellung von Kurzgeschichten, geschrieben für verschiede Literatur und Kulturprojekte.

Warnung: Wer ausschließlich nach „heiler Welt" oder seichtem Mainstream verlangt, wird bei dieser Lektüre nicht immer das komplettes Vergnügen finden.

Wer es dennoch versucht: Keine Haftung fürs Gemüt.

Siehe auch:
www. aboreas.de